国家社科基金重点集体项目
"当代外国文学纪事"
丛书编委会

主　任：刘意青

副主任：程朝翔　王　建

编委（按姓氏笔画排序）：

于荣胜　王军　刘建华　李昌珂　杨国政
张世耘　林丰民　赵白生　赵桂莲　秦海鹰　魏丽明

PANORAMA DE LA LITERATURA
HISPANOAMERICANA CONTEMPORÁNEA

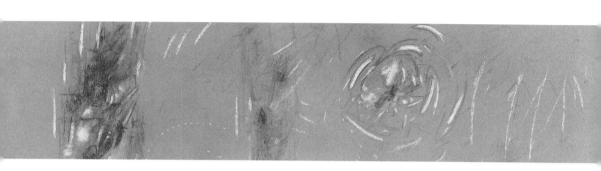

当代外国文学纪事

（西班牙语美洲卷）

王 军◎主编

图书在版编目（CIP）数据

当代外国文学纪事. 西班牙语美洲卷 / 王军主编. —北京：北京大学出版社，2023.9

ISBN 978-7-301-34335-7

Ⅰ.①当… Ⅱ.①王… Ⅲ.①拉丁美洲文学 – 文学研究 – 现代 Ⅳ.①I106

中国国家版本馆 CIP 数据核字(2023) 第 163681 号

书　　　名	当代外国文学纪事（西班牙语美洲卷） DANGDAI WAIGUO WENXUE JISHI (XIBANYAYU MEIZHOUJUAN)
著作责任者	王　军　主编
责 任 编 辑	初艳红
标 准 书 号	ISBN 978-7-301-34335-7
出 版 发 行	北京大学出版社
地　　　址	北京市海淀区成府路 205 号　100871
网　　　址	http://www.pup.cn　　新浪微博：@北京大学出版社
电 子 邮 箱	编辑部 pupwaiwen@pup.cn　　总编室 zpup@pup.cn
电　　　话	邮购部 010-62752015　发行部 010-62750672 编辑部 010-62759634
印 刷 者	涿州市星河印刷有限公司
经 销 者	新华书店 720 毫米 ×1020 毫米　16 开本　34.75 印张　510 千字 2023 年 9 月第 1 版　2023 年 9 月第 1 次印刷
定　　　价	218.00 元

未经许可，不得以任何方式复制或抄袭本书之部分或全部内容。
版权所有，侵权必究
举报电话：010-62752024　电子邮箱：fd@pup.cn
图书如有印装质量问题，请与出版部联系，电话：010-62756370

编写人员名单

主　编： 王　军

撰写人员名单（按姓氏笔画排序）：

卜　珊　王　军　毛源源　庄　妍　刘雪纯　李毓琦
轩　乐　闵逸菲　张乙晶　范　晔　郑　楠　赵浩儒
袁　婧　莫娅妮　贾永生　徐　泉　黄韵颐　曹　廷
龚若晴　程弋洋　傅子宸　曾　琳　路燕萍

统稿人： 王　军

序

本书是北京大学外国语学院承担的国家社科基金重点项目"当代外国文学纪事"(项目号:06AWW002)的子项目"当代西班牙语美洲文学纪事"的最终成果。由于疫情原因,原定的出版计划受到一定影响,今年终于问世。

当代西语美洲是世界文坛最活跃、最有创新力的板块之一。左右摇荡的拉美政治格局、危机重重的市场经济、矛盾交织的后现代社会、多元混杂的文化环境为新大陆作家的创作提供了丰富的素材。从20世纪六七十年代的"爆炸文学"(Boom Latinoamericano)到八九十年代的"爆炸后文学"(Post-boom),涌现出一大批具有美洲身份意识、反映美洲历史现实的作家和作品。但在世纪之交,"爆炸文学"一代作家已陆续辞世(目前健在的只剩下马里奥·巴尔加斯·略萨),魔幻现实主义小说也失去了往日的劲头,西班牙语美洲文坛新旧交替,70后成为文学创作的中坚力量,80后崭露头角,出现了各种类型的"西班牙语美洲新小说"(Nueva Narrativa Hispanoamericana),如新历史小说、新侦探小说、见证小说、反独裁小说、女性小说、奇幻小说、微型小说,历史与现实、新闻与虚构、暴力与创伤、记忆与遗忘、流亡与乡情交融渗透，互文、戏仿、元故事、口述历史、百科全书式创作相互叠加，互联网数字文化、视觉文化（动漫、电影、摄影、绘画）、流行音乐的影响与日俱增。

本书收录的95个词条覆盖了墨西哥（18位）、阿根廷（18位）、智利（17位）、哥伦比亚（8位）、乌拉圭（7位）、秘鲁（7位）、委内瑞拉（6位）、古巴（5位）、尼加拉瓜（4位）、波多黎各（2位）、巴拉圭（1位）、危地马拉（1位）、玻利维亚（1位）的当代著名作家。从各国入选人数的差异可以直观地发现它们之间文学力量的对比。这些作家中有3位诺贝尔文学奖得主、16位塞万提斯奖得主。按照"当代外国文学纪事"丛书的体例，每位作家有一篇个人介绍和一部作品赏析，信息力求全面、准确、新鲜（尚未译介到中国的作家占比高达65%），作品以21世纪发表的新作为主。

从体裁上看，介绍的作品涉及小说（54）、诗歌（22）、戏剧（18）和散文（1），小说占据半壁江山，这也基本反映了西班牙语美洲文学的现状和在中国的译介程度。从入选作家的年龄上看，30—50后有47位，60—80后有26位，构成本书最大的两个群体。其中最年长的是1906年出生的委内瑞拉作家阿图罗·乌斯拉尔·彼特里，最年轻的是1983年出生的墨西哥女作家瓦莱里娅·路易塞利，基本涵盖了整个20世纪。

本书侧重研究西班牙语美洲国家经典作家的新作和年轻一代中的佼佼者，如英国著名文学杂志《格兰塔》（*Granta*）评选的22位"最佳西语青年小说家"，本书收录了16位；另外代表拉丁美洲文学新势力的"波哥大39人团"，本书收录了6位。与此同时，西语美洲女性文学也是我们关注的重点之一。美洲大陆女作家历来有关心社会、参与政治、追求独立、崇尚自由的传统，其视野从来不局限在家庭、婚姻和情爱的小天地里，而擅长从"他者"的角度审视、批判、反思拉美男权社会的种种弊端。本书收录了22位女作家，占比23.2%。

该书在编著过程中得到了各方面的大力支持。参与编写的人员，除了北京大学外国语学院西葡语系的教师和博士生，还有任教于南京大学、北京第二外国语学院、华东师范大学、复旦大学、北京语言大学的系友，在耶鲁大学、萨拉曼卡大学、格拉纳达大学攻读博士学位的本系学生，在金融、文教、互联网、石油等行业工作的本系毕业生。另外，本书的责编初艳红女士对本书的出版提出了许多中肯的建议和细致的指点，在此表示衷心感谢。

王军

2023年4月15日

燕园

目 录

阿隆索·阿莱格里亚·阿梅斯基塔（Alonso Alegría Amézquita） ………… 1

克拉丽贝尔·阿莱格里亚（Claribel Alegría） …………… 6

乌戈·阿尔圭耶斯（Hugo Argüelles） …………… 10

安东·阿鲁法特（Antón Arrufat） …………… 16

何塞·巴尔萨（José Balza） …………… 21

豪尔赫·巴隆·比萨（Jorge Barón Biza） …………… 27

希欧孔达·贝侬（Gioconda Belli） …………… 31

萨比娜·贝尔曼（Sabina Berman） …………… 37

阿尔贝托·布兰科（Alberto Blanco） …………… 43

罗伯托·波拉尼奥·阿巴洛斯（Roberto Bolaño Ávalos） ……… 48

卡柔·布拉乔（Carol Bracho） …………… 53

阿尔弗雷多·布赖斯·埃切尼克（Alfredo Bryce Echenique） … 57

恩里克·布埃纳文图拉（Enrique Buenaventura） …………… 63

费尔南多·布塔索尼（Fernando Butazzoni） …………… 68

何塞·伊格纳西奥·卡布鲁哈斯（José Ignacio Cabrujas）……… 74
拉斐尔·卡德纳斯（Rafael Cadenas）……… 79
马丁·卡帕罗斯（Martín Caparrós）……… 83
埃米利奥·卡尔瓦伊多（Emilio Carballido）……… 90
埃内斯托·卡德纳尔（Ernesto Cardenal）……… 95
奥利维里奥·科埃略（Oliverio Coelho）……… 100
罗伯托·柯萨（Roberto Cossa）……… 107
亚历杭德拉·科斯塔玛格娜(Alejandra Costamagna)……… 112
费尔南多·德尔·帕索（Fernando del Paso）……… 116
安东尼奥·德尔托罗（Antonio Deltoro）……… 123
玛罗莎·迪·乔尔乔（Marosa Di Giorgio）……… 129
豪尔赫·迪亚斯·古铁雷斯（Jorge Díaz Gutiérrez）……… 133
奥斯瓦尔多·德拉贡（Osvaldo Dragún）……… 138
豪尔赫·爱德华兹（Jorge Edwards）……… 144
豪尔赫·爱德华多·埃耶尔森（Jorge Eduardo Eielson）……… 150
阿贝拉尔多·埃斯托里诺（Abelardo Estorino）……… 156
费德里科·法尔科（Federico Falco）……… 161
诺娜·费尔南德斯（Nona Fernández）……… 166
罗萨里奥·费雷（Rosario Ferré）……… 171
卡洛斯·富恩特斯（Carlos Fuentes）……… 175
爱德华多·加莱亚诺（Eduardo Galeano）……… 182
格丽塞尔达·冈巴罗（Griselda Gambaro）……… 188
加夫列尔·加西亚·马尔克斯（Gabriel García Márquez）……… 193
菲娜·加西亚·马鲁斯（Fina García Marruz）……… 203
胡安·赫尔曼（Juan Gelman）……… 208
罗德里格·哈斯本（Rodrigo Hasbún）……… 212
安德烈娅·耶夫塔诺维奇（Andrea Jeftanovic）……… 218

卡洛斯·拉贝（Carlos Labbé） …… 223

比森特·莱涅罗·奥特罗（Vicente Leñero Otero） …… 231

马里奥·莱夫雷罗（Mario Levrero） …… 237

丹特·利亚诺（Dante Liano） …… 242

爱德华多·连多（Eduardo Liendo） …… 247

恩里克·林恩（Enrique Lihn） …… 251

瓦莱里娅·路易塞利（Valeria Luiselli） …… 256

弗朗西斯科·马托斯·保利（Francisco Matos Paoli） …… 260

马里奥·门多萨·桑布拉诺（Mario Mendoza Zambrano） …… 264

巴勃罗·何塞·蒙托亚(Pablo José Montoya) …… 269

阿尔瓦罗·穆蒂斯（Álvaro Mutis） …… 277

玛利亚·内格罗尼（María Negroni） …… 283

马迪亚斯·内斯波洛（Matías Néspolo） …… 288

安德烈斯·纽曼（Andrés Neuman） …… 295

波拉·奥洛依哈拉克（Pola Oloixarac） …… 301

安东尼奥·奥尔图尼奥·萨哈衮（Antonio Ortuño Sahagún） …… 306

威廉·奥斯皮纳·布伊特拉戈（William Ospina Buitrago） …… 313

何塞·埃米利奥·帕切科（José Emilio Pacheco） …… 319

尼卡诺尔·帕拉（Nicanor Parra） …… 324

爱德华多·帕夫洛夫斯基（Eduardo Pavlovsky） …… 331

奥克塔维奥·帕斯（Octavio Paz） …… 337

克里斯蒂娜·佩里·罗西（Cristina Peri Rossi） …… 343

里卡多·皮格利亚(Ricardo Piglia) …… 351

埃莱娜·波尼亚托夫斯卡（Elena Poniatowska） …… 358

埃娜·露西娅·波特拉（Ena Lucía Portela） …… 364

帕特里西奥·普隆（Patricio Pron） …… 368

露西娅·普恩佐（Lucía Puenzo） …… 375

塞尔希奥·拉米雷斯（Sergio Ramírez）	382
维克托·乌戈·拉斯孔·班达（Víctor Hugo Rascón Banda）	389
安德烈斯·雷西亚·克里诺（Andrés Ressia Colino）	394
奥古斯托·罗亚·巴斯托斯（Augusto Roa Bastos）	399
贡萨洛·罗哈斯（Gonzalo Rojas）	403
圣地亚哥·龙卡略洛（Santiago Roncagliolo）	409
胡安·何塞·赛尔（Juan José Saer）	414
乌戈·萨尔塞多（Hugo Salcedo）	421
鲁道夫·桑塔纳·萨拉斯（Rodolfo Santana Salas）	427
萨曼塔·施维伯林（Samanta Schweblin）	432
路易斯·塞普尔维达 (Luis Sepúlveda)	438
安德烈斯·亚历杭德罗·西耶维金（Andrés Alejandro Sieveking）	444
安东尼奥·斯卡尔梅达（Antonio Skármeta）	449
安德烈斯·费利佩·索拉诺（Andrés Felipe Solano）	455
豪尔赫·特耶尔（Jorge Teillier）	462
阿图罗·乌斯拉尔·彼特里（Arturo Uslar Pietri）	467
佐艾·巴尔德斯（Zoé Valdés）	479
布兰卡·瓦雷拉（Blanca Varela）	484
马里奥·巴尔加斯·略萨（Mario Vargas Llosa）	488
胡安·加布里埃尔·巴斯克斯（Juan Gabriel Vásquez）	497
胡安·比略罗·鲁伊斯（Juan Villoro Ruiz）	503
伊达·比塔莱（Ida Vitale）	509
豪尔赫·博尔皮（Jorge Volpi）	514
埃贡·沃尔夫（Egon Wolff）	521
卡洛斯·尤西米托·德尔·巴列（Carlos Yushimito del Valle）	527
亚历杭德罗·桑布拉·因凡塔斯（Alejandro Zambra Infantas）	534
劳尔·苏里达（Raúl Zurita）	541

阿隆索·阿莱格里亚·阿梅斯基塔
（Alonso Alegría Amézquita）

阿隆索·阿莱格里亚·阿梅斯基塔（1940—　），秘鲁当代著名剧作家、戏剧导演，出生于智利。其父是秘鲁著名土著文学代表作家希罗·阿莱格里亚·巴桑（Ciro Alegría Bazán，1909—1967），1941年跟随结束政治流亡的父亲从智利回到秘鲁。受父亲的影响，阿隆索·阿莱格里亚很早就对文学创作产生了强烈的兴趣。

在国立工程大学马克哈姆学院（Colegio Markham de la Universidad Nacional de Ingeniería）学习建筑期间，阿隆索·阿莱格里亚就加入圣马科斯大学剧团，参加雷伊纳德·达莫尔（Reynaldo D'Amore）在利马戏剧俱乐部（Club de Teatro de Lima）的课程。不久他获得富布赖特基金会奖学金前往美国耶鲁大学学习，在那里获得了艺术学士学位（1964）和戏剧文学硕士学位（1966），还师从路易斯·阿尔瓦雷斯（Luis Álvarez）、尼科斯·萨查洛泊罗斯（Nicos Psacharopoulos）、约翰·加斯纳（John Gassner）和约瑟夫·帕普（Joseph Papp）等著名导演，专门对舞台导演艺术进行系统、深入的学习。在此期间，他开始尝试戏剧创作，将系统的理论知识与秘鲁文化背景的独特性结合在一起，创作出了《跨越尼亚加拉瀑布》（*El cruce sobre el Niágara*，1968）。在这部戏剧处女作中，阿隆索·阿莱格里亚讲述了一位名叫布隆丁的法国走钢丝演员梦想在尼亚加拉大瀑布上拉起一条钢索，自己肩扛一个男孩，手持平衡杆，走过钢索，实现"跨越尼亚加拉瀑布"的壮举。虽然该剧情节和结构相对简单，但作者却通过台词和表演设计让观众体会到了强烈的戏剧性。布隆丁与男孩喋喋不休地谈论那个"跨越尼亚加拉瀑布"的疯狂计划，尽管那是一种不可能实现的目标，但执着和热情却让他们为自己构筑起一个永远不会消亡的理想世界，让一个看起来毫无意义的梦想焕发出它特有的感染力。《跨越尼亚加拉瀑布》于1969年在古巴首演，获得巨大成功，获得了当年的"美洲之家奖"（Premio Casa de las Américas）①，后被翻译成多种文字，在五十多个国家上演，成为秘鲁当代戏剧中最具国际影响力的作品之一。

在耶鲁大学完成学业后，阿隆索·阿莱格里亚成为一名戏剧专业的教师，先后进入三所美国大学执教（1969—1971，1979—1987），教授戏剧文学和舞台艺术方面的课程。1971年，他在秘鲁国家文化学院（Instituto Nacional de Cultura）创办了国立人民剧院（Teatro Nacional Popular），并亲自执导该剧院的首演作品——美国剧作家阿瑟·米勒（Arthur Miller）的《推销员之死》（*La muerte de un viajante*）。在随后的7年里，阿隆索·阿莱格里亚一直担任剧院的导演和制作人，不仅将大量欧美戏剧经典作品展示给秘鲁观众，还将许多秘鲁本土剧作家的作品搬上舞台，积极推动了秘鲁戏剧民族化的进程。在进行戏剧导演实践的同时，阿隆索·阿莱格里亚又陆续创作了几部影响较大的作品，如《白色西服套装》（*El terno blanco*，1980）、《达妮埃拉·弗

---

① 美洲之家（Casa de las Américas）是古巴革命胜利后由古巴政府于1959年4月成立的，目前它已经成为古巴最知名的文化机构。

阿隆索·阿莱格里亚·阿梅斯基塔（Alonso Alegría Amézquita）

兰克》（*Daniela Frank*，1993）和《与浮士德相遇》（*Encuentro con Fausto*，1999）等。这些作品都显示出一种优雅的风格，表现了作者对传统戏剧创作模式的偏好，但他同时也竭力在创作中引入一定的实验元素，为观众提供一种易于把握但又不乏新意的舞台展示。

目前，阿隆索·阿莱格里亚担任秘鲁天主教大学传媒艺术科学系的戏剧文学教师，是隶属于该系的舞台艺术计划的重要成员。作为一位见解独到的评论家，他每周还为利马的《秘鲁21》（*Perú 21*）日报撰写专栏剧评，对当今秘鲁剧坛各种发展动向发表观点。同时，他仍然继续从事戏剧创作和舞台实践的各种工作，作为秘鲁最有影响力的剧作家和导演，活跃在拉美戏剧文化活动的最前沿。

《阿里卡的波洛涅斯》（*Bolognesi en Arica*）

《阿里卡的波洛涅斯》是阿隆索·阿莱格里亚创作于2013年的历史剧，以1879—1884年秘鲁、智利和玻利维亚三国之间发生的南美太平洋战争为背景，对被后世尊为英雄的秘鲁将领波勒瓦德·维雷达·波洛涅斯（Boulevard Vereda Bolognesi）的形象进行重塑和歌颂。

全剧以阿里卡战役即将爆发前的秘鲁守军执旗列队阅兵为开场，庄严肃穆的气氛和战士们激昂的情绪将观众一下子拉回1880年6月的一天。其时处于南美太平洋战争中的秘鲁和智利两国之间战事正酣，在得知秘鲁军队在阿利安萨高地战役中失利、塔克纳城已被智利军队占领的消息后，镇守阿里卡的秘鲁军队司令官波洛涅斯上校仍决定留下来保卫阿里卡，要不惜一切代价守住这个在战局中具有重要战略意义的港口城市。由于阿里卡守军人数有限，波洛涅斯向上峰请求增援，但原本应在6月初带领援军赶到的雷伊瓦上校却率军返回阿勒吉帕，将波洛涅斯上校的守城部队推入孤立无援的境地，使他们不得不面对人数三倍于己的智利军队孤军奋战。6月5日早晨智利军队指挥官派来信使，要求阿里卡守军无条件投降，面对敌众我寡的形势，波洛涅斯上校却对来使说，他将履行自己神圣的职责，直至打光最后一颗子弹。之后，他又当着信使的面，征询所有下级军官的意见，在场的全体军官群情激昂，一致给出"死战到底"的答复。智利信使黯然退场，秘鲁现代战争史上最悲壮的战斗就此打响。智利军队不管在人数上还是装备上都远远优于秘鲁守军，其猛烈的炮火攻势让秘鲁守军在战斗开始不久后就伤亡惨重。尽管如此，波洛涅斯仍率部顽强抵抗，积极布防，在战场上来往奔突。许多官兵在弹尽粮绝的情况下仍拒绝投降，为守住阵地不惜与对方展开白刃战。最终，波洛涅斯英勇战死，其部下乌加尔特上校手持一面秘鲁国旗，策马从山崖上投身大海，壮烈殉国。

阿隆索·阿莱格里亚的作品将阿里卡战役的场面重现于舞台，让观众追随着主人公一起来体验战争的残酷，感同身受，经历激荡的心绪和情感。作者的基本目的当然是歌颂英雄们面对战争时大无畏的勇气和爱国的情怀，但除此之外还有他对揭示历史真相的执着。为了将这部历史题材的剧目以最接近真相的面目呈现给观众，阿隆索·阿莱格里亚查阅大量史料，对南美太平洋战争的历史进行了深入的研究，最终在舞台上还原的，不仅有英雄们崇高的牺牲，还有导致战争失败结局的种种触目惊心的真相。在南美太平洋战争爆发后，当时秘鲁的皮埃罗拉（Piérola）政府利用战争带来的严重的政治经济危机，以此为借口大行贪污之道，将本该用于防卫国家的经费中饱私囊，各级政府部门都上行下效，使得本就难以为继的政治经济形势进一步恶化。军队里人心浮动，军令难行，导致秘鲁在战争开始后一路溃败，一步步走向失败的终局，最后不得不割让沿海三省。在《阿里卡的波洛涅斯》中，一直被官方刻意掩盖的这些真相以直接或间接的方式被一点点揭示出来，贪污、背叛、抛弃成为将阿里卡守军推入绝境的原因。当将士们明知自己遭遇了政府的背叛和抛弃却仍决定死战到底时，他们守卫国土的决心和为国赴死的行为就具备了更令人痛心的悲剧性。虽然历届政府有意弱化对南美太平洋战争中秘鲁战败真正原因的探究，但阿莱格里亚这样的剧作家却一直坚持让公众了解历史，让真相大白天下。正因为如此，才会出现《阿里卡的波洛涅斯》这样的作品，通过牺牲战士的鲜血无声斥责当时政府所犯下的罪行。

（卜珊）

克拉丽贝尔·阿莱格里亚
（Claribel Alegría）

克拉丽贝尔·阿莱格里亚（1924—2018），原名克拉拉·伊莎贝尔·阿莱格里亚·比德斯（Clara Isabel Alegría Vides），尼加拉瓜—萨尔瓦多女诗人、散文家、小说家和记者。1924年5月12日出生于尼加拉瓜的艾斯特利（Estelí）。1岁左右，她随因抗议美国占领尼加拉瓜期间侵犯人权而被迫流亡的父亲搬至萨尔瓦多西部的圣安娜，并在那里度过童年。8岁那年，她亲历了萨尔瓦多独裁政府对三万多农民与土著人民的大屠杀，该事件给她的心灵留下了深刻的创伤。1943她移居美国，并于1948年获得乔治·华盛顿大学哲学和文学学士学位。在此期间，她在诗歌创作上获得了西班牙诗人胡安·拉蒙·希梅内斯（Juan Ramón Jiménez，1881—1958）的指导，并与美国作家和外交官达尔文·J.弗拉克尔(Darwin J. Flakoll）结婚。婚后夫妻两人旅居欧美多年，共同进行文学创作与翻译。1985年，为支持"桑地诺民族解放阵线"（Frente Sandinista de Liberación Nacional，FSLN）和国家战后重建，阿莱格里亚返回尼加拉瓜。她于2018年1月25日去世，享年93岁。

克拉丽贝尔·阿莱格里亚（Claribel Alegría）

阿莱格里亚一生与政治联系紧密。她不仅是政治斗争的见证者和旁观者，更是亲历者和受害者。她认为，写作本身应成为抵抗的一种方式，因为在今天的中美洲，残酷的现实淹没了"为艺术而艺术"的象牙塔。作为一名社会责任感极强的诗人，她对所处时代、政治形势的关注都反映在其文学创作中。她常常在诗歌中表达对民主和民族解放的追求，谴责政府对人民的压迫，具有强烈的人道主义精神，因而创作了大量见证式诗歌。这种意识形态与文学上的倾向反映了"承诺的一代"（Generación Comprometida）的创作风格。这一文学流派于20世纪五六十年代出现在中美洲，其整体特点表现在对社会问题的关注上。

阿莱格里亚著作颇丰，创作主题丰富，其中她最为关心的三者为：中美洲、爱与死亡。她的诗歌看似语言简单，呈现出口语化特征，实则用词精妙，具有极高的艺术水准。1948年，她的第一部诗集《沉默之戒》（*Anillo de silencio*）在墨西哥发表，其中收录的作品由希梅内斯夫妇挑选，由墨西哥文学巨匠何塞·巴斯孔塞洛斯（José Vasconcelos，1882—1959）作序。50年代，她相继出版诗集《爱情、痛苦和孤独组曲》（*Suite de amor, angustia y soledad*，1950）、《未眠》（*Vigilias*，1953）、《水族馆》（*Acuario*，1955）。对于最后一本，阿莱格里亚认为它与之前的作品相比有许多不同，因为其中蕴含了更多的幽默，同时表现出作家对周遭世界的更多关注，而不是只关注她的内心世界和主观状态。在之后出版的诗集，如《我时间的房客》（*Huésped de mi tiempo*，1961）以及《我幸存》（*Sobrevivo*，1978）中，阿莱格里亚进一步探讨了政治、人权和爱等主题，在文学身份上加强了与"承诺的一代"之间的联系。1981年她出版了西班牙语—英语双语诗集《火山之花》（*Flores del volcán/Flowers from the Volcano*），由此开始被英语世界的读者所熟知。她后期发表的诗集《门槛》（*Umbrales*，1997）、《思乡》（*Saudade*，1999）与前期作品相比，流露出更多悲伤、绝望与怀旧的情绪，这种转变与政治环境的变化和丈夫的去世有关。2008

年,诗集《神话与罪行》(*Mitos y delitos*)出版。

除了诗歌创作之外,阿莱格里亚在文学领域的其他方面也有所建树。她与丈夫共同创作的小说《伊萨尔科火山的灰烬》(*Cenizas de Izalco*,1989)一反萨尔瓦多小说的现实主义传统,运用了大量先锋的叙事技巧。此外,两人汇编的选集《西班牙语美洲的新声音》(*New Voices of Hispanic America*)1962)较早将拉美"文学爆炸"的作品介绍至英语世界。

克拉丽贝尔·阿莱格里亚在国际诗坛享有极高声誉,其作品在英语世界和西语世界都受到评论界的格外重视。她荣获众多文学奖项,其中包括1978年的"美洲之家奖"、2006年的"纽斯塔特国际文学奖"(Neustadt International Prize for Literature)以及2017年的"索菲亚王后伊比利亚美洲诗歌奖"(Premio Reina Sofía de Poesía Iberoamericana)。

《火山之花》(*Flores del volcán/Flowers from the Volcano*)

《火山之花》是克拉丽贝尔·阿莱格里亚1981年出版的双语诗集,也是其作品的第一本英文译介,其中的英文翻译由美国诗人卡罗琳·佛雪(Carolyn Forché)完成。这部作品在阿莱格里亚的创作生涯中具有标志性意义,因为正是它的出版使诗人开始被美国评论界所关注。

《火山之花》一共包含9首诗歌,其主题丰富,形式多样,表现出诗人对不同创作手法的尝试。总体看来,诗人运用简单平实的语言,表达对国家命运的关注与对生命的体认,既包含讽刺、幽默,也存在较为私人化的感伤情绪。

该诗集中的一部分诗歌是见证式的,诗人在其中描绘了残酷的现实,表达了对独裁政治与社会不公的猛烈抨击。如在与诗集同名的诗作

《火山之花》中，阿莱格里亚将前哥伦布时期的神话与当下拉丁美洲的现实相结合，把政治迫害的遇难者比作被献祭给神灵的牺牲品："咆哮着/要求更多生命的伊萨尔科/收集着鲜血/永恒的查克摩尔/与喝着查克摩尔之血的/查克摩尔/与那些灰色的孤儿/与流淌着全部炽热岩浆的/火山/与那死去的游击队员/与一千张遭背叛的面孔/与为了讲故事/而观看的孩子们。"此处的伊萨尔科指涉的便是1932年萨尔瓦多政府军在该镇屠杀3万名农民的悲剧事件，这段童年经历是诗人许多作品的出发点。同时，她还讽刺性地描绘了萨尔瓦多的社会结构与阶层分化，一方面，"火山的孩子向下走/如熔岩般流下/带着他们的花束"；另一方面，"住在两层小楼中的人们/用墙壁防范盗窃/从阳台上探出头来/看到那流下的/红色浪潮/用威士忌遏制担忧"。而在长诗《悲痛》(«Sorrow»)中，诗人表达了对受害者亡灵的悼念。作品开篇即点出其互文性特征："来来/往往/相互混淆的/声音"。通过引用聂鲁达、罗克·达尔顿、洛尔迦、安东尼奥·马查多、米格尔·埃尔南德斯的诗句，诗人描绘出一个残酷的现实世界，其中的人们或是被迫流亡，或是饱受折磨，或是惨遭杀害。而通过"我们所有人用眼泪/用指甲/用煤炭/所写的诗歌"，写作本身成为一种对抗现实之恶的手段。

在另外几首诗歌中，阿莱格里亚倾注了更多的个人经验。如在《黑暗中的圣安娜》中，诗人追忆了若干童年时期的往事，表达出一种忧郁的思乡之情。在《给时间的信》中，她以细腻真诚的笔触表达了对已逝祖父的怀念，并将时间拟人化，要求他不再来拜访。然而，这种愿望是无果的，正如诗人在诗歌最后写道："这一切都有什么用呢?/您会用那永恒的笑/笑上一阵子/然后继续来赴我的约……没办法，您会赢的/在这封信开头处我便已知晓。"

继第一版之后，同一家出版社又于1985年出版了《火山之花》的第二版和第三版，由此可见该诗集受到了公众的广泛认可与欢迎。

（毛源源）

乌戈·阿尔圭耶斯（Hugo Argüelles）

乌戈·阿尔圭耶斯（1932—2003），墨西哥著名剧作家、导演。1932年出生于维拉克鲁斯（Veracruz），青年时期曾从事医学专业的学习，但后来逐渐萌生对戏剧的兴趣，转而投身于戏剧作品的创作，并最终成为20世纪墨西哥戏剧界最具影响力的人物之一。

1955年，阿尔圭耶斯开始了自己的导演生涯，在这一年，他将赫克托·门多萨（Héctor Mendoza）的作品《简单的事》（*Las cosas simples*）搬上了舞台，在墨西哥戏剧界引起了不小的反响。两年之后，阿尔圭耶斯创作了《奇人异事》（*Los prodigiosos*），该作品荣获1961年度"胡安·鲁伊斯·德·阿拉尔孔奖"（Premio Juan Ruiz de Alarcón）。1969年，他亲自执导了自己的作品《瓦雷里奥·罗斯德罗，暗中的非法生意人》（*Valerio Rostro, traficante en sombras*）。不久之后，阿尔圭耶斯创建普埃布拉艺术学校（La Escuela de Bellas Artes de Puebla），又在1979年建立了自己的戏剧工作室。在整个20世纪80年代，阿尔圭耶斯曾凭借《蝾螈的典礼》（*El ritual de la salamandra*,

1981）、《高尚的吸血蝙蝠的罪恶之爱》（*Los amores criminales de las vampiras morales*，1983）和《多情的蜗牛》（*Los caracoles amorosos*，1988）三次获得"索尔·胡安娜·伊内斯·德·拉克鲁斯奖"（Premio Sor Juana Inés de la Cruz）。

作为戏剧艺术教育的倡导者，阿尔圭耶斯曾是维克托·乌戈·拉斯孔·班达（Víctor Hugo Rascón Banda）、路易斯·爱德华多·雷耶斯（Luis Eduardo Reyes）、萨比娜·贝尔曼（Sabina Berman）的老师，这些年轻的剧作家们从阿尔圭耶斯那里除了学到特点鲜明的戏剧创作技巧，还承继了阿尔圭耶斯那种富有自我分析和批评意识的戏剧创作精神，并将这一切运用到自己的创作中，很快就形成了推动墨西哥戏剧繁荣发展的新生代力量。

在阿尔圭耶斯的作品中，最具有代表性的有：与阿莉西亚·蒙托亚（Alicia Montoya）合作的《服丧的乌鸦》（*Los cuervos están de luto*，1958），这部作品为他赢得了1958年的"国家戏剧奖"和1959年的"美术奖"（Premio Bellas Artes），1963年被改编成电影后获得"佩西美奖"（Premio PECIME）；《奇迹编织者》（*El tejedor de milagros*，1960），1962年被搬上银幕，获1963年"佩西美奖"；《为断头台和40颗头颅举办的音乐会》（*Concierto para guillotina y 40 cabezas*，1967年"国家戏剧奖"）、《洛可可神殿中的孤独鳄鱼》（*El cocodrilo solitario del panteón rococó*，1982）、《黄金》（*El oro*，1988）、《兀鹫的华尔兹》（*El vals de los buitres*，1989）、《金雕》（*Águila real*，1992）、《奇妙的天蛾》（*La esfinge de las maravillas*，1994）、《科约阿坎的秘密郊狼》（*Los coyotes secretos de Coyoacán*，1998）、《15岁鳐鱼的寓言》（*Fábula de la mantarraya quinceañera*，1998）、《鬣狗笑亡记》（*Las hienas se mueren de risa*，1999）。

作为墨西哥20世纪下半叶最杰出的剧作家之一，阿尔圭耶斯曾多次获得在墨西哥剧评界很有影响的"戏剧评论家协会奖"（Premio de la Asociación de Críticos de Teatro），为他赢得该奖项的作品有：《金龟子》（Escarabajos，1980）、《蝾螈的典礼》《高尚的吸血蝙蝠的罪恶之爱》和《多情的蜗牛》。除了这些奖项，阿尔圭耶斯还于1982年获得"西班牙协会年度最佳作者奖"。他创作的电视剧《堂娜马卡布拉》（Doña Macabra，1963）获得巨大成功，并于1972年被搬上银幕。

阿尔圭耶斯的作品反映了他对黑色幽默、魔幻现实主义等创作技巧的娴熟掌握和运用，同时也反映出他对社会生活的冷静批判以及对爱情与死亡的二元主题的细致表现。由于其剧作在题材和戏剧语言方面都具有鲜明的墨西哥戏剧特点，因此有不少都被翻译成多种文字，在国际戏剧舞台上频频上演，而阿尔圭耶斯也逐渐成为具有国际影响力的剧作家。

这位墨西哥当代戏剧的大师级人物于2003年12月24日因癌症去世，但他的作品如今依然影响着墨西哥的戏剧舞台，他的一些最出色的作品还结集出版，引起许多戏剧研究者们的兴趣，成为他们分析、研究的对象。

《鬣狗笑亡记》（*Las hienas se mueren de risa*）

在阿尔圭耶斯的戏剧作品中，有很多都是以动物形象作为标题的。这种借助动物特性来塑造人物形象的方式是阿尔圭耶斯戏剧创作中一个具有鲜明个性化色彩的特点，是他在构建"黑色幽默"时一个颇具成效的手段。其中，创作于1999年的《鬣狗笑亡记》可以说是此类作品的出色代表。

作品的时代背景设置为20世纪20年代末，在马戏团里扮演小丑的霍埃尔从突然到访的老管家西雷里奥口中得知母亲托尼亚夫人辞世的消

乌戈·阿尔圭耶斯（Hugo Argüelles）

息，于是决定回到位于维拉克鲁斯的家乡去处理遗产继承事务。在霍埃尔家的老宅，除了西雷里奥等一众仆从之外，还住着托尼亚姐妹们的四个女儿，她们从幼年时起就跟姨妈托尼亚夫人生活在一起，受到她的强力控制，身心都被禁锢于那所被茂密植物环绕的老房子里。迪迪娜每天读诗、弹琴，沉溺于伤春悲秋的浪漫感伤中；尼斯佩拉追求流行风尚，率先留起时髦的短发，穿起直筒式裙装，甚至学习驾驶汽车，处处标新立异；玛尤拉最爱四处窥探，打探隐私，用作背后议论他人的谈资；最年长的埃格兰迪娜每天以自己饲养的王蛇为伴，外表高傲冷漠，内心却常常激荡狂躁。托尼亚夫人在世时，四个姑娘不得不按照她的严苛要求循规蹈矩地生活，即便在去世后，托尼亚仍从悬挂在大厅的画像里用严厉的目光注视着四姐妹的一言一行，实施着对她们的精神控制。姐妹四人一直对自由的生活心存向往，天天在家排练节目，盼望能去墨西哥城进行表演，但来自托尼亚夫人的强大的精神控制却让她们难以冲破桎梏。表兄霍埃尔的到来在四人的情感世界里掀起波澜，而霍埃尔也对四位表妹一见倾心，但双方对此都缺乏直面的勇气，于是霍埃尔暗自决定以一种游戏的态度来对待这份感情。霍埃尔在马戏团时曾爱上女演员阿玛莉亚，后者在一次演出时意外死于高空坠落事故，这样的生死变故让霍埃尔对世事无常有了深刻的体会，因而在面对感情选择时宁愿采取一种游戏的态度。

与此同时，四姐妹也在想方设法让霍埃尔能因爱情留下来，甚至不惜在每天为他准备的茶里投放具有致幻和催情作用的鸦片酊。霍埃尔周旋于四姐妹之间，让她们都能在他身上找到理想爱人的影子，从而陷入情网难以自拔。控制欲强烈的埃格兰迪娜无法容忍这样的局面，认为霍埃尔的存在只会让姐妹们彼此疏远，最终导致四人的分裂。在她看来，与其谁也无法真正拥有霍埃尔，不如就让他消亡。于是，在埃格兰迪娜的主导下，四人决定加大茶水中鸦片酊的剂量，让霍埃尔最终中毒而亡。虽然最小的妹妹迪迪娜因对霍埃尔动了真情而心有不忍，但懦弱的个性又让她无法说服姐姐们放弃谋杀的意图,只能找机会将茶水被投放鸦片酊的秘密透露给霍埃尔,让他尽快离开老宅,以免被害。然而已经中毒的霍埃尔却难以摆脱毒药带来的幻觉,在奇妙的迷幻状态中,他对着画像中的母亲唱着《妈咪,我多么爱你!》,与她倾心交谈,甚至重新看到幼年时祖父、祖母操控丑角人偶陪自己玩乐的场景,与四个表妹的纠缠缱绻也让他深深迷恋,难以舍弃。

霍埃尔在得知迪迪娜不会跟他一起离开老宅后,便选择留下来面对任何不测。老宅里的一切似乎都蒙上了神秘的魔法色彩,被泼洒了剩茶水的植物疯狂地生长,似乎要把整个房屋吞噬;托尼亚夫人的画像也一次次莫名地从墙上掉落,通过这样的方式让霍埃尔发现了托尼亚夫人生前留给他的一封信。在信中,托尼亚回忆自己年轻时在马戏团里讨生活的过往,她嫁给了马戏团团主,以为在生活可保无虞的同时还可收获些许爱情,却没想到丈夫与她结婚的目的只是为保证她作为"胡子女"能一直担当马戏团的"摇钱树",绝望之下,她谋杀了丈夫,成功掩盖罪行后继承了马戏团,并将其转让赚了大钱。她用这笔钱回乡置业,不久便生下了霍埃尔,从此便专心抚养儿子,在老宅中营造自己专权的"王国"。

长大成人的霍埃尔为了追求"成为最好丑角"的理想离家前往墨西哥城,托尼亚夫人默许了儿子捍卫自由的方式,但同时又将专权蔓延到四个外甥女身上,将她们牢牢掌控在自己的"王国"中。知道了一切真相的霍埃尔似乎已经预见到自己的命运,他把在马戏团扮演丑角所赚取的钱财送给老管家西雷里奥,让他完成在狂欢节上当选"丑陋之王"的心愿;然后便去找埃格兰迪娜摊牌,告诉她自己已经知晓她们的谋杀意图,逼迫她交出解毒剂。埃格兰迪娜取出几瓶药剂,假称其中一瓶是解毒剂,诱使霍埃尔上前抢过服下,最终中毒不治。埃格兰迪娜对外宣布了霍埃尔"自杀而亡"的死讯,并从同谋的医生那里获取了死亡证明,以便合法攫取表兄的遗产。狂欢节之夜,四姐妹因霍埃尔的死亡而各自

乌戈·阿尔圭耶斯（Hugo Argüelles）

感怀,伴着外面狂欢节的音乐声,霍埃尔的四个幽灵出现在老宅里,他们身穿丑角服装,分别出现在四姐妹眼前,开始在她们面前起舞,惊骇与狂喜带来的双重暴击让四姐妹丧失了理智,不可抑制地大笑起来,她们越笑越疯狂,在恐惧和喜悦交织的笑声中倒地而亡。霍埃尔的四个扮成丑角的幽灵继续他们的舞蹈,在旋转中逐渐合为一体;与此同时,四姐妹的幽灵也出现在舞台上,跟随着霍埃尔的幽灵欢快地边歌边舞,最终消失在另一个维度的空间里。悬挂在老宅大厅里的托尼亚夫人的画像神奇地穿过窗子飞走了,不知不觉中,老宅也已成一片茂密的森林,在幽冥的氛围里不安地悸动。

在这部作品中,"鬣狗"被用来作为剧中女性角色的象征,突出其狡诈、贪婪、冷酷的一面,用这种共性特征来将人物行为与动物性体现进行关联,进而探讨自由与桎梏、欲望与爱情,以及生与死的人生难题。除了对动物性体现手法的运用,《鬣狗笑亡记》中对音乐的应用也是该剧值得称道的一个方面。阿尔圭耶斯在剧中使用了20世纪20年代曾在墨西哥乃至欧美其他国家流行的歌曲,选取的曲子无论是歌词还是旋律都与剧情、场景异常契合,让整部作品都显示出一种独特的魅力,使其最终成为同类作品中出类拔萃的代表。

（卜珊）

安东·阿鲁法特（Antón Arrufat）

安东·阿鲁法特（1935—　），古巴著名小说家、剧作家、诗人和散文家。出生于古巴圣地亚哥城（父母分别是加泰罗尼亚人和黎巴嫩人），患有先天性近视，但是家人一直不知道，入学后因看不清黑板而反应迟钝，被认为是智力低下。经神父老师发现，才配上眼镜，开始了视野清晰、沉迷阅读、翱翔文学世界的崭新生活，阿鲁法特把这看作人生真正意义上的诞生。1947年他跟随家人搬迁到哈瓦那，双亲去世之后，他旅居美国、加拿大，1959年返回古巴定居至今。

阿鲁法特很早就萌生了对文学的热爱，小学时已尝试写诗和戏剧片断。1957年首演了第一部戏剧《案件调查》（*El caso se investiga*），并陆续在许多杂志上发表剧作、诗歌和评论文章。1959年回到古巴后，他在杂志《革命的星期一》（*Lunes de Revolución*）做编辑，创办了《美洲之家》（*Casa de Américas*）杂志并连续5年担任其负责人。其间，他与古巴著名诗人、剧作家比尔希略·皮涅拉·耶拉（Virgilio Piñera Llera）结下深厚的情谊，后者是他文学上的导师，潜移默化地引导他去观察现实世界。

1962年他出版第一部作品——诗集《不眠》（*En claro*），收录了他青年时代创作的诗歌。翌年，发表戏剧作品集《戏剧》（*Teatro*，1963）和诗集《最后的温习》（*Repaso final*，1963），之后又推出剧本《每个星期天》（*Todos los domingos*，1964）和诗集《门扉上的手稿》（*Escrito en las puertas*，1968）。此外1968年剧作《七将攻忒拜》（*Los siete contra Tebas*）获得古巴作家与艺术家联盟（Unión de Escritores y Artistas）颁发的"何塞·安东尼奥·拉莫斯奖"（Premio José Antonio Ramos）。此后14年阿鲁法特选择到欧洲游历学习以拓宽视野。

1984年阿鲁法特发表长篇小说《封闭的盒子》（*La caja está cerrada*），并荣获翌年的"文学批评奖"（Premio de la Crítica Literaria，1985）。这部作品以作家幼年生活过的省城圣地亚哥为背景，从一个快要进入青春期的孩童视角揭示了小资产阶级的生活，讲述了伊瓦拉家族的没落和周遭的暗潮涌动。小男孩格雷戈里奥拥有一个水晶盒子，用来存放他精心挑选的与自己成长息息相关的东西，抑或是不曾说出来怕成年人嗤笑的秘密。封闭的盒子里封存的是一个孩童留给自己的私密空间，是他观察世界、理解世界、从幼年逐渐走向成熟的时光。作家运用生动优美的文字、无处不在的讽喻不仅向读者呈现了20世纪40年代圣地亚哥城的社会面貌，也带领读者进入封闭的盒子，探寻隐秘的人类苦难、战争的创伤、黑奴的史诗。正如格雷戈里奥的叔叔罗赫略所说："如今我们行走在城池和尸骨之上，用死人的话语说话。"

此后他在小说、戏剧、诗歌和散文创作上齐头并进，硕果累累，先后出版了以下作品：

短篇小说集：《我死后你会怎么办？》（*Qué harás después de mí*，1987）、《关于那些小事物》（*De las pequeñas cosas*，1997）和《将不育变成美德的练习》（*Ejercicios para hacer de la esterilidad virtud*, 1998)。

戏剧作品有被誉为讲述19世纪古巴的三部曲：《永恒的大地》（*La tierra permanente*, 1987）、《曼妙的芬妮》（*La divina Fanny*, 1995）和《克里奥耳人的三部分》（*Las tres partes del criollo*, 2003）。

诗集：《沙痕》（*La huella en la arena*, 1986）、《剑上百合》（*Lirios sobre un fondo de espadas*, 1995）、《老木匠》（*El viejo carpintero*, 1999）。2014年，已有15年没发表诗作的阿鲁法特出版了诗集《消亡之路》（*Vías de extinction*），并荣获该年度"尼古拉斯·纪廉诗歌奖"（Premio de Poesía Nicolás Guillén）。诗中不仅讲述了垂暮诗人自身的消亡之路，也揭示了周围事物的消亡，是一场与死亡的对话。然而正如作者所说，如果从另一个角度来看，走向终点之路亦是向生之路。

散文集：《比尔希略·皮涅拉：他和我之间》（*Virgilio Piñera: entre él y yo*, 1995）、《思考者》（*El hombre discursivo*, 2005）、《审判的客人》（*El convidado del juicio*, 2015）。

其中《永恒的大地》《剑上百合》和《思考者》荣获"文学批评奖"。2005年短篇小说《阴谋的背面》（*El envés de la trama*）获得"胡利奥·科塔萨尔伊比利亚美洲短篇小说奖"（Premio Iberoamericano de cuento Julio Cortázar）。此外，阿鲁法特在欧洲主要杂志和几乎所有的古巴杂志上发表了许多评论文章和文学作品。

2000年阿鲁法特出版长篇小说《败兴人之夜》（*La noche del aguafiestas*），在古巴第九届国际图书节上荣获"阿莱霍·卡彭铁尔文学奖"（Premio Alejo Carpentier），同年荣膺"国家文学奖"（Premio Nacional de Literatura）。这两大殊荣的降临意味着阿鲁法特多年耕耘文坛的努力得到了评论家的高度认可，出版社也纷至沓来。让作家更为惊喜的是，2007年其备受争议的戏剧《七将攻忒拜》被重新搬上舞台，在古巴哈瓦那上演。迄今为止他的剧作品已经被翻译成波兰语、英语和法语，在美国、委内瑞拉、墨西哥和波兰都上演过他的戏剧作品。

《败兴人之夜》（*La noche del aguafiestas*）

《败兴人之夜》是阿鲁法特于2000年发表的长篇小说。这是一部逆文学时代潮流和主题的作品，小说没有具体的故事情节，所有的人物都没有重大的行为，唯一做的事情就是说话。

主人公是四位居住在哈瓦那的头脑清晰、聪明的年轻人，因为友谊、共同的好恶和批判精神而走到一起，他们经常探讨问题。四位主人公一直以外号相称，一位号称是雅典历史学家色诺芬，一位以古希腊讽刺作家琉善书中的人物里奇诺自居，还有一位自称是乔治·贝克莱笔下的斐洛诺斯，最后一位自认为堪比保尔·瓦雷里的《舞蹈与灵魂》中的阿克迪特。

一天晚上，这四位朋友坐在哈瓦那的防波堤上开始彻夜长谈。为了使谈话更顺畅、更有激发力，他们认为需要创造出一个永远站在对立面的人物，来反驳、质疑他们的观点，迫使他们进行正向和反向思辨，从而达到尽善尽美。于是一个名叫阿里斯塔尔科·巴尔德斯的人物就被他们虚构出来了，由于总是与四位主人公唱反调而被称为"败兴人"。

这位"败兴人"不辱使命，当四位年轻人谈话兴致高涨、内容深入时，他总是从黑暗中跳出来，运用书本中学到的智慧、幽默和谈话技巧提出问题，并鼓励他们四人继续深入地向他提问。他见识广博，熟悉四人谈话中援引的所有书本知识，并能给予评价，因此他有卖弄学识之嫌；但他也有自知之明，不时地自嘲。正是因为有他这样一位喋喋不休、无所不知、幽默智慧的中间人物穿针引线、循循善诱，四位年轻人的谈话才得以更加深入。"败兴人"这种破坏和谐的功用符合阿鲁法特提出的"中间理论"(*teoría del entre*)作用——让两类截然不同的人建立联系的桥梁。

由于整部小说都是人物的对话,且"败兴人"卖弄学识的长篇大论很容易让人读之有艰涩乏味之感,但这是一部充满哲学思考的作品,作者善于挖掘日常事物的重要性和深邃内涵,巧妙安排结构,鲜明刻画人物个性,突破小说的传统形式,赋予作品与众不同的独特性。有评论认为这是一部向柏拉图的《会饮篇》致敬的优秀对话式作品。

(路燕萍)

何塞·巴尔萨（José Balza）

何塞·巴尔萨（1939— ），委内瑞拉当代文坛重要作家和艺术评论家，委内瑞拉语言学院院士，先后荣获委内瑞拉"国家文学奖"（Premio Nacional de Literatura，1991）、"加勒比国际书展文学奖"（Premio de Literatura Feria Internacional del Libro del Caribe，FILCAR，2018）。

巴尔萨出生并成长在远离首都的奥里诺科河三角洲，那里主要居住着土著居民瓦劳人，与外界联系的唯一通道是水路，后来公路的修通让他接触到诸如电影、广播等现代文明事物。巴尔萨从小受到西班牙语、英语和瓦劳语（warao）的熏陶，与热带雨林的宁静和谐相处让他的童年无忧无虑，也激发了他想象和写作的热情。正如作家本人所说："从小对于我来说，写作就是不把自己变成河流或树木的一种方式。"[①]17岁时巴尔萨离开家乡，前往加拉加斯，在辛苦打工挣学费和生活费的同时，发现了一个与家乡完全不同的新世界，发现了卡夫卡、普鲁斯特以

[①] Garzón, Raquel. "José Balza reúne 40 años de 'literatura sobre la penumbra'", https://elpais.com/diario/2004/11/01/cultura/1099263603_850215.html [2023-04-27]

及众多作家组成的瑰丽的文学世界，发现了美妙的音乐王国、多姿多彩的视觉艺术，从而也发现了一个完全不同的自我。正是由于自身的经历和多重性格，他选择心理学为大学专业，而多重性也成为他小说永恒的主题。

1965年，巴尔萨出版了处女作长篇小说《去年三月》（*Marzo anterior*），很快受到公众和评论界的好评，小说中一位成年男子和一个年轻小伙子同时讲述他们的生活，读者一开始认为这是两个人的生活，但最后发现其实是一个人的生活。巴尔萨以文字的方式展示了其对多重性的迷恋。

巴尔萨一直尝试在世界大背景下用当代观点来写作实验小说。他从新小说流派入手，但没有延续法国新小说代表作家之一阿兰-罗布-格里耶（Alain Robbe-Grillet，1922—2008）的风格，也摒弃了法国哲学家柏格森（Henri Bergson，1859—1941）的理念，把时间中立，让人物不确定，认为情节无用。他不仅与现实主义的视角决裂，而且与委内瑞拉实验派小说的一切因素决裂；不否认社会内容，也不贬低它，而是把它置于另一层次，努力在一个不可用其他真实替代的真实基础上进行完全不同的表达。

1982年出版的长篇小说《打击乐》（*Percusión*）堪称巴尔萨的代表作，几经再版仍然颇受欢迎。在这部小说中，作家把回忆作为传递信息的媒介，描述了一次在真实和虚构的时空中的旅行，展示了山的象征意义和一些神话性的因素。这部小说充分表达了作家的创作理念："所有的文学都是地理学，写作只不过是跨越空间，或许是可视空间（公园、酒吧、床），或许是不可视空间，如激情或一种情绪状态。对于我来说，写作一直是展示内心时刻、表达感情的一种空间寻觅。"①

在短篇故事上，巴尔萨受到乌拉圭作家奥拉西奥·基罗加

---

① Garzón, Raquel. "José Balza reúne 40 años de 'literatura sobre la penumbra'", https://elpais.com/diario/2004/11/01/cultura/1099263603_850215.html [2023-04-27]

（Horacio Quiroga，1878—1931）和委内瑞拉短篇小说家胡利奥·加门迪亚（Julio Garmendia，1898—1977）的影响，也秉承着他一贯追求独特风格和艺术创新的精神。巴尔萨称他的短篇故事为"叙事练习"（ejercicios narrativos），毫无疑问，这标志着他的每一篇故事都标新立异，都是创新的尝试。

除了创作小说和短篇故事外，巴尔萨与多家文学杂志合作，发表了诸多关于文学理论、造型艺术、电影、音乐和电视的散文和杂文。无论是哪一种表达形式，文章的语言就像诗歌一样充满诗意，结构就像交响乐一样流畅和谐。阿根廷著名作家胡利奥·科塔萨尔（Julio Cortázar，1914—1984）评价巴尔萨作品的语言技巧"不仅仅是形式上的美艳，更是具有独创性"，说"他的散文是一次深邃而迷惑的经历"。①

此外，巴尔萨自1969年起在委内瑞拉中央大学艺术学校担任教职，并在墨西哥自治大学、布宜诺斯艾利斯大学、萨拉曼卡大学、维也纳大学、纽约大学等诸多著名学府做过演讲或参加研讨会。1999年巴尔萨退休后，回到奥里诺科三角洲的一个小岛上居住，回归宁静的生活。

在四十多年的文学创作生涯中，巴尔萨兢兢业业，已经出版了近五十部作品，包括：

长篇小说：《去年三月》、《广板》（Largo，1968）、《种在同一地方的700株棕榈树》（Setecientas palmeras plantadas en el mismo lugar，1974）、《D》（D，1977）、《打击乐》、《征兆》（Asomo，1986）、《录像中的子夜：1/5》（Medianoche en video: 1/5，1988）、《加拉加斯之后》（Después de Caracas，1995）和《卖油郎》（Un hombre de aceite，2008）。

短篇小说集：《叙事练习》（Ejercicios narrativos，1967）、《指令·1962—1969年的叙事练习》（Órdenes. Ejercicios narrativos

---

① Garzón, Raquel. "José Balza reúne 40 años de 'literatura sobre la penumbra'", https://elpais.com/diario/2004/11/01/cultura/1099263603_850215.html [2023-04-27]

1962—1969，1970）、《完全一张脸》（*Un rostro absolutamente*，1982）、《背影的女人》（*La mujer de espaldas*，1968）、《多孔女人·1986—1996年的叙事练习》（*La mujer porosa. Ejercicios narrativos 1986—1996*，1996）、《岩石女人及其他叙事练习》（*La mujer de la roca y otros ejercicios narrativos*，2001）、《书写·1960—2005年的叙事练习》（*Caligrafías. Ejercicios narrativos 1960—2005*，2004）、《短篇小说集·叙事练习》（*Cuentos. Ejercicios narrativos*，2012）、《死亡的双重艺术》（*El doble arte de morir*，2008）、《陷阱》（*Trampas*，2016）。

散文、杂文集：《普鲁斯特》（*Proust*，1969）、《梦的主体》（*Los cuerpos del sueño*，1976）、《这片叙事之海》（*Este mar narrativo*，1987）、《首字母》（*Iniciales*，1989）、《厚镜子》（*Espejo espeso*，1997）、《批注与警句》（*Observaciones y aforismos*，2005）、《不加修饰的散文》（*Ensayos crudos*，2006）、《思考委内瑞拉》（*Pensar a Venezuela*，2008）、《试验与声响》（*Ensayo y sonido*，2015）、《B计划》（*Plan B*，2017）。

目前，巴尔萨的多部作品和许多杂文已经被翻译成意大利语、法语、英语、德语和希伯来语。

《短篇小说集·叙事练习》（*Cuentos. Ejercicios narrativos*）

《短篇小说集·叙事练习》（2012）是委内瑞拉著名作家何塞·巴尔萨在2012年出版的五百多页的短篇小说集，收录了1960—2011年作家五十多年创作生涯中的重要短篇故事，作家本人精心挑选、重新整理和编排了1967—2008年已经出版的小说，并加入一些从未出版的作品。题材丰富多样，反映了作家童年的加勒比生活、个人的情感经历、孤独的城市生活和内省反思，运用时间与空间的转化展示了人物矛盾多面的性格，强调雨林和奥里诺科河对作家的重要影响和象征意义，表达了作家对伟大作家的致敬之意。

与其他短篇小说集一样，巴尔萨一如既往地把这本文集冠以"叙事练习"的副标题，这是因为他崇拜卡夫卡、博尔赫斯、科塔萨尔、里卡多·皮格利亚、塞万提斯、普鲁斯特等前辈作家，他直言："我1959年开始写作，从那时起我就称自己的文章是'练习'，一直都是如此，这是向我崇拜的作家们学习的方式。"[1]

在谈论创作的主题时，作家本人表示："我没有想象力，更多的是一位观察者。我不停留在任何奇特、史诗般的英雄事件上，因为我觉得那很虚假。我写，并且一直写那些处于昏暗之间的东西。"[2]他注重描写细微、难以名状的日常事物，表现记忆、欲望、艺术等的神秘。但不可否认，奥里诺科河和雨林这个主题经常出现在巴尔萨的作品中，这可能与作家本人的出生和成长环境有直接的关系，因此他被称为"奥里诺科的声音"。与20世纪初大部分拉美作家认为雨林是广袤、危险、难以驯服的林莽之地不同，巴尔萨认为雨林是自我的延伸，他能在自然风景里、在大草原上、在河流中看到自己的精神、自己的过去甚至未来，他把人与自然的关系看作是一种相互补充和相互寻觅。

作家在接受采访时多次强调童年在奥里诺科雨林地区的生活经历对他的影响："自孩童时代开始我就在奥里诺科的雨林里听淳朴的人们讲述那些已经讲过几十遍的故事和歌谣，但奇怪的是，随着时间的流逝，我才明白，除了一些日常的事情，那些故事来源于一些很老的书：《圣

---

[1] Garzón, Raquel. "José Balza reúne 40 años de 'literatura sobre la penumbra'", https://elpais.com/diario/2004/11/01/cultura/1099263603_850215.html [2023-04-27]

[2] Ibid.

经》、谣曲、19世纪的小说，还有一些来自瓦劳印第安人的传说。"[1] 这本文集以《黄金的阴影》（*La sombra de oro*）开篇，用《幽灵般的奥里诺科河》（*Un Orinoco fantasma*）收尾，寓意着奥里诺科河穿过作家的创作地图，不仅仅是作家本人生命的诞生之地和最后的归属之所，也是作家文学创作的源泉，构成了作家笔下人物性格的一部分。在《幽灵般的奥里诺科河》里，作家回忆了他如何诞生在奥里诺科河上，如何自以为可以征服这条河流，又如何差点淹死，如何在河滩上情窦初开，风华正茂时离开它去独闯世界，在走遍千山万水之后却怎么也摆脱不了这条幽灵般存在的河流，他感到"水的幻影围绕着我，宽广的奥里诺科河流动着，在我的记忆里流淌，它呼唤着，我决定永远回到它那里"。

评论家、作家卡洛斯·门德斯·格德斯（Carlos Méndez Guédez）认为巴尔萨与里卡多·皮格利亚、罗伯托·波拉尼奥、塞萨尔·艾拉（César Aira）、恩里克·比拉–马塔斯一样，是西班牙语文坛上最具创新性、最难分类的作家之一。

（路燕萍）

---

[1] "Se publican los cuentos del maestro José Balza, la voz del Orinoco", https://www.lainformacion.com/arte-cultura-y-espectaculos/se-publican-los-cuentos-del-maestro-jose-balza-la-voz-del-orinoco_VXUcOCAn4Nnxtg2cJYVkZ/ [2023-04-27]

豪尔赫·巴隆·比萨（Jorge Barón Biza）

豪尔赫·巴隆·比萨（1942—2001），阿根廷小说家、记者，曾为一系列报纸杂志撰写文章。此外他也是一位大学教师，曾任职于阿根廷科尔多瓦国立大学（Universidad Nacional de Córdoba）及卡塔马卡国立大学（Universidad Nacional de Catamarca）。

豪尔赫·巴隆出生于布宜诺斯艾利斯的一个知识分子家庭。他的父亲劳尔·巴隆·比萨（Raúl Barón Biza）是一位颇受争议的作家；其母罗莎·克劳蒂尔德·萨瓦蒂尼（Rosa Clotilde Sabattini）则是一位历史学家及教育学家。豪尔赫·巴隆的父母结婚时年龄相差20岁，是所谓的老夫少妻（作为科尔多瓦省长的外祖父并不同意女儿嫁给丧偶的劳尔·巴隆）。在20世纪四五十年代，二人都曾积极地参与过当时的阿根廷政治，他们都是激进的"反庇隆主义者"。正因如此，童年及青少年时期的豪尔赫·巴隆曾多次随父母流亡海外。1958年新政府上台后，克劳蒂尔德被当时新上任的阿根廷总统阿图罗·弗隆迪齐（Arturo Frondizi）任命为国家教育委员会主席，劳尔·巴隆则被委以一份外交官的职务。然而这样一个颇具传奇色彩的知识分子家庭却在几年后以悲剧的方式走向了终结。1964年豪尔赫的父母已经决定离婚，而就在某天两人约谈律师并准备商议离婚事宜时，劳尔·巴隆将一杯强酸泼在了妻子克劳蒂尔德的脸上，之后饮弹自杀。这杯强酸最终导致豪尔赫的母亲脸部严重烧伤，之后的几年中，她在儿女（包括豪尔赫·巴隆在内）的陪同下前往欧洲治疗，并且坚持从事了许多年的教育及新闻工作。1978年的一天，59岁的克劳蒂尔德回到当年被丈夫泼强酸的地点，随后跳楼自尽。在父母双双自杀后，豪尔赫·巴隆·比萨的家族悲剧仍未停止，1988年他的妹妹玛利亚也选择服药自杀。

这一系列的家族悲剧深深地影响了豪尔赫·巴隆·比萨。他以这些家族事件为原型，写成了他生前唯一的长篇小说——《沙漠与它的种子》（*El desierto y su semilla*，1998）。这部作品发表后，立即受到了评论界的关注，许多同行作家及评论家都认为该书风格独特，难以归类；有评论甚至认为该书是几年内最优秀的阿根廷小说之一。评论界的好评和读者的需求导致该书迅速售罄，并于1999年再版。豪尔赫·巴隆·比萨本人对该书获得的评价则抱有矛盾的态度，一方面他为自己的作品受到评论界的认可表示欣慰；但另一方面他也发现许多评论者关注该书更主要是因为其中揭露的家族史，而并非作品的文学价值本身。

在《沙漠与它的种子》之后，1999年豪尔赫·巴隆·比萨与另一位作者合作出版了一部短篇新闻故事集，描写的是阿根廷科尔多瓦当地人的生活，该书名为《世纪末的科尔多瓦人》（*Los cordobeses en el fin del milenio*，1999）。他还曾翻译法国作家普鲁斯特早期的一部短篇故事《冷漠者》（*El indiferente*，1987）。此外，豪尔赫·巴隆·比萨曾经为多家报纸杂志撰写过大量的散文、社会评论及艺术评论文章，与他合作过的报纸杂志主要包括《第12页》（*Página/12*）、《当代艺术》（*Arte al día*）以及《内陆之声》（*La voz del interior*）等。这些报刊文章后来被其友人及同事收集成册，并于2010年以文集的形式出版，该文

豪尔赫·巴隆·比萨（Jorge Barón Biza）

集名为《内心深处一切皆被允许》（*Por dentro todo está permitido*）。

2001年，也就是他出版《沙漠与它的种子》的几年之后，仿佛宿命一般，抑或是受到某种家族抑郁史的影响，豪尔赫·巴隆·比萨从一栋楼房的12层跳楼自杀。他的家族悲剧最终还是不可避免地延续到了他自己的身上。

《沙漠与它的种子》（*El desierto y su semilla*）

豪尔赫·巴隆·比萨的代表作《沙漠与它的种子》（1998）是以1964年发生在他母亲和父亲身上的家庭悲剧为基础创作而成的。小说完成后被首都多家出版社拒之门外，作者不得不自费出版。

主人公及叙述者名为马里奥（其原型即作者本人），他的母亲埃丽西亚（Eligia，其原型即作者的母亲克劳蒂尔德）在与丈夫阿隆（Aron，其原型即作者的父亲劳尔·巴隆·比萨）商讨离婚事宜时，脸部被对方泼上了强酸，进而导致严重烧伤。小说一开场，主人公正在送母亲前往医院的路上。作为小说的叙述者，他开始描述母亲被腐蚀的面孔。之后小说又以马里奥的视角叙述了母亲漫长而痛苦的面部恢复过程。通过马里奥的叙述，小说围绕着埃丽西亚被烧伤的面孔进行了细致的描写。一开始，埃丽西亚的脸被腐蚀得完全无法辨认；在医生的治疗过程中，她脸上腐烂的皮肉被剥离，露出骨头和眼球以及没有嘴唇的牙齿。在马里奥的眼中，母亲面孔上一切能够识别其样貌的东西都已经消失，而面部被腐蚀的母亲仿佛也失去了身份，变得模糊不清且无法描述。

此后母亲经过了一次又一次的整容手术，而马里奥则细致描述了母亲的面孔在不同恢复阶段的变化。在照料母亲并且观察母亲的面孔变化的过程中，主人公感到自己的整个家庭以及个人生活也处在分崩离析的状态。在这次事件中,他的父亲开枪自杀,而他本人的生活似乎也像母亲的面孔一样被摧毁了。在陪伴母亲进行恢复之余,主人公对生活失去了感知能力,他在米兰城内游荡、酗酒并寻求性爱。不过小说在呈现"毁灭"过程的同时,也呈现了一种"重建"的过程。小说借主人公之口,通过对母亲面部恢复过程的详细叙述,以及对记忆中母亲形象的追溯,最终以文本的方式重建了母亲的面容与身份;与此同时,他本人似乎也在与一名妓女的相处过程中重新恢复了对生活的感知。

《沙漠与它的种子》是一部关于面孔的小说。母亲面容的丧失与恢复是整部作品的核心。在小说中,母亲的面孔变化不仅是叙事的核心线索,同时也是叙述者为母亲构建某种身份的依托。此外,被腐蚀得无法辨认的面孔似乎也超越了一个人的面孔本身,成为某种哲学层面上难以言说的事物,挑战着叙述者语言的边界。另一方面,这部小说虽然带有强烈的自传色彩,但实际上作者虚实结合,使得小说具有明显的"自我虚构"(autoficción)的特点。在小说中,作者以一个旁观者的视角重新审视,并构建了一个曾经失去声音的自我。这个过去的"我"丧失了对现实的感知,他像失去了面容的母亲一样,需要找到一个新的声音来重建自己的现实。小说中主人公及叙述者马里奥对自己母亲的面容及身份进行了重塑,而这种重塑又与作者对这个文本中的"我"的重塑相平行。应该说,作者通过小说语言将个人以及家族的苦难转化成了文学的叙事与形象,因此该小说超越了单纯的自传作品,成为一部优秀的"自我虚构"小说。此外,小说中也不乏对阿根廷历史的回溯与审视,亦有评论家从历史视角尝试将小说解读为一种对阿根廷历史的隐喻书写。

(赵浩儒)

希欧扎达·贝依（Gioconda Belli）

希欧扎达·贝依（1948— ），尼加拉瓜女作家、诗人、革命人士。1948年出生在尼加拉瓜马那瓜，自20世纪90年代开始，在尼加拉瓜和美国两地居住。她是尼加拉瓜语言学院院士、国际笔会成员，先后荣膺"法国艺术与文学骑士勋章"（2013）、智利"安德烈斯·萨维利亚国际文学成就奖"（2014）、德国"赫尔曼·凯斯滕奖"（2018）和西班牙"索菲亚王后伊比利亚美洲诗歌奖"（2023）。

贝依1970年参加"桑地诺民族解放阵线"（简称"桑解阵"），反对索摩萨家族的独裁统治，遭到政治迫害，之后流亡墨西哥和哥斯达黎加。1979年"桑解阵"推翻索摩萨统治后，她回到国内并在新政府中担任多项职务。虽然"桑解阵"在1989年的大选中失败成为在野党，她也于1994年退出该组织，但是为寻求国家和人民解放的斗争之心从未熄灭。她尤其关注女性解放问题，忧国忧民，针砭时弊，积极参加各类社会活动。2001年贝依把早年参加"桑解阵"革命斗争的过往付诸笔端，出版了往事传记《我皮肤下的国家，爱情与战争回忆录》（*El país bajo mi piel, memorias de amor y de guerra*，2001）。

由于贝依的革命热情和经历,她的文学创作也充满了革新精神,是尼加拉瓜文学革新派的领军人物。她以诗歌开始文学生涯,1970年在《新闻报》(*La Prensa*)的增刊《文化周刊》上发表诗作,两年后结集成册出版,题名为《绿茵上》(*Sobre la grama*,1972),并荣获国家最权威的诗歌奖——尼加拉瓜国立自治大学"马里亚诺·菲阿略斯·希尔诗歌奖"(Premio Mariano Fiallos Gil)。此后,她的诗集一经出版就广受好评,《火线》(*Línea de fuego*,1978)获得"美洲之家诗歌奖"。1982至1987年间她出版了《雷鸣与彩虹》(*Truenos y Arco Iris*,1982)、《反叛的爱情》(*Amor insurrecto*,1984)和《关于夏娃的肋骨》(*De la costilla de Eva*,1987),这三部诗集或部分诗选同时在西班牙、墨西哥、德国、比利时、英国、意大利和美国出版。2002年贝依因诗集《我亲密的人群》(*Mi íntima multitud*)荣获"27年一代国际诗歌奖"(Premio Internacional de Poesía Generación del 27)。《我是隔开的火和摆在远处的剑》(*Fuego soy apartado y espada puesta lejos*,2006)摘得"梅利亚城市国际诗歌奖"(Premio Internacional de Poesía Ciudad de Melilla)。2013年出版的诗集《青春的尾巴》(*En la avanzada juventud*)对其文学创作生涯进行了反思,阐述了她作为女人、母亲、作家、尼加拉瓜人和有责任担当的知识分子的思考。

贝依不仅在诗歌领域硕果累累,在小说世界里也收获了很多的荣誉。1986年,她放弃所有的官职,全力以赴写作第一部小说《被附居的女人》(*La mujer habitada*)。两年后小说问世,作家向读者展现了一个奇妙而生动的魔幻世界,几百年前土著人反抗西班牙殖民者入侵的故事与当今的女权主义运动和政治革命联系在一起,让读者见证了一位来自于上流社会的女性如何历练成真正追求妇女解放的女权主义者。作家用智慧和诗一样的语言书写了一段充满激情的爱情+革命的故事,受到评论界高度赞誉。

1990年,在第一部小说大获成功的基础上,贝依再次深入挖掘女性的内心感情，推出了第二部小说《会预言的索菲亚》（*Sofía de los presagios*）。索菲亚从小被一群吉卜赛人遗弃在迪利亚村，她向一些会巫术的人学习魔法，由于她吉卜赛人的天性，悟性很高。在成立家庭的渴望的驱使下，她和同村的雷内结婚，却陷入仇恨和暴力的地狱，这位神奇的女性毫不犹豫地选择为自由而斗争。

《瓦斯拉拉》（*Waslala*，1996）讲述了梅里桑特拉跟随一位外乡人去寻找前辈们一直梦想找寻的天堂瓦斯拉拉，但是这个瓦斯拉拉就像乌托邦一样是一个遥不可及的理想，一个瑰丽多彩的梦，只存在于人们的想象中。

贝依的第四部小说《诱惑的羊皮纸》（*El pergamino de la seducción*，2005）与《被附居的女人》一样，构筑了一个历史与现代交错的时空。年轻、漂亮而聪明的中美洲女孩露西娅在西班牙生活时，无意中遇到了四十多岁的单身汉、历史老师曼努埃尔并嫁给了他。曼努埃尔痴恋16世纪的西班牙女王"疯子"胡安娜，他让露西娅穿上古时的服饰，不断在露西娅耳边喃喃私语，讲述胡安娜因爱情而疯癫的不幸故事。语言的诱惑具有无限的穿透力，于是露西娅渐渐感觉到胡安娜桀骜不羁、不幸的灵魂慢慢侵蚀了她的身心。该书在2005年西班牙毕尔巴鄂图书展上荣获"银笔奖"（Premio Pluma de Plata）。

2008年贝依发表了《手掌上的无限空间》（*El infinito en la palma de la mano*），对亚当和夏娃被赶出伊甸园的故事进行了全新诠释。该书先后获得2008年"简明丛书奖"和瓜达拉哈拉国际书展"索尔·胡安娜·伊内斯·德·拉克鲁斯奖"。

2010年，贝依以"薇薇安娜·桑松"为笔名投寄书稿《情爱左派纪事》（*Crónicas de la Izquierda Erótica*）参评该年度的"彼岸西语美洲小说奖"（Premio Hispanoamericano de Novela La Otra Orilla），在615份书稿中脱颖而出，获得评委会一致好评，摘得头魁。因书中的情爱左派政党党名源自危地马拉诗人安娜·坞利业·罗达斯的《情爱左派诗集》，出版时经商议，将小说更名为《女人国》（*El país de las mujeres*），讲述了以薇薇安娜·桑松为首的女性团体——情爱左派政党赢得法瓜斯（Faguas，作家多部小说中出现的虚构的热带国度）大选，上台执政，改弦更张，扫除污垢的故事。

2014年，作家的第七部长篇小说《灼热的月亮》（*El intenso calor de la luna*）讲述了一个48岁的家庭主妇爱玛在青春美貌、生儿育女的职责逐渐离她远去时，选择背叛自己平静的生活，去发现成年女性新的自我价值。2018年出版的最新作品《记忆的狂热》（*Las fiebres de la memoria*）讲述了作家家族先辈从法国辗转抵达尼加拉瓜，以移民身份适应美洲的生活，重构身份的故事。

此外，身为4个孩子的母亲，贝依还出版了5本儿童故事集：《蝴蝶的工作间》（*El taller de las mariposas*，1994）、《爬山虎的拥抱》（*El abrazo de la enredadera*，2005）、《微笑绽放时》（*Cuando floreció la risa*，2016）、《树木飞翔的那天》（*El día que los árboles volaron*，2017）和《拥有世上最大眼泪的女孩》（*La niña que tenía las lágrimas más grandes del mundo*，2017）。书中充满魔幻瑰丽的想象，不仅让小读者们着迷，也给成人很多启示。

《被附居的女人》（*La mujer habitada*）

《被附居的女人》（1988）是希欧孔达·贝依的首部长篇小说，堪称她的代表作。

23岁的拉维尼亚·阿拉尔孔在欧洲完成建筑学专业，回到国内。她虽然出身于贵族资产阶级家庭，但是父母更乐于出去社交应酬，而不愿意给予女儿关爱，只有她的姨妈和爷爷疼爱她。因此拉维尼亚在接受了欧洲女权主义运动思想后，也想做一个独立的女性。于是她决定离开

希欧孔达·贝依（Gioconda Belli）

父母，搬到姨妈生前留下的房子，独自生活，并且在一家建筑师事务所找了一份工作。然而工作第一天回到家里，拉维尼亚非常沮丧，因为所里的男同事们对她不一视同仁，这让她感觉到男女的不平等地位。她的心情被家中院子里的一棵橘树看在眼里，在这棵橘树上附居了一颗古老的心魂，那是几百年前印第安妇女伊查的灵魂。伊查追随丈夫一起抵御西班牙殖民者的入侵，为了不让自己的后代成为殖民者的奴隶，他们拒绝怀孕生子。战死沙场后，伊查的灵魂辗转漂泊，最后停留在这棵橘树上。伊查一直关注着拉维尼亚的生活和心情变化，揣摩着当代女性的特点，最后她甚至附居到拉维尼亚身上，努力唤醒她内心深处尚未被开掘的女性精神，把拉维尼亚塑造成一位成熟独立的女性。

拉维尼亚的独立成熟不仅仅有着伊查的呼唤，而且还得益于其男朋友菲利佩的教育。菲利佩是建筑师事务所的负责人，同时还是秘密革命组织"国家解放运动"的成员。他领着拉维尼亚去了解穷人们的悲惨生活，之后把受伤的革命战友藏在拉维尼亚家中。这次经历更是让拉维尼亚直接面对血淋淋的生活现实，见识了国家独裁者大将军的残酷镇压，真正理解了长达4个世纪的民族解放独立事业。最后拉维尼亚也参加了革命，并接受了刺杀大将军的任务。

这是拉美文学爆炸后一部颇具启发性的特色小说。虽然在小说中作家虚构了一个热带国家，但是读者很容易就发现这其实是以尼加拉瓜的历史现实为原型的。很多时候作家用接近于纪实文学的现实主义手法描述尼加拉瓜独裁者索摩萨统治时期的局势和"桑解阵"的反抗活动，但同时作家又运用了许多魔幻的元素。例如拉维尼亚家的橘树很久都没有开花结果，但是拉维尼亚第一天去上班的时候，橘树上竟然绽放出一树的橘花，这是因为附居在橘树上的灵魂可以让橘树随着她的气节和生命轮回而重生。于是小说向读者呈现了两个不同的世界，一个是带有远古印第安人神话的魔幻世界，一个是充满着血淋淋斗争的现实世界。原本只是想实现自我价值、书写个人历史的拉维尼亚在这两个世界里实现了自我超越，为国家大历史的撰写做出了贡献。

贯穿这部小说的一个重要主题是女性解放。小说开篇时，从欧洲学成回国的拉维尼亚对女性解放只是停留在理论认识上。随着她接触到周边的事实，一切不再是理念、思想，而是鲜活的实体时，她开始意识到西方女权理论在自己的国家难以实行。此外，小说中伊查、革命女战士芙萝尔、女仆人都对女性解放提出了自己的看法，她们各自的行为以及与拉维尼亚的对话逐渐揭示了作家的观点：女性在实现自我解放的时候却总也改变不了自身是女人、母亲、女儿的身份。正是因为女性天生的母爱特质，拉维尼亚在枪杀大将军的关键时刻，因脑中闪现出大将军幼子的童真画面而走神，从而让大将军抢占先机，反将其打伤。

作家以其参加革命的真实经历、诗人的意境和对女权主义运动深邃的探究完成了《被附居的女人》这部优秀的小说，受到评论界的高度赞誉。此书在欧美市场销量很高，尤其在德国，她因此荣获了德国1989年"图书管理员、出版商和书商颁发的政治小说奖"（Premio de los Bibliotecarios, Editores y Libreros a la Novela Política）和德国艺术学院的"安娜·西格斯文学奖"（Premio Anna Seghers）。

（路燕萍）

萨比娜·贝尔曼（Sabina Berman）

萨比娜·贝尔曼（1955—　），墨西哥著名女剧作家、记者。被公认为墨西哥当代戏剧领域最具代表性的作家之一，其作品在戏剧评论界口碑不凡，并成为多家著名剧院商业演出的票房保证。

萨比娜·贝尔曼来自一个波兰犹太移民家庭，其父母在二战期间为躲避纳粹对犹太人的迫害而移居墨西哥。萨比娜在墨西哥城出生并在那里接受教育，受到身为心理治疗师的母亲影响，贝尔曼在伊比利亚美洲大学学习墨西哥文学的同时，还修习了心理学专业课程。这样的学习经历对她后来的文学创作大有裨益，使她在塑造戏剧角色时能以对人物心理的深层把握为依据，完成舞台行为与心理进程的高度契合，因而也构成其作品的独特风格。

萨比娜·贝尔曼自20世纪70年代开始涉足影视、戏剧文学领域的创作，初试啼声便取得佳绩。1974年，她与德尔菲娜·卡雷阿加（Delfina Careaga）合作的剧本《亚历杭德拉姨妈》（*La tía Alejandra*）被搬上大银幕，斩获当年的墨西哥电影艺术学院"阿列尔奖"（Premio

Ariel）最佳原创剧本奖。1995年，她担任编剧并参与执导了电影《比利亚与裸女》（*Entre Villa y una mujer desnuda*），影片的男女主人公阿德里安和希娜对墨西哥革命时期的著名农民领袖潘丘·比利亚都有着浓厚的兴趣，他们因这种追溯历史的共同爱好走到一起，并逐渐发展为情人的关系。随着交往的深入，希娜发现他们二人之间的关系跟潘丘·比利亚与诸多女性之间纠缠不清的情形十分相似，因而要求阿德里安做出感情上的担当。但阿德里安不愿面对这份责任，采取了逃避的态度。可他无法放下对希娜的感情，最终决定回到她身边，但希娜却已决定离开，要让阿德里安为自己的怯懦付出代价。影片上映后引起极大反响，作者对主人公的情感纠葛在心理上的映照进行了生动细致的描述，表现了构建戏剧性的高超技巧，在评论界和观众群中都获得了好评。萨比娜·贝尔曼担任编剧的另一部作品《后院》（*Backyard*）也成为2010年的优秀影片，还代表墨西哥参加了当年奥斯卡最佳外语片的角逐。

除了在电影文学方面所取得的成就，萨比娜·贝尔曼在戏剧文学领域也建树颇丰。从20世纪70年代起，她所创作的戏剧文学作品频频获奖，逐渐引起公众和专业剧评家们的注意，其中，《美国佬》（*Yankee*）、《谜》（*Rompecabezas*）和《异教徒》（*Herejía*）结合墨西哥的社会历史现实，围绕着历史与政治的关系、移民群体等公众关心的主题展开剧情，上演后均获得巨大成功，分别获得1979年、1981年和1983年的墨西哥"国家戏剧奖"。

随着在戏剧领域创作的日益成熟，萨比娜·贝尔曼在作品中所涉及的主题也更为丰富而深刻。在发表于1989年的《意外死亡》（*Muerte súbita*）中，作者通过一对情侣的故事，将人人都有可能经历的生活境遇展现在舞台上。作家安德烈斯和模特格洛丽娅生活在一起，在日复一日的平静生活中，两个人的关系显得稳定而牢固。但忽然有一天，安德烈斯的老友、刚刚出狱的奥德赛登门造访，他的到来让安德烈斯和格洛丽娅的关系经历了严峻的考验，当主人公面对生死问题时，他们内心世界中的友谊、爱情、欲望、复仇都被赤裸裸地展现在舞台上。

《莫里哀》（*Molière*）是萨比娜·贝尔曼创作于1998年的一部作品，通过这部作品萨比娜深入讨论了戏剧中喜剧元素与悲剧元素在矛盾和对抗中的冲突与融合。在作品前言中，萨比娜曾表示，要创作一部戏剧作品，其实就是要将两个矛盾对立的人物带上舞台，而在这部作品中，她选择了"喜剧之王"莫里哀和悲剧大师拉辛作为一对表现对立冲突关系的人物。作品并不纠结于历史的真实性，而是将着眼点放在两种观点的对抗性上，把莫里哀这位喜剧大师的生平当作戏剧情节推进的线索，而拉辛则作为莫里哀的对立面来发表对戏剧创作的不同见解。借助戏剧人物之口，萨比娜也陈述了自己对于戏剧这个艺术门类的认识，对于戏剧该如何有效地吸引观众来面对未经修饰的现实生活阐述观点。《莫里哀》一剧上演后好评如潮，被公认为萨比娜·贝尔曼的代表性作品之一，为她赢得了1998年的"塞尔希奥·马加尼亚奖"（Premio Sergio Magaña）、1999年"鲁道夫·乌西格利戏剧奖"（Premio Rodolfo Usigli de Teatro）、"胡安·鲁伊斯·德·阿拉尔孔奖"年度最佳作品奖以及"批评家联合会奖"（Premio de la Asociación de Críticos）。

《弗洛伊德医生，千禧快乐！》（*Feliz nuevo siglo doktor Freud*，2001）是萨比娜·贝尔曼为新世纪到来创作的又一部力作，这部作品以心理分析学鼻祖弗洛伊德的诊疗案例为主要内容，为观众展示了作者非常熟悉的心理治疗领域的秘密，以及这些秘密后面隐藏的与人性相关的内容。

除了上述这些已成为墨西哥当代戏剧经典的作品，萨比娜·贝尔曼在儿童剧的创作方面也显示出过人的才华，她的《"小果子"的神奇故事》（*La maravillosa historia de chiquito pingüica*）以墨西哥玛雅文化中关于乌赫玛尔金字塔的传说为素材，将传说中建造了诸多金字塔的名叫"小果子"（pingüica）的绿色小妖精的形象搬上舞台。作者对墨西哥民间传统神话元素的吸收和运用为整部作品带来活泼明丽的色彩感，赢得了广大儿童观众的热烈欢迎，并因此获得了1982年墨西哥国家戏剧奖"最佳儿童剧"奖项。涉及环保题材的《烟之树》（*El árbol de humo*）和讨论"时间"主题的《时光窃贼》（*Los ladrones del tiempo*）也分别获得了1986年的"塞莱斯蒂诺·格罗斯蒂萨奖"（Premio Celestino Gorostiza）和1991年的批评家联合会"最佳戏剧作品"奖。

萨比娜·贝尔曼在戏剧领域所表现出的充沛的活力和出色的创新性让她跻身于墨西哥当代戏剧最优秀的作家行列，时至今日，她仍活跃在墨西哥剧坛，用自己的作品为戏剧导演、演员和观众们创造着一个又一个惊喜。

中译本：《莫里哀》，马政红译，收录于《戏剧的毒药：西班牙及拉丁美洲现代戏剧选》（*Dramaturgia contemporánea iberoamericana*），上海人民出版社，2015年；《在世界中心潜游的女孩》（*La mujer que buceó en el corazón del mundo*，2010），谭薇译，黄山书社，2015年。

《弗洛伊德医生，千禧快乐！》（*Feliz nuevo siglo doktor Freud*）

《弗洛伊德医生，千禧快乐！》（2001）是墨西哥著名女剧作家萨比娜·贝尔曼的代表作之一，围绕着在心理学领域被称为"朵拉案例"的真实诊疗病例展开，在舞台上艺术地再现了现代心理分析理论的奠基人西格蒙德·弗洛伊德曾主导的对一位名叫朵拉的女病人进行的治疗。以该病案的分析记录为基础，弗洛伊德完成了《梦和歇斯底里》，为其之前发表的《癔症研究》（1895）和《梦的解析》（1900）进一步提供了临床例证。

在《弗洛伊德医生，千禧快乐！》中，18岁的少女朵拉所写的一封

萨比娜·贝尔曼（Sabina Berman）

关于自杀的书信被其父发现，因而被送到弗洛伊德处接受治疗。在治疗过程中，弗洛伊德与朵拉的交流逐步揭示了她的生活过往。弗洛伊德通过心理分析，将朵拉曾出现的生理病症与其生活经历和心理状态联系在一起。幼年时期的朵拉曾出现呼吸困难的症状，在少女时期出现偏头痛和神经性咳嗽。弗洛伊德凭借自己关于性压抑导致癔症的理论，分析了这些症状产生的原因。如果把朵拉的个案放在真实的社会大背景下，可以看到，她的经历反映了19世纪末、20世纪初大部分女性的真实境况，发生在她们身上的心理问题往往与社会背景密切相关。朵拉从小生活优渥，接受中规中矩的教育，被家庭严格管束，承受来自父亲的巨大压力。在朵拉的想象中，自己的父亲与K女士有着不正当的关系，正因为这一关系的存在，她被作为抵押物让渡给了K先生。父亲带她来弗洛伊德医生处进行治疗的初衷大约是想改变女儿的想法，以便维持与K女士的关系。弗洛伊德并没有服务于朵拉父亲的目的，但他将对病例的分析建立在自己的俄狄浦斯情结的理论上，有意引导朵拉承认对K先生的感情，暗示K先生与朵拉父亲形象的内在关联，以证明朵拉在K先生身上发生的情感转移。但在分析的过程中，作为心理分析师的弗洛伊德却也不可避免地显示出作为一个男性而非分析师的欲望和阻抗。

《弗洛伊德医生，千禧快乐！》中的案例发生在1899年，恰逢新世纪千禧年来临的前夕，作品中少女朵拉的形象可以说象征了即将到来的新世纪带给全世界的欲望和激情，而这些欲望和激情从萌生的那一刻起，就形成一种强劲的力量，与属于旧时代的一切社会规范和压制进行抗争。对这部作品的不同角度的解读可以产生不同层次的诠释，从表面上看，作品展示了一个有趣的事件，讲述心理分析学派之父如何不断完善和发展自己关于情感转移的理论。但在单纯的事件描述后面，不难发现作品所着力体现的，是一个由男性主导的、千百年来坚不可摧的世界上最先出现的裂痕，这些裂痕将随着新世纪的到来逐渐扩大，并最终导致旧有秩序的崩塌，从而给予一直处于被动受制地位的女性以真正的目主意识和权利。

凭借这部作品,萨比娜·贝尔曼获得了2001年的"布拉沃奖"(Premio Bravo)和2002年的"胡安·鲁伊斯·阿拉尔孔奖"年度最佳作品奖。

(卜珊)

阿尔贝托·布兰科(Alberto Blanco)

阿尔贝托·布兰科(1951—),墨西哥诗人、作家。1951年生于墨西哥城。于伊比利亚美洲大学取得化学学士学位,曾在墨西哥国立自治大学修读哲学,在墨西哥学院修读东方研究。1970年开始在杂志上发表作品,同《墨西哥艺术》(Artes de México)、《批评》(Crítica)、《分形》(Fractal)、《自由文学》(Letras Libres)、《乐谱》(Pauta)、《回归》(Vuelta)等杂志均有过合作。1977年获墨西哥作家中心资助,得到胡安·鲁尔福(Juan Rulfo)和萨尔瓦多·埃利松多(Salvador Erizondo)的指导。此后又陆续获国家美术学院、国家文化艺术基金会、富布莱特项目、洛克菲勒基金会资助以及古根海姆奖。1994年加入"全国艺术创作者系统",一度担任其评委。1998年至1999年间任教于圣地亚哥州立大学,2009年至2010年间任教于明德学院,曾多次在墨西哥、美国及欧洲各国举办讲座,教授课程,开设文学及翻译工坊。

1985年,阿尔贝托·布兰科出版第一部诗集《灯塔的转动》(Giros de faros, 1985),之后陆续出版《通向你的漫漫长路》(El largo camino hacia ti，1980）、《出生之前》（Antes de nacer，1983）、《光芒之后》（Tras el rayo，1985）、《贴纸》（Cromos，1987）、《献给动物影子的歌》（Canto a la sombra de los animales，1988）、《群鸟之书》（El libro de los pájaros，1990）、《原材料》（Materia prima，1992）等诗集，以及《瞬间之心》（El corazón del instante，1998）、《时刻与雾霭》（La hora y la neblina，2005）等诗歌选集。其中，《贴纸》获1988年"卡洛斯·佩利塞尔伊比利亚美洲诗歌艺术奖"（Premio Iberoamericano Bellas Artes de Poesía Carlos Pellicer）；《献给动物影子的歌》获1989年"何塞·富恩特斯·马雷斯国家文学奖"（Premio Nacional de Literatura José Fuentes Mares）。诗人的诗论集《歌与飞翔》（El canto y el vuelo，2016）获2017年"哈维尔·比亚乌鲁蒂亚奖"（Premio Xavier Villaurrutia）。

在诗歌创作者的身份之外，阿尔贝托·布兰科还是一位视觉艺术家，著有艺术评论著作《视觉的声音》（Las voces del ver，1997）、《形式的回声》（El eco de las formas，2012）等，创作的拼贴画、绘画作品曾多次于国内外展出并结集出版。此外，他还是"公社"（La comuna）摇滚乐队的创建者、作曲人和乐队主唱，"原子笔"（Las plumas atómicas）爵士摇滚乐队的创建者、作曲人、键盘手和乐队主唱，先后创作过百余首歌曲。

诗人曾在与埃莱娜·波尼亚托夫斯卡（Elena Poniatowska）的一次访谈中提到，他认为诗歌是使用语言的另一种方式，而词语同时是形象、音乐和意涵。因此对视觉艺术，如水彩画、油画、雕塑等形式的探索，同画家、摄影师、雕塑家的合作，以及演奏、作曲、担任主唱的音乐实践都构成了滋养诗人诗歌创作的重要土壤。在布兰科的诗中，不同的艺术形式结合在一起，造型艺术的形象性、散文的思辨性、抒情诗的创造性在他的作品中交融，共同塑造出一种形式多元、结构复杂、面向丰富的诗歌。美国诗人杰尔姆·罗滕伯格（Jerome Rothenberg，

阿尔贝托·布兰科（Alberto Blanco）

1931— ）曾指出："布兰科凭借他作为视觉艺术家、音乐家、散文家和翻译家的创作跨越了诗歌的边界。"而何塞·埃米利奥·帕切科（José Emilio Pacheco）在为布兰科的双语诗集《感官的黎明》（*Dawn of the Senses*，2014）所作的序中则这样评价诗人："（布兰科）是一个如同亨利·詹姆斯所说的，什么都不会遗落的人：一切都从他的词语中涌出，变成他诗歌河道中的支流。他对化学的研究、作为视觉艺术家和爵士乐手的实践、对中国文化和佛教禅宗的了解，赋予他的诗歌一种其他墨西哥诗人并不具备的语调与视角。"

《瞬间之心》（*El corazón del instante*）

《瞬间之心》是墨西哥诗人阿尔贝托·布兰科1998年出版的诗歌选集，收录了诗人1973年至1993年创作的12部诗集中的作品，依诗人所言，表现了"一个完整的诗歌周期"。全书分为十二节，有的章节名与诗人已出版的诗集题目相同，有的有所更改："灯塔的转动"、"贴纸的抛物线"（*La parábola de cromos*）、"耳中的风景"（*Paisajes en el oído*）、"动物之书"（*El libro de los animales*）、"光芒之后"、"原材料"、"这份寂静"（*Este silencio*）、"翻转的三叶草"（*Trébol inverso*）、"瞬间之心"（*El corazón del instante*）、"天空的平方根"（*La raíz cuadrada del cielo*）、"反风景及所见的诗歌"（*Antipaisajes y poemas vistos*）和"出生之前"。

第一节"灯塔的转动"以速写式的一组短诗——《标志》（«Emblemas»）开篇，初显全作绘画与诗歌紧密相连的创作风格："天线/太阳的尖端/天空的庆典/城/里面的烟/词语并不飞翔/而是闪光/它们的翅膀是/火焰的许诺"。《主显节前夕》（«Noche de Reyes»）一诗以小小的月亮符号分开诗节，用图像与文字一同呈现"夜"的主题。第二节"贴纸的抛物线"同第六节"原材料"中选录的诗作侧边都注有画家、雕塑家、版画家和摄影师的名字,远如阿佩莱斯、乔托、保罗·乌切洛,近如安东尼·塔皮埃斯、弗里达·卡罗。布兰科的诗歌同这些艺术家的作品构成了一种"平行创作",在诗歌与视觉艺术间形成一种互文关系,如《罗马人之战》(«Una batalla de Romanos»)一诗即取材于乌切洛的画作《圣罗马诺之战》(*Battaglia di san Romano*),又从语言和形象的角度对原作加以改写:"长矛的森林打开/一道血沿斜坡淌下——从一朵到另一朵花——/内部涌流的象征/浇灌田地,浸染蔬菜。/圆滚滚的番茄和多汁的胡萝卜/灼人的辣椒和温柔的甜菜自此诞生。"

第四节"动物之书"收录各种以动物为主角的短诗,或以画家的敏锐刻画鲜活的动物形象,或以寓言家的睿智将动物变作耐人寻味的象征。前者如《群马之海》(«Mar de caballos»):"星辰一样的马群/在波浪之间颤动/如一双嘴唇/被盐封缄的马群"。后者如《猫与鼠》(«El gato y el ratón»):"像灯和影/扫把和地毯上的尘絮/面具和受惊的小女孩/事物和为之命名的词语/猫与鼠即是如此"。第七节"这份寂静"收录了一首短歌和四组共17首俳句,体现出日本文学对诗人的影响。第十节"天空的平方根"中的诗作以数学和物理法则为题材,从《第一节几何课》(«Primera lección de geometría»)、《重力论》(«Teoría de la gravedad»)、《相对论》(«Teoría de la relatividad»)等诗名中即可窥见一二。第十二节"出生之前"以四组无标点,由空白分隔为左右两部分的诗作组成,书写生命的诞生与演进,组诗开头的字母正好组成《圣经》中"以挪士"(Enos)的名字。

在《瞬间之心》中,读者可以清晰地辨认出阿尔贝托·布兰科打破艺术类型边界,将词语、图像、公式等多种语言综合在一起的创作风格。诗人从不拘泥于单一的形式题材,不断更新创作的资源与主题,从自然、历史、绘画、数学、物理等领域广泛取材,组织成形式与内容新颖多样的诗歌。另外,诗人还有意识地将自己的诗歌置于一张广大的互

阿尔贝托·布兰科(Alberto Blanco)

文网之中,或是在组诗前引用著名诗人如奥克塔维奥·帕斯的诗句,以呼应组诗主题;或是直接以斜体将他人写作的诗歌、哲学典籍、歌词甚至信件中的句子插入诗中,再在附录中加以说明,创作出诗歌的拼贴画,使作品折射出多样的色彩。如秘鲁文学评论家、作家胡利奥·奥尔特加(Julio Ortega,1942—)所言,布兰科的写作"向我们展示了观看的可能性"。

(黄韵颐)

罗伯托·波拉尼奥·阿巴洛斯
（Roberto Bolaño Ávalos）

罗伯托·波拉尼奥·阿巴洛斯（1953—2003），智利小说家、诗人。出生于圣地亚哥，在小镇长大。他的父亲是卡车司机和业余拳击手，母亲则在学校里教数学和统计，波拉尼奥最早的文学启蒙就是听母亲朗诵聂鲁达的诗集《20首情诗和一支绝望的歌》。

由于父母亲关系长期不稳定，反复分居又复合，1968年在母亲的劝说下，波拉尼奥举家搬迁到墨西哥城。在那里他继续上学至18岁，随后决定辍学自修，终生未能完成中学学业。那几年他整天宅在家里，或泡图书馆，疯狂阅读并开始诗歌创作。1973年，波拉尼奥决定重返智利参加革命，经过长途跋涉终于抵达了圣地亚哥，几天后智利就爆发了9·11军事政变。当年11月他在访友的路上被捕，由于其中一名警察是他以前的同学，没过几天他就被释放了。上述这段经历为波拉尼奥增添许多荣光，在他接受采访时被反复提及。

逃回墨西哥后，在70年代中期，波拉尼奥和一群志同道合的年轻

罗伯托·波拉尼奥·阿巴洛斯（Roberto Bolaño Ávalos）

诗人一起致力于推动"现实以下主义"（Infrarrealismo）运动，立意反对官方文化及其代表、大诗人奥克塔维奥·帕斯，旨在激发拉美年轻人对生活与文学的热爱。同期，波拉尼奥的父亲在墨西哥组成了新的家庭，母亲则远赴西班牙。不久以后，波拉尼奥决定追随母亲前往欧洲。

在很长一段时间里，波拉尼奥在巴塞罗那附近靠打零工过活，做过洗碗工、服务员、露营地守夜人、卸船苦力或是葡萄采摘工，他用夜晚的时间从事诗歌创作。1985年他结了婚，并在离巴塞罗那不远的小城布拉内斯定居。1990年儿子劳塔罗出生，同时波拉尼奥得知自己的肝病已经恶化，于是他决定转写小说，目的是冲击各大文学奖项，用奖金改善拮据的家庭经济状况。尽管其小说创作起步时间较晚，最后却留下了十几本小说和数个短篇小说集，近几年一直有新的遗作面世，如小说《难忍的高乔人》（*El gaucho insufrible*, 2003）、《帝国游戏》（*El Tercer Reich*, 2010）、《科幻小说的精神》（*El espíritu de la ciencia-ficción*, 2016）和《牧马人的墓地》（*Sepulcros de vaqueros*, 2017），以及《波拉尼奥个人访谈录》（*Bolaño por sí mismo. Entrevistas escogidas*, 2006），多达数百万字。2003年，他因肝功能严重受损离世，享年50周岁。

诗歌是波拉尼奥最为钟情的文学体裁，他曾多次公开表示小说的艺术性要稍逊一筹。他的诗集《浪漫的狗》（*Los perros románticos*）曾获得1994年"圣塞巴斯蒂安市储蓄银行文学奖"的"最佳西班牙语诗歌奖"（Premios Literarios Kutxa Ciudad de San Sebastián 1994, a mejor poesía en castellano）。

真正令波拉尼奥大放异彩的是其小说创作。其笔下的主人公多为孤独、颓废、反叛或疯狂的诗人及小说家，永恒不休地追寻着文学的真谛，并且整个小说谱系或多或少存在着一定的关联性。1996年他出版了《美洲纳粹文学》（*La literatura nazi en América*），一部伪百科全书式的作品，其中虚构了一批并不存在的作家及其作品；同年出版的《遥远的星辰》（*Estrella distante*）则是《美洲纳粹文学》最后一章的扩写，以第一人称的视角讲述了诗人维德尔的传奇一生；1998年《荒野侦探》（*Los detectives salvajes*）的出版使波拉尼奥一举成名，获得当年"埃拉尔德小说奖"（Premio Herralde de Novela），随后在1999年获得"罗慕洛·加列戈斯国际小说奖"（Premio Internacional de Novela Rómulo Gallegos），其英译本入选2007年《纽约时报书评》十佳图书；1999年，小说《护身符》（*Amuleto*）出版，主角是一位曾出现在《荒野侦探》中，自称"墨西哥诗歌之母"的女性，书中还出现了"2666"的字样；2000年出版的中篇小说《智利之夜》（*Nocturno de Chile*）的主人公则是一位智利神父兼文学评论家，这是波拉尼奥首部被翻译成英语的作品，大获好评；2003年波拉尼奥去世的时候，鸿篇巨制《2666》五个部分的最后一部尚未完结。此书于2004年出版，轰动了欧美文坛，其英译本入选《纽约时报书评》2008年度的十佳图书，并获得2008年美国"国家书评人协会奖"（National Book Critics Circle Award）。随后波拉尼奥其他作品的多语种译本纷纷面世，不断受到读者和评论界的赞誉，被誉为"那一代拉美文学界最具意义的声音"[①]，甚至有评论认为《2666》的出版足以奠定作者世界级文学巨匠的地位。

2013年，智利女导演阿莉西亚·舍尔森（Alicia Scherson）把波拉尼奥的《一部无知的中篇小说》（*Una novelita lumpen*，2002）搬上大银幕，影片取名《未来Ⅱ》（*Il futuro*）。现在她又把《帝国游戏》改编成《1989》（1989）。另外，《难忍的高乔人》和《2666》都被搬上了舞台。

中译本：目前，上海人民出版社已经出版了波拉尼奥的诗集《未知大学》（2017，范晔、杨玲译），小说《荒野侦探》（2009，杨向荣译）、《2666》（2012，赵德明译）、《护身符》（2013，赵德明译）、《地球上最后的夜晚》（2013，赵德明译）、《美洲纳粹文学》（2014，赵德明译）、《遥远的星辰》（2016，张慧玲译）、《智利之

---

① Rohter, Larry. "Harvesting fragments from a Chilean master", *The New York Times*, 2012-12-20.

罗伯托·波拉尼奥·阿巴洛斯（Roberto Bolaño Ávalos）

夜》（2018，徐泉译）、《佩恩先生》（*Monsieur Pain*，2019，朱景冬译）、《帝国游戏》（2020，汪天艾译）、《科幻精神》（2022，侯健译）和短篇小说集《重返暗夜》（*El retorno*，2021，赵德明译）。中信出版集团出版了《波拉尼奥：最后的访谈》（*Roberto Bolaño: The Last Interview and Other Conversations*，2019，普照译）。

《智利之夜》（*Nocturno de Chile*）

《智利之夜》（2000）系智利当代著名诗人、作家罗伯托·波拉尼奥的中篇小说代表作。1999年波拉尼奥曾短暂回到智利圣地亚哥，在重返巴塞罗那后完成了这部作品。他曾表示《智利之夜》是其所有作品中最为完美的一部。该书采用第一人称，结构形态独特，全书未分章节，一共只有两段，第二段只有一句话。

小说的主人公巴斯蒂安·乌鲁提亚·拉克鲁瓦是一位神父，天主教主业会的成员，虽然作为诗人名声不显，却是一位著名的文学批评家。因为坚信自己即将死去，发着高烧的他在短短一个晚上的时间里，对自己人生中最重要的那些时光——进行了回顾，向读者讲述了以下往事：神父年轻时与智利国内文学批评界的教父费尔韦尔交往，继而引出了萨尔瓦多和荣格尔以及一位在1943年的巴黎放任自己死于营养不良的危地马拉画家之间的往事；身份暧昧的委托人欧依多和欧德姆先生；一趟环游欧洲，通过用猎鹰消灭鸽子来保护欧洲诸多教堂的旅行；向以皮诺切特将军为首的军政府集团教授马克思主义课程的特殊经历；以及在女作家玛利亚·卡纳莱斯家中所举办的文学聚会，那里聚集了智利文学界最杰出的人物，同时在地下室里却发生着堪比恐怖电影的可怕事件。

《智利之夜》是波拉尼奥首部被引入英语世界的作品，震撼了西方文学界，著名评论家苏珊·桑塔格(Susan Sontag，1933—2004）表示:"这是一部注定要在世界文学中拥有永恒地位的当代小说。"[1]在2004年波拉尼奥的遗作《2666》出版前,《智利之夜》也是其所有作品中各语种译本最多的一部。

波拉尼奥最初坚持以《屎风暴》作为这部小说的标题,后来在出版社的劝说下改名。在作者看来,喁喁独语的神父、对祖国的独白、与文学大师的交往、军政统治下的青春记忆,所有这些让自己深陷其中、又爱又恨、无法自拔又讽刺不屑的一切,也许只不过是头脑里的一场屎风暴。全书反复提及"时光""历史"和"遗忘"等主题,充满了大量的比喻。波拉尼奥曾在一次采访中表示:"《智利之夜》是对一个地狱般的国家的隐喻,也是对一个年轻国家的隐喻——这个年轻的国家,不懂得自己到底是一个国家,还是一段转瞬而逝的风景。"[2]

(徐 泉)

---

[1] 苏珊·桑塔格的这一评论被印刷在由 New Directions Publishing 于 2003 年出版的英译本 *By Night in Chile* 的封底。

[2] Jösch, Melanie. "Entrevista a Roberto Bolaño: Si viviera en Chile, nadie me perdonaría esta novela", *Primera Línea*, diciembre de 2000. https://edisciplinas.usp.br/mod/resource/view.php?id=2717645 [2019-09-12]

卡柔·布拉乔（Carol Bracho）

卡柔·布拉乔（1951— ），墨西哥当代重要的女诗人，也是拉丁美洲新巴洛克诗歌的代表人物。1951年5月22日出生在墨西哥城，毕业于墨西哥国立自治大学西班牙语语言文学专业，后长期执教于美国高校，开设西语文学和创意写作课程，参与了三本重量级墨西哥西班牙语词典的编纂工作。

布拉乔的父亲是一位矿业和冶金工程师，母亲从事现代舞研究。前者赋予她沉静、内敛和多思的性格，后者则给了她诗人的浪漫情怀与想象力。1961年，父亲的辞世让布拉乔在思想上迅速成长起来。1963年，布拉乔和母亲还有五个兄弟姐妹来到了英国的布里斯托尔（Bristol）生活，并因此接触了大量的英语诗歌。此后，她又独自来到法国西北部的坎佩尔（Quimper），在那里寄宿学习。也是在坎佩尔，布拉乔开始了与法国诗歌的第一次接触。

1972—1979年，布拉乔在墨西哥国立自治大学的西班牙语语言文学系学习，师从西班牙黄金世纪诗歌研究大家马吉特·弗兰克（Margit

Frenk）、安东尼奥·阿拉托雷（Antonio Alatorre）；还在文学创作的过程中得到了胡安·加西亚·彭塞（Juan García Ponce）、何塞·埃米利奥·帕切科以及奥克塔维奥·帕斯等人的指点与支持。1977年，她的第一部诗集《顺滑肌肤的鱼》（*Peces de piel fugaz*）问世。

1978—1982年，布拉乔参与了墨西哥学院的路易斯·费尔南多·拉腊博士（Luis Fernando Lara）主持的系列墨西哥西班牙语词典编写。1982年《墨西哥西班牙语基础词典》（*Diccionario fundamental del español de México*）面世。同一时期，她大量阅读了西班牙语、法语和英语诗歌（波德莱尔、魏尔伦、佩斯、艾略特等）。1981年，布拉乔凭第二部诗集《将死之人》（*El ser que va a morir*）荣膺"阿瓜斯卡连特斯国家诗歌奖"（Premio Nacional de Poesía Aguascalientes）。1983—1990年，诗人在美国马里兰大学承担本科西班牙语、翻译和文学课程。她与诗人艾略特·温伯格（Eliot Weimberger）、帕切科和萨乌尔·尤吉耶维奇（Saúl Yurkievich）结下了深厚友谊。1992年，布拉乔出版诗集《内核燃烧的大地》（*Tierra de entraña ardiente*）。1998年，出版诗集《琥珀的意愿》（*La voluntad del ámbar*）。2000—2001年，布拉乔获得"古根海姆奖学金"，在纽约进行诗歌学习与创作。2003年，她出版了《那空间，那花园》（*Ese espaccio, ese jardín*）。2004年，诗人凭借该诗集荣膺"哈维尔·比亚乌鲁蒂亚奖"。2005年，布拉乔在哥斯达黎加出版选集《这个晦涩的词语打开了它的雨林》（*Esta palabra oculta abre su selva*）。之后陆续出版诗集《酒店房间》（*Cuarto de hotel*，2007）和《如果皇帝笑了》（*Si ríe el emperador*，2010）。2011年，荣膺墨西哥经济文化基金出版社、加拿大锻造书写出版社和墨西哥作家协会共同颁发的"海梅·萨比内斯-加藤·拉普特安奖"（Premio Internacional de Poesía Jaime Sabines-Gatien Lapointe）和"萨卡特卡斯国际诗歌奖"（Premio Internacional de Poesía Zacatecas）。

中译本：《在时间的核中：卡柔·布拉乔诗选》，程弋洋译，译林出版社，2019年。

《顺滑肌肤的鱼》（*Peces de piel fugaz*）

《顺滑肌肤的鱼》（1977）是墨西哥当代重要的女诗人卡柔·布拉乔的第一部作品，具有强烈的巴洛克风格。初版于1977年，后收入《光的痕迹》（*Huellas de luz*，1994），于2002年由墨西哥国家文化艺术委员会（CONACULTA）再版。

拉丁美洲的巴洛克诗风由来已久，最远可以追溯到17世纪的西班牙巴洛克诗歌。但是曾经的殖民地在宗主国身后学步间幻化出自己的风采，拉美不仅继承了西班牙的巴洛克诗歌传统，还借鉴了美国"语言派诗学"，单从诗歌声音和形式维度来考察，可能是后者的影响更甚。拉美新巴洛克诗歌追求的是"语言的想象力"，自我指涉的梦游症、悖论式的可能性、封闭意义的多源性都是新巴洛克诗歌的典型特征。新巴洛克诗歌将传统句法转变为一场饱含复杂性的游戏，诗人们认为，世界上不存在脱离语言的思考，只有在语言中，才能思考。

在《顺滑肌肤的鱼》中，语法自行遁走，诗句由节奏和韵律来推动和构建。词语所指模糊，一望无际的su（西班牙语物主形容词），究竟是"他的""她的""它的"，或是"他们的""她们的"，还是"它们的"，读者只能自行理解与诠释。

这部作品早期曾经被评论家贴上"情色主义"的标签。但是，布拉乔的情色主义是"语言的过度丰盛"。甚至有评论家认为，她是年轻一代中唯一不情色的女诗人。对语言自身魅力的充分挖掘、对句法的毁灭性破坏、极度新颖的形式让布拉乔的诗歌创作走出身体很远。

《润滑边缘之水》依靠语言的韵律与内涵，同时赋予水中生命以可视感和可触感:"水母繁生之水,/乳状之水,曲折之水,/润滑边缘之水;浓郁的玻璃——在欢悦的轮廓里/溶解。水——奢华之水/回转,消沉。"这首诗想要言说什么?只是对水的描述吗?还是对情色体验的隐喻?布拉乔享受着语言的力量与欢愉,来展示一个想象中的水之世界。诗歌语言不仅仅描述了水,它自身也成为水的一部分。覆盖全诗的双重元音ua ua ua,如同水波之声在耳边拂过。

布拉乔还追求诗歌的内化,对生命和死亡之间充满活力的对话兴致勃勃。废墟、夜晚和梦是布拉乔诗歌意象的基本元素。"那是温柔骄纵的夜晚,它密实的心灵中/开凿着美玉。/庭院的流动/和虚掩处。夜色中美洲豹/穿梭的眼://眨眼是梦,/再眨眼则是纯粹温柔歌唱的死亡。"

布拉乔的诗歌被失去的意识驱赶而体现出勃勃生机。"失去"以自传的形式出现在了《时间的轮廓》中。童年时期早逝的父亲成为该诗的主角:"父亲的目光和华彩中/包裹着琥珀的温暖。/他走近。将我拥入怀中。/我们的身影在岸前倾斜。他放下我。/牵起我的手。伴随其中的,/沉默的欢愉,/晦涩的昏暗,/与充分的燃烧。"

作为一名拉丁美洲女诗人,对于自己脚下土地的眷恋、欣赏和承诺,同样流淌在布拉乔笔下。《印第安话语》中是对土著语言的认同和惋惜,拉美大陆所特有的植物九重葛、凤凰木一再现身诗中。印第安神兽美洲豹更在长诗的夜色和寰宇中穿梭,是一个游走在生命和死亡中的暧昧意象。

(程弋洋)

阿尔弗雷多·布赖斯·埃切尼克
（Alfredo Bryce Echenique）

阿尔弗雷多·布赖斯·埃切尼克（Alfredo Bryce Echenique，1939— ），秘鲁小说家、散文家，拉丁美洲"后文学爆炸"时期最重要的作家之一。他出身利马名门，其父亲和祖父是著名的银行家，母亲是秘鲁前总统何塞·鲁菲诺·埃切尼克的孙女。

受到母亲喜爱法国文学的影响，布赖斯·埃切尼克很早就对文学展现出兴趣。在利马的英式寄宿学校读完中学后，1957年布赖斯·埃切尼克进入秘鲁圣马科斯国立大学（Universidad Nacional de San Marcos）学习法律，后兼修文学学位，并完成关于海明威的论文。1964年，他获奖学金赴巴黎索邦大学求学，随后定居巴黎，并在巴黎第十大学、索邦大学、蒙彼利埃的保罗-瓦莱利大学等校教授西班牙语美洲文学。1968年，他出版了第一部短篇小说集《关闭的花园》（*Huerto cerrado*，2014年再版），主题是爱情、友谊和柔情等。该书获得美洲之家特别荣誉奖（Mención Honrosa en el Premio Casa de las Américas），由此开启了布赖斯·埃切尼克的文学生涯。1985年,他定居巴塞罗那,3年后获得西班牙国籍。1997年,返回故乡秘鲁定居。

布赖斯·埃切尼克出生于富裕的资产阶级家庭,他的叙事作品通常用口语化的语言以及精湛的叙事技巧描绘利马的上流社会,产生雅俗共赏的效果,其主人公往往是社会中的失意者。1970年,他以带有一定自传色彩的长篇小说处女作《为胡利乌斯准备的世界》(*Un mundo para Julius*)在文学界崭露头角,并赢得了1972年秘鲁的国家文学奖(Premio Nacional de Literatura)。该书从孩童胡利乌斯的视角出发,以批判的眼光揭露了利马上流社会的寡头政治与虚伪表象,展现出其中的种族主义和"两个世界"巨大的贫富分化,这一主题在布赖斯·埃切尼克日后的创作中也得到了继承和发展。该作品后被搬上大银幕。

布赖斯·埃切尼克一生著作颇丰,其代表作有《死不悔改的佩德罗》(*Tantas veces, Pedro*,1977)、《马丁·罗马涅的夸张生活》(*La vida exagerada de Martín Romaña*,1981)、《谈论奥克塔维亚·加迪斯的男人》(*El hombre que hablaba de Octavia de Cádiz*,1985),后两部作品可以看成是续集。此外,还有《费利佩·卡里略的最后一次搬家》(*La última mudanza de Felipe Carrillo*,1988)和《别在四月等我》(*No me esperen en abril*,1995)等长篇小说。迁回秘鲁后他发表的小说《我情人的花园》(*El huerto de mi amada*,2002)荣获同年的西班牙"行星奖",讲述的是少年与年长其一倍的离异女子的狂热爱情。2002年他还凭借《人猿泰山的扁桃腺炎》(*La amigdalitis de Tarzán*)获得意大利"格林扎纳·卡佛文学奖"(Premio Grinzane Cavour)。2012年,他出版了小说《给悲伤以遗憾》(*Dándole pena a la tristeza*),以自己的姥爷弗朗西斯科·埃切尼克·布赖斯(Francisco Echenique Bryce)为原型,描绘了一个典型的利马家庭自19世纪末起的兴衰荣辱与人事变迁。

除此之外,布赖斯·埃切尼克还创作了短篇小说集《快乐哈哈》

阿尔弗雷多·布赖斯·埃切尼克（Alfredo Bryce Echenique）

（*La felicidad ja, ja*，1974）、《巴黎的悲伤导览书》（*Guía triste de París*，1999），中篇小说集《两位太太聊天》（*Dos señoras conversan*，1990）等，散文集《遗失的纪事》（*Crónicas perdidas*，2001）等。他的号称"反回忆"（Antimemorias）的两部自传《生活许可证》（*Permiso para vivir*，1993）、《感受许可证》（*Permiso para sentir*，2005），回忆了他在利马、巴黎、古巴等地求学谋生的经历和一些旅行见闻。

布赖斯·埃切尼克擅长以幽默诙谐的口语化口吻讲述故事，其小说大部分都围绕利马上层社会的生活展开，字里行间常常透露出自身经历的影响。他在一次访谈中承认："我确实出生在这样一个家庭，似乎人人都曾是名流要人（总督、共和国总统、市长、银行行长等）……然而，在我的家族中，人人都如此轻视记忆这一永恒的问题。"①他认为，自己是这样的一个家族中"郁郁寡欢、默默无闻"的存在。"那些不曾一生都依附于家族的人将不会体会这一切：我愉快地肩负着沉重的担子，并非外界所设想的那样憎恶。我对其既非厌恨也非热爱，而是又恨又爱，两者不可分割，给予诸多好处的同时也带来不幸的伤害。"②

布赖斯·埃切尼克的作品深刻展现出秘鲁叙事文学自1950年以来的嬗变，其鲜明的风格在文坛独树一帜，他曾说："我的文学产生于巨大的惊骇中，作家本身就是吃惊的存在。"③由于作家本人在欧洲和美洲之间不断地奔走迁移与自我流放，他笔下的人物往往漂泊无根，是徘徊于昔日美好时光的怀旧者，因此也"缺乏典型的秘鲁性"（大卫·伍德）④，另一方面，也为从拉美视角书写流亡提供了另一种尝试。批评

---

① Bareiro Saguier, Rubén. "Entrevista con Alfredo Bryce Echenique", *Hispamérica*, Año 2, No. 6, 1974, pp. 77-81.

② Ibid.

③ Ibid.

④ Wood, David. "Identity and Cultural Identity in Alfredo Bryce Echenique's *Cuadernos de navegación en un sillón Voltaire*", *Bulletin of Hispanic Studies*, Vol. 76, No. 4, 1999, pp. 519-532.

家德·拉·富恩特认为，布赖斯·埃切尼克的小说是"全球化语境下价值失范和现代性危机下秩序打破的产物，在写作中传递出对真理概念的质疑"[1]。在他看来，布赖斯·埃切尼克的作品无疑是拉丁美洲后现代文学中的杰出代表。

2009年，布赖斯·埃切尼克被指控陷入抄袭丑闻，并支付大额罚款。

《我情人的花园》（*El huerto de mi amada*）

阿尔弗雷多·布赖斯·埃切尼克1998年迁回秘鲁定居后，于2002年发表了小说《我情人的花园》，小说出版同年获得西班牙"行星奖"，引起了文学界的广泛关注。

《我情人的花园》的情节发生在20世纪50年代的利马上层社会，所谓的"花园"是美丽的离异女子娜塔丽亚·拉雷亚的房产。娜塔丽亚三十出头，来自于殖民地一个富裕家庭，她的情人是17岁的小卡洛斯·阿列格列。小卡洛斯天性散漫，如天使一般单纯善良，他在自家的宴会上对娜塔丽亚一见钟情，两人很快坠入爱河。然而，他们的关系被亲友视作丑闻而唾弃，卡洛斯的父亲指控娜塔丽亚引诱未成年人，于是他们私奔到娜塔丽亚乡间的住宅居住。根据一首著名的秘鲁华尔兹的曲名，卡洛斯将他们的爱巢命名为"我情人的花园"，两人由此展开一段爱的冒险，共同面对保守的社会和时代背景下的种种偏见。后来，两人搬到法国居住，却还是难逃分道扬镳的结局，恋情也以卡洛斯在巴黎与另一名女子结婚而告终。

小说标题中提到的拉雷亚家族的花园，不仅是这对情侣逃避社会的

---

[1] De la Fuente, José Luis. *Más allá de la modernidad. Los cuentos de Alfredo Bryce Echenique*, Valladolid: Universidad de Valladolid, 1998, p. 40.

阿尔弗雷多·布赖斯·埃切尼克（Alfredo Bryce Echenique）

狂风骤雨的宁静绿洲，还包含作者的隐喻指向。秘鲁俗语中有"把某人带到花园去"的说法，意思是"欺骗某人"，暗示着娜塔丽亚不顾一切地获取小卡洛斯的爱，其实是出于本能的自私，以此来补偿自己痛苦的年少时光。她和书中许多人物一样利用小卡洛斯单纯不设防的心性，却最终使自己沦为受害者。此外，"花园"意象还与《圣经·雅歌》中"愿我的爱人进入他的花园，品尝其中的佳果！"一句形成巧妙的呼应，结合文中小卡洛斯与娜塔丽亚沉浸在情欲之爱的顶峰时背弃上帝的想法，冲淡了神秘主义的内涵，传递出作者一贯的反讽、幽默的气息。

不仅仅是题目，布赖斯·埃切尼克小说中融汇各种文学艺术的例子比比皆是。《我情人的花园》中的多处情节和台词都有对博尔赫斯的《小径分岔处的花园》、莎士比亚的《麦克白》、塞万提斯的《堂吉诃德》、希腊神话中的西西弗传说等作品戏仿和致敬的痕迹；该书还巧妙地化用了当时的流行文化和音乐，让熟悉布赖斯·埃切尼克的读者在阅读时充满了寻宝一般的惊喜。除此之外，布赖斯·埃切尼克在小说中的叙述视角也独具匠心：时而是全知全能的上帝视角，使用第三人称展开剧情；时而叙述者消失，从小说人物出发推进故事情节，跳向第一人称抒发所见，仿佛模糊了真实与虚构的界线，使整个故事更加耐人寻味。然而另一方面，从读者的角度看，毫无征兆地改换叙事视角，也有过于自由散漫、含糊不清之嫌。

事实上，根据学者海伦·普莱斯的分析，小说的"第三主人公"正是读者[①]，布赖斯·埃切尼克十分重视与潜在读者的互动，为了达到这一目的，除了多变的叙事视角，《我情人的花园》在叙事技巧方面也有所创新。该作品的一大特点就是出色地运用口语化语言，并综合视觉和听觉等多种手段，拉近与读者的距离，构建了独特的文学语境。所谓的

---

① Hart, Stephen, and Price, Helene. "Indirection in Alfredo Bryce Echenique's Fiction of the 1990s", *South Atlantic Review*, Vol. 67, No. 4, 2002, pp. 27-45. JSTOR, www.jstor.org/stable/3201659 [2020-04-15]

"口语化",并非随意而为,布赖斯·埃切尼克曾说过:"实际上,(口语化)是一种幻象,为了创造这一幻象、选择合适的词语,必须完成冗长的自我修正与批评。"①在学者费雷拉看来,"强烈的口语化"在布赖斯·埃切尼克的作品中作用不可忽略,"其悲喜交加的诙谐风格让读者得以近距离感受人物身上的复杂人性"②,形成其作品语言的重要特色。

布赖斯·埃切尼克以简洁、坦率而悲悯的笔调与丰富的幽默感描绘了一个惊心动魄的爱情故事,而且借小卡洛斯的一对双胞胎朋友——萨利纳斯兄弟被上流阶层排挤到机关算尽向上攀爬的剧情,既促成了小卡洛斯最后的婚姻,巧妙设置了故事的情节和走向,又充分揭露了盛行于秘鲁上层社会的趋炎附势、种族主义等诸多丑恶现象,具有深刻的社会讽刺意义。正如学者赫尔曼·卡里略所言:"布赖斯·埃切尼克极其擅长以各种生动的细节书写秘鲁的资产阶级,刻画的人物感性而忧郁,其跌宕起伏的人生经历总能激起读者潜在的同情心。"③《我情人的花园》体现了布赖斯·埃切尼克高超的小说艺术创作水平,是其近年又一部出色的文学作品,值得读者细细品读与回味。

(李毓琦)

---

① Páramo, María Luisa. "La persona literaria y sentimental: Entrevista a Alfredo Bryce Echenique", *Espéculo: Revista de Estudios Literarios*, No. 2, 1996.

② Ferreira, César, and Márquez, Ismael P. (eds.). *Los mundos de Alfredo Bryce Echenique (textos críticos)*, Lima: Pontifica Universidad Católica del Peru, 1994, p. 211.

③ Carrillo, Germán D. "Review of Essays on Alfredo Bryce Echenique, Peruvian Literature and Culture", *Hispania*, Vol. 95, No. 4, 2012, pp. 754-755.

恩里克·布埃纳文图拉
（Enrique Buenaventura）

恩里克·布埃纳文图拉（1925—2003），哥伦比亚剧作家、戏剧导演、诗人和杂文作家，被公认为哥伦比亚戏剧史上里程碑式的人物。

布埃纳文图拉出生于哥伦比亚西部巴列·德尔·高卡省首府卡利城，早年在波哥大学习绘画和雕刻，后周游拉美各国，从事过多种职业，也撰写过短篇小说、诗歌等体裁的文学作品。当他发现自己的天分和爱好在于戏剧创作和表演时，便开始全身心地投入戏剧艺术事业中。在巴西、智利等国家逗留期间，布埃纳文图拉还积极参与当地的戏剧文化活动。1955年，卡利艺术学院开办了戏剧学校，他应邀回国担任该校校长。1960年，布埃纳文图拉将托马斯·卡拉斯基亚（Tomás Carrasquilla）的小说《听天由命》（*A la diestra de Dios padre*）搬上舞台，该剧经公演后获得极大成功，由此奠定了布埃纳文图拉在哥伦比亚戏剧界的地位。

20世纪60年代初，布埃纳文图拉前往巴黎，在参加戏剧演出活动的同时，还在法国国家戏剧学院进修了一段时间。1962年，布埃纳文图拉回到哥伦比亚，组建了卡利实验剧团（Teatro Experimental de Cali）并亲任团长。在他的领导下，剧团上演的戏剧作品一改哥伦比亚戏剧一贯的风俗主义风格，将当时在欧美戏剧界产生很大影响的布莱希特理论引入哥伦比亚的戏剧舞台，这使得卡利实验剧团很快成为哥伦比亚乃至整个拉丁美洲戏剧的一面旗帜。在布埃纳文图拉看来，戏剧应该具有批判的功能，是艺术家用来在一潭死水般的社会中引起波澜和变化的最佳工具。他希望通过戏剧使拉丁美洲民众获得自己独有的文化，建立起一个更公正、更尊重民族文化差异性的社会环境。出于这种目的，布埃纳文图拉创作出了一系列影响深远的作品，如《克里斯托弗国王的悲剧》（*La tragedia del Rey Christophe*，1961）、《献给拉斯卡萨斯神父的安魂曲》（*Un réquiem por el padre Las Casas*，1963）、《一首银色谣曲的故事》（*Historia de una balada de plata*，1965）、《地狱的角色》（*Los papeles del infierno*，1968）、《弗兰克·库拉克生命中的6小时》（*Seis horas en la vida de Frank Kulack*，1969）、《纵欲》（*La orgía*，1973）。《闹剧》（*Ópera bufa*，1982）一剧揭露了拉美某些国家的独裁统治，在纽约上演时获得巨大成功。

除了戏剧作品，布埃纳文图拉还发表了《戏剧与文化》（«Teatro y cultura»）、《戏剧与政治》（«Teatro y política»）、《新戏剧》（«Nuevo Teatro»）和《民族戏剧与戏剧实践》（«Dramaturgia nacional y práctica teatral»）等文章，将自己在戏剧实践中的思考以及对哥伦比亚戏剧发展状况的看法记录下来。在进行写作的同时，布埃纳文图拉还领导卡利实验剧团排练、上演了大量剧目，其中既有《塞莱斯蒂娜》（*La Celestina*）、《乌布王》（*Ubú rey*）这样的经典名作，也有许多属于拉美"新戏剧"范畴的作品。他的导演手法在当时的戏剧界可谓独树一帜，在排练场，剧本只被用来当作一个表演提纲，导演和所有演员在排练时都参与到作品的二度创作中，让临场发挥成为创作的基本因素。

这样一来,所有参与者都成了创作者,都为演出的效果负责。这种"集体创作"逐渐成为卡利实验剧团系统化的排练手段,并很快成为哥伦比亚"新戏剧"运动颇具特色的标志之一,在七八十年代拉美各国实验戏剧的发展中产生了很大影响。除了在哥伦比亚各地演出,布埃纳文图拉还率卡利实验剧团在拉美各国进行巡演,并且参加了欧美许多重要的戏剧节,让哥伦比亚戏剧首次成为欧美观众和戏剧评论界所关注的焦点。

布埃纳文图拉在戏剧创作和导演方面所取得的卓越成就为他在哥伦比亚国内外赢得了极高声誉。1963年,他因《克里斯托弗国王的悲剧》一剧的成功获得联合国教科文组织颁发的戏剧奖。1965年《陷阱》(*La trampa*)在第一届波哥大戏剧节上获一等奖。1977年,他被授予哥伦比亚巴耶大学名誉博士的称号并成为该校教授。1980年,他凭借《一首银色谣曲的故事》获"美洲之家奖",同年又获拉丁美洲戏剧创作研究中心(CELCIT)颁发的"奥扬塔伊奖"(Premio Ollantay)。他的作品被翻译成多国文字,除了在拉美各国经常上演之外,还多次被搬上西班牙、美国、法国、加拿大和意大利等国的舞台。

2003年12月31日,恩里克·布埃纳文图拉因病在卡利去世,但他创建的实验剧团仍然活跃在拉丁美洲剧坛,以其充满活力的演出推动着哥伦比亚戏剧的发展。

《基纳鲁》(*Guinnaru*)

《基纳鲁》是恩里克·布埃纳文图拉于1997年创作的作品,其灵感来自瑞典裔法国作家布莱歇·森德拉尔(Blaise Cendars,1887—1961)以非洲民间传说为蓝本创作的故事集。该剧由卡利实验剧院搬上舞台,并在第五届伊比利亚美洲戏剧节上首演,引起了戏剧界的广泛关注。作者将作品中源自非洲口头文学的独特风格与拉丁美洲的民间传统完美地结合在一起，并在其中加入了黑色幽默、诗歌韵律以及能代表丰富非洲记忆的独特的魔幻色彩。

《基纳鲁》的剧情并不复杂，主要围绕一个来自非洲的水精灵如何经历艰难跋涉到达哥伦比亚的太平洋海岸，在遭遇生活在当地原始森林中的神灵、人类时所发生的一系列故事。全剧分成"姆邦果""亡灵幕间剧"和"法雷美河上的姆努"三个部分，通过几个承担叙述者角色的人物串联起来。这些叙述者通过歌唱、诵念等方式来说明神灵、人类与动物之间的关系，并通过音乐、舞蹈、杂技等方式将这些关系直观地表现出来。表演中使用了充满非洲明亮色彩和特殊纹饰的面具、服装，让观众在视觉上形成了"非洲印象"，而"姆邦果"（Mbongo，喀麦隆萨瓦族的共同始祖）、"法雷美河"（Falémé，流经西非地区的河流）等与非洲文化、地理密切相关的名称在剧中的频频出现，也在凸显作者试图强调作品中非洲元素的意图。哥伦比亚的国民人口构成中，有相当一部分拥有非洲血统，而这部作品的主要目的之一，就在于对哥伦比亚民族身份根源的回溯和探寻。

当然，布埃纳文图拉希望凭借此剧达成的目的并不仅限于此，通过此剧的魔幻外衣，他还试图剖析人类社会发展过程中所经历的进步与传统、自然与文明之间发生的难以避免的种种冲突和矛盾，分析其产生的原因和过程，并寻找解决问题的可能性。代表自然力量的神灵、以生活在丛林中的基纳鲁人为代表的人类，还有同样代表自然的动物，都成为舞台上的重要角色，他们之间充满寓言意味的冲突似乎在重现欧洲的、西方的、基督教的文化在面对以非洲文化底蕴为代表的所谓"原住民"传统和信仰时所发生的碰撞，而《基纳鲁》正是试图探究这两个世界之间的裂痕所产生的原因、过程以及可能弥补的方式。正因如此，这部剧作所表现的并不是单纯的充满异国色彩的猎奇，在作者看来，非洲的传统和信仰通过构建自己特有的宇宙观，已经找到了与自然和谐共处的正

恩里克·布埃纳文图拉（Enrique Buenaventura）

确方式，而以这样的方式也许可以获取弥合文明冲突裂痕、实现大同理想的解决之道。从这一点上来看，《基纳鲁》所关切的多元与包容的主题也就具有了非常深刻的现实意义。

（卜珊）

费尔南多·布塔索尼
(Fernando Butazzoni)

费尔南多·布塔索尼(1953—),乌拉圭作家、编剧、记者。布塔索尼一生经历丰富,曾辗转多个国家,流亡到瑞典、意大利等欧洲国家;多次参加政治运动,身体力行反对军政府的独裁统治。他的作品被译作十几种语言,荣获多项国际文学、电影奖项。

20世纪70年代布塔索尼积极参加学生运动和政治活动,多次被捕。1972年他因加入"图帕马罗斯"游击队(Tupamaros,也叫"国家解放运动组织")被流放到智利,当时正值阿连德政府时期,这段经历后来也被他写进自己的小说中。1973年布塔索尼离开智利,逃到古巴。1978年布塔索尼参与尼加拉瓜反独裁斗争,在多场战役中挥洒血汗,并于1979年加入尼加拉瓜的"桑地诺民族解放阵线",作为炮兵参加反对总统阿纳斯塔西奥·索摩萨·德巴伊莱(Anastasio Somoza Debayle,1925—1980)独裁统治的战斗。

战争结束后布塔索尼暂住尼加拉瓜,写下诗集《关于夜晚和节日》

(*De la noche y la fiesta*),获得"鲁文·达里奥国际诗歌奖"(Premio Internacional de Poesía Rubén Darío)提名。1979年,短篇小说集《我们的血日》(*Los días de nuestra sangre*,1979)获得"美洲之家奖"。1980年布塔索尼回到古巴,开始从事记者行业,同时写下了自己的第一部小说《空旷的夜晚》(*La noche abierta*,1981)。1982年布塔索尼担任哈瓦那"美洲之家奖"的评委。1985年布塔索尼回到乌拉圭,自1984年军政府还政于民,此时的乌拉圭恢复民主宪制,国内重新走上民主进程。布塔索尼任职于乌拉圭重要刊物《裂痕周刊》,并在刊物上发表文学作品。1986年,布塔索尼担任乌拉圭共和国大学的《大学学报》主任。

布塔索尼的作品勇于揭露20世纪七八十年代阿根廷、乌拉圭和智利这三个"南锥体国家"黑暗的军事独裁统治。1986年,布塔索尼的第二部小说《老虎和冰雪》(*El tigre y la nieve*)出版,这是他最重要的作品之一,被翻译成多国语言。80年代时布塔索尼旅居瑞典,遇到胡利娅,她是阿根廷政治暴力下的幸存者,从阿根廷逃到瑞典。胡利娅向布塔索尼讲述拉佩尔拉(La Perla)拘留中心里发生的一切,包括她和前军队官员费雷罗之间的爱情。拉佩尔拉是70年代阿根廷位于科尔多瓦市的一个秘密拘留中心。这么多年过去了,胡利娅虽然离开了拉佩尔拉拘留中心,但过去惨痛的记忆依然跟随着她,阻碍她过上正常的生活,布塔索尼通过采访和录音将这段历史记录下来,并写成小说。2016年8月25日,行星出版社出版《老虎和冰雪》30周年纪念版,巧合的是,同一天阿根廷法院公布了一条历史性的消息:就在民主回归31周年纪念的时候,埃内斯托·巴雷罗(Ernesto Barreiro),曾经的拉佩尔拉拘留中心的长官,向法官指认埋藏失踪人员的地方,阿根廷法庭宣布巴雷罗等多名前军队官员犯有危害人类罪,并判处无期徒刑。这是阿根廷第一次承认军事政变前,即伊莎贝尔·庇隆政府时期(1974—1976),存在恐怖活动,这些暴行为1976年军政府迫害政敌做了铺垫。在写《老虎和冰雪》的时候，作者自己并不知道这段历史是否真实，胡利娅所陈述的一切并没有在现实社会中得到承认。因此主人公巴雷罗（Barreiro）的名字被改为形音相近的费雷罗(Ferreiro)，小说就像是幽暗的地下河，等待得以喷涌而出的井口，但这一天一等就是30年。

小说《一个美洲故事》（*Una historia americana*，2017）讲述的是乌拉圭1973年军事政变爆发前，危机暗藏，一切蓄势待发。1970年，"图帕马罗斯"游击队行动活跃，在城市里公然抢劫和绑架政府高官和外交使节，让帕切科·阿雷科政府和国际社会惴惴不安，民主国家面临分崩离析的危险。1970年8月的一个下午，这个组织绑架并杀害了在乌拉圭担任警察教官的美国警官米特里奥（Dan Mitrione），以揭露他参与乌拉圭的酷刑训练。而面对这一棘手事件，时任总统帕切科挣扎在道德和政治的边缘。布塔索尼认为现在的乌拉圭人倾向于遗忘过去的阴暗，只留下极少的记忆，不愿意面对真实，选择记住经过粉饰的虚假现实。在他看来，现在的乌拉圭虽然走上了民主道路，但也面临同样的问题。

布塔索尼的其他作品有：小说《死神王子》（*Príncipe de la muerte*，1997）、《不完美的预言者》（*El profeta imperfecto*，2009）；报告文学《生命和角色》（*La vida y los papeles*，2016）；电影剧本《远方》（*Un lugar lejano*，2009）、《神的奴隶》（*Esclavo de Dios*，2013）、《塔玛拉》（*Tamara*，2016）；2017年，戏剧作品《卖冰饮的瑞典女人》（*La heladera sueca*）首次演出。

《神鹰的灰烬》（*Las cenizas del Cóndor*）

《神鹰的灰烬》（2014）是费尔南多·布塔索尼的一部小说新作，由行星出版社在蒙得维的亚出版，获得由乌拉圭图书协会（Cámara Uruguaya del Libro）颁发的"巴托洛梅·伊达尔戈文学奖"（Premio

Bartolomé Hidalgo）、"巴尔加斯·略萨小说奖"（Premio de Novela Vargas Llosa）提名，并获得美洲之家颁发的"何塞·玛利亚·阿格达斯国际荣誉奖"（Premio Internacional Honorífico José María Arguedas）。

  小说篇幅较长，但情节紧凑，对人物心理刻画细腻；小说本身情节复杂，叙述方式多样，包含了纪实文学、随笔、新闻报道等多种文体。观众读到的不只是一部恐怖小说、警匪故事或谍战片，更是一段历史。2019年布塔索尼与阿根廷导演米格尔·科隆博（Miguel Colombo）合作，把小说改写成电影剧本，将小说搬上大屏幕。米格尔·科隆博称，他们坚持保留作品本身多样的特点，拒绝按照线性的方式简单呈现作品的情节。同年HBO电视网拉美分部与作者签订协议，决定把该著作拍成电视连续剧。

  《神鹰的灰烬》讲述的是乌拉圭女孩娜塔丽亚怀孕之后，为躲避乌拉圭的军事政变逃到智利。紧接着智利发生军事政变，她决定穿过安第斯山脉，逃到阿根廷。当她来到阿根廷，阿根廷仍处在民主时期，但此时她遭到逮捕，根据判决应被遣送回乌拉圭。一个军官接到命令要杀了她，但最后军官非但没有执行命令，还救了她，与她成婚，她从此改名为奥罗拉，并帮军官养育孩子胡安·卡洛斯。这部小说和布塔索尼的其他作品一样，以独裁时期的社会环境为背景，但主要情节是基于真实的事件。2000年冬天布塔索尼受到萨兰迪广播电台（Radio Sarandí）邀请主持一档节目，节目后一位年轻人受到触动，主动联系布塔索尼，向他讲述自己的故事。这位年轻人一直希望能探索自己的身世，他的养父是一位退役长官，自杀之前只留下一封信件，上面写着"对不起"。一开始布塔索尼对他讲述的故事持怀疑态度，但随着访谈和调查的深入，布塔索尼花了超过10年的时间，最终挖掘出一段被许多人遗忘或不愿提及的历史。

  布塔索尼坚持认为个人的事件需要放在具体的社会历史背景中，于是他开始收集、学习各种史料,在这个过程中,他发现关于70年代南锥体国家独裁政府压迫政治异己的文字有很多,但是多数都很零碎。有不少讲述阿根廷独裁、"神鹰计划"(Plan Cóndor)、皮诺切特政府及后独裁时期的书籍,但这些文本大多聚焦在具体的历史事件里,缺乏更广阔的、有所抽离的现代视角。

《神鹰的灰烬》揭露了"神鹰计划"的运作机制。这是一个七八十年代的地下组织,阿根廷、玻利维亚、智利、乌拉圭和巴拉圭几个国家的独裁政府联合起来,互通信息,合作打击那些反对独裁统治的人,消灭政治异己,清除共产党员,试图建立新自由主义的秩序。无数反对派人士遭到迫害,对外被称为失踪的人,随着独裁政权垮台,这段历史被慢慢揭露出来。《神鹰的灰烬》清晰地揭露了独裁政府的压迫政策是如何成功实施的,让上万的人公然逝去或神秘消失。在这段历史中,现实超越了虚构,真相的残忍度让人难以想象。小说中的记者,即作者自己的任务便是深入挖掘其中的运作机制。

布塔索尼称自己本人并不是要讲述"神鹰计划",但是随着调查的深入,这段历史自然浮现出来。但作品中有些情节与残忍的军事暴行看起来似乎格格不入,仿佛将独裁军官"人性化",比如《神鹰的灰烬》中的军官救了娜塔丽亚,就像《老虎和冰雪》中胡利娅和巴雷罗的感情,但作者认为这就是真实的世界,不是非黑即白的。

历史总是有着令人惊异的联系,而文字就是要通过虚构寻找真相。布塔索尼认为,不管是《老虎和冰雪》《生命和纸张》,还是《神鹰的灰烬》,虽然都有自传、访谈的支撑,不乏纪实文学和报告文学的元素,但说到底都是虚构的产物,是虚构和真实的混合体。布塔索尼表示自己在写作的时候,有时真实的历史太过戏剧性,它们看起来就像是虚构的;反之,有些情节看似真实可信,实则是作者想象出来的文字。不管这些史实是否被公正、清晰地摆在世人面前,是否被扭曲成历史书

费尔南多·布塔索尼（Fernando Butazzoni）

上虚假的文字，它所隐含的真相都无法磨灭，总有机会浮出水面。小说《神鹰的灰烬》的主人公们很多仍在世，他们可以随时指认过去这些令人惊愕的事实，它更像是一部控诉之作。

（曾琳）

何塞·伊格纳西奥·卡布鲁哈斯
（José Ignacio Cabrujas）

何塞·伊格纳西奥·卡布鲁哈斯（1937—1995），委内瑞拉著名剧作家、戏剧导演、演员、影视编剧。

卡布鲁哈斯1937年出生于加拉加斯的一个贫寒之家，在中下层民众聚居的卡提亚区（Catía）度过他的童年时光，后进入委内瑞拉中央大学（Universidad Central de Venezuela）学习法律。在大学期间，卡布鲁哈斯参加了"大学生剧团"（Teatro Universitario）的活动，与同伴排演了根据土耳其著名左派诗人纳齐姆·希科梅特（Nazim Hikmet，1902—1963）的《爱情传奇》（Leyenda de amor）改编的剧目，并在其中扮演重要角色，之后又在剧团多部作品的演出中有上佳表现。这些演剧活动激发了卡布鲁哈斯对戏剧的极大热情，促使他决定放弃法律专业，转习戏剧。在大学生剧团里他最初只担任演员的工作，但不久后就参与并协助导演进行编导工作，并开始尝试进行戏剧创作，将自己对社会、历史的种种思考和作为委内瑞拉人的特质通过戏剧表现出来。

何塞·伊格纳西奥·卡布鲁哈斯〔José Ignacio Cabrujas〕

20世纪60年代初,他与别人联合创办了"加拉加斯艺术剧院"(Teatro de Artes de Caracas),1967年又建立了"新剧团"(Nuevo Grupo),在长达20年的时间里极力推动先锋戏剧的实验和推广,坚持活跃在委内瑞拉戏剧活动的前沿。在从事戏剧实践的同时,他还一直积极从事戏剧写作,陆续创作了《起义者》(*Los insurgentes*,1960)、《"坏蛋"西蒙的怪异旅程》(*El extraño viaje de Simón el Malo*,1960)、《三角》(*Triángulo*,1962)、《以国王的名义》(*En nombre del Rey*,1966)和《证据》(*Testimonio*,1967)等作品。这一阶段的作品多表现一些历史主题,深受布莱希特史诗剧创作技巧和风格的影响。作为一位对委内瑞拉文化有着深刻了解的作家,卡布鲁哈斯竭力强调戏剧作品对社会的承诺功能。他创作的《深埋的财富》(*Profundo*,1968年上演,1971年出版)、《文化仪式》(*Acto Cultural*,1976)和《等你爱我的那一天》(*El día que me quieras*,1979)、《东方一夜》(*Una noche oriental*,1983)和《有学识的美洲人》(*El americano ilustrado*,1986)都成为表现委内瑞拉60—80年代社会现实的经典之作。其中,《深埋的财富》通过讲述人们对并不存在的财宝进行无谓寻求的经历来表现石油资源给委内瑞拉人带来的虚幻的财富憧憬。《等你爱我的那一天》则以阿根廷著名歌手、演员卡洛斯·加德尔(Carlos Gardel,1887?—1935)1935年对委内瑞拉的访问为线索,对一个长期遭到政治压迫、不得不忍受社会停滞的民族进行一种集体的心理分析。作品的主人公皮奥·米兰达身上集中了那一时期知识界许多理想主义者的特点,他相信委内瑞拉的社会现实不过是一个历史错误,满脑子都是远大理想,却无法理解和适应他所处的社会和时代。卡布鲁哈斯通过对这些人物的细致描绘,试图揭示出委内瑞拉社会问题的症结所在,并为它寻找一条根除弊端、促进发展的途径。在1983年创作的《东方一夜》里,卡布鲁哈斯选择了独裁者作为主题,以1954—1958年当政的委内瑞拉军事独裁者马科斯·佩雷斯·希梅内斯

（Marcos Pérez Jiménez，1914—2001）为主人公，对当时普遍存在于拉丁美洲的独裁现象进行揭露和批判。卡布鲁哈斯的这些作品不仅反映了作家借助戏剧教育民众的基本目的，传达出他带有马克思主义色彩的思想倾向，也显示出卡布鲁哈斯在戏剧方面的过人才华，使他在委内瑞拉当代剧坛声名鹊起，产生日益重要的影响。

进入70年代后，由于电影和电视技术的日益发展，卡布鲁哈斯也开始涉足影视剧本的创作。他与萨尔瓦多·加门迪亚（Salvador Garmendia，1928—2001）、伊布森·马丁内斯（Ibsen Martínez）等著名作家一起开创了委内瑞拉"文化电视连续剧"（telenovela cultural）的创作样式，将纯粹的电视大众娱乐提升到文化的新高度上，创作出了《玫瑰女士》（*La dama de rosa*）、《戈麦斯》（*Gómez*）和《夫人》（*Señora*）等一批优秀作品，在整个拉丁美洲电视文学创作界引起了广泛关注，成为享有国际盛誉的著名电视编剧。

除了进行戏剧和影视创作，卡布鲁哈斯还是一位知名的杂文作家，在委内瑞拉影响较大的《国民报》（*El Nacional*）和《加拉加斯日报》（*El Diario de Caracas*）上发表了数量众多的文章，或针砭时局，或揶揄弊政，用时而犀利、时而风趣的文笔表露自己对社会生活的关切之情。其中，《隐藏的城市》（*La ciudad escondida*）是卡布鲁哈斯最为著名的政论文章之一，他在文中谈到加拉加斯城市发展所带来的潜在危机，表达了对这座城市前途的忧虑以及自己对它的强烈归属感。

卡布鲁哈斯对各种文化领域的广泛参与让他在文学创作与实践的过程中具备了与众不同的独特眼光，从艺术角度和创作主题上都体现了对社会各阶层民众生活的一种全面而周到的关照。1988年，他获得了委内瑞拉戏剧界的最高荣誉——"国家戏剧奖"（Premio Nacional de Teatro），这也成为他在戏剧、影视方面所取得成就的最佳证明。

1995年10月21日，卡布鲁哈斯在珀拉马尔（Porlamar）因心脏病发作去世，年仅58岁。

何塞·伊格纳西奥·卡布鲁哈斯（José Ignacio Cabrujas）

《有学识的美洲人》（*El americano ilustrado*）

专门从事卡布鲁哈斯戏剧作品研究的专家弗朗西斯科·罗哈斯·博索（Francisco Rojas Pozo）曾主张将卡布鲁哈斯的创作分为四个阶段，分别为"布莱希特影响下的社会历史剧时期""荒诞派影响下的转变和过渡时期""趋向成熟的个人特质形成时期""寻找新道路的突破自我时期"。其中，最能凸显卡布鲁哈斯创作风格的当数第三个阶段，而其创作于1986年的《有学识的美洲人》正是这一阶段的代表作品之一。

这部作品集中体现了拉丁美洲戏剧中惯有的批判现实主义风格，借助历史剧的外壳来影射时代问题。作品场景设置在19世纪下半叶的加拉加斯，其时委内瑞拉正在自诩为"有学识的美洲人"的古斯曼·布兰科（Guzmán Blanco）的统治下，整个国家因政府各种轻率而又短视的政策正日益陷入困境。故事从主人公兰德尔（Lander）两兄弟遭遇的人生转折为出发点开始铺陈，两兄弟中的阿里斯蒂德斯（Arístides）在古斯曼·布兰科政府外交部中担任礼宾秘书的差事，安塞尔莫则是一名信仰不那么坚定的神父。卡布鲁哈斯借助这两个人物的经历向观众重现委内瑞拉历史上最复杂的一个阶段。19世纪下半叶的委内瑞拉致力于追随欧洲，模仿欧洲人的一切，布兰科总统更是将奢靡浪费的法式生活方式奉为典范，鼓励全民效仿，政府允许大量外国资本进入本国市场，同时政府还向外大肆举债。在这样的大环境下，委内瑞拉经济暂时呈现出一片繁荣景象，但这虚假的繁荣泡沫毕竟无法掩盖政府的无能，外债危机更是平静表象下不断涌动的危险暗流。兰德尔兄弟正是在这样的时刻迎来了他们人生的机缘。委内瑞拉拖欠英国巨额外债，英国派来使节要求布兰科政府还款，如不履行还款协议就将对委内瑞拉实行禁运制裁。在这样的紧急情况下，平日目空一切的外交部高官因无法面对难题而纷纷离职，原本寂寂无闻的礼宾官阿里斯蒂德斯突然成为总统注意的目标。阿里斯蒂德斯早就放弃了仕途上的野心，满足于外交部无足轻重的差事以及自己平淡无味的婚姻，心底暗藏的唯一期望就是能获得表妹玛利亚·爱奥赫尼亚的爱情。可就在庆祝自己40岁生日这一天，他突然闻知自己被提拔为外交部部长，并且要立即赶赴总统府，陪同古斯曼·布兰科总统与英国使节共同商讨委内瑞拉的外债偿还问题。一时间阿里斯蒂德斯的个人命运与国家的命运紧紧联结在了一起，只是他鼓起勇气去参加的谈判仍然不可避免地落入失败的结局。英国人撂出"不还款后果自负"的狠话，布兰科总统只关注这后果是不是意味着"战争"，当得知英国人把"对委内瑞拉这样的国家宣战"当成一种羞耻时，总统和他的幕僚们都心中窃喜，长长松了一口气，要再等到期限的最后一天再说。阿里斯蒂德斯虽获高位，但他所面对的仍然是充满了失败和绝望的前景，这未来的失败命运是他个人的，也是整个国家的。在这个关口，安塞尔莫也从一名普通的神父被擢升为主教大人，但由于他也在暗恋着表妹玛利亚·爱奥赫尼亚，心中对上帝的信仰早已发生了动摇。此外，安塞尔莫与暗中筹划政变的皮奥·费尔南德斯将军来往甚密，甚至为了帮助后者实施政变计划而去争取兄弟阿里斯蒂德斯的支持。本来在政治上毫无立场的阿里斯蒂德斯却在这时表现出对总统的忠诚，没有听从安塞尔莫的劝导。在爱情无望、政治上又遭兄弟背离的情况下，安塞尔莫决定结束自己的生命。他拿出父亲曾用过的一把手枪，举到太阳穴边扣动扳机，但什么都没有发生，那把老旧的手枪因氧化锈蚀早已无法射击。于是安塞尔莫扯掉自己的主教长袍，毅然离开加拉加斯，选择去汉堡开始新的生活。

卡布鲁哈斯曾表示，就像他写过的其他作品，《有学识的美洲人》仍然坚持探究委内瑞拉人个人经历中那些引起他们绝望情绪的时刻，探究那些时刻与国家大历史之间千丝万缕的关联。他小心地以一种暧昧的态度来揭示这些绝望时刻，注意让自己的作品不要演变成一种建议或指示，而是让它能充当混乱过后的镇静剂，让人们能在惶惑中平静下来，于沉默中清醒过来，看清国家应走的道路和自己该秉持的态度。

（卜珊）

拉斐尔·卡德纳斯（Rafael Cadenas）

拉斐尔·卡德纳斯（1930—　），委内瑞拉诗人、散文家、翻译家、大学教授，拉丁美洲最杰出的现代诗人之一。

拉斐尔·卡德纳斯1930年出生在委内瑞拉巴基西梅托市（Barquisimeto）。由于对政治的热情，早年曾加入共产党军队。在马科斯·佩雷斯·希梅内斯（1952—1958年间任委内瑞拉总统）独裁统治期间，他因所持政见被囚禁3个月，其后被流放至特立尼达和多巴哥，最终于1957年回到加拉加斯，结束了4年的流亡生涯。他曾多年担任委内瑞拉中央大学文学院教授，主要讲授西班牙及北美诗歌。

卡德纳斯自幼对文学入迷，16岁时在巴基西梅托的地方刊物上发表其首部诗集《初声》（*Cantos iniciales*，1946），由当时的委内瑞拉著名作家萨尔瓦多·加门迪亚作序推荐。在流亡结束返回加拉加斯后，他发表了诗集《一座岛屿》（*Una isla*，1958）和《流亡笔记》（*Los cuadernos del destierro*，1960），反映他被囚禁及流亡的经历。其他主要作品包括：《挫败》（*Derrota*，1963）、《虚假的操纵》（*Falsas maniobras*，1966）、《险恶》（*Intemperie*，1977）、《记事本》（*Memorial*，1977）、《爱人》（*Amante*，1983）、《格言》（*Dichos*，1992）、《安排》（*Gestiones*，1992）、《旁边的工作间》（*El taller de al lado*，2005）、《打开的信封》（*Sobre abierto*，2012）。

主要散文作品包括：《文学与生活》（*Literatura y vida*，1972）、《现实与文学》（*Realidad y literatura*，1979）、《关于圣胡安·德·拉克鲁斯和神秘主义的笔记》（*Apuntes sobre San Juan de la Cruz y la mística*，1977，1995）、《文明化的野蛮》（*La barbarie civilizada*，1981）、《批注》（*Anotaciones*，1983）、《关于现代城市的思考》（*Reflexiones sobre la ciudad moderna*，1983）、《关于语言》（*En torno al lenguaje*，1984）、《关于中学教育里的文学教学》（*Sobre la enseñanza de la literatura en la educación media*，1998）。至今他一共发表诗集20部，散文集8部，部分作品被翻译成法语、意大利语和英语。

在诗歌和生活中，卡德纳斯最看重的是真实性，这意味着要努力让文字表达自己真实的思想和情感。他对哲学有浓厚的兴趣，多年以来钻研心理学、禅宗、道家、印度教及一些西方神秘主义思想。在政治领域，他关注民族主义、独裁统治和意识形态；归根结底，他强烈反对人类由于过度自我中心而造成的破坏。在风格方面，其诗风纯净优美，感性细腻，意象独特浪漫，如诗集《爱人》；他的诗歌与哲学思想有着紧密的联系，如诗集《险恶》和《安排》。他的经典作品《挫败》最为人熟知，记录了20世纪60年代人们的生活和精神状态，是该时期拉美诗歌的代表作。此外，他致力于译介诗歌和散文，包括D. H.劳伦斯、尼金斯基、惠特曼和卡瓦菲斯等作家的作品。

卡德纳斯先后获得"国家散文奖"（Premio Nacional de Ensayo，1984）、"国家文学奖"（1985）、"圣胡安·德·拉克鲁斯奖"（Premio San Juan de la Cruz，1992）、"胡安·安东尼奥·佩雷

斯·博纳尔德国际诗歌奖"（Premio Internacional de Poesía Juan Antonio Pérez Bonalde，1992）、墨西哥"瓜达拉哈拉国际书展罗曼语文学奖"（Premio FIL de Literatura en Lenguas Romances，2009）、"胡安·鲁尔福拉丁美洲及加勒比海文学奖"（Premio de Literatura Latinoamericana y del Caribe Juan Rulfo，2009）、"费德里科·加西亚·洛尔卡国际诗歌奖"（2015）、委内瑞拉第二届"加勒比国际书展文学奖"（2017）、"索菲亚王后伊比利亚美洲诗歌奖"（2018）、西班牙"塞万提斯奖"（2022）。

《爱人》（*Amante*）

《爱人》（1983）是委内瑞拉诗人拉斐尔·卡德纳斯诗歌创作的一个顶峰。从《一座岛屿》起，卡德纳斯开始了一场将深刻影响他日后所有创作的探索：试图离开"我"，脱离意识的陷阱；转移寻找"你"，寻找"他者"。正如他在散文《现实与文学》中所述："尽管显得很矛盾，但他者才是我们的本质。"直至《爱人》，这种思想得到了另一种形式的体现："她""被爱的人"是主体，是一种存在（presencia）；而"存在"这个动词不能用在"他"的身上，"他"只是属于对方，将自身托付于对方，从而获得其话语的根据——"她"。

整个诗集是由多个声音编织而成的一篇关于爱情的讲话、关于爱的颂歌。诗歌文本中有多个角色，包括她、爱人（即"他"）、记录者等，这些角色从未"出现"，他们不参与任何故事情节，只是发声（除了"她"，"她"没有在诗集中说过任何话）。在第一部分，"爱人"和"记录者"交替发言；在第二部分，只有"记录者"发言；在最后一部分，"记录者"和另一个声音在说话。

卡德纳斯诗歌中的一个关键思想是"赞成"（asentimiento），它意味着感谢及肯定，也意味着承认现实、托付于事实本身。"也就是说"，他在《现实与文学》中指出，"我们无法让事实变得不是事实，人类只能赞成，此外没有第二条路径。'赞成'让我们能够拥抱所有的存在"。对卡德纳斯而言，"存在"是一切的基础。具体到《爱人》，"存在"是这部诗集的中心主题，"她"是"事实"的化身，是"存在"；"不托付"是一种错误，将受到"不存在"的惩罚："直到那双手停止追寻/你将出现"（I，11），"他"应当舍弃自己，不应追寻，"他"的任务是"燃烧/在道路之外"（I，42）。

值得一提的是，在整个诗集中，爱的对象是抽象甚至是模糊的——"她""现实""存在"，在诗歌展开的过程中逐渐显现出其多元化。"你让说话/变得神圣/没有你的恩典/它只有自身的重量"（I，32）。在这个段落中，被称颂的是"她"，还是"现实"？我们可以从卡德纳斯的其他作品中找到线索。在《流亡笔记》中，爱与语言联系在一起："我忘记了语言/……/我感到失去了爱的能力"；"我的语言枯竭了，爱的母体"。在上述诗句中，被称颂的是语言，爱的对象悄悄地发生了变化，可见"她"的内涵随着诗歌的展开而切换，伴随着抽象性和模糊性的是"她"的丰富性。

（黄晓韵）

马丁·卡帕罗斯（Martín Caparrós）

马丁·卡帕罗斯（1957—　），阿根廷记者、作家和历史学家。出生于布宜诺斯艾利斯，出版过多部小说和非虚构作品，翻译和编辑伏尔泰、莎士比亚、马里亚诺·莫雷诺等作家的作品。卡帕罗斯一生主要从事新闻和编辑行业，从1973年起在《消息报》（Noticias）的政治版当记者。1976年阿根廷发生政变，卡帕罗斯离开祖国，到巴黎大学学习历史，而后在西班牙生活到1983年。阿根廷"民主回归"后，卡帕罗斯回到布宜诺斯艾利斯，在《阿根廷时报》（Tiempo Argentino）文化版工作。1984年他开始在贝尔格拉诺电台制作节目，并于1985年被电台委派到西班牙工作一年。回国后，他在杂志《布宜诺斯艾利斯人》（El Porteño）担任编辑。1987年他参与创建阿根廷最重要的报刊之一《第12页》（Página/12）。

卡帕罗斯从80年代起笔耕不辍，写作风格兼具文学叙事和新闻叙事的特点，作品获得多项文学奖和新闻奖。1991年卡帕罗斯开始在《第30页》（Página/30，《第12页》的月刊）陆续发表游记散文，编成文集

《世纪末纪事》（*Crónicas de fin de siglo*），1992年该文集荣获"西班牙国王国际新闻奖"（Premio Rey de España de Periodismo）；1993年他获得"古根海姆奖学金"；2011年《活的木乃伊》（*Los Living*）赢得第29届"埃拉尔德小说奖"；《饥饿》（*El hambre*，2014）一书被翻译成15种语言，包括中文，并获得2016年"卡瓦列罗·博纳尔德国际散文奖"（Premio Internacional de Ensayo Caballero Bonald）。2022年他被授予西班牙"奥尔特加–伊–加塞特新闻奖"（Premio Ortega y Gasset de Periodismo），以表彰其多年的记者生涯。

卡帕罗斯曾旅居马德里和纽约，足迹遍布世界各地，他的作品体裁丰富多样，见解独到。丰富的旅行、采访经历使卡帕罗斯不止步于描述显而易见的社会问题，更重要的是挖掘这些问题产生的深层原因，比如《饥饿》分成两部分：一部分按照主题层层递进，探索粮食和人类发展史的关系，聚焦与粮食相关的农业、慈善等问题；另一部分按照国别逐一分析尼日尔、印度、孟加拉国、美国、阿根廷、南苏丹和马达加斯加等不同地区粮食危机的具体表现。经过对比和分析，卡帕罗斯看到不同地区饥饿的诱因不同，除了缺乏食物，还有城市化发展、交通不便、农业水平落后、投资者控制粮食价格、粮食贮存条件差等问题。通过对各个地方的实地考察，卡帕罗斯往往能细致地观察到问题的内部机理，正是四处游历的体验给了他不一样的视角，在《内陆》（*El interior*，2006）中他以游客的视角走遍了阿根廷各个省份的大街小巷、屠宰场、山区和荒漠，展现了阿根廷多姿多彩的面貌，这部作品显示了卡帕罗斯倾听、记录和选择材料和叙述故事的能力。他很好地践行了约翰·厄里的"游客凝视"，短暂离开自己出生的地方，以一种游客的眼光看到不同寻常的风光，从而在陌生的环境中获得自我审视的机会，了解其他地区的人们是如何看待布宜诺斯艾利斯人的。

记者的经历让卡帕罗斯有着敏锐的社会洞察力，善于与人沟通，拒绝将社会问题无人称化、抽象化，他最关心的是个体的命运，关心社会问题会对边缘群体产生哪些恶劣的影响，正如他在《饥饿》一书中向不同受访者抛出的同一个问题："如果你有机会向一个全能的法师索要随便一个什么东西的话，你会要什么？"受访者有的想要一头奶牛，有的想坐在麦当劳里吃一顿饭。从这些答案可以看出饥饿是怎样摧残人的身心，剥夺一个人的想象力，他们将个人欲望缩小到近乎卑微的程度，从而停止对美好的世界产生幻想。

虽然卡帕罗斯的作品中涉及不少饥饿、贫困等世界普遍性问题，但我们依然能在字里行间感受到强烈的民族情怀，他试图在世界化的视野中寻找独特的民族身份认同，尝试理解阿根廷军事政变后的种种社会现实和民众的心理问题。小说《瓦尔菲尔诺》（*Valfierno*，2004）以盗走名画《蒙娜丽莎》的瓦尔菲尔诺为原型，讲述阿根廷本土小骗子的故事。但读者在书中看到的不只是一系列不可思议的趣闻，更重要的是跟随主人公这位主流社会的边缘人物踏上了寻找身份认同的路程。《内陆》解构中心/边缘、文明/野蛮的二元对立状态，那些住在首都文化圈之外的人们曾被认为是落后的群体，阻碍了文明的发展，然而这些人拥有的不只是令文化精英猎奇的民俗文化，还有阿根廷的历史问题和社会现实，这些恰好是被大家所忽视的。小说《敬启者》（*A quien corresponda*，2008）表现的是近三十年阿根廷的社会现实，特别是1976—1983年阿根廷军事独裁期间人们的压抑生活。叙述者是年逾60的卡洛斯，他曾是左翼革命派的军人。为寻找失踪的妻儿，他展开深入调查，最后调查到一个小村庄里的一位被谋杀的神父身上，进而展开一段灰暗的历史。这部作品揭示的正是阿根廷仍未完全治愈的伤痛。

在《无尽》（*Sinfin*，2020）中，作家把目光投向遥远的2070年，以中国文化中"天"的意象为核心主题。全书围绕着女主人公（一位记者）如何发现"天"的存在（人类在身体死亡之后，灵魂还能在那里存在）、它的政治作用、它如何转变成权力和掌控的工具。《无尽》描写了那些对自己的国家感到失望、追求永生、信仰崩坍的欧洲富人寻找

"天"的渴望，因为"天"呈现为另一条出路，是逃避死亡、逃避人类所在的那个时空的一种方式。

《西班牙语美洲》（*Ñamérica*）于2021年9月由兰登书屋文学出版社（Literatura Random House）出版。几十年来，卡帕罗斯到美洲各国游览、考察，以新闻记者独有的敏锐视角透视该地区复杂多样的人文景观。在本书中，作者一再强调，西班牙语美洲国家正在经历重大变化，我们不再是过去的样子。通过观察、倾听、思考、回忆、讲述，作者试图呈现西语美洲当下的面貌。不过，这部作品不局限于铺陈一系列评述性的新闻报道，对文化杂糅、美洲乌托邦、殖民地制度的遗产等核心问题均展开批判性思考。在作者看来，一味强调民族风俗和印第安工艺品，只是旧调重弹，无助于我们找到西语美洲人真正的灵魂。找到西语美洲的特性正是本书的创作主旨。

卡帕罗斯别出心裁地将使用西班牙语的美洲国家称为"Ñamérica"：在"América"（美洲）一词的基础上添上字母"Ñ"。"Ñ"的独特之处在于，在罗曼语族中仅有西班牙语拥有这个辅音字母。可以说，"Ñ"是西班牙语独一无二的创造。之所以创造一个新词来描述这19个国家，作者解释道，拉丁美洲、西属美洲、伊比利亚美洲等常用称谓，让人联想到西班牙殖民历史和美国在拉美的各种干涉政策，仿佛这个地区仍然停留在过去。因此，他选择在语言中寻找民族之间的情感联结。"Ñ"巧妙的发音和书写形式，折射出西语美洲人共同的文化渊源以及与众不同的民族身份。

作者以第一人称的视角，依次讲述自己在墨西哥城、玻利维亚的埃尔奥尔托、波哥大、加拉加斯、哈瓦那、布宜诺斯艾利斯、迈阿密和马那瓜的经历，积极同当地人谈论日常生活和社会问题。在这本书中，作者也是一名优秀的观察员、访谈者，主动潜入社会大动脉的深处，捕捉当下最新的话题，比如，第四波女权主义浪潮影响下美洲本土的女权运动。可见，作者时刻关注西语美洲的今天和未来。在他看来，这些年来，该地区的共同点就是动乱频仍，纷争不止。以2019年为例，各国接二连三地出现突发性群体事件：厄瓜多尔多地爆发抗议油价上涨的反政府游行；智利民众因反对地铁票涨价，开展大规模示威游行，甚至发生暴力冲突；玻利维亚民众抗议示威，指控莫拉莱斯在选举中有舞弊行为。这些事件虽然本身的诉求不同，但是足以说明西语美洲国家正在经历一场大的变革。

那么，西语美洲的未来将何去何从？在作者看来，这是一个政治问题，而不是经济或技术问题。面对世界政治、经济的新局势，西语美洲需要制定一项新的规划。关于这个规划的具体架构，作者没有给出一个明确的答案，但是他明确表达了自己对于未来的希望：但愿西语美洲国家凝聚起来，共同面对挑战，但愿新变革能带来一个更公平、更富足的社会。

最后，本书谈到全球疫情下西语美洲国家的现状。疫情加重了贫富差距，尤其是在卫生医疗、居住环境、饮食、生活方式方面，一部分公民的生活得不到应有的保障。然而，作者也强调了，疫情的出现并非晴空霹雳，实则自2012年至2013年起西语美洲各国就面临日益严重的贫困问题，疫情只是让原有的社会问题更清晰地浮现在人们的视野中。

其他作品：小说《历史》（*La Historia*，1999）、《我食》（*Comí*，2013）、《埃切韦里亚》（*Echeverría*，2016）；游记《长距离》（*Larga distancia*，1992）、《现代战争》（*La guerra moderna*，1999）；散文《宾戈！》（*Bingo!*，2002）、《什么国家啊》（*Qué País*，2002）；日记体散文《一轮月亮》（*Una luna*，2009）；传记《爱情和喧闹》（*Amor y anarquía*，2003）；与阿根廷作家、记者爱德华多·安吉塔（Eduardo Anquita，1953— ）合写的三卷本历史丛书《意志》（*La Voluntad*，2007—2008）等。

中译本：《饥饿》，侯健、夏婷婷译，人民文学出版社，2017年。

《活的木乃伊》（Los Living）

《活的木乃伊》是阿根廷作家马丁·卡帕罗斯的一部小说代表作，2011年由阿纳格拉玛出版社出版。作品受到媒体和评论界广泛的认可，巴塞罗那诗人、散文家华金·马尔科（Joaquín Marco，1935—　）在《阿贝塞报》副刊《文化》（El Cultural）上评论道："这是一部野心勃勃的作品，充满黑色幽默，描述了一位伪流浪汉的经历，以还在痉挛中的阿根廷为背景，荒唐地批判观念艺术，思索生命的意义，特别是何为死亡，并且没有脱离政治环境。"①

主人公尼托出生于1974年7月1日，同一天胡安·庇隆逝世，在这个生命出现和逝去的重要日子里，个人命运和国家命运被联系起来。尼托的童年生活交杂着爱、谎言、虚情假意，他从出生开始便见证了一系列死亡，父亲和祖父的逝去给他留下了深刻的阴影，他开始思考死亡的问题。出生和死亡对一个人来说是决定性的，但真正在意的人很少，只有那么七八位亲人，对其他人来说这个日子完全不重要。死亡如此神秘，我们和去世的亲人还会有联系吗？

小说主题是悲剧，但视角敏锐，满怀感情。与《饥饿》中贫困的居民、《敬启者》中的退役军人一样，《活的木乃伊》选择了普通人为小说的主角，他们都是大环境下的小人物。父母的性格、社会的不安氛围影响所有人的情绪和性格，沉闷的社会气氛使尼托从小便思考生命和死亡的意义。尼托就像是阿根廷社会中时代的"流浪汉"，在政治谎言和生活的虚情假意中度过一生。

卡帕罗斯的作品善用黑色幽默。西班牙小说家、评论家拉斐尔·里格（Rafael Rico）认为，该著是向《绅士特里斯舛·项狄的生平与见解》致敬，除此之外，小说主人公语气中的魅力、不容置疑和幽默也让

---

① Marco, Joaquín. "Los Living", El Cultural, Nov. 25, 2011. https://elcultural.com/Los-Living [2020-04-21].

马丁·卡帕罗斯（Martín Caparrós）

他想到这就像是布宜诺斯艾利斯版的《盖普眼中的世界》。《活的木乃伊》描述了主人公的家族生活和精神生活，包括他对家庭和人生的看法，主题往往是沉重的人生命题，例如怎样在一生中面对痛苦和死亡，对个人的忍耐力和良好心态提出要求。作品没有过多涉及社会经历和政治立场，但偶尔也会在文中评论一二，比如尼托提到父亲不喜欢庇隆主义，因为庇隆执政期间，每个人都能来首都当工人。父亲是不关心政治的，但他常常发表这样的评论，因为这些都是祖父说的，父亲相信祖父说的话。讽刺、评论和黑色幽默让《活的木乃伊》不沉湎于个体的经验，侧面表现社会范畴的历史创痛，扩展了作品的维度。

除此之外，我们还能在作品中看到阿根廷独特的社会和地域风貌，借此观察社会环境和自然环境对人的性格的影响，进而思考阿根廷民族身份的问题。在《活的木乃伊》的开头，主人公说庇隆逝世的那天是阿根廷最和谐一致的时间，这一天所有人或难过，或害怕，或愤恨，原因不同，但激动的心情是一样强烈的，死亡带给一个民族难得的团结起来的时机。在阿根廷的文学传统中，不少作家通过对比首都与地方、文明与野蛮寻找民族文化的核心和阿根廷独特的身份认同，强调不同的自然环境对人产生的影响不同。卡帕罗斯受到这类作家作品的影响。比如《马丁·菲耶罗》里强调广袤的潘帕斯草原养成了高乔人豪爽的性格，而在《活的木乃伊》中阿根廷南部白茫茫一望无际的冰川地区给人带来迷茫、空虚的感受。另外，卡帕罗斯深受萨米恩托的影响，他曾直言自己对萨米恩托的崇敬之情，希望自己能成为像他那样的知识分子。但卡帕罗斯在文明与野蛮主题的探讨上与萨米恩托的观点截然相反，二人都对布宜诺斯艾利斯以外的广袤土地表现出惊异之情，但萨米恩托试图将他认为的野蛮的高乔文化排除在文明进程之外，而卡帕罗斯则将它囊括在阿根廷民族认同之内，正如他在《内陆》中所表现的那样，对卡帕罗斯来说，前往其他城市旅行的过程也是内心的探索之旅。

（曾琳）

埃米利奥·卡尔瓦伊多
（Emilio Carballido）

埃米利奥·卡尔瓦伊多（1925—2008），墨西哥著名作家、剧作家，被誉为墨西哥"50年一代"知识分子中最杰出的代表之一。

卡尔瓦伊多1925年5月22日出生于墨西哥东南部维拉克鲁斯州的奥里萨巴（Orizaba），幼年即随父母迁居首都墨西哥城，在那里接受了良好教育。青年时期在墨西哥国立自治大学（UNAM）文哲系学习，师从著名剧作家塞莱斯蒂诺·格罗斯蒂萨（1904—1967）、哈维尔·比亚乌鲁蒂亚（1904—1950）和鲁道夫·乌西格利（1905—1979）等人，获得戏剧艺术和英国文学专业硕士学位。来自家庭文化氛围的影响及后来良好的学养，使卡尔瓦伊多很快在戏剧创作中显示出非凡的才能。1950年，他创作的《罗莎尔巴和亚维罗斯一家人》（*Rosalba y los Llaveros*）在墨西哥城艺术宫（Palacio de Bellas Artes）的演出季中被选为首演剧目。这部三幕喜剧探讨的是20世纪50年代墨西哥的家庭问题，一位名叫罗莎尔巴的姑娘从首都来到外省乡间，作为心理系学生，她用所谓的"现代女性"及"城市文明"的视角来审视一个不同的世

埃米利奥·卡尔瓦伊多（Emilio Carballido）

界，随时准备着为身边的人进行心理分析和精神指导，试图扮演一个无所不能的角色，将她的那些亲戚从"毫无意义的乡下生活"中解救出去。而在罗莎尔巴对他人喋喋不休的评论中，作者向人们展示了墨西哥革命后在城市和乡村之间逐渐形成的社会习俗和价值观念上的差异。这部作品上演后获得巨大成功，使25岁的卡尔瓦伊多跻身于墨西哥当代优秀剧作家的行列。

此后，他又陆续创作了许多在墨西哥当代剧坛产生重大影响的作品，大多表现出典型的现实主义风格，所涉及的都是大众生活中存在的社会矛盾和情感冲突。如《幸福》（*Felicidad*，1956）讲述的是一位普通教师不尽如人意的生活以及社会矛盾在主人公与家人关系中的体现。《一个充满怒气的无奇日子》（*Un pequeño día de ira*，1961）获得了当年"美洲之家奖"。《胡安娜，我向你发誓我想……》（*Te juro Juana que tengo ganas...*，1965）曾在西班牙、德国、法国、比利时、以色列、哥伦比亚、委内瑞拉和古巴等国上演，在美国纽约连续上演了两个演出季，并被翻译成多种语言，成为许多国家戏剧团体的演出剧目。《奥里诺科河》（*Orinoco*，1984）描述了两名女子的一次奇异旅程，她们乘船沿奥里诺科河旅行时，用姿色引诱了所有船员，在这些与河流为伍的男人中间引发了狂热情感的爆发。《两种芬芳的玫瑰》（*Rosa de dos aromas*，1986）则围绕着两个女人的命运展开情节，各种偶然因素让两位女主人公在不明真相的情况下爱上了同一个男人，在这个男人被捕入狱后，两个女人又想方设法去获取100万比索的巨资来拯救自己的爱人，而现实最终让她们认识到生活的残酷。

这些作品的情节设置大多充斥着十足的戏剧性，让观众因一次又一次的意外而感受到冲击和震撼。难能可贵的是，卡尔瓦伊多在创作中充分把握住了悲喜剧的内在精神，在严肃、悲剧性的舞台展示过程中不时穿插幽默的元素，让观众在为主人公跌宕的命运深感不安的同时仍能发出会心的微笑。正因为创作上的这些特点，卡尔瓦伊多的作品在观众和评论界都获得了很高评价，国际认知度也不断提高。他的其他剧作有《中间地带》（*La zona intermedia*，1948）、《三重固执》（*La triple porfía*，1949）、《乌龟梦见的舞蹈》（*La danza que sueña la tortuga*，1955）、《安静！秃毛鸡！这就给你们喂玉米！》（*¡Silencio pollos pelones, ya les van a echar su maíz!*，1963）、《我也谈论玫瑰花》（*Yo también hablo de la rosa*，1965）、《阿卡普尔科星期一》（*Acapulco los lunes*，1969）、《莫扎特信札》（*Las cartas de Mozart*，1974）。

　　五十多年孜孜不倦的工作使卡尔瓦伊多著作等身，近百部舞台剧的剧本和影视脚本、两卷本的短篇小说集、九部小说以及在各种文化杂志上发表的文章让他成为墨西哥当代最丰产的作家之一。而他成就卓著的创作也为他赢得了无数荣誉：他被维拉克鲁斯大学授予名誉博士头衔，并享有"墨西哥艺术创作者国家体系杰出艺术家"的称号，1976年他入选墨西哥语言科学院并获得"国家语言文学奖"（Premio Nacional de Lingüística y Literatura），1996年又获得"国家文学奖"（Premio Nacional de Literatura），而他的作品也在国内外各种评奖活动中获得过诸多奖项。

　　2008年2月11日，卡尔瓦伊多因心脏病发作去世。两天之后，维拉克鲁斯州为卡尔瓦伊多的离世设立全州哀悼日，并宣布将维拉克鲁斯州立剧院及一个文学奖项冠以"埃米利奥·卡尔瓦伊多"的名字，以此作为对这位杰出的戏剧工作者永远的纪念。

《中国狐狸》（*Los zorros chinos*）

　　《中国狐狸》是埃米利奥·卡尔瓦伊多于2000年创作的一部作品，2005年首演。与他另一部在1991年首演的剧作《伊斯坦布尔的奴隶》（*Los esclavos de Estambul*）一样，《中国狐狸》试图在戏剧人物平庸

埃米利奥·卡尔瓦伊多（Emilio Carballido）

压抑的日常生活和充斥着享乐和冒险的虚幻世界之间构建对立的冲突关系。两部作品中的主人公都具备在两个世界间穿梭的神奇力量，但与《伊斯坦布尔的奴隶》中的埃乌斯塔西奥认定伊斯坦布尔的经历只是虚幻的情况不同，《中国狐狸》中的女主人公尤莉利娅发现，她的生活现实其实都是谎言，而带给她幻想的狐仙之家才是她指望找到真实的新世界。

《中国狐狸》取材于中国清代蒲松龄的《聊斋志异》中的狐仙故事，蒲松龄所擅长的在日常生活描写中加入神怪诡异元素的风格深深吸引了卡尔瓦伊多，成为他在创作这部剧作时所着力突出的特征。故事背景设置在18世纪米丘阿坎的一个乡村，某天，一群来自中国的"狐人"到达这里，住进村里的一所大宅子里。这群长着美丽的橙红色尾巴的"狐人"公子们避居深宅，神秘莫测。从他们到来的那一天起，村里便开始接连不断地发生奇怪的事情。一些女人在晚间会莫名失踪，第二天一早又带着珠宝首饰回到家中，并声称什么都不记得了。

在这一系列奇异事件发生的同时，年轻的农妇尤莉利娅仍继续着自己一如既往的单调生活，照顾3个儿女，取悦霸道的丈夫，侍奉挑剔的婆婆。但就在一个全家人都沉沉入睡的夜晚，尤莉利娅的生活却发生了翻天覆地的变化。在一片宁静的黑暗中，尤莉利娅的家人横七竖八地睡在房间里，在梦中喃喃自语。那些梦呓无一例外地揭示了藏在他们每个人心灵深处的欲望：丈夫内马里奥在梦里伐木烧炭赚了大钱；婆婆在梦里指责儿媳偷懒，并指使儿子把老婆狠狠揍一顿；小女儿梦见的是令她垂涎的美味；而大儿子则梦到自己成了像父亲一样的能杀死美洲豹的男子汉。这个场景在戏剧结构和戏剧意义上都成为全剧的中心场景，时空的层次在这个场景里似乎发生了交错和融合。未能成眠的尤莉利娅在哄婴儿入睡，这时突然传来神秘的乐声，一个仆人装束的中国人突然出现在尤莉利娅面前，牵起她的手，引导她离开家，来到一座豪华的东方宫殿。在那里，仆人们为尤莉利娅穿上丝绸衣衫，为她梳妆打扮，来迎侍"姓吴的王子"，这位长着一条狐狸尾巴的翩翩王子邀请尤莉利娅参加一场专为她举办的盛大宴会。面对尤莉利娅的惶惑不安,王子请她满饮美酒,并告诉她家人仍在家中熟睡,只有在她愿意的时候,他们才会醒来。尤莉利娅放下心来,开始与这些狐仙一起享受音乐和美食,渐渐沉浸在狐仙那自由而快乐的世界里而难以自拔。但在尤莉利娅的内心深处,残存的理性却时时提醒她,眼前这一切不过是存在于梦境中的幻象。尽管如此,尤莉利娅仍在这梦境里找到生活的真实意义,因而希望这梦能持续下去,永远不要结束。

在现实世界的时空中,小村庄里已是一片躁动不安。整整3天,尤莉利娅不见踪影,而她的家人们则一直昏昏沉睡,村民们惊诧不已,做着各种猜测。得知情况的尤莉利娅决定让家人们醒过来,但却无法下决心返回家中。她在两种生活方式之间游移不定,不能确定哪一种生活是真实的,哪一种是虚假的。正在这时,她的大儿子多明戈尾随一个中国仆人寻到狐仙们的大宅,并与村里的伊格纳西奥神父一起设计在狐仙们宴饮的酒中下了毒。已经洞悉诡计的王子制止了尤莉利娅饮酒的行为,自己却和仆从一起饮下毒酒,离开人世。尤莉利娅的梦境消失了,她也不得不回到家中,但身处现实生活中的尤莉利娅却发现自己已无法回到原先的世界。与狐仙们共度的时光让她意识到,在她自己的日常生活和内心最深处的欲望之间横亘着不可逾越的深渊。对她而言,看似梦境的世界才是她真实渴求的自由所在,而所谓"真实"的世界反而充斥着可以毒杀生命力的空虚。当尤莉利娅意识到自己的余生将会被禁锢在这"真实"世界的空虚中时,她最终决定终结自己的生命。

《中国狐狸》是卡尔瓦伊多创作的最后几部作品之一,同他创作于20世纪50年代的那些作品一样,这部晚期作品仍执着于展示人性欲望和责任之间无法调和的矛盾,并试图寻求一种解决之道。尽管剧中人物的努力往往以失败收场,但他们的感受和体验,仍为同样身处此种困局的观众们带来些许启示。

(卜珊)

埃内斯托·卡德纳尔（Ernesto Cardenal）

埃内斯托·卡德纳尔（1925—2020），尼加拉瓜诗人、翻译家和政治家。他是当代拉丁美洲最具影响力的诗人之一，也是一位引发颇多争议的公众人物。

卡德纳尔1925年1月20日生于尼加拉瓜的格拉纳达，青年时代就常流连于其表兄、尼加拉瓜先锋派诗歌发起人巴勃罗·安东尼奥·夸德拉（Pablo Antonio Cuadra）组织的文学沙龙。1942年赴墨西哥国立自治大学文哲系学习，并发表了最初的诗作《无人居住的城市》（*La ciudad deshabitada*，1946）和《征服者的演说》（*Proclama del conquistador*，1947）。1948—1949年赴美国哥伦比亚大学学习美国文学，在此期间的创作显示出其受到古典拉丁诗歌、美国诗人埃兹拉·庞德（Ezra Pound）以及金斯堡等"垮掉的一代"诗人的影响，喜爱写散文结构的长诗。他继承和发展了先锋派诗歌，既深植于民间传统，同时又极具创新精神。

1954年卡德纳尔参与了反对索摩萨独裁统治的武装斗争，两年后写下政治长诗《子夜零时》（*Hora cero*，1956），对中美洲的独裁统治进行了强烈的批判。1957年进入位于美国肯塔基州的客西马尼圣母修道院（Monasterio de Our Lady of Gethsemane），著名的修士诗人托马斯·默顿（Thomas Merton）任他的灵修导师。卡德纳尔以此经历创作了《肯塔基的客西马尼》（*Gethsemane, Ky.*，1960），这部作品描写细腻，风格简洁，兼具怀旧和希望的基调。

1959年由于健康原因卡德纳尔离开客西马尼圣母修道院，先后在墨西哥、哥伦比亚的修道院中继续学习，并于1965年8月15日接受圣职。这期间发表的作品有：《活在爱中》（*Vida en el amor*，1959）、《诗篇》（*Salmos*，1964）等。其中，《讽刺诗》（*Epigramas*，1961）由近五十首爱情和政治题材的诗歌和译作组成，《为玛丽莲·梦露祈祷及其他诗作》（*Oración por Marilyn Monroe y otros poemas*，1965）收录了作者的一些最佳诗歌。

1966年卡德纳尔在索伦蒂纳梅群岛（Solentiname）建立了隐修公社，激进地贯彻福音书精神，实践共同劳动的集体生活，开办手工艺作坊，并在农民中开展诗歌运动。他的长诗《可疑的海峡》（*El estrecho dudoso*，1966）接近历史诗歌，诗意包含在神话元素中。《向美洲印第安人致敬》（*Homenaje a los indios americanos*，1969）汇集了以文化考古学面目出现的政治诗歌。这一时期问世的作品还有《马雅潘》（*Mayapán*，1968）、《民族颂歌》（*El canto nacional*，1972）、《关于马那瓜的神谕》（*Oráculo sobre Managua*，1973）和《索伦蒂纳梅的福音》（*El evangelio en Solentiname*，1975）。

1977年索伦蒂纳梅的部分农民作为游击队员参与了攻打卡洛斯军营的行动，索摩萨政府随即取缔了公社，并对卡德纳尔进行缺席审判。卡德纳尔在流亡海外期间，成为"桑地诺民族解放阵线"的发言人，直至1979年尼加拉瓜新政府成立，他被任命为政府文化部长，并出访欧、亚、拉美诸国。

20世纪80年代以来，卡德纳尔的创作激情丝毫未减，延续着政治与神秘这两大主题，不断引发新的争论。其间有多部作品问世：《摩天》（*Tocar el cielo*，1981）、《凯旋的飞翔》（*Vuelos de victoria*，1984）、《金色飞碟》（*Los ovnis de oro*，1988）等。其中，《羽蛇神》（*Quetzalcóatl*，1988）力图重新激活古老的神话，赋予其现实意义；《宇宙颂歌》（*Cántico cósmico*，1989）是一部长达六百页的鸿篇巨制，不仅从现代量子物理学、"宇宙大爆炸"假说中汲取灵感，内容更涉及生命演化论、尼加拉瓜历史、基督教福音书等，包罗万象，匠心独运，已被译成英、德、葡等多种文字。此后的《黑夜里的望远镜》（*Telescopio en la noche oscura*，1993）和《多元世界之诗》（*Versos del pluriverso*，2005）继续为现代神秘主义诗歌探索新的可能。2020年，推出埃内斯托·卡德纳尔作品系列的西班牙特罗塔（Trotta）出版社出版了他的诗歌全集。

此外卡德纳尔还著有回忆录3部：《失去的生命》（*Vida perdida*，1999）、《奇异的岛屿》（*Las ínsulas extrañas*，2002）和《失败的革命》（*La revolución perdida*，2003）。卡德纳尔与他人合作出版了《美国诗歌选集》（*Antología de la poesía norteamericana*，1963），自编《尼加拉瓜新诗歌》（*Poesía nueva de Nicaragua*，1974）。卡德纳尔还是一位雕刻家，作品曾在美国展出，并出版《卡德纳尔：50年的雕刻》（*Cardenal: cincuenta años de escultura*）一书。

卡德纳尔先后被授予尼加拉瓜"卢文·达里奥文化解放最高勋章"（1982）、法国艺术与文学骑士勋章（1985）、古巴"何塞·马蒂勋章"（2003）。1986年当选民主德国艺术学院院士。他还陆续获得由智利政府和聂鲁达基金会主办的"巴勃罗·聂鲁达伊比利亚美洲诗歌奖"（Premio Iberoamericano de Poesía Pablo Neruda，2009）、"索菲亚王后伊比利亚美洲诗歌奖"（2012）、"佩德罗·恩里克斯·乌雷尼亚国际奖"（Premio Internacional Pedro Henríquez Ureña，2014）、乌拉圭的"马里奥·贝内德蒂国际奖"（Premio Internacional Mario

Benedetti,2018)。

《黑夜里的望远镜》(*Telescopio en la noche oscura*)

《黑夜里的望远镜》(1993)延续了诗人此前从《活在爱中》到《宇宙颂歌》将个人心路与当下时代情境结合的诗学探索,篇幅虽不长,却是理解卡德纳尔整体创作不可或缺的文本。

《黑夜里的望远镜》收录了一百余首短诗,最短的只有一行。孤独与合一是诗集核心的主题,诗人常常以直抒胸臆又不失幽默的口吻来表达人生中最苦涩黑暗的经验:"年轻时我自信/是爱情大赛的冠军/——事实也的确如此——现今我还是冠军/不过是在孤独方面。"

《黑夜里的望远镜》最令人印象深刻的特色在于大胆地用尘世男女的情爱甚至性爱的语言来描写人神之爱,表现个体与超验存在之间的相遇:"如果他们听见我有时候对你说的话/一定会大惊小怪:简直是亵渎神明!/但你明白我的理由。/……/那是情侣们在床上说的话。"在这位尼加拉瓜诗人看来,男女之爱是圣爱的类比,只不过后者是一种"与感官无关的情欲"。

卡德纳尔回溯《雅歌》以降犹太—基督宗教神秘主义的言说范式,以引用、改写、戏仿等多种形式呼应大德兰修女(Santa Teresa de Jesús,1515—1582)、圣胡安·德·拉克鲁斯(1542—1591)为代表的基督教神秘主义传统(诗集题目中的"黑夜"即来源于圣胡安笔下著名的意象)以及其他神秘主义源流,将14世纪波斯抒情诗人、16世纪西班牙宗教诗人的典型语汇和意象(如"灵魂的暗夜""万有"与"空无")与现代自然科学的术语(如"更新世""原子""光子")熔于一炉,令各种传统在20世纪的语境中被激活和更新,为现代神秘主义诗歌展开新的地平线,无怪乎波多黎各学者露塞·洛佩斯–巴尔拉特

埃内斯托·卡德纳尔（Ernesto Cardenal）

（Luce López-Baralt）称卡德纳尔为"西语美洲现代神秘主义文学的奠基人"。诗人卡德纳尔以一己的写作实践说明，神秘主义者并非不食人间烟火，而是面对时代议题用自己的方式予以回应。

（范晔）

奥利维里奥·科埃略（Oliverio Coelho）

奥利维里奥·科埃略（1977—　），阿根廷作家、评论家。2010年，他被英国著名的文学杂志《格兰塔》（Granta）评选为22位"最佳西班牙语青年小说家"之一，成为阿根廷文坛炙手可热的新生力量。

科埃略的文学创作主要为小说，其中包括长篇小说《不眠地带》（Tierra de vigilia，2000）、《乌合之众》（Los invertebrables，2003）、《弯折》（Borneo，2004）、《自然承诺》（Promesas naturales，2006）、《依达》（Ida，2008）、《名叫洛沃的男人》（Un hombre llamado Lobo，2011）、《边境之利》（Bien de frontera，2015），中篇小说《受害者与梦》（La víctima y los sueños，2002）、《门槛》（El umbral，2003）和短篇小说集《家庭报告》（Parte doméstico，2009）、《走向灭绝》（Hacia la extinción，2013）。其中《乌合之众》于2010年被改编成同名戏剧，由安娜·辛可（Ana Cinkö）和劳尔·佐乐奇（Raúl Zolezzie）执导。

科埃略的获奖作品如下：《不眠地带》，2000年阿根廷"国家新人奖"（Premio Nacional Iniciación）；《受害者与梦》，2001年

奥利维里奥·科埃略（Oliverio Coelho）

"特德拉达青年组短篇小说文学奖"（Premio Tétrada Literaria de Novela Corta para jóvenes）；短篇小说集《留下的人》（*Los que se quedan*），2002年委内瑞拉"何塞·拉斐尔·博卡特拉拉丁美洲文学双年庆奖"（La Bienal latinoamericana de literatura José Rafael Pocaterra）；短篇小说《孙武》（*Sun-Woo*），2008年"胡利奥·科塔萨尔伊比利亚美洲短篇小说奖"。他本人曾获得墨西哥"艾德蒙多·瓦拉德斯拉丁美洲奖"（Premio Latinoamericano Edmundo Valadés）。

科埃略接受过多个国家、多家机构的奖学金，曾先后去往北美洲、欧洲、亚洲各国进行创作和采风。他在墨西哥居住创作期间，曾编辑过一本墨西哥文学选集，但并未出版；在韩国居住创作期间，出版韩国文学选集，名为《地图》（*Ji-do*，2009）。多国游历的见闻与多元文化的体验对于科埃略自身的文学创作也有巨大的影响：一方面，当科埃略在自己的作品中选择异国作为故事背景时——比如韩国这样的东方国度，他并不像早期的浪漫主义文学和东方主义风格那样将异国视为增添异国情趣的幻想之地，而是基于其本人对于当地的了解而显示出不亚于本土书写的逼真和写实；另一方面，"周游列国"的体验令科埃略在其文学创作中对于不同地域环境的发掘颇为钟情，在其多部小说中都曾出现穿行城市的寻求之旅，不同的场景带来不同的情节，作者尤其擅长将特定的城市氛围与人物特质、故事情节完美结合。他曾在博客中说到，有些人物只能在某些城市才会有，就像有些植物只能在特定的气候下才能生存一样。其长篇小说《依达》和短篇小说集《家庭报告》《走向灭绝》等作品都有这样的特色。不仅如此，他还将"远方"这一空间概念扩展至时间范畴，大大拓展其"风景创造"（invención de paisajes）的创作理念。（埃德加多·斯科特语）这一理念的实践始于其出版于21世纪前10年的"未来主义小说三部曲"：《乌合之众》《弯折》《自然承诺》。这三部作品将时代背景设置为"不远的将来"，由于科技的发展，国家机器的专制集权已深入对个体的生物控制层面，试图通过某种形式突破体制的主人公们纷纷踏上逃离之路，用不同的方式全方位展现未来之国的各个不同侧面。费尔南多·雷阿第则认为："自1976年至1983年独裁统治以来的阿根廷文学有一个显著特点，即通过对叙事时间的转移来隐晦地反映现实……（作家们）谈论其他的时代，因为他们无法直接地描绘现实情况。奥利维里奥·科埃略……，深刻挖掘这一写作策略，将一系列国家危机精练地融于未来主义三部曲中。"①这种观点为科埃略的纯文学写作加入了现实与政治的解读角度。

在文学创作上，科埃略是一个不断创新、寻求自我突破的作家。其早期的作品皆带有浓重的奇幻文学元素，以追求极端的语言和营造荒诞的效果为共同特色，颇有巴洛克文学之风。随后出版的《依达》则开始运用神话般的语言，选取更具现实意味的叙事风格和题材，往往在一部作品中横跨多种文学类型，展现多元化的主题内涵。如今的科埃略是一位"作品游走于现实主义和流行文学类型"②的作家（丹尼尔·西赫纳语）。

在文学创作以外，科埃略多年来在阿根廷的《号角报》（*Clarín*）、《国家报》（*La Nación*）和西班牙《国家报》等众多重要报刊的文化版面撰写评论文章，同时也在法国摇滚杂志《摇滚怪客》（*Les Inrockuptibles*）撰写专栏，并拥有自己的博客"天竺鼠"（«Conejillo de Indias»）。

---

① Reati, Fernando. "La trilogía futurista de Oliverio Coelho: una mirada al sesgo de las crisis argentinas", *Revista Iberoamericana*, Vol. LXXVIII, Núms 238-239, Enero-Junio 2012, p. 111.

② Gigena, Daniel. "Oliverio Coelho: 'La relación propia con la literatura es muy difícil de describir'", *La Nación*, 12 de febrero de 2017. https://www.lanacion.com.ar/opinion/oliverio-coelho-la-relacion-propia-con-la-literatura-es-muy-dificil-de-describir-nid1983206 [2020-04-16]

奥利维里奥·科埃略（Oliverio Coelho）

《名叫洛沃的男人》（*Un hombre llamado Lobo*）

奥利维里奥·科埃略于2011年出版长篇小说《名叫洛沃的男人》，该小说与前作《依达》开启了科埃略文学创作中的现实主义阶段，其中既承袭了科埃略多年文学创作中的一些"常量"元素，也呈现出了一些新的特点，是一部承上启下、值得关注的作品。

故事背景设定于20世纪70年代末到90年代的阿根廷，由两段时隔二十年的双向追寻展开情节。四十多岁的老光棍西尔维奥·洛沃（Silvio Lobo）决定离开母亲，独立生活。他与妻子艾斯特拉（Estela）有一个儿子，取名伊万（Iván Lobo）。正当洛沃憧憬着一段中产阶级家庭式的小小幸福生活时，妻子却带着儿子突然离去。洛沃抛开一切，雇佣侦探马尔库斯（Marcusse），开始寻妻之旅。两人从首都布宜诺斯艾利斯跋涉到阿根廷南部乡村，却一无所获。二十年后，从小没有父亲、由外婆养大的伊万又开始了一段逆时而上的寻父之旅。

在这部小说中，父子二人在各自的关系中（夫妻关系与父子关系）都是被遗弃者，但他们双向追寻之旅的目标并不只是缺席的亲人和家庭，也指向迷失的自我和无法构建的身份。被遗弃者对于遗弃者的追寻，是科埃略从《依达》一书便开始关注的话题，作家本人在一次访谈中谈到了人面对遗弃这一问题时的复杂心理历程。无论是父母死亡、爱情破裂，甚至是敌人消亡所引起的"被遗弃"都无法顺利地让被遗弃者顺利地赢得摆脱"束缚"后的自由。被遗弃意味着某种意义上的失去，对于从前（无论何种）关系的依恋或习惯、从前关系所剥夺的完整而独立的自我身份迫使当事人去寻找逃离之人（即遗弃者），从而找到重建自我身份、获得真正自由的途径，而这其中必然会受到诸多阻挠，生出许多疑惑——精神上的亲昵感会约束自由。

与科埃略此前的许多以"漫游""远方"为主题的作品一样，《名叫洛沃的男人》一书的追寻之旅为展现阿根廷各地风貌再次提供了绝佳的线索。从首都布宜诺斯艾利斯到南部乡村,科埃略这一次将"风景创造"的重心放在城市与乡村的对比和冲撞之上,不仅地理风貌、人文景观不同,更展现了家庭关系和情感关系在两种文化中的不同。如卢卡斯·梅特西奇安所言,在城市中被视为"个人戏剧"的事情在乡村中成为公共的一部分,这是某种前现代落后状态的产物,也是事物的自然状态。

在"追寻"之外,艰难的情感关系是《名叫洛沃的男人》所涉及的另一主题。在书中,无论是夫妻之爱、父子之情,甚至是洛沃与马尔库斯之间微薄的好感,都是一场场的错失和破灭。其中,科埃略笔下的两性关系显露出一种"典型的探戈式宿命:采取主动的几乎总是男性,却都注定要被女人抛弃"[①]。正如可悲的"孤独受虐男人保护协会"(Sociedad Protectora de Hombres Solos y Maltratados)中的某成员所坦诚的一样,他尝试抛弃自己的妻子未果,最后自己却成了被抛弃的对象。即使是貌似深爱妻儿的洛沃也将妻子艾斯特拉视为某种客体,他并不了解她,也没有了解她的愿望,他永远也无法明白她究竟为何突然离去。在失败的情感关系中,男方实际上的咎由自取与故事中出现的众多负面女性形象以及仿佛是受害者的男性形象仿佛两相矛盾,然而,这样的反差倒令科埃略作品中反复展现的阿根廷社会"厌女症"的根源所在有了更现实的解释。科埃略早期的"未来主义三部曲"中将女性描绘成男性极权社会中可随意支配的被动客体,这或许还可以归咎于政治体制和国家机器的压迫性统治;《依达》和《名叫洛沃的男人》中频繁出现深具负面意义、令男主人公难以理解的女性形象,在一段由两人的互动构成的现实情感关系中,这样明显的"他者"设定必然从反面映衬出在这个微型的权力关系里男性"自我"的罪责难逃。无论是女人心思难

---

① Vázquez, Cristian. "Ensayo y error de ficción paranoica", *Letras Libres*, 6 de noviembre de 2011. https://www.letraslibres.com/mexico/libros/ensayo-y-error-ficcion-paranoica [2020-04-16]

测，还是男人咎由自取，洛沃的遭遇再次展现出"爱的不可能性"这一悲剧主题。

在《名叫洛沃的男人》中，侦探马尔库斯是一个充满矛盾的人物。马尔库斯出场时秉持着经典侦探小说中那种传统侦探的思维，他相信一切结果都有其原因，一切谜题都有其答案。只可惜他既没有福尔摩斯那样的潇洒风度，也没有波洛那般的睿智才华，他只是一个沉溺于赌博、穷困潦倒的普通人。马尔库斯踏入的也不是柯南·道尔或阿加莎·克里斯蒂笔下精准细致的传统侦探小说世界，洛沃和马尔库斯的虚构世界遵循着阿根廷后现代作家里卡多·皮格利亚所说的"妄想型虚构"（ficción paranoica）原则（克里斯蒂安·巴斯克斯语）。正如皮格利亚在《夜间目标》中所说："所有人都有嫌疑，所有人都自觉受到迫害。罪犯不是某一个人……谁也不明白真相；线索、证据全都自相矛盾……受害者是主人公本人，也是情节的中心，而不是受雇而来的侦探或是凶手。"[1]在这一场精确与虚妄、传统与当下的文学对决中，马尔库斯败下阵来，最终消失而去。其中所要表现的已不是侦探小说中的斗智斗勇，而是一种更深层次的后现代文学思考。

对于马尔库斯这一人物，阿亚拉-迪普则提出了另一种解读视角："西尔维奥·洛沃与马尔库斯的形象几乎展现出了一种巴洛克式的、塞万提斯式的悖论（科埃略在被问及谁能引领文学的将来时，确实曾经回答说也许塞万提斯和狄更斯可以）。"[2]从这一角度而言，马尔库斯对于侦探原则、偶然性原则的痴迷几乎可以看成是在戏仿堂吉诃德对骑士小说的迷信，而他与洛沃的无望追寻和调查也可以看成是对于堂吉诃德式必败之战的一种致敬。

科埃略在《名叫洛沃的男人》中穿越于多种流行文学类型之间，又

---

[1] Piglia, Ricardo. *Blanco Nocturno*, México, D. F.: Anagrama, 2010, p. 284.
[2] Ayala-Dip, J. Ernesto. "Ambigüedad, ironía y tristeza", *El País*, 10 de septiembre de 2011. https://elpais.com/diario/2011/09/10/babelia/1315613540_850215.html [2020-04-16]

为其注入特别的文学思考:追寻主题带来类似公路小说的故事线,却也再次拓展了其"风景创造"理念的边界;作家凭借常见的情感主题,对两性关系中所隐含的权力抗衡真相进行了社会层次和个人层面的探讨;而利用侦探小说的外壳,科埃略实际上进行了一次传统文学类型后现代化的尝试。

(莫娅妮)

罗伯托·柯萨（Roberto Cossa）

罗伯托·柯萨（1934—　），阿根廷当代著名剧作家，社会现实主义戏剧的杰出代表。

1934年11月30日，柯萨出生于布宜诺斯艾利斯，17岁时作为演员开始参与圣伊西德罗社区剧团的演出，但不久即放弃表演，转而开始戏剧文学创作。1957年至1958年间，他为《新表达》（*Nueva Expresión*）和《文学学报》（*Gaceta Literaria*）等杂志撰写剧评，这项工作让他对当时阿根廷乃至整个拉丁美洲戏剧的发展状况有了更为深入的了解。1964年，柯萨的戏剧处女座《我们的周末》（*Nuestro fin de semana*）首演并大获成功。这部作品见证了20世纪60年代阿根廷的社会历史现实，忠实地反映了中产阶级在面对社会、家庭冲突时的两难处境。舞台上的每个人物都被自己所属的社会阶层所代表的僵化传统所束缚，内心渴望着作为个人、夫妻、家庭所能获得的些许自由和进步，但最终他们却都不得不在所面对的现实问题前却步，恰如经过短暂周末的欢愉，却仍要去面对"残酷星期一"的重击。《我们的周末》的成功使罗伯托·柯萨在阿根廷戏剧界开始为人们所熟知，成为其漫长的戏剧文学创作生涯的开端。

在接下来的近二十年时间里，柯萨通过丰富的创作表达了对生活在自己周围的各色人物的关注，描写了这些人物对种种欲望的追求以及这些欲望彻底落空的过程。《胡利安·比斯巴尔的日子》（*Los días de Julián Bisbal*，1966）中的主人公身处令人窒息的日常琐碎之中，梦想获得更好的生活，并为此迈出试图改变的第一步，但最终仍难解生活的无常所带来的难题，从而陷入更深的迷惘和绝望之中。《不可企及》（*La ñata contra el vidrio*，1966）中的小镇青年殚精竭虑，只为创作出最优秀的探戈作品，以便在比赛中一鸣惊人，但这小小的愿望在现实的碾轧下却不可企及。在这个阶段，罗伯托·柯萨还创作了诸如《蠢人蠢言》（*La pata de la sota*，1967）、《黑色飞机》（*El avión negro*，1970）、《祖母》（*La Nona*，1977）、《无须哭泣》（*No hay que llorar*，1979）这样的作品，进一步确立了其作为现实主义剧作家的地位。

进入80年代，阿根廷政坛发生了一系列权力更迭，罗伯托·维奥拉将军上台后采取了较前相对温和的执政理念，使得一直以来受到高压审查的文化界有了一点自由松动的空间。一些政治敏感度较高的文化界人士抓住了这个难得的机会，开始进行一系列具有革新意味的探索。在戏剧界，以奥斯瓦尔多·德拉贡（Osvaldo Dragún）为首的剧作家发起了"开放戏剧"（Teatro abierto）运动，罗伯托·柯萨耶积极地投身其中，他创作的《离叹神伤》（*Gris de ausencia*，1981）被列为1981年6月28日首届"开放戏剧节"的演出剧目，上演后获得广泛赞誉，成为罗伯托·柯萨最具影响力的作品之一。这部作品的情节围绕着阿根廷一个普通家庭的生活展开，这个来自意大利的移民家庭在阿根廷奋斗多年后决定回到意大利，在罗马开一个阿根廷风味餐馆。餐馆开张后生意兴隆，可经济好转带来的兴奋很快就被一系列烦恼所取代。每一个家庭

罗伯托·柯萨（Roberto Cossa）

成员都发现自己需要解决与家人、与社会之间产生的冲突。离乡漂泊让他们的心里失去"根"的感觉，身份认同的模糊让他们在"他乡"与"故乡"之间迷失。在阿根廷时体会到浓浓的乡愁，可回到意大利后却被无法认清自我的焦虑所折磨，最终只能无奈地接受身心缺乏归属的事实。除了《离叹神伤》，罗伯托·柯萨还创作了《老佣人》（*El viejo criado*，1980）、《恼火的桥牌》（*Tute cabrero*，1981）、《已无人记得弗雷德里克·肖邦》（*Ya nadie recuerda a Frederic Chopin*，1982）、《疯狂的家伙》（*El tío loco*，1982）等作品，成为"开放戏剧"运动中最活跃的剧作家之一。

之后，柯萨陆续创作了《耶佩多》（*Yepeto*，1987）、《南境余痕》（*El Sur y después*，1987）、《小天使》（*Angelito*，1991）、《老熟人》（*Viejos conocidos*，1994）、《艰难岁月》（*Años difíciles*，1997）、《堂佩德罗曾说"不"》（*Don Pedro dijo no*，1999）、《问候者》（*El saludador*，1999）、《企鹅》（*Pingüinos*，2001），在这些作品中，罗伯托·柯萨一如既往地关注阿根廷的社会现实和政治发展历史。很少有剧作家能像柯萨那样真实、准确地描画出阿根廷社会生活的图景以及布宜诺斯艾利斯中产阶级的行为方式。在他的作品中，阿根廷的一切苦难都清晰可见：专制、谎言、盲目、愚昧、无知，以及对伦理道德的亵渎，成为人们无法挣脱痛苦深渊的原因。凭借敏锐的洞察力和高超的创作技巧，柯萨将20世纪阿根廷社会中那种由封闭和消极造成的悲剧展现在戏剧舞台上，让观众面对一个个发人深省的场面，对自己、对社会进行深刻的反思。

由于其在戏剧领域所做出的杰出贡献，罗伯托·柯萨多次获得阿根廷作家协会颁发的优秀作家奖以及"国家戏剧奖"，并分别于1984年和1994年两次荣获"科内克斯奖"（Premio Konex），1994年还获得阿根廷作家协会颁发的荣誉勋章。

《艰难岁月》（*Años difíciles*）

《艰难岁月》是罗伯托·柯萨1997年创作的作品，全剧情节围绕着布宜诺斯艾利斯一个由三名退休老人组成的家庭所经历的事件展开。斯坦科维奇家的两兄弟阿尔贝托和费德里科在退休后住在位于老城区的祖宅里安享晚年，平日由费德里科的妻子奥尔加来照顾他们的生活。两兄弟虽身处同一屋檐下，但事事处处都表现出针锋相对的状态：哥哥费德里科整天抱着收音机收听广播节目，相信收音机里播放的每一条消息；弟弟阿尔贝托则是纯粹的"电视迷"，天天在房间里追看肥皂剧，无法从电视跟前离开须臾。两人都对对方的爱好嗤之以鼻，在对话中甚至翻起多年前球赛和泡妞的旧账，彼此贬低，不肯有丝毫退让，日子就在这种不乏小吵小闹但又显得有些无聊的平静中度过。

直到有一天，一个名叫毛里西奥的年轻人的到访打破了这种平静。这个不速之客声称自己是斯坦科维奇两兄弟中一人的儿子，他的母亲"小鼠"玛利亚·埃斯特尔是曾在学院区车站摆摊擦鞋的巴尔德斯的女儿。在几十年前社区回力球队的一次比赛后，"小鼠"姑娘成了比赛的彩头，谁取得比赛的胜利，谁就能跟"小鼠"过夜。胜利者在赛后兑现了奖赏，与"小鼠"姑娘共度良宵，并导致其怀孕，生下了毛里西奥。"小鼠"独自抚养毛里西奥长大，让他接受教育，成为一名生化专家，事业有成。但她对陈年旧事一直守口如瓶，没有告诉儿子他的父亲姓甚名谁。时光荏苒，几十年时间转瞬即逝，"小鼠"玛利亚直到临终，才在儿子的一再追问下透露了其生身父亲是当年回力球赛冠军的信息。毛里西奥顺着这条线索追查到斯坦科维奇兄弟，只是时隔久远，谁也无法记起那场社区比赛的最终结果，于是毛里西奥亲自上门求证，希望能从当事人那里确认自己到底是谁的儿子。

面对毛里西奥的询问，费德里科和阿尔贝托一开始都否认自己是他的亲生父亲，但自恃球艺精湛的骄傲又让他们同时宣称自己才是几十

罗伯托·柯萨（Roberto Cossa）

年前那场比赛的赢家，俩人的争吵也将几十年前"小鼠"玛利亚因家境贫寒和身体残疾而在整个社区遭受歧视的不幸过往揭示出来。最后所有线索都表明阿尔贝托才是毛里西奥的父亲，加上奥尔加在旁提醒，让他意识到毛里西奥的到来可以让他老有所依，阿尔贝托才勉强承认了从天而降的父亲身份。但心有怨愤的毛里西奥却难以对母亲和自己所遭受的不公释怀，他假作欢颜，提议为父子重逢饮酒庆贺，却事先在酒中加入了毒剂，斯坦科维奇兄弟和奥尔加饮酒后中毒倒地。毛里西奥致电电视台，告知自己投毒杀人并让电视台派人前来报道这条新闻，随后他拿起阿尔贝托用过的酒杯，又从酒瓶里倒出一点儿毒酒，就在此时，舞台灯光熄灭，幕落剧终。

在《艰难岁月》这部作品中，罗伯托·柯萨对作为阿根廷社会生活核心的中产阶级的生存状态进行了刻画，剧中三个老人所表现出的自我封闭、对媒体宣传的盲从、基于种族和宗教的歧视，都源于阿根廷社会中庞大的中产阶级的共同特征。即使是在以一种严肃、批评的态度来讨论社会问题，柯萨也坚持他一贯的幽默、讽刺的风格，语言的粗俗化处理以及戏剧人物行为荒诞性的体现，都使作品的悲剧性结尾对之前喜剧性表演的反转显得更具震撼力。同时，剧中通过人物对广播和电视内容的转述来加强时代背景的设置，这样的手法也进一步强化了作者在这个创作阶段突出互文性和映射性特征的新现实主义标签。

（卜珊）

亚历杭德拉·科斯塔玛格娜
(Alejandra Costamagna)

亚历杭德拉·科斯塔玛格娜（1970— ），智利当代女作家、记者。她出生于智利圣地亚哥，父母是阿根廷人，1967年为逃离时任阿根廷总统的胡安·卡洛斯·翁加尼亚（Juan Carlos Onganía，1914—1995）的独裁统治而前往智利。科斯塔玛格娜从小就热爱文学，高中时她开始严肃地对待写作，并在老师的推荐下阅读了聂鲁达、米斯特拉尔、莎士比亚、契诃夫和陀思妥耶夫斯基等著名作家的作品。高中毕业后，她进入迭戈·博尔塔雷斯大学（Universidad Diego Portales）学习新闻专业，之后又获得文学专业的硕士学位。

亚历杭德拉·科斯塔玛格娜的创作以小说为主，且长篇小说与短篇小说并重。目前，她已经出版了多部作品，其中包括长篇小说《低语》（*En voz baja*，1996）、《退休公民》（*Ciudadano en retiro*，1998）、《厌倦了太阳》（*Cansado ya del sol*，2002）、《就说我不在》（*Dile que no estoy*，2007），短篇小说集《糟糕的夜晚》（*Malas noches*, 2000）、《最后的火焰》（*Últimos fuegos*, 2005）、《静物画》（*Naturalezas muertas*, 2010）、《从前有一只鸟》（*Había una vez un pájaro*, 2013）、《不可能离开地球》（*Imposible salir de la Tierra*, 2016），纪实及采访文集《人行横道》（*Cruce de peatones*, 2012），此外她还另有多篇独立发表的短篇小说作品。除小说创作以外，科斯塔玛格娜也为多家报纸杂志撰写文章，其中包括《美洲豹》（*Gatopardo*）杂志以及智利版的《滚石》杂志等。科斯塔玛格娜的作品目前已经被翻译成多种语言，并曾获得多个重要的文学奖项，其中包括"加夫列拉·米斯特拉尔文学竞赛奖"（Premio Municipal Juegos Literarios Gabriela Mistral）一等奖以及智利的"阿尔塔索尔奖"（Premio Altazor）等。

从创作代际来看，亚历杭德拉·科斯塔玛格娜是一位"后独裁时期"的智利小说家。与同代创作者的经历相似，科斯塔玛格娜的童年与青少年时期是在智利军政府的独裁统治下度过的，而她的大学阶段则主要是在智利20世纪90年代及21世纪初的"民主过渡期"完成的，她的文学创作也开始于这一时期。对于这一代作家来说，在军政府独裁的20世纪七八十年代，他们大多还处在懵懂的少年阶段，而他们成年后面对的则主要是一个新自由主义政策全面实施、资本市场及全球化进程全面深入的智利。与他们的父辈不同，科斯塔玛格娜与同代人并没有直接承受独裁的后果，但作为"独裁的孩子"（hijos de la dictadura），他们的生活无疑与上一个时代有着密切的关系。在这种创作背景下，科斯塔玛格娜小说中的主人公通常都是作者的同代人；作品常常以子辈的视角，通过对父辈以及主人公年少时期的回忆，探索和反思个人与家族的历史。在她的许多作品中，子辈的记忆、父辈的历史，以及两代人之间的家庭关系都是重要的创作元素，而在个人或家族记忆的背后又常常隐藏着国家历史和人们对独裁时期的集体记忆。在创作特点方面，亚历杭德拉·科斯塔玛格娜善于在小说中运用"沉默"的元素。在她的作品中，

"沉默"既表现在主题与内容层面，同时也表现在写作技巧的层面。一方面，她作品中的"沉默"表现了人物在独裁时代受到的压抑与反抗（例如在《低语》中，主人公家中无处不在的噤声与低语）；另一方面，"沉默"这种非语言元素也成为她的小说中一种特殊的表现手法。

应该说，亚历杭德拉·科斯塔玛格娜是当代智利文坛最具代表性的小说家之一。她的创作已经受到了国外评论界的广泛认可。在一篇评论文章中，波拉尼奥曾经列举了5位在他看来有实力的新一代作家（均为女性），而科斯塔玛格娜正是其中最为突出的两位女作家之一。时至今日，许多评论家都认为科斯塔玛格娜的创作成就的确达到甚至超越了当初波拉尼奥的预期。

《就说我不在》（*Dile que no estoy*）

《就说我不在》（2007）是智利当代女作家亚历杭德拉·科斯塔玛格娜的一部长篇小说作品。故事围绕着主人公劳塔罗的生活以及他与父亲米格尔多年的隔阂展开。劳塔罗的母亲很早就去世了，而母亲去世后，他就寄宿在一位亲戚家里。在劳塔罗年少时，父亲米格尔整日忙于在全国各地奔波，靠卖衣服和一些可能非法的勾当过活，对劳塔罗则几乎不管不问。在即将进入20世纪90年代的时候，年少的劳塔罗跟随父亲搬到了首都圣地亚哥生活，因为后者准备在那里碰碰运气。然而，父亲在劳塔罗整个成长过程中完全是失职的，随着时间的流逝，劳塔罗与父亲之间的隔阂越来越深。在与第一个女友达尼埃拉恋爱时，劳塔罗曾想离开家独居，但却遭到父亲的极力反对。然而父亲的反对实际上也并非出于对儿子的关心，而是因为他需要劳塔罗照顾，不想一个人被扔在家里。成年后，劳塔罗在圣地亚哥度过了失意的几年。在厌倦了首都的生活之后，劳塔罗终于离开圣地亚哥，回到南方的故乡小镇卡尔布科，

亚历杭德拉·科斯塔玛格娜 (Alejandra Costamagna)

而他穷困多病的父亲则留在了圣地亚哥。回到故乡后，他与第二个女友克劳迪亚生活在一起，而在这期间，父亲不断打电话找他，但他从未理会。多年下来，维系他与父亲之间关系的早已经不是亲情或者某种家庭伦理，而更像是一种包含着怨恨与指责的复杂情感。他对父亲没有什么想说的，也不想听父亲解释什么，每一次他都把电话推给女友，并且一次次地叮嘱她道："就说我不在。"

在小说中，主人公劳塔罗的情感隐含在一种沉默不言的气氛中，而音乐是他唯一宣泄感情的方式。劳塔罗在小的时候就开始学习钢琴，初中时也一直期待去音乐学院学习。他曾经在各种地方演出，并且在这期间结识了第一任女友达尼埃拉。劳塔罗这种音乐天赋来自他的母亲。母亲的家族来自意大利的布林迪西，祖母则是一名优秀的交响乐手。在小说中，音乐的元素与劳塔罗的内心情感紧密相关，他把那些不愿说出或不能言说的痛苦都付诸音乐的演奏之中。

在叙事层面，作者并没有采用线性的叙述模式，而是让故事在不同的时间层面不断跳跃。在叙述劳塔罗当前生活的同时，小说又时而跳跃回劳塔罗的童年与少年时期。在这些过去的片段中，母亲的去世、他与父亲之间多年的纠葛、他的情感经历以及他多年来内心的痛苦也都慢慢浮现在读者眼前。

与此前的一些作品相似，《就说我不在》展现了科斯塔玛格娜创作中许多典型的风格和元素。小说依然是以一个具体的家庭以及家庭中两代人的关系为核心的关注点。作品中出现了回忆、家族历史等她的作品中常见的创作元素，同时也涉及了智利的90年代、中产阶级、首都城市与南方小城间不同生活方式的对比等主题。作为一名女性作家，科斯塔玛格娜这一次并没有选择女性角色作为主人公，而是用生动的笔触刻画了一个男性角色，这也使得该小说为女性写作以及女性主义文学批评提供了有趣的范本。

（赵浩儒）

费尔南多·德尔·帕索
（Fernando del Paso）

费尔南多·德尔·帕索（1935—2018），墨西哥作家、散文家、诗人和画家。早期的文学尝试主要是诗歌和短篇小说，受西班牙诗人米格尔·埃尔南德斯的影响，德尔·帕索创作了诗歌《日常琐事的十四行诗》（*Sonetos de lo diario*，1958），1959年发表短篇小说《学生与王后》（*El estudiante y la reina*）。20世纪50年代末德尔·帕索与同时代的作家群体关系密切，比如墨西哥的塞尔希奥·皮托尔（Sergio Pitol）、西班牙的何塞·德·拉科利纳（José de la Colina）、哥伦比亚的安东尼奥·蒙塔尼亚（Antonio Montaña）和阿尔瓦罗·穆蒂斯（Álvaro Mutis）等。在朋友的推荐下，德尔·帕索广泛阅读西班牙和拉丁美洲作家的作品，接触到乔伊斯、福克纳、多斯·帕索斯和马塞尔·施沃布的著作，进入英语、法语文学世界。这个时期素材的积累和技法的锤炼对德尔·帕索的文学创作影响深远，我们从他之后的作品中能看到大胆的表现形式和丰富的创作手法。2015年德尔·帕索获得西班

费尔南多·德尔·帕索（Fernando del Paso）

牙语文学最高荣誉"塞万提斯奖"（Premio Cervantes）。

1959—1966年，德尔·帕索花了整整7年的时间创作了第一部长篇小说《何塞·特里戈》（*José Trigo*，1966），并于1965年获得墨西哥作家中心（Centro Mexicano de Escritores）的奖学金，得以完成小说的写作。1966年《何塞·特里戈》由21世纪出版社出版，当年发行量达到6000册，同年获得墨西哥重要文学奖项"哈维尔·比亚乌鲁蒂亚奖"。《何塞·特里戈》以1958—1959年铁路工人运动为主线，穿插哥伦布时期印第安文明和1926—1929年的基督战争，内容丰赡，将大量历史细节嵌在虚构的叙述中，从形式上模糊真实和虚构的界限。《何塞·特里戈》的叙述结构独特，分为"西部""桥梁"和"东部"三部分。"西部"共9个章节，从1到9按顺序排列，"东部"与之对称，同样分为9个章节，从9到1逆向排列，"西部"和"东部"相同的章节所对应的内容也相同：从第1章到第9章依次讲述叙述者"我"来到铁路工人营地，"我"向人们询问何塞·特里戈的去向，铁路工人运动，基督派战争，历史年表等内容，情节由外向内，层层深入，直到中间的"桥梁"。"桥梁"部分短小精悍，运用诗化的语言、散文的形式，将书中的人物神圣化，谱写了一支关于印第安神话的颂歌，达到全书抒情的高潮，突出历史变迁过程中生命绵延不息的主题。另外，这种"西部—桥梁—东部"的结构是仿照墨西哥城铁路工人营地真实的地理格局，被评论家称为"金字塔式"或"菊花式"的叙述结构。

1969年，德尔·帕索离开墨西哥，受邀参加"爱荷华国际写作计划"(The International Writing Program，简称IWP)，在美国住了两年；1971年移居英国，在英国广播公司（BBC）工作14年；1986年去往巴黎，担任墨西哥驻法国大使馆的文化参赞、总领事，直到1992年才回到墨西哥。由于长期旅居国外，且从事与时事政治密切相关的广播行业，德尔·帕索对拉丁美洲社会、经济和文化的现实始终带着批判性的视角。散文集《我语言的主人和土宰》（*Amo y señor de mis palabras,*

2015)收录了作家于1982—1998年期间发表的评论文章和讲演稿,其中有对作品和作者关系的看法,也有对政治和经济层面上的"大国家"与个人体验以及民族文化层面上的"小国家"的辩证思考。特别是在马岛战争期间,德尔·帕索看到了媒体为政治服务的本质,此时他对祖国乃至其他拉美兄弟国家产生了强烈的责任感和认同感,而这段经历也被他写进了散文集《马尔维纳斯群岛的动荡》(*El van y ven de las Malvinas*,2012)。

在英国工作期间,德尔·帕索创作了长篇小说《墨西哥的帕利努罗》(*Palinuro de México*,1977)和《帝国轶闻》(*Noticias del Imperio*,1987)。《帝国轶闻》历时10年写成,以墨西哥第二帝国为历史背景,展现了19世纪下半叶到20世纪上半叶墨西哥乃至欧洲近百年的历史。全书共23章,奇数章节是以第一人称进行叙述,是疯皇后卡洛塔的独白,自述自己对马西米连诺一世以及第二帝国短暂历史的追忆和慨叹;偶数章节按时间顺序,以第三人称详细讲述1861—1867年墨西哥第二帝国从准备、建立到结束短短数年的兴衰变迁,直到1927年卡洛塔皇后逝世。德尔·帕索在采访中提到,创作《帝国轶闻》并不是对墨西哥第二帝国时期的回归,或者对马西米连诺一世和卡洛塔的纪念,而是探索现代人看待过去的视角。作为一个墨西哥公民,他称自己的视角"不可能不片面"(no se puede no ser parcial)[1],但这不能阻止他尽最大的努力探索尽可能多的角度。《帝国轶闻》选择了比利时人作为小说的主人公,以外国人的视角来说明当时的墨西哥并非一个野蛮的国家,控诉帝国主义扩张对墨西哥各民族的伤害。从这个意义来说,《帝国轶闻》的主人公不只是卡洛塔和马西米连诺一世,也是墨西哥这个国家。《帝国轶闻》的叙述人称在第一人称和第三人称之间来回变化,看待事件的角度跟着不断切换,不过这种复调性的叙事策略没有削弱贯穿

---

[1] Del Paso, Fernando (et al). "Entrevista con Fernando del Paso", *Iberoamericana (1977-2000)*, Vol. 12, No. 2/3 (34/35), 1988, p. 135.

作品始终的主要立场，即坚定的反殖民主义立场和对社会底层人民的关怀，以及作者对于揭露历史真相、为边缘群体发声的文学使命感。

德尔·帕索的作品突出丰富的历史互文性，作者细致研读了大量历史文献，包括书信、回忆录、报道等，书中出现大量地理名称、自然风景和动植物名目，描绘出不同时代别样的布景。历史材料为语言创造提供现实支撑，语言文字是德尔·帕索追求艺术自主性的方式，他的作品充满文字游戏，大量使用修辞手法，穿插谚语、俗语和生僻词汇，杂糅中世纪西班牙语和墨西哥式西班牙语，兼具典雅和通俗，造成语言上的晕眩效果，被认为是新巴洛克风格；由于语言上的幽默感，以及场景和人物的喜剧效果，评论家也常用巴赫金的戏仿或狂欢化理论来分析德尔·帕索的作品。

德尔·帕索的其他作品有：小说《琳达67，一桩罪行的历史》（*Linda 67: historia de un crimen*，1995），散文《在历史的阴影下：关于伊斯兰教和犹太教的散文·卷一》（*Bajo la sombra de la Historia. Ensayo sobre el islam y el judaísmo*，Vol. I，2011）、《环〈堂吉诃德〉之旅》（*Viaje alrededor de Poemar, El Quijote*，2004），诗歌《诗人从A到Z》（*De la A a la Z por un poeta*，1988）、《10种颜色的调色板》（*Paleta de diez colores*，1990）、《诗海》（*PoeMar*，2004），短篇小说集《零散的短篇小说集》（*Cuentos dispersos*，1999），纪念西班牙诗人洛尔迦的诗剧《死亡去往格拉纳达》（*La muerte se va a Granada*，1998）。

2018年11月14日，费尔南多·德尔·帕索在墨西哥瓜达拉哈拉市的医院病逝，享年83岁。

中译本：《帝国轶闻》，林之木、贺晓译，云南人民出版社，1994年（张广森译，四川人民出版社，2019年）。

《墨西哥的帕利努罗》（*Palinuro de México*）

  《墨西哥的帕利努罗》（1977）是墨西哥作家费尔南多·德尔·帕索的第二部长篇小说，写于1967—1974年，1975年获得"墨西哥小说奖"（Premio México de Novela），1977年由丰泉出版社（Editorial Alfaguara）在马德里出版，1982年获"罗慕洛·加列戈斯国际小说奖"。1985年作品被翻译成法语，获得法国的"最佳外国作品奖"（Premio al mejor libro extranjero）。小说围绕着帕利努罗的家庭和生活展开，他是医学院的学生，和表妹埃斯特法尼亚两小无猜，青梅竹马，长大后相互爱恋，在墨西哥城中心的一间公寓里同居。之后帕利努罗参加了墨西哥史上悲剧的学生运动，并于1968年10月2日在一片混乱中被杀害。这是一部表现墨西哥20世纪60年代政治和社会现实的小说，也是一首关于爱情、死亡和身体的诗。

  帕利努罗的家人有着独特的人生经历。一战期间叔叔埃斯特万是一名军医，战后离开匈牙利，几经波折，先后去往俄国、美国等地，最终踏上墨西哥的土地，并在此定居；祖父弗朗西斯科曾追随墨西哥革命者潘乔·比亚，而后担任州长，因意外退出政坛；叔叔奥斯廷是前英国海军军官。帕利努罗深受叔叔埃斯特万的影响，也想成为一名医生。但和叔叔一样，他最终未能如愿，而是成了画解剖图的插画家以及小说家。小说详细讲述了每个人的经历，向读者展开一幅动荡、血腥的时代地图。

  小说的故事围绕帕利努罗展开，但帕利努罗不只是故事的主人公，也是作者和叙述者，这部作品有一定的自传性，却不能被当成传统意义上的自传体小说。小说中的人物，特别是帕利努罗，有着与德尔·帕索相似的人生经历。正如埃斯特万离开故乡匈牙利一样，在创作《墨西哥的帕利努罗》的7年里，德尔·帕索离开墨西哥，来到美国和英国，最终选择定居异国他乡。与帕利努罗一样，德尔·帕索曾经攻读医学

费尔南多·德尔·帕索（Fernando del Paso）

专业，但后来因无法忍受血液和解剖，放弃医学，转而学习经济。德尔·帕索的祖父因为一场意外，结束了短暂的政治生涯，这和小说中的祖父弗朗西斯科的经历相似。然而这些现实的人生经历与虚构的人物轨迹的简单对应，不能说明该作品就是德尔·帕索对个人生活的模仿。小说不断切换叙述者的人称，从第一人称到第三人称，叙述者"我"有时承担帕利努罗的独白部分，有时脱离帕利努罗的身份而存在，有了自我的意识；帕利努罗既是医学院的学生，也是小说中的其他人物，正如叙述者"我"自述的："很多次我以为我就是他（帕利努罗），他就是我，甚至有那么几回，我选用了他的名字，并借给他我的名字。"可以说其他人物是帕利努罗的"另一个我"（alter ego）。因此，帕利努罗已然不只是小说中医学院的学生，或作者虚构出来的自己，他也是一个个神话传说里出现的形象，是被象征化的人物。比如第十一章帕利努罗开启幻想的文学、历史之旅，此时帕利努罗身上既有墨西哥印第安神话中前往死亡之地的羽蛇神的形象，也像旅行到阴间的埃涅阿斯，事实上，"帕利努罗"出自维吉尔《埃涅阿斯纪》中一名舵手的名字。帕利努罗在小说中有着多重的人格，就像神话人物一样，受到神祇的指引，不断前行。而在这部作品中，指引他的正是他对医学的执迷，正如小说的第一句话所说："医学是住在帕利努罗心中的一生的幽灵。"

《墨西哥的帕利努罗》的内容包罗万象，涉及医学史、文学、历史、政治等，其中对各类文学作品的指涉、对医学史的热情共同构筑了小说的灵魂。小说中既有从未接受正规医学教育的医药爱好者埃斯特万，也有畏惧谈论医学话题却技法娴熟的护士埃斯特法尼亚，还有乐于谈论一切医学话题却无法忍受解剖场面的帕利努罗。他们性格、爱好、习惯各异，但身上都有对医学这个学科的热爱。这种热爱在家族中被延续下来，融入整个医学文化史中，而不仅仅是个体生命内的偶然。埃斯特万做着崇高的梦，幻想成为著名的医学家，如饥似渴地阅读书本杂志，参观博物馆，获取一切和医学相关的知识，日常中不忘抓住一切机会向大家讲述医学史上的"趣闻"。事实上他讲述的内容常常让人感到不适,比如如何剥离清洗黏着在骨头上的筋和血迹。但是通过语言,通过谈论,他实现了梦想,仿佛已经变成了约翰·亨特一样的医学伟人。受到叔叔埃斯特万的影响,帕利努罗从小也有崇高的医学理想,这从小说的题目便可以看出来,他幻想有一天终将成名,被人们称为"墨西哥的帕利努罗"。关于医学的梦想已经成为小说中所有人物的集体幻想,医生不只是一份职业,更是一门富有艺术感的与全人类相关的事业,他的工作对象是人的身体,是摒除身份地位、性别差异的人体本身。正如帕利努罗所说的:"医生是建筑师、律师、厨师、魔法师、警察,是任何你想成为的人;医生是所有人。"医生面对的是赤裸裸的身体,直视生命脆弱而低微的本质。帕利努罗将人脑想象成鸡蛋,解剖人脑就像切火腿或芝士,人脑死亡时产生的空洞则是奶酪的小孔。作者把人体与日常生活中的事物进行类比,回归人的物质性,说明人类同世间万物一样的脆弱、渺小,因而也是平等的。在宏观的历史视野中触碰生命的本质,这便是德尔帕索理解文学与历史、历史与人性之间关系的方式。

2018年9月3日,德尔·帕索参加在瓜达拉哈拉大学举办的"帕利努罗:68年运动50周年纪念——费尔南多·德尔·帕索作品思考"(Palinuro, a 50 años del 68. Reflexiones sobre la obra de Fernando del Paso)。活动上德尔·帕索说这部作品并非真正意义上的自传小说,帕利努罗是他想成为却无法成为的人,正如小说开篇的题词所说:"谁也没有权利觉得自己被包括在这本书中,或被排除在外"帕利努罗是20世纪60年代学生群体中的一员,满怀理想,渴望借助文学和艺术,接近最纯粹的爱和人性。1992年,墨西哥戏剧导演马里奥·埃斯皮诺萨(Mario Espinosa)将小说的第二十四章改编成剧作《楼梯上的帕利努罗》(Palinuro en la escalera),大获赞誉。

(曾琳)

安东尼奥·德尔托罗（Antonio Deltoro）

安东尼奥·德尔托罗（1947—2023），墨西哥诗人、散文作家，1947年5月20日生于首都墨西哥城。他的父母来自西班牙东部城市瓦伦西亚，内战后流亡至墨西哥。德尔托罗曾在墨西哥国立自治大学（Universidad Nacional Autónoma de México）修读物理和经济学，之后全职从事文学创作。在阅读与创作中，他深受安东尼奥·马查多、豪尔赫·纪廉（Jorge Guillén）、埃利塞奥·迭戈（Eliseo Diego）、洛佩斯·贝拉尔德（López Velarde）等前辈诗人的影响。

1979年，32岁的德尔托罗发表首部作品《无机的乱码》（*Algarabía inorgánica*）。这部诗集分为"石头""母鸡"和"词语"三部分，依次以三个主题展开演绎。例如，在第三部分的《地图绘制法》（«Cartografía»）一诗中，德尔托罗将语言拟人化，生动地描摹了不同词族间的交际："时不时地，一个单词/跨越边境，/冒险爬上悬崖峭壁，遭遇敌对词语的/大部队，与另一个词结婚……当不同语种的人们相遇/词语在静默中相爱。/有的词语没有任凭引诱/消亡不见。/但那些适合的词语，那些年轻的，克服了她们的羞赧，/她们的胆怯，作为青少年的不易亲近/而最终相爱，相互理解，/因为对于词语来说没有什么是外来的。"

此后，德尔托罗的诗歌创作缓慢地生长、成熟，并获得更多的关注与认可。代表诗集《阴影的天平》（*Balanza de sombras*，1997）汇集了德尔托罗关于时间的思考。在《上午时分》（«De mañana»）一诗中，德尔托罗表达了他对上午和下午两个时段的不同认知：前者是象征生机与活力的神的时间，而后者是饱含压抑和焦虑的人的时间："亚当离开天堂，/穿过正午的边界：/咬了下午的苹果。"在《笔法》（«Caligrafías»）中，德尔托罗在自己的笔迹中惊觉父母字迹的影子，误入另一段岁月：父亲"在笔画中把我拉进/他的漫游与阅读，/他的优雅与挫败，/他的流放与内战"。而在母亲简洁有力的笔法中，"你看不到她的温柔，而是一位30年代/年轻机灵姑娘的剪裁合宜的套装/与低跟鞋"。在《邻居》（«Vecinos»）中，他通过"一间房的地板是另一间天花板的反面"建立空间的联系，并通过"听莫扎特"想象音乐家的时代："房间：容纳它们的时间叫作同时/在这段同时中，众多不同的时间并存……房间：像一条街的两条人行道，/平行却相向，一条在光中，一条在影里。"

德尔托罗的其他诗作有：《这里通向哪里？》（*¿Hacia dónde es aquí?*，1984）、《赤脚的日子》（*Los días descalzos*，1992）、《静者》（*El quieto*，2008）、《将长满北极的树》（*Los árboles que poblarán el Ártico*，2012）等，以上六部作品在《诗歌全集（1979—2014）》[*Poesía reunida（1979—2014）*，2015]中结集出版。在诗歌创作之外，德尔托罗还著有散文集《受惠》（*Favores recibidos*，2012），编写诗文集《基本生活：何塞·普拉作品简选》（*La vida básica. Antología mínima de Josep Pla*，1994）、《一个更鲜活的太阳：奥克塔维奥·帕斯诗选》（*Un sol más vivo. Antología de la poesía*

安东尼奥·德尔托罗（Antonio Deltoro）

de Octavio Paz，2009）、《公鸡与珍珠：墨西哥诗歌中的墨西哥》（*El gallo y la perla. México en la poesía mexicana*，2012）等，并为《回归》（*Vuelta*）等多家墨西哥重要文化报刊撰稿。

德尔托罗认为，在任何时代写诗都是一种抵抗，而在这个快速、平庸的消费时代，事物转瞬即逝，诗人和诗歌需要与之抗衡。他主张以慢速、持续、安静的诗歌抵御快节奏、碎片化、喧闹的现实生活，建筑安宁、深刻、完满的栖息地。而诗人应如垂钓者般，成为"寂静的守卫"[①]，静候缓慢抵达的惊奇，如他在《边界》(«Umbral»)中描述的："细细品味多样的/浓度；/不要激动、焦急地/吞食或猛吸/空气这一佳肴"。凭借敏锐的感官与思考，德尔托罗在诗句中重新发现并建构已被人们习以为常的日常事物以及它们之间的关联，并以亲切的口吻娓娓道来：火柴的点燃如同"发芽，在嘈杂中/在柏油上/开出一朵小黄花/的形状"；害羞的人"用力吸入沉默，就像池塘表面的鱼吸取氧气/而舌头是炽热和羞赧的吊钩"；星期四的下午"尝起来像个苹果"，在开放的室外标注领土边界的是"犬吠声"……在形式上，德尔托罗通常选择介于诗歌与散文之间的自由体诗句，他希望自己的诗句"像岛屿绵延的群岛，而非散文的陆地"[②]。

德尔托罗曾任教于墨西哥国立自治大学和城市自治大学（Universidad Autónoma Metropolitana），担任国家艺术与文学学院（Instituto Nacional de Bellas Artes y Literatura）、诗人拉蒙·洛佩斯·贝拉尔德之家（Casa del Poeta Ramón López Velarde）的文化协调员，墨西哥国家文化艺术基金会（Fondo Nacional para la Cultura y las Artes）顾问团成员，现任墨西哥文学基金会（Fundación para las Letras Mexicanas）

[①] Deltoro, Antonio. *Poemas en una balanza*, selec. y entrevista de Francisco José Cruz, Ayuntamiento de Carmona, Colección de Palimpsesto, No. 14, 1998, p. 66.

[②] Cruz, Francisco José. "Antonio Deltoro, Poesía a la Intemperie", *Fractal* 14, julio-septiembre, 1999, Año 4, Vol. IV, pp.103-121. https://www.mxfractal.org/F14delto.html [2018-07-21]

诗歌导师。他的作品曾荣获"阿瓜斯卡连特斯国家诗歌奖"（1996）、"卡洛斯·佩利塞尔伊比利亚美洲诗歌艺术奖"（2013）、塞尔维亚"诺维·萨德国际文学奖"（Premio Internacional de Literatura de Novi Sad，2014）、"维克托·桑多瓦尔拉丁世界诗人奖"（Premio Poetas del Mundo Latino "Víctor Sandoval"，2015）等奖项。

《将长满北极的树》（*Los árboles que poblarán el Ártico*）

《将长满北极的树》是墨西哥诗人安东尼奥·德尔托罗2012年发表的第六部诗集，荣获2013年"卡洛斯·佩利塞尔伊比利亚美洲诗歌艺术奖"。

诗集题目取自其中《春天》（«Primavera»）一诗的末句："树林将追随鸟群/长满北极"。树是德尔托罗诗歌中常见的意象，与他的诗歌主张相契合——树代表着与一众动物不同的生长、活动速度，正如他在诗集《静者》的《一棵树》（«Un árbol»）中表达的："一棵宽阔的树/上面没有歌唱的鸟儿/没有上窜的松鼠，/连忧虑也无处藏匿。/一棵树，像其他的树一样/慢慢地生出平静，变得高大浓密。/我想种下一颗寂静之树/然后坐下/等待果熟蒂落。"据诗人自己讲述，某天他在墨西哥城市郊的家中辨识出从南方飞来的鸟群叫声，但转而意识到其中糟糕的暗示：不寻常的迁徙体现气候变化，而作为鸟儿的栖息地，树也将随它们向北极迁徙。

与德尔托罗的早期创作相较，《将长满北极的树》中包含的五十余首诗作延续了诗人一贯的细节精准的描绘与亲切的口吻，但诗句长度明显变短，节奏愈发缓慢。诗集发表时，65岁的德尔托罗坦言，年龄赋予他不同的观看与表达方式，让他放弃不自然的惊异效果，更倾向于贴近生活的诗歌，回归最基本但同时充满奇迹的生活本身。这部作品集中

安东尼奥·德尔托罗（Antonio Deltoro）

表达的观念之一是：最深层的优雅并非为人类所创造，而是存在于自然之中。德尔托罗将生活中理性、科学的发现转化为感性、诗意的思考，力图展示在这个快速、肤浅的消费时代，晶体、动植物、行星、银河等自然中的生物与非生物"都彰显着一种令人震惊的美与和谐"及"节约能源的经济性"。[①]例如，月亮"将不动声色地继续她的轨迹，/神秘莫测。/会自在地变换姿色，/无需变奏与颂歌"；而太阳和星星："于太阳/不存在黑夜，/夜晚时分/星星是/照亮行星的太阳。"再如一系列动物主题的诗作："[兀鹫]于我，在峡谷与池沼之上，/只有艺术家在滑翔"；"我是一只迟缓的骆驼/见过的沙子/比海市蜃楼和绿洲多；/一只迟缓的骆驼/饱经风霜"；"但我[狐猴]也知道/在寒冷的天气里/灶台中的火苗/引诱耳朵/和眼睛/火上水沸/煮好了咖啡"。

这部作品的另一个主题是时间。在《年岁》（«Edad»）一诗中，他刻画了一位回忆年少时光的卧床老人："他睁着眼/无聊、恼火，/满脑的忧虑/被年迈和各处的关节炎死死掌控；/他偶尔忆起年少的天花板，/在等待一场爱恋或派对时，/它们显得无聊、苦涩。"而与俗世时间相对的是上帝的永恒，《神学》（«Teología»）一诗表达了上帝造人时"赋予生命不为让他获胜，/而是让他严肃地/参与比赛。/人有一条命/但/他/畅享游戏/多线并行"。此外，《午后》（«En las tardes»）和《我的我》（«Mi yo»）两首作品均探讨了自我之中的"我""你""他"三个人格，展现出德尔托罗对于个人存在的思考："不管你身在何处，另一个人/确实存在：/他是'你'/而你是'我'，/他比镜子更甚，/几乎如痛苦一般，/将你还给/你自己，/他把你放到你的位置，/描画出你的周身"；"我的我，/如同一座砂矿/满是脆弱的隧道"。

德尔托罗认同马查多的"时间中的词语"（la palabra en el tiempo）

---

① "Intento crear una poesía sobre lo milagroso que es vivir: Deltoro", *La Jornada*, sábado 15 de diciembre de 2012. https://www.jornada.com.mx/2012/12/15/cultura/a03n1cul [2018-07-21]

概念，他认为诗歌的意义在于拯救那些只能靠它存活的时刻，把它们留在诗句中，并通过它们连通其他经历过相似瞬间的人。在《将长满北极的树》中，德尔托罗的诗句记录下美好的自然和抽象的时间，并不因质朴便失去魅力。墨西哥作家路易吉·阿玛拉（Luigi Amara）评价德尔托罗的诗歌："他作品的每一页都维持着一种距离，力求为盛行的价值观打上一对宜人的括号，让我们与简单的事物和日日流逝的生活握手言和。"①

（袁婧）

---

① Luigi, Amara. "El tiempo chino de Antonio Deltoro", *Letras Libres* 131, Ciudad de México: noviembre, pp. 109-110. http://www.letraslibres.com/revista/letrillas/el-tiempo-chino-de-antonio-deltoro [2018-07-21]

玛罗莎·迪·乔尔乔（Marosa Di Giorgio）

玛罗莎·迪·乔尔乔（1932—2004），乌拉圭女诗人。1932年生于萨尔托（Salto），父母是移居到拉普拉塔河东岸的意大利人。诗人的童年在外祖父和父亲两座相邻的果园中度过，还有一个关系亲密的妹妹，名叫尼迪亚（Nidia），这段童年经历在她日后的作品中频繁闪现。诗人从20世纪50年代开始写作，这期间结识了阿蒂加斯·米兰斯·马丁内斯（Artigas Milans Martínez）、胡利奥·加雷特·马斯（Julio Garet Mas）、莱昂纳多·阿斯蒂亚萨兰（Leonardo Astiazarán）、豪尔赫·雷亚尔（Jorge Real）等作家，并积极参与各类文化活动。1978年后定居蒙得维的亚，2004年因骨癌去世。

诗人借助童年时代的记忆营造出一个神话空间，祖父母、双亲和精灵、天使及仙女在菜地、花园、厨房中共处。她前期的诗作有《诗集》（Poemas，1954）、《烟》（Humo，1955）、《女德鲁伊》（Druida，1959）、《紫罗兰的履历》（Historial de las violetas，1965）、《玉兰》（Magnolia，1968）、《菜园之战》（La guerra de *los huertos*，1971）等，都收录在《荒芜之页》（*Los papeles salvajes*，1971）中。此外还有《康乃馨与大烛台》（*Clavel y tenebrario*，1979）、《三月的野兔》（*La liebre de marzo*，1981）、《碧玉桌》（*La mesa de esmeralda*，1985）、《蛾》（*La falena*，1989）、《鲁萨纳的榅桲》（*Membrillo de Lusana*，1989）、《百合花》（*La flor de lis*，2004）等。当乌拉圭同时代的诗人大都致力于投身现实的诗歌之时，玛罗莎·迪·乔尔乔保持着自己独特的声音。在她笔下，日常的题材总显出奇异的面貌。她极少直接描写人与人之间的关系，作品中随处呈现的是一位女性的抒情自我与动物、植物、幻想生物之间的纠葛。她善于运用叠韵、同音异义等手法，表达游移的目光、不定的经验。

迪·乔尔乔还著有叙事文学《弥撒书》（*Misales*，1993）和《宝石之路》（*Camino de las pedrerías*，1997）；小说《阿梅莉亚女王》（*Reina Amelia*，1999）、《献给克莱门蒂娜·美第奇的茉莉》（*Diamelas a Clementina Médici*，2000）。她的作品被翻译成英、法、葡、意等文字，并多次获奖，如"马罗索利诗歌奖"（Premio Morosoli a la poesía，1997）、"麦德林国际诗歌节"一等奖（Festival Latinoamericano de Poesía de Medellín，2001）、"巴托洛梅·伊达尔戈奖"等。

（范晔）

《百合花》（*La flor de lis*）

《百合花》是乌拉圭女诗人玛罗莎·迪·乔尔乔去世前自编的最后一本诗集，由阿根廷银碗出版社（El Cuenco de Plata）首印于2004年，随后在2005、2007、2010和2017年又出版了新版本。其中出版于2010

玛罗莎·迪·乔尔乔（Marosa Di Giorgio）

年的第四版附带了诗人自己的朗诵合集音频《女王冠》（*Diadema*）。

《百合花》中收录的作品延续了诗人以往独特的风格：既不像人们所熟知的散文诗，也非诗化的散文或叙述。句子成段铺排，全书没有单独的小标题，段落的划分以分隔线标出。它的文体分类反叛、简单，并以语言的强度和独特的感受力证明自己的身份。正如塞萨尔·阿伊拉所言："她的风格非常特别，只要读到其中的任何一句就能马上认出，她不像任何人。"①

全书最开始，诗人便以介于题献和说明的方式给诗集做出定义："致马里奥的情诗"（Poemas de amor a Mario）。但其实全书的作品并非简单的爱情诗，爱人的存在引向的是诗人自己的叙述，爱人作为诗人书写的动力而非只是表达感情的对象而存在。

《百合花》的开头和结尾是诗人收录在作品合集《荒芜之页》（2000）中的段落，均已在此前的诗集中出现过。其中第一段出自诗集《故园在火焰中》（*Está en llamas el jardín natal*，1975），渲染了整本诗集的氛围："有时，黎明时分会温柔地下雨。仿佛从天空坠落星群，死者重获新生，一切都好。我探出窗去，半明半阴间，所有叶子都暗红或金黄，生机而馥郁，像葡萄或虞美人。"奇妙的描写在色彩和嗅觉的感受力上获得了自己的物质性。随后，诗集的言说对象"马里奥"出现，并与"梦"的世界相联系："我回床，睡在白色床单上，梦着马里奥也在这里。我回到火焰中古老而隐蔽的世界。"

爱人的缺席推动全书的发展，诗人通过梦境回到自己的世界，一个神秘而令人惊艳的世界："岁月飞逝，漆黑的夜里，在那高处，极高的地方，还有一颗蓝色的星把我们看啊看。"正如诗人自己所说："我们在一个无比精致又极其古怪的空间中，在光与影、死与生之间运动。"玛罗莎诗中的世界里，生者、死者、鬼魂和精灵共同存在、同居甚至交

---

① Aira, César. *Diccionario de autores latinoamericanos*, Madrid: Tres Pontos Ediciones, 2018.

合，他们与动物、植物、神或非人的各种生物相互联系，由此展现出可怕又混乱的交融，给读者提供了一面照见现实世界的镜子："一切都真实又不真实，正如生活。"

然而，诗人想表现的远非这种玄幻而神秘的体验本身，虚幻与现实交错的环境只是单纯的背景板，重要的是诗人与这个独特世界之间的紧张关系。受惊而茫然的姑娘穿过思想与梦境的浓雾，穿过荆棘密布的混乱与险恶，充满了面对性、死亡与童年恐惧时的无助："我是圣母，我意识到。晚上我停在柱子和喷泉边。或走到路上，那里司机见了我便欣喜入迷，或疯狂逃离……我是圣母。我独自一人。风吹着口哨。我要去哪里？我要去哪里？永远没有回答。""我的灵魂胆怯又勇猛。它是一只巨大的玩偶，卷发，天蓝色衣服。一只蜂鸟给它加工出性别。她叫喊，哭泣。但那鸟儿没有停下。"

《百合花》神秘玄奇而又透出不安和忧虑，补全了诗人作品的最后一环，正如学者恩里克·福法尼（Enrique Foffani）所说："花的世界将身体的变化包含在了花开花落的语言中。《百合花》包含了诗人其他所有的诗，这是一朵花，但同时也是其他的象征。写作因而成为一种信使般、天使的、翻译的行为，诗融合了所有分离之物，拉近了遥远的距离，跨越了想象的界限。"[1]

（龚若晴）

---

[1] Foffani, Enrique. "Poesía, erotismo y santidad", *La Nación*, Buenos Aires, 21 de noviembre, 2004.

豪尔赫·迪亚斯·古铁雷斯
（Jorge Díaz Gutiérrez）

豪尔赫·迪亚斯·古铁雷斯（1930—2007），智利著名剧作家、建筑家、画家、诗人。

1930年2月20日，豪尔赫·迪亚斯出生于阿根廷罗萨里奥（Rosario）一个西班牙移民家庭。1934年，他随父母来到智利，并在这一年获得智利国籍。豪尔赫·迪亚斯在教会学校接受了基础教育后，进入圣地亚哥天主教大学学习建筑，1955年毕业后还曾举办过个人画展。兴趣广泛的他不久又加入一个剧团担任演员，他的戏剧处女作《鸽子与刺芒》（*La paloma y el espino*）于1956年问世，在创作了《曼努埃尔·罗德里格斯》（*Manuel Rodríguez*，1957）、《牙刷》（*El cepillo de dientes*，1960）、《向日葵安魂曲》（*Réquiem para un girasol*，1961）、《一个名叫"岛"的男人》（*Un hombre llamado Isla*，1961）等作品之后，豪尔赫·迪亚斯的创作开始引起戏剧评论界的注意，他也正式以剧作家的身份进入智利文坛。但他的早期作品通常被认为是对尤内斯库（Ionesco）的模仿，是对先锋戏剧的一种尝试。1965年，豪尔赫·迪亚斯移居马德里，在那里度过了30年的光阴，在这期间他一直没有停止戏剧创作，其作品在西班牙乃至整个欧洲都引起了很大反响。豪尔赫·迪亚斯的很多作品主要展现人与人之间，特别是关系密切的亲人之间那种难以沟通、难以理解的状态，以及由于此种状态的存在而导致的诸多家庭的解体和资产阶级价值观念的崩溃。为了在舞台上将人类的这种孤独感表达得更加充分，豪尔赫·迪亚斯在创作中运用了各种带有"先锋"标识的手段：富有仪式感的动作、面具、游戏、黑色幽默，以及对日常语言的颠覆，使得观众在现实与虚幻的临界地带领略种种"孤独"的存在状态。人们之间那种荒唐的交流方式以及毫无意义的交流内容，成为豪尔赫·迪亚斯剧作讽刺的对象，人们在体会他作品的独特风格的同时，会清楚地意识到舞台上的一切曾经发生或正发生在他们身边，可以说，豪尔赫·迪亚斯的作品展现了资产阶级生活方式舒适、幸福表象下的那种阴暗和苦涩。

除了《牙刷》等早期作品，豪尔赫·迪亚斯在移居西班牙后也创作了一大批很有影响力的剧作，如《唱给被斩首者的摇篮曲》（*Canción de cuna para un decapitado*，1966）、《小偷天使》（*Los ángeles ladrones*，1970）、《彼岸》（*La otra orilla*，1973）、《游乐园里的遇难者》（*Náufragos en el parque de atracciones*，1974）、《杀死你的同伙就像杀死你自己》（*Mata a tu prójimo como a ti mismo*，1975）、《这个漫漫长夜》（*Toda esta larga noche*，1976）、《梦境伤害的肉体》（*La carne herida de los sueños*，1978）、《光之蝴蝶》（*La mariposa de la luz*，1979）、《玛蒂尔德》（*Matilde*，1980）、《据说"距离就是遗忘"》（*Dicen que la distancia es el olvido*，1980）、《刀疤》（*La cicatriz*，1983）、《我亡故我在》（*Muero luego existo*，1984）、《〈创世纪〉曾是未来》（*El Génesis fue mañana*，1985）、《公用电话间》（*El locutorio*，1986）、《暗

豪尔赫·迪亚斯·古铁雷斯（Jorge Díaz Gutiérrez）

黑齐飞》（*Oscuro vuelo compartido*，1988）、《草台班子》（*La pipirijaina*，1989）、《雾中影像的风景》（*Paisaje en la niebla con las figuras*，1989）、《碰巧，昨天》（*Ayer, sin ir más lejos*，1991）、《铁手套》（*El guante de hierro*，1991）、《蓝色美洲豹》（*El jaguar azul*，1992）、《让你的呼喊直上云霄》（*Pon tu grito en el cielo*，1993）、《因为爱的艺术》（*Por arte de amar*，1994）、《黑暗之旅》（*Viaje a la penumbra*，1995）、《浪潮》（*La marejada*，1997）等。他的作品因能切中时弊、揭示问题而被广泛关注，而他本人也因在智利戏剧发展事业中的杰出贡献获得1993年的"智利国家视听及表演艺术奖"（Premio Nacional de Artes de la Representación y Audiovisual de Chile）。

除了这些作品，豪尔赫·迪亚斯还创作了许多优秀的儿童戏剧作品，并曾获智利"卡拉夫奖"（Premio Calaf）、委内瑞拉"提林戈奖"（Premio Tilingo）等多项儿童戏剧创作奖。除此之外，豪尔赫·迪亚斯还时有文章面世，如《戏剧：孤独的仪式》（*Teatro. Ceremonia de soledad*，1978）、《"50年一代"：批判的视点》（*Generación del 50. Visión Crítica*，1980），发表自己对戏剧发展状况的看法，在评论界引起一定的反响。

2007年3月13日，豪尔赫·迪亚斯因罹患食管癌在圣地亚哥去世，但直到生命的最后时刻，他都没有停止创作工作。从他离世至今已有十余年，但他的作品仍在智利乃至拉丁美洲的戏剧舞台上上演，影响着一代又一代的观众和戏剧工作者。

《消耗殆尽》（*Fatiga de material*）

《消耗殆尽》是豪尔赫·迪亚斯·古铁雷斯于2006年创作的作品，

也是他生前最后的作品之一。这部作品显示了作者晚年创作中在主题选择上的变化。一方面，作者的母亲在得享103岁高寿后去世，与母亲的亲密关系使他更容易将关注点转移到老年生活的话题上；另一方面，进入21世纪后，豪尔赫·迪亚斯常常在戏剧实践活动中回顾自己50年来作为剧作家和导演的经历，对自己丰富的戏剧生涯的总结和展示似乎也成为他的一种愿望和需要。在这两种因素引发的动力驱使下，诞生了《消耗殆尽》这样的作品。

作品的主人公阿古斯丁和玛利亚是两位职业演员，曾在同一家剧院工作，因各种原因离开剧院后，各奔东西忙于生计。多年后的一天，年逾古稀的二人得到剧院即将被拆毁的消息，心中感念之下，决定到剧院来，向曾经深爱的舞台做最后的告别。已三十多年未曾见面的两人在早已废弃的剧院相遇，共同回忆起他们曾在这座剧院舞台上度过的戏剧人生，纪念属于他们、也属于这座老剧院的岁月，这些岁月中既有美好的时刻，也有痛苦的瞬间，但对他们而言，无一例外都具有特殊的意义。他们谈论起曾一起出演的剧目，回忆自己曾扮演的角色和当时表演所引起的反响，作者用这样独特的方式展示了一幅智利现当代戏剧发展的图景，《小托尼》（*El Tony chico*）、《牙刷》、《黑女人埃斯特》（*La negra Ester*）、《蔓藤花架》（*La pérgola de las flores*）等代表智利戏剧各个发展阶段的标志性作品在两位主人公的对话中逐渐从观众的记忆中苏醒过来，将观众带回20世纪六七十年代智利戏剧曾经的繁荣高潮。

可以看出，作者想借这部作品对那些曾为戏剧奉献青春和生命的人们致敬，通过两位主人公对自己舞台岁月的回忆来重现20世纪后半叶智利戏剧人工作和生活的真实经历和感受。同时，两位主人公对于自己晚年生活的描述也成为该剧的一个侧重点，老年人退休后在社会生活中的艰难处境也被当作戏剧冲突的一个方面展示给观众，将全剧的主题立意提升到揭示社会问题的层面。

豪尔赫·迪亚斯在创作早期即以"幽默、荒诞"作为自己的标签，

豪尔赫·迪亚斯·古铁雷斯（Jorge Díaz Gutiérrez）

其大多数作品都带有"荒诞戏剧"的特征，评论界对其创作进行分析时也多以其作品中体现的荒诞性和幽默性作为重点。《消耗殆尽》作为他生前最后的作品，虽然仍延续其幽默风趣、语言精致的一贯风格，但与其早期作品相比，这部作品更多地显露了作者晚期创作中较为明显的感情因素，使得作品在揭示和批评的同时，也兼顾了人性中温情的一面。

（卜珊）

奥斯瓦尔多·德拉贡（Osvaldo Dragún）

奥斯瓦尔多·德拉贡（1929—1999），阿根廷当代著名剧作家，在戏剧界以"查丘"（Chacho）的名字为人们所熟知。曾任拉丁美洲和加勒比国际戏剧学校（EITALC）校长及布宜诺斯艾利斯塞万提斯国家剧院（Teatro Nacional Cervantes）院长。

德拉贡于1929年出生于阿根廷东部恩特雷里奥斯省（Entre Ríos）的一个犹太移民家庭。早年曾学习法律，但不久就转习戏剧。1945年随家人来到首都布宜诺斯艾利斯，开始积极投身于当时正日益兴起的"独立戏剧"运动。他加入了在"独立戏剧"运动中发挥重大影响的莫丘教士剧团（Teatro Fray Mocho），并于1956年在该剧团首演了自己的处女作《瘟疫来自梅洛斯》（*La peste viene de Melos*，1956），这部作品描写了1954年流亡洪都拉斯的危地马拉反政府力量在美国支持下悍然进军危地马拉的事件，上演后引起了评论界的关注，成为德拉贡作为剧作家生涯的起点。之后，他又陆续创作了《图帕克·阿马鲁》（*Tupac Amaru*，1957）、《用来讲述的故事》（*Historias para ser contadas*，

奥斯瓦尔多·德拉贡（Osvaldo Dragún）

1957）等作品。其中，《用来讲述的故事》参加了马尔·德尔·普拉塔国际电影节（Festival Internacional de Cine de Mar del Plata）并引起很大反响，使得奥斯瓦尔多·德拉贡的名字开始在拉丁美洲剧坛上为人所熟知。

1961年，德拉贡离开阿根廷，先后在古巴、墨西哥、委内瑞拉、秘鲁、哥伦比亚和美国从事戏剧活动。在这些国家生活和工作的经历为他提供了从拉丁美洲的整体视角来审视戏剧发展的可能，对他此后的戏剧创作产生了很大影响。在此期间，德拉贡先后创作出《地狱花园》（*El jardín del infierno*，1961）、《人们曾说我们不朽》（*Y nos dijeron que éramos inmortales*，1962）、《老市场的奇迹》（*Milagro en el mercado viejo*，1963）、《布宜诺斯艾利斯"铁娘子"》（*Heroica de Buenos Aires*，1966）、《该死的星期天》（*Un maldito domingo*，1968）和《监狱逸事》（*Historias con cárcel*，1973）。他的作品反映出20世纪中期拉美进步知识分子所特有的家国忧患意识，站在批判者的角度揭示社会现实中的种种不公，秉承了"承诺戏剧"的使命感，坚持将戏剧活动作为宣传政治主张及对民众进行教化的有力工具。由于他的作品主题多能切中时弊，反映百姓心声，语言风格又贴近大众日常生活，因而在观众中间获得广泛好评，同时也得到评论界的高度认同。这使得德拉贡的作品影响日盛，他本人也在1962年和1966年因《老市场的奇迹》和《布宜诺斯艾利斯"铁娘子"》两次获得"美洲之家戏剧奖"。

进入20世纪80年代，阿根廷的政治形势激发了文化界反军事独裁运动的兴起。一向主张坚持戏剧"承诺"功能的德拉贡也顺应社会发展的新方向，与罗伯托·柯萨、豪尔赫·里维拉·洛佩斯（Jorge Rivera López）、路易斯·布兰多尼（Luis Brandoni）和佩佩·索里亚诺（Pepe Soriano）等人联合发起了以反对阿根廷军政府统治为宗旨的"开放戏剧"运动。他们在1981年到1985年间组织了四次大规模的戏剧创作和演出活动，对阿根廷的戏剧大众化进程起到了关键的推动作用。

在"开放戏剧"运动中,德拉贡不仅积极参与了大量组织工作,还亲自创作作品,在各个年度的演出季中上演。如《我和我的方尖碑》(*Mi obelisco y yo*,1981)、《致胜利者》(*Al vencedor*,1982)和《今天吃掉那个瘦子》(*Hoy se comen al flaco*,1983),这几部作品都曾在"开放戏剧"的演出季活动中成功首演,成为这一运动中颇具影响的代表作品。

在"开放戏剧"运动随着阿根廷国内政治环境的改善而告一段落时,德拉贡也将自己的工作重点转移到戏剧教育、培训和剧团组织、领导等方面。1988年,他提议在哈瓦那创办了拉丁美洲和加勒比国际戏剧学校,并出任该校首任校长。在他的倡导下,学校确立了开放性的教学方针,采用独特的"工作坊"(Taller)方式进行戏剧教学与实践活动,为拉丁美洲戏剧界培养了一批骨干力量。在此期间,德拉贡并没有中止戏剧创作,在不到十年的时间里写出了《别灰心!》(*¡Arriba Corazón!*,1987)、《回到哈瓦那》(*Volver a La Habana*,1990)、《神志不清》(*El delirio*,1992)、《登山者》(*Los alpinistas*,1993)、《宇航员的孤独》(*La soledad del astronauta*,1996)、《太阳之舟的乘客》(*El pasajero del barco del sol*,1999)等作品。

1996年9月,德拉贡应邀回到布宜诺斯艾利斯,担任塞万提斯国家剧院院长一职,并在这个岗位上一直工作到1999年6月去世。在这三年时间里,德拉贡仍将全部身心投入他所热爱的戏剧艺术事业当中,组织了以塞万提斯国家剧院为核心的戏剧"马拉松"运动,将布宜诺斯艾利斯市及全国各地的14个剧团都纳入这场全国性的戏剧推广活动中。同时,他还组织了拉丁美洲戏剧工作者大会和剧团的各种巡演活动,极大地推动了阿根廷戏剧的国际交流及国内发展。直到生命的最后一刻,奥斯瓦尔多·德拉贡仍在孜孜不倦地工作,正是以这种方式,这位"承诺"戏剧的积极倡导者也实现了他一生献身戏剧的庄严"承诺"。

奥斯瓦尔多·德拉贡（Osvaldo Dragún）

《登山者》（*Los alpinistas*）

《登山者》（1993）是奥斯瓦尔多·德拉贡的晚期作品，可以看出，德拉贡在这个阶段的创作开始将关注点转向个人命运与人物内心成长的关联，与其在"独立戏剧"和"开放戏剧"时期注重作品政治使命的创作宗旨有着较为明显的不同。

全剧一开场就营造了一种令人压抑的氛围，习惯了都市平静生活的戴维在经历了父亲去世、妻子移情等变故后跌入了生活的谷底，孤独而又茫然无措的他以登山为借口来到卡洛斯家。后者是戴维多年前从军时的兄弟，退伍之后漂泊四方，最后在一个偏僻的山间小镇落了脚，在酒吧里找到一份糊口的差事，尽管艳遇不断，但多年来一直过着自认为潇洒自由的单身生活。卡洛斯对戴维的到来颇感意外，但仍让他留宿家中，以尽袍泽情谊。与他们同住的还有胡安，这个来自卡洛斯家乡的青年在一次火灾事故中失去了七位家人，孤苦无依之下便来投奔曾接济过他家的卡洛斯。

三个正经历着孤独的人聚集在一起，以不同的方式来面对压迫心灵的孤寂感。戴维每天躲在卫生间里，想象着与死去的父亲对话，渴望通过这种灵魂上的沟通来弥补先前因父子疏离而造成的感情缺失。同时，尽管没有任何登山经验，戴维却仍不顾朋友的劝阻，坚持进行登山的各种准备，并希望卡洛斯能够陪伴他完成登山的心愿。这种对登山的执念其实映射了戴维内心渴求重新找到生活方向的愿望。他与卡洛斯谈论家人与爱情，与胡安讨论生与死，在自我诘问中摇摆不定，正如他在窗口时面对纵身向下结束生命和援壁而上去往未知的选择之间难以决断。当他最终爬出窗子，向着未知的高远之处攀爬时，一个新的希望便也在他未来的生命中展现出来。

与戴维的经历不同，卡洛斯在多年的漂泊中早已对所经历的孤独感到麻木，但胡安的出现彻底改变了他的生活。原来，卡洛斯与胡安的母亲在二十多年前曾有过一段短暂的露水情缘。当年与卡洛斯一起参加工人运动的一位同伴被捕入狱，在他被监禁期间，年轻的卡洛斯却与这位同伴深爱的姑娘陷入恋情，但这段感情只持续了很短一段时间，畏惧担责的卡洛斯不久就离开了那位姑娘，继续他无根的漂泊。不久后，他收到姑娘的来信，得知姑娘已生下一个男孩，取名胡安。卡洛斯从此开始定期给母子俩寄钱，以此来缓解内心深深的负罪感。一场可怕的火灾夺去了胡安母亲及其家人的生命，从灾难中幸存的胡安前来投奔，言谈中显得并不知晓卡洛斯是自己的父亲，卡洛斯也不希望揭晓这个秘密，但却也暗下决心，要将教育胡安作为自己的责任，要尽其所能让"自己的儿子"真正成才。

正因有了这样的动力，卡洛斯似乎明确了生活的方向，他关心胡安的冷暖安危，被胡安随时随地都在改变的人生计划指挥得团团转，为满足胡安要成为吉他手、工艺大师等毫无缘由的愿望而终日奔忙，甚至在胡安对一个土耳其姑娘犯下荒唐的错误时，忙着前往姑娘家去斡旋，不惜被姑娘的父亲暴揍一顿。面对卡洛斯所经受的操劳和委屈，胡安却显得无动于衷，他来到卡洛斯身边后，突然看到了多种可能的人生方向，选择的多样性让他茫然无措。他一会儿想去弹吉他唱歌，一会儿想靠手艺赚钱，一会儿又觉得与那个土耳其姑娘过日子其实也不错，但最终他仍然无法确定自己真正的愿望。当他决定效仿年轻时的卡洛斯，抛下土耳其姑娘离开时，卡洛斯终于爆发，试图像个父亲一样去教训他。但胡安却对此嗤之以鼻，告诉卡洛斯，自己的母亲当年与很多男人有染，她给这些男人中的每一个都写过信，暗示胡安是他们的孩子，从他们那里接受钱物，将孩子抚养长大。他之所以在遭逢灾变后马上就来投奔卡洛斯，只不过是因为母亲将卡洛斯的名字列在那份长长名单的第一位。从卡洛斯这里离开后，他还会照着名单去那些可能的"父亲"那里碰运气。

一时间，卡洛斯和戴维重又回到"一无所有"的状态。两人回顾

奥斯瓦尔多·德拉贡（Osvaldo Dragún）

二十多年来他们曾选择但又放弃的一切，看到这些由无数次的得到与失落构成的片段所连缀成的人生，发现唯一能延续不变的，就是每次坠落后的重新攀登。最终，戴维爬出窗子，开始了他向上的攀登，卡洛斯则探身窗外，为他加油，恰如青春年少时二人曾有过的相互扶持。

在一次访谈中，奥斯瓦尔多·德拉贡曾表示，他在20世纪90年代创作的《登山者》和《宇航员的孤独》等都带有一定自传色彩，是一种对人生的反观和自省，这使得我们在那个一直以来被标签化的社会批评者的身份之外，又认识了德拉贡渴望与他人分享人生感悟和内心体验的另一面。

（卜珊）

豪尔赫·爱德华兹（Jorge Edwards）

豪尔赫·爱德华兹（1931—2023），智利著名作家、文学评论家、记者和外交官，与何塞·多诺索（José Donoso）一起被誉为当代智利小说界最具代表性的作家。他是智利语言学院院士，获得1994年智利"国家文学奖"（Premio Nacional de Literatura）、1999年"塞万提斯文学奖"、2000年"加夫列拉·米斯特拉尔荣誉勋章"（Orden al Mérito Gabriela Mistral）和2016年"智者阿方索十世大十字勋章"（Gran Cruz de la Orden de Alfonso X el Sabio）。2010年爱德华兹取得西班牙国籍而拥有双重国籍，现居住在马德里。

爱德华兹1931年6月29日出生在智利圣地亚哥，接受耶稣会学校的教育。1957年从智利大学法律系毕业后跻身政坛，成为一名外交官。翌年，被智利政府派到美国普林斯顿大学攻读政治学。1962年远赴巴黎，担任智利驻法国大使馆秘书一职。1970年，接受阿连德政府的特殊外交使命，前往古巴以修复两国中断的外交关系，但仅仅3个月之后，他因为帮助与古巴政府持不同政见者而被定性为"不受欢迎的人"，并被驱

豪尔赫·爱德华兹（Jorge Edwards）

逐出境。之后，又被派遣到巴黎，在驻法国大使巴勃罗·聂鲁达手下工作。

虽然爱德华兹多年从事外交工作，但他的爱好是文学创作。儿时就喜好读书，中学时代即创作了以大海为主题的一系列散文。在繁忙的外交工作和应酬之余，他仍笔耕不辍，并且在第一次派驻法国期间，结识了巴尔加斯·略萨、加西亚·马尔克斯和胡利奥·科塔萨尔等拉美"文学爆炸"的著名作家。

1973年智利发生军事政变之后，爱德华兹流亡西班牙，全力以赴地从事文学创作，并且为西班牙的几家知名报社撰稿，成为专职作家和记者。1978年他回到智利，合作参与创建并继而领导了"捍卫言论自由委员会"（Comité de Defensa de la Libertad de Expresión）。1994年他被任命为智利驻联合国教科文组织大使，为期两年。2010年爱德华兹被智利皮涅拉政府任命为驻法国大使。

爱德华兹的作品涵盖长篇小说、短篇小说、杂文、散文和新闻纪实，由于作家自身处于上流社会，非常了解该阶层的生活和弊端，于是他的小说和杂文多以描写城市生活环境和中上阶层的人物命运为主要题材，在观察、深思、反省之后，通过犀利、讽刺的笔法对智利的资产阶级进行直接的批评。

爱德华兹的文坛生涯可以分为三个时期，第一时期是1952年至1973年，初涉文坛，崭露锋芒。1952年第一部短篇小说集《庭院》（*El patio*）一经出版，就受到读者欢迎。接着又推出了两部短篇小说集《城里人》（*Gente de la ciudad*，1962）和《面具》（*Las máscaras*，1967），前者获得1962年的"圣地亚哥城市文学奖"（Premio Municipal de Literatura de Santiago）。他的第一部长篇小说《夜深沉》（*El peso de la noche*）创作并完成于巴黎，1965年出版。这本小说的问世标志着爱德华兹已经形成自己的写作风格，不再局限于自传性的表达（描写作家那代人的生存困境），而是把眼光放到大千世界，观察周围的社会现实。

第二时期是1973年至1994年间，爱德华兹成为专职作家，收获颇丰。在这个阶段，作家创作了《石头的客人》（*Los convidados de piedra*，1978），描写智利政变后不久的一天一群人为其中的一个朋友庆祝生日，等待宵禁的结束。充满政治隐喻的《蜡像馆》（*El museo de cera*，1981）再次触及了一个社会阶层衰败的主题，但这次与具体的历史环境分离，时间也是永恒的，其目的是获得讽寓意义。通过具有象征性的主人公比亚·里卡侯爵（当地的白人贵族）的经历，作家以嘲讽和荒诞的现实观，刻画了一个特定社会阶层不可避免的衰落。《虚构的女人》（*Mujer imaginaria*，1985）讲述智利上层社会女艺术家在中年时期寻求解放的故事，从她的视角对20世纪智利历史进行了详细的解析。《东道主》（*El anfitrión*，1988）也是一出寓言式的故事，充满嘲讽。小说再次回到智利现实，一个旅居东柏林的政治避难者与一个浮士德笔下的梅菲斯特式的人物相遇，后者通过一个奇怪的旅行把他带入一个神奇的世界。

1990年，爱德华兹创作了一部关于巴勃罗·聂鲁达生平的传记《再见诗人：巴勃罗·聂鲁达与他的时代》（*Adiós poeta, Pablo Neruda y su tiempo*），由于作者曾跟随聂鲁达工作多年，建立了良好的友谊，通过这部传记向读者展现了这位诺贝尔文学奖获得者更加内在、更加人性化的一面，因此获得了当年图斯盖兹出版社的传记文学"科米亚斯奖"（Premio Comillas）。1994年爱德华兹因长期从事文学创作并对智利文学做出了贡献而荣获"国家文学奖"，从此他受到了更为广泛的关注，出版社开始再版爱德华兹以前的作品。此外，1993年出版的短篇小说集《有血有肉的幽灵》（*Fantasmas de carne y hueso*）也是不错的作品，书中8个短篇小说讲述了活生生地存在于作家记忆深处的8个灵魂的故事。

第三时期是1994年至今。其中1999年是爱德华兹文学旅程中的一个重要里程碑，这一年他荣获有西班牙语世界诺贝尔文学奖之誉的"塞万提斯文学奖"，翌年被智利政府授予"加夫列拉·米斯特拉尔荣誉勋章"。这一时期，他已经先后出版了7部长篇小说：《世界的起源》（*El origen del mundo*，1996），小说通过讲述发生在巴黎的三角恋爱，寻求爱情、欲望、嗔怒、猜忌等人类情感的起源；根据建筑师华金·托埃斯卡（Joaquín Toesca）的生平创作的《历史遗梦》（*El sueño de la historia*，2000）；讲述家族中具有传奇色彩的父辈人物华金·爱德华兹·贝略（Joaquín Edwards Bello，1887—1968）故事的小说《家族里的废物》（*El inútil de la familia*，2004）；以智利诗人恩里克·林恩为原型创作的小说《陀思妥耶夫斯基之家》（*La casa de Dostoievsky*，2008），获得行星出版社与美洲之家联合设立的"行星—美洲之家伊比利亚美洲小说奖"（Premio Iberoamericano Planeta-Casa de América de Narrativa）；挖掘法国思想家蒙田与养女之间的情爱故事，展现智慧学者的感性一面的《蒙田之死》（*La muerte de Montaigne*，2011）；以家族一位画家叔叔为原型的《绘画的发现》（*El descubrimiento de la pintura*，2013）；以作家最小的姑妈玛利亚·爱德华兹为原型的《小妹》（*La última hermana*，2016）。

此外，爱德华兹把报刊专栏文章编辑成册出版，有《诗人的威士忌》（*El whisky de los poetas*，1997）、《屋顶上的对话》（*Diálogos en un tejado*，2003）、《被渗透的散文》（*Prosas infiltradas*，2017）；还出版了杂文集《话题与变奏》（*Temas y variaciones*，1969）、《从龙的尾巴》（*Desde la cola del dragón*，1977）、《另一座房子：关于智利作家的散文》（*La otra casa：ensayos sobre escritores chilenos*，2006），回忆录系列《杯酒人生 回忆录I》（*Los círculos morados, Memorias I*，2012）和《训令的奴隶们 回忆录II》（*Esclavos de la consigna, Memorias II*，2018）。

《家族里的废物》（*El inútil de la familia*）

　　《家族里的废物》是智利作家豪尔赫·爱德华兹2004年创作的长篇小说，以作家的堂伯父华金·爱德华兹·贝略的一生为主要内容，跨越不同的时空，虚虚实实间写就了一部虚构体的人物传记。

　　爱德华兹家族是智利的名门望族，自19世纪初先辈从英国移居到智利以来，在智利的政界、商界、金融界和文化界均有作为。华金·爱德华兹·贝略的身份更是特殊，他不仅出身爱德华兹家族，还是拉美著名思想家、政治家、法学家安德烈斯·贝略（Andrés Bello，1781—1865）的曾外孙。他1887年出生在智利的瓦尔帕拉伊索，才华横溢，在文学创作和新闻报道上均有所建树，1943年获得"国家文学奖"，1959年获得"国家新闻奖"，是智利历史上唯一荣获两项国家级大奖的双料得主。他从年轻时代开始就叛逆不逊，拒绝家庭安排的外交仕途，偏离了家族的轨道，成为家中的异类，过着放荡不羁的历险生活。23岁时他出版小说《废物》（*El inútil*），尖锐批评家庭所属的社会阶层，引起风波，于是不得不短暂流亡至巴西，等待风波平息。他的许多小说都有强烈的个人自传因素，如《马德里的智利人》（*El chileno en Madrid*）、《巴黎的克里奥耳人》（*Criollos en París*），主题是他既爱又恨的智利和他出生的家乡，如《瓦尔帕拉伊索，风之城》（*Valparaíso, ciudad de viento*）。

　　《家族里的废物》题名取自爱德华兹·贝略的成名作《废物》，以"废物"来指伯父，也指作家本人。这不是一部真正的人物传记，而是带有许多虚构成分的传记小说。书中，豪尔赫·爱德华兹根据家族成员的介绍和对伯父的自传性作品的分析，重新描绘了爱德华兹·贝略的生平；同时把伯父的经历和品性与自身相比较，他觉得伯父身上的叛逆、自我边缘化、热爱文学的经历与他很相似。在小说开篇，作者点明了这一点：

豪尔赫·爱德华兹（Jorge Edwards）

此书中我讲述的故事是一个悲剧英雄的故事，对这个人我一直睁大双眼、目光相随，热情地、有时惊讶地关注他。在某种程度上，这是我自己的故事，但我不止一次地感受到、唯有此刻我才敢承认：华金的牺牲在某种程度上，间接地、以某种神秘的方式为我的道路提供了便利。

行文中作家运用多种写作手法，在第三人称、第二人称和第一人称的叙述者之间自由切换，有无所不知的叙述，也有大段对话，甚至穿插着第一人称的独白。这种多角度的叙事视角完成了对小说主人公的解构，呈现了一个悲剧英雄，抑或是反英雄，让读者明白主角人物之所以被称为废物，不仅仅是因为他投身于被家族认为毫无用处的文学事业，而且因为他的癫狂不羁和无序的破坏精神。而在字里行间，读者可以看到作家对主人公这些品性的尊敬，因此，虽然题为"废物"，但作家是为伯父正名，也是为自己正名。

此外，在近五百页的小说中作家还描述了伯父作品中呈现的不同时期的不同地点的风貌，从伯父出生时的瓦尔帕拉伊索到第一次世界大战前后的马德里、巴黎，直到作家本人生活的圣地亚哥，作家对当时的社会环境、上流社会的陋习进行了尖锐的批判，展现了当时马德里、巴黎文化界人士的社交活动。

（路燕萍）

豪尔赫·爱德华多·埃耶尔森
（Jorge Eduardo Eielson）

豪尔赫·爱德华多·埃耶尔森（1924—2006），秘鲁20世纪著名诗人、作家、剧作家、视觉及装置艺术家。1924年4月13日出生于秘鲁首都利马，自幼年起便在绘画、文学、音乐方面展露出过人天分。少年时期他饱读西班牙语文学经典著作，并凭借良好的英语及法语基础，从兰波、马拉美、艾略特等伟大诗人的作品中汲取了丰沛的文学养分。中学期间，埃耶尔森的西班牙语老师、当时已逐渐被人熟悉的作家及民族学家何塞·玛利亚·阿格达斯将他领入了利马的文艺圈，使埃耶尔森的文艺创作得到了更加丰沃的滋养，同时也激发了他对秘鲁古代原住民文化的兴趣。

1945年，这位年仅21岁的秘鲁诗人凭借第一本诗集《王国》（*Reinos*）摘得了秘鲁"国家诗歌奖"（Premio Nacional de Poesía）的桂冠，并于次年与同为诗人的朋友哈维尔·索罗古棱（Javier Sologuren）及塞巴斯蒂安·萨拉萨尔·邦迪（Sebastián

豪尔赫·爱德华多·埃耶尔森（Jorge Eduardo Eielson）

Salazar Bondy）一起编辑出版了诗集《秘鲁当代诗歌》（*La poesía contemporánea del Perú*），这部作品被评论界视为"20世纪在秘鲁出版的最具超越性的诗歌合集之一"①。20世纪40年代埃耶尔森的诗歌创作辞藻相对丰富、华丽，修辞考究，意象丛生，人们可以从中感受到他对文字的信任。

然而，这种信任在诗人随后的创作中逐渐消减，他对自己文字的态度越来越严苛，用词与意象均愈发精简，虽然创作了许多作品，却很少发表，有些作品甚至在完成二三十年后才公开。在一次采访中，埃耶尔森表示对自己的诗歌"不确定"，"将情感写下来时总觉得贬低了它们，几乎让它们死掉了……"②他甚至坦言："在我这里，可以看到一种对言语（palabras）的厌烦，至少是对我自己的言语的厌烦……"③

正因这种厌烦和不信任感，诗人对语言文字的可能性不断地大胆探索。50年代埃耶尔森定居罗马，那是他文字创作的一个高峰期，先后完成了《主题与变奏》（*Tema y variaciones*）、《罗马的房间》（*Habitación en Roma*）、《身体的黑夜》（*Noche oscura del cuerpo*，1989）等诗集，以及《朱利亚-诺的身体》（*El cuerpo de Giulia-no*，1971）和《玛利亚的第一次死亡》（*La primera muerte de María*，1987）两部小说，但这些作品当时基本上均未发表。也是在这一时期埃耶尔森遇到了旅居欧洲的日本禅师弟子丸泰仙（Taisen Tashimaru），并开始跟随后者研习禅宗智慧。

1963年，受到印加文明奇谱（"khipu"或"quipu"）记事启发的埃耶尔森开始创作以"纽结"（Nudos）为主题的装置艺术系列作品。

---

① https://funcionlenguaje.com/index.php/es/sala-de-lectura/rincon-bibliografico/768-la-poesia-contemporanea-del-peru.html [2023-08-21].

② Campaña, Mario. "Entrevista con Jorge Eduardo Eielson", *Guaraguao: revista de cultura latinoamericana*, No. 13, 2001, p. 56.

③ Ibid.

这一主题可被视为埃耶尔森"多种表达方式"的"交汇点"[①],在他的绘画、布艺装置、诗歌等作品中都可见到这一将"物质材料与形而上学"结合在一起的主题的反复出现。"纽结"在意大利艺术界引起了广泛的关注,1964年,埃耶尔森携该作品参加了享有盛名的威尼斯双年展(La Biennale di Venezia),进而又在纽约的当代艺术博物馆(MOMA)进行了展出。

1976年,在秘鲁诗人、文学评论家里卡尔多·席尔瓦–桑蒂斯特万(Ricardo Silva-Santisteban)的主持下,秘鲁文化学院(Instituto de Cultura del Perú)出版了第一本收录埃耶尔森二十余年来大部分诗作的诗集,并依诗人的建议,定名为《书面诗》(Poesía escrita)。1989年,奥克塔维奥·帕斯推动了同名诗集在墨西哥的出版,埃耶尔森的作品也因此为更多人所熟知。2003年,西班牙天堂鸟出版社出版了名为《活着是部杰作——书面诗》(Vivir es una obra maestra: Poesía escrita)的诗歌选集,涵盖了埃耶尔森从1944年至2002年的诗歌作品。

埃耶尔森不断在表达与厌倦中寻找平衡,在"不信任"中建立"信任"。他曾经表达过自己"所求的是到达语言的另一边,跨过人们习惯的、常规的界线,因为正是它们让语言贫瘠"[②]。这反复而艰难的求索更像是一种被诗人本能逼迫的"求生":它从语言、主题、形式,从任何可走的路寻找新的可能,反对限制、跨越界限,成为贯穿埃耶尔森多变诗歌创作的不变精髓之一。

另一方面,诗人对言语的"厌烦"也体现在类似"削弱"甚至"消灭"文字的倾向中,除去一些关于"擦除文字"或"丢弃作品"的诗歌主题,许多作品中极简的语汇与意象也从侧面印证了诗人对待言语的态度。他所研习的禅宗智慧与他不过度依赖言语的创作思想之间有着深刻

---

① Canfield, Martha L. "Jorge Eduardo Eielson: El hombre que anudaba estrellas y palabras", *Hispamérica: Revista de literatura*, No. 108, 2007, p. 58.

② Eielson, Jorge Eduardo. *El diálogo infinito*, Sevilla: Sibilina, S.L.U., 2011, p. 64.

豪尔赫·爱德华多·埃耶尔森（Jorge Eduardo Eielson）

共鸣，这种共鸣也为埃耶尔森提供了灵感，促使他写下诸多透散禅意的作品。

《活着是部杰作——书面诗》（*Vivir es una obra maestra: Poesía escrita*）

《活着是部杰作——书面诗》是西班牙天堂鸟出版社于2003年编辑出版的一部豪尔赫·爱德华多·埃耶尔森的诗歌选集。它涵盖了诗人自1944年至2002年的诗歌创作，收录有《王国》、《主题与变奏》、《罗马的房间》、《身体的黑夜》、《已做必要修正》（*Mutatis mutandis*）、《纽结》（*Nudos*）等诗人最为重要的诗集中的作品。

埃耶尔森在其漫长的诗歌创作生涯中不断寻求突破文字表达的界限。在主题层面，对这位秘鲁诗人来说，信仰和与之相悖的学说成为可被并置的文化传统与文化经验的一部分，信仰与不信的界线被隐去，他的文字在先前对立的域界间穿行，却也并不激起纷争；本属两个对立范畴的存在也可以被自然地并置在一起，这样的"越界书写"在造成矛盾的同时又消磨掉它，铺展开既紧绷又松弛的奇妙张力。以"身体"为主题的诗集《身体的黑夜》便可以视作很好的例子。我们可以感受到，诗人关于身体的表达似乎难以被放置于更宏大的社会、宗教、历史背景中由某一种或几种具体的学说理论来解读诠释，它更像是具有包容性的、迫切的个人体验的出口。诗人曾经表示："我不希望我许多文字作品中反复出现的身体指向人类中心说，那不是我的本意。简单来说，对于我，我们的身体不过是物质现实的一部分……我们的身体是我们所拥有的最切近的东西，更确切地说：它是我们最直接的本性。"[1]这与诗

---

[1] Carta de J.E.E. (Milán, marzo de 1991) a Renato Sandoval. Citada en "El cuerpo y la noche oscura" (de Renato Sandoval), *Jorge Eduardo Eielson: nudos y asedios críticos*, ed. Martha L. Canfield, Madrid: Iberoamerica, 2002, p. 128.

人创作的方式相契合:"我从不觉得写诗是艰辛的工作,它不是我得去寻找或渴望的东西……它总是自发地冒出来,有时甚至违背我的意愿。"①可以肯定的是,"依靠本能与直觉"构成了埃耶尔森感受与写作方式最主要的特点之一。正因依靠"本能"甚至某种程度上"无意识"的写作,因传统(甚至悖逆传统而形成的"传统")而存在的界线在这位秘鲁诗人的创作世界中都不再以强硬的姿态显现。

埃耶尔森不仅在文字主题上做出了"越界"的尝试,也将目光投向了书写中的"视觉空间"。因排版而产生的文字图像、空白与文字之间的相互作用成为诗歌中有意义的一部分:诗意穿越了文字与空白的界线,将传统中缺乏意义的纸张上的"沉默与空无"推举至与文字含义及声响相同的高度。翻看埃耶尔森的诗歌作品,我们会发现,从1950年的诗集《主题与变奏》开始,标点便很少出现,于是词间或句间不等量空白开始代替标点分割词句,且功用远远大于标点的存在。诗人在诗中填入的空白为诗中文字的声音与含义服务,被归为书写乃至阅读的一部分。例如,在选自《罗马的房间》的《朱利亚谷》(«Valle Giulia»)一诗中,埃耶尔森拆解了作为西班牙语最小表意单位的单词(转角"esquina"以及断裂"quebrar"),将空间填入本来密合的文字空间,把被分割后留下的后半段置入下一诗行,用撑开的空间支持单词形态及其含义的同义重复,趣味也在这断裂的扭曲中生成。

此外,在《已做必要修正》《孤独仪式》(*Ceremonia solitaria*)等诗集中,我们看到了埃耶尔森在诗歌创作中明显的削弱甚至"消灭"文字的倾向,在很大程度上显示出诗人所说的"对自己言语的厌烦"。在1976年秘鲁版的《书面诗》的序言中,里卡尔多·席尔瓦-桑蒂斯特万就曾表示,埃耶尔森的很多作品都指向"言语的终结"(fin de la palabra):在《纸与词之间的孤独仪式》(«Ceremonia solitaria entre

---

① Eielson, Jorge Eduardo. *El diálogo infinito*, Sevilla: Sibilina.S.L.U., 2011, p. 19.

豪尔赫·爱德华多·埃耶尔森（Jorge Eduardo Eielson）

papeles y palabra»）一诗中，"言语"被诗人"谋杀"，成为即将被丢弃的无用之物；在《已做必要修正》中的第十首诗中，诗歌对自己进行侵犯（auto-agresión），甚至可以被视为一首"自杀未遂"的诗。

诗人对诗歌文字的态度令人想起他研习禅宗的经历以及禅学中的"不立文字"之说。当然，禅宗所言"不立"并非彻底摧毁，而是不过度依赖，我们可以从这一点出发看待埃耶尔森在诗中"丢弃""消抹"文字时对文字限制的不满甚至失落：诗人在用文字直指的概念抗议概念化。或许，他在中后期的许多诗作中尽力削减语言与意象繁复程度的根本原因也在于此。

埃耶尔森将对言语的不信任写入诗歌，在诗行中完成了对文字乃至对诗作的"谋杀"，除晦暗的诗意之外，这一行动所带来的还有一种迷人的悲剧意味——诗人歼灭文字的悲剧以及目的永远无法达到的悲剧，因为印刷于纸上的诗作在过去、现时与未来的阅读中曾经、正在并将要无数次地复活。文字在埃耶尔森的笔下极端脆弱却又永远坚韧，这一矛盾，连同诗人所创造的其他相融的对立面，共同支撑起了他理想的诗歌世界，一个充满禅意、他的本能直觉在其间跳动的、界限已被泯除的世界。

（轩乐）

阿贝拉尔多·埃斯托里诺
（Abelardo Estorino）

阿贝拉尔多·埃斯托里诺（1925—2013），古巴著名剧作家、导演，出生于古巴中西部马坦萨斯省（Matanzas）的乌尼昂·德·雷耶斯市（Unión de Reyes）。早年离开家乡，前往首都哈瓦那学医，但对戏剧的热爱却推动他走上戏剧创作的道路，将其作为毕生追求的事业，并最终在戏剧艺术领域取得卓越成就。

1954年，刚刚成为牙科医师的埃斯托里诺创作了自己的戏剧处女作《街上有位死者》（*Hay un muerto en la calle*），这部至今没有出版的作品成为他五十余载戏剧生涯的开端。1956年，他创作了《梳子和镜子》（*El peine y el espejo*），直到1960年才被搬上舞台。在此期间，埃斯托里诺放弃牙医的职业，在为一些报刊担任撰稿人的同时，还在"工作坊剧团"（Teatro Estudio）担当助理导演和演员的工作。

对埃斯托里诺而言，20世纪60年代是意义重大、收获颇丰的时期。1964年，他参加了第一届古巴作家、艺术家全国大会，开始担任古巴

阿贝拉尔多·埃斯托里诺（Abelardo Estorino）

全国文化委员会下属几个剧团的文学顾问。他的作品《邋遢鬼的偷窃》（*El robo del cochino*，1961）着重反映了当时古巴戏剧经常关注的新旧思想冲突的问题，在一个小资产阶级家庭的客厅里，家庭成员之间的谈话代表了不同的思想状态和倾向。母亲把对死去女儿的回忆变成支持自己活下去的唯一理由，而父亲用一种貌似实际的态度让自己置身于现实世界中，却不知道他那被剥夺了未来的现实世界实际上已经成了一潭死水。《老宅》（*La casa vieja*，1964）则以一种独特的视角重新审视古巴乃至整个西方的戏剧传统。埃斯托里诺用契诃夫式的精确和细致来营造舞台氛围，对戏剧冲突的发展过程进行合理的铺垫，通过真实均衡的人物设置和塑造，以及富有古巴特色的生活语言，使《老宅》成为继《邋遢鬼的偷窃》之后的又一部成功之作。这两部作品因公演后的巨大反响分别获得1961年和1964年"美洲之家奖"的提名。

70年代，埃斯托里诺的创作渐入佳境。在创作《堂何塞·哈辛托·米拉内斯悲苦的秘密情史》（*La dolorosa historia del amor secreto de Don José Jacinto Milanés*，1973）时，他进行了细致繁复的考据工作，借助对众多真实历史人物和事件的描述，力图将19世纪的古巴社会风情真实地展现在舞台上。作为主人公的诗人经历了各种不幸的遭遇后，杰出的艺术创作才能终于被湮灭在严酷的社会现实之中，贫困带来的各种压力让他丧失了理智，成为梦想破灭的又一个牺牲品。在埃斯托里诺的笔下，舞台成了一个自由的空间，灯光、动作和语言的运用都成为创造富有诗意和感染力的气氛的手段。《堂何塞·哈辛托·米拉内斯悲苦的秘密情史》中主题的选择、情节结构的设置和各种舞台技巧的运用都标志着埃斯托里诺作为剧作家在创作上的日益成熟。

80年代以来，埃斯托里诺所创作的《模棱两可》（*Ni un sí ni un no*，1980）、《活着或死去的帕辰丘》（*Pachencho vivo o muerto*，1982）、《死于诈骗》（*Morir del cuento*，1983）、《让魔鬼陪伴你》（*Que el diablo te acompañe*，1987）和《痛苦会游泳》（*Las penas saben nadar*,1989)等都成为古巴当代戏剧的经典之作。其中,《死于诈骗》向观众展示了30年代见于报纸的一则消息怎样成为一起罪行的发端,并引发了主人公塔维托自我毁灭的过程。作者采用了"戏中戏"的手法,让情节的发展呈现出跳跃的态势,使事件的征兆、发生和结局穿插在非线性排列的时空场景中,成为被分解成碎片但又被重新组合的完美的叙事链条。正是因为埃斯托里诺在创作中所采用的这些前卫的叙事手段,《死于诈骗》被公认为一部用于表演的小说。他亲自编导,使这部作品在1983年成功首演,并在1984年的哈瓦那戏剧节上获得全国最佳导演奖以及古巴作家、艺术家联合会最佳剧作奖。

从20世纪90年代到21世纪的最初10年,埃斯托里诺仍然笔耕不辍,创作出一部又一部优秀作品。《模糊的低语》(*Vagos rumores*,1992)、《她看起来是白人》(*Parece blanca*,1994)和《舞会》(*El baile*,2000)等作品的公演都获得了观众的好评并引起评论界的极大关注,其中,《她看起来是白人》还获得了1994年的"年度评论最佳导演奖"。

除了戏剧创作方面的成就,埃斯托里诺也是一位杰出的戏剧导演,他不仅亲自编导自己的作品,也将许多西方经典以及拉丁美洲当代的优秀剧作搬上舞台,多次获得各种导演奖项。

埃斯托里诺在戏剧艺术领域所获得的卓越成就使他在1992年和2002年两次获得古巴戏剧界的最高奖项——"国家戏剧奖",这不仅仅是他个人成就的突出体现,也意味着他对古巴乃至整个拉丁美洲戏剧事业都做出了巨大的贡献。

2013年11月22日,阿贝拉尔多·埃斯托里诺病逝于哈瓦那,他的离去意味着古巴戏剧一个时代的结束。

阿贝拉尔多·埃斯托里诺（Abelardo Estorino）

《模糊的低语》（*Vagos rumores*）

在埃斯托里诺的戏剧文学生涯中，创作于1973年的《堂何塞·哈辛托·米拉内斯悲苦的秘密情史》是决定其创作理念、表露其创作追求的重要作品，而创作于1992年的《模糊的低语》则是埃斯托里诺对自己这部经典作品的回归。

在《模糊的低语》中作者仍然选择历史上曾对古巴现代文学的产生和发展产生影响的诗人、剧作家何塞·哈辛托·米拉内斯富有戏剧性的人生作为呈现对象。米拉内斯1814年出生于古巴马坦萨斯一个贫困家庭，是家中的长子。天资聪颖的他从幼时起就阅读了大量的西班牙古典戏剧和诗歌作品，对文字表达充满了热情并表现出不同一般的才能。1832年移居哈瓦那后，他开始涉足文学创作并陆续发表诗歌作品。1838年，他的剧作《阿拉尔克斯伯爵》（*El Conde Alarcos*）公演并取得巨大成功。这部作品不仅成为观众和评论界交口称赞的杰作，还对古巴现代戏剧的发展起到了奠基作用，被誉为古巴现代戏剧的开山之作。米拉内斯在自己的文学发展前景一片光明的时候，却遭遇了人生的不幸。1839年他因脑病发作导致行动能力受损。之后虽经治疗恢复，但身体条件一直不尽如人意，1843年因糟糕的健康状况他被迫辞去铁路公司的工作，留在家中由妹妹卡尔洛塔照料。在那之前，米拉内斯曾与其表妹伊莎贝尔·西梅诺缔结婚约，但最终却因其生病而遭西梅诺家人撤销婚约，这一打击使得米拉内斯的精神出现问题，时时发作的精神失常一直让他在余生中备受折磨。1846年至1849年，米拉内斯曾在家人陪同下前往美国和欧洲寻求治愈之道，但并不见成效。1852年，米拉内斯病情加重，陷入失语状态直至1863年去世。

《堂何塞·哈辛托·米拉内斯悲苦的秘密情史》和《模糊的低语》都是以米拉内斯这些生平经历为主要内容，但在《模糊的低语》中，埃斯托里诺对米拉内斯这个人物的回归是其在20年间舞台技术进步和表现手段发展的前提下力求创新的一种努力。因此，尽管这部作品在核心情节上仍依据米拉内斯的真实生平，在价值观体现和道德评判上也仍遵循其一贯的原则，但它不应被看作是《堂何塞·哈辛托·米拉内斯悲苦的秘密情史》的简单重复。与前作相比，《模糊的低语》在处理主人公生平经历线索时采取了综合、简约的处理方式，舞台表现重点已不再是事件铺陈，而是将主人公一生中的许多重要时刻处理成一个个碎片场景，再通过舞台人物的回顾式表演串联起来，形成主人公心理和情感经历的完整展示。在《堂何塞·哈辛托·米拉内斯悲苦的秘密情史》中的表演涉及了54个人物；而在《模糊的低语》中，舞台上穿梭来往的只有3个表演者，有时通过服装、配饰等符号的更换来实现人物身份的转变。集体表演场景完全消失，外部情景呈现也大大简化。作者希望演员和观众的注意力完全集中在对主人公精神世界的挖掘上。在舞台上，诗人米拉内斯在"规范约束下的尊严生活"和"丧失理智的自由放纵"两种相互矛盾的命运间纠结、挣扎，在备受煎熬之苦后，"疯狂"成了他最后的解脱"出路"。因为每个人的痛苦在古巴这个国家所经受的痛苦面前都已渺小到不足言表，在这种情况下，个人似乎也只能用放弃理性来解救自己。

可以说，在埃斯托里诺眼中，《模糊的低语》似乎已不单纯是米拉内斯个人的悲剧人生，而是体现了埃斯托里诺所代表的一代知识分子对古巴社会的深切关注及其对自身在历史发展中所扮演角色的迷茫，正如他曾说的："随着时间的推移，人们会理解我对古巴所怀有的情感吗？有爱、有怨，但永远不会抛弃她……"

（卜珊）

费德里科·法尔科（Federico Falco）

费德里科·法尔科（1977— ），阿根廷小说家、剧作家、诗人。他是西班牙作家安东尼奥·穆尼奥斯·莫利纳（Antonio Muñoz Molina）在纽约大学开设的写作课的学生之一。2010年，他被《格兰塔》杂志评选为22位"最佳西班牙语青年小说家"之一。

法尔科的作品包括：短篇小说集《222只小鸭子》（*222 patitos*，2004）、《00》（*00*，2004）、《圣母的头发》（*El pelo de la Virgen*，2007）、《猴子来了》（*La hora de los monos*，2010）和《完美墓地》（*Un cementerio perfecto*，2016）；长篇小说《科尔多瓦的天空》（*Cielos de Córdoba*，2011）；诗集《机场，飞机》（*Aeropuertos, aviones*，2006）和《中国制造》（*Made in China*，2008）；戏剧《街区女神》（*Diosa de Barrio*，2010），该剧曾于2008年公演，由导演玛丽艾尔·博夫（Mariel Bof）执导。2015年，法尔科对其处女作《222只小鸭子》进行修订和扩充，作品再版，更名为《222只小鸭子与其他故事》（*222 patitos y otros cuentos*，2015），由阿根廷"永恒旋律"出

版社（Eterna Cadencia）出版，该出版社还再版了法尔科最重要的短篇小说集《猴子来了》（2017）。短篇小说的创作是法尔科最主要的创作领域，除个人出版的作品以外，他亦有多部短篇故事收录于多部短篇小说作品合集之中。

法尔科于2004年获得阿根廷科尔多瓦"西班牙文化中心"（Centro Cultural España Córdoba）颁发的"牛头奖"（Premio Cabeza de Vaca）；短篇小说集《完美墓地》曾入围2017年度"加西亚·马尔克斯短篇小说奖"（Premio Hispanoamericano de Cuento Gabriel García Márquez）。

在法尔科的短篇小说中，作者总是撷取个人日常生活中某个看似平淡无奇的时刻入手，描绘"一件微不足道的小事一步步酿成悲剧"[①]的那一瞬间。与许多新生代作家一样，法尔科的作品中多见普普通通的小人物和看似无足轻重的"小"故事；但他又善于以小见大，他笔下的人物在故事所描绘的那一时刻做出足以影响一生的个人决定：如何组建家庭、如何成长、如何认识世界等。另一方面，作家自己强调，他的故事只是看起来是现实主义的，他所描摹的现实世界并不以"逼真"为目标，他所叙述的现实反映出世界的奇异之处。因此在他的小说中，虚幻与现实之间的界限屡屡被忽略、被打破。他的作品描绘脱离常规的事物，却不刻意雕琢阴暗的氛围；描绘不同一般的事情，却遵守着常规内的原则。正如阿根廷文学评论家贝亚特里斯·萨尔罗（Beatriz Sarlo）所言："换一种写法，他的故事可以纳入所谓的'奇幻文学'范畴，……但它们并没有遵照这一类型文学的规则来写。"[②]

无论是在从事文学创作之前，还是成为作家以后，视频制作都是法

---

① Krapp, Fernando. "Alrededor de la jaula", *Página/12*, 6 de junio de 2010. https://www.pagina12.com.ar/diario/ suplementos/libros/10-3864-2010-06-06.html [2020-04-16]

② https://www.eternacadencia.com.ar/blog/editorial/catalogo/item/la-hora-de-los-monos.html [2020-04-16]

费德里科·法尔科（Federico Falco）

尔科艺术创作的重要组成部分。他自言曾经是一个视频艺术家，但也写作，这几年他成了作家，但一直想做视频。他教授与现代艺术、电影和文学相关的课程，朋友间谈论的也多是与影视艺术相关的话题，而这一点也成为其小说创作的一大特色：在其短篇小说中，法尔科善于为笔下短小的生活片段建构出细致入微的画面感，构造无比真实而完整的叙事空间。对细节的大量描绘和对特定空间的处理手法赋予法尔科的短篇小说以延伸至文本以外的厚度和广度。

法尔科出生于阿根廷内陆的科尔多瓦，这一地区的文学传统可以一直追溯到莱奥波尔多·卢贡内斯（Leopoldo Lugones，1874—1938），近年来在这一地区涌现出来的一批作家组成了评论家口中的"科尔多瓦作家群"，他们作为生力军之一，打破了阿根廷文学长期以来由布宜诺斯艾利斯文学圈一统天下的形势（费尔南多·巴里恩托斯语）。而法尔科的创作也许是其中最富科尔多瓦地域特色的：他的许多小说都以科尔多瓦的城镇或是阿根廷内陆乡村为故事背景，在极为细致精确的场景描绘中，会用到极富地方特色的词汇和表达方式，或是直接提及具体的城镇名。另一方面，法尔科也热衷于描绘远离城市的动物和植物世界，并为其注入丰富的隐喻意义，这一特色贯穿其从处女作《222只小鸭子》到新作《完美墓地》的整个创作历程。这样的乡村风光无疑为阿根廷文学添上了一抹迥异于首都景观的色彩。

《科尔多瓦的天空》（*Cielos de Córdoba*）

《科尔多瓦的天空》出版于2011年，是费德里科·法尔科唯一的长篇小说。小说讲述了13岁少年蒂诺（Tino）艰难的成长岁月。蒂诺的父亲沉溺于寻找不明飞行物，将家改造成一座无人问津的UFO博物馆；他的母亲身患重病，常年住院。本应受父母呵护照顾的少年担起了家长的责任，照顾父亲的起居，定期探望母亲；而与此同时，蒂诺也面临着性觉醒和性启蒙等青春期问题。

在《科尔多瓦的天空》之前，法尔科在短篇小说中也涉及过"成长"和"启蒙"这一类的话题，如《圣母的头发》和收录于《猴子来了》的《新花》（*Flores nuevas*）都描绘了不同的少年从童年向成年的艰难过渡。在这些小说里，孩子步入成年人的世界，成为其走出童年的标志。但法尔科笔下的成长往往并不美好，反倒充斥着难以启齿的细节和难以言表的迷茫无助，《科尔多瓦的天空》中蒂诺的成长经历也是如此——混乱、懵懂、如坠云雾。"有人认为，成长小说就像是一条英雄之路，要完成一系列目标，得到一些帮助，有一个必须接受的挑战或必须完成的任务；……我喜欢那种搞不清楚自己身处何种故事中的人物……没有远大目标，没有帮助他的人，也没有自我意识，无法明白自己身在何处。"①（法尔科语）成长，似乎只是一个无关紧要的人身上发生的一段"没有经过也没有结局"的人生片段。但是，描绘渺小的人物，描写私密的故事，再将"小事化大"，这正是法尔科一贯的文学选择。

与大多数成长小说一样，"发现"与"探索"是蒂诺这一段生活的主题——发现成年人世界的新规则，探索成年人生活的新体验。但是，在法尔科笔下，"发现之旅"并非少年人的独行路：在"科尔多瓦的天空"下，蒂诺的父亲夜复一夜地观测星空，试图发现一些对于自己的人生、对于整个世界意义非凡的东西；盲眼的老妇人阿尔西拉则用触觉"第一次"感知她所热爱的人和物。在这里，"发现"与"探索"是每一个人在每一个人生阶段都会面临的选择，只是，这样的发现之路从来没有主角光环加持，往往归于幻灭与失望。

另一方面，与许多成长小说少年主角们不同，蒂诺与成人世界最大

---

① https://www.eternacadencia.com.ar/blog/contenidos-originales/entrevistas/item/cielos-de-falco.html [2020-04-16]

费德里科·法尔科（Federico Falco）

的矛盾并非来自他的反叛和不妥协，而恰恰来自他的早熟和守规矩：他在家庭事务和社会生活中实际上承担着成年人的责任，扮演着父母的角色。在这种被迫过早地担负起责任的生活中，"孤独"与"沉默"成为各个场景中无法忽视的存在与主题：对儿子不闻不问的父母、被扼杀在萌芽状态的恋情，都为少年的生活打上了"孤独"的烙印。而这种孤独隔绝并非蒂诺一人的生存状态：一心观星、不理俗事的父亲是孤独的，常年独自在医院苦苦挣扎的母亲是孤独的，盲眼的阿尔西拉、美丽的莫妮卡，都是如此。法尔科再次将少年的烦恼扩展至成人世界，延伸至整个人类生活，勾勒出超越少年青春期的人生图景，描绘人本脆弱的真相。

除此以外，小说还具有层次丰富、意义多重的象征元素。如卢卡斯·柯西（Lucas Cosci）所言，小说标题中所明示的复数"天空"[1]便包含着多重含义的隐喻：它可以是一种对冥世的隐喻，天空是一种不确定的冥界，是对于"获得拯救，逃离平凡、灰色的人生"的一丝希望；它可以是对于某种纯粹的、不朽的"神圣存在"的定位，与人类和人类生命的脆弱和短暂相对立；它可以是日常生活的鸡零狗碎所无法企及的桃花源；它也可以是不可说、不可知的万般偶然之地；它不只是科尔多瓦的天空，也是全体人类世界的天空，是古往今来所有人类经验的集合，是我们抬起目光寻找某种终极意义时所渴望的失乐园；而当蒂诺代替父亲，坐上观测星空的那把扶手椅，并且成为第一个有所发现的人时，天空和扶手椅又成了父子之间代际联系成立的媒介，蒂诺取而代之成为弑父的隐喻。

《科尔多瓦的天空》并不是一部传统意义上的成长小说，在这短短100页的小说里，法尔科在"成长的烦恼"这一故事外壳下，融入了更深层次的人文话题和更多富于象征意义的隐喻意象。

（莫娅妮）

---

[1] 标题原文的"cielos"在西语中是"天空"（cielo）的复数形式。

诺娜·费尔南德斯（Nona Fernández）

诺娜·费尔南德斯（1971—   ），本名帕特里西亚·葆拉·费尔南德斯·希拉内斯（Patricia Paola Fernández Silanes），智利作家、话剧和电视剧剧作家及演员。1971年6月23日出生于首都圣地亚哥城，毕业于智利天主教大学戏剧学院。在该校研修戏剧创作和表演期间，费尔南德斯与日后成为知名剧作家及其生活伴侣的马塞洛·利昂纳特（Marcelo Leonart）相识，两人共同撰写、执导并参演了多部话剧，包括她的话剧处女作《研习会》（*El taller*，2012），该剧斩获2013年智利国家最高艺术奖项之一"阿尔塔索尔奖"。剧本人物原型为奥古斯托·皮诺切特军政府独裁时期（1973—1990）为美国中央情报局和智利国家情报局（DINA）秘密服务的迈克尔·汤利（Michael Townley）及作家妻子玛丽亚娜·卡耶哈斯（Mariana Callejas），他俩在家中与文学艺术名流共同举办文学研习会，同时又在地下室进行迫害反独裁人士的恐怖活动。卡耶哈斯也是智利作家罗伯托·波拉尼奥的小说《智利之夜》中的人物玛利亚·卡纳莱斯（María Canales）的原型。

诺娜·费尔南德斯（Nona Fernández）

费尔南德斯的小说写作题材和她的话剧创作相似，讨论智利独裁和之后的民主过渡时期个人记忆与集体失忆之间的冲突，并对智利国民性和政治经济政策中的不平等与非公正性进行反思。她在2018年的一次采访中说道："记忆是鲜活的怪兽……一半真实一半虚构，而织成记忆的材料和织成梦境的一样。"[①]将真实历史事件、童年时期经历与虚构故事时而对立、时而融合，摒弃连贯和宏大叙事，对线性历史观和记忆不信任，用碎片化及跨文体的语言以及孩童的视角来重审过去和思考当下：这些都是费尔南德斯和以"自我虚构"为创作手法、被学界称为"子辈一代"（Generación de los Hijos）作家新人的共同特征。在被收入《括弧之间》（*Entre parentésis*，2004）的归乡见闻中，波拉尼奥称赞包括费尔南德斯在内的、成长于独裁下的女作家们，形容其作品中充斥着"无法满足的野心"；她们"像中了邪的魔鬼"一般写作，并具备"创作优质文学所要求的一切利器"。[②]

90年代中期，费尔南德斯参加智利文坛巨匠安东尼奥·斯卡尔梅达（Antonio Skármeta）举办的文学创作研习班，因写作短篇小说而初露锋芒，并于1995年获得了"加夫列拉·米斯特拉尔文学竞赛奖"。2000年，费尔南德斯出版了首部短篇小说集《天空》（*El cielo*，2000），于两年后完成了代表作、首部长篇小说《马波乔》（*Mapocho*，2002）。在第二部小说《7月10日瓦马丘科大道》（*Av. 10 de julio Huamachuco*，2007）中，费尔南德斯记录了一对在青年时期参加反独裁占领学校运动，因暴力事件留下创伤的男女，步入中年后再次经历亲人死亡、经济困境；两人通过搜寻记忆碎片（比如女主角搜集车祸遗留

---

① Fernández, Nona. "Nona Fernández: 'La memoria es un monstruo vivo'", *El Universal*, 19 de abril de 2018, https://www.eluniversal.com/entretenimiento/6655/nona-fernandez-memoria-monstruo-vivo [2016-11-20]

② Bolaño, Roberto. "Fragmentos de un regreso al país natal", *Entre paréntesis: ensayos, artículos y discursos (1998-2003)*, ed. Ignacio Echeverría, Barcelona: Anagrama, 2013, pp. 67-68.

下的零部件）而进入了被现实掩埋的黑暗地下亡灵世界。两人与独裁时期国家恐怖以及各色暴力事件的受害者幽魂一起，冲破地下囚笼，打破智利社会受害者遭遇的集体失忆和缄默。

2013年发表的小说《太空侵略者》（*Space Invaders*）的灵感来源于法国作家乔治·佩雷克在《暗店》（*La Boutique Obscure*）中对梦境的阐释。在这部作品中费尔南德斯将孩童的梦境和丢失的记忆紧密关联，将生活在城市不同角落，但被同一个噩梦侵袭的孩子们比喻为"射击类电子游戏战争中遭到集体屠杀的群体对象"。

2015年出版的小说《智利电力公司》（*Chilean Electric*），电光与暗影对比的譬喻伴随着一段家庭历史中祖辈念给孙辈的私密故事，同样指向智利近代史中因国家暴力而逝于黑暗的声音。费尔南德斯的新作《未知维度》（*La dimensión desconocida*，2016）同样延续了之前作品的独裁主题，但带有见证文学的影子：被独裁政府迫害的人士在生命最后的日子里，其日常生活被恐怖逐渐侵袭，直至失踪和被杀害，而证明他们存在和反抗的信息却被封锁在未知维度。该作品在出版次年获得了旨在奖励西语国家突出女性作家作品的"索尔·胡安娜·伊内斯·德·拉克鲁斯奖"。费尔南德斯的小说已有多种语言的译本，包括英语、法语、意大利语及德语。

《马波乔》（*Mapocho*）

《马波乔》（2002）是智利女作家兼剧作家诺娜·费尔南德斯发表的小说处女作。这部小说和东西向穿越智利首都圣地亚哥城的河流同名，是费尔南德斯关于反思独裁、探索集体记忆裂痕和批判缺乏民主精神的新自由主义经济体制下的新智利的重要开篇之作。

故事设置在圣地亚哥城，但时间在早期西班牙征服者佩德

诺娜·费尔南德斯（Nona Fernández）

罗·德·瓦尔迪维亚（Pedro de Valdivia）镇压、屠杀以劳塔罗（Lautaro）为首的土著阿劳科人（Araucano/mapuche）与独裁后的民主过渡时期之间穿梭。故事以叙述人之一"金发女郎"（la Rucia，在智利方言中rucio意为"浅黄或金黄头发的"）在一场杀死了母亲和双胞胎弟弟"印第安人"（el Indio）的车祸后回归圣地亚哥城，寻找儿时旧宅为开端。而在随后的城市游走中，被母亲极力隐瞒的家庭历史秘密也被揭开。在母亲口中，身为历史学家的丈夫，也就是双胞胎的父亲，在独裁时期拒绝为军政府篡改历史、编造谎言，因此被囚禁，并在一场发生在被用作集中营的足球场的大火中殒命。而正因如此，母子三人逃离智利并流亡欧洲。但事实的真相是，父亲并没有死，并且随着剧情的发展，读者将发现文中名为浮士德、成为军政府共犯的畅销书作者和历史学家便是这位父亲：他独居在一座象征着圣地亚哥城市空间现代化和经济腾飞的玻璃高塔顶端；而在夜晚，在他笔下被扭曲的冤魂举着火把将高塔包围。这里有被智利历史忽视、迫害的少数民族族群（比如被砍掉首级的劳塔罗和抗击西班牙入侵者的阿劳科勇士），有被皮诺切特军政府屠杀、迫害，后来失踪的圣地亚哥居民。而在作为母子三人流亡地的地中海边，母亲一直试图欺骗"金发女郎"和"印第安人"，并对心存怀疑的两人严密监控：除了防止他们去寻找父亲的消息，她还试图控制兄妹之间产生的乱伦欲望。"印第安人"对母亲的怨恨成为车祸和谋杀母亲的导火索。

学界对《马波乔》的研究集中在以下几个方面。首先是家庭、国家与市场之间的三重譬喻。小说中"金发女郎"和"印第安人"流亡欧洲前的幼时旧宅走向衰落、最终轰然倒塌的命运，和智利的国家命运如出一辙。其次是小说中新自由主义掌控的城市空间的文学和文化意象。围攻浮士德的冤魂和漂浮在充满污秽的马波乔河里的一具具尸体，将商品化的城市空间变为了墓葬之地，好似胡安·鲁尔福笔下的科马拉村：冤魂带着满身伤疤穿梭在圣地亚哥的街头巷尾，叫卖、因痛苦而呻吟、踢足球、策马奔腾，但生者对他们视而不见。就像在1973年被轰炸但被修复完好的总统府，智利街头已被粉饰一新，新的商业中心正是建在被烧毁的集中营足球场之上。智利天主教大学学者克里斯蒂安·奥巴索（Cristián Opazo）认为，费尔南德斯在作品中展现了战败者或失败者充满伤痕、破败不堪的躯体，她的写作目的在于颠覆宣扬民族主义的史诗性文学，思考和阐释"历史学者在构建民族基石的过程中所扮演的角色，在民族议题中少数族裔、弱势政治和性别群体的地位，以及被排斥的族群的反抗策略"[①]。小说卷首引言摘自智利女作家玛利亚·路易莎·邦巴尔（María Luisa Bombal，1910—1980）的小说《穿着裹尸衣的女人》（*La amortajada*，1938）："生者逝去是第一次死亡，但我却渴望着第二次死亡：逝者的逝去。"这正应和了费尔南德斯创作小说《马波乔》的初衷：胜利的生者不应忘却智利历史中失败者的苦难，而回忆和写作是对逝者最佳、最终的纪念。

（郑楠）

---

① Opazo, Cristián. "*Mapocho*, de Nona Fernández: la inversión del romance nacional", *Revista chilena de literatura*, No. 64, 2004, p. 30.

罗萨里奥·费雷（Rosario Ferré）

罗萨里奥·费雷（1938—2016），波多黎各20世纪最成功、获奖最多的女作家之一。费雷出生于一个政治和商业精英家庭，父亲曾是外交官，后当选波多黎各第三任总督（1968—1972）；母亲是第一位进入波多黎各政府的女作家。中学毕业后费雷前往美国接受高等教育，获马里兰大学博士学位。1971年出版博士论文《科塔萨尔：瞭望台上的浪漫主义者》（*Cortazar: el romantico en el observatorio*）。1972年她还与大学同学合办了文学杂志《装卸区》（*Zona:Carga y Descarga*，1972—1975），为当时尚不出名的年轻作家提供发表作品的平台。除此之外，这份杂志还成为宣传社会改革、推动波多黎各独立的公共喉舌。

作为波多黎各女权主义的先驱者之一，她在短篇小说集《潘多拉的角色》（*Papeles de Pandora*，1976）[①]中加入了颠覆的因素：为什么女人既可以是圣女也可以是妓女，既可以当家庭的母亲也可以当情人？这是一种自愿选择还是教育和社会等级的后果？费雷重新衡量了美德与罪恶之间的二元对立的可怕后果，并以不恭敬的方式在意识形态和语言层面

---

① 该书中译本书名为《潘多拉文件》。

将两者统一起来。

《该死的爱情》（*Maldito amor*，1987）以1898年为轴心，将这个岛国的殖民地地位与妇女的家庭从属地位联系起来。"我这部小说的书名取自19世纪最杰出的作曲家胡安·莫雷尔·坎波斯的一个舞曲，因为我在作品中所描写的冲突恰好发生在那个世纪。"[①]作家如此评价她笔下的人物：他们所说的一切都是流言蜚语、谎言、不实之词，然而这一切又都是真的。通过这些人物的经历，我们看到了波多黎各的过去和今天以及夹在西班牙传统与归属美国之间的两难境地。

《圣女的战斗》（*La batalla de las vírgenes*，1993）既是一部小说，也是对波多黎各天主教崇拜的研究，审视了宗教极端主义所造成的波多黎各家庭和社会阶层的冲突。作者批评了波多黎各社会过于重视宗教的外在仪式，而忘记了基督教的真正意义。

小说《离群的邻居》（*Vecindarios excéntricos*，1998）基于费雷20世纪90年代初在圣胡安的报纸《新天》（*El nuevo día*）发表的几篇自传体短篇小说而写成，讲述了两个家族的历史：里瓦斯家族属于波多黎各的旧贵族，拥有甘蔗种植园；贝尔内一家是新兴的工业资产阶级。女叙述者埃莉萨·贝尔内以一种融合了幽默与抒情的语言叙述祖母、姑妈、叔伯的生活，直至故事的中心：母亲这个人物以及她与母亲之间复杂的爱恨关系。埃莉萨在寻找自己的身份（她希望自己像父亲）、她在世上的位置，这是波多黎各民族共同的追寻。同时作品还描绘了一幅生动的波多黎各历史画面，向我们展示了自20世纪初以来这个岛国动荡的政治和社会沉浮。

《坎德拉里奥船长的离奇死亡》（*La extraña muerte del Capitancito Candelario*，1999）集合了构成波多黎各父权社会特性的两大要素：正在衰落的西班牙殖民者所培植的价值，以及如今美国日益强大的政治、

[①] Ferré, Rosario. *Maldito amor. El regalo. Isolda en el espejo. La extraña muerte del capitancito Candelario*, Puerto Rico: Huracán, 1988, p. 9.

文化和经济影响。

费雷的创作特点是对自己出身的上流社会及与殖民主义者的利益关系持批判的目光,她出版的作品还有:文学评论《写作的厨房》(*La cocina de la escritura*,1980)、《包围厄洛斯》(*Sitio a Eros*,1980)、《母狗的对话》(*El coloquio de las perras*,1990)和《在你名字的阴影下》(*A la sombra de tu nombre*,2001)。

中译本:《最小的洋娃娃》(*La muñeca menor*),王军译,收录于《温柔的激情》,河北教育出版社,1995年;《潘多拉文件》,轩乐译,四川人民出版社,2020年。

《小湖之家》(*La casa de la laguna*)

《小湖之家》(1995)是罗萨里奥·费雷最著名的作品,也是她第一部用英语写作的小说(The House on the Lagoon),进入美国"国家图书奖"(National Book Award)决赛,西文版于1996年问世。

《小湖之家》的女主人公伊莎贝尔隐居在湖边的老宅,陪伴她的是对曾经在这里生活的家族前辈的回忆。她的梦想是当一位作家,于是着手撰写自己及丈夫两大家族多代人(他们的前辈是来自西班牙、科西嘉和新英格兰的移民)的秘密、家庭冲突及传奇经历。丈夫金廷(一位富有的进口商,秉承了男权社会的价值观)发现妻子正在写作的第一部分手稿,对她过多暴露自己家族的秘密感到不满,认为她所描写的一些事件不符合事实,让自己的家人出丑,于是他也介入了此项工作。刚开始金廷不想让伊莎贝尔知道自己在阅读她的文稿,但不久便忍不住在手稿旁边加上旁注,最后开始撰写他自己的版本,以表达其对这些历史事件的不同看法。在他看来,妻子的文本"不是一部艺术作品。它是一篇女权主义著作,一部独立宣言;最糟糕的是,它歪曲了历史"。金廷看待事物非黑即白,而伊莎贝尔却认为:"没有什么事是真的,什么事是假的，任何事情都是你观察世界所戴的眼镜的颜色。"夫妻俩都知道对方在干什么，但谁也没有公开谈论此事。

《小湖之家》具有元小说和互文性写作特征。金廷与读者一起阅读伊莎贝尔逐渐完成的手稿，不仅参与了该小说的创作过程，也加入有关其故事/历史的真实性或虚构性的争论之中。另有一位第三人称叙述者在评论伊莎贝尔和金廷的写作，如"从第八章起，金廷已经不再觉得好笑了"。"她说/他说"的模式使得费雷可以探讨波多黎各的性别分野（还有严重的经济和种族分野）以及虚构与事实之间模糊的界线。在对过去的不确定回忆中，家族史与波多黎各的历史（从西班牙殖民起源到如今复杂的现实，与西班牙和美国不断变化的关系）融为一体，男性和女性的声音、胜利与租界、爱与恨交织在一起，共同构成这篇既嘲讽又克制的叙述。

费雷通过伊莎贝尔的视角来构筑自身及其他人物的故事，进而塑造了波多黎各的民族性和文化特征。从某种意义上说，《小湖之家》是一部历史小说，因为它叙述了波多黎各的不同历史事件，以一种现时的批判眼光来重写历史（从西班牙殖民地到美国的自治区，是争取独立还是归顺美国）。

《小湖之家》特别强调波多黎各（尤其是首府圣胡安）是一个讲究阶级和种姓的社会，展示了自20世纪初以来波多黎各作为一个殖民地的社会、经济变迁和政治紧张状态。另外费雷把女权主义也作为小说的一大主题，它帮助伊莎贝尔理解妇女被压迫的现状。同时小说中的男性人物结局都不好，他们要么太懦弱，要么太暴力、太自私或无能。而女性人物，虽然有一些是男权社会的牺牲品，但也有一些是女强人，为自己的权利而奋斗。湖边的家，作为小说最主要的空间，象征着对妇女的限制、命令和控制。在小说的结尾，伊莎贝尔带着自己的手稿逃离着火的家，这意味着作家谴责对妇女的约束，庆祝女性对自己身体、欲望的解放，承认她是历史的主体而非客体。

（王军）

卡洛斯·富恩特斯（Carlos Fuentes）

卡洛斯·富恩特斯（1928—2012），墨西哥小说家、散文家。1928年出生于巴拿马。由于其父为墨西哥外交官，他在蒙得维的亚、里约热内卢、华盛顿、圣地亚哥和布宜诺斯艾利斯等不同国家的首都度过童年，深受多种文化熏陶。16岁到墨西哥继续学业，并在《今日》（*Hoy*）杂志社做记者。1950年毕业于墨西哥国立自治大学法律系，之后赴日内瓦国际高等学院学习经济，并在多个官方组织任职。1955—1958年，他与埃曼努埃尔·卡巴洛（Emanuel Carballo）共同创办《墨西哥文学杂志》（*Revista Mexicana de Literatura*），1959—1960年与他人合办《观察家》（*El Espectador*）。1972年成为墨西哥国家学院（El Colegio Nacional）成员，1972—1976年出任墨西哥驻法国大使。曾执教于布朗大学、普林斯顿大学、哈佛大学、剑桥大学等知名学府。此外他还与《纽约时报》（*New York Times*）、西班牙《国家报》等媒体合作，撰写评论文章。2012年5月15日，富恩特斯病逝于墨西哥城，享年83岁。

富恩特斯是拉美"文学爆炸"时期的代表作家，成就与加西亚·马尔克斯、巴尔加斯·略萨和胡利奥·科塔萨尔比肩。作为20世纪最多产的作家之一，他一共创作了超过60部作品。富恩特斯从小热爱文学，26岁时发表短篇小说集《假面具的日子》（*Los días enmascarados*，1954），在文坛初露锋芒，获得评论界极大关注。之后发表的长篇小说《最明净的地区》（*La región más transparente*，1958）和《阿尔特米奥·克罗斯之死》（*La muerte de Artemio Cruz*，1962）为他奠定了文坛的重要地位。此外，其代表作品还包括：《奥拉》（*Aura*，1962）、《换皮》（*Cambio de piel*，1967）、《我们的土地》（*Terra Nostra*，1975）、《美国佬》（*Gringo viejo*，1985）、《未出生的克里斯托瓦尔》（*Cristóbal Nonato*，1987）、《战役》（*La campaña*，1990）、《狄安娜，孤寂的女猎手》（*Diana o la cazadora solitaria*，1994）、《玻璃边界》（*La frontera de cristal*，1995）、《与劳拉·迪亚斯共度的岁月》（*Los años con Laura Díaz*，1999）、《墨西哥的五个太阳》（*Los cinco soles de México*，2000）、《鹰的王座》（*La silla del águila*，2003）等。富恩特斯在国内外获奖众多，如"简明丛书奖"（1967）、"罗慕洛·加列戈斯国际小说奖"（1977）、"塞万提斯文学奖"（1987）、"梅嫩德斯·佩拉约国际奖"（Premio Internacional Menéndez Pelayo 1992）和"阿里图里亚斯亲王文学奖"（1994）。

富恩特斯在小说创作上有自己独特的美学追求，他视野广阔，作品涉及历史、拉丁美洲、左派、墨西哥、政治、时间、排外等不同主题，并试图在创作中找寻自我身份、祖国的身份以及拉丁美洲的身份。他往往将三个元素作为文学创作的出发点：由文化碰撞与冲突造就的语言、源于西班牙及哥伦布时期神话的历史背景、逾越真实与虚构之界限的叙事结构。富恩特斯在作品中常常反思墨西哥与拉美的历史，探讨其中的权力结构及运作方式，并分析墨西哥在不同时期产生的社会问题，对其阴暗面进行深入挖掘和揭露，因而作品中存在着强烈的思辨性质和忧患

卡洛斯·富恩特斯（Carlos Fuentes）

意识。延续奥克塔维奥·帕斯在《孤独的迷宫》中所探讨的话题，他认为墨西哥不仅同过去及其文化的混血性相对立，还同其哥伦布时期的遗产和西班牙遗产相抵触，这种矛盾性也反映在他的多部作品中。同时，富恩特斯在创作中擅长运用绚丽复杂的叙事技巧，如内心独白、多角度叙述、时空交叉、多声部并置、模糊现实与幻想的界限等现代派表现手法表现墨西哥的历史、现状和未来，为推动拉美文学的发展做出了巨大贡献。

富恩特斯的文坛处女作《假面具的日子》是一部短篇小说集，由六个带有幻想性质和魔幻色彩的短篇小说组成，被认为是富恩特斯全部小说创作的"摇篮"。他以不朽的古代墨西哥神话为题材，试图以文学形式再现墨西哥的古老文化，并探究现代墨西哥人的文化观念和思想意识。1959年，富恩特斯发表长篇处女作《最明净的地区》。这部小说包罗万象，可被称为20世纪现代墨西哥命运的总结。在该书中，他将关注点放在墨西哥的城市生活上，以巴尔扎克式的丰富语言生动描绘城市中不同社会阶层人物的生存状态，从而展现了一幅墨西哥现代生活的图景，并对墨西哥政治和社会制度以及墨西哥革命的失败进行了深刻反思与批判。作品中人物众多，其中的核心人物为伊克斯卡，是一个拒绝"现在"，沉浸于"过去"的神话人物，象征着被征服之前的墨西哥，反映出墨西哥新旧生产方式和价值体系的激烈冲突。在结构上，作品打破了一般的线性叙事，频繁的时空跳跃使不同人物的叙事线索相交织。对于这部作品，评论界褒贬不一，有人将其看作拉丁美洲"文学爆炸"的先声，也有人批评它混乱的结构和"崇外倾向"。

1962年出版的长篇小说《阿尔特米奥·克罗斯之死》被评论界认为是最全面、最完美、成就最为显著的小说，作家在这部作品中深入挖掘了墨西哥革命的本质、墨西哥政治体制以及统治阶级的特质。这本小说从主人公阿尔特米奥·克罗斯的弥留之际写到出生，中间各章是人物对生命中各个重要节点，尤其是墨西哥革命的跳跃式回忆。富恩特斯运用意识流的写法，准确勾勒出人在弥留之际的思维模式，同时又在作品中并用"我""你""我们"三个叙事主体，结构上令人耳目一新。

发表于1962年的短篇小说《奥拉》被认为是富恩特斯最重要的作品之一，讲述了年轻史学家费利佩·蒙特罗与老寡妇康素爱萝·略伦特夫人之间的神秘关系。在老太太与世隔绝的住宅中，年轻人爱上了老太太年轻美丽的侄女奥拉。之后发生的一系列怪事使整个情节笼罩在一层神秘莫测、扑朔迷离的气氛之中，直至年轻人发现了一个惊天秘密。作家试图在小说中赋予时间以意义，表现时间螺旋上升的过程——现在包含着过去的影子，又是将来的前奏，并通篇采取第二人称命令式的独特视角，给予读者广阔的想象与阐释空间。

1967年至1975年，富恩特斯继续创作更为先锋和复杂的作品。这些小说结构具有实验性质，内涵丰富。该阶段最重要的作品是发表于1975年的《我们的土地》——作家篇幅最长、内容结构最复杂的一部小说。它以西班牙哈布斯堡王朝为背景，其中神话与历史交织，真实与虚构相融，表现出作家对西语美洲民族性（hispanidad）①的探索与思考。

在此之后，富恩特斯不断拓展创作题材与风格，但作品的实验性和复杂性有所减弱。历史小说《美国佬》的灵感来自美国作家安布鲁斯·毕尔斯的真实故事，他在墨西哥革命期间为加入革命军而跨越边境。在长篇小说《未出生的克里斯托瓦尔》中，作家通过一位未出生便有惊人记忆力、会说话的主人公的生活，讥讽了由墨西哥北部和美国南部合并成"墨西哥美国"这一荒诞构想。自传体小说《狄安娜，孤寂的女猎手》是作者的又一次大胆的尝试与创新，他在书中描绘了自己与著名女演员珍·茜宝之间的短暂恋情，将恋爱中的激情、怀疑、不安都暴露在读者面前。发表于2003年的作品《鹰的王座》则将视角延伸到2020年，以预言的方式描绘了十几年后的墨西哥社会。小说讲述了一群墨西

---

① 西语美洲民族性（hispanidad）指的是在拉美文化历史演变中，西班牙语言文化对拉美文化身份所造成的影响。

哥政客追逐权力的故事，对政客们的丑恶嘴脸和墨西哥政坛的虚伪与黑暗进行了辛辣讽刺。

除小说创作外，富恩特斯还创作了大量评论文章，著有散文集《勇敢的新世界》（*Valiente mundo nuevo*，1990）、《被埋葬的镜子》（*El espejo enterrado*，1992）、《小说的地域》（*Geografía de la novela*，1993）、《我相信》（*En esto creo*，2002）等。在戏剧领域，著有《所有的猫都是褐色的》（*Todos los gatos son pardos*，1970）、《独眼人是国王》（*El tuerto es rey*，1970）和《月光下的兰花》（*Orquídeas a la luz de la luna*，1982）等作品。富恩特斯还对电影有着浓厚兴趣，曾将《佩德罗·巴拉莫》（*Pedro Páramo*，1959）、《金鸡》（*El gallo de oro*，1964）等小说改编成电影，在墨西哥电影史上占有一席之地。

富恩特斯的作品享有极高的国际声誉，已被翻译成数种语言，目前中国已发行其部分作品的中文版：《阿尔特米奥·克罗斯之死》，亦潜译，外国文学出版社，1983年（人民文学出版社再版，2011年）；《最明净的地区》，徐少军、王小芳译，云南人民出版社，1993年（译林出版社，2008年，2012年第2版）；《奥拉·盲人之歌》，赵英等译，花城出版社，1992年；《狄安娜，孤寂的女猎手》，屠孟超译，译林出版社，1999年；《与劳拉·迪亚斯共度的岁月》，裴达仁译，译林出版社，2012年；《墨西哥的五个太阳》，张伟劼、谷佳维译，译林出版社，2012年；《我相信》，张伟劼、李易非译，译林出版社，2007年；《鹰的王座》，赵德明译，作家出版社，2017年；《戴面具的日子》，于施洋译，上海译文出版社，2019年；《盲人之歌》，袁婧译，上海译文出版社，2019年；《我们的土地》，林一安译，作家出版社，2021年；《勇敢的新世界》，张蕊译，作家出版社，2021年；《玻璃边界》，李文敏译，上海译文出版社，2021年。

当代外国文学纪事（西班牙语美洲卷）

《阿琉琉斯，或游击队员和杀人犯》（*Aquiles o El guerrillero y el asesino*）

《阿琉琉斯，或游击队员和杀人犯》是卡洛斯·富恩特斯的遗作，于2016年出版。作家在这部作品的创作上花费了二十多年，小说未完成的结尾部分由秘鲁批评家胡利奥·奥尔特加撰写，他是富恩特斯的密友，深谙其作品特质。据他所称，这部作品与富恩特斯已发表的小说《狄安娜，孤寂的女猎手》以及未能创作的《普罗米修斯，自由的代价》（*Prometeo o el precio de la libertad*）同属"我们时代的编年史"系列。富恩特斯为这部作品呕心沥血，根据其遗孀西尔维娅·雷姆斯（Silvia Lemus）的说法，他查阅了大量相关历史资料，采访了与哥伦比亚"4·19运动"（M-19）主要领导人之一卡洛斯·皮萨罗相关的许多人物，撰写了诸多版本并反复修改、增删，直到生命最后一刻。

这部小说讲述了哥伦比亚当代历史中一段备受争议的插曲。"4·19运动"是一个左翼反政府游击组织，活跃于20世纪七八十年代的哥伦比亚，主要在城市活动，曾策划数起偷窃、绑架、谋杀、袭击事件。但在卡洛斯·皮萨罗等人的引导下，该组织逐步开展与政府的和平谈判，并于1990年最终解散，上缴全部武器，转变为一个政治团体。但是此举也为皮萨罗带来了杀身之祸：1990年4月26日，时为总统候选人的皮萨罗在飞机上遇刺身亡。

这部小说模糊了历史与虚构文学的边界，真假相融，并带有浓厚的传记色彩。小说构思巧妙，总体上呈环形结构。富恩特斯以皮萨罗的遇刺事件作为小说开篇，而作家本人则成为故事中身处同一机舱的旁观者。以此方式故事中的主人公成为作者身边的一个人物，打破了作家与其故事人物之间的界限。之后小说以作家本人以及定居在墨西哥的哥伦比亚人的回忆为线索，叙述了皮萨罗的童年与青春时代，并探讨其成为游击队员的动机，描绘了哥伦比亚社会分裂状态下的残酷状况。最后，

卡洛斯·富恩特斯（Carlos Fuentes）

读者又与富恩特斯一同将目光转回机舱，目睹皮萨罗的中弹惨状，从而形成了首尾呼应。在这部作品中，主人公皮萨罗被塑造成一个具有超凡魅力的人物，亦正亦邪，这一点在小说的标题中也有所体现：一方面，他是阿喀琉斯，如荷马史诗中的英雄人物一般被命运所召唤，完成他在尘世中的使命；另一方面，他又不过是游击队的一个头目，手上沾有无辜人的鲜血。

作品体现了富恩特斯与哥伦比亚的紧密联系。在小说中，富恩特斯为我们呈现了他与哥伦比亚文化杂志《神话》（*Mito*）的创办者豪尔赫·盖坦·杜兰（Jorge Gaitán Durán）之间的友谊。此人与阿方索·雷耶斯、奥克塔维奥·帕斯以及富恩特斯本人均有合作，且频繁造访墨西哥，正是他使富恩特斯及其他几位墨西哥人接触到哥伦比亚的历史、文化和文学。除此之外，作家还提到了他与阿尔瓦罗·穆蒂斯、加西亚·马尔克斯、费尔南多·博特罗等哥伦比亚作家、艺术家之间的友谊，从而为自己深入探讨哥伦比亚问题寻求"合法性"。他在该书中声明："我没有采用一种可记录的、对话式的准确语言，而是一种来源于和其他拉美人共同想象的语言……作为墨西哥人，我同我笔下的哥伦比亚人物共享一个拉丁美洲祖国。"

暴力是作品的中心主题。小说中，作家在谈到4位游击队员时写道："是暴力将他们联结在一起。是历史将他们联结在一起。国家的历史是他们共有的暴力。"但这种暴力并不全部来自反政府组织，也来自政府和精英群体。他们通过寡头政治对所有人施加暴力，并操控整个社会体系，从而形成恶性循环。因此，小说并无一个说教立场，只是抛出一系列关于暴力来源的问题，而没有形成最终的答案。它最重要的意义是激发读者的反思，因为暴力问题并不仅仅是哥伦比亚的问题，也是墨西哥和其他许多拉美国家共同的问题。从这个意义上来说，这本书是一个隐喻，昭示着拉丁美洲的历史、现在与未来。

（毛源源）

爱德华多·加莱亚诺（Eduardo Galeano）

爱德华多·加莱亚诺（1940—2015），乌拉圭著名作家、记者。1940年出生于乌拉圭首都蒙得维的亚，乌拉圭文学评论家安赫尔·拉马（Ángel Rama）把他归为乌拉圭"45年一代"（也称"批判的一代"）代表作家之一。2010年，加莱亚诺荣膺瑞典专门表彰对言论自由做出贡献的个人或团体的"斯蒂格·达格曼奖"（Stig Dagerman Prize）。

由于家族人脉关系广泛，加莱亚诺自幼与乌拉圭的社会名流、左翼知识分子接触较多，在咖啡馆中聆听西班牙流亡者们和其他人士讲述各种经历和故事，他曾多次强调："我是在咖啡馆毕业的，我是在蒙得维的亚的咖啡馆里受的教育。"他自14岁起为社会党创办的《太阳报》绘制政治漫画，在一次访谈中加莱亚诺谈及这段时光："每个星期日下午我都坐在那里画画，一边聆听着社会党老牌创始人埃米里奥·弗鲁戈尼与我的朋友劳尔·森迪克的讨论。每当我结束工作后，弗鲁戈尼都请我看电影。那是一段难忘的岁月。"①

1960年加莱亚诺开始记者生涯，在民族主义分子卡洛斯·吉哈诺创办的《前进》周刊担任主编。1963年9月，不满24岁的加莱亚诺受《前进》周刊和纽约《每月评论》派遣，到中国和苏联实地采访。1966年他深入危地马拉，之后写就纪实报告《危地马拉，被侵占的国家》（*Guatemala, país ocupado*，1967）。

1970年，为了赶在美洲之家评奖大赛之前交稿，加莱亚诺奋战90个夜晚写出《拉丁美洲被切开的血管》（*Las venas abiertas de América Latina*），以爱情小说和海盗小说的方式来谈论政治经济学，他指出："拉丁美洲是一个血管被切开的地区。自从发现美洲大陆至今，这个地区的一切先是被转化为欧洲资本，而后又转换为美国资本，并在遥远的权力中心累积。"尽管这本书被评委会认为不是一部严肃的作品而没有获得"美洲之家奖"，但在经历了四十多年之后，它仍然不断被人们阅读，是世界最畅销的图书之一，被人们奉为拉丁美洲的《圣经》。

1973年，乌拉圭发生军人政变，加莱亚诺流亡阿根廷，负责编辑《危机》（*Crisis*）杂志。1976年，他被列入阿根廷军政府的死亡黑名单，不得不再次流亡，居住在巴塞罗那附近的海边小城卡莱亚。1985年，乌拉圭军人独裁统治结束时，眷恋故土的作家回到祖国，回到了正常而平静的生活。2007年他患上肺癌，2015年4月13日因病去世。

加莱亚诺一生出版了三十多部作品，其中广为人知的除了前文提及的《拉丁美洲被切开的血管》，还有：《我们的歌》（*La canción de nosotros*，1975），记录了军事独裁政府时期的恐惧和悲剧，获得1975年的"美洲之家奖"，有评论认为这是"一本优秀的小说，读来

---

① Kovacic, Fabián. *Adiós al cazador de palabras*, https://www.elperiodico.com/es/ocio-y-cultura/20150417/adios-al-cazador-de-palabras-4113241 [2015-04-19]

很快，但在血管与血管之间埋下了一截刺"；《爱与战争的日日夜夜》（*Días y noches de amor y de guerra*，1978）是作家流亡至西班牙后写的一部自传性质的作品，回忆了1975年5月至1977年7月作家经历的军事独裁统治和流亡的思乡情绪，该书获得1978年"美洲之家奖"；历史三部曲《火的记忆》（*Memoria del fuego*）——《创世记》（*Los nacimientos*，1982）、《面孔与面具》（*Las caras y las máscaras*，1984）和《风的世纪》（*El siglo del viento*，1986）——通过一篇篇短小的故事来重建被官方历史掩盖的美洲真实历史，旨在拯救整个美洲被劫持的记忆，让历史恢复气息。1989年出版的《拥抱之书》（*El libro de los abrazos*）通过191篇小故事和作家亲笔绘制的配图，图文并茂地展示了作家的世界观、创作观和创作历程。1995年问世的《足球往事：那些阳光与阴影下的美丽与忧伤》(*El fútbol a sol y sombra*)是向足球致敬的散文集，作者批判职业运动的技术官僚们把足球变成了纯粹强调速度和力量的运动，他反对足球职业化和商业化，追忆了往昔足球带给人们的欢乐。2008年加莱亚诺出版了《镜子，一部准世界史》（*Espejos, una historia casi universal*，又译《镜子，照出你看不见的世界史》），通过近六百个故事，过往的记忆重新鲜活起来，死去的人复活，被人遗忘的无名小卒有了姓氏，成就了一部颠倒了的世界史。2011年出版的《时日之子》（*Los hijos de los días*）是纪念"历史上的今天"的、日历体的历史故事集。2015年作家去世后出版的《女人们》（*Mujeres*）则是向人类历史长河中的伟大女性们致敬。

此外，加莱亚诺还出版了《我们说"不"》（*Nosotros decimos no*，1989）、《同他们一样及其他文章》（*Ser como ellos y otros artículos*，1992）、《行走的词语》（*Las palabras andantes*，1993）、《四脚朝天：颠倒世界的训练》（*Patas arriba: Escuela del mundo al revés*，1998）、《时间之口》（*Bocas del tiempo*，2004）等散文、杂文集。

爱德华多·加莱亚诺（Eduardo Galeano）

自《爱与战争的日日夜夜》这部作品开始，加莱亚诺一直奉行"少即是多"、无声胜有声的简练文风，打破文学体裁的藩篱，通过一个个言简意赅的小故事、史料片段、诗歌节选，用诗一样的语言，拼贴出万花筒式的社会全景图。而在创作意义上，加莱亚诺一直坚持为几个世纪以来一直排在历史队尾的人写作，为那些不识字的人写作，让每一个普通百姓发出自己的声音。他一直进行清醒的批判和自我批判，对记忆进行解构和重构，不让自己落入单一价值观的窠臼。他认为20世纪世界的一半以自由为名牺牲了正义，另一半则以正义为名牺牲了自由；而在21世纪我们以全球化为名牺牲正义和自由。爱德华多·加莱亚诺一生都在为捍卫正义和自由而奋斗，用书写来批判官僚主义盛行的体制，用书写来拥抱每一位辛苦工作、建设并改变世界的普通民众。

目前，中国已经出版了加莱亚诺12部作品，按出版时间顺序排列如下：《拉丁美洲被切开的血管》，王玫、张小强、韩晓雁等译，人民文学出版社，2001年（南京大学出版社，2018年）；《足球往事：那些阳光与阴影下的美丽和忧伤》，张俊译，广西师范大学出版社，2010年；《镜子》，张伟劼译，广西师范大学出版社，2012年；《拥抱之书》，路燕萍译，作家出版社，2013年；《时间之口》，韩蒙晔译，作家出版社，2014年（2021年第二版）；《火的记忆I：创世纪》，路燕萍译，作家出版社，2014年（2021年第二版）；《时日之子》，路燕萍译，作家出版社，2015年；《鹦鹉复活的故事》，范晔译，浙江少年儿童出版社，2015年（人民文学出版社，2020年）；《爱与战争的日日夜夜》，汪天艾译，百花文艺出版社，2016年；《火的记忆II：面孔与面具》，路燕萍译，作家出版社，2018年（2021年第二版）；《行走的话语》，张方正译，广西师范大学出版社，2018年；《火的记忆III：风的世纪》，路燕萍、李瑾、黄韵颐等译，作家出版社，2019年。

2019年《加莱亚诺传》由南京大学出版社出版，作者是法维安·科瓦西克，译者是鹿秀川、陈豪。

《镜子——一部准世界史》（*Espejos, una historia casi universal*）

《镜子——一部准世界史》是乌拉圭作家爱德华多·加莱亚诺2008年出版的作品，获得2011年"美洲之家奖"。中文译本题为《镜子——照出你看不见的世界史》。

扉页的几句诗表明了作家的创作意图："镜子里装满了人/ 不为人所见的人，望着我们/被人遗忘的人，记着我们/ 我们看见自己时，看到了他们/ 我们离去之时，他们是否也会离去？"书中，作家试图通过一些没有载入官方史册，被忽视、被遗忘的人的一些故事的镜像，折射出不同于传统史学的世界小史。

作家按照人类历史发展的线性时间，根据主题的相关性精心编排，把相互矛盾、相互对立或相辅相成的故事串在一起，拼凑成一幅看似凌乱、实则有序，表面简单、内里丰富立体的历史画卷。例如，在开篇部分，作者集中笔墨描述人类和世间万物的诞生，分成两个主线，以人为主体的相关题目有："我们是欲望造的""我们是泥巴造的""我们是泪水造的"；另一条以世间万物和社会现象诞生为主线的小故事有："火的诞生""美的诞生""污染的诞生""社会阶级的诞生""劳动分工的诞生""书写文字的诞生""日子的诞生""酒肆的诞生""母鸡的诞生""大男子主义的诞生""国际贸易组织的诞生""邮政的诞生""音乐的诞生""语言的诞生"等。加莱亚诺用朴素直白的词语陈述故事，但总在文末或题目中画龙点睛般点明其用意，看似轻描淡写，但仔细品味，便可领会作家歌颂的至真至诚、批判的严厉尖锐、反讽的辛辣醇厚。因此，较之传统意义上世界通史的长篇累牍，全书几近六百个小故事实在是篇幅轻薄，但每个故事就像一面镜子，相互折射，相互映照，就投射出一个无数层次的镜像。于是，作家在有限的文字里创建了无限的思考空间，沉默不言间彰显了强大的力量。

爱德华多·加莱亚诺（Eduardo Galeano）

这不是加莱亚诺第一次用这样片段式的小史来重新构建过往，早在《火的记忆》三部曲中，他就做了这般尝试。1979年，因流亡西班牙而遭遇身份建构和思乡双重压力的加莱亚诺在阅读完希腊现代诗人康斯坦丁·卡瓦菲斯的《诗歌全集》后，深受启发，卡瓦菲斯通过普通民众的视角来再现历史的谋篇布局方式让加莱亚诺产生了"从锁眼里"窥探拉丁美洲历史的想法。结合当时的后现代主义思潮，我们不难理解，现代性的宏大叙事土崩瓦解，让位于大量异质的、局部的"小史"，每个人都是历史中的行为者、历史记录中的讲述者、历史材料的编纂者；记录历史的人逐渐摒弃现代性语境中予以知识合法化的元叙事，即抛弃预设立场的投射性，忠实而不机械地记录历史的声音，用一段段常常具有高度自相矛盾和悖谬推理式的本性的"小史"创造一个世界，让读者参与进来共同完成对历史的建构。

无论是在《火的记忆》三部曲中还是在《镜子——一部准世界史》里，作家让故事的亲历者发声，呈现出与官方历史或欧洲中心主义主导历史不一样的过往，而作家则履行作家的职责、实现艺术的功能——帮助人们看世界，让读者在自我审视的同时，看到那些不为人所见的人，那些被人遗忘的人，而且正是因为这样的记录和建构，当我们离去的时候，他们仍然不会离去，一切的过往都不会消失。

（路燕萍）

格丽塞尔达·冈巴罗（Griselda Gambaro）

格丽塞尔达·冈巴罗（1928— ），阿根廷著名小说家、剧作家，1928年7月28日出生于布宜诺斯艾利斯。

冈巴罗初涉文坛时以小说创作闻名，她的多部小说作品不仅在阿根廷国内引起很大的反响，还为她后来的戏剧创作提供了丰富的素材来源。由于冈巴罗的一些小说触及了社会政治的敏感话题，对阿根廷的军事独裁进行了批判，因而被禁止在阿根廷国内出版，冈巴罗本人也被迫在1976年至1983年期间离开祖国，在西班牙巴塞罗那度过了几年的流亡生活。

尽管冈巴罗在小说创作领域取得了不俗的成绩，但为她赢得巨大声誉的却是她的戏剧创作。冈巴罗的戏剧作品所反映的都是她亲身经历的阿根廷当代社会的现实生活，从她的作品中能清楚地看到20世纪50年代欧美一些主要剧作家的影响。冈巴罗通过她的戏剧人物所展现的那种孤独、痛苦以及沟通的缺失，正是当时流行于欧洲的"存在主义"思想的体现。而她对一个纷杂社会中人们注定走向孤独的命运的认定同样可以从贝克特、品特的作品中找到共鸣，但与这些先锋派剧作家的作品相比，冈巴罗的戏剧人物身上有着一种更为激烈的性格矛盾冲突，虽然这种矛盾会让这些人物更难以被观众们理解，却能让舞台上的表演更具表现力，带给观众更强烈的震撼。从创作风格和技巧上看，冈巴罗还秉承了尤内斯库"荒诞戏剧"的一些传统，以一种卡夫卡式的冷静和怪异在作品中展现人与人之间那种无形隔绝的存在，同时也对社会传统和权威进行嘲弄。尽管与"先锋戏剧"有着种种不可忽视的关联，但冈巴罗的作品因其对社会政治现实的揭露和批判而更容易被界定为伦理道德剧，而非简单地被归类于先锋戏剧的范畴。

冈巴罗在二十多年的创作生涯中收获颇丰，著作等身。其中，小说主要有：《都市情歌》（*Madrigal en la ciudad*，1963，"国家艺术基金奖"）、《谬误》（*Desatino*，1965，"艾美赛奖"）、《痛苦更少的幸福》（*Una felicidad con menos pena*，1968）、《与其他故事无关》（*Nada que ver con otra historia*，1974）、《自寻死路》（*Ganarse la muerte*，1976）、《上帝不要我们快乐》（*Dios no nos quiere contentos*，1979）、《不可捉摸之事》（*Lo impenetrable*，1984）、《节日之后》（*Después del día de fiesta*，1994）、《最美好的事》（*Lo mejor que se tiene*，1997，"阿根廷学院奖"）、《带我们来的海洋》（*El mar que nos trajo*，2001）、《承诺与妄言》（*Promesas y desvaríos*，2004）等。冈巴罗在叙事文学方面的成就还为她赢得了1981年度"古根海姆奖学金"。

与在小说领域取得的斐然成绩相比，冈巴罗的戏剧创作也毫不逊色。早在60年代，她在创作初期就因其具有荒诞色彩的风格和对社会问题的深刻揭示而闻名剧坛，她的《墙壁》（*Las paredes*，1963）、《老夫妻》（*Viejo matrimonio*，1965）、《暹罗人》（*Los siameses*，1967）、《集中营》（*El campo*，1968，"布宜诺斯艾利斯市政府奖一等奖"）等都曾在观众和剧评家群体中引起热评。其中，《集中营》集中反映了作者这一时期的创作特点，作品遵循"荒诞戏剧"的一贯风格，未设定具体的时代背景。马丁为求职来到一个未注明具体所在的招聘单位，与一个名叫佛朗哥的傲慢跋扈的男人交谈，并与他签订了工作合同。随后，一个美丽的女人出现在舞台上，其优雅的气质和行为方式立刻吸引了马丁的注意，但她类似集中营囚犯的着装又让马丁不明所以。佛朗哥似乎是那个女人的庇护者，但又处处表现出对她的鄙视和压制。随着情节的推进，马丁意识到自己身处的地方是一个"集中营"，他的身份也正逐渐变为集中营的囚徒，最终成为一股秘密的强权势力追捕和迫害的对象。受到荒诞派风格的影响，《集中营》也大量使用具有象征意味的意象。一开场出现在舞台上的佛朗哥身穿笔挺炫目的军装，手持皮鞭，不仅在姓名上，在形象上也与当时西班牙的独裁者佛朗哥建立了直接的关联，并由这个意象明示了作品直指独裁统治的意图。正因如此，许多评论家都认为冈巴罗通过这部作品预见到数年后在阿根廷出现的独裁统治，将强权政治把整个国家变为"集中营"的状况提前展现在舞台上。

之后冈巴罗继续其创作，为观众奉献了大量优秀的戏剧作品，其中影响较大的有《一无所见》（*Nada que ver*，1970）、《名字》（*El nombre*，1975）、《事实就是事实》（*Sucede lo que pasa*，1974，1976年"阿根廷作家协会奖"）、《说"是"》（*Decir sí*，1981）、《坏心肠》（*La malasangre*，1981）、《皇家赌局》（*Real envido*，1983）、《初升的太阳》（*Del sol naciente*，1984）、《一清二楚》（*Puesta en claro*，1986）、《愤怒的安提戈涅》（*Antígona furiosa*，1986）、《摩根》（*Morgan*，1989）、《水落石出》（*Atando cabos*，1991）、《无足轻重的痛苦》（*Penas sin importancia*，1990）、《不平静的家》（*La casa sin sosiego*，1992，1992年"阿根廷作家协会奖""国家戏剧奖"）、《必须理解一点点》（*Es necesario entender un poco*，1995，1996年"阿根廷作家协会奖"）、《母性天职》（*De profesión maternal*，1999）、《回归》（*Dar la vuelta*，1999）、《梦

格丽塞尔达·冈巴罗（Griselda Gambaro）

的启示》（*Lo que va dictando el sueño*，2002）。冈巴罗因其出色的作品多次获得各种戏剧奖项，直到今天，仍在以旺盛的精力勤奋创作，在阿根廷戏剧界享有极高的声誉。

《水落石出》（*Atando cabos*）

《水落石出》是格丽塞尔达·冈巴罗于1991年为参加伦敦国际戏剧节而创作的一部短剧。全剧以一对阿根廷男女在游轮上的偶遇为开端，通过戏剧情节的推进将主人公在军政府独裁时期的历史渐次揭开，以他们颇具代表性的经历重建对阿根廷历史上这一特殊时期的集体回忆。

作品的时间设定在阿根廷独裁军政府倒台后的1983年。在一艘从阿根廷驶往欧洲的邮轮上，马丁和埃莉莎相遇，马丁将埃莉莎不慎遗落的手帕还给她，并邀请她去酒吧喝一杯，这似乎在预示着一场浪漫爱情的到来，但埃莉莎高傲地回绝了他。马丁没有气馁，继续寻找交谈的话题，抱怨乘船旅行过于迟缓，远远比不上乘飞机舒适快捷，此时埃莉莎却出人意料地提到，关于乘飞机的话题会给她带来糟糕的回忆，能在空中飞行并给她带来愉悦心情的东西大概只有鸟儿和种子了。就在两人交谈时，船上的警报声突然响起，发生了撞船事故，乘客们不得不弃船逃生。在登上救生艇的过程中，埃莉莎拒绝了马丁出手相助的好意。这种一而再、再而三的拒绝彻底激怒了马丁。当两人同乘一艘救生艇开始在海上漂流后，埃莉莎一改拒人于千里之外的态度，开始主动跟马丁说话，而马丁却因气恼而变得冷淡而沉默。埃莉莎坦言自己15岁的女儿曾因参加要求政府降低校车收费的请愿活动而被捕，被残忍杀害后，尸体被从直升机上扔到拉普拉塔河里。埃莉莎愤愤地表示"这样的杀人方式真是肮脏透顶"，而马丁却回应道："我得说这才是清洁的处理方式，比埋葬要干净得多。"马丁曾介入暴行的真面目逐渐清晰起来。"如果有谁最后的下场是给扔进河里或海里，那肯定是因为他活该。"当他说出这样的话语时，他那凶狠而恶毒的内心终于暴露无遗。当其他救生艇渐渐消失在视野里，只剩下马丁和埃莉莎乘坐的这条小船时，马丁试图强吻埃莉莎，但遭到后者强烈的反抗。尽管他恶狠狠地威胁，埃莉莎却仍不肯屈服，而是向他抛出一个个尖锐的问题，揭露出马丁曾是埃莉莎女儿被害事件的帮凶。他犯下了罪行，但却逃脱惩罚，逍遥法外。就在这时，救援的船只到了，马丁立刻又换上了一副温文尔雅的面孔。他想拥抱埃莉莎来庆祝获救，但埃莉莎却没有那么轻松的心情。她看到马丁将船难的经历轻松抛到脑后，便意味深长地告诉他，没有人能将她从船难的阴影中解救出来，对过往的回忆如同海洋，她跌落其中，任回忆淹没自己，并在其中寻找拯救自己的途径。马丁耽于埃莉莎的美貌，希望有再次见面的机会，埃莉莎带着嘲讽告诉他，她会尽一切可能让马丁见到自己，只要有她的存在，马丁所代表的强权阶层就无法否认历史，无法否认他们在历史这出大剧中所扮演的角色。

《水落石出》虽然只是一部短剧，但格丽塞尔达·冈巴罗却能在有限的篇幅里勾画出数十年军事独裁统治给阿根廷社会带来的最深层的影响。剧中女主人公埃莉莎的女儿因反对校车涨价而被迫害致死的情节让观众将舞台上的故事与军事独裁时期发生的著名的"铅笔之夜"[①]惨案联系在一起，也因此让戏剧人物所运用的看似晦涩的譬喻有了具有现实意义的诠释。在这部作品中，格丽塞尔达·冈巴罗延续其一贯坚持的通过戏剧创作来进行社会批判的宗旨，警示人们因忘却而无视历史的危险性，强调整个阿根廷社会重建集体记忆，并在这种重建过程中完成自我认知的必要性。

（卜珊）

---

① 铅笔之夜（Noche de los lápices）指 1976 年 9 月 16 日及其后几天在阿根廷布宜诺斯艾利斯省拉普拉塔市发生的一系列针对中学生的绑架和杀害事件，是阿根廷军政府独裁时期政府秘密迫害的诸多事件中的一起。事件起因众说纷纭，但影响较大的一个观点是该市中学生联合会向公共事务部要求给予学生公共交通补助金。

加夫列尔·加西亚·马尔克斯
（Gabriel García Márquez）

加夫列尔·加西亚·马尔克斯（1927—2014），哥伦比亚当代文学的代表人物，20世纪最伟大的作家之一。1927年出生在哥伦比亚滨海小镇阿拉卡塔卡，1936年随父母迁居苏克雷。1940年搬到首都波哥大，就读于教会学校。1947年进入波哥大大学攻读法律，加入自由党阵营，并开始文学创作，第一篇短篇小说《第三次辞职》（*La tercera resignación*）于1947年刊登于《观察家》。1948年因哥伦比亚发生内战，保守党与自由党相互倾轧，全国陷入半瘫痪状态，马尔克斯学业中断，不得不转到卡塔赫纳大学，并开始在《世界报》（*El Universal*）担任记者。1954年，马尔克斯重新回到波哥大，在《观察家》担任记者与影评人一职。1955年，他因连载文章《一个海难幸存者的故事》（*Relato de un náufrago*）揭露被政府美化了的海难而被迫离开哥伦比亚，任《观察家》驻巴黎记者。1958年，马尔克斯与恋人梅赛德斯（Mercedes Barcha Pardo）结婚。1959年，他受古巴拉丁通讯社委任，成为该社驻波哥大记者。1960年，马尔克斯先后在古巴与美国为报社工作。1961—1967年，他居住在墨西哥，从事文学、新闻与电影工作。之后主要居住在墨西哥和欧洲，继续其文学创作。1974年，马尔克斯联合左翼知识分子与报界人士，成立了杂志《抉择》（*Alternativa*），为自由党发声争取意见空间。1982年，马尔克斯获得诺贝尔文学奖，并担任法国西班牙语文化交流委员会主席。1982年哥伦比亚地震，他回到祖国。1994年，马尔克斯一手促成了伊比利亚美洲新闻基金会（Fundación Nuevo Periodismo Iberoamericano）的成立。1999年，他被确诊罹患淋巴癌，身体每况愈下，记忆力急剧衰退，并伴有神志不清的症状。而此时的马尔克斯仍然笑称自己为全哥伦比亚最后的乐观主义者。2014年4月18日，这位被读者和朋友亲切地称为"加博"（Gabo）的文学巨人、"魔幻现实主义"的一面旗帜，在墨西哥城去世，享年87岁。

纵览其一生，马尔克斯著作颇丰。1955年他出版了第一本小说《枯枝败叶》（*La hojarasca*），1961年推出《没有人给他写信的上校》（*El coronel no tiene quien le escriba*），1962年《格兰德大妈的葬礼》（*Los funerales de la Mamá Grande*）与《恶时辰》（*La mala hora*）同时出版。1967年，《百年孤独》（*Cien años de soledad*）问世，这一部魔幻现实主义的巨作，在其出版后半个世纪里先后被译为近五十种语言，全球销量超过五千万册，成为世界级文学现象之一，影响了后世无数作家的写作。之后马尔克斯陆续出版了《纯真的埃伦蒂拉和她残忍的祖母难以置信的悲惨故事》（*La increíble y triste historia de la cándida Eréndira y de su abuela desalmada*, 1972）、《蓝狗的眼睛》（*Ojos de perro azul*, 1974）、《族长的秋天》（*El otoño del Patriarca*, 1975）、《一桩事先张扬的凶杀案》（*Crónica de una muerte anunciada*, 1981）、《番石榴飘香》（*El olor de la guayaba*, 1982）、《霍乱时期的爱情》（*El amor en los tiempos del cólera*,

加夫列尔·加西亚·马尔克斯(Gabriel García Márquez)

1985)、《迷宫中的将军》(*El general en su laberinto*,1989)、《12个异乡故事》(*Doce cuentos peregrinos*,1992)、《爱情和其他魔鬼》(*Del amor y otros demonios*,1994)等。2004年,《苦妓回忆录》(*Memoria de mis putas tristes*)成为马尔克斯小说创作生涯的封笔之作。除此以外,他还出版了一系列纪实文学性质的新闻报道,2002年出版的自传《活着为了讲述》(*Vivir para contarla*)也引起读者与评论界的广泛兴趣。马尔克斯作为小说家的一生是光辉灿烂的,获得的荣誉也不计其数:1971年获得美国哥伦比亚大学名誉教授头衔,1972年获拉丁美洲文学最高奖——"罗慕洛·加列戈斯文学奖",1981年被法国政府授予荣誉军团勋章,1982年获颁诺贝尔文学奖,同年荣膺哥伦比亚语言科学院名誉院士。

马尔克斯从古老的印第安民间文化(包括口头创作)、来自不同时代的西班牙巴洛克文化以及来自现代欧洲纷繁的文学流派中汲取养分,同时他始终关切拉丁美洲现实的社会经济文化冲突,坚定不移地反对暴力统治与剥削。此外,作为一名始终活跃在前线的新闻工作者,广阔的社会视野也使得他的写作在题材上不受限制。在《百年孤独》中,他大笔开阖,将一个民族、一座大陆的百年历史变迁浓缩成一本布恩迪亚家族的兴衰史:移民大开发、党派内战、帝国主义侵略、军事独裁统治等历史事实被放置于一种神话史诗的气氛之中加以重塑。他以丰富的想象、独特的小说技巧打破了主观和客观世界的分野,在幽灵世界与现实生活的真实雨林中来回穿梭,非理性的魔幻成分突破了狭窄的客观现实范围。其中印第安传说、东方神话故事以及《圣经》典故的移用进一步加强了小说内部的神秘氛围。马尔克斯仿佛站在寰宇之上俯视人间,以广阔的生命悲剧意识将人类宿命般的隔绝、孤独、恐惧收拢进自己的笔下;但同时,他又以灵巧的叙事艺术以及对生命本身的热爱冲破了死亡意识与悲剧气氛的封锁。

而对于时间的处理,马尔克斯也匠心独具,他曾经坦言对真实的事件和空间并不那么尊重，写作时并不那么严格地遵从历史。在《百年孤独》中，他打破了传统叙事文学的线性逻辑，创造了一种复杂的叙事时序：从整体而言，小说呈封闭的环形结构，而其内部情节发展则夹杂着并叙、倒叙、插叙、倒叙再倒叙、插叙中有插叙等多种时序变奏。迈克尔·伍德（Michael Wood）认为，马尔克斯的作品中存在着两种时间："一种是奇幻的、停滞的、现代主义的时间，几乎一点也不流动；另一种则是蓄积的、具有吞没力量的时间，总是在流逝。这两种时间都不断地起作用——就像我们在《百年孤独》中看到的那个车轮与车轴的著名意象，车轮似乎是在循环往复的时间中转动，而车轴则是在直线的时间中逐渐磨损——但两者并非总是受到相同的强调。"[1]马尔克斯为读者精心布置了一场时间的迷阵：文本时间在叙事层面往往混乱无序，而读者不能将事件看作是线性故事，亦无法精确定位事件发生的准确时间。一个循环往复、主观时间与客观时间混杂、魔幻空间与现实历史并置的世界被带到了读者眼前。而多雨的马孔多（Macondo），也如同威廉·福克纳（William Faulkner）笔下的约克纳帕塔法县（Yoknapatawpha County）一样，成为一座在无尽的阐释、解读中自我变形、永续发展，又一次次被狂风从地图上抹去的永恒之城，成为世界文学史上一块经久不衰的精神飞地。

正如瑞典文学院在诺贝尔文学奖的颁奖词中所言："加西亚·马尔克斯所创造的世界是一个微观的世界。它以纷乱喧嚣、使人迷惑的现实描绘，反映了这个大陆令人信服的财产与贫困的现实。也许不仅如此，这是一个宇宙，人类心灵与历史的动力结合在一起，不时冲击着混

---

[1] 迈克尔·伍德：《沉默之子——论当代小说》，顾钧译，北京：生活·读书·新知三联书店，2003年，第162页。

乱的界限——屠杀与繁衍。"①而对于马尔克斯本人而言，用文字创造世界是他用以抵抗时间风化作用的有效方式，在写作中，他追忆、回溯自己成长的历程、家庭的谱系、国家民族的历史。在回忆录《活着为了讲述》中，他开宗明义地说道："生活并非一个人的经历，而是他的记忆，为了讲述生活的记忆。"马尔克斯一生笃信文学的力量，把写作作为终身的生活方式；笃信生命本身的绝对力量，在他看来，"无论洪水、瘟疫、饥荒、灾难，还是连绵不绝、永不停息的战火，都无法战胜生的顽强，生命对死亡的优势"。

2021年西班牙阿尔法瓜拉出版社出版了《两种孤独》（*Dos soledades*），里面收录的是1967年9月5—6日加西亚·马尔克斯与巴尔加斯·略萨在秘鲁国立工程大学（Universidad Nacional de Ingeniería de Perú）建筑系举行的两场公开对话。此书既见证了两位文学大家曾经的友情，也涉及拉美文学的方方面面。

同年，加西亚·马尔克斯的大儿子、电影导演罗德里格·加西亚（Rodrigo García）出版了《加博和梅塞德斯：一场告别》(*Gabo y Mercedes: una despedida*)，回忆父亲人生最后几周的难忘时光。

中译本：《百年孤独》，黄锦炎、沈国正、陈泉译，上海译文出版社，1984年（高长荣译，北京十月文艺出版社，1984年；吴健恒译，云南人民出版社，1993年；范晔译，南海出版公司，2011年）；《霍乱时期的爱情》，蒋宗曹、姜风光译，黑龙江人民出版社，1987年（徐鹤林、魏民译，漓江出版社，1987年；纪明荟译，敦煌文艺出版社，1999年；杨玲译，南海出版公司，2012年）；《爱情和其他魔鬼》，朱景冬、李德明、蒋宗曹译，山东文艺出版社，1999年，（陶玉平译，南海出版公司，2015年）；《一桩事先张扬的凶杀案》，李德明、蒋宗曹等

---

① 拉尔斯·吉伦斯坦：《1982年诺贝尔文学奖颁奖词》，裕康译，收录于《诺贝尔文学奖授奖词和获奖演说：1901—2012》（下），刘硕良主编，桂林：漓江出版社，2013年，第443页。

译,中央编译出版社,2004年(魏然译,南海出版公司,2013年);《枯枝败叶》,刘习良、笋季英译,南海出版公司,2013年;《恶时辰》,刘习良、笋季英译,南海出版公司,2013年;《没有人给他写信的上校》,陶玉平译,南海出版公司,2013年;《迷宫中的将军》,王永年译,南海出版公司,2014年;《族长的秋天》,轩乐译,南海出版公司,2014年;《番石榴飘香》,林一安译,南海出版公司,2015年;《梦中的欢快葬礼和十二个异乡故事》,罗秀译,南海出版公司,2015年;《世上最美的溺水者》,陶玉平译,南海出版公司,2015年;《蓝狗的眼睛》,陶玉平译,南海出版公司,2015年;《礼拜二午睡时刻》,刘习良、笋季英译,南海出版公司,2015年;《苦妓回忆录》,轩乐译,南海出版公司,2015年;《活着为了讲述》,李静译,南海出版公司,2015年;《一个海难幸存者的故事》,陶玉平译,南海出版公司,2017年;《一起连环绑架案的新闻》,林叶青译,南海出版公司,2019年;《加西亚·马尔克斯访谈录》,许志强译,南京大学出版社,2019年;《马尔克斯:最后的访谈》,汤璐译,中信出版集团,2019年;《米格尔在智利的地下行动》,魏然译,南海出版公司,2019年;《回到种子里去》(*El escándalo del siglo*),陶玉平译,南海出版公司,2022年。

《活着为了讲述》(*Vivir para contarla*)

2002年,加西亚·马尔克斯的自传《活着为了讲述》问世。作为马尔克斯写作生涯的唯一的自传,这本书在记忆的虚构与想象的真实之间达到了完美平衡。在人生的尾巴上,作者以一种怀旧的目光与小说家充满叙事激情的语调,将自己的生命故事娓娓道来,把读者带回了作家的青年时代,呈现出作家充满挣扎、不安与生命不确定性的灵魂内景。从这部作品中,我们得以窥见马尔克斯的童年与青春,走入他饱受贫穷与

加夫列尔·加西亚·马尔克斯（Gabriel García Márquez）

绝望侵袭的故土祖国，理解他背后那个继承着孤独与疯癫"传统"的大家族。同时，作为马尔克斯的个人心灵史，这本作品也为我们细腻地回顾了这位巨匠遍尝甜蜜也历经沧桑的写作生涯。读者得以在此陪伴他重返记忆深处，回到一个个具体而隐微的人生路口，理解马尔克斯为何以写作作为终身的职业，见证他如何在如饥似渴的阅读中，开启自己激动人心的文学与新闻生涯。

从叙事手法上而言，在《活着为了讲述》中，马尔克斯并未采用传统自传文本惯常的线性叙事，而是将他早已千锤百炼的时空跳跃术运用其中。多重时序的变幻，溢出现实逻辑的人物与情节，让这部自传作品也在一定程度上具备了马尔克斯小说作品的魔幻现实主义色彩。马尔克斯以一种一贯的灵巧，遵循叙事的内心时间，在记忆的拼图中横跳，为我们重现独属于他的感官体验与精神历险。因此，作品在充满创造力与想象力的真实生活与深入现实机理的虚构叙事之间、在青年的肉身记忆与晚年的灵魂反思之间形成了一股深刻的张力。马尔克斯挑选了年轻时一个看似普通、回望时却充满深意的事件作为整部作品的开篇："妈妈让我陪她去卖房子。"这是1950年，马尔克斯刚从法律系大三辍学，准备和朋友们创办一本杂志，"妄想无师自通，靠新闻与文学为生"。这时候的马尔克斯，"逃过兵役，得过两次淋病，义无反顾地每天抽六十根劣质香烟，在哥伦比亚的加勒比海城市巴兰基亚和卡塔赫纳游荡"。作为一个"前途一团黑，生活一团糟"，正等待着命运转机的年轻人，陪伴母亲进行这一趟看似短暂、单纯的卖房之旅，却成为他一生中最重要的决定。

因为这次旅程，马尔克斯得以重返家乡，回到外公马尔克斯·梅希亚上校曾经带他认识冰块与大海的地方。这是一个环山沿海的小镇，曾因为香蕉公司而昙花一现地享受过富裕的生活，如今却早已衰败，被结构性贫穷、系统性暴力与历史的创伤笼罩："目力所及之处，无生命迹象，到处都蒙着一层薄薄的、滚烫的灰尘。"而尚留在这片"能听见死人在街上走动"的故乡的居民，则如同一个个世界弃儿，被无助与孤独包围。联合果品公司的铁路在夜里悄悄铺就，美国人使河流改道，将四面八方的冒险家运送至此，这短暂的"香蕉热"的确为小镇带来过表面的繁荣，但同样也使得这片土地成为鱼龙混杂，"一个没有边境的地区"。人们不满于这缺乏公正与秩序的分配制度与社会结构，却无从改变，暴力与仇恨在此生长，无论是"阿拉卡塔卡黑色之夜"，还是针对香蕉工人的大屠杀，都是与财富热潮结伴而来的历史悲剧。而随着香蕉公司的离开，繁荣泡沫被戳破，留给小镇居民的只剩下一派沉甸甸的凄凉。看着眼前的一切景象，马尔克斯感到了一种深切的文学召唤与责任："这里的一草一木，仅仅看着，就在我内心唤起一股无法抗拒的渴望：我要写作，否则我会死掉。"他感到一种从未有过的巨大决心：故乡的一切就如同作家生命中早已存在的"史前巨蛋"，以一种强力的存在召唤他去记录、去讲述在这片土地、这片大陆上发生的一切。

与故乡的记忆一同袭来的是盘根错节、充满传奇故事的家族历史。外公马尔克斯·梅希亚上校被孩子们称为"老爹"，作为一个革命者，参加过千日战争，曾两次出任镇长，接待过革命领袖与历史人物，会为了荣誉和尊严与老朋友、老战友决斗，而平时却最爱在自己的金银小作坊里制作小金鱼。在小说《百年孤独》中，他是发动无数战争、生养无数儿女又一生被孤独环绕的奥雷里亚诺·布恩迪亚上校；在生活里，他是和外孙形影不离，带着他看烟火、大海、魔术表演和早场电影的家庭顶梁柱，他的存在让年幼的作家感到"安全，立足现实，脚踏实地"，他也是将珍藏的西班牙语词典赠送给马尔克斯，激发他对文字兴趣的关键人物。

而外婆米娜则和作家的母亲一样，健康、强势、幽默，是一位生活的战士，能以一种惊人的能量抵御现实的风浪，以母性的权威照顾好整个大家族，"连最偏远的亲戚都能辐射到"。而在现实之上，她却笃信占卜、梦境与一切具有超验性的神秘事物，是一个"偷偷摸摸的女巫

加夫列尔·加西亚·马尔克斯（Gabriel García Márquez）

医"。这位自称能看到"摇椅自己在动，幽灵潜入孕妇卧室，花园里的茉莉花是隐身妖怪"的外婆，也有着极为高超的讲故事的本领，她的讲述极大地启发了马尔克斯对幻想与虚构的好奇心。他擅长把从外婆和众多女人们那里听来的流言蜚语与私房话拆分瓦解，将互相矛盾的说辞重新排列组合，激发出令人惊愕的生动趣味，再讲述给大人们听。这是一种在马尔克斯后来的文学创作中相当常见的艺术手段，幼年的他已对其熟稔于心。

正是因为在这光怪陆离的小镇和充满奇幻色彩的大家族里成长，马尔克斯强烈地感知到庞杂的家族历史与拉丁美洲20世纪纷繁复杂的现实政治相互纠缠，他触摸到了那些掩藏在神奇现实之下最为真实的历史肌理。讲述的渴望如时刻走动的秒针，如此紧迫地内置于他身体中，要求他走上一条因写作而倍感甜蜜也饱经痛苦的道路：在新闻写作的真实中寻找虚构的罅隙，在小说写作的虚构中重塑真实，将二者结合，去理解孤独、死亡、恐惧、时间、欲望、生命的增殖以及爱等最基本的母题，用文学将自我从梦魇般受难的时刻中解放出来。

对所有马尔克斯的忠实读者而言，这本珍贵的自传无疑也是一张解开他诸多小说写作秘密的秘典地图：《百年孤独》中的香蕉公司、下雨的马孔多、布恩迪亚家族的百年命运，《霍乱时期的爱情》中跨越大半个世纪的坎坷恋情，《一桩事先张扬的凶杀案》里充满戏剧性的谋杀事件，《上校无人来信》中苦苦等待抚恤金的老兵上校，《苦妓回忆录》中在社会边缘地带生存的妓女……马尔克斯曾经在文学世界中塑造出无数独树一帜的人物，打造了自成体系的精神地标，而打开这本自传的读者，则可以在此找到它们各自的来历与原型。

令人遗憾的是，75岁的马尔克斯只完成了这部打算写成三部曲的自传的第一部分，因身体原因，他不得不中止了写作。而这部自传也成为作家写作生涯的最后一部长篇创作。作品在回顾他人生创作的黄金时代之前戛然而止，悬停在马尔克斯撰写海难报道而遭遇职业生涯危机、作为《旁观者报》的记者搭乘飞机前往日内瓦的时刻。但这本未竟的记忆之书,已忠实地讲述了作家青年时代一段波澜壮阔、风流跌宕的旅程,无可辩驳地记录了马尔克斯喧嚣躁动、能量巨大的写作激情:活着是为了讲述,而讲述是为了重现记忆,为了确认生命的存在,讲述就是生命本身。

(闵逸菲)

菲娜·加西亚·马鲁斯
（Fina García Marruz）

菲娜·加西亚·马鲁斯（1923—2022），本名何塞菲娜·加西亚-马鲁斯·巴迪亚（Josefina García-Marruz Badía），古巴诗人，文学评论家。和丈夫辛蒂奥·维迪埃尔（Cintio Vitier）一同属于由诗人何塞·莱萨马·利马（José Lezama Lima，1912—1976）创办的《源头》（Orígenes，1944—1956）杂志诗人群，也是第二代"源头主义者"（Origenista）中唯一的女作家。

1923年，菲娜·加西亚·马鲁斯出生在哈瓦那，其父亲是一名医生，而母亲则是一名钢琴家，她的兄长菲利佩·杜尔赛德斯（Felipe Dulzaides，1917—1991）后来也成为古巴爵士乐发展的重要推动者之一。菲娜这样回忆童年的家庭生活："对我们而言，音乐也许就是第一首诗。我的母亲，我的兄妹，我的家，一切都是音乐。"[1]1938年，她结识了后来的诺贝尔文学奖得主加夫列拉·米斯特拉尔，并拜访了诗人

---

[1] https://www.husoeditorial.es/autores-huso/fina-garcía-marruz/[2019-09-02]

胡安·拉蒙·希梅内斯及其夫人，这一段经历更激发起她对诗歌的热情。1940年，加西亚·马鲁斯进入哈瓦那大学深造，在那里，她结识了未来的丈夫，也和埃利塞奥·迭戈等年轻一代的《源头》诗人建立起了深厚的友谊。

1961年，加西亚·马鲁斯获得哈瓦那大学社会科学系博士学位。从1962年起，她成为"何塞·马蒂"古巴国家图书馆的一名文学研究者；1977—1987年，她在马蒂研究中心工作，主要负责整理和出版何塞·马蒂的作品全集。工作期间，她曾多次前往捷克斯洛伐克、西班牙、美国、法国、墨西哥、苏联等国家进行访问交流。她的相关诗歌散文，除去结集成册之外，也散见于《学园》（*Lyceum*）、《新古巴杂志》（*Nueva Revista Cubana*）、《群岛》（*Islas*）、《古巴公报》（*La Gaceta de Cuba*）等杂志。

菲娜·加西亚·马鲁斯一生著作颇丰。目前已出版的诗集主要有《诗》（*Poemas*，1942）、《迷失的眼神》（*las miradas perdidas*，1951）、《探访》（*Visitaciones*，1970）、《古老的旋律》（*Viejas melodías*，1993）、《市中心的哈瓦那》（*Habana del centro*，1997）、《奇异瞬间》（*Un instante raro*，2010）、《沉默，你是何种沉默？》（*¿De qué, silencio, eres tú, silencio?*，2011）等。

作为文学批评家，她是研究何塞·马蒂的专家，曾出版专著研讨后者诗歌写作的艺术，并和丈夫辛蒂奥·维迪埃尔共著《马蒂的主题》（*Temas martianos*，1969）一书。而作为女性，她自然地把研究的目光投向了女性写作的领域。她重新发现了19世纪古巴女诗人胡安娜·博莱罗（Juana Borrero），同时，加西亚·马鲁斯向前追溯，深度挖掘了索尔·胡安娜·伊内斯·德·拉克鲁斯（1648—1695）诗歌中呈现出的女性身份表达以及这种表达背后的限制与危险。

1987—2001年间，加西亚·马鲁斯先后五次获得"文学批评奖"（1987，1991，1992，1996，2001）；又分别在1990年、2005年、

菲娜·加西亚·马鲁斯（Fina García Marruz）

2007年获得古巴"国家文学奖""国家文化研究奖"（Premio Nacional de Investigación Cultural）和"巴勃罗·聂鲁达伊比利亚美洲诗歌奖"；2001年她同时获得"索菲亚王后伊比利亚美洲诗歌奖"和"费德里科·加西亚·洛尔卡国际诗歌奖"。

对加西亚·马鲁斯而言，诗歌写作是一种逃逸，是隐秘的智慧，是真正的自由。她的诗歌语言简单、清新、明快而精确。其丈夫辛蒂奥·维迪埃尔认为，妻子的诗歌中始终保有一种可贵的粗疏，这与她个人性格中深厚的仁爱精神是分不开的。她并非一个顽固的诗歌本体论者，对她而言，一首诗本身永远不是诗的目的。在加西亚·马鲁斯看来，诗，永远只是一条通道，它提纯了人类的灵魂，并通向更远处的风景。而她诗中的"粗疏"，正如同美丽瓷器上细小的缺口，透过它们，生命之光才得以照亮诗歌内部。

《沉默，你是何种沉默？》（¿*De qué, silencio, eres tú, silencio?*）

《沉默，你是何种沉默？》是古巴"源头主义"（grupo Orígenes）诗人菲娜·加西亚·马鲁斯的一本诗歌选集，2016年由萨拉曼卡大学出版社推出，并由该校西语美洲文学系教授卡门·鲁伊斯·巴里奥努埃波（Carmen Ruiz Barrionuevo）选编和作序。

全书选编的诗歌时间跨度较大，几乎覆盖了菲娜·加西亚·马鲁斯整个创作生涯，分别从《迷失的眼神》《探访》《市中心的哈瓦那》选取诗作，同时新编入12首散见于期刊而未被收录进任何诗集中的诗作。

在菲娜·加西亚·马鲁斯看来，诗歌应该永远向外敞开，以便让其他所有可能的诗歌进入其中："傻瓜和神圣博士并不互相猜忌，直白的艺术也不排除旧式的文体雕琢。大自然为飞翔创造翅膀，之后装点它。真正的现实主义应该包括梦和非梦、那些有宗旨和无任何宗旨的事物，家用的坛坛罐罐和银河。"①而这种写作观念贯穿她写作的始终。她以极强的个人天赋与直觉,在无尽的宇宙和女性生活不断自我磨损的微小事物之间构建起了平衡。

加西亚·马鲁斯的写作始终试图与更遥远的事物取得一种精神上的联系:"夜晚穿过我的存在/我说:我看见了!我感到了/有什么甜蜜而遥远的,已经看见了我。"(《如同一个舞者》,«Como un danzante»)而同时,她关注女性的生存,关注她们内心最微妙的欲望:"逃脱的渴望,不是来自外部/照亮了家的厌倦/在真切的午后,沙发变作丁香/以古怪的精确,你在灵魂里/留下印记。它曾在别的事物上/你为何以一种欲望之神/把废黜的一切变作真实/我们为何要逃出一座奇迹的空城?/逃离已是我们渴望的风景。"(《逃离的渴望》,«Las ganas de salir»)菲娜捕捉到了女性身份带来的压抑和封锁,她把现实生活琐碎的一切想象成美妙的诗歌存在,但同时也敏锐地预感到外部的世界也不过是一座"奇迹的空城"。在她的诗歌中,日常生活与灵魂的神性完美结合,在精妙描绘人欲的同时,诗的触角伸向了一个超验的世界。

对古巴民族性(Lo cubano)的讨论则打开了加西亚·马鲁斯诗歌中另一个重要的维度。她关注古巴印第安人的生存和他们的文化。"他们没有留下宏伟的石头/而是一些小石子/一张吊床,一个皮球,一块木薯饼/一阵宁静的幸福";"他们很轻,很软,笑声很多/他们的墓志铭是一朵鲜花:我没有留下过痕迹"。(《我们的印第安人》,«Los indios nuestros»);"啊咿,你从不是我们的母亲而是女儿,古巴,古巴,我的小疯子,轻柔的小怪胎?"(《啊咿,古巴,古巴……》,«Ay,Cuba,Cuba...»)加西亚·马鲁斯诗歌中的"古巴民族性"是从女性力量和诗的内在戏剧性中汲取营养而生长起来的价值系统——她的古巴,更轻柔也更脆弱,脱离了以往诗歌写作中"未婚妻""悲伤的寡

---

① García Marruz, Fina. *Hablar de poesía*, La Habana: Letras Cubanas, 1986, p. 34.

妇""纯洁的恋人"等具有明显出自男性视角的意象,加西亚·马鲁斯的古巴变成了一个小女孩——一个不那么重要的、敏感多思的古巴,它不是古巴人的庇护伞;相反,它需要人们精心的呵护。加西亚·马鲁斯对祖国的形象进行了去神性化的处理,"祖国"一词被去掉了人为的沉重砝码,而那些"如同渔网也无法捕捞的小鱼"的古巴土著人,正是加西亚·马鲁斯所看到的、所了解的古巴的最佳化身。诗人以一种更为冷静、审慎而明智的目光审视着所谓的"古巴民族性",时刻警惕着被过度放大的民族情绪。

在古巴著名知识分子、作家米尔塔·亚涅茨(Mirta Yáñez, 1947—)看来,菲娜·加西亚·马鲁斯拥有一种在不放弃庄重声调的基础上捕获最微小细节的奇妙能力。西班牙小说家蒙塞拉特·罗伊格(Monserrat Roig)也认为加西亚·马鲁斯有两只"独眼"——一只眼睛看向外部宇宙,倾听广阔的声音;而另一只眼睛则深入人的内部,真切地关怀着女性的生命与困境,她用自己的诗歌在无尽宇宙的屋脊下搭建了一个小小的灶台。

(闵逸菲)

胡安·赫尔曼（Juan Gelman）

胡安·赫尔曼（1930—2014），阿根廷诗人，翻译家，记者。1930年生于布宜诺斯艾利斯，父母都是乌克兰籍犹太人。其父亲曾参加1905年的俄国革命，后移民阿根廷。赫尔曼在大学时学习化学，后放弃这一专业致力于诗歌创作。在当记者前曾从事卡车司机、汽车配件商等工作。1954年为左翼报纸《时辰》（*La Hora*）等刊物撰稿，曾任新华社通讯员，于1960年和1964年先后两次来华访问。在第二次访华时，他提出"重走红军长征路"的要求，并如愿以偿。

1956年发表《小提琴及其他问题》（*Violín y otras cuestiones*），获得好评。1975年，他的儿子和儿媳双双被绑架"失踪"，赫尔曼被迫离开阿根廷。他在流亡期间为联合国做翻译工作，抨击国内军事独裁统治。1988年在结束长达13年的流亡后回到阿根廷。在艰难的寻找后，终于在2000年与失散多年的孙女相认。诗人常年定居墨西哥城，也在那里去世。

在赫尔曼的作品中，诗歌与个人经历密不可分。他在进行语言冒险

胡安·赫尔曼（Juan Gelman）

的同时从未放弃社会责任的担当，以自己独特的风格和关照世界的角度在诗歌里体现当代的重大问题，日常的事件在他的诗歌中呈现为诗意的行动。诗人力图为死亡、爱情、孤独、喜悦等人类最基本的经验赋予新的面貌及新的表达。他对日常题材的关注往往伴随着对社会不公的义愤，正如作家科塔萨尔所说："或许在他的诗歌中最令人惊异的是那几乎难以想象的柔情，从那里可以更好地理解他抗拒的决绝和控诉的激烈，用镇静的低语召唤出众多阴影，以词语长久爱抚未知的坟墓。"[①]

继《我们在玩的游戏》（*El juego en que andamos*，1959）、《戈探》（*Gotán*，1962）之后，《怒牛》（*Cólera buey*，1965）集中体现了诗人对诗歌语言的探索，通过打破常规语法的限制以寻求内在交流的可能。赫尔曼认为，或许是流亡中的极端孤独迫使他到语言中寻根，在《评论》（*Comentarios*，1978—1979）和《引用》（*Citas*，1979）等诗集中与16世纪的西语作家展开对话，并在《在下方》（*Dibaxu*，1994）中尝试以塞法迪语（即流亡散居于世界各地的西班牙犹太人所保留的古犹太—西班牙语）创作诗歌。

与他所尊崇的诗人佩索阿（Fernando Pessoa）相仿，赫尔曼常常托他人之名来创作，在《西德尼·韦斯特的诗》（*Los poemas de Sidney West*，1969）等作品中诗人自称为某一外国诗人的"译者"。除西德尼·韦斯特外，赫尔曼还用过约翰·温德尔（John Wendell）、山口安东（Yamanokuchi Ado）、何塞·加尔万（José Galván）、胡利奥·格列克（Julio Greco）等笔名，而每一个名字都意味着一次新生，代表着一个独特的诗歌世界。在弗雷顿伯格（Daniel Freidemberg）等评论家看来，70年代以后赫尔曼的每一部作品都有新的探索，带来新的惊喜：《寓言》（*Fábulas*，1970）、《事实和叙述》（*Hechos y*

[①] Cortázar, Julio. "Contra las telarañas de la costumbre", Prólogo de Juan Gelman, *Poesía reunida*, Barcelona: Seix Barral, 2012, p. 9.

relaciones，1980）、《公开信》（*Carta abierta*，1980）、《向南方》（*Hacia el Sur*，1982）、《告知》（*Anunciaciones*，1985）、《中断》（*Interrupciones* I）和《中断二集》（*Interrupciones* II，1988）、《聚光》（*La junta luz*，1985）、《作/品》（*Com/posiciones*，1986）、《致我母亲的信》（*Carta a mi madre*，1989）、《渎神者的报酬》（*Salarios del impío*，1993）、《不完全》（*Incompletamente*，1997）、《试探黑夜》（*Tantear la noche*，2000）、《值得》（*Valer la pena*，2001）、《造世界》（*Mundar*，2007）、《今日》（*Hoy*，2013）等。2012年由塞伊斯·巴拉尔出版社（Seix Barral）推出的《诗歌合集》（*Poesía reunida*）共一千三百多页，收录了诗人从1956年至2010年间的诗作，堪称近五十年间拉丁美洲诗歌史上最重要的文学样本之一。

赫尔曼先后获得1997年阿根廷"国家诗歌奖"、2000年"胡安·鲁尔福拉丁美洲及加勒比文学奖"、2005年"索菲亚王后诗歌奖"和2007年"塞万提斯奖"。值得一提的是，诗人也是中国青海湖国际诗歌节颁发的首届"金藏羚羊诗歌奖"的得主（2009），同年《胡安·赫尔曼诗选》（赵振江等译，青海人民出版社）问世。

《在下方》（*Dibaxu*）

《在下方》是阿根廷诗人胡安·赫尔曼的一部重要诗集，写于1983年至1985年，1994年由塞伊斯·巴拉尔出版社在布宜诺斯艾利斯出版。该诗集堪称当代西班牙语诗歌中最独特的文本之一，也是西语诗坛近年间颇引人瞩目的作品。

在这部诗集中诗人尝试以塞法迪语（Sefardí）进行诗歌创作。1492年后被驱逐出西班牙的犹太人流亡散居于世界各地，但仍保留了昔日伊

胡安·赫尔曼（Juan Gelman）

比利亚半岛的语言和文化，并在历史进程中不断与希伯来语及新定居地的语汇相融合，形成了被称为塞法迪的语言和文化。诗集题目源自塞法迪语中的"Dibaxu"一词，意为"在下方"。诗集共收录了29首短诗，偶数页为塞法迪语，奇数页为现代西班牙语译文，形成奇妙的自我传译的效果。

与诗人的其他作品相仿，流亡与爱情是诗集的两大主题。赫尔曼本身有犹太血统，虽然并非塞法迪犹太人，但这并不妨碍诗人追溯遥远的传统，将"在下方"作为新的起点、新的定位来观察和思考。《在下方》的写作重拾流亡的主题却另辟蹊径，背井离乡的诗人追溯母语的古老源流："我在那时需要寻找熙德的语言，今日称作塞法迪语或古罗曼语——或许是为了探明语言的肉身和血脉，或许是流亡生涯驱使我奔向语言中的流亡地。"对诗人而言，塞法迪语不仅是民族史诗中英雄熙德的语言、哥伦布航海日记中的语言、新大陆"征服者"科尔特斯的语言，更是流亡者的语言、幸免于权力污染的语言、带着温情和天真的语言，纯净并且向未知的可能性开放。《在下方》折射出流亡的诗人如何在诗歌语言中自我流亡和寻求慰藉，成为继《评论》和《引用》之后流亡诗歌的力作。简洁明澈而又音韵铿锵的语言中蕴含着诗人深邃的痛苦与柔情，无怪乎诗人在诗集序言中请求读者大声朗诵两个版本，来倾听"时间的战栗"，如第十三首：

你是

我唯一的词

我不知道你的名字

（范晔）

罗德里格·哈斯本（Rodrigo Hasbún）

罗德里格·哈斯本（1981— ），巴勒斯坦裔玻利维亚作家、编剧，是近年来备受关注、广受好评的年轻作家。2007年，时年26岁的哈斯本入选"波哥大39人团"（Bogotá 39）[①]；2009年，他被美国文学杂志《西洋镜：小说纵览》（Zoetrope: All Story）选入"十大杰出拉丁美洲作家"；2010年，他又被《格兰塔》评选为22位"最佳西班牙语青年小说家"之一。

哈斯本在大学毕业后赴智利圣地亚哥学习一年（2003—2004），随后在西班牙巴塞罗那攻读硕士学位（2004—2005）。2009年，哈斯本在美国康奈尔大学攻读博士学位；5年后哈斯本获得博士学位，移居加拿大多伦多。哈斯本的生活、学习、工作足迹跨越欧美两大洲，这样的生活轨迹对其小说创作有多方面的影响。比如，前期短篇小说中的故事

[①] 这是由威尔士的海伊文学节（Hay Festival）和波哥大联合组织的一场文坛盛事：联合国教科文组织世界图书之都（UNESCO World Book Capital City）于2007年选出了39位时年39岁以下的最具潜力的拉丁美洲青年作家。2017年，另有39位时年40岁以下的拉美文坛新秀，组成新一代的"波哥大39人团"，延续拉丁美洲文学的辉煌。

罗德里格·哈斯本（Rodrigo Hasbún）

背景常常选择一个无名的城市，其中一些有比较明显的南美特色。另外一些则不然，这与其文学前辈明显不同：拉美文学爆炸时期的作品中的本土特色是作家们一再强调的创作重点，而从以挑战爆炸时期作家为口号的McOndo作家群而下，许多拉美年轻一辈作家有意识地与其背道而驰，选择更加国际化的欧美城市为故事背景。新世纪的哈斯本则有意或无意地模糊故事背景，仿佛对故事究竟发生在哪一片大陆、哪一个城市毫不关心。也许正如哈斯本本人所言，他是真正的"世界公民"，身处何地这种与写作无关的现实问题并不能成为其写作的重心所在。

哈斯本博士论文的主要研究对象是拉丁美洲作家们的个人日记，他本人从多年前便开始写日记，自称这是他"最重要的写作"，这一文学爱好也反映在其文学创作中。其多篇短篇小说的主人公或人物都有记日记的习惯，其第一部长篇小说《身躯之地》（*El lugar del cuerpo*，2007）也是以女主人公日记为形式书写的回忆录。对于日记、自传、书信体作品这一类基于作者本人"有选择地"呈现个人生活而写成的半虚构作品，哈斯本曾说："在'自我/生平/书写'[①]这个领域……我所寻找的不是事实……而是自我形象的构建，……是一个人戴上不同面具，穿上不同伪装，企图隐藏自我或是更加展现自我的事实。"[②]由此可见，哈斯本的写作兴趣更多的是一种内省性的思考，而非对于现实世界或时代的关注，这与其写作中对于模糊故事场景地的选择也是一脉相承的。

哈斯本的创作主要为长篇和短篇小说，其中有短篇小说集《5》（*Cinco*，2006）、《最幸福的日子》（*Los días más felices*，2011）、《4》（*Cuatro*，2014），长篇小说《身躯之地》和《情感》（*Los afectos*，2015，又译为《寻找帕伊提提》）。其中，《最幸福的日子》中的短篇故事《家》（*Familia*）获得2008年度"拉丁联盟拉丁美洲

[①] 即西班牙语单词 "autobiográfico" 拆分而得到的 "auto" "bio" 和 "gráfico"。
[②] Zaramella, Enea. "Entrevista a Rodrigo Hasbún", *SENALC*, 15 de agosto de 2016, https://www.senalc.com/ 2016/ 08/15/entrevista-a-rodrigo-hasbun/ [2020-04-16]

短篇小说新作奖"（Premio Unión Latina a la Novísima Narrativa Breve Hispanoamericana），长篇小说《身躯之地》也获得了2007年"圣克鲁兹·德·拉西耶拉国家文学奖"（Premio Nacional de Literatura Santa Cruz de la Sierra）。其童年好友、玻利维亚导演马丁·波洛克（Martín Boulocq）将《5》中的短篇故事《公路》（Carretera）搬上大银幕，电影名为《老人们》（Los viejos，2011），哈斯本和波洛克因此获得"巴西石油文学和电影剧本奖"（Premio de Guión de Literatura y cine Petrobras）；波洛克还曾将哈斯本另外一篇短篇小说拍成短片《红》，与其他两位导演的作品共同组成集体合作电影《红黄绿》（Rojo, amarillo, verde，2009）。另一位玻利维亚导演胡安·卡洛斯·瓦尔蒂维亚（Juan Carlos Valdivia）也拟将其长篇小说《情感》搬上大银幕。

中译本：《寻找帕伊提提》，杨晓畅译，人民文学出版社，2019。

《情感》（Los afectos）

2015年，巴勒斯坦裔玻利维亚作家罗德里格·哈斯本出版了他的第二部长篇小说《情感》，小说以德国摄影师汉斯·厄特尔（Hans Ertl, 1908—2000）一家两代人流亡玻利维亚后的真实际遇为故事主线，描绘了20世纪五六十年代的玻利维亚动荡的时局和人物在大时代下的内心之路。这是作家第一次以真实人物和事件为基础写就的历史题材小说，但依然极具作家的个人特色——在一定程度上偏离事实和宏观话题，关注私人情感体验。

在历史上汉斯·厄特尔曾是纳粹电影人莱妮·里芬施塔尔（Leni Riefenstahl, 1902—2003）的摄影师，协助其拍摄鼓吹纳粹行径的电影。二战结束后，厄特尔携妻女移民玻利维亚，住在亚马孙雨林中，继续拍摄电影。其长女莫妮卡·厄特尔（Monika Ertl），史称"切·格瓦拉的复仇者"，据称枪杀了参与执行切·格瓦拉死刑的玻利维亚政治家罗伯托·金塔尼利亚·佩雷斯（Roberto Quintanilla Pérez）。后来莫妮卡被捕，遭受酷刑后被枪决。

而在小说中，汉斯·厄特尔到达玻利维亚以后一刻不停地寻求冒险，一心想着寻找印加帝国失落的城市帕伊提提（Paititi），无法前进时便如困兽般焦躁不安；而对于其三个女儿，作者关注她们童年时对异国他乡的不适应、少年时对家庭和父母的反叛和抗争、青年时面对社会政治局势时幻灭的梦想和面对个人情感时的少女情怀。

显而易见，哈斯本并不想写一部历史小说，他明确地表明自己并不想展现一个国家或时代。一如其前期的短篇小说中那样，他不在乎传记中的所谓真实，反而关注其中的虚构成分，他甚至故意"篡改"了史实中可以确认的时间和地点，来凸显其作品的虚构性和主观性。他关注的并非历史事件；他也不是想写一部人物传记，他对于人物的兴趣不在于他们作为青史留名的人物的那一面。如作家本人所言，他不仅记录历史上广为人知的那些事，而且想象那些"不为人知的事情"——作为身处历史洪流中的普通人的个人体验、人的情绪与感觉的变化、人与人之间的牵绊和冲突——如书名所示，"情感"。

将个人情感体验穿插甚至凌驾于家国命运书写之上，对宏观历史进行微观化书写，是新一代拉丁美洲作家讨论历史现实和国家记忆这一类话题时常用的一种手段，哈斯本也选择了这样一种历史书写方式：他混淆现实与虚构之间的界线，将真实的历史大事件与虚构的个人小细节糅到一处，人生中的公共领域（社会形势、政治斗争）与个人领域（家庭、婚姻、情感）交错在一起，互为补充，彼此映照。哈斯本曾表示，这其中有一个双向的运动：一头去往家庭内部……去往家族的记忆……一头去往外界，去往社会和一个国家的历史，他认为这个家庭的遭遇和他们所选择的这个国家的遭遇彼此映照。家与国的对应关系在小说中有着多方面的展现：一方面，厄特尔家族成员对于未来的不知所措和不断探索，尤其是年轻的女儿们为爱情憧憬和革命理想而进行的不断尝试，都与彼时的玻利维亚摸索国家命运的前赴后继互为写照；而一家人各自的梦想尽皆破灭，也暗合了无望、严峻的国内形势和不容乐观的国家命运。另一方面，在小说中，暴力这一常见于社会大事件的政治话题也出现在家庭的微关系中，家庭内部的无形暴力、家庭成员中无法彼此认同而展开的旷日持久的拉锯战，正是国家层面的暴力事件另一种没有硝烟的重现。

在《情感》中，作品挑衅与颠覆官方历史和权威的方式亦十分特别。在这里，利用多种叙事声音来构建多种观点，形成互相碰撞的复调结构，反驳执着一言的官方大写历史，在作品的出版年代（2015）而言，已经不算多么耳目一新的写法。而哈斯本在《情感》中最令人印象深刻的，是基于颠覆官方权威这一目的而运用女性叙述的声音。实际上，女性形象在哈斯本的小说中一直占据着重要地位，作家前期的短篇小说便有众多形象各异的女性角色出现，第一部长篇小说《身躯之地》更是以一个女人的日记为蓝本展开的家庭与自我探索。而在《情感》中特殊的历史、社会背景下，女性叙述声音的选择显得颇有深意。首先，以女性作为叙事声音，这一在众多女性文学作品中曾得到广泛运用的做法，本身便蕴含着一种挑衅权威、去中心化的意味。而将以长女莫妮卡为代表的三个女儿置于波澜壮阔的革命浪潮中，令她们跳脱出其时其地的女性所固有的家庭范畴，也打破了当时拉丁美洲社会中传统女性形象的定式。小说中反叛与挑衅的主题进一步在家庭中的母女和父女两种关系中得到展现：年轻一代的女儿们无法接受母亲那种传统女性所制定的规矩，这一充满抗争意味的母女关系在许多以女性意识觉醒为主题的小说中都有所体现；然而，面对见识广博、社会阅历丰富的父亲，她们也不是一味地听信和遵从，而是坚持自己的主见。这样对双亲的反叛便有了双重意义：她们不仅是作为女性而反叛父权社会的既定规则（在这

罗德里格·哈斯本（Rodrigo Hasbún）

里，母亲作为父权社会权威的形象出现）；她们同时也是作为纯粹意义上的人——新一代的年轻人来反叛上一代权威的成功范例，这使作品跳脱出一般意义上的性别批判思路，而有了更广泛、更贴近当代现实的社会和时代意义。

（莫娅妮）

安德烈娅·耶夫塔诺维奇
（Andrea Jeftanovic）

　　安德烈娅·耶夫塔诺维奇（1970—　　），智利小说家和散文家。在智利天主教大学学习社会学，而后获得加州大学伯克利分校西班牙语文学博士学位，现为圣地亚哥大学研究员。耶夫塔诺维奇的父母是欧洲移民（父亲是塞尔维亚人，母亲是保加利亚犹太人），二战爆发后来到智利，家里信仰天主教、犹太教、东正教，不过出生在圣地亚哥的耶夫塔诺维奇认为自己更像是智利犹太人，她也不是宗教信徒，她说文学便是她的信仰。孩童时期，耶夫塔诺维奇不断接收来自家庭和社会的各种创伤和暴力的信息，一方面她不得不承受着父辈传递下来的战争记忆，那段从硝烟四起的欧洲向美洲流亡的噩梦，另一方面她年仅3岁便在懵懵懂懂中亲历了智利曲折的民主变革。这些经历使她从小便有成为作家的愿望，将记录、写作和讲述作为自我治愈的方式，在书写的过程中她得以重塑那段未曾亲身经历的过去，从集体记忆深处寻找自己的身份认同。

安德烈娅·耶夫塔诺维奇（Andrea Jeftanovic）

1973年智利发生军事政变时，长达17年的皮诺切特军事独裁期间，智利有三千多人死亡，还有不计其数饱受折磨、被迫流亡的人。包括耶夫塔诺维奇在内的一群出生于20世纪70年代的智利作家普遍在压抑恐怖的政治氛围中度过童年，他们从小便深谙不能"妄议政治"的道理，因为身边极有可能藏有间谍。长大之后，这些年轻作家着力于重新评估恐怖政权给社会带来的负面影响，反对新政府和智利人遗忘这段令人痛苦的历史，在作品中强烈控诉独裁政府如何摧残和扭曲人性，导致人们失去与他人维系亲密关系的能力。

耶夫塔诺维奇常在作品和各种采访中表露自己的政治观点。20世纪90年代，艾尔文当选智利首位民选总统。虽然智利终于开始走上民主道路，但新政府拒绝审理此前失踪人口的案件，对过去侵犯人权的案例不再追究，精英阶层希望民众遗忘过去的野蛮行径，完美地实现民主化过渡，重建一个现代化的国家。但耶夫塔诺维奇认为这种做法是要割裂与过去的联系，遗忘曾经的不光彩，追逐一个文明的新社会。这种和谐只是新政府为人民绘制的美丽表象，恐怖政权给民众留下的创伤仍深深地刻在人们心里，对过去的记忆是不会轻易消失的，而文学的作用就是利用文字与遗忘抗争，保留过去的痕迹。虽然耶夫塔诺维奇对二战、皮诺切特独裁的记忆都是模糊不清的，但这种无意识的印象最终成为她创作的源泉，促使她深入探讨政治暴力给人们留下的心理创伤。

社会解体、经济危机、有罪不罚等社会问题也会投射在家庭生活中，因此家庭成了探讨记忆和遗忘、个人和集体、创伤和复原的空间。而孩子会全盘接受家庭的影响，上一代人的记忆会在孩子的人生中留下痕迹，而家庭中的孩子正在成长为社会的公民，处在小家庭和大社会的界限之间。因此在独裁时期之后涌现出一系列以儿童视角为主的文学作品，包括克里斯蒂娜·佩里·罗西（Cristina Peri Rossi）、迪亚梅拉·埃尔蒂特（Diamela Eltit）、何塞·多诺索等智利作家都曾借助儿童的成长经历揭露独裁时期的社会问题。同样，儿童的成长和记忆是耶夫塔诺维奇作品的主题，比如《孩子们说》（*Hablan los hijos*，2011）是耶夫塔诺维奇和几位作家合著的散文集，介绍了文学是如何讲述童年故事，并具体分析了几部文学、戏剧作品。但这些故事常常会涉及灰暗、扭曲的家庭问题，有时不可避免地会受到国家审查制度的限制。

耶夫塔诺维奇的其他文学作品有：小说《语言地理学》（*Geografía de la lengua*，2007）、访谈录《对话伊西多拉·阿吉雷》（*Conversaciones con Isidora Aguirre*，2009）、短篇小说集《逃逸中的独白》（*Monólogos en fuga*，2006）和《你别接受陌生人的糖果》（*No aceptes caramelos de extraños*，2011）、游记《漂泊不定的目的地》（*Destinos errantes*，2016）等。

《战争剧场》（*Escenario de guerra*）

《战争剧场》（2000）是耶夫塔诺维奇的第一部小说，在作品中她将过去和现在、现实和虚构、个人和集体、声音和沉默交织在一起。小说发表后即获得各大文学奖项，包括2000年智利"国家图书与阅读委员会大奖"（Premio Consejo Nacional del Libro y la Lectura）、2000年"加夫列拉·米斯特拉尔文学竞赛"一等奖和2001年"圣地亚哥城市文学奖"荣誉提名。

《战争剧场》以第一人称叙述，带有一定自传性质。耶夫塔诺维奇参加智利小说家迪亚梅拉·埃尔蒂特的写作工作坊时，拟写一部虚构自传，最终她将其写成小说《战争剧场》，因此我们能在这部作品的字里行间看到作者本人的影子。耶夫塔诺维奇曾说自己童年的记忆开始于阿连德总统府的爆炸声，这段记忆也被写进《战争剧场》中，成了主人公塔马拉家庭记忆的重要组成部分。

小说开始于塔马拉的自述："我坐在最后一排。余下的空座椅就此

安德烈娅·耶夫塔诺维奇（Andrea Jeftanovic）

铺展开来，像一排排墓碑……就这样我的童年开始上演。"小说的幕布缓缓拉开，塔马拉一个片段接一个片段地讲述自己从童年到成人的家庭生活，例如家里不断换住所，长辈如何相互怨恨。在塔马拉的成长过程中，父亲对她产生了重要的影响。父亲一直对第二次世界大战心有余悸，战争开始的时候父亲才9岁。战争的噩梦伴随父亲长大成人，成了他恐惧的根源，这种影响是毁灭性的，永远无法真正结束。父亲看起来身强体壮，但是内心脆弱，他需要开着灯才能睡觉，重复做着同一场噩梦。同样的情况也发生在女儿塔马拉身上，她从9岁开始经历智利军事独裁期间的种种恐怖事情，而父亲的焦虑不安在她年幼的生命里留下了不可磨灭的印象，同样处在恐怖氛围中的她和父亲一样无法关灯睡觉。过于沉重的历史压垮了这个家庭，塔马拉的父母不想让孩子被过去的压抑氛围传染，认为女孩子最好保持无知，历史是给那些活在过去、没有未来的人学习的。父亲禁止塔马拉看历史书，母亲也限制她的言行，但是这些都不能阻止她将一切记录下来，塔马拉身上有和耶夫塔诺维奇一样的倔强，一定要将所闻所见记录下来，她把百科全书偷偷藏在床下，将听到的词汇、片段记录下来，试图慢慢解读它们的含义，她拒绝变成没有过去、遗忘历史的"孤儿"。沉重的历史就像一个尘封的死结，将塔马拉困在过去，阻碍她继续未来的生活，唯一的出路就是将它们写出来、讲出来，在她看来这也正是文学的力量。

《战争剧场》模仿戏剧结构，共分为三幕，每一幕由多个小章节组成。标题也带有戏剧的特色，比如"独自表演""幕后"和"上演"。通过戏剧式的结构和语言，耶夫塔诺维奇所要说明的是记忆不是重建历史的过程，而是对过去的展示，回忆的过程和戏剧上演的方式一样，一章接一章地讲述，一幕一幕地播放。记忆深受主观因素的影响，它不仅和个人生活经历相联系，还与社会政治环境密切相关。进入民主时期后，人们开始反思过去的一切，如何重建历史记忆、记忆的机制是什么成为大家所关心的话题。关于战争的记忆是难以消除的，不仅会影响一个人的一生,还会传递给下一代。因为个体记忆通过语言传达给他人,语言本身的社会性使得记忆不可避免地受到社会和集体氛围的影响;也就是说记忆本身就是社会性的,不管它有没有被直接陈述出来,也会在不知不觉中传递给身边人。《战争剧场》中塔马拉虽然没有亲历第二次世界大战的场景,但她从父亲身上无意识地获取了记忆战争的独特方式,她对智利独裁时期的记忆是掺杂着父辈记忆的混合体,因而塔马拉对智利社会的体验显得更加多元复杂。作为孩子,塔马拉展现记忆的过程是无意识的、碎片化的,符合独裁时期高度分裂的社会状况。当时许多人并不是选择支持皮诺切特或反对皮诺切特的左、右阵营,而是站在两级分裂的中间,各有立场,内心挣扎。正如小说的标题所暗示的那样,记忆的"战场"里包罗万象,而对"战场"的记忆永不磨灭。

(曾琳)

卡洛斯·拉贝（Carlos Labbé）

卡洛斯·拉贝（1977—　），智利作家、文学评论家、编辑、音乐人。2010年，他被《格兰塔》评选为22位"最佳西班牙语青年小说家"之一。

拉贝本科就读于智利天主教大学文学系，本科毕业论文是一篇关于乌拉圭作家胡安·卡洛斯·奥内蒂（Juan Carlos Onetti，1909—1994）的文章；硕士研究生论文的研究对象则是智利作家罗伯特·波拉尼奥。拉贝从2010年开始定居美国新泽西。

拉贝的文学首秀始于1993年发表的两篇短篇小说，至今已出版长篇小说《五角形：你与我包括在内》（*Pentagonal: incluidos tú y yo*，2001）、《羽毛之书》（*Libro de plumas*，2004）、《圣诞镇与屠杀镇》（*Navidad y Matanza*，2007）、《絮语》（*Locuela*，2009）、《对抗世界的秘密武器》（*Piezas secretas contra el mundo*，2014）、《交易》（*La parvá*，2015）、《灵魂舞设》（*Coreografías espirituales*，2017）、《帕塔瓜之旅》（*Viaje a Partagua*，2021）；中篇小说《你用纸雕怪兽斩断噩梦》（*Cortas las pesadillas con alebrijes*，2016）；短篇小说集《白字》（*Caracteres blancos*，2010），收录作者2004—2010七年间所创作的短篇小说。

拉贝小说创作最大的特点是作家在文学创作中融入了属于网络时代、电子游戏式的交互型创作理念。首先，拉贝的多部小说都是先以电子书形式出版，甚至仅以电子书形式出版的。比如其处女作《五角形：你与我包括在内》便是一部超文本小说，以超链接形式自由地、游戏式地在各个迷你章节文本之间跳跃，形成无限的叙事和阅读可能性。《交易》和《你用纸雕怪兽斩断噩梦》则是以电子书形式先行出版，之后才出版纸质书。除此以外，他还有不少短篇小说散见于各类电子期刊之中。其次，拉贝本人是电子游戏的忠实拥趸，他将电子游戏的内容、形式和理念都融入自己的文学创作中——拉贝的多部小说中都有与电子游戏相关的人物设定和情节内容，如《圣诞镇与屠杀镇》中身为电子游戏公司管理层的父亲、《对抗世界的秘密武器》中编写电子游戏的挪威女孩阿尔玛等。最后，也是最重要的一点，拉贝将电子游戏中由玩家进行选择决定游戏走向的交互式创作形式带入了文学创作中，如《对抗世界的秘密武器》中多个章节都会以"如果您觉得……，请前往××页的××章节继续阅读"这样的句子作为接续下文的转接点。

这种做法并非网络时代所首创，阿根廷著名作家胡利奥·科塔萨尔以小说《跳房子》（*Rayuela*，1963）为代表的游戏式文学创作已在这方面有过杰出的探索和尝试，然而，拉贝在这种交互式文学游戏中融入了更多元的文学元素。在这种游戏式、跳跃式的文学创作中，碎片式叙事、非线性时间自然成为拉贝小说的明显特征之一。但是，其小说中最值得一谈的特色在于：多种叙事声音的设置用包括网络交互式在内的多种形式另类呈现。在其多部小说中，会对同一事件有多方不同声音的叙述，如《羽毛之书》中的主人公马克西莫·多布莱特（Máximo Doublet）和女友对于彼此如何相识的过程有着不同讲述，展现事件的不同方面和情节发展的不同可能性。《圣诞镇与屠杀镇》中的小说叙述者及其同伴窝在地下实验室里，通过网络完成小说—游戏，对同一故事进行一场多方叙述者共同参与的接龙。更进一步地，在某些小说中，多种叙事声音的同时出现不仅用于"叙述"所发生的故事，甚至可以"改写"故事的真实。比如《灵魂舞设》中的编辑和乐队成员便将摇滚乐手所写下的传记进行随意的修改和扩充，多重叙事声音在这里便有了一种"作者已死"、读者越俎代庖的意味，真实不再是终极的、唯一的，而是可塑的、可改造的、可重写的，小说文本不再是作者的单人创造，而像游戏和网络文本一样，成为众多玩家和读者共同再创作的产物，成为一种"集体小说"（novela colectiva，作者本人语）[①]。从这一角度出发，拉贝的这一系列小说也可看作是作者本人所秉承的"要做语言的黑客"，"打破整齐划一的意识形态"（安赫尔·路易斯·苏卡萨斯语）[②]这一理念的一种文学实践。

从另一方面来看，这种对于"文本改写"的探索、对于叙事可能性和阅读可能性的探索也让拉贝的小说拥有了一种"元小说"的特色，这种特色不仅体现在"文本改写"这一方面，也体现在拉贝的多部小说中对于"文学"这一话题本身的讨论：《絮语》中对于智利文学运动的探讨、对于一部小说究竟是谁在为谁创作的讨论、对于重写经典的可能性的思索，《对抗世界的秘密武器》中对于关于文学是否可以打破体裁之限的讨论，等等，都是这一特色的具体体现。这种在文本中讨论文本、在作品中讨论作品的做法是拉贝小说的另一特色。

除了文学创作与文学批评研究方面的工作，拉贝曾参与研究网站"戏剧档案馆"（Archivodramaturgia）的研究工作，曾是智利行星出版社的编辑。他在《书论》（*Sobre Libros*）杂志撰写文学评论，

---

① Sucasas, Ángel Luis. "Carlos Labbé: 'El escritor tiene que ser un hacker de la palabra'", *El País*, 5 de febrero de 2014. https://elpais.com/cultura/2014/02/04/actualidad/1391528788_252648.html [2020-04-16]

② Ibid.

并身兼杂志社社长。拉贝于2005年编辑出版了《言语集》（*Lenguas. Dieciocho jóvenes cuentistas chilenos*，2005），其中收录了18位智利青年短篇小说家的多部短篇故事。2008年，拉贝与同为作家的妻子莫妮卡·里奥斯（Mónica Ríos）和马丁·森特诺（Martín Centeno）共同创建了独立出版社"桑格利亚"（Sangría Editora）。

除此以外，卡洛斯·拉贝还是一位跨界艺术家。他是实验性流行音乐乐队"从前的狂欢"（Ex Fiesta）和"托纳索利多斯"（Tornasólidos）的成员，发表过五张专辑。拉贝对于音乐的关注与热爱也投射到他的文学创作中：他的小说《灵魂舞设》便是以流行音乐界的人物和故事为背景写成的；拉贝还曾与智利导演克里斯托瓦尔·瓦尔德拉玛（Cristóbal Valderrama）合写电影剧本《打蛋麦芽酒》（*Malta con huevo*，2007）、《名字》（*El nombre*，2015）、《我是卡格里奥斯特罗》（*Yo soy Cagliostro*，待上映），其中《打蛋麦芽酒》获得了2008年度"佩德罗·谢纳最佳剧本奖"（Premio Pedro Sienna al Mejor Guión）。

《絮语》（*Locuela*）

《絮语》是智利作家卡洛斯·拉贝的第四部长篇小说，发表于2009年，也是作家第二部被译成英文的小说。

伊萨斯坤·亚雷赛（Izaskun Arrese）这样概括这部小说的情节："非常宽泛地说，这部作品讲述的是一位小说家的故事，他写的小说也包括在文本中，而它也是关于一位写小说的作家的。对于写作行为的表现和一件对于这两个故事都十分重要的事件——一个名叫维奥莱塔的白化病女人之死——穿插在一起，这位小说主人公兼作家试图调查并讲述她的这桩谋杀案。"

这便是拉贝这部小说里所有能够讲清楚剧情的故事成分,然而,这里的"故事"——所能概括、复述的有形"剧情"还不到小说内容的三分之一。在这部小说里,故事情节是作者创作意图和创作过程中最不重要的元素。小说分为三部分:"小说"(La Novela)、"收件人"(El Destinatario)、"寄件人"(La Remitente)。其中"小说"这一部分以第三人称全知视角写成,内容是关于一个侦探调查一桩谋杀案的故事,死者是一个患有白化病的女人。第二部分"收件人"是"小说"这一部分的故事作者——文学系学生卡洛斯的个人日记,以第一人称写成,卡洛斯讲述他的书写过程、他的女友埃莉沙以及他对于胡安·卡洛斯·奥内蒂作品的狂热钟情和深刻讨论。第三部分"寄件人"是一位名叫维奥莱塔的白化病女患者(也就是"小说"中的女死者)与一位署名"作者"(El que escribe)的人物(也就是"收件人"里的作家卡洛斯)之间的往来书信,他们谈论自己所生活的虚拟城市内乌特里亚(Neutria),谈论生与死,谈论一场"反对文学商品化"[①]的文学运动(罗伯特·卡雷亚加语)。

单从小说结构来看,这已经是一部在书言书的元小说:书中人物在小说中探讨如何创作小说,探讨与文学相关的话题。卡洛斯·拉贝对于讲述一个清晰、完整的侦探故事——或者说任何故事——没有兴趣,他的这部作品也没有止步于"在文学中谈论文学"的双层结构,而是更加复杂:拉贝在小说中引入了巴赫金的"复调叙事"手法,多个人物、多重叙事声音在小说中穿插出现,多声部地、反复地从多种角度对同一事件进行讲述。拉贝的多声部世界是碎片式的,是不完整的,但是他在其中汇聚了所有可能的叙事声音和观察视角,叙事因此变得立体起来,展现出人生体验的多角度性和丰富性。如罗莎·贝内特斯(Rosa

---

[①] Careaga C., Roberto. "Carlos Labbé: 'Mucho escritor flojo en Chile se esconde en la entretención'", *La Tercera*, 29 de marzo de 2010. https://www.latercera.com/noticia/carlos-labbe-mucho-escritor-flojo-en-chile-se-esconde-en-la-entretencion/ [2020-04-16]

Benéitez）所言，众多"准叙述者"（paranarradores）的设置令小说恍如"镜渊"（mise en abyme）。① 然而，这与巴赫金所重点关注的陀思妥耶夫斯基的文学世界不同，也与20世纪的拉美文学前辈采用包括多声部在内的多种文学技法来试图全面展现现实的文学野心不同，在拉贝的多声部叙事声音中，作者想立体展现的并不是"故事"本身，而是"叙事"这一行为——拉贝的这部作品所关注的不是故事，而是写作、阅读这部作品的这一体验和行为，作家所关注的是叙事、语言。这一点，从小说标题便可见一斑。

"絮叨（locuela）——这个词是从伊格耐休斯·劳埃欧勒那儿借来，指一个人老是在絮絮叨叨，不厌其烦地纠缠自己创伤的痕迹或某一行动的后果：恋人絮语的一种鲜明的方式……"（罗兰·巴特语）② 这就是拉贝的小说对标题的自我释义。

伊格耐休斯·劳埃欧勒即西班牙神学家、耶稣会创始人伊格纳西奥·德·洛约拉（Ignacio de Loyola，1491—1556），他在《精神日记》（*Diario Espiritual*）中提出了"locuela"③ 的神秘主义内涵："'locuela'之天赋是指在内心听到某种天神之语"（第199页），"这种现象常常发生在望弥撒的过程中，也是指向望弥撒这一活动本身的"（第200页）。洛约拉还提到"locuela"也可以被认为是某种"天籁之音"（música celestial，第207页）。拉贝曾说，创作的过程就像"放任自己融化流动，单纯地专注于话语（叙事）：这就是圣伊格纳西

---

① Benéitez, Rosa. "Las «Locuela»-s de Carlos Labbé", *Afterpost,* 10 de febrero de 2010. https://afterpost.wordpress.com/2010/02/10/locuela-carlos-labbe/ [2020-04-16]

② 本文所引所有罗兰·巴特的话都节选自《恋人絮语——一个解构主义的文本》（罗兰·巴特著，汪耀进、武佩荣译，上海：上海人民出版社，1988年），第175—177页。

③ "locuela"一词作为神秘主义术语被洛约拉在其《精神日记》中提到，笔者无从查找原书，仅从圣地亚哥·提奥·德·波尔（Santiago Thió de Pol）所编著的《朝圣者的内心世界：圣伊格纳西奥·德·洛约拉的〈精神日记〉》（*La intimidad del peregrino: "Diario espiritual" de San Ignacio de Loyola*, Ediciones Mensajero）中找到相关评述。本段中所引洛约拉之语都转引自此书。

奥的'locuela'"①。宗教仪式和写作过程在这里有一个巧妙的类比：专注于弥撒的语言（或写作的形式），不去在意神谕（或情节）的完整与否。而另一方面，如罗兰·巴特所言："我在扮演一个角色：我是止不住要哭的人；我又是为自己在扮演这个角色……我就是我自己看的戏。"（罗兰·巴特，第176页）在拉贝的小说中，关于文学叙事与语言、虚构与现实的一切界限被打破了，一切都是流动的，没有边界的，可以互相转化的，而拉贝所采用的私人日记和信件这种典型的"自我虚构"型体裁让小说创作过程中各类角色之间的流动性与缺乏边界的状态更为明显。仅举卡洛斯一人为例，他可以是手中执笔的作者，也可以是作者笔下的人物，可以是个人日记里的叙述者，也可以是书信往来中的倾听者。人物就这样轻易地在叙事中分解成多个角色："创造者变成了造物，信息发出者变成了接收者，小说人物变成了小说作者。"②（伊萨斯坤·亚雷赛语）更进一步来说，读者在重构故事的叙事脉络过程中，自己也同样成为了小说的共同创作者，正如拉贝所言："在《絮语》和我所有小说的形式中，（我都试图）将创作的主动权交到读者手中。"③作者在小说最后写到，"读者永在，作者已死"，创作权、解读权全部归于读者。

《絮语》是碎片的，是分裂的、是含混的、其中的人物、叙事声音是多层次的，是可以允许多重解读的，这也是这部小说的独特魅力所在。有评论文章认为这部小说的真正用意在于令我们质疑艺术的终极难题——虚构的形象与虚构者的形象，哪一个更真实？比如，像奥内蒂笔

---

① Fuentealba, Marcela. "La locuela de Carlos Labbé", *Revista Paula*, diciembre de 2009. http://letras.mysite.com/ cl020110.html [2020-04-16]

② Arrese, Izaskun. "'Ganarle al temido e insoportable silencio': *Locuela, de Carlos Labbé*", *Letras en línea*, 8 de mayo de 2010. http://www.letrasenlinea.cl/?p=920 [2020-04-16]

③ Careaga C., Roberto. "Carlos Labbé: 'Mucho escritor flojo en Chile se esconde en la entretención'", *La Tercera*, 29 de marzo de 2010. https://www.latercera.com/noticia/carlos-labbe-mucho-escritor-flojo-en-chile-se-esconde-en-la-entretencion/ [2020-04-16]

下的圣玛利亚城一样，《絮语》中的虚构城市内乌特里亚是否就是不真实的呢？（何塞·普罗米斯语）也有评论文章认为《絮语》不只是一部谈论如何写小说的小说，实际上隐藏着对于何为整个文化工业机制意义的深刻思考。（J. C. 拉米雷斯·费格罗亚语）按照拉贝的创作理念，作者已死，读者永在，如何解读，全在读者/共同创作者一念之间。

（莫娅妮）

比森特·莱涅罗·奥特罗
（Vicente Leñero Otero）

比森特·莱涅罗·奥特罗（1933—2014），墨西哥著名剧作家、编剧、小说家和记者，同时也是涉猎广泛、著作等身的学者。1933年6月9日出生于瓜达拉哈拉的哈里斯克（Jalisco），后随家人迁居墨西哥城，进入墨西哥国立自治大学学习土木工程。经过一段时间的大学生活，莱涅罗逐渐发现自己真正的兴趣并不在土木工程，而是在文学阅读和写作。虽然他历尽挫折最终拿到了土木工程的学位，但一毕业他就转入文学创作领域，将写作当作一生的事业。

从1961年起，莱涅罗开始发表自己的文学作品。在陆续出版了几部小说、逐步奠定在文坛中的地位后，他开始涉足戏剧创作领域，并在1969年完成了自己的第一部剧作《被拒绝的民众》（*Pueblo rechazado*）。这部作品的素材来源于墨西哥一家修道院里发生的真实事件，一位名叫格雷戈里奥·勒梅尔希尔（Gregorio Lemercier）的神父在自己主管的修道院中开展心理分析实践，并因此与梵蒂冈教廷产生意见分歧和激烈冲突。莱涅罗以一种纪实剧的形式，将事件本身及它在宗教、科学、新闻媒体等各个领域产生的反响一一呈现在舞台之上。但作者的目的不仅仅限于呈现，而是激发人们对于教会改革、制度危机等更深层次的思考。该剧上演后在公众中引起很大反响，用当时著名剧作家马克斯·奥布的话来说，《被拒绝的民众》的上演代表了二十年来戏剧界最重要的事件。

在此之后，莱涅罗又接连创作了《泥瓦匠》（*Los albañiles*，1970）、《马戏场》（*La carpa*，1971）、《审判》（*El juicio*，1971）、《桑切斯的子女》（*Los hijos de Sánchez*，1972）、《乔迁》（*La mudanza*，1979）、《阿莉西亚，也许》（*Alicia, tal vez*，1980）、《白夜》（*Las noches blancas*，1981）、《天使来访》（*La visita del ángel*，1981）、《莫雷洛斯的殉难》（*Martirio de Morelos*，1981）等作品。1983年，莱涅罗将这些作品收录成戏剧作品集出版，并决定将这些作品分为"文献纪实剧""文学衍生剧"和"独立原创剧"三类。"文献纪实剧"是对当时风靡整个西方剧坛的"文献剧"潮流的一种响应，作品多以历史史实、新闻报道等作为创作基础，在情节、台词、服装、道具等方面都力求忠实于事件本身，淡化文学色彩，还原某个历史阶段国家在某个具体方面的真实面貌。例如，根据1928年阿尔瓦罗·奥布雷贡（Álvaro Obregón）将军遇刺案的犯罪嫌疑人何塞·德·莱昂·托拉尔（José de León Toral）和贡奇塔修女（la Madre Conchita）的庭审速写记录创作的《审判》就是其中的典型代表。"文学衍生剧"的作品大多由莱涅罗自己或其他作家的小说改编而来，如1970年上演的《泥瓦匠》便是在作者发表于1963年并获"简明丛书奖"的小说基础上改编而成的。《马戏场》《乔迁》等作品则属于"独立原创剧"的范畴，完全出自莱涅罗自己的戏剧构思。

在20世纪80年代以后的戏剧创作中，莱涅罗也基本遵循了这样的创作模式，以其旺盛的精力又创作了《胡安·何塞·阿雷奥拉，你还记得

比森特·莱涅罗·奥特罗（Vicente Leñero Otero）

鲁尔福吗？》（¿Te acuerdas de Rulfo, Juan José Arreola?，1986）、《女士》（Señora, 1986）、《赫苏克里斯托·戈麦斯》（Jesucristo Gómez, 1986）、《一无所知》（Nadie sabe nada, 1988）、《地狱》（El infierno, 1989）、《已是昔日旧时光》（Hace ya tanto tiempo, 1990）、《埃尔南·科尔特斯的夜晚》（La noche de Hernán Cortés, 1992），《我们都是马科斯》（Todos somos Marcos, 1995）、《失败者》（Los perdedores, 1996）、《天色渐晚得真快》（Qué pronto se hace tarde, 1996）、《堂胡安在查布尔特佩克》（Don Juan en Chapultepec, 1997）等作品。

跟与他同时代的大多数剧作家不同，莱涅罗的作品在创作完成后都能很快被搬上舞台，而他本人也经常与导演交流，参与自己作品舞台呈现的实施。正因如此，莱涅罗在创作中能够更多地考虑到表演过程对作品的影响和要求，并在剧情构建中时时加入最具时代特色的元素。又因为莱涅罗的很多作品都选择使用真实事件作为剧情素材，他的作品就往往能迅速抓住时代脉搏，具备了强烈的批判色彩，承担了非常重要的社会角色。在戏剧评论界，莱涅罗通常被认为是处于"50年一代"和"墨西哥戏剧新世代"之间的一位作家，他的创作期与这两个群体的作家有一定的交集，但他开创了一条自己的道路，形成了具有鲜明个人特色的风格，逐渐成为墨西哥当代戏剧领域最引人注目的作家。

除了戏剧创作，莱涅罗还涉足小说、新闻、影视文学的写作，曾多次获得相关领域的重要奖项，如"马萨特兰文学奖"（Premio Mazatlán de Literatura, 1987）、"哈维尔·比亚乌鲁蒂亚奖"（2001）、"国家科学艺术奖"中的"语言文学奖"（Premio Nacional de Ciencias y Artes en el área de Lingüística y Literatura, 2001）以及"卡洛斯·塞普提恩·加西亚全国新闻奖"（Premio Nacional de Periodismo Carlos Septién García, 2010）。这些获奖记录都在彰显莱涅罗在各个领域所取得的不同凡响的成就，而这些成就也使他成为墨西哥当代文艺界最负盛名的大师级人物。

2014年12月3日，比森特·莱涅罗·奥特罗因病于墨西哥城逝世。他留下了包括小说、戏剧、杂文、电影剧本在内的大量作品，为墨西哥当代文化发展做出了不容忽视的贡献。

《堂胡安在查布尔特佩克》（*Don Juan en Chapultepec*）

《堂胡安在查布尔特佩克》创作于1997年，是比森特·莱涅罗·奥特罗戏剧创作晚期的作品。同他之前创作的大部分剧作一样，《堂胡安在查布尔特佩克》也是以历史真实的人物和事件作为创作素材，但并不是所谓的"文献纪实剧"，而是人物、事件框架为史实，细节为虚构想象的原创作品。

作品以《堂胡安·特诺里奥》（*Don Juan Tenorio*）的作者、西班牙著名剧作家何塞·索里亚（José Zorrilla，1817—1893）在墨西哥侨居时的逸闻为主要内容，主要表现他与墨西哥皇帝马克西米连诺一世（Maximiliano I）和皇后卡洛塔（Emperatriz Carlota）之间的交往和关系。马克西米连诺一世原是奥匈帝国皇帝弗兰茨·约瑟夫一世之弟，享有奥地利大公头衔，在法国皇帝拿破仑三世派军入侵墨西哥并推翻共和国民选政府后，成为拿破仑三世扶植的墨西哥傀儡皇帝。从1864年到达墨西哥登上皇位，到1867年被墨西哥前总统贝尼托·巴勃罗·胡亚雷斯·加西亚（Benito Pablo Juárez García）领导的共和派推翻，马克西米连诺一直处于墨西哥各种对立势力复杂的斗争漩涡之中，是各方矛盾的焦点所在。1866年开始，拿破仑三世出于保护自己的政治利益而开始逐步从墨西哥撤军，墨西哥皇室的统治根基被动摇，处于岌岌可危的境地。卡洛塔皇后返回欧洲，试图游说各国王室，反对法军撤军并寻求援助，但她的努力最终也未能奏效。墨西哥国内主张推翻皇权、恢复共和

比森特·莱涅罗·奥特罗（Vicente Leñero Otero）

的声音最终演变为针对马克西米连诺的战争，皇帝因拒绝离开其追随者而选择留在墨西哥，战败被俘，不久被军事法庭以颠覆墨西哥共和国的罪名判处死刑并最终执行枪决。

《堂胡安在查布尔特佩克》的开场时间就设定为马克西米连诺皇帝死后的第二年，场景就是何塞·索里亚与卡洛塔皇后在欧洲重建联络的情景，以倒叙方式呈现1866年索里亚与马克西米连诺夫妻相交的往事。作为欧洲王室中罕见的自由派支持者，马克西米连诺皇帝对文学、音乐、美术、戏剧都有着不同一般的热爱，索里亚的《堂胡安·特诺里奥》就是皇帝夫妇最喜爱的剧作之一，其中"堂胡安"的形象更是成为卡洛塔皇后痴迷爱慕的对象，于是何塞·索里亚便也成为皇帝夫妻的座上客，频频出入位于墨西哥城城外查布尔特佩克山上的皇宫。在剧中，马克西米连诺与索里亚畅谈对戏剧的热爱，表达了自己试图在墨西哥发展戏剧艺术、建立国立剧院的宏大志向，甚至提出要请索里亚来担任国立剧院的院长，向他许诺各种优厚的条件，以明确自己的延揽之心。索里亚虽然对皇帝的赏识心怀感激，但对其时墨西哥的戏剧艺术发展前景却不抱任何希望，一方面是因为墨西哥戏剧传统基础薄弱，在戏剧创作和导演、表演领域都缺乏人才；另一方面是因为正处于政治动荡中的墨西哥也根本不可能为戏剧艺术的发展提供持久稳定的环境和条件。尽管如此，索里亚仍然尽其所能，自己出钱出力，以助皇帝达成心愿。这当然有他想报答皇帝知遇之恩的因素，但更深层次的原因则在于他心底的愧疚之情。卡洛塔皇后是《堂胡安·特诺里奥》这出戏剧的狂热拥趸，沉迷于对"堂胡安"的痴迷，并因此对这个文学人物的创造者索里亚也心生情愫。索里亚的现实婚姻因妻子善妒而充满不幸，他为了逃避妻子甚至不惜离开欧洲远走墨西哥。在这样的情况下，虽然对卡洛塔一直将自己当作"堂胡安"的化身表示不满，但索里亚还是难以抗拒皇后对他的真情流露和诱惑，最终陷入其中难以自拔。这时，恰逢索里亚的妻子去世，他决定返回欧洲以逃避这样的尴尬处境，但卡洛塔随后也提出要独自前往欧洲，表面上是为马克西米连诺寻求援助，实际上也是为了能与索里亚在欧洲再次相会。当两人在一起互诉衷肠、紧紧相拥时，却被马克西米连诺发现，随后舞台上突然响起枪声，皇帝倒地而亡。在这里，作者通过灯光、音响等手段实现了对时空的操纵，将几个月后发生的对马克西米连诺的枪决场景提前呈现，似乎是在暗示，在马克西米连诺发现了索里亚和卡洛塔的秘密恋情时，爱人与朋友的背叛已经将他的心推入深渊，陷入了精神上的死境，对他毁灭性的打击不亚于几个月后降临的死亡。

根据莱涅罗在作品文本最后所做的注释，《堂胡安在查布尔特佩克》一剧中所展现的索里亚的个人生活经历、他与马克西米连诺皇帝夫妇之间的亲密关系都源于真实的历史记录。索里亚和皇帝在交谈中所表达的对《堂胡安·特诺里奥》的看法以及对戏剧发展前景所持的观点也都参考了何塞·索里亚对创作进行自评的相关文献。但索里亚与卡洛塔皇后的恋情以及三位主人公之间感情纠葛的细节则完全是作者的虚构。这种以历史文献作为取材基础，在史实框架上进行虚构的方式是莱涅罗在戏剧文学创作中经常使用的模式。这种模式让观众在认同观剧感受的现实性的同时，也享受到想象和虚构带来的新奇感，因而也就成了莱涅罗作品颇具特色、大受欢迎的原因所在了。

（卜珊）

马里奥·莱夫雷罗（Mario Levrero）

马里奥·莱夫雷罗（1940—2004），乌拉圭作家、专栏作家和漫画家，也是摄影爱好者。莱夫雷多出生于蒙得维的亚，并在那里度过了人生的大部分时光，也在阿根廷和法国工作和生活过。20世纪50年代，他和朋友共同经营一家旧书店，取名"新卫队"，致敬他小时候去过的同名探戈俱乐部。1969—1971年在《人民报》（*El Popular*）副刊刊载幽默文章，之后为多个杂志社撰稿，晚年主办文学工作坊。80年代以来，莱夫雷罗的作品不断受到赞誉，作品在西班牙、阿根廷和其他国家再版，但他为人低调，很少接受采访，作品也一直不为公众所知。

他的写作风格受到科幻作品和侦探小说的影响，同时富有喜剧般的幽默感。比如在短篇小说集《猎兔》（*Caza de conejos*，1986）中出现各种充满隐喻色彩的动物形象，涉及政治、人性、谋杀、社会问题等多种题材，从作品的题目也可以看出其中暗含的黑色幽默：究竟是人类狩猎兔子，还是反过来呢？就像文中所说："这部作品只是兔子为了捕猎人类而设下的语言陷阱。"在这些短篇小说中，我们既是兔子，也是狩猎者。

莱夫雷罗的作品深受卡夫卡的影响，着重关注人的无意识世界，流畅地表达自己内心不断流动变化的思绪，特别是他的"无意识三部曲"：《城市》(*La ciudad*, 1970)、《巴黎》(*París*, 1980)和《地方》(*El lugar*, 1982)。这三部作品有相似的写作风格，均以第一人称叙述，描述了城市空间里的生活面貌，一并展现了作者对捉摸不定的个体生活的感知；句子和段落之间有时缺乏具体的含义，就像一段段被娓娓道来的梦呓。但作为一个整体来看，三部曲有着独特的效果，正如科塔萨尔的短篇小说，奇异而神秘，营造出梦境与现实交织缠绕的朦胧感。2008年这三部小说出版合集《无意识三部曲》(*Trilogía involuntaria*)。

乌拉圭文学评论家安赫尔·拉马认为莱夫雷罗是"古怪的一代"（grupo de los raros）的代表作家。1965年以来乌拉圭的社会运动冲突激烈，政府打压游行活动，限制新闻自由。在这样的社会背景下，这些年轻的作家们提出新的美学要求，寻找新的话语形式，开创了乌拉圭新叙事文学，作品略有超现实主义色彩，风格独特，个个自成一派。在安赫尔·拉马看来，以莱夫雷罗为代表的乌拉圭作家与"45年一代"或"批评的一代"不同，他们经历了1973—1984年乌拉圭灰暗的军事独裁时期，许多人因拒绝被制度同化，转而成为社会边缘群体，他们通过文字对抗独裁制度。因此，这个时期的文学作品着力于表现新的城市空间里的个体。

在莱夫雷罗的作品中，常见的叙述空间有地铁、房间、街道等城市地点，但这些空间不仅仅是为情节展开而设置的布景，它们更是那个时代集体经验所寄托的对象，映照了城市化浪潮下人们的集体感知。比如在《城市》中，压抑的社会制度围起了一堵看不见的墙体，生活沉闷苦涩，住在城市里的人们难以摆脱困境，也无从逃离。面对独裁时期的种种规制，莱夫雷罗创造了一个想象的世界，通过文学的方式间接地批判残酷、凝重的社会现实。

马里奥·莱夫雷罗（Mario Levrero）

《空洞的话语》（*El discurso vacío*, 1996）和《发光的小说》（*La novela luminosa*, 2005）代表了莱夫雷罗晚期的创作风格。不同于《无意识三部曲》的内在性和隐秘感，这两部作品更加关注写作行为本身，将作者"我"置于讨论的中心，探索新的书写形式，从而反思现代社会中文学创作、资本市场、政治环境、文化模式之间的关系。

莱夫雷罗的其他文学作品有：小说《恶棍日记》（*Diario de un canalla*, 1972）、《尼克·卡特享乐，而读者被谋杀，我濒临死亡》（*Nick Carter se divierte mientras el lector es asesinado y yo agonizo*, 1975）、《将一切置于我的手中》（*Dejen todo en mis manos*, 1994），短篇小说集《果冻》（*Gelatina*, 1968）、《格拉迪斯的思考机器》（*La máquina de pensar en Gladys*, 1970）、《亡者》（*Los muertos*, 1985），此外还有科普性质的图书《通灵手册》（*Manual de parapsicología*, 1978）等。

中译本：《发光的小说》，施杰译，湖南文艺出版社，2019年；《猎兔》，施杰译，人民文学出版社，2022年。

《发光的小说》（*La novela luminosa*）

2000年莱夫雷罗获得"古根海姆奖学金"，在此资助下他得以创作《发光的小说》（2005）。这部作品是带有自传性质的日记体叙事文学，描述了他的日常琐碎生活和创作过程。2005年，即莱夫雷罗逝世之后一年，《发光的小说》由乌拉圭丰泉出版社（Alfaguara Uruguay）出版，2008年则由蒙达多利出版社（Mondadori）再版。2016年在西班牙《国家报》评选的"25年来最佳的西班牙语文学作品"中，《发光的小说》排名第六，推荐词这样写道："通过神秘主义、意象、幽默，莱夫雷罗消除了自传和虚构的界限。它是疑病症患者的自我审视，以一种既恭敬又无礼的方式处理文学话语。"①

这部作品的创作灵感来源于莱夫雷罗和朋友的一次谈话。当时他试图向朋友叙述一件对自己来说很重要的事情，听完莱夫雷罗的故事，朋友鼓励他，说若能像刚才叙述的那样将这件事写下来，定能成为一部优秀的短篇小说。莱夫雷罗认为，很多经历是独一无二的，它们会"发光发亮"，正如书名所暗示的。他始终认为完整地向他人讲述一切是不可能的，但写作能将那些难以言说、不可传达的"发光的经历"一点点展露出来，同时不减损它自身的"光芒"。通过外在的书写过程，内在的情绪会慢慢溢出，因而有些被落实到纸上的文字和想法是动笔之前无法预料的。

前言部分的"奖金日记"（Diario de la beca）讲述作者如何把奖金一点点花掉而写不出一行字。这部分超过四百页，占据了全书五分之四的篇幅，时间跨度从2000年的8月份到2001年的8月份。叙述者事无巨细地讲述了自己的生活和怪癖：收到奖金后这一年为写作做的种种准备，等待灵感的到来，比如"置办椅子"，"叫来电工更改电脑插座的位置"，"朋友来了，朋友走了"，"我被蚊子咬了"。这些日常话题就像旋转木马一样以循环往复的形式出现，围绕着叙述者"我"的身体状况，每日餐食，服用的药品，对西班牙小说家罗莎·查塞尔（Rosa Chacel）的仰慕，对电脑的痴迷，甚至用电脑设置程序提醒自己吃药，观察鸽子、蚂蚁、蜜蜂、蜘蛛等动物，和不同女人的关系，正是这些生活中的点点滴滴慢慢修正了一个人的习惯和偏好。此外，在书中他坦言自己有疑病症，常常思考梦的意义，乐于谈论死亡、爱情、衰老和诗歌等话题。在小说的最后一百多页中，叙述者描述了自己胆囊手术之前的

---

① Recopilación de 25 Aniversario Babelia. "Cuando la tensión sexual estalla en pantalla: 50 críticos, escritores y libreros de ambos lados del Atlántico eligen los hitos del último cuarto de siglo", *El País*, Oct. 29, 2016. https://elpais.com/elpais/2016/10/21/fotorrelato/1477063506_019316.html [2020-04-25]

马里奥·莱夫雷罗（Mario Levrero）

恐惧心理和对命运的思索。

　　莱夫雷罗在《发光的小说》中延续了早期作品的风格。比如《地方》讲述的是一个男人醒来发现自己被困在一个黑黢黢的房间里，不知自己为何身在此处，茫然地四处寻找出口。主人公在黑暗中摸索，找到了两扇门，其中一扇门可以打开；然而令人失望的是，门后竟然还有一个完全相同的房间，而且每扇门只能从一侧打开，这就意味着他无法原路返回。就这样，一个又一个的房间，循环往复，无始无终。这些房间是一个没有时间、没有记忆的地方，主人公在其中饱受焦虑、愤怒、无力感的侵袭。这就像是作者内心的迷宫，外化成了房间的形式，作者在其中体验灵魂之旅。小说短小、神秘，充满梦境似的语言。我们可以在《发光的小说》中感受到同样的不安情绪，只是叙述人称发生了变化，抽象的第三人称视角具象为日记里的第一人称。同样，《空洞的话语》以日记体的形式叙述主人公如何通过写作、练字进行自我心理治疗，就像那些被记录下来的生活情节组合成《发光的小说》，这两部作品都是开放性的文本，也是非典型的小说，融合了多种题材，打破线性的叙述顺序，让文字随作者摇摆不定的思绪而变化。

　　《发光的小说》表现出了与莱夫雷罗之前作品不同的美学偏好。它虽然保留了日记体的形式，但不全是私密性的话语，而更像是借第一人称"我"的口吻思考写作与现实、想象与纪实的关系。比如与《空洞的话语》不同，在《发光的小说》中莱夫雷罗不是把写作当作一种自我治疗的方式，而是有意拉开写作者和叙述者的距离，更加关注文学本身的创造性和艺术性。莱夫雷罗称这部小说是"失败的证据"，是关于写作尝试失败的记录，也是对令人失望的生活和无法实现的想象的记录。书中部分内容是作者在获奖之前十几年便开始动笔写的，因此，从这部作品可以看出作者如何突破时间的限制，恰当地处理过去的经验，并赋予它们现时的语境，保留那些经历原本的"光芒"。

（曾琳）

丹特·利亚诺（Dante Liano）

丹特·利亚诺（1948—　），危地马拉作家、文学评论家。利亚诺1973年毕业于危地马拉圣卡洛斯大学文学系，1977年取得意大利佛罗伦萨大学文学博士学位。由于危地马拉国内政治局势紧张，1980年他离开危地马拉，定居意大利，现为意大利著名的圣心天主教大学西班牙和西语美洲文学的教授。

利亚诺从1974年开始文学创作。虽然他大部分的人生都是在远离中美洲的意大利度过，但是他的创作从来没有离开生他养他的危地马拉。不管是他的文学评论还是小说都是以拉美的文学、历史和社会现实为背景，具有拉美地区独特的语言风格，并且作家非常喜欢使用玛雅语源的词汇。1991年，他荣膺危地马拉"米格尔·安赫尔·阿斯图里亚斯国家文学奖"（Premio Nacional de Literatura Miguel Ángel Asturias），这体现了危地马拉文学界对利亚诺的充分肯定和赞誉。目前他的作品已经被翻译成意大利语、英语、法语和德语。

利亚诺创作的中篇、长篇小说有：《他安静的地方》（*El lugar de su quietud*，1989）、《蒙塞拉特区的人》（*El hombre de Montserrat*，

1994）、《圣安德烈斯之谜》（*El misterio de San Andrés*，1996）、《养子》（*El hijo de casa*，2002）、《旅行、爱情和意大利人的小故事》（*Pequeña historia de viajes, amores e italianos*，2008）。

短篇小说、故事集有：《工作日及其他故事集》（*Jornada y otros cuentos*，1978）、《昏庸的生活》（*La vida insensata*，1987）、《天使的飞行》（*El vuelo del Angel*，1996）、《短篇小说全集》（*Cuentos completos*，2008）。

文学评论作品有：《〈玉米人〉中的两种叙述语体》（*Dos registros narrativos en Hombre de maíz*，1980）、《文学批评》（*La crítica literaria*，1980）、《话语与梦想。危地马拉的文学与社会》（*La palabra y el sueño. Literatura y sociedad en Guatemala*，1984）、《西班牙语美洲文学》（*Literatura hispanoamericana*，1980）、《危地马拉文学批评观》（*Visión crítica de la literatura guatemalteca*，1988）。

此外，利亚诺与诺贝尔和平奖获得者、危地马拉印第安领导人里戈韦塔·门楚（Rigoberta Menchú）一起合作了两部作品：散文集《玛雅人的孙女》（*La nieta de los Mayas*，1998）和讲述土著女孩李民的短篇小说集《李民，一个奇美尔女孩》（*Li M'in, una niña de Chimel*，2002）。

中篇小说《蒙塞拉特区的人》是利亚诺的成名作和代表作，以危地马拉20世纪七八十年代的国内战争为背景，讲述了一个军事情报人员卷入政治阴谋而声名狼藉的故事。中尉卡洛斯·加西亚受美国专家委派，专门负责制订对抗游击队的情报程序。一天在去上班的路上，他发现了一具尸体，虽然在战乱年代尸横遍野，但是这具尸体却让加西亚有些面熟。由于这具尸体离蒙塞拉特移民居住区很近，小说因此得名。卡洛斯·加西亚着手调查这一谋杀案件，他发现死者并不在军方列出的死亡名录上，而且杀手也不在军队势力的控制下。此外，加西亚通过个人调查得知他的小舅子是游击队成员，并且卷入了此次谋杀事件。为了挽救小舅子的性命，加西亚冒着危险把他送到边境，但却落入了早已埋伏好的陷阱。这部小说内容生动、情节紧凑，有着侦探小说的悬疑惊险，短短120页的篇幅浸透了苦涩。作者幽默讽刺的语言让这部描写战争残酷的作品充满了黑色幽默，恰似一杯浓烈、热腾腾的黑咖啡，给读者强烈的冲击力。正如作家本人所说，加西亚的故事是危地马拉日常现实的一部分，在那个战争年代，报纸上每天都会登出长长的失踪者名单，但是没有一位失踪者活着回来，因为危地马拉没有政治囚犯，只有屠杀。

《圣安德烈斯之谜》讲述了印第安人与外来移民混血人之间的冲突。主人公贝尼托是一个印第安人，从小就有特异功能，他因谨慎、隐忍、能参透老人教授的知识而被称为智者。另一主人公罗伯特是意大利移民的儿子，在圣安娜做记者和政府秘书。这两个人在一生中有过四次碰面，但是他俩分属的两个世界和两种文化却从来没有碰撞。1944年发生了圣安德烈斯悲剧，罗伯特为报社撰写新闻，描述了事件的真相，发生的一切可以这样总结：混血人想抢夺印第安人的土地，印第安人进行反抗杀死了混血人，而住在圣安娜的混血人准备前来寻仇。

可以看出，虽然丹特·利亚诺远离故土，但他的创作之源扎根于危地马拉，作家本人说，现在他写作是试图拯救回忆，他在危地马拉的回忆。他通过一部部的作品，逐渐奠定了他在危地马拉文学史乃至西语文学史上的地位。

《养子》(*El hijo de casa*)

《养子》是危地马拉作家丹特·利亚诺2002年出版的长篇小说，试图解析悲剧性、暴力性的东西如何变成社会日常生活中的常见现象。

养子是一个特殊的人群，他们原本是被抛弃的街头孤儿，一些家庭将他们非法收养，让他们成为免费劳动力，从事家庭或田间的劳作。按照传统，养子必须对收养他的家庭永远忠诚，心存感激之情。大部分养子都恪守这一规则，但是一位名叫曼努埃尔的养子却决定消灭收养他的家庭。

在某个不知名国家的一座让人昏昏欲睡的省城圣安娜，主人公曼努埃尔是一位零售商家的养子，他以奴仆的身份与主人的五个子女生活在一起。零售商每日对待子女和养子的态度截然不同，他让养子睡在卫生间。于是曼努埃尔的不满日积月累，最终转为仇恨，他杀死了几乎全家人，只剩下一个小女儿，这个姑娘成为指认凶手的关键。

尽管没有人质疑曼努埃尔的罪行，但所有人都想对这起事件发表评论，都想寻找一个解释，因此残暴的杀人事件成为圣安娜城里咖啡馆食客们闲聊的话题。法医阿贝拉尔多·萨莫拉虽然对各种暴力犯罪司空见惯，但还是决定调查真相，从而揭露警察暴力责罚和社会不公正等现象。智利作家路易斯·塞普尔维达评价说："权势之人的谎言在小说中发挥了重要作用。利亚诺描绘了一种不知道道德、不懂约束，也不懂尊重的权势……这本小说是对人性的反思，是对官方历史的批判。此外，它是描述恐惧的最佳书籍之一。"[1]

这是根据真实事件撰写的虚构小说。1952年的危地马拉城，一个孩子在大街上杀死领养他的全家，这个血淋淋的事件多年之后仍然构成危地马拉人对那一时期的集体记忆。作家以此为基础进行文学创作，试图揭露危地马拉当代历史的真相，剖析此类残忍罪行发生的深层次原因。但是小说创作经历了许多年，作家表示："我保留手稿有20年。我写的第一稿不好。我必须更加懂得生活，更加了解讲述这个故事的语言。我

---

[1] Punzano Sierra, Israel. "El hijo de la casa", *El escritor guatemalteco Dante Liano reflexiona sobre la violencia en su cuarta novela*. https://elpais.com/diario/2004/08/24/revistaverano/1093298405_850215.html [2023-04-27]

一直在寻求如何讲述不能讲述的东西。这本小说的内核是模糊性。"[1]所谓的模糊性，是指以中立的态度书写，让各方人士都有表达意见的空间。小说中人群聚集的咖啡馆是一个谈论生活最好的地方，在那里犯罪事件被一而再、再而三地谈论分析，各色人士纷纷发表意见，每一次分析都反映了人物的心理，折射出当时社会中的点点面面。随着情节的展开，卷入案件的每个人物的心理活动逐渐展露出来，每个人物的形象都越来越立体，从而切出了社会的剖面。这种写作方式与杜鲁门·卡波特（Truman Capote，1924—1984）创作《冷血》（*In Cold Blood*，1966）时表现的中立态度有相似之处。

小说结构连贯，大量运用了危地马拉的口语，获得评论界的好评，2002年入选西班牙"赫拉尔德小说奖"的最终入围名单。

（路燕萍）

---

[1] Punzano Sierra, Israel. "El hijo de la casa", *El escritor guatemalteco Dante Liano reflexiona sobre la violencia en su cuarta novela.* https://elpais.com/diario/2004/08/24/revistaverano/1093298405_850215.html [2023-04-27]

爱德华多·连多（Eduardo Liendo）

爱德华多·连多（1941—   ），委内瑞拉作家，1941年生于加拉加斯。20世纪60年代因参加左派政治运动，连多被监禁6年（1962—1967），之后流亡苏联，并在莫斯科社会科学学院学习心理学。1970年回国后他开始活跃在委内瑞拉的文学和文化舞台，与多家文学机构合作，并在委内瑞拉作家协会的领导委员会工作。1990年和1996年两度担任委内瑞拉"国家文学奖"评委会委员，1991年担任美洲之家小说评选委员会的评委。

长达6年的监狱生活让连多经历了许多磨难，但也给了作家一段难得的汲取知识的时光，他如饥似渴地阅读文学作品，为之后的文学创作奠定了坚实的基础。获得自由后的连多也一直关注国家的政治社会问题，他以幽默反讽的风格在其作品中针砭社会弊病。

1973年，作家出版了首部长篇小说《玻璃镜面的魔法师》（*El mago de la cara de vidrio*），受到黑塞《荒原狼》的影响，对现代社会中电视的作用做了精辟而讽刺的评价。小说多次再版，受到读者的追捧，一直被认为是作家的代表作。1978年问世的中篇小说《化装舞会》

（*Mascarada*），讲述了主人公发现了一个装满面具和奇怪化妆饰品的箱子，他一次次把自己装扮成完全不同的模样，然后按照这一全新的身份去社会上历险，努力在这个混乱的世界中找到一点生存空间。前面几次他都成功了，最后一次失败而暴露了自己的真实身份。作家以一种优雅、讽刺的语气描述了主人公的化装舞会，凭借其一次次的历险对委内瑞拉的社会弊病进行了尖锐的批判。

1985年，连多摒弃了前几部作品中幽默、悲喜剧的基调，转而挖掘人类灵魂深处的地狱空间，推出《恶魔的盘子》（*Los platos del diablo*），通过一个剽窃作家的行为，对嫉妒、欲望、谋杀和伪造等一些人类恶习进行了深入分析。这部长篇小说广受好评，荣获该年度"市政小说奖"（Premio Municipal de Narrativa），堪称作家的代表作。1995年由导演乌赫列斯（Thaelman Urgelles，1948— ）搬上银幕。

《红鳄鱼》（*El cocodrilo rojo*，1987）是作家勇于创新的另一力作，由25篇长短不一的短篇小说组成，有的只有一句话，而有的则长达15页，作家利用反讽、夸张、嘲笑、喜剧场景等手法展示了作家所有的文学才能：创造力、想象力、抒情、同情、幽默和各种写作技巧。

此外，作家还出版了以下作品：讲述政治间谍的小说《内奸》（*Los topos*，1975），再现墨西哥著名艺术家佩德罗·因方特短暂而辉煌一生的《假如我是佩德罗·因方特》（*Si yo fuera Pedro Infante*，1989），反映独裁政治的《侏儒日记》（*Diario del enano*，1995），讲述20世纪下半叶三位身份不同的主人公（一位是拳击手，一位是游击队员、诗人和乐手，第三位是记者、作家）成长历程的《遗忘的回合》（*El round del olvido*，2002），描述一位普通人突然变成一个苍蝇人的黑色幽默故事《苍蝇人的痛苦》（*Las kuitas del hombre mosca*，2005），献给列宁的小说《最后一位幽灵》（*El último fantasma*，2009），短篇故事集《逆幻想》（*Contraespejismo*，2008）、长篇小说《与你在远方》（*Contigo en la distancia*，2015）以及杂文集《关于作家这个职业》(*En torno al oficio de escritor*，2015)。

目前作家年事已高，罹患帕金森症，但他笔耕不辍，2018年新出版了小说《普鲁登西奥·佩尔迪多的私密记忆》(*Memorias íntimas de Prudencio Perdido*)。作家表示："我投入太多的精力、太多的兴趣、太多的干劲儿去写我的每一本书，因为我总是相信我正在写的是我最好的作品，如若不是，我将继续写下去。"①

《与你在远方》(*Contigo en la distancia*)

《与你在远方》是委内瑞拉作家爱德华多·连多2015年发表的长篇小说，以儿童的视角，在死亡之后对生命进行反思，荣获第三届"加拉加斯书商奖"(Premio de los Libreros de Caracas)。

小说的主人公是一个名叫埃尔梅尔(Elmer)的小孩，他很想回家，于是未经允许登上了一辆13号环城公共汽车，开始了一段前途未卜的旅程。透过车窗，他无比怀念地回顾过往的一切，过去的点点滴滴一幕幕闪现，他的思绪经过怀旧大街(Calle de la Nostalgia)，流连于爱巷(Calle del Amor)，穿过可怕的恐惧与危险街道(Calle de Miedos y Peligros)，游历文学激情之岛(Isla de las Pasiones Literarias)，漫步于梦想国(Mundo de los Sueños)，表达了对他喜欢的文学、电影、魔法、音乐的看法。真实的经历与想象的情景交织在一起，他"自认为所梦想的一切都是亲身经历的"(Doy por vivido todo el soñado)，他自称这是时间的错位。面对这个奇特的旅程他已不再是一个小孩，正如书中所说："我是一个小男孩，但结果是我像个老人在回忆我自身童年的事情。"公共汽车之后变成了火车，又化身为潜水艇，通向一切终点的

---

① Torres, Héctor. "Eduardo Liendo: el sueño que vive". https://elestimulo.com/climax/eduardo-liendo-da-por-vivido-todo-lo-sonado/ [2015-05-04]

终点，即死亡。

埃尔梅尔是一个无所不知的叙述者，他邀请抑或强迫我们每一个读者跟随他这个儿童的视角，接受公交车上售票员的召唤："来吧，坐下来，进到这里来的人永不再下车，直到抵达终点。"叙述者和书中的人物其实都是已死之人，他们通过回忆反思生命，于是我们读者与叙述者一起走过一条条大街，经过一座座车站，仿佛进入一个没有出口的地道，抵达生命终点，透过死亡之眼更清醒地认识生命。

这是一部夹杂着自传、回忆录、幻想文学等多种因素的小说，作家连多希望通过这部作品探讨怀旧、记忆和死亡。小说的题目"与你在远方"或许可以更好地诠释为"与我在时间的远方"，作者试图剖析一个人在经历了最本质、最原初的一切后，在生命的尽头，生活还给他留下了什么。这一思想在小说扉页上可以得到论证，扉页题词有两句话，一句是卡夫卡1913年1月15日写给他的爱人菲丽丝的信函片段："归根结底，不可能存在一个比自己写的小说更美丽的死亡之所，更值得彻底绝望的场所。"另一句是古巴诗人比尔希略·皮涅拉的诗句："人死之后每个人都有继续生活下去的方法。"

惠特曼说过，"我们所有人一旦生下来就是被遗忘包围的孤岛"，美好的事物在经历了摧残、打击和遗忘之后，留下来的定是最纯粹的、最美丽的。

（路燕萍）

恩里克·林恩（Enrique Lihn）

恩里克·林恩（1929—1988），智利诗人。1929年9月3日出生于圣地亚哥，曾在圣乔治学校和圣地亚哥德国学校接受教育，13岁进入智利大学美术学院学习造型艺术。但林恩最终并未完成学业，转而投入文学创作。1949年林恩出版了第一部诗集《什么也没有溜掉》（*Nada se escurre*）。作为《世纪》（*El Siglo*）、《时代》（*La Época*）、《河床》（*Cauce*）等多家报刊的长期撰稿人，林恩发表了大量诗歌、专栏文章等。此外，诗人相继任教于智利天主教大学、智利大学。

1965年，林恩获得联合国教科文组织奖学金，赴欧洲学习博物馆学。林恩在诗集《途径之诗》（*Poesía de paso*）中提到，这段游学经历对自己影响深远。1966—1967年诗人旅居古巴两年，诗集《写于古巴》（*Escrito en Cuba*，1969）由此诞生。1971年帕迪亚事件对林恩造成巨大打击，促使他回到智利。1978年诗人获得"古根海姆奖学金"，赴纽约旅居数月，这段旅程使林恩进一步观照、反思自己的祖国，并于次年出版诗集《从曼哈顿出发》（*A partir de Manhattan*）。诗人晚年罹患癌症，1988年病逝于圣地亚哥。

林恩在文学创作上涉猎广泛,除诗歌外,还著有杂文、小说及剧本。其中,短篇故事集《米汤》(*Agua de arroz*,1964)获得1965年"圣地亚哥城市文学奖"。

出版于1963年的《昏暗的房间》(*La pieza oscura*)被评论家及林恩本人认为是"诗人的第一部成熟作品"[①]。当时,聂鲁达、巴勃罗·德·罗卡(Pablo de Rokha)、帕拉(Nicanor Parra)等诗人的作品仍是智利诗坛的绝对主流。一方面林恩与聂鲁达式的诗歌划清界限,另一方面,尽管诗人自大学时代便与帕拉私交甚笃,且深受其诗歌影响,但依然避免将自己与帕拉的"反诗歌"画上等号。在《昏暗的房间》中,林恩与正徘徊在传统与革新间的智利诗人对话,思考究竟应该捍卫智利诗歌的根基,还是将"大树"连根拔起。《昏暗的房间》里充满了诗人青少年时的恐惧与发现,他沉浸其中,将讽刺性与距离感融合,直面自省之镜,对自我进行严苛的审问。林恩对语言的效用及其限制有着清醒的认知,创造出一种精雕细琢的纯净诗歌。这一特质贯穿了诗人今后的诗歌生涯。

在林恩的晚期作品《阿乌马达林荫道》(*El Paseo Ahumada*,1983)中,读者仍能感受到诗人的这一特质:质疑已有的以艺术表现生活的方式,文本笼罩在深深的"无根感"中。这部篇幅不长的小集子采用报刊式的排版,从即时视角与文化记忆两个维度,审视这条位于首都中心地带的步行街。以本诗集为代表的"城市诗歌"(Poesía Urbana)是林恩诗歌作品的重要组成部分。

林恩诗歌的另一重要内涵在诗集《贫困星球的小曲》(*La musiquilla de las pobres esferas*,1969)中得到体现——考问作家的价值与写作的意义。在自序中,诗人如是说:"我终于使诗歌对抗诗歌;

[①] Risco, Ana María. "Crítica situada: la escritura de *Enrique Lihn sobre artes visuales*", *Enrique Lihn: contra el canto de la goma de borrar: asedios a Enrique Lihn* (coord. Francisca Noguerol Jiménez), Universidad de Sevilla, 2005, p. 266.

恩里克·林恩（Enrique Lihn）

正如比森特·维多夫罗（Vicente Huidobro）所说，这是一种'自我怀疑'的诗歌……我已尝试通过词汇对某种沉默进行强调，这种沉默从内部威胁着一切语言。"

作为诗人，林恩在智利始终是边缘化的，并未获得大众的普遍认可。与智利20世纪的"50年一代"诗人相比，林恩在政治、社会与文化层面都与权力中心保持着更远的距离，这种特立独行的特质在他的诗歌中得到反映。正如智利女作家卡门·福克斯利（Carmen Foxley）的评价，林恩承认自己在历史、文学与社会层面都缺乏归属感，由此他得以与"语言、社会生活、认知与行为准则以及诗歌传统"保持距离，以清醒的态度怀疑、反思并提问。同时，正是由于林恩无论身处祖国还是漂泊他乡，都无法对周围环境产生认同，他的书写不再是私人的，而是集体的。"当他写某个人时，指涉的是其他所有人，是社会，读者因此感到被质问、被戏谑。"[1] 从这个意义上来说，林恩的诗歌睿智而不乏挑衅意味，充满激烈的能量。

《死亡日记》（*Diario de Muerte*）

《死亡日记》（1989）是智利诗人恩里克·林恩的遗作，收录了诗人逝世前两个月创作的共计54首诗歌。当时的诗人正经受着癌症晚期的折磨，他先将诗歌写在笔记本上，再口授他人将作品打印出来，直到逝世前仍在不停修改。这些诗作在他身后由好友拉斯特拉（Pedro Lastra）与巴尔德斯（Adriana Valdés）整理出版。

---

[1] Foxley, Carmen. "La escritura de Enrique Lihn: un lugar excéntrico, móvil y diferido", *Taller de Letras*, No. 42, 2008, p. 180.

《死亡日记》是一部具有纪实特点的诗集，它记录了诗人在自知生命已近尾声时对过去的清点。一方面，这些过去包括诗人的个人经历，例如，诗人曾在《昏暗的房间》中呈现自己犯下过错又天真无邪的少年时代；而在临终前写就的诗歌中，诗人重新审视自己少年时的忧郁情绪与对情欲的渴望，对它们进行不无苦涩的"盖棺定论"。另一方面，这些过去也指向林恩的诗歌生命。巴尔德斯指出，在这部诗集中，林恩以往的创作都成为"潜台词"，阅读《死亡日记》即是在阅读"如漩涡般浓缩于诗人眼中的自己的所有作品"，那是一片"虚无的空间"。[①] 尽管诗人逐渐认清自己是"死亡艺术的学徒"，唯一应该做的就是"置身生命之外观察自己的生命"（《死亡艺术的学徒》），但这种清点并不是客观理智的，人类对痛苦近乎绝望的自觉在诗人的笔下积聚郁结："在所有的绝望中，定是死亡的绝望最为糟糕。"（《所有的绝望》）与林恩的其他作品一样，这部诗集透露出一种持续而平静的讽刺意味，诗人标志性的愤怒情绪衍生为一种长久的苦涩，而他特有的幽默感则将笑声与痛苦交织。

除了对过去的清点，《死亡日记》还承载了诗人在死亡的逼近下对暗淡未来的凝视，仿佛它是一面"终于被虚无充满的镜子"（《我几乎翻越障碍》）。作为一位始终与主流保持距离的诗人，林恩对大众观点的怀疑与不信任丝毫没有被即将降临的死亡磨蚀。他不无讽刺地将那些立足于"这一边"（即生命），自以为了解"那一边"（即死亡）的人称为"如有神助的工人"（《亡者之日》）。诗人对已有的对死亡的描述与建议不以为然，像绘制地图般记录下自己在濒死体验中的所见所感。

对作家及写作意义的质疑是林恩诗歌的重要主题，这点在《死亡日记》中体现得尤为明显。由于死亡体验的不可言说性，语言彻底失效，

---

① Valdés, Adriana. "*Diario de muerte*, de Enrique Lihn", Suplemento "Literatura y Libros" de La Época, julio de 1991.

恩里克·林恩（Enrique Lihn）

沉默是面对死亡时可以做出的唯一回复："我们用于指称那些事物的词汇已经失效／失声的地带没有名字。"（《痛苦与痛苦无关……》）据说，林恩曾向同为诗人的好友阿尔贝托·鲁比奥（Alberto Rubio）提问："你觉得在我这个处境（指濒死体验）中的人会有什么感觉？"他对好友给出的"好奇"这一答案感到满意[①]。然而，虽然好奇情绪推动着诗人将临终所思文本化，但从贯穿诗集始终的对写作意义的质疑仍可看出，"语言的失效"对诗人的困扰从未停止。

正如智利学者加林多（Óscar Galindo）所言，《死亡日记》以自省的语言完成了一次富有生命力的写作，成就了一场"文学经验与游戏式的批评"[②]。一种磨损殆尽的诗歌语言与另一种渴望被设为真正出路的语言互相对抗，正是在这种矛盾中诗歌文本得以生成。诗人多年前写就的诗句成为《死亡日记》的最好注解："我感知到这个深渊，它使我柔软／换种方式读卡夫卡：／我冷漠地，品尝，死亡的滋味。"（《卡夫卡》）

（刘雪纯）

---

① Valdés, Adriana. *Enrique Lihn: vistas parciales*, Palinodia, 2008, p. 136.

② Galindo, Oscar. "Mutaciones disciplinarias en la poesía de *Enrique Lihn*", *Estudios filológicos*, No. 37, 2002, p. 228.

瓦莱里娅·路易塞利（Valeria Luiselli）

瓦莱里娅·路易塞利（1983— ），墨西哥女作家。1983年8月16日出生于墨西哥首府墨西哥城的一个外交官家庭，自幼年时期随其父、曾任墨西哥驻南非第一届大使的卡西奥·路易塞利·费尔南德斯（Cassio Luiselli Fernández）旅居各国，包括哥斯达黎加、韩国、印度、南非、西班牙、美国等。怀着回归故土、成长为一名真正的墨城人（chilanga）的愿望，路易塞利考入墨西哥国立自治大学哲学和文学系并就读本科。路易塞利2015年在哥伦比亚大学获得比较文学博士学位，现担任纽约州霍夫斯特拉大学（Hofstra University）助理教授。2014年路易塞利入选美国国家图书基金会评选的"5名35岁以下杰出年轻作家"（5 Under 35），并于2017年成为代表拉丁美洲文学新势力的"波哥大39人团"新收录的女性作家之一。其作品已被译为包括英语、汉语、意大利语、法语等在内的多种语言。

正因为童年的旅居经历，城市漫游和身份寻找、在写作中寻找文学的意义成为路易塞利作品最为重要的主题。她的散文首作《假证件》（*Papeles falsos*，2010）以在威尼斯寻找约瑟夫·布罗茨基之墓为开篇，在旅途和漫游（flânerie）中遇到的种种平凡但奇妙的境遇中反思哲学、文学和创作。小说处女作《没有重量的人》（*Los ingrávidos*，2011）通过一场在纽约地铁的奇遇，用两个互相交织的声音（一个来自墨西哥城的女翻译，另一个则是诗人兼剧作家、《尤利西斯》杂志的创办者之一吉尔贝托·欧文的鬼魂）绘制了一幅纽约文学地图，包括20世纪20年代末的"哈莱姆复兴"（Harlem Renaissance）文学运动。

小说《我牙齿的故事》（*La historia de mis dientes*，2015）讲述了外号为"公路"的拍卖师古斯塔沃·桑切斯·桑切斯荒诞不经的人生和牙齿拍卖的故事。作家在小说中对现代艺术和文学经典进行了反思与戏谑，目的在于思考如何在以胡麦克斯果汁厂工人为代表的普通人的生活和艺术世界之间搭起一座桥梁。2016年美国大选期间，中美洲和墨西哥移民去留问题成为社会讨论热点，《失踪儿童：由40个问题组成的随笔》（*Los niños perdidos. Un ensayo en cuarenta preguntas*，2016）也由此诞生。作者基于在移民法庭做翻译时记录下的所见所闻，讨论逃离中美洲和墨西哥、穿越美国边境的移民儿童的生存困境。这位墨西哥作家的新作《失踪儿童档案》（*Lost Children Archives*，2019）是作家首次用英语写作的作品，获2020年英国"拉斯伯恩斯对开本奖"（Lasbournes folio Award）这也是该奖项自2013年成立以来首次颁发给女性作家。故事衍生于《失踪儿童：由40个问题组成的随笔》，讲述无证移民儿童所经历的充满暴力与险境的北上之旅，如何与作为主要叙事声音的一家旅居美国的墨西哥家庭的南下旅行从平行变为紧密交织。其西语版书名为《有声的沙漠》（*Desierto sonoro*）。2017年出版的随笔集《告诉我结局》（*Tell me how it ends*）描述了没有证件的墨西哥儿童抵达美墨边境时面临的处境。

除了小说和散文写作之外，路易塞利也为包括西班牙《国家报》《纽约时报》《纽约客》《格兰塔》和墨西哥《自由文学》等在内的媒体和文学刊物撰稿。她还热衷于探索文学写作和其他美学形式之间的互动与冲突，比如如何利用类似于W. G. 塞巴尔德作品中所展现的文字与图像间的张力和冲突丰富文学创作。

中译本：《我牙齿的故事》，郑楠译，上海人民出版社，2018年；《假证件》，张伟劼译，上海人民出版社，2018年；《没有重量的人》，轩乐译，上海人民出版社，2021年。

《我牙齿的故事》（*La historia de mis dientes*）

《我牙齿的故事》（2015）是墨西哥女作家瓦莱里娅·路易塞利的第二部小说。该小说于2015年由墨西哥"六楼"出版社（Sexto Piso）发行，同年入围美国国家书评人协会奖最佳小说类候选名单，2017年入围柏林国际文学奖短名单作品。

正如路易塞利在后记中所说，《我牙齿的故事》是"一系列协作的成果"，契机是作家为位于墨西哥城埃卡特佩克、由胡麦克斯果汁厂资助的胡麦克斯现代艺术博物馆（Museo Jumex）的展览"狩猎者和工厂"的名册配文。路易塞利在和艺术博物馆的合作中，开始思考是否可以在艺术馆与工厂以及艺术家与工人之间，通过虚拟文学创作来构筑一座沟通的桥梁，为果汁厂的工人们写一部小说。《我牙齿的故事》的另一个创作灵感，来源于19世纪中期古巴雪茄厂中为工人们高声朗读文学作品的"雪茄厂的朗读者"（los lectores de tabaquería）。这令人联想到法国哲学家雅克·朗西埃（Jacques Rancière）在《劳动者之夜：19世纪法国劳工的幻想》（1989）里写到的19世纪三四十年代的年轻工人，他们晚上读诗写诗，"将他者的语言和文化据为己有"，去证明"知识平等是真实存在并行之有效的"。路易塞利将每周完成的小说初稿寄给胡麦克斯果汁厂的工人们，录下他们朗读和讨论的声音，采纳集会中提出的建议、评论并录入下周的写作计划中。书中的摄影作品由艺术博物馆的工人在作家的指导下，在墨西哥城的街头巷尾拍摄。一个以"狄更斯 + MP3 +巴尔扎克+ JPG"为合作模式，关于外号为"公路"（Carretera）的"世界上最棒的拍卖师"古斯塔沃·桑切斯·桑切斯的故事由此诞生。

小说分为六个部分，第一部分之外的标题均以修辞手法和几何学拍卖法则命名：包括夸张、比喻、迂回、寓言和省略。作者通过碎片式的语言讲述了主人公"公路"从果汁厂保安变身为拍卖师、收藏家和酒吧模仿秀表演者的荒诞不经的一生。他把从美国和墨城街头美容店拜师习得的拍卖法学以致用，将胡麦克斯艺术馆的展品偷出，并通过一系列去博物馆化的"埃卡特佩克寓言故事"令它们重生。在"公路"人生最后的日子里，他被儿子悉达多欺骗并绑架，口中梦露的假牙也被骗取。他求助于一个名为佛拉金的年轻人为其立传，而故事也以佛拉金的传记结尾。

拍卖故事的灵感来源于马塞尔·杜尚（Marcel Duchamp）的"现成物"艺术概念（ready-made art），将拍卖物品从原本的文化情境中剥离后赋予其新的价值。小说中诸多平凡人物以人文经典作家和思想家命名，并通过反向杜尚的去经典化（de-canonization）进行戏谑。这也是该小说被译介至海外并获得盛赞之前，在墨西哥本土保守文学媒体收获若干负面评价的原因之一。

（郑楠）

弗朗西斯科·马托斯·保利
（Francisco Matos Paoli）

弗朗西斯科·马托斯·保利（1915—2000），波多黎各诗人，1915年3月9日出生于波多黎各的拉雷斯。1930年母亲苏珊娜·保利·加亚（Susana Paoli Gayá）去世后，巨大的悲痛促使他正式开始了写作。这些饱含深情的作品都收录在诗人次年出版的处女作《泪水的符号表》（*Signario de Lágrimas*，1931）中。1935年，他在拉蒙·内格龙·弗洛雷斯（Ramón Negrón Flores）的帮助下搬入大学城，这一时期同佩德罗·阿尔维苏·坎波斯（Pedro Albizu Campos）、马戈·阿尔塞·德·巴斯克斯（Margot Arce de Vázquez）和卡门·阿莉西亚·卡迪利亚（Carmen Alicia Cadilla）等的交流对他的政治立场、精神追求和美学观点都产生了深刻影响。他也正是在卡门·阿莉西亚·卡迪利亚家中认识了之后的妻子，作家伊莎贝尔·弗雷伊莱·梅伦德斯（Isabel Freire Meléndez）。在求学于波多黎各大学和巴黎索邦大学后，马托斯·保利于1943年起在波多黎各大学任教。1949年，他被选为波多黎

弗朗西斯科·马托斯·保利（Francisco Matos Paoli）

各国民党（Partido Nacionalista Puertorriqueño）书记，并在1950年波多黎各国民党反美武装斗争中，被指控试图颠覆美国政权而被捕，一度被囚禁在精神病院中，与世隔绝。1952年获释，两年后再度入狱。马托斯·保利称这段囹圄岁月为"一生中耻辱的日子"，其诗集《英雄之光》（Luz de los heroes，1954）、《疯狂之歌》（Canto a la locura，1962）等都反映了这一时期的心路历程，此外还有三本狱中之作尚未出版。1955年最终重返自由后，他接受时任波多黎各大学校长的海梅·贝尼特斯（Jaime Benítez）的邀请，在人文学院担任讲师一职。此后，他开始追寻"心灵上的神秘主义"和"真正的基督教信仰"，并全身心投入文学创作。晚年，诗人在与疾病进行了漫长痛苦的斗争后，于2000年7月10日在波多黎各的圣胡安去世。

马托斯·保利视诗歌为"生命中的无上真实"和不可推卸的使命："我此刻不要平和，只要火热的歌/名为遗忘的肥壮虫子在其中淹没。/感谢你们所有人给我死亡/以及污秽锁链之间的生活。"他出版了50多部诗集，如：《波多黎各之歌》（Canto a Puerto Rico，1952）、《露水造物》（Criatura de rocío，1958）、《风与鸽》（El viento y la paloma，1969）、《歌谣集》（Cancionero，1970）、《涨潮》（La marea sube，1971）、《歌谣二集》（Cancionero II，1972）、《石碑上的面孔》（Rostro en la estela，1973）、《希望的见证者》（Testigo de la esperanza，1974）、《孩童之岛》（Isla para los niños，1981）、《飞向最深处》（Hacia el hondo vuelo，1983）、《沉默的传统》（Tradición del silencio，1985）、《白色休止符》（Las pausas blancas，1986）、《烟雾的信息》（Razón del humo，1986）、《边境与海》（La frontera y el mar，1987）、《反对解读》（Contra la interpretación，1989）、《关于圣母的十行诗》（Decimario de la Virgen，1990）等，未刊诗作尚有二百余种。另著有文集《拉丁之魂》（Alma Latina）等。曾获"巴斯孔塞洛斯奖"（Premio Vasconcelos，

1986)、"普罗米修斯诗歌奖"（Premio Prometeo de la Poesía, 1988）等。

《关于圣母的十行诗》（*Decimario de la Virgen*）

《关于圣母的十行诗》是马德里伊比利亚美洲出版社（Ediciones de Iberoamericana）1990年出版的一本诗集，由学者阿玛莉亚·柳奇·维莱兹（Amalia Lluch Vélez）作序，收录了诗人1958年前后创作的200首赞美圣母的八音节十行诗。

该诗集中作品的主题基本是作者的宗教信仰与被监禁的生活。1950年，时任波多黎各国民党书记的马托斯·保利因发表四次爱国主义讲话而被判刑，期间他经历了严重的精神崩溃，一度被转入精神病院中。但正是这一时期的内省和思考让他进入了神秘主义灵修和基督教信仰的世界，神秘体验构成了诗人监禁生涯的一个重要部分。他曾回忆，一天晚上他清醒地躺在监狱的硬板床上，注视着另一个囚犯放在那里的瓜达卢佩圣母像，突然发现自己进入了囚室铁栅栏间的一束光芒中，圣母到来，告诉他他没有疯，他很快就会痊愈并以诗歌一鸣惊人。宗教体验给诗人的监禁生活带来了许多宽慰，他曾说："只要一个奇迹就可以让我恢复理智：我为了艺术、为了对圣母玛利亚的虔诚信仰而活下去的意志。在我梦中，圣迹显露……我的信仰拯救了我。"这一经历可见于《圣母治愈我的疯狂》（«La Virgen sana mi locura»）一诗："昨日，在昨日的墓里，/青紫的纹中，/我想劫持那朵花儿/在几近拂晓时分。/我默默看着曙光/在黎明中匍匐。/我不知道。狂锐之刃的刀剑/已多余/但不会多余的是嘴：/银色火花中的细丝。"

柳奇·维莱兹在该书序言中写道："马托斯·保利的诗歌声音中融合浓缩了来自西班牙传统诗歌中的财富：贡戈拉（Góngora, 1561—

弗朗西斯科·马托斯·保利（Francisco Matos Paoli）

1627）、圣胡安·德·拉克鲁斯、路易斯·德·莱昂修士（Fray Luis de León，1527—1591）、比利亚梅迪亚纳伯爵（Conde de Villamediana，1582—1622），以及西班牙'27年一代'。此外还可见许多其他语种作家的影响，如里尔克、瓦莱里、艾略特以及可能是其中最晦涩的——庞德。"这200首风格传统、意象优雅的十行诗融合了通俗的宗教情结、诗人的虔诚之心以及独特的宗教体验："（苦味的海，女士，美，/反叛，上帝所爱。）/主，已发苦的门/向着盈满的蓝色时间。/因为那消失的/在花中穿过鼓膜。/一道闪电发出/反叛的百合气息……大海翻涌，将干草蜷曲在/爱着的海滩上。"（《玛利亚之名》，«El nombre de María»）

对马托斯·保利而言，"诗人的创作依赖上帝"，写作是一种将内在真实自我的"感官、情绪、思想等精神内容"与外部世界的他人、自然、社会、上帝相联系的方法。诗人希望通过交流性的作品，"用语言撕裂沉默，建立起超越缄默和神秘的事物——诗歌"。诗人赞颂圣母的十行诗"达到了语言秩序、客观环境与强烈情感、主观体验的精妙平衡，同时富有音乐感和表达的精确性……它们轻盈、迷人、自然"。波多黎各作家、文学评论家卡门·多洛雷斯·埃尔南德斯·德·特雷列斯（Carmen Dolores Hernández de Trelles）在评论中表示，这本诗集中的十行诗"是卓越的成就，是一种深厚而持续的信念与虔诚的赞美相结合，从而创造出的内涵丰富、词语紧密、技巧高超的作品，是一种纯粹之美的创造"[1]。

（龚若晴）

---

[1] Matos Paoli, Francisco. *Raíz y ala: antología poética*, Tomo I. San Juan (Puerto Rico). La Editorial UPR, 2006, p. 165.

马里奥·门多萨·桑布拉诺
（Mario Mendoza Zambrano）

马里奥·门多萨·桑布拉诺（1964— ），哥伦比亚作家、教师、记者。在哈维里亚那天主教大学主修拉丁美洲文学硕士，毕业后留校任教，曾经在西班牙托莱多参加何塞·奥尔特加-加塞特基金会组织的西班牙语美洲文学课程，到过以色列的阿什凯隆海港地区，那里是全球最危险的城市之一。从以色列回来后，他开始在《时代报》（*El Tiempo*）等哥伦比亚的报纸杂志上发表文章。1997年到美国弗吉尼亚州的詹姆斯麦迪逊大学任教，门多萨一直在学校从事文学教学工作，将写作、教学和媒体结合起来，从而形成既考究又入世的风格，这点从他那一部部引人入胜的小说中可以看出来。

门多萨的第一部小说《边缘的城市》（*La ciudad de los umbrales*，1992）讲述的是拉丁美洲地下知识分子的生活，赤裸裸地触及大家都不愿意涉足的角落，直面社会的黑暗面。在《天蝎座的城市》（*Scorpio City*，1998）、《一个凶手的故事》（*Relato de un asesino*，2004）和《撒旦》（*Satanás*，2002）中，波哥大更是充满了黑暗、犯罪、恶

马里奥·门多萨·桑布拉诺（Mario Mendoza Zambrano）

习、欲望的大都市，社区、街道、大学、公园都是罪恶滋生的场域。在《天蝎座的城市》中主人公是一名正在调查谋杀案件的警员，跟随他的脚步，读者层层深入，最终得以窥见哥伦比亚政治的阴暗面。面对灰暗的现实，门多萨带着强烈的批判性。在小说中，门多萨借叙述者之言表示："我不是想写一部传统的、摩尼教式的小说，再配上邪不胜正的经典结局。不是的。我要让现实战胜形式，我会尊重历史，就像塞利拉对我说的：城市被分割成许多层面，这段历史好比层层深入洋葱内部的过程。"门多萨的作品揭露国家政策不公正的一面，这些著作的出版令他不断受到猛烈的抨击和电话恐吓，甚至一度被学校短暂停职，但这都不能阻止他成为哥伦比亚近二十年来颇受欢迎的年轻作家。

1964年哥伦比亚内战开始，贩毒团伙、游击队、准军事团体等非法武装人员之间频繁爆发冲突。贩毒集团日益猖獗，不断吸纳住在贫民窟的失业青年，扩大团体的影响范围。到了80年代，贩毒团伙势力强大，与政府之间的冲突加剧，以麦德林城为代表的城市里暗杀、绑架等暴力事件频发。但暴力问题在哥伦比亚远不止政府军与毒贩集团的斗争，左翼游击队和右翼准军事团体互相开火，特别是70年代末开始的"社会清洗"造成了极恶劣的社会影响。暴力作为一类题材，在哥伦比亚的文学中占了突出的位置，六七十年代正值"哥伦比亚革命武装力量"成立，游击队活跃在各个角落，暴力文学关注的主要是游击队与准军事组织的武装冲突。而到了八九十年代，暴力问题非但没有消失，甚至转变为更多样的形式，表现在文学中则是麦德林街上的贩毒人员和刺客成了小说的主角，它们共同反映了哥伦比亚混乱的社会现实。对此，哥伦比亚评论家巴勃罗·加西亚·杜桑（Pablo García Dussán）提出"塔纳托斯小说"（Novela thanática），指的是哥伦比亚近半个世纪以来的小说，它们着重表现国家独立以来不断暴露的社会问题，特别是暴力问题所导致的身份认同危机，人们失去了爱的能力，与外界有着不可调和的矛盾，甚至出现自我毁灭的倾向。塔纳托斯是古希腊神话的死神，是与爱神厄洛斯相对的角色，最终塔纳托斯战胜了厄洛斯，就像《撒旦》中的埃利亚斯，埃利亚斯的暴行让所有人汇聚在同一片死亡区域，在这里邪恶占了上风。

门多萨的其他作品有：小说《丑人的忧伤》（*La melancolía de los feos*，2016）、短篇小说集《明眼人之旅》（*La travesía del vidente*，1997）。2011年门多萨荣获哥伦比亚《书籍与文学》（*Libros y Letras*）杂志颁发的国家文学奖，他的全部文学作品得到了肯定。

《撒旦》（*Satanás*）

2002年《撒旦》由巴塞罗那的塞伊斯·巴拉尔出版社推出，同年获得"简明丛书奖"。2007年该小说被改编成同名电影，由安德烈斯·拜兹执导，墨西哥演员达米安·阿尔卡扎主演，电影上映后反响良好，并获得波哥大电影节哥伦比亚影片奖。与门多萨的其他作品一样，《撒旦》将场景设置在波哥大城，集中在山谷地区、南部老城区拉·坎德拉里亚、蒙塞拉特山顶教堂等区域。小说的情节主线源自真实的新闻事件，1986年12月4日，坎波·埃利亚斯持枪杀害母亲和邻居，而后在波哥大一家叫波泽托的餐厅里残忍地射杀了二三十人，他被诊断患有精神病，该事件被称为"波泽托大屠杀"（masacre de Pozzetto）。

小说由四个独立的部分组成，每个部分的主人公都心怀怨恨，各有所图，但最终谁也免不了走向共同的归宿，即成为波泽托枪杀案的受害者。玛利亚是个孤儿，本来在波哥大街边卖黑咖啡、蔗糖水等热饮，后来为了摆脱贫困，她铤而走险接受了巴勃罗和阿尔贝托的交易，在酒吧专门勾引有钱人，给他们下催眠药，盗取银行卡和密码。安德烈斯是一位成功的画家，他突然发现自己有超能力，能预言身边人的死亡。神父埃内斯托关心黑暗社会中人的内心世界，想要解救他们的心灵，为此他

马里奥·门多萨·桑布拉诺（Mario Mendoza Zambrano）

经受着内心与外部的双重矛盾。而三个场景中的人物最后因为偶然的因素或必然的命运，齐聚在大屠杀即将发生的餐馆里，成为暴力之下无名的牺牲品。

最后是坎波·埃利亚斯，他是参加过越南战争的退役军人，有反社会型人格障碍，无法真正融入社会，他就像"泯灭天使"（ángel exterminador），掏出枪准备执行"神的审判"。埃利亚斯是大写的恶的代表，这不仅是行为上的恶，还导致了残酷的恶性结果，让全社会为此付出代价。他对人世间的悲伤没有丝毫同情之心，加上缺乏同理心、排斥他者，他主动与外界分离。作者借助人与世界之间的矛盾，探讨哥伦比亚的民族身份问题。

门多萨在小说中试图将作品当作视觉现实来表现，他称自己在写《撒旦》的时候有意按照电影放映的场景那样构建小说的情节。比如，小说的第一段描绘了波哥大集市的场景，列举了市场里的西番莲果、山番荔枝等特色水果，流动摊位上的龙舌兰绳、龙舌兰纤维制品等特色商品，还有当地的手工艺品。此时19岁的玛利亚出场了，对比集市的一片混乱，玛利亚的形象在人群中显得极为出众，她身材高挑，体态丰满，眼睛乌黑闪亮，薄唇鹰鼻。再如，当画家安德烈斯被自己难以言说的超感知能力所控制时，他的焦虑和恐惧瞬即反映在画作中，"他任由手在脖颈的位置描出一场暴风，在喉结处郁结成肆虐的飓风眼"，画布上的一笔一画好比预言性的文字，一语成谶。杀害妻女的男人跪在教堂里，他的刀还滴着血。这些极富画面感的场景与朴实的日常对话相互碰撞，让小说在艺术虚构与再现写实之间达成平衡，既富有戏剧性，又真实露骨。

波哥大不仅仅是一座城市、一幅背景画，它也是小说的主人公。富人和穷人的划分不再是传统地理意义上的北部是富人区，南部是穷人区。社会根据消费水平重新划分层次，酒吧、俱乐部、裸体海滩这些都是富人消费的场所。在《撒旦》中，玛利亚站在镜子前看自己穿着皮鞋、牛仔裤、短上衣，看起来就像是充满活力的年轻学生，坐在酒吧里喝着鸡尾酒，看着周边的人，物质环境的改变让她觉得自己仿佛拥有了一个新的社会身份，有资格享受梦寐以求的高端生活。受到消费社会的冲击，人们关于富有与贫穷的感知在心理上被无限放大，而弥补这种差距的幻觉之一就是改变物质环境和消费层次，这也正是玛利亚铤而走险的原因。

《撒旦》深入刻画了20世纪80年代末的波哥大居民，人们在暴力冲突中被复仇的想法笼罩着。玛利亚曾经起早贪黑，勤勤恳恳，但她的顾客，即市场里的其他摊贩，不仅欠钱不还，还无休止地侮辱、调戏她。她诱惑有钱官员，但有意思的是，她一直是处女，没想到最终是在一次暴行中失去童贞的，因此她想要报复那些侵犯她的男人，甚至想不惜一切代价杀死他们。教堂里的男人杀了妻女获得解脱后，在监狱里承认自己这么做的目的是需要有人能给自己勇气，将计划说出来，一切就完成了一半，而倾听他的人正是神父，他将神父变成了同谋。埃利亚斯则为自己受到的不公正的待遇向全社会复仇。

不可否认的是善站在恶的对立面，在大写的恶下面依然能看到善良的源泉在缓缓流动，玛利亚所做的一切只是渴望像同龄人一样学习，有一份体面的工作，得到大家的尊重，她以为接受巴勃罗的交易能给她带来丰厚的收益，过上有尊严的生活。神父埃内斯托曾经以为那个杀害妻女的人是被魔鬼所控制，他是和大家一样善良的人，他心怀好意希望将他的家人从贫困和饥饿中解救出来，但神父没有意识到这种极端的方式实际上来自阴暗的报复心理。但是正如小说的题目所指，仇恨的迫切心情侵蚀整座城市的灵魂。善良的初衷最终也无法改写悲剧的结尾。在大写的邪恶面前，人是渺小的、扭曲的存在。将人们推向恶的深渊的可能正是一颗向善的心，是急欲改变现状的迫不得已。悲哀的是个体无法决定自己的命运，他们不知不觉被更高的力量逼向绝路，最后走向毁灭或选择自我毁灭，一切就像撒旦统治下的人间地狱。

（曾琳）

巴勃罗·何塞·蒙托亚（Pablo José Montoya）

巴勃罗·何塞·蒙托亚（1963—　），哥伦比亚当代重要作家及文学评论家。他出生于哥伦比亚的巴兰卡博梅哈市（Barrancabermeja），曾在通哈高等音乐学院（Escuela Superior de Música de Tunja）学习音乐，后进入位于波哥大的圣托马斯大学（Universidad de Santo Tomás）学习语言文学专业。本科毕业后他前往法国新索邦大学（Université Sorbonne Nouvelle，即巴黎第三大学）深造，获得西班牙及拉丁美洲研究专业（Estudios Hispánicos y Latinoamericanos）的硕士及博士学位。除了从事文学创作及评论工作以外，蒙托亚目前还在安蒂奥基亚大学（Universidad de Antioquia）任文学专业教授，同时也是埃阿菲特大学（Universidad de Eafit）的客座讲师。

蒙托亚是一位十分全面的创作者。他集作家、评论家、学者以及译者等多重身份于一身，出版的作品包括短篇及长篇小说、散文诗、散文以及文学评论。蒙托亚早期发表的作品以短篇小说和散文诗为主，如短篇小说集《尼基亚故事集》（*Cuentos de Niquía*，1996）、《交响乐队与其他音乐故事》（*La sinfónica y otros cuentos musicales*，1997）、

《居民》（*Habitantes*，1999，2000年度安蒂奥基亚作家奖）、《突袭》（*Razia*，2001），散文诗集《旅人》（*Viajeros*，1999，获法国国家图书中心颁发的外国作家奖金）。2004年，他发表了第一部长篇小说《眼睛的饥渴》（*La sed del ojo*，2004）。

几年后他的第二部长篇小说《远离罗马》（*Lejos de Roma*，2008）获得了评论界的高度认可，整部作品围绕古罗马诗人奥维德被流放后的经历展开。在历史上，奥维德在公元8年时被当时的古罗马皇帝奥古斯都流放，最终客死他乡。这个故事曾经被许多作家写入文学作品，而奥维德也成为文学史上"被流放的诗人"的经典形象。在《远离罗马》中作者通过主人公奥维德第一人称视角的叙述，展现其被流放后的生活和内心世界。小说在结构上分为40个简短的小节，每个小节都可以看作是诗人奥维德流亡生活中的一段心灵记录。一开始，诗人述说着自己曾经的梦想与获得过的荣耀；他回忆着自己辉煌的祖国和过去的生活，谈论着情爱、衰老与遗忘，表达他远离罗马并生活在陌生的环境和语言中的痛苦与失落。然而随后他的想法逐渐发生了变化，他开始质疑"祖国"这个概念的本质。他意识到也许"祖国"只是每个人心中的幻影，或许根本不存在一个天生的故土或祖国，也许人都是孤独地来到这个世界，换句话说每个人在出生时就已经被流放了。在这些混乱的思绪中，奥维德想到了其他曾经或将要被流放的人，想到了流亡的意义。同时，他开始思考自己的诗作，他质问究竟自己写过的哪些诗作更加伟大。随后诗人开始思考诗歌或写作的意义，以及诗歌与权力、诗歌与流亡生活的关系。整部小说就在诗人伤感而又深刻的思绪中，探索着文学、流亡与权力的本质。

作为一部历史小说，《远离罗马》并非单纯向读者展示一个古罗马诗人的流亡经历，而是借助诗人奥维德的叙述，探讨流亡与诗歌、诗歌与权力等一系列长久存在的主题。小说中奥维德的形象既在一定程度上保留了历史的原貌，同时也是历史上无数被流放者的写照。作者本人曾经在一篇文章中表示，在《远离罗马》中有一个核心的问题，即"流亡中的诗歌书写究竟意味着什么？"在这个问题的基础上，小说通过奥维德这个文学史上经典的流亡者形象向读者揭示了诗人或艺术家与权力的关系，同时也反映出文学艺术与政治之间的张力。作者在写作该小说之前对奥维德进行了详细的研究，包括收集和阅读所有关于他的历史资料，以及重新阅读奥维德的作品。《远离罗马》是对奥维德的流放的一次重新书写，而这种重新书写背后的动机是具有当代意义的。因此作者表示，作为一部历史小说，《远离罗马》的创作绝非是对哥伦比亚当代现实的回避，相反这部小说是以一种特别的方式面对当代的问题。在语言方面，《远离罗马》保留了作者一贯的文字风格，整篇小说由优美而简洁的短句写成，行文充满诗意。小说就是在这样一种诗意而简短的语言中叙述着一个流亡诗人的孤独和情爱，探讨他对于权力、诗歌与死亡的思索。诗意的文字风格与深刻的主题，加上历史小说的写作手法，这一系列特点都使得《远离罗马》成为当代哥伦比亚小说创作中的一部优秀作品。

他的其他作品还包括：短篇小说集《一个亡灵的安魂曲》（*Réquiem por un fantasma*，2006）、《夜之吻》（*El beso de la noche*，2010，麦德林市艺术创作奖金）、《告别显贵》（*Adiós a los próceres*，2010）、《弦乐柔板》（*Adagio para cuerdas*，2012），长篇小说《失败者》（*Los derrotados*，2012）、《音乐学校》（*La escuela de música*，2018），散文诗集《巴黎笔记》（*Cuaderno de París*，2007）、《线条》（*Trazos*，2007）、《唯有一缕水之光：弗朗西斯科·德·阿西斯与乔托》（*Sólo una luz de agua: Francisco de Asís y Giotto*，2009）以及《节目手册》（*Programa de mano*，2014），散文集《飞鸟的音乐》（*Música de pájaros*，2005），作品选集《三重奏》（*Terceto*，2016）。

除了文学创作，蒙托亚也出版了多部文学评论集，如《哥伦比亚历史小说1988—2008：浮华与失败之间》（*Novela histórica en Colombia 1988—2008: entre la pompa y el fracaso*，2009，获哥伦比亚文化部2008年颁发的文学研究基金资助）、《一位亲近的鲁滨孙，关于20世纪法国文学的10篇评论文章》（*Un Robinson cercano, diez ensayos sobre literatura francesa del siglo XX*，2013）、《阿莱霍·卡彭铁尔作品中的音乐》（*La música en la obra de Alejo Carpentier*，2013）。此外，他的多篇评论及研究文章也受到了学界的肯定。

蒙托亚的创作有几个较为突出的特点。首先，他注重文学作品与其他艺术形式之间的关系，音乐与绘画是其作品中经常出现的元素。蒙托亚曾经受到过专业的音乐训练，他早年也曾经打算成为一名音乐家，但后来转行从事文学创作，因此他的许多早期作品都与音乐有关。此外，在他的散文诗以及部分小说作品中，绘画也是一个常见的元素。例如其散文诗集《线条》和《唯有一缕水之光：弗朗西斯科·德·阿西斯与乔托》都与绘画艺术有着直接的关系，而其获奖的长篇小说代表作《恶行三联画》（*Tríptico de la infamia*，中译本名为《三段不光彩的时光》）则是以三位新教画家的视角展开叙述。

其次，在蒙托亚的作品中，宗教也是一个常见的元素。他的许多作品都围绕着宗教主题或人物展开，其中除基督教传统以外，也涉及拉美本土和世界其他地区的神话或宗教传统。蒙托亚的作品常常会对保守的宗教思想所带来的"恶"进行批判，其中既有对基督教禁欲主义的攻击，也有对由宗教保守思想所引起的暴力的控诉。此外，蒙托亚作品中的宗教元素又常常与艺术创作相关。这既是因为宗教是绘画艺术中常见的元素，也是因为蒙托亚将艺术创作本身视作一种对终极意义的探寻，进而将艺术创作提高到一种超验的层面，使其具有类似宗教的功能。最后，蒙托亚的小说作品涉及的主题主要是哥伦比亚或整个拉美历史中的暴力与社会现实问题。这些主题常常是通过历史小说的形式表达出来的。在这些作品中，他常常将一些著名的历史人物转化为自己作品中的文学形象，并对其经历进行重新书写；或者将不同时空的故事并列，进而将相同的主题呈现在不同时空之中，以此达到借古讽今的效果。

总之，蒙托亚是一位文学及艺术素养扎实丰富的学者型作家。他兼具创作者和评论家等多重身份，这使得他对小说创作的方向有着清楚的认识。在获得"罗慕洛·加列戈斯国际小说奖"之前，他便已经引起了国外评论界的关注，得奖后，他更是在拉美及欧洲学界和评论界获得了广泛的认可。正如前面所说，他目前已经成为当代哥伦比亚文坛最有深度且最为全面的创作者之一，因此其作品同样值得引起国内学界的关注。

中译本：《三段不光彩的时光》，高羽译，中央编译出版社，2019年；《三重奏》，黎妮译，海天出版社，2019年。

《恶行三联画》（*Tríptico de la infamia*）

《恶行三联画》（2014）是巴勃罗·何塞·蒙托亚的长篇小说代表作，讲述了欧洲旧大陆与美洲新大陆之间复杂的历史以及充斥在这段历史中的暴力。他正是凭借这部作品获得了2015年"罗慕洛·加列戈斯国际小说奖"（以此成为历史上第五位获得这一殊荣的哥伦比亚作家）、2016年"何塞·多诺索伊比利亚美洲文学奖"（Premio Iberoamericano de Letras José Donoso）、2017年古巴美洲之家颁发的"何塞·玛利亚·阿格达斯国家小说奖"（Premio Nacional de Narrativa José María Arguedas）。

《恶行三联画》由三部分组成，每一部分在情节上都是独立的，写作手法上也有所不同，但这三个部分在主题上有所关联，故事的背景都发生在16世纪。小说的三个部分分别围绕三位画家的经历展开叙述，这三位画家分别是：雅克·莱莫因（Jacques Le Moyne）、弗朗索瓦·杜布瓦（François Dubois）以及特奥多雷·德·布里（Théodore de Bry）。第一部分的主角是雅克·莱莫因，他是法国新教徒远征新大陆队伍中的一位地图绘制员及画师。到达美洲大陆后，他被当地印第安人独特的身体彩绘艺术深深吸引。随后，他见证了自己的队伍与西班牙军队间的冲突。在这一过程中，他目睹了来自欧洲的宗教狂热以及对财富的渴望所带来的暴力。小说的这一部分是以第三人称的叙事视角进行叙述的，其中最为精彩的部分是雅克·莱莫因与一名土著人互相进行身体彩绘的片段。这些身体彩绘充满了丰富的色彩与象征意味，而他们两人间的这种和谐的交流方式，似乎也在无声地抗议着欧洲征服美洲过程中的血腥与暴力。

第二部分的主角是弗朗索瓦·杜布瓦，即画作《圣巴托罗缪大屠杀》的创作者。这一部分以第一人称的视角进行叙述，其中充斥着主人公对于发生在1572年的圣巴托罗缪大屠杀的哀叹，因为他本人也在这场宗教屠杀中失去了妻儿以及自己的全部画作。此外，除了对宗教狂热所带来的暴力进行控诉，弗朗索瓦·杜布瓦也思索着艺术与历史现实的关系。在这里，艺术从一种对美的追求转变成对暴行的绝望记录。

小说第三部分的主角是特奥多雷·德·布里，他曾为多本美洲大陆探索纪实绘制插画，其中最为著名的就是巴托洛梅·德·拉斯卡萨斯的《西印度毁灭述略》中的插画。在这部分中，作者本人的声音也进入了小说文本，他倾听着特奥多雷·德·布里的描述。在这些描述中，特奥多雷·德·布里对欧洲征服美洲大陆过程中的种种恶行进行着控诉。在小说的倒数第二个小节中，作者详细描述了特奥多雷·德·布里为《西印度毁灭述略》所作的插画，插画中体现的恶行又使人联想到拉丁美洲20世纪血腥而暴力的历史。此外，这一部分也将攻击的矛头指向了西方现代历史中欧洲人以宗教救赎为幌子所犯下的罪行。

总的来说，《恶行三联画》的主题宏大且深刻，它将批判与反思的

巴勃罗·何塞·蒙托亚 (Pablo José Montoya)

目标指向了西方现代性进程中的暴力，以及西方世界对于拉丁美洲的掠夺与毁坏。作为一部历史小说，《恶行三联画》将故事的舞台设置在16世纪的欧洲与拉丁美洲。关于这一点，作者曾经在一次采访中表示，他希望将欧洲宗教改革和征服新大陆这两段历史关联起来，因为二者都是决定西方及拉丁美洲现代性进程的标志性历史时期。作者认为，如今的拉丁美洲正是这一现代性进程的产物，因此他希望深入这两个决定西方和拉丁美洲现代性进程的关键历史时期，从二者的结合点出发，进行文学上的反思。[①]除此之外，《恶行三联画》也与绘画艺术有着紧密的关联，这首先在小说标题中的"三联画"一词上便可看出。"三联画"或"三折屏"盛行于文艺复兴时期，同时它也是宗教绘画中最为常见的一种形式。三联画由三幅主题的画作组成，通常中间的画板要比两边的"侧翼"大，且中间的画板也常常集中了所有三部分的核心主题，进而起到整合三个部分的作用。从这个角度来看，《恶行三联画》在结构安排上也与三联画相似，小说的第三部分正是起到了三联画里中心画板的作用。

除了结构上与绘画艺术相似，小说中的每个部分的内容也都将文学与绘画紧密联系起来。一方面，小说中的三位画家都在思考如何通过艺术反映历史上真实的暴行；另一方面，作者则用细腻的笔触描写了一系列画作的细节，进而通过文学方式展现绘画艺术对于真实暴行的再现。在这个基础上，《恶行三联画》在文学、绘画与社会现实之间建立起了一种深刻的联系。小说将文学语言和绘画艺术结合起来，形成了一种新的表现形式，而作者正是通过这种新的表现形式更加有力地展现了西方及拉美现代性历史上的恶行。除绘画艺术以外，宗教也是这部小说的一个重要因素。小说借助三联画这个宗教绘画中常见的形式，反过来展现了保守的宗教思想引起的恶行，充分体现了作者对于西方历史中宗教问

---

① http://jmarconsusescribanias.blogspot.com/2015/06/el-romulo-gallegos-para-pablo-montoya.html [2018-07-04]

题的反思。

《恶行三联画》是一部极具文学价值的作品,它的获奖也反映了当代哥伦比亚小说创作的活力与深度,可以说它是一部值得国内学界深入研究的作品。

(赵浩儒)

阿尔瓦罗·穆蒂斯（Álvaro Mutis）

  阿尔瓦罗·穆蒂斯（1923—2013），哥伦比亚诗人、小说家。1923年生于波哥大，作为外交官之子，他的童年是在比利时度过的。1956年后定居墨西哥，2013年在墨西哥城去世。

  穆蒂斯的第一部诗集《天平》（*La balanza*，1947）是与他的朋友、诗人卡洛斯·帕蒂尼奥斯（Carlos Patiños）合作完成的，其中收录了他带有超现实主义色彩的九首诗作。穆蒂斯早年与其他年轻诗人一起活跃于由豪尔赫·加伊坦·杜兰（Jorge Gaitán Durán）主编的文学杂志《神话》（*Mito*）周围。在题为《灾祸的元素》（*Los elementos del desastre*，1953）的诗集中首次出现了"瞭望员马克洛尔"（Maqroll el Gaviero）这一人物，在穆蒂斯日后几乎所有的作品中都有他的身影。一些诗人常涉及的主题也在这部诗集中初显端倪：不幸的航行、荒唐的工作、美景的消亡。《海外医院纪事》（*Reseña de los hospitales de ultramar*，1955）、《失去的劳作》（*Los trabajos perdidos*，1965）等诗集出版之后，《瞭望员马克洛尔大全》（*Summa de Maqroll el Gaviero*，1973）收录了穆蒂斯1948年至1970年间的诗歌作品，由诗人胡安·古斯塔沃·科沃·波尔达（Juan Gustavo Cobo Borda）作序，后又多次扩充再版。他的诗歌兼具聂鲁达式狂放的意象群和博尔赫斯式的精确，常以书信、遗言、祈祷文、断章等形式呈现。

"瞭望员马克洛尔"是20世纪西班牙语世界中最重要的文学形象之一。这位浪迹天涯的海员是诗人穆蒂斯的"另一个自我"（alter ego）或"同谋"，哥伦比亚作家加西亚·马尔克斯则称"马克洛尔是我们每一个人"[①]。受诗人叶芝的影响，再加上与马尔克斯同游伊斯坦布尔的经历，拜占庭成为诗人理想中的诗意空间。也有评论家在马克洛尔的远航历险中发现康拉德（Joseph Conrad）和梅尔维尔（Herman Melville）的回响。

1960年前后，穆蒂斯开始向诗歌以外的领域扩展，同年出版了《雷贡贝利狱中日记》（*Diario de Lecumberri*）。此前穆蒂斯在埃索（Esso）公司任职时，曾动用部分预算资助一些与罗哈斯·皮尼利亚（Rojas Pinilla）独裁政府发生冲突的友人，被控挪用公款，被迫流亡墨西哥，并在雷贡贝利监狱中被囚15个月。穆蒂斯的第一部小说《阿劳卡依玛山庄》（*La mansión de Araucaíma*，1973）是为友人西班牙导演布努埃尔（Luis Buñuel）而作，后者对这部以热带为背景的"哥特小说"大为赞赏，曾计划将其搬上银幕，但最终未果（最终由导演卡洛斯·马约洛拍成电影）。文体的融合或颠覆是穆蒂斯创作的主要特征之一，如《商队旅馆》（*Caravansary*，1981）和《使者》（*Los emisarios*，1984）中穿插着诗歌和充满诗意的短篇故事，很难以某一文体限定。《商队旅馆》讲述了马克洛尔之死，但这并不妨碍这位主人公在穆蒂斯其他作品中继续出现。正如评论家所指出的，穆蒂斯由诗人向小说家的过渡不能被割裂地考察，解读他的小说的关钥正在他的诗歌之中。

---

① García Márquez, Gabriel. "Mi amigo Mutis", https://www.elespectador.com/noticias/cultura/mi-amigo-mutis-gabriel-garcia-marquez-articulo-448172 [2018-09-20]

穆蒂斯80年代的诗歌作品还有：《王室纪事与王国颂歌》（*Crónica regia y alabanza del reino*，1985）、《一次纪念和七首夜曲》（*Un homenaje y siete nocturnos*，1986，1987），后者先后在墨西哥和西班牙出版，所谓的"一次纪念"是献给墨西哥作曲家马里奥·拉维斯塔（Mario Lavista）的，他曾为穆蒂斯的作品谱曲。

穆蒂斯另著有小说"瞭望员马克洛尔"系列：获法国最佳外语小说奖的《海军司令的雪》（*La nieve del almirante*，1986）、《伊罗纳随雨到来》（*Ilona llega con la lluvia*，1988）和《善终》（*Un bel morir*，1989）；还有小说《漂泊汽轮的最后一站》（*La última escala del Tramp Steamer*，1990）、《阿密巴尔》（*Amirbar*，1990）、《阿普杜勒·巴述尔，船舶梦想家》（*Abdul Bashur, soñador de navío*，1991）等。

除此之外，穆蒂斯的其他作品有《哈梅林风笛手的真实故事》（*La verdadera historia del flautista de Hammelin*，1982）、《战略家的死亡》（*La muerte del estratega*，1995）和《大海与陆地三联画》（*Tríptico de mar y tierra*，1993）

作为散文家，穆蒂斯出版了《马克洛尔的语境》（*Contextos para Maqroll*，1997）、《关于阅读和世上的一些事》（*De lecturas y algo del mundo*，2000）和《瞭望员马克洛尔的路途和相遇》（*Caminos y encuentros de Maqroll el Gaviero*，2001）。

穆蒂斯获得的文学奖项有：1974年哥伦比亚"国家文学奖"、1983年哥伦比亚"国家诗歌奖"、1988年墨西哥"阿兹特克之鹰"骑士团长勋章（Comendador de la Orden del Águila Azteca）、1989年法国政府颁发的文学艺术骑士勋章、1990年意大利"诺尼诺奖"（Premio Nonino）、1996年西班牙"智者阿方索十世大十字勋章"。1997年因"作品中的原创性和知识分子的责任感"荣获"阿斯图里亚斯亲王文学奖"（Premio Príncipe de Asturias de las Letras），同年获"索菲亚王后伊比利亚美洲诗歌奖",2001年获"塞万提斯奖"。

电影版本:《伊罗纳随雨到来》,导演塞尔希奥·卡布雷拉(Sergio Cabrera),1996年。

中译本:《阿劳卡依玛山庄》,李德明译,云南人民出版社,1997年;《马克洛尔的奇遇与厄运》(*Empresas y tribulaciones de Maqroll el Gaviero*),轩乐译,中信出版社,2022年。

(范晔)

《瞭望员马克洛尔大全》(*Summa de Maqroll el Gaviero*)

《瞭望员马克洛尔大全》是哥伦比亚诗人阿尔瓦罗·穆蒂斯的一部诗歌全集,于2008年由哥伦比亚丰泉出版社出版,收录了诗人1947年至2003年间创作的诗歌。此前诗人还以同名出版过数本诗歌合集:1973年出版于萨拉曼卡,收录1947年至1970年的作品;1997年于萨拉曼卡,收录1948年至1997年的作品;2002年于马德里,收录1948年至2000年的作品。

穆蒂斯的诗歌形式十分灵活,既有一般读者熟悉的分行式短句,也有带叙事性的长篇段落。诗集标题中出现的"马克洛尔"便是穆蒂斯诗歌和小说叙事中最主要的角色,几乎贯穿了诗人的文学创作历程。马克洛尔向我们警告这场被迫的生活之旅中暗藏的种种危险,而"为了向读者发出对生活的预警,他必须在不同的空间,从不同的位置,甚至通过不同角色的声音说话"[①]。他的经历支离破碎地藏在诗人各个阶段的作品中,如同随时会出现的幽灵,每次都带给读者不同甚至互相矛盾的体验。他努力奉献,谦卑而自爱,但生活总向他报以无常和不确定。

---

① Eyzaguirre, Luis. "Transformaciones del personaje en la poesia de Alvaro Mutis", *Revista de Critica Literaria Latinoamericana*, Año 18, No. 35, 1992, p. 41.

阿尔瓦罗·穆蒂斯（Álvaro Mutis）

循着《瞭望员马克洛尔大全》，读者可以一点点拼凑出关于马克洛尔的方方面面：这个角色首次正式出现于诗集《灾祸的元素》中《马克洛尔的祈祷》（«Oración de Maqroll»）一诗："主啊！接受这个注视的请求者的祈祷吧，赐予他死亡的恩惠，让他被城市的灰尘包裹，躺在一所坏名声房子的台阶上，被天空的所有星辰照亮。/主，请记住，你的仆人已耐心遵守了族群的规则。不要忘记他的脸。"但其实早在1948年的《旅行》（«El viaje»）一诗中，这个角色便已隐约出现："我不知道有没有在别处说过我曾驾驶的那列火车……某天我疯狂爱上了一个在旅途中丧偶的姑娘，最后在终点站同她逃走了。在艰苦的旅程后我们定居在了格兰河边……至于那列火车，我知道它最终被废弃了。一团爬蔓植物和藤本植物完全占据了车厢；蓝鹊在火车头和行李箱里筑巢。"在《海外医院纪事》中，十一首诗拼出了马克洛尔晚年在医院中被孤独、病痛和死亡围绕的日子："但在河流医院，他学会了爱上孤独，并从中夺回了自己的日子唯一且永恒的意义。"

随后的《商队旅馆》中穿插了马克洛尔在各地的游历经历，但同时也出现了他的死亡："瞭望员缩身躺在车辕下，身体干瘦，干瘪如被太阳摧毁的树根。他的眼睛睁得大大的，仍然望着这片邻近而无名的虚无。"1982年穆蒂斯在采访中曾说："这是一次让我惊讶的死亡，因为我并不想让他死。他在我的打字机上死去了，但是我无能为力。他的每次幸存都是人为事件，而他的死亡也同幸存一样。"[①]但在三年后的诗集《使者》中马克洛尔又再度出现："他的容貌完全改变了。他并非看起来更老，或被岁月流逝和常年的狂暴气候打磨。他缺席的时间并没有那么长。"

马克洛尔就这样反复出现在诗人的写作中，融合了所有角色，成为最具象征性的一个。他永远在漂泊和流浪，"既没有地方可以归去，也

---

① Eyzaguirre, Luis. "Transformaciones del personaje en la poesia de Alvaro Mutis", *Revista de Crítica Literaria Latinoamericana*, Año 18, No. 35, 1992, p. 47.

不想归去任何地方"。他并非喜欢历险,却遭遇了各类事件。他在厄运中前行,就像走钢丝的杂技演员。对于他来说,"死亡是家常便饭",现实就是为了生存不断努力。但也正是马克洛尔多舛的命途给穆蒂斯的作品带来了一种特有的光亮,他在不确定的现实中挣扎,一次次存活的同时也在救赎自己的创造者。正如穆蒂斯自己所说:"瞭望员是我已成为、未成为和未坦白的一切。是我想成为、应成为但不曾成为的一切。瞭望员是我的一个写照:是我的荣耀。"[1]

(龚若晴)

---

[1] Eyzaguirre, Luis. "Transformaciones del personaje en la poesia de Alvaro Mutis", *Revista de Crítica Literaria Latinoamericana*, Año 18, No. 35, 1992, p. 42.

玛利亚·内格罗尼（María Negroni）

玛利亚·内格罗尼（1951— ），阿根廷女诗人、散文家、小说家、翻译家，1951年生于阿根廷罗萨里奥，幼年随父母迁居布宜诺斯艾利斯，之后经历了阿根廷20世纪六七十年代的政治变动。诗人将布宜诺斯艾利斯的经历称为她第一次，可能也是最重要的一次流亡。她自幼热爱阅读，在布宜诺斯艾利斯期间参加过私人诗歌写作坊，但她写于军政府时期的早期诗作未能保留下来。"肮脏战争"结束后内格罗尼赴美学习，自1985年至1994年在哥伦比亚大学攻读拉丁美洲文学博士学位。她的文学生涯从这一阶段正式开始。10年后内格罗尼回到祖国，后又重返美国，到萨拉·劳伦斯学院（Sarah Lawrence College）任教，并于2008年起任纽约大学客座教授，同时在布宜诺斯艾利斯省的二月三日国立大学（Universidad Nacional de Tres de Febrero）指导创意写作，现居纽约。

复杂多变的生活经历给内格罗尼的文学创作带来深刻的影响，她的作品不仅富有多元文化的色彩，创作形式也丰富多样，横跨诗歌、散文、小说、翻译等不同领域。这种多元化的创作习惯也赋予她更大的创作自由，逃脱身份标签的限制；另一方面，她不同形式的作品之间往往具有互文关系，它们共享主题、情节或意象，使得内格罗尼的文学创作成为一个整体。内格罗尼深受20世纪拉丁美洲诗歌的影响，阿根廷女诗人亚历杭德拉·皮萨尼克（Alejandra Pizanik）直接激发了她对哥特文学的关注，这一主题贯穿了她的文学创作。此外，塞萨尔·巴列霍（César Vallejo）、胡安·赫尔曼、苏珊娜·特农（Susana Thénon）、布兰卡·瓦雷拉等诗人也为她的创作提供了营养。

1985年，内格罗尼出版第一部诗集《如此悲伤》（*De tanto desolar*），这部作品受作者幼年时母亲患哮喘病一事的影响，全诗语句短促、破碎，语义高度集中，几乎没有完整的句子，使人读来感到呼吸困难。1991年出版探讨母女关系的长诗集《盖布的笼子》（*Jaula bajo el trapo*），与前作不同，这部作品通过延长篇幅来打破"窒息感"，同时模糊了诗与戏剧的界限，诗中甚至出现了人物对白与场景说明，是一部形式上有所创新的"戏剧诗歌"。此后，内格罗尼逐渐进入稳定的创作阶段。

内格罗尼的作品因强烈的哥特风格而闻名。哥特文学最早出现于启蒙时代的极盛期，是当时一种着重描写黑暗、惊悚内容的文学，在理性主流的启蒙时代，哥特代表着科学的对立面、理性难以达到之处，以此来表达对于社会主流的抵抗。20世纪七八十年代，在全球文化反主流的浪潮之下，哥特文化成为亚文化的代表，再次受到重视。内格罗尼生长在政治环境紧张的阿根廷，这种文学风格成为抗议高压权威的武器。她从亚历杭德拉·皮萨尼克的诗作中得到灵感，开始关注18世纪以来诗作中出现的哥特式人物形象，并将这种风格融入自己的诗歌创作中。此外，她还发表了一系列分析哥特文学名作的散文，如《哥特城市》（*Ciudad gótica*，1994）、《黑色博物馆》（*Museo Negro*，1999）、《清醒的证人》（*El testigo lúcido*，2003）；哥特小说，如《乌尔苏拉的梦境》（*El sueño de Úrsula*，1998）、《圣母领报》（*La*

玛利亚·内格罗尼（María Negroni）

Anunciación，2007）。与其丰富多彩的创作形式相照应的是，内格罗尼有意识地模糊了诗歌与其他文学体裁的界限，认为诗歌之外的哥特文学与诗歌做了一样的事情：在严密的桎梏中撕开了一道黑色的裂隙，诗歌被置于公开的、千篇一律的权威演讲的对立面，从而具有无可比拟的政治作用："诗歌总是一种抵抗空间。"[①]

内格罗尼力图打破读者对女性诗人"闺房写作"的刻板印象，在作品题材、写作方式上力求新颖。她的其他诗作包括：《冰岛》（*Islandia*，1994）、《夜旅》[*Viaje de la noche*，1994，1997年"阿根廷国家图书奖"（Premio Nacional del Libro Argentino）]；《异国日记》[*Diario extranjero*，2000，"奥克塔维奥·帕斯诗歌奖学金"（beca de Poesía Octavio Paz）]、《奇迹的房间》（*Camera delle Meraviglie*，2002）、《无能》（*La ineptitud*，2002）、《艺术与赋格》（*Arte y Fuga*，2004）、《跋涉》（*Andanza*，2009）、《歌唱虚无》（*Cantar la nada*，2011）、《约瑟夫·康奈尔哀歌》（*Elegía Joseph Cornell*，2013）及《柏林插曲》（*Interludio en Berlín*，2014）等。内格罗尼的诗歌创作风格鲜明，与其小说、散文、翻译作品自成体系、相互照应，试图寻找高压之下人类心灵的出口。

《冰岛》（*Islandia*）

《冰岛》是阿根廷诗人玛利亚·内格罗尼于1994年在委内瑞拉蒙特·阿维拉出版社（Monte Avila）出版的诗集，是一部描写北欧英雄传奇的散文诗，后由安妮·推提（Anne Twitty）翻译为英文，在美国推出双语版，大获成功，并于2001年获得"美国笔会中心最佳翻译诗歌奖"

[①] https://www.genialogias.com/LA-POESIA-ES-UN-ESPACIO-DE-RESISTENCIA-ES-UN-NO-UN-NO-GRANDE_a492.html [2018-07-28]

（International PEN American Center award for best book of poetry in translation），是内格罗尼创作成熟期的代表之作。

《冰岛》是内格罗尼写作超现实史诗的一次成功尝试，她坦言在写作《冰岛》时"有一种渴望，来证明女性也有可能写出史诗作品"①。和她许多其他作品类似，《冰岛》模糊了诗歌与散文的界限，以冰岛的民间传奇（saga）为基础，讲述了这支从挪威因暴政遭遇流放的民族如何在血与火的斗争中征服一座全新的北欧岛屿（即"冰岛"），在那里定居、繁衍的故事。虽然这个岛屿被冠以"冰岛"之名，诗中故事与史诗也颇为相似，但诗中具有丰富的超现实主义元素，奇异诡谲、令人震撼。流亡、征服的民族传统孕育了岛上的斯堪的纳维亚式英雄，他们骁勇善战，充满传统男子气概。然而在杀伐之中，他们也对自己的身份认同产生迷惑，陷入了痛苦的孤独中。诗中另有一位现代女性作为旁观者进行抒情，这部分内容感情细腻、彬彬有礼，代表着与北欧对立的南部地中海风格，这种抒情既是诗人对自我流亡经历的反思，也是冰岛勇士以及人类共同的遭遇——对孤独与自身主体意义的思考。

叙事和抒情这两种迥异的写作形式在《冰岛》中相互交织，看似独立，实则相互交流对话，形成了富有美感的循环。值得指出的是，将诗作的叙事部分归于男性，抒情部分归于女性，并将这部诗作归于二元对立是不可取的。在与孤独的战斗中，冰岛人并非所谓的英雄、征服者，而是在流亡中屡战屡败的、被英雄主义所束缚的男性。环绕着冰岛的"海"象征着女性的声音，却是使冰岛人最终陷于孤独的巨大力量。《冰岛》中的叙事与抒情形成了完整的循环，两者同时参与构建了这一神秘的想象世界，展现了冰岛古代英雄与现代女性追求生命自由、摆脱流亡命运的拼搏。

英国诗人威廉·莫里斯（William Morris，1834—1896）称冰岛为

---

① Broughan, Rose Marie. "La realidad, el arte y la poesía: Una conversación con María Negroni", *Confluencia*, Vol. 26, No. 2, Spring 2011, pp. 136-142.

"北方神圣的土地",博尔赫斯也曾前往冰岛朝圣。"冰岛为我们保留了关于北方的记忆。我们都受惠于冰岛。我很难说清我到达冰岛时的心情。我想到萨迦,想到埃达。"[1]海中孤岛是孤独的终极象征,"冰岛"作为"岛"中与世隔绝的代表,是探讨"孤独"问题的上佳载体。对于诗人而言,这部作品亦是她旅居纽约心境的写照,曼哈顿就是她的孤岛。她认为,解决"岛"的困境的方法只有一个:从盲目的内核中出走,向某个特定的方向走去,直至看到指示方向的光明。在那之前,是人类与孤独和自我怀疑之间无休无止的缠斗。《冰岛》的这一主题与作者其他诗歌、散文、小说作品一脉相承,形成了鲜明的个人风格和完整的作品体系。

(庄妍)

---

[1] 威利斯·巴恩斯通编:《博尔赫斯谈话录》,西川译,桂林:广西师范大学出版社,2014年,第10页。

马迪亚斯·内斯波洛（Matías Néspolo）

马迪亚斯·内斯波洛（1975— ），阿根廷小说家、诗人、记者。2010年，他被《格兰塔》评选为22位"最佳西班牙语青年小说家"之一。

内斯波洛1975年出生于布宜诺斯艾利斯，26岁时"追寻着出国接受欧洲文化熏陶、回国便能脱胎换骨的成长之旅的传说"[1]（帕特里西奥·祖尼尼语），前往西班牙旅行。然而就在2001年12月，阿根廷金融危机演变成政治危机，国内形势急剧恶化。内斯波洛的归国计划因此一拖再拖，直到如今，已过不惑之年的作家早已定居巴塞罗那，成家立业。而内斯波洛认为，"矛盾的是，在加泰罗尼亚生活恰恰赋予了我某种阿根廷身份"，"这就好像你去到别的地方，你必然会因此对（从前的）一切加以质疑，用另一种方式看待事物"[2]；"当你身处其外时，就好像有一种视线的错位，让你对置身其中时曾经习以为常、显而易见

---

[1] Zunini, Patricio. "El heraldo", *Eterna Cadencia*, 16 de octubre de 2014. https://www.eternacadencia.com.ar/blog/contenidos-originales/entrevistas/item/el-heraldo.html [2020-04-16]

[2] Ibid.

马迪亚斯·内斯波洛（Matías Néspolo）

的所有东西都重新加以审视"①。

迄今为止，内斯波洛所著的两部长篇小说——《杀死一只猫的七种方法》（*Siete maneras de matar a un gato*，2009）和《口中有太阳》（*Con el sol en la boca*，2015）——也确实都用一种"由外而内"、错位的目光聚焦于20世纪90年代末的阿根廷，那是以内斯波洛为代表的阿根廷年轻一代（70年代生人）记忆中独裁后的阿根廷。两部小说都以年轻人为主人公，《杀死一只猫的七种方法》的主人公是生活在布宜诺斯艾利斯城郊贫民区的两个少年，整日面对的是无处不在的暴力，却梦想着用阅读、用文学来逃离这种不堪忍受的生活。而《口中有太阳》中的主人公也是一位梦想着逃离现有生活的年轻人，他为此不惜铤而走险，盗走父亲的名贵藏画，在逃离的过程中，他追寻着真相和自我，却不期然遭遇了父辈们年轻时那段身处独裁统治下的黑暗过去。

"逃离"这个话题在内斯波洛的两部小说同时出现。他认为，从某种程度上来说，这个想法是他们这一代阿根廷人共同的话题："我属于70年代出生的这一代人，到了90年代，大家确实都经历过这种烦恼，都有过这种郁闷的心情。"②然而同一个话题在内斯波洛这两部相隔6年的小说中也有了一些视角与观点的不同。谈到《杀死一只猫的七种方法》时内斯波洛曾说，与美国文学不同，在拉丁美洲，主人公是无处可逃的，公路小说也是不可能的。社会固化，命运也无可改变，从高乔文学时代便是如此，这就是小说中人物的悲剧所在——他们无法逃离现实，因为他们的街区就是他们的牢笼。小说中的少年"美国佬"（el Gringo）只能在小说《白鲸》中得到片刻救赎；而《口中有太阳》的主人公达诺·卡斯帝哥里昂内（Tano Castiglione）那一场逃往巴西之旅则不仅是逃离现有的生活，逃向外面的世界，也是一场走向内心的自我，

---

① Gordo, Alberto. "Matías Néspolo", *El Cultural*, 31 de marzo de 2015. https://elcultural.com/Matias-Nespolo [2020-04-16]

② Ibid.

探究自己与家族本源的寻根之旅。"当你开始讲述时,无论采取怎样的态度,最近的过去便会自发地浮现上来。这是无可避免的。"①而在阿根廷,这样的过去往往意味着独裁时期的暴力冲突、失踪人口和谋杀惨案。如果说《杀死一只猫的七种方法》中被少年奉为圭臬的英雄主义传奇故事无力拯救少年于阿根廷街头的暴力生活,那么《口中有太阳》中对于家国历史和父辈秘密的追溯,则无疑是另一种更符合拉美气质和文学传统的追寻自我之路。

内斯波洛的其他文学创作还包括发表于2005年的首部诗集《青山无语》（*Antología seca de Green Hills*）、分别收录于不同故事集中的多篇短篇小说和加泰罗尼亚语儿童故事《一袋子什么?》（*¿Un saco de qué?*,2012）。与此同时,内斯波洛也进行文学翻译,他与维多利亚·奥利略·雷德斯玛（Victoria Horrillo Ledesma）合译了美国著名心理悬疑女作家乔伊·菲尔丁（Joy Fielding,1945—　）的小说《看着简逃跑》（*See Jane Run*,1991）,译名《简,快跑!》（*¡Huye, Jane, huye!*,2019）；他还翻译了英国作家理查德·福特（Richard Ford）的奇幻小说《灰烬之王》（*Lord of Ashes*,2015）②。

除自身文本创作以外,内斯波洛还与同为青年作家的姐姐西美娜·内斯波洛（Jimena Néspolo,1973—　）共同编纂了短篇故事集《故事的情欲,阿根廷新文学作家群》（*La erótica del relato. Escritores de la nueva literatura argentina*,2009）,书中收录了与内斯波洛姐弟同时代的多位阿根廷青年作家的作品。这部故事集出版后颇受争议,因为书中前言是一篇题为"宣言"（*Manifiesto*）的文章,措辞犀利,文风激进,直指当代阿根廷文学迷失忘本,落款为"先驱者"（Los Heraldos）。但无论如何,内斯波洛自言,这部故事集是对于

---

① Gordo, Alberto. "Matías Néspolo", *El Cultural*, 31 de marzo de 2015. https://elcultural.com/Matias-Nespolo [2020-04-16]

② 西语译名为 *El señor de las cenizas*,2016年出版。

马迪亚斯·内斯波洛（Matías Néspolo）

2005年由同为记者的马克西米利亚诺·托马斯（Maximiliano Tomás）编辑出版的青年作家创作集《青年近卫军》（*La joven guardia*, 2005）[①]的回应和致敬，也是为阿根廷当代青年作家争取机会的积极之举。

近年来内斯波洛主要从事记者工作，为西班牙与拉丁美洲的多家报刊媒体撰写文章，如西班牙《世界报》加泰罗尼亚地区的文化增刊《趋势》（*Tendències*）、阿根廷《国家报》及《加泰罗尼亚报》（*El Periódico de Cataluña*）等，他也为西班牙文学杂志《幻想》（*Quimera*）等撰写文学评论。

《杀死一只猫的七种方法》（*Siete maneras de matar a un gato*）

2009年，阿根廷青年作家马迪亚斯·内斯波洛出版其首部长篇小说《杀死一只猫的七种方法》。在此之前，这位时年34岁的男子的职业身份更多的是一位文化记者，而这部小说让他作为作家获得了广泛的关注。

《杀死一只猫的七种方法》以生活在20世纪90年代末布宜诺斯艾利斯郊外贫民区的两位少年"美国佬"和"罗圈腿"（El Chueco）为主人公和叙述者，是一部成长小说。然而，这又是一部非典型意义的成长小说。卡蕾·桑托斯认为，这部小说描摹了主人公的三重成长和三重启蒙：爱情、文学和暴力。爱情的启蒙往往是成长小说的必要成分，青春期的萌动催生出心理与生理的迅速成长，是人生的重要组成部分。小

[①] 托马斯在采访中曾说，《青年近卫军》一书是阿根廷国内第一部介绍70年代出生的一代阿根廷青年作家作品的故事合集，开启了这一类小说合集的浪潮，为青年作家出版作品提供了新的平台。参见 Zunini, Patricio. "El heraldo", *Eterna Cadencia*, 16 de octubre de 2014. https://www.eternacadencia.com.ar/blog/ contenidos-originales/entrevistas/item/el-heraldo.html [2020-04-16]

说中的少年"美国佬"爱上了美丽的少女亚妮娜,然而,在这段关系里纯洁的外壳被迅速剥离,情感的成分很快褪色,爱情的启蒙沦落成又一场成人感十足的肉欲关系。文学的启蒙也是许多成长小说中常常出现的元素,文学世界的熏陶和虚构人物的感召力总容易令处于人生十字路口的少年心生感悟,得到成长,然而"美国佬"在年少时代时刻阅读、奉为圭臬的是《白鲸》,书中展现的是一场跨越四海、毫无理性的复仇之旅,一场你死我活、同归于尽的人与自然之争。书中塑造的两个主要形象,一个是充满暴虐、偏执、欲将白鲸处之而后快的孤胆英雄亚哈船长,一个是天真又凶残、集善恶于一身又毫无善恶观念的白鲸莫比-迪克。撇开《白鲸》本身的伟大之处不谈,很难说这是一部适合成为少年时期文学启蒙的小说,然而这部小说成为"美国佬"的最爱,又是理所当然。爱情与文学的启蒙在《杀死一只猫的七种方法》中的两位少年主人公的世界里呈现出如此不同的状态,与主人公所处的特殊年代和社会环境是分不开的。20世纪90年代末的阿根廷经济几近崩溃,这种糟糕的经济发展状况使得首都郊外的贫民区陷入极端的贫穷中,这种贫穷不仅表现在物质上,也表现在精神上。少年们不仅实际上身处于一个暴力冲突、毒品买卖、肉欲至上的世界中,更可怕的是,他们根本不知道,更不会去向往别的生活环境、别的处世方式。他们被罪恶与暴力所包围,耳濡目染,他们自身也无可避免地投身于犯罪之中。"罗圈腿"偷得一把枪,从此在犯罪的道路上一去不复返。也正因如此,桑托斯所说的"暴力的启蒙"这个在其他成长小说中并不多见的元素成为书中两位少年成长过程中三个重要因素之一。

在这个处于布宜诺斯艾利斯这个国际大都市边缘的贫民区中,在这种不被社会秩序所接纳、所承认的暴力犯罪生活中,两位少年所面临的"成长的烦恼"自然无关天真、纯洁,而是充满了黑暗、暴戾——物质上的极度匮乏和精神上的空虚、绝望便是贫民区这个边缘地区和像"美国佬"和"罗圈腿"这样的边缘人群的现实状态——"他们无法逃离现

马迪亚斯·内斯波洛（Matías Néspolo）

实，因为他们的街区就是他们的牢笼。"①（内斯波洛语）

内斯波洛在这部小说中所着力表现的这种"边缘感"（marginalidad）不仅体现在其中人物所处的社会阶层和地位之中，也体现在他们所生活的客观环境——贫民区（相对于布宜诺斯艾利斯这座国际大都市）的边缘地位之上。这种边缘环境的设定不只是因为贫民区的实际地理位置，也是作家的主观选择。内斯波洛强调，他在小说中特别注意避开了布宜诺斯艾利斯和阿根廷社会的那种国际大都市、文化都市、高度文明化的形象，因为社会现实并非如此。在谈到这部小说的灵感来源时，作家曾多次强调，阿根廷作家罗伯特·阿尔特（Roberto Arlt，1900—1942）是他创作的榜样——如果说博尔赫斯和他的追随者们寻求一种国际化的、模棱两可的奇幻风格，与欧洲的先锋派颇有互动，那么阿尔特则追求一种社会的、授命的、非常具有政治意义的现实主义。（西美娜·格拉艾斯语）和阿尔特一样，内斯波洛致力于表现出一种游离于布宜诺斯艾利斯展现于人前的那种国际化大都市的面具之下的黑暗现实，那些隐藏在无人知晓的暗处、无人触及也无人愿意谈论的东西。

《杀死一只猫的七种方法》是一部非常"阿根廷"的小说，这不仅因为在内容上，作家在小说中讲述了两位阿根廷少年极具地域特色的一段成长经历和阿根廷这个国家和民族现代史上的一个黑暗时期；也因为在语言风格上，作家运用了大量的阿根廷方言、地方特殊表达方式和边缘黑话、行话，用一部几乎可以称之为"对话体"的小说，用极其阿根廷的方式讲述了一代阿根廷人的故事。然而，正是这样一个非常"布宜诺斯艾利斯"、非常"阿根廷"的故事，却跨越了故事本身的地域性。一方面，这个关于在一片泥泞的绝望世界中挣扎成长的故事中，少年对于挣脱桎梏的模糊渴望和在现实打压下的绝望情绪都能轻易引发一种对

---

① Alemany, Luis. "¡Que el lunfardo nos redima!", *El Mundo*, 19 de julio de 2009. https://www.elmundo.es/elmundo/2009/07/19/barcelona/1248008095.html [2020-04-16]

于人性、对于人生、对于存在的联想与思考，有一种跨越时空界限、关注人性的意味。另一方面，正如何塞·路易斯·埃斯皮纳·苏亚雷斯（José Luis Espina Suárez）所认为的那样，即使（故事场景）换成其他地方，书中所描绘的边缘性、郊区的穷困潦倒与阿根廷任何一个城市的城郊所看到的状况没有两样。因此，《杀死一只猫的七种方法》并不只是一部"布宜诺斯艾利斯"的小说。西美娜·格拉艾斯认为，这个故事具有一种普遍意义。它可以发生在任何一座城市里，而同时，这部小说又反映着在某个特定的历史时刻的布宜诺斯艾利斯，乃至整个南锥体的某种特质。因此，这也不只是一部"阿根廷"的小说。可以说，作家用一种地域主义色彩浓厚的语言风格讲述了一个有着相同个人经历的拉丁美洲青年都可以感同身受的"困兽"故事，刻画了一个曾经走过相似历史时期的拉丁美洲国家与民族都可以推人及己的黑暗时刻。

（莫娅妮）

安德烈斯·纽曼（Andrés Neuman）

安德烈斯·纽曼（1977— ），阿根廷—西班牙小说家、诗人、专栏作家、博客写手。安德烈斯·纽曼1977年生于阿根廷，父母均为欧洲流亡音乐家——母亲是意大利/西班牙裔小提琴家，父亲是德国裔犹太双簧管演奏家。安德烈斯·纽曼14岁时随家人迁居西班牙南部城市格拉纳达。家庭氛围和成长经历赋予纽曼多元文化背景，为他之后的文学创作带来独特的文化拼盘特色，让他成为一名"不那么阿根廷"的作家。例如纽曼于1999年发表的首部长篇小说《巴厘罗切》（*Bariloche*）便尽显这一特色，阿根廷与西班牙两地不同语言形式的混杂、城市与郊区的冲撞，甚至多种叙事语言风格的切换，都展示出现代化大都市中底层人群无处安放的困惑与挣扎。该作入围当年的"埃拉尔德小说奖"，这位年轻作家从此崭露头角，佳作不断，获奖无数。

凭借多年来的不断产出，纽曼成为当代西语文坛最有影响力和知名度的青年作家之一，得到文学界和读者群的一致好评。智利著名作家罗伯托·波拉尼奥曾说他"别具匠心。任何好的读者都能从他的书中有所感悟，那是只有在由真正的诗人书写而成的顶级文学中才能找到的东西。21世纪的文学属于纽曼和为数不多的与他血脉相通的同类作家"①。2007年,纽曼入选"波哥大39人团";2010年,纽曼又被《格兰塔》评选为22位"最佳西班牙语青年小说家"之一。

纽曼于2018年发表的新作《断裂》(*Fractura*)依然延续了文化混搭的特色。在这部小说中,广岛原子弹爆炸惨剧的幸存者——日本老人渡边惊闻福岛核能事故,陷入痛苦的回忆;一位阿根廷记者为调查核事件而翻开两件惨案尘封的记忆,故事跨越了半个多世纪,场景包括巴黎、东京、布宜诺斯艾利斯和马德里。纽曼说:"将不幸按国别分割开来,无异于自盲双目。"②文化大拼盘的人生经历和文学实践最终造就了纽曼天涯同此心的世界视角。

纽曼的文学创作涵盖诗歌、长篇小说、短篇小说、散文等多种体裁。

诗歌作品:《幌子》(*Simulacros*,1998)、《夜晚的方式》(*Métodos de la noche*,1998,第一届"安东尼奥·卡尔瓦哈尔青年诗歌奖")、《光之别针》(*Alfileres de luz*,1999,"费德里科·加西亚·洛尔卡奖")、《台球手》(*El jugador de billar*,2000)、《滑梯》[*El tobogán*,2002,"伊贝利翁诗歌奖"(Premio de Poesía Hiperión)]、《黑色水滴》(*Gotas negras*,2003)、《陌生人的十四行诗》(*Sonetos del extraño*,2007)、《神秘主义垮台》(*Mística abajo*,2008)、《10年》(*Década*,2008,1997—2007诗歌合集)、《莫名其妙和疯子庭院》(*No sé por qué y Patio de locos*,2013)。

长篇小说:《窗内人生》(*La vida en las ventanas*,2002,入围第六届"春天小说奖")、《阿根廷往事》(*Una vez Argentina*,2003,

---

① Bolaño, Roberto. "Neuman, tocado por la gracia", http:// www.andresneuman.com/contenido_criticas. php?id =19 [2020-04-16]

② Seoane, Andrés. "Andrés Neuman: 'Dividir las desgracias por países es una forma de ceguera'", *El Cultural*,9 de febrero de 2018. https://elcultural.com/Andres-Neuman-Dividir-las-desgracias-por-paises-es-una-forma-de-ceguera [2020-04-16]

入围第二十一届"埃拉尔德小说奖")、《世纪旅人》(*El viajero del siglo*, 2009)、《自言自语》(*Hablar solos*, 2012)。

短篇小说集:《等待者》(*El que espera*, 2000)、《最后一分钟》(*El último minuto*, 2001)、《分娩》[*Alumbramiento*, 2006,入围"赛特尼尔短篇小说奖"(Premio Setenil)]、《装死》(*Hacerse el muerto*, 2011)、《阅读的终点》(*El fin de la lectura*, 2011, 2000—2010短篇小说合集)

除了文学创作之外,纽曼也进行文学翻译,如德国诗人威廉·缪勒(Wilhelm Müller, 1794—1827)的德语诗集《冬之旅》(*Viaje de invierno*, 2003)和威尔士诗人、小说家欧文·希尔斯(Owen Sheers, 1974—)的英语诗集《影子男人》(*El hombre sombra*, 2016)。奥地利作曲家弗朗茨·舒伯特(Franz Schubert, 1797—1828)根据缪勒《冬之旅》所创作的同名声乐套曲更成为纽曼名作《世纪旅人》的灵感来源。

中译本:《世纪旅人》,徐蕾译,译林出版社,2014年。

《世纪旅人》(*El viajero del siglo*)

2009年3月23日,安德烈斯·纽曼的长篇小说《世纪旅人》因为"小说将背景完美地定位于拿破仑时代后的德国,以现代视角重拾19世纪叙事文学的气息,深具文学野心和品质"[1],而获得第十二届"丰泉小说奖",其后更接连斩获包括"批评奖"和2010年"风暴奖"[2]在内的多项西语世界文学大奖。小说被译成英语后,亦荣登《卫报》《金融

---

[1] http://premioalfaguara.com/ganadores/ [2020-04-16]
[2] 这一奖项由文学批评网站"杯中风暴"颁发,持续了7年时间(2007—2013)。

时报》等英国报章选出的年度最佳小说榜单。时年32岁的安德烈斯·纽曼一时成为当之无愧的文坛宠儿。

《世纪旅人》的故事发生在19世纪初德国一座虚构的小镇——漫游堡（Wandernburgo）。神秘旅人汉斯在一个冬夜来到这座在普鲁士和萨克森之间漂移不定的移动城市，本想着歇宿一夜，便继续赶路前往德国城市德绍（Dessau），但这座城市却总有一些人、一些事，牵绊住他匆匆前行的脚步，永远地改变了他旅行和生活的轨迹。

主线情节虽然简单，投射于情节之上的却是作家犀利而深刻的人文视角和文学敏感，让这部小说无论从写作手法上抑或主题内容上都堪称一场野心勃勃的文学试验。在写作手法方面，最引人注目的莫过于作家大胆的混搭风格。

小说主要人物之间发生了许多场有关19世纪欧洲政局以及当时文学、艺术的评论，令人不由想起传统小说中众人高谈阔论的沙龙场景，甚是古典，然而众人所探讨的问题却毫无年代感：异乡情节、文化碰撞、女性解放、欧洲联盟的可能性、世界性文学的诞生，正是当代欧洲乃至整个世界所关心的文化议题。小说描绘的虽是19世纪欧洲的历史画卷，却大量运用了20世纪文学中的后现代表现手法——小说中穿插了多种文本体裁：无缝跳转的纯对话、缺省式的对白、日记、书信、报纸、戏剧、诗歌、短篇小说等，用典型后现代的片段式叙述结构来营造不一样的古典环境。

纽曼颇具野心地在这部小说中糅合了西方文学史上盛行不衰的多种类型小说的经典元素：幻想文学、元小说、流亡小说、历史题材、爱情元素、侦探悬疑……作者将这些元素恍若拼盘似的加以安排，大大增强了小说的可读性。

披着19世纪古典小说的外衣来讨论21世纪的话题，用20世纪的后现代表现手法来描绘19世纪古典小说的情节内容，更无视当代文学王国中的体裁、类型等"门户之见"，呈现出一派跨越时空、消弭国界的世界性文学风范。

另一方面,《世纪旅人》的主题内容——"旅行"——也呈现出与众不同、层次丰富的复杂内涵。与通常"旅行"题材的作品强调"异乡""远方""在路上"等元素恰恰相反,比起"去处",《世纪旅人》更多关注的是"何为归处"——何为"家"。在小说中,纽曼对"旅行"和"家"这个一体两面的主题赋予了包含情感、社会、文学等多种层面的内涵。

纽曼曾在访谈中坦白道:"我以拉丁美洲为背景创作过一系列小说——如果把我比作一条河,那么这是河的此岸;我也以欧洲为背景创作过不少小说——这是河的彼岸。但是,最让我心潮澎湃的却是两者'边界'的部分。这不是一条往来的边界,而是理解'自我'的一条必由之路。正因如此,《世纪旅人》故事选在了一座虚构的城市'漫游堡'——它在德国,又不在德国;在欧洲,又不在欧洲。这不是地理意义上的空间概念,更是一种文学比喻。'漫游堡'对所有不知自己家在何方的旅人来说,是家一般的存在。"①

我们可以在汉斯与漫游堡众人关于"去"与"留"的来回探讨中看出作者对于现代人类困局的悲悯而豁达的看法——眼前不只有苟且,诗歌不尽在远方,家园就是真心所在;我们能从汉斯以"自我流亡"开始、以追寻自我为续章的旅程中看出以作者为代表的新一代文人对于"流亡""离散"等文学话题超越性的新视角——出走不只是逃离,出走也可以是奔向,家园便是自我所在;而书中年迈的街头手摇风琴手代表着去留之外的第三种更为乐天知命的人生态度,他用一种具象、诗意而浪漫的抒情口吻,代表作者对这个深具现实社会意义和历史文化意义的话题给出了答案。这位神秘的无名氏守着自己的"心"度日,不在意"身"在何方。老人认为,要听到音乐,最重要的不是演奏而是倾听,

---

① https://book.douban.com/review/6862144/ [2020-04-16]

那么,要寻找世界的美,重要的也不是行路与否,而是感受其中。挥别过去,不忘初心,这便是旅行的意义;心之所向,不负自我,这便是家园的全部。

(莫娅妮)

波拉·奥洛依哈拉克（Pola Oloixarac）

波拉·奥洛依哈拉克（1977— ），阿根廷小说家、评论家、博客写手。2010年，她被《格兰塔》评选为22位"最佳西班牙语青年小说家"之一。

奥洛依哈拉克毕业于布宜诺斯艾利斯大学哲学系，受过系统的哲学思维训练，同时，她也是一位跨界发展的艺术多面手，一个在高雅文化与流行文化、经典文学与现代技术交互浸润下产生的、颇具年轻一代共同特色的矛盾体。这位生于20世纪70年代末的年轻女作家热衷于流行文化，从"枪炮与玫瑰"等摇滚经典音乐、《危机边缘》（*Fringe*）等科幻美剧到电脑游戏、社交网络等现代虚拟技术等，都是她感兴趣的领域；她在音乐方面亦颇有造诣，她曾在二人音乐组合"卡文迪什夫人"（Lady Cavendish）中担任歌手，将16世纪英国女诗人玛格丽特·卡文迪什（Margaret Cavendish）的诗歌谱成歌曲，并上传到网上，也曾为歌剧《赫拉克勒斯在马托格罗索》（*Hércules en el Matto Grosso*）创作兼有葡萄牙语、德语和凯楚阿语①的唱词。

正如安赫莉卡·加雍·萨拉萨尔（Angélica Gallón Salazar）所说："她（奥洛依哈拉克）的小说和她整个人都流露出一种现代精神：穿亚历山大·麦昆（Alexander McQueen）的鞋子、追看电视剧和热爱文学、忠于博尔赫斯、认为科技可以有效地瓦解旧政治体制是不矛盾的。"②奥洛依哈拉克身受众多文化、文学、思想潮流的共同浇灌，她笔下的文学世界也充满种种文化元素的兼容碰撞，呈现出一种颇具当代文学特色的混搭之风。

迄今为止，在文学创作方面，奥洛依哈拉克仅著有两部长篇小说：《野蛮理论》（*Las teorías salvajes*，2008）和《暗黑星辰》（*Las constelaciones oscuras*，2015）。它们都具有混搭特色：兼具高雅文学话题的思辨性、严肃性，也可见现代都市亚文化的草根感、边缘感。奥洛依哈拉克善于在她的小说中为科幻感十足的流行元素注入严肃的文学、哲学思索，扩充其深层次的人文底蕴，如两部小说中都出现的"谷歌地球"（Google Earth）便成为作者借以挖掘国家历史记忆、探讨空间的情感与象征意义等充满政治、哲学意味的科技隐喻，也成为书中反英雄们攻击的对象。

除此以外，奥洛依哈拉克的这两部小说还有其他相通之处：两部小说都设置了并行的多条故事线，在过去、现在、未来和此间、异乡之间来回穿梭——"最初的现代探险家与如今的虚拟冒险者互为镜像"③。作者本人则强调两部作品的人物之间存在许多差异："《暗黑星辰》的

---

① Quechua，秘鲁地区土著语言。

② Gallón Salazar, Angélica. "Las teorías salvajes de Pola Oloixarac", *El Espectador*, 20 de enero de 2011. https://www.elespectador.com/noticias/cultura/teorias-salvajes-de-pola-oloixarac-articulo-246265 [2020-04-16]

③ Mattio, Javier. "Pola Oloixarac: 'La gente muy idiota o muy inteligente tiene comportamientos parecidos'", *La voz*, 29 de julio de 2015. https://www.lavoz.com.ar/ciudad-equis/pola-oloixarac-la-gente-muy-idiota-o-muy-inteligente-tiene-comportamien tos-parecidos [2020-04-16]

人物都是学习精密科学的学生，他们做病毒，是黑客。在《野蛮理论》里有几个黑客，但是这本小说主要还是讲搞哲学和文学的人。"[1]两部作品通过对于不同领域人群（科技或哲学）的描绘和不同时代、地点的交错，或是勾勒出了南美科学发展的前世今生（指《暗黑星辰》，罗伯托·莫罗语），或是颇带讽刺地描摹出阿根廷现代政治形势的历史与现状（指《野蛮理论》，大卫·瓦罗语），极见功力。

除了文学创作之外，奥洛依哈拉克为多家报纸杂志撰稿：美国《纽约时报》《滚石杂志》，巴西《圣保罗页报》（*Folha de San Paulo*），厄瓜多尔《信号报》（*El Telégrafo*），秘鲁《黑色标签》（*Etiqueta Negra*）杂志，阿根廷《号角报》，西班牙《幻想》杂志、《布兰多》（*Brando*）杂志、西葡双语杂志《美洲经济》（*América Economía*）等。另外，奥洛依哈拉克还创办了《布宜诺斯艾利斯书评》（*The Buenos Aires Review*），这是一本评介美洲当代文学的西英双语杂志。

《野蛮理论》（*Las teorías salvajes*）

阿根廷女作家波拉·奥洛依哈拉克于2008年发表小说处女作《野蛮理论》，为年仅32岁的她带来了巨大声誉，次年仅凭这一部作品便入选《格兰塔》评选的22位"最佳西班牙语青年小说家"。其小说的风格和题材也极富话题性和争议性，令其人其作一时成就"奥洛依哈拉克现象"。

由于作品的文学性和哲学性，奥洛依哈拉克的这部作品甫一问世便

---

[1] Mattio, Javier. "Pola Oloixarac: 'La gente muy idiota o muy inteligente tiene comportamientos parecidos'", *La voz*, 29 de julio de 2015. https://www.lavoz.com.ar/ciudad-equis/pola-oloixarac-la-gente-muy-idiota-o-muy-inteligente-tiene-comportamien tos-parecidos [2020-04-16]

收获了众多重量级文坛前辈的赞誉和推崇，阿根廷著名作家里卡多·皮格利亚认为："奥洛依哈拉克的作品是阿根廷新小说的重大事件。她的这部小说令人难忘，富于哲理，充满野性，又非常冷静。"[①]但与此同时，亦有读者认为这部作品中多种语言的大段哲人名言和典故，有"炫技"之嫌，影响到小说的文学性，于叙事有所失。另一方面，由于她在小说中"一视同仁"地用冷峻、讽刺的口吻论及20世纪70年代阿根廷政治之争乱象中的各派意识形态，被认为显露出其"意识形态的缺失"。

《野蛮理论》是一部线索纷繁、难以一言加以概括的作品。小说的时空跨度颇大，从20世纪初的新几内亚土著部族成人礼，到20世纪70年代的阿根廷政坛意识形态之争，再到21世纪初布宜诺斯艾利斯两个丑陋"书呆子"（nerd）的性爱游戏、"反抗"计划以及一个人类学女生对于老师和理论的执拗追求。小说的叙事体裁和文风富于变化，其中包含博客文章、歌曲、脚注等多种形式，使用了类似评论文章、研究报告、第三者叙事等多种语言风格；小说的行文语言与角色设定之中满含典故，许多都充满了学院气，比如一条名叫尤里克（Yorick，《哈姆雷特》里的一个宫廷小丑）的鱼和一只名叫蒙田的小母猫，颇有醉心古典文学和哲学的学者之风，但也不乏经典流行歌曲、网络文化等当代社会的文化痕迹。

这横跨时空的情节设置和满含"暗门"的细节设置看似杂乱，却都能收拢凝聚于一点：布宜诺斯艾利斯大学哲学系。院系虽小，整个世界却竟由此探头向外窥看。在出身于哲学系的作家和小说人物眼中，这世界满布错综复杂的各家理论——"野蛮理论"，在小说中每一个人对于世界似乎都有一套自己的理论：有人信仰心理分析的万能，有人视"谷歌地球"为万事的症结，而哲学家们殚精竭虑地要寻找或是创造出一种可以解释一切、应对一切的理论。人类学、哲学、科学、技术、心理分

---

① http://www.alphadecay.org/libro/las-teorias-salvajes/ [2020-04-16]

波拉·奥洛依哈拉克（Pola Oloixarac）

析、政治、网络、流行音乐、性、权力关系，20世纪以来的众多理论都被作家熔于一炉，讽刺阿根廷文化圈，戏仿阿根廷政治史、思想史，其文学野心和胆量不可谓不大。

《野蛮理论》作为长篇小说，篇幅不算很长，但其中所涵盖的话题和内容十分多面，因此在小说出版以后，这部小说已被拿来与许多作家进行比较：其小说内容的强烈思辨性和哲理性令人想起博尔赫斯和波拉尼奥，而书呆子情侣的故事中被毁掉的布宜诺斯艾利斯，则仿佛是博尔赫斯笔下阿莱夫的后现代化身；其小说中充满禁忌感的大胆性爱描写令人想起纳博科夫——作者本人承认，《洛丽塔》是她的灵感来源之一；小说中书呆子们所热衷的战争游戏中的血腥和暴力，又令人联想到阿根廷文学从《屠场》（*El matadero*，1838—1840）开始延续至今的暴力血腥传统。而小说在西班牙重新出版以后，由于其作品中思想、语言都充斥着网络文化、色情文学和游戏，又被认为与西班牙的"诺西亚一代"相似。

奥洛依哈拉克的《野蛮理论》中各种文学风格、文化潮流、哲学思潮混搭在一起，令人眼花缭乱，这是她受欢迎的原因，亦是她受批评的原因，所谓"成也萧何，败也萧何"。她未来的文学成就和创作走向为何，作为读者和研究者的我们只能拭目以待。

（莫娅妮）

安东尼奥·奥尔图尼奥·萨哈衮
（Antonio Ortuño Sahagún）

安东尼奥·奥尔图尼奥·萨哈衮（1976— ），墨西哥小说家、记者。2010年，他被《格兰塔》评选为22位"最佳西班牙语青年小说家"之一；2011年，墨西哥《GQ》杂志将奥尔图尼奥评选为"年度作家"。

文学评论家哈伊梅·梅萨（Jaime Mesa）认为奥尔图尼奥属于墨西哥文学的"乌有一代"（Generación Inexistente）[1]。被他归入这一文学群体的青年作家特点之一便是"不谈论墨西哥或与之相关的话题"[2]

---

[1] 根据这一说法的主要提出者特里诺·马尔多纳多（Tryno Maldonado）和哈伊梅·梅萨本人所总结，这主要指的是墨西哥文坛出生于20世纪70年代的一批青年作家，他们由于活跃于因特网，不谈论墨西哥，没有父辈文学榜样可继承，并不聚居（这一代作家不像他们20世纪的文学前辈一样聚集在首都墨西哥城，而是分散地居住在墨西哥各个省市地区，形成各自分散的、小型的文学圈）等共同特点而被视为一个松散的文学群体。

[2] Mesa, Jaime. "100 protagonistas de la Generación Inexistente", *Literal*, 20 de abril de 2016. http://literalmagazine.com/100-protagonistas-de-la-generacion-inexistente/#mobile-nav [2020-04-16]

安东尼奥·奥尔图尼奥·萨哈衮（Antonio Ortuño Sahagún）

（梅萨语）。但是奥尔图尼奥所有小说都是以当代墨西哥社会为故事背景和主要关注对象的，而且他的作品都是以揭露、抨击墨西哥社会现实中某种不为人所注意的阴暗面为主题，叙事手段或许有些夸张，因此他的作品，尤其是前期作品，常常备受争议。

处女作《猎头》（*El buscador de cabezas*，2006）讲述一个新闻记者在一个极右派当权的墨西哥如何试图在曾经的法西斯分子老朋友和改革派新朋友之间做出艰难选择的故事。而十多年后，有评论家认为这部出版于2006年的黑色政治恐怖小说中在当时看来过分荒诞、夸张的情节与十年后的墨西哥社会现实在某些方面竟然不谋而合，恍若预言。（罗赫里奥·格德阿语）第二部作品《人力资源》（*Recursos humanos*，2007）则向我们展示了墨西哥办公室生活的无聊、冷酷、唯利是图，书中主人公是一位从基层干起的办公室白领，他为了晋升而诉诸暴力，竟然烧毁了上司的名贵汽车。第三部作品《行尸走肉》（*Ánima*，2011）则将目光投向看似光鲜亮丽、实则钩心斗角的墨西哥电影圈。这三部作品中辛辣的讽刺语言和对人们内心世界冷硬、卑劣之处的描摹透露出作者对于现实的强烈不满和愤怒情绪，甚至有编辑在读完《猎头》之后建议作者去看看心理医生（奥尔图尼奥语）。

接下来的两部小说，《一个一个来》（*La fila india*，2013）与《墨西哥》（*Méjico*，2015）则涉及墨西哥的一个特殊群体——移民。前一部聚焦的是从中美洲途经墨西哥前往美国的移民在墨西哥受到的暴力攻击和不公正待遇，后一部讲述的则是西班牙内战后逃亡至墨西哥的一个普通西班牙家庭在墨西哥遭到的暴力对待和面临的艰难生活。在这两部小说中，作者前期辛辣、犀利的语言和横扫一切的愤怒感渐渐消退，取而代之的是一种对于现实深入骨髓、敏感尖锐的苦涩感（奥尔图尼奥语）。奥尔图尼奥的最新小说《奥林卡》（*Olinka*，2019）讲述了一个为家族生意而锒铛入狱的男人在出狱以后如何找回自己曾经的所有。

纵观奥尔图尼奥的小说，虽然随着时间的推移，他的小说从语言风格到关注对象都有所变化,然而墨西哥社会现实中无处不在的"暴力"一直是作家所关注的焦点。他的小说中往往充斥着言行暴戾、极端的人物,然而这些人物身上存在着令人疑惑的矛盾之处,令人思索他们的种种暴力行为从何而来、由何而生。他的人物往往身兼受害者和施害者的双重角色,展现出现代墨西哥社会的权力结构如何作用于个体的复杂过程与严重后果。作者关注暴力产生的源起、动机、过程和后果,关注受害者的状况、施害者的心理,而不只是子弹出膛、刀刃出鞘、拳头挥出的那一瞬间。(维罗妮卡·赫尔伯尔语)

奥尔图尼奥的作品还包括短篇小说集《日本花园》(*El jardín japonés*,2007)、《罗霍女士》(*La Señora Rojo*,2010)、《流水》(*Agua corriente*,2015)①、《模糊的野心》(*La vaga ambición*,2017)。除此之外,奥尔图尼奥还创作有儿童文学《牙齿》(*Dientes*,2015)和青少年系列小说《痕迹》(*El rastro*,2016)、《玻璃眼》(*El ojo de vidrio*,2018)以及漫画作品《黑男孩》(*Blackboy*,2014)②。他的部分作品被翻译为法语、罗马尼亚语、意大利语等多种语言。

多年来,奥尔图尼奥的各类作品为他赢得多种奖项:墨西哥《改革报》(*Reforma*)将奥尔图尼奥的第一部长篇小说《猎头》评选为"2006年度墨西哥文学最佳处女作";一年后,作家凭借《人力资源》入围2007年度"埃拉尔德小说奖";《痕迹》被美国迈阿密的"四只猫协会"(Fundación Cuatrogatos)选为2017年度"最佳青少年书籍";《模糊的野心》则为他先后摘得2017年度"里维拉·德尔·杜埃罗短篇小说国际奖"(Premio Internacional de Narrativa Breve Ribera del Duero)和2018年度"内丽耶·坎波贝约短篇小说奖"(Premio Bellas Artes de Cuento Hispanoamericano Nellie Campobello)。

作为记者,安东尼奥·奥尔图尼奥曾为墨西哥的《千年报》

---

① 此为作者个人短篇小说合集。
② 出版这部作品时,作者使用了笔名"A. del Val"。

安东尼奥·奥尔图尼奥·萨哈衮（Antonio Ortuño Sahagún）

（*Milenio*），文学杂志《鲑鱼笔记本》（*Cuaderno Salmón*）、《自由文学》，艺术杂志《暴风雨》（*La Tempestad*），西班牙《国家报》、《先锋报》，巴塞罗那的文化杂志《侧面》（*Lateral*）和智利报纸《第三时刻》（*La Tercera*）等多家重要报纸杂志撰稿。与此同时，他也拥有自己的专栏。

《墨西哥》（*Méjico*）

2015年，墨西哥作家安东尼奥·奥尔图尼奥出版了个人第五部长篇小说《墨西哥》。这部以祖国为名却似乎还犯了书写错误的小说被评论界认为是奥尔图尼奥"迄今为止最具野心，同时也是最饱含个人情感在内的一部小说"①（胡安·巴勃罗·加西亚·莫雷诺语）。

小说讲述的是两段流亡、逃离的历史。20世纪二三十年代，西班牙内战后，许多曾经的共和国支持者不得不流亡拉丁美洲，玛利亚和亚戈（Yago）便是其中之一。他们在墨西哥定居，生儿育女。他们为了逃避暴力而来，却发现在新的国家境遇依然堪忧，过去的敌人、新邻居的恶意都令他们的生活举步维艰。而时空转向现代的墨西哥，玛利亚与亚戈的孙子奥马尔（Omar）因为卷入暴力争端而不得不离开墨西哥，逃向西班牙，开始一段"回溯之旅"。作者奥尔图尼奥的母系家族正是像玛利亚和亚戈这样的西班牙流亡者，他自己也因为西班牙后裔的身份在成长过程中遭遇过文化认同的问题。然而，他在小说中并不是讲述家族和本人的故事，而是以此为蓝本，讲述了他们所属的这一个特殊的移民群体"西班牙流亡者"及其后裔的故事。

---

① García Moreno, Juan Pablo. "'No tengo la necesidad de darle un abrazo a nadie'—Entrevista con Antonio Ortuño", *Nexos*, diciembre de 2015. https://cultura.nexos.com.mx/?p=9579 [2020-04-16]

"墨西哥"的西语单词写作"México",而"Méjico"这个写法是殖民地时期宗主国西班牙对于这片领地的称呼,出现在殖民地时期的众多资料文献与文学作品中,一个字母的改变,便可以让人回忆起墨西哥与西班牙错综复杂的历史纠葛。对于这个明显有意为之的"书写错误",拉斐尔·莫兰(Raphael Morán)认为:"字母'j'凸显了许多由于内战而横跨大西洋而来的西班牙流亡者无法走出的那个无比西班牙的世界。"① 自幼由母系家庭带大的奥尔图尼奥曾回忆说:"我家里的说话方式、饮食习惯和看待世界的方式与我在学校、在街上所见到的一切之间存在着某种短路。"② 在这部小说里,以作者的爷爷奶奶(甚至包括他的母亲)为代表的那一代西班牙流亡者将他们失去的那个家园原封不动地带到了墨西哥,在他们的家里,有一个"无比西班牙的世界";另一方面,也意味着他们在新的国家是孤立存在的,是自我封闭的,这也是他们如此受人排挤、遭人欺凌的原因所在。

　　亚德里亚娜·克波斯(Adriana Cobos)则认为,之所以这样书写,"是因为这个单词就仿佛是西班牙人看待这个国家和墨西哥人看待这个国家的两种方式之间的一副合页"③。这种两相映照的视角常见于离散文学,在这部小说中,奥尔图尼奥将这种两相映照的"镜像游戏"推到了极致。首先,小说的故事情节是双线平行、交叉进行的,虽然从时间和空间上来看,两段故事有着明显的先后顺序和遥远的地理距离,奥尔图尼奥却有意识地将两段故事拆成碎片,糅合到一起,形成一幅彼此映

---

① Morán, Raphael. "'Méjico': los exilios cruzados de Antonio Ortuño", *RFI*, 9 de octubre de 2018. http://www.rwfi.fr/es/cultura/20181009-mejico-los-exilios-cruzados-de-antonio-ortuno [2020-04-16]

② García Moreno, Juan Pablo. "'No tengo la necesidad de darle un abrazo a nadie'- Entrevista con Antonio Ortuño", *Nexos*, diciembre de 2015. https://cultura.nexos.com.mx/?p=9579 [2020-04-16]

③ Cobos, Adriana. "'Méjico', el libro que retrata la migración española invisible", *Milenio*, 2 de noviembre de 2015. https://www.milenio.com/cultura/mejico-libro-retrata-migracion-espanola-invisible [2020-04-16]

安东尼奥·奥尔图尼奥·萨哈衮（Antonio Ortuño Sahagún）

照的个人生活与历史时代的拼图。不仅如此，他在语言上下足了功夫，这也是这部小说最大的特色之一：西班牙本土的西班牙语用法与拉丁美洲各国所使用的西班牙语①实际上是有很大差别的。而在这部小说中，关于20世纪二三十年代西班牙的这一部分叙事，作者使用了一种地道到夸张的"西班牙式西班牙语"（或者说伊比利亚半岛西班牙语），而且还是神似乌纳穆诺作品那种带有历史时代特色的西班牙语；而关于现代墨西哥的这一部分内容，语言风格则迥异，更接近于作者最初的两部作品《猎头》和《人力资源》里那种墨西哥街头青年所使用的本土语言。（奥尔默·巴兰语）这样两种泾渭分明、彼此隔绝的语言风格被奥尔图尼奥糅合到一部小说中，一方面体现出如作者本人一般的西班牙后裔们所接受的文化重塑和并存，另一方面，也体现了现代墨西哥形成过程中所融合的特殊文化元素。

流亡文学，作为离散文学的一支，在政局动荡、风云变幻的20世纪西语文学中占有重要的地位，而奥尔图尼奥选取了一个特殊的西班牙流亡者群体：他描摹的不是那些名留青史的文豪墨客流亡史，不是那种辞藻华丽的去国怀乡情怀，在《墨西哥》中他所聚焦的是身无长物来到异国他乡的普通民众家庭。小人物与大文豪的"流亡"体验必然有着天壤之别，他们的生活是琐碎灰暗的，并不光鲜，他们是微不足道的，是不被人纪念的，而奥尔图尼奥希望记录下这一群不被国民关注、历史将之忽略的"隐形的西班牙移民"生活的过往与现实（奥尔图尼奥语）。这不是作家第一次触碰移民题材，前作《一个一个来》所关注的也是这样一群隐形的移民——希望从中美洲途经墨西哥前往美国的移民人口。墨西哥的文学、影视作品对于或非法或合法前往美国的墨西哥移民生活有

---

① 拉丁美洲各国之间的语言运用也有很大差别。

着角度不同、态度不一的描绘,如果说这群曾经的"湿背人"[①]是墨西哥文学艺术、社会现实中极富存在感的移民群体,那么同样以美国为目的地的中美洲移民在墨西哥国内则是隐形的,是毫无存在感的,他们被忽视,被搪塞,被暴力袭击,甚至被屠杀,而墨西哥人对这一切却似乎漠不关心,似乎只有墨西哥人在美国所受到的不公平待遇才是可见的。奥尔图尼奥所展现的便是这样一种墨西哥人普遍不愿意谈论的社会阴暗面:无论是被孤立的西班牙移民,还是被屠杀的中美洲移民,"暴力"似乎是他们生活中挥之不去的威胁之一。曾经善于用夸张、荒诞的黑色喜剧形式来展现墨西哥政治层面、职场空间中的恐怖与暴力的奥尔图尼奥在处理这两部小说中完全取材于现实的人物与事件时,改用一种严肃苦涩、细致入微的叙事风格来书写这种影响到社会各个阶层、渗透到人物私人领域的暴力行为,展现出作家的文学敏锐和人文关怀。

(莫娅妮)

---

① 湿背人,英文写作"wetback",西语写作"espaldas mojadas",原指非法进入美国的墨西哥移民,由于他们大多数都是由美墨边境的格兰德河(墨西哥称布拉沃河)通过游泳或涉水进入美国境内而得名,后来,这一称呼也可泛指一般的墨西哥移民。

威廉·奥斯皮纳·布伊特拉戈
（William Ospina Buitrago）

威廉·奥斯皮纳·布伊特拉戈（1954—　），哥伦比亚诗人、散文家和小说家，先后获得哥伦比亚"国家散文奖"（1982）、"国家诗歌奖"（Premio Nacional de Poesía，1992）、"美洲之家奖"（2003）。威廉·奥斯皮纳曾在卡利圣地亚哥大学（Universidad Santiago de Cali）学习法律与政治学。1975年退学，转而从事新闻、文学、出版行业，走向文学创作的道路。1979—1981年旅居欧洲，曾到德国、比利时、意大利、西班牙等国旅行。1981年回到哥伦比亚，定居波哥大。1993年，在吉列尔莫·冈萨莱斯的倡导下，威廉·奥斯皮纳等数十位文学、哲学、新闻业等领域的专家学者共同创建哥伦比亚重要的文学杂志《数目》（Número，1993—2011）。如今威廉·奥斯皮纳为哥伦比亚《观察家》撰稿，对本国的贫困和暴力问题深表担忧，他曾说："旧的哥伦比亚在1948年4月9日便结束了，但是新的哥伦比亚尚未诞生。"①

威廉·奥斯皮纳年轻时喜爱鲁文·达里奥、巴勃罗·聂鲁达、路易斯·卡洛斯·洛佩斯（Luis Carlos López）和巴尔瓦·雅克布（Barba Jacob）的诗作，大量阅读博尔赫斯、惠特曼的作品。除此之外，他的创作深受哥伦比亚哲学家埃斯塔尼斯劳·苏莱达（Estanislao Zuleta）的影响，作为苏莱达的朋友，威廉·奥斯皮纳为苏莱达写过不少文章。

而让威廉·奥斯皮纳对殖民时期的历史和文学产生兴趣并决定深入研究的是身为诗人、士兵兼神父的胡安·德·卡斯特亚诺斯（Juan de Castellanos）的作品。卡斯特亚诺斯在哥伦比亚的卡塔赫纳写下著名长诗《悼西印度豪杰》（*Elegías de varones ilustres de Indias*）。长诗于1589年出版，讲述了数位西班牙征服者的生平和事迹。卡斯特亚诺斯共计113609行的诗作给威廉·奥斯皮纳留下深刻的印象，他惊异于16世纪会有人像卡斯特亚诺斯那样不只关注征服、殖民或寻找黄金的历史，还留心于独特的美洲大陆，特别是那里秀丽的山川河流和繁茂的一草一木。自此，威廉·奥斯皮纳开始探寻卡斯特亚诺斯的文学创作之路，追随他的足迹，逐渐了解到殖民时期一段段被人们遗忘的殖民时期的历史，最终写下散文集《血的曙光》（*Las auroras de sangre*，1999），记录卡斯特亚诺斯的一生，正是这段经历促使威廉·奥斯皮纳后来写下征服美洲的小说三部曲。

威廉·奥斯皮纳迄今为止有四部小说，分别是《乌苏亚》（*Ursúa*，2005）、《肉桂之乡》（*El país de la canela*，2008）、《盲蛇》（*La serpiente sin ojos*，2012）和《夏天从未到来的那年》（*El año del verano que nunca llegó*，2015）。前三部构成威廉·奥斯皮纳的"征服美洲三部曲"，共同讲述16世纪欧洲殖民者涌入南美大陆疯

---

① Reyes L, Elizabeth. "William Ospina: La nueva Colombia no ha nacido todavía", *El País*, Nov. 27, 2013. https://elpais.com/cultura/2013/11/26/actualidad/1385460216_835774.html [2020-04-21]

威廉·奥斯皮纳·布伊特拉戈（William Ospina Buitrago）

狂寻找黄金和香料，最终导致印卡帝国毁灭的历史。第四部向浪漫主义大师致敬，但同时质疑浪漫主义所带来的道德、文化、审美问题，探究西方两大怪物（吸血鬼和科学怪人弗兰肯斯坦）的起源。作品融合了小说、散文、游记的体例，解释了地质学、气象学现象与文化变迁之间的关系。

《乌苏亚》是威廉·奥斯皮纳历经六年艰苦研究后写下的，讲述了西班牙征服者佩德罗·德·乌苏亚（Pedro de Ursúa）来到神秘广袤的亚马孙河流域前的生活。乌苏亚克服恶劣的自然环境和当地人的侵袭，最后成为哥伦比亚数座城市的创立者。《肉桂之乡》则是小说主人公向乌苏亚讲述自己过去跟随贡萨洛·皮萨罗（Gonzalo Pizarro）以及弗朗西斯科·德·奥雷亚纳（Francisco de Orellana）探索亚马孙河的经历。在《盲蛇》中，威廉·奥斯皮纳讲述乌苏亚回到亚马孙河流域，重历奥雷亚纳的路线，小说以乌苏亚遇到西班牙征服者洛佩·德·阿吉雷（Lope de Aguirre），并死在后者手中而结束。

威廉·奥斯皮纳的小说被看作拉丁美洲新小说的代表。一方面，他的作品是在漫长、严肃的文献收集和整理的基础上写成的，这从小说的后记可以看出；另一方面，作为诗人，威廉·奥斯皮纳擅长运用感情饱满的诗化的语言向读者讲述那些被人们遗忘的故事。在威廉·奥斯皮纳的小说中，叙述者虚构的身份和模糊的记忆突出了作品的文学性，这与小说丰富的历史互文性互相牵制，互为补充，体现了作者拒绝以全知全能的视角讲述历史，让历史通过文字和想象对作者和读者产生心灵震撼的效果。

《肉桂之乡》（*El país de la canela*）

2008年，《肉桂之乡》由哥伦比亚诺尔马出版集团（Grupo

Editorial Norma)出版，第二年作品即获得"罗慕洛·加列戈斯国际小说奖"。这是威廉·奥斯皮纳创作的第二部小说，也是其"征服美洲三部曲"的第二部。

小说中，主人公向西班牙征服者佩德罗·德·乌苏亚讲述自己作为士兵跟随贡萨洛·皮萨罗寻找"肉桂之乡"的经历。贡萨洛·皮萨罗是秘鲁征服者弗朗西斯科·皮萨罗的弟弟，他听说基多东部有一片长满肉桂树的森林，被欲望冲昏头脑的贡萨洛·皮萨罗迅速召集人马，250名西班牙人、4000名印第安人，加上猎狗、羊驼、猪等，车马队从基多出发开始探险之旅。弗朗西斯科·德·奥雷亚纳受到皮萨罗的号召，带着自己的人马半途与皮萨罗会合，共同向传说中的黄金和肉桂之乡前进，对黄金和香料的狂热透露出西班牙殖民者贪婪无度的本性。探险队遇到了始料未及的困难，先翻过寒风刺骨的安第斯山脉，而后进入东部幽深的热带雨林，饥饿、疾病、野兽和当地人的袭击使大部分西班牙人还未从寻宝梦中醒来就命丧途中。事实上，令贡萨洛·皮萨罗狂热不已的肉桂树林只是传说，探险队所到之处见到的都是生长在一起的各式各样的植物，想象中的一大片只长着肉桂树的地方并不存在。虽然没有找到"肉桂之乡"，但归途尚远，直到宽阔的河流阻挡了探险队前进的步伐，大家商量后决定就地取材，造船渡河。

双桅船造好之后，为了打探前面的情况和寻找粮食，贡萨洛·皮萨罗将探险队分成两支，自己带人留守原地等候消息，弗朗西斯科·德·奥雷亚纳到前方寻找食物。主人公跟随弗朗西斯科·德·奥雷亚纳的队伍顺亚马孙河漂流而下，湍急的水流将他们迅速带离营地数百公里，已然无法逆流回营，只好顺流而下，历尽艰险后最终来到亚马孙河的出海口。在讲述这段征服史的同时，书中不乏对热带雨林风貌和当地动植物的刻画，字里行间透露出对大自然的深深敬意，和对哥伦布时期印第安人生活方式的尊重。

真实历史人物和非虚构历史事件难免给读者营造出一种真实的幻

威廉·奥斯皮纳·布伊特拉戈（William Ospina Buitrago）

相，但小说讲述者的自知自省使这部作品具有元小说的特点，打破了这种幻想，因而如何解读小说中的叙述者是理解奥斯皮纳作品的关键。三部曲皆以第一人称叙述，《肉桂之乡》的开头叙述者"我"讲述自己的出身，"我"年纪轻轻便先后参加奥雷亚纳和乌苏亚寻找黄金和香料的征程。"我"的父亲曾是弗朗西斯科·皮萨罗手下的士兵，父亲将这些经历写在信中寄给"我"，更加戏剧性的是父亲逝世后，"我"发现自己的母亲是印第安女人，这个细节虽然没有被完全证实，却无疑使得叙述者的身份和视角变得复杂。带着对印加帝国的惊异和对印第安人命运的好奇，"我"来到了南美洲大陆。小说中叙述者"我"的身份是虚构的，但从自述的文字可以看出，他也可能是真实存在的人物，主人公的形象是雨林探险历程中的无数士兵的经历和胡安·德·卡斯特亚诺斯的文学想象相结合的产物。

叙述者的讲述充满了模糊的细节。叙述者称自己所知的不少事情也是通过父亲和老师——西班牙编年史家费尔南德斯·德·奥维多（Fernández de Oviedo）的口中得知的，正如卡斯特亚诺斯所说，"过去别人怎么对我讲述的，现在我就怎么对你讲述"，叙述者自知无法完全掌握回忆的忠实度。除此之外，大部分章节里会有叙述者"我"评论的话语，提醒读者面对的是一位叙述者，而不是全知全能的写作者，正如叙述者自己所说："除了事实，我还想和你谈谈这些事对我产生的影响。"

小说的另一个特点是互文性，在谈论探险队经历的过程中间接或直接提到其他历史著作、游记、诗集、自传等，将不同的作品交织在一起，组成一段多声道的立体的现实，重新构建一段征服史，展现了一幅历史的远景图。威廉·奥斯皮纳收集和整理了一系列史学家、诗人的作品，包括乌苏亚的友人的诗集。作品中出现的地点、人物和事件大部分是真实的，有些是未知但可能发生的，部分地方穿插了不同时期的历史事件。详实的史料和文学作品构成作者知识和想象的源泉,它们让这部作品的叙述有了可能性,表现出对美洲大陆历史的忠实度的同时,不乏对历史空白处的合理想象。

(曾琳)

何塞·埃米利奥·帕切科
（José Emilio Pacheco）

何塞·埃米利奥·帕切科（1939—2014），墨西哥诗人、作家。被西班牙诗人评论家海梅·西莱斯（Jaime Siles）誉为帕斯之后"唯一有能力创造属于自己的诗歌领域的诗人"。1939年出生于墨西哥城。毕业于墨西哥国立自治大学，曾先后于墨西哥国立自治大学及美国、加拿大、英国的大学中任教。

评论家普遍认为时间是帕切科诗歌中最重要的主题。这一点从其诗集的标题中亦可略窥端倪，如：《别问我时间怎样流逝》（*No me preguntes cómo pasa el tiempo*，1969）、《你将一去不复返》（*Irás y no volverás*，1973）及《从那以后》（*Desde entonces*，1980）等。诺贝尔文学奖得主、诗人帕斯称在帕切科的诗歌中，"时间是世界毁灭的使者，历史是废墟中的风景"[①]。

[①] Paz, Octavio. "Cultura y natura", *La hoguera y el viento: José Emilio Pacheco ante la crítica*（ed. Hugo J. Verani），México D.F.: Era/UNAM, 1993, p. 16.

从1968年三文化广场（Tlatelolco）屠杀事件后出版的《别问我时间怎样流逝》开始，帕切科有意识地将日常口语、广告用语等引入诗歌，以戏仿、反讽的手法反映现代人在经历了历史与语言的双重背叛后的荒谬处境。与他的时间观一脉相承，帕切科认定诗歌中不存在绝对的"原创"，文学作品都是有意识或无意识的互文，不断消失又不断在阅读中重生的众多声音的叠加，写下的诗行不过是脚注或引文："我们都是诗人/转手而已/诗歌从未/停留不动。"（《宣言》，Manifiesto）

帕切科的其他诗歌作品还有：《夜的元素》（Los elementos de la noche，1963）、《火之休憩》（El reposo del fuego，1966）、《漂流岛》（Islas a la deriva，1976）、《海的工作》（Trabajos del mar，1983）、《我向大地瞭望》（Miro la tierra，1986）、《记忆之城》（Ciudad de la memoria，1989）、《月之沉默》（El silencio de la luna，1996）、《上世纪》（Siglo pasado，2000）。《或早或晚》（Tarde o temprano，1980）和《流沙》（La arena errante，1999）分别收录了他不同时期的诗作。

帕切科的文学创作并不限于诗歌领域。他同时也是拉美小说"后爆炸"的重要代表人物，著有《远风及其他故事》（El viento distante y otros relatos，1963）、《你将死在远方》（Morirás lejos，1967）、《快乐原则》（El principio del placer，1972）、《荒原之战》（Batallas en el desierto，1981）、《美杜莎之血及其他边缘故事》（La sangre de Medusa y otros cuentos marginales，1990）等，现代社会里人与人之间的疏离、难以排遣的孤独感在这些作品中多有体现。此外，历史与虚构的关系也是他始终关注的主题。

帕切科在文学评论、翻译领域也卓有成就。作为一位忠实但并不拘泥于传统的现代诗人，他通过研究、翻译与多种传统对话，这其中包括古希腊诗歌、拉美本土的纳瓦诗歌以及东方文学。诗人善于将古老的话语资源激活，并为之打上传译者个人的鲜明印记。

何塞·埃米利奥·帕切科(José Emilio Pacheco)

他先后获得墨西哥"国家语言与文学奖"(Premio Nacional de Lingüística y Literatura 1992)、"何塞·亚松森·席尔瓦最佳西语诗集奖"(1990—1995年间出版,José Asunción Silva al mejor libro de poemas en español publicado entre 1990 y 1995, 1996)、首届"何塞·多诺索伊比利亚美洲文学奖"(2001)、"奥克塔维奥·帕斯诗歌与散文奖"(Premio Octavio Paz de Poesía y Ensayo 2003)、"巴勃罗·聂鲁达伊比利亚诗歌奖"(2004)和"阿方索·雷耶斯国际大奖"(Premio Internacional Alfonso Reyes 2004)、"费德里科·加西亚·洛尔卡诗歌奖"(2005)、"索菲亚土后伊比利业美洲诗歌奖"(2009)和"塞万提斯奖"(2009)。

中译本:《墨西哥诗人何·埃·帕切科诗选》,朱景冬、范晔、赵振江译,《世界文学》,2012年第1期;《女王》,朱景冬译,《西部》,2013年第10期;《诗人之恋》,北塔译,《诗刊》,2014年第7期。

(范晔)

《像雨一样》(*Como la lluvia*)

《像雨一样》是墨西哥诗人何塞·埃米利奥·帕切科于2009年出版于西班牙取景器出版社的一本诗集,收录了诗人2001—2008年的作品。

诗集的名字来源于庞贝古城考古发现的一首诗:"什么都不会永恒/太阳闪耀,沉入大海/月亮燃烧,逐渐消散。/爱的激情/也会停止/像雨一样。"诗句原来刻在一堵墙上,但在两千年前火山爆发的冲击之中墙已倒塌,而诗歌依稀尚存。墙上这首诗所言的短暂脆弱与它跨越千年的留存形成了一种矛盾与张力,而这种并存的易碎和永恒恰恰也属于诗歌本身。

在这本诗集中，诗人似乎将目光从社会批判和介入之中抽回，重新回到文学的重要主题之中：诗歌内部的文体、形式、互文，以及外部的重要议题，如诗歌与记忆、生死、现实之间的关系。该诗集主要分为五个部分：第一部分"戏剧角色"（Los personajes del drama）中收录了17首诗。诗人模糊了诗歌与戏剧诗的界限，在作品中融合抒情与叙事。如《莫龙先生与银女，或欲望的肖像》（«El señor Morón y La Niña de Plata, o una imagen del deseo»）一诗是五幕戏剧的形式，并与黄金世纪剧作家洛佩·德·维加（1562—1635）的《银女》（*La Niña de Plata*）相呼应："银女，在我的版本中/是一种间接的尊重。/（洛佩·德·维加如此称她/是因为一见到她，'所有眼睛/都如渴望银子般渴求她'。）"第二部分"仿佛虚无"（Como si nada）收录了38首短诗，是诗人仿照希腊讽刺小诗和日本俳句的速度和精确性而尝试的创作。如《墙》（«Muros»）："一堵墙倒下去/50堵墙立起来/为了禁止出或入/并把大地变成岛屿的海洋。"《日语里的"爱"》："他们告诉我/日语里的爱是'愛'/听起来像'唉'，/我想加点什么/可是不敢。"第三部分名为"海没有神明"（El mar no tiene dioses），收录了11组主题各异的组诗。第四部分"纪念与致敬"（Celebraciones y homenajes）收录了7首诗，是对西班牙黄金世纪或拉美现代主义作家的引用或仿写，如《从鲁文·达里奥到弗朗西斯科·托雷多》（«De Rubén Darío a Francisco Toledo»）便是诗人仿照达里奥《生命与希望之歌》（*Cantos de vida y esperanza*）中的《戈雅》（«Goya»）一诗所作。最后一部分"无名的日子"（Los días que no se nombran）收录了34首诗，是诗人对疾病、衰老和死亡，对世界和时间的思考。

诗集最后一部分集中回到本书标题背后的矛盾，回到包裹在时间之下的生死、历史、记忆等根源性文学议题之上，如关于现实与历史："那些雕塑做什么用？/为了向树木/表示同情，/嘲笑路人，/给鸽子和其他鸟当厕所……为了最后将它推倒/变成碎片/愤怒的群众是/最后的审

何塞·埃米利奥·帕切科（José Emilio Pacheco）

判/历史的裁决者。"（《雕塑做什么用》，«Para qué sirven las estatuas»）关于生命与记忆："只是过去了几个月/事情就像是发生在/公元前14世纪/我说了什么？我想了什么？/我一点也不知道。/我永远不会得知发生了什么。/我走出了黑暗，/我走向黑暗。/我们生命中的事物永远不会有永远。"（《无名的日子》，«Los días que no se nombran»）关于时间与聚散："我们相遇是为了分别/在从未像今天这样陌生的花园……无情的园丁/擦去这成为昨天的今天。/我对你说再见。/我们拿着草离开。"（《昨日的草》，«Hierba de ayer»）回到个人与历史所处的时间洪流之中，诗人的眼光似乎更加悲观，正如书名所点出的，时间将冲刷一切，人将落入转瞬即逝的虚空之中，从黑暗走向黑暗。但是，在这样的世界中，即便"我们生命中的事物永远不会有永远"，诗人似乎还是将唯一的信心交给文学本身，并相信文学永远具有非凡的力量，在火山灰掩埋中穿越时间而存在的力量："应该走进一个文学工坊，/尽可能少地学/真实性、连贯性、顺序等基础知识。/但要拥有高度的/至高的艺术美德：/永不重复，/总是新颖，/总是让我们目瞪口呆。"（《文学与现实》，«Literatura y realidad»）

（龚若晴）

尼卡诺尔·帕拉（Nicanor Parra）

尼卡诺尔·帕拉（1914—2018），智利诗人，1914年9月5日生于智利圣法比安·德·阿利科（San Fabián de Alico）。帕拉的少年时代主要在奇延（Chillán）市郊度过，在他的诗歌中常表现出外省生活的影响。1933年开始在智利大学教育学院学习物理和数学，1937年毕业，同年发表第一部诗作——富于民间色彩的《无名诗集》（*Cancionero sin nombre*），获"圣地亚哥城市文学奖"。在这部收录了29首诗作的诗集中，帕拉的诗歌探索受到智利传统诗歌和拉美现代主义诗歌等多方面的影响，尤其从西班牙诗人加西亚·洛尔卡的《吉卜赛谣曲》（*Romancero gitano*）中获得启发。他的妹妹维奥莱塔·帕拉（Violeta Parra，1917—1967）也是一位著名的诗人和民间艺术家，常在乡间采风，从融合了中世纪西班牙传统和美洲土著文化的民间歌谣中汲取营养。

1943—1945年帕拉赴美国布朗大学进修，回国后在智利大学任教。1949—1951年再获资助赴英国牛津大学学习宇宙学。在此期间，阅读约翰·但恩、布莱克、惠特曼、庞德、艾略特等英语诗人以及卡夫卡的经历为帕拉的创作提供了另一类可借鉴的资源。

1954年帕拉发表了《诗歌与反诗歌》（*Poemas y antipoemas*），在智利乃至拉美诗坛引发巨大反响，在聂鲁达之外为拉美诗歌开辟了新的可能。帕拉崇敬聂鲁达、比森特·维多夫罗等诗人，但并不一味追随，如他在1963年的《宣言》（*Manifiesto*）中所称，诗人不是"炼金术士"，而是泥瓦匠，建造门与窗。他主张以日常口语写亲身经历（"诗人的职能在于准确地表达自己的经验而不做任何评论"），摒弃晦涩的隐喻、堆砌的辞藻和浮夸的修辞。诗人以一种更加散文化、口语化的语言打破了通常意义上"诗歌语言"的定式，消除了诗与非诗的界限。帕拉的"反诗歌"（antipoesía）高超地运用黑色幽默、嘲讽与自我嘲讽、拼贴、戏仿、悖论等多样手法，对构成现代文明的根基予以质疑，正如评论家莱昂尼达斯·莫拉莱斯（Leonidas Morales）所说，"使隐藏者彰显出来，使毋庸置疑者变得可疑，在表面稳妥可靠者之下掘出空洞来让人看"①。他的诗歌也可以被视为一种"社会诗歌"，颠覆和嘲弄一切包括自身，只是并不提出对策。此后的作品中在不同方向上延续着"反诗歌"的探索，《沙龙诗行》（*Versos de salón*, 1962）中常常将毫不相干的句子拼贴在一起产生新的意义，《装置集》（*Artefactos*, 1972）中更将诗歌浓缩为碎片，以格言、谚语、笑话、涂鸦等形式呈现，例如："反诗歌：防毒面具"。

帕拉的其他诗作还有：从苏联归来后写成的《俄罗斯歌曲》（*Canciones rusas*, 1967）、《巨著》（*Obra gruesa*, 1969）、《埃尔吉的基督讲道集》（*Sermones y prédicas del Cristo de Elqui*, 1977）、《埃尔吉的基督讲道新集》（*Nuevos sermones y prédicas del Cristo de Elqui*, 1979）、《扰乱警察的笑话/诗歌》（*Chistes parra*

---

① Morales, Leónidas. "Parra, Nicanor", http://nicanorparra.uchile.cl/biografia/parranicanor.html [2018-04-28] *desorientar a la policía/poesía*，1983）、《圣诞歌谣》（*Coplas de Navidad*，1983）、《政治诗》（*Poesía política*，1983）、《帕拉诗叶》（*Hojas de Parra*，1985）、《用来抗击秃顶的诗歌：反诗歌样本》（*Poemas para combatir la calvicie: Muestra de antipoesía*，1993）等。

帕拉1968年在智利大学工学院任物理学教授，80年代在智利大学工学院人文研究系开设设名为"生态变量"的课程。他先后获得1969年智利"国家文学奖"、1991年"胡安·鲁尔福拉丁美洲及加勒比文学奖"、1997年"米斯特拉尔荣誉勋章"、2001年"索菲亚王后伊比利亚美洲诗歌奖"和2011年"塞万提斯奖"。诗人因长寿常被称为拉美诗坛的"活化石"，但帕拉的百年一直是因循守旧的反面，是永远的文学变法者。帕拉的诗歌实践对其后的几代智利诗人——从恩里克·林恩到劳尔·苏里达（Raúl Zurita）、迭戈·马科伊拉（Diego Maqueira）乃至兼具诗人与小说家双重身份的罗伯托·波拉尼奥，都产生了不容忽视的影响。

中译本：《反诗歌：帕拉诗集》，莫沫译，江苏凤凰文艺出版社，2023年；《帕拉诗选》，于施洋译，《诗刊》，2017年第11期；《帕拉诗集》，陈风译，《红岩》，2012年第4期。

（范晔）

《用来抗击秃顶的诗歌：反诗歌样本》（*Poemas para combatir la calvicie: Muestra de antipoesía*）

《用来抗击秃顶的诗歌：反诗歌样本》（以下简称《用来抗击秃顶的诗歌》）是智利诗人尼卡诺尔·帕拉1993年出版于墨西哥的一部诗歌选集，由秘鲁作家、批评家胡利奥·奥尔特加选编并作序。选集收录了帕拉发表于20世纪50至90年代间最有代表性的诗作，较完整地呈现出"反诗歌"自诞生起不断演化、发展的过程，集中彰显了帕拉的诗学主张。

尼卡诺尔·帕拉（Nicanor Parra）

《用来抗击秃顶的诗歌》的发表与帕拉的首部诗作《无名诗集》相隔17年之久，其颠覆性的"反诗歌"写作在智利以至拉美文坛引发巨大反响，斩获智利作家工会颁发的"国家诗歌大赛奖"（Premio del Concurso Nacional de Poesía，1954）和"圣地亚哥城市奖"（1955）。选集共14个章节，包括此前已出版诗集中的作品和未发表的新作，其中"诗歌与反诗歌"部分收录了帕拉创作于1942—1954年间的29首作品，并如其标题所示，涵盖"诗歌"和"反诗歌"。诗集根据创作时间分为三部分，展现出这种全新诗歌理念的确立过程：第一部分的7首作品延续《无名诗集》的风格，主题涉及对远方女儿的思念，如《卡塔利娜·帕拉》（«Catalina Parra»）；对童年与故乡的动情怀旧，如《有一个快乐的日子》（«Hay un día feliz»）；为故友撰写的挽歌，如《是遗忘》（«Es olvido»）等。形式多采用十一音节诗等西班牙语传统诗歌格律，但部分诗作已展现出对传统诗歌以及拉美现代主义诗歌的反叛迹象。第二部分的6首作品保有一些传统诗歌的特点，但形式愈发自由，内容与创作意图也开始与"诗歌"分道扬镳，荒诞与嘲讽的语言色彩不断加强。在第三部分，帕拉凭借《警告读者》（«Advertencia al lector»）的首句"对于作品可能引起的不适/作者一概不负责"正式转入"反诗歌"轨道，宣告将打破读者对诗歌的旧有期待，"创造我自己的字母表"。

选集随后收录《悠长的奎卡舞曲》（*La cueca larga*，1958），其中的4首作品尝试用八音节诗的格律将奎卡这种民间的口头传统融入诗歌。在短暂地脱离《诗歌与反诗歌》的基调后，帕拉的写作很快回归"反诗歌"的探索：在《沙龙诗行》（1962）和《俄罗斯歌曲》中，《独立宣言》（«Acta de Independencia»）、《主祷文》（«Padre nuestro»）等作品以戏仿手法嘲讽了严肃的政治、宗教文体；《宣言》（1963）明确阐发了帕拉的"反诗歌"主张："诗人不是炼金术士/诗人是普通人，和我们一样/是砌墙的泥瓦匠：/诗人建造门与窗"，"以自然的诗/反对咖啡的诗/以广场的诗/以抗议的诗/反对沙龙的诗"。

此后，帕拉的"反诗歌"创作形式更加多元，《装置集》和《帕拉扰乱警察诗歌的笑话》将"反诗歌"浓缩为短小、幽默的格言、谚语，例如"昨日纷争连着纷争/今天坟冢挨着坟冢"，诗句多配以涂鸦，并以明信片的形式出版；《埃尔吉的基督讲道集》与《埃尔吉的基督讲道新集》通过一位离经叛道、自封基督的民间传教士的演讲和自白，建构起一个与现实颠倒的世界，质疑人们普遍默认的价值观念；《废品，生态诗，摔炮，最后的讲道》（*Cachureo, ecopoemas, guatapiques, últimas prédicas*，1983）提出"生态诗"的概念，对资本主义、消费主义等进行批判；《帕拉诗叶》延续"反诗歌"创作；《迈迈佩尼：瓜达拉哈拉演讲》（*Mai mai peñi. Discurso de Guadalajara*，1991）的题目来自智利土著马普切人打招呼的用语，意为"嘿，老兄"，这部诗作则模仿颁奖礼等仪式中的致辞演说，毫不留情地调侃了鲁尔福、米斯特拉尔、阿方索·雷耶斯等多位"神坛上的作家"。此外，选集还收录了一些由手稿整理得到的未出版诗作。

《用来抗击秃顶的诗歌》集中体现了"反诗歌"的创作特点，其反叛性主要体现于打破传统诗歌在艺术与生活之间设立的界限，试图在内容和形式上消抹诗与非诗、诗歌与现实的边界。首先，"反诗歌"主张诗歌不仅可以谈论美、时间、死亡等宏大命题，现代生活中的日常意象皆可入诗："我"可以"仰慕一块抹布"，"想着晚餐时看到的一块洋葱"，也计划如何"在一夜之间成为百万富翁"。其次，"反诗歌"采用口语化的语言，以简单的词汇、俗语和日常语序与读者直接对话，繁复的形容词和从句几乎消失，营造出更直观、更强烈的冲击，例如"我"在《摇篮交响曲》（«Sinfonía de cuna»）中向读者感叹："诸位，你们真得看看，/天使是什么样的！"

此外，帕拉颠覆传统诗歌严肃庄重的抒情语言，运用幽默、讽刺、戏仿等手法将诗人与诗歌推下神坛。当智利诗歌巨擘聂鲁达在《元素

尼卡诺尔·帕拉（Nicanor Parra）

的颂歌》（*Odas elementales*）中高亢地歌颂世间万物，与其同年出版的《诗歌与反诗歌》则以辛辣的戏谑为万物祛魅。帕拉在《鸽子颂》（«Oda a unas palomas»）里讽刺鸽子"比一把猎枪/或一朵满是虱子的玫瑰还要可笑"；在《毒蛇》（«La víbora»）里披露女人的荒唐："她不许我用我送给她的牙刷/还怪我毁了她的大好年华"；在《现代世界的恶习》（«Los vicios del mundo modern»）里戏谑并批判现代世界是"一条伟大的下水道"；在《我相信未来》（«Creo en un más allá»）中讽刺社会体制的专制与口号式的理想主义："在那儿一切理想得以实现/友情/平等/博爱/除了自由/这个哪儿也没有/我们生来为奴"；在《墓志铭》（«Epitafio»）里自嘲"我就是我：/醋和油的混合/天使与畜生灌成的香肠！"；甚至在《摇篮交响曲》里借嘲讽天使"丑得像您"来嘲讽读者。"反诗歌"中的抒情主体尽沦为姿态卑微的普通凡人，如《朝圣者》（«El peregrine»）中可怜地祈求关注的朝圣者、《自画像》（«Autorretrato»）中因超量工作饱受身心摧残的教师。在帕拉笔下，诗歌和诗人也不再是高高在上、不可侵犯的存在：《在椅子里睡觉的诗人的信》（«Cartas del poeta que duerme en una silla»）指出"诗歌里没什么禁忌"，并对诗人"击败空白纸页"的可能性"深表怀疑"；在《我收回所说的一切》（«Me retracto de todo lo dicho»）中，"我"声明"收回所说的一切"，并请读者"烧掉这本书"。一系列嘲讽打碎了"诗歌"崇高、浪漫的光环，正如帕拉在《钢琴独奏》（«Solo de piano»）中指出"我们不过是人/（正如上帝不过是上帝）"，"反诗歌"张扬：诗人不过是普通人，诗歌也不过是日常的现实。

有评论家认为，"反诗歌"发出了与自我中心的浪漫主义、灵魂高贵的现代主义、自认造物主的先锋派都截然不同的声音。而编者奥尔特加在《用来抗击秃顶的诗歌》的序言中指出，帕拉的作品对拉美诗坛的影响不仅停留在诗歌风格的层面，他带来的启发更是一种面对语言的全新态度。在对文学传统和现代生活的审视、反驳、解构和重新确认中，

"反诗歌"与既定方向背道而驰,通过写作为生活重新赋名,在逆流之中成就了日常的诗歌。帕拉把这种态度嵌入每一行诗句,正如他起初在《警告读者》中所表达的,这些"不应该出版"的作品"使我充满骄傲/因为,在我看来,天空正一片片地落下"。在新的诗歌天空下,"诗的光芒/应该平等地照耀每个人/让每个人都拥有诗歌"(《宣言》)。

(袁婧)

爱德华多·帕夫洛夫斯基
（Eduardo Pavlovsky）

爱德华多·帕夫洛夫斯基（1933—2015），阿根廷著名剧作家、导演、演员、心理分析医生，也被观众和评论家们亲切地称为"塔托"（Tato）。他巧妙地将自己的医学专业所长与戏剧创作结合起来，开创了拉丁美洲"心理戏剧"先河，将心理分析的方法和因素运用到戏剧创作和表演当中，形成了作品独特的风格，是当代拉丁美洲戏剧界最具有影响力的人物之一。

帕夫洛夫斯基从1961年开始戏剧创作，作品大多具有强烈的实验主义特征。作为一位多产的剧作家，帕夫洛夫斯基在60年代创作了《我们是》（*Somos*，1962）、《悲情等待》（*La espera trágica*，1961）、《形象、男人和玩偶》（*Imágenes, hombres y muñecos*，1963）、《没有眼镜的骆驼》（*Camellos sin anteojos*，1963）、《快速行动》（*Acto rápido*，1965）、《机器人》（*El robot*，1966）、《打猎》（*La cacería*，1969）等以独幕剧为主的作品，明显表现出了欧洲心理实验剧和荒诞派戏剧的影响。

从《鬼脸儿》（*La mueca*，1970）、《最后的较量》（*Último match*，1970，与胡安·卡洛斯·埃尔梅合作，1970年"阿根廷作家协会奖"），特别是《加林德斯先生》（*El señor Galíndez*，1973）开始，帕夫洛夫斯基开始将关注点转移到国家政治暴力对个人日常生活、家庭关系和情感世界的影响，在表现手法上也开始进行多种尝试。在这些作品中，《加林德斯先生》被认为是他最重要也最大胆的作品。1973年首演后大获成功，在阿根廷全国多地上演，但因其对独裁统治的指斥过于明显，演出过程曾遭受暴力破坏。尽管如此，这部作品还是被选为代表阿根廷参加1975年南希戏剧节的剧目，并获1976年加拉加斯国际戏剧节最佳剧目奖。

该剧围绕着军政府时期频频发生的迫害事件展开情节，主人公是名叫维托和贝贝的两位职业打手。两人个性迥然不同，一个平易随和，在"工作"时间之外有着幸福美满的家庭生活；另一个孤僻乖戾，有着虐待狂所特有的病态偏执。这两个效忠于军政府势力的打手听命于一个被称为"加林德斯先生"的神秘人物，他们没见过加林德斯，不知他是何许人也，每次都是接到他用电话传达的命令，在他冰冷声音的指挥下去追捕和折磨一个个看起来跟他们没什么两样的人。"加林德斯先生"还派来一个名叫爱德华多的年轻人，向两位"前辈"学习怎样成为一名"称职"的打手。在这部作品中，作者对主要人物在外形和心理上都进行了深入细致的描摹。舞台上作为打手出现的维托和贝贝并没有被塑造成恶魔的形象，而是以日常生活中再普通不过的人物的形象出现。以暴力折磨、施刑为职业的人竟然也可以是个好父亲、好丈夫，也会为自己的"职业"前景感到不安，为生活中的苦乐感伤或愉悦。对无辜者的伤害和折磨已经不再是一种个人的病态表现，而是成为一种权力意志的产物，进而被人们当作日常生活里的正常行为来评价、调侃和讨论时，以加林德斯先生为代表的威权的冷酷，以及在强权压迫下的民众的麻木都

爱德华多·帕夫洛夫斯基（Eduardo Pavlovsky）

在舞台上暴露无遗。

在军政府独裁时期，帕夫洛夫斯基本人及其作品都成为当时严格的审查制度和政治迫害的牺牲品，这使得他不得不在1977年前往西班牙，在那里度过了几年流亡生活。重返阿根廷以后，帕夫洛夫斯基作为演员和剧作家重新活跃在阿根廷的戏剧舞台上，创作并上演了许多具有国际影响的作品。在这个时期，他陆续创作了《蛛网》（*Telaraña*，1976）、《慢镜头》（*Cámara lenta*，1980）、《一所房子的故事》（*Historia de una casa*，1980）、《拉福格先生》（*El señor Laforgue*，1980）、《权威》（*Potestad*，1985）、《巴勃罗》（*Pablo*，1987）《两步舞曲》（*Paso de dos*，1990）、《声音》（*Voces*，1990）、《红衣主教》（*El cardenal*，1991）、《红气球》（*Rojos globos rojos*，1994，1995年"阿根廷作家协会奖"）、《大嘴巴》（*El bocón*，1995）、《菜豆》（*Poroto*，1997）、《玛格丽特·杜拉斯之死》（*La muerte de Margueritte Durás*，2000）、《唯有迷雾》（*Solo brumas*，2009）、《未尽事宜》（*Asuntos pendientes*，2013）等戏剧作品。

爱德华多·帕夫洛夫斯基凭借着敏锐的洞察力，在作品中坚持呈现社会问题的真实核心，坚持完成自己作为戏剧工作者的社会使命，创作出许多优秀的作品。他的作品曾在很多国际戏剧节上演出，引起很大反响，其充满创新性的创作也让他收获了来自观众和评论界的认同和赞誉，曾获1995年蒙特利尔"美洲戏剧节大奖"、2001年"特立尼达·格瓦拉奖"（Premio Trinidad Guevara），以及1994年、2001年和2004年的"科内克斯奖"，并多次获得"阿根廷作家协会奖"（Premio Argentores）。

除了戏剧文学创作，帕夫洛夫斯基在戏剧导演领域也占据重要地位。早在1960年他就创建了"耶内西"（Yenesí）剧团，将尤内斯库、品特、贝克特等欧美当代著名剧作家的作品搬上阿根廷舞台。他的舞台表演和设计体现出显著的实验、探索风格，剧作情节中渗透着各种充满社会性、政治性和心理分析意味的符号和信息，并成为他塑造戏剧人物的重要因素，他在这一领域的贡献对阿根廷当代戏剧舞台艺术的发展产生了不可忽视的作用。

作为一名优秀的演员，帕夫洛夫斯基对舞台表演也表现出极大的热情，他在很多自己剧作的演出中都承担重要角色，曾因在《红气球》中的出色表演获1995年"阿根廷演艺新闻记者协会奖"（Premio ACE）最佳演员奖。2006年10月间，在西班牙马德里举行的秋季国际戏剧节的演出活动中，他亲自出演《梅耶荷德的变奏曲》（*Variación de Meyerhold*），引起不小的轰动。2013年，又以80岁高龄登台，演出了《未尽事宜》中的父亲奥雷利阿诺一角，以充沛的精力和激昂的感情塑造了自己最后一个舞台形象，令无数观众和评论者感佩至深。

2015年10月4日，爱德华多·帕夫洛夫斯基因病在布宜诺斯艾利斯逝世。这位对阿根廷当代戏剧产生巨大影响的剧作家曾表示，戏剧于他而言就是全部生命，而他确实也已经用自己一生的创作和努力实践了他对戏剧这一重理解。

《权威》（*Potestad*）

20世纪70年代至80年代初期的军政府独裁统治可以说是阿根廷当代最黑暗的历史时期。军政府在1976年上台后，执行了"国家重组进程"计划，国会被关闭，政党和工会遭禁，超过三万名"游击队嫌疑人"及其同情者遭到绑架、拷打和秘密处决，许多被错抓的人最后都成了"失踪人口"。虽然1983年军政府统治结束，激进党的劳尔·阿方辛当选总统后开始惩处在军政府时期犯有反人类罪行的军人集团和个人，但在军方的压力下，他也制定了句号法和服从法，停止检举指挥系统下层的

爱德华多·帕夫洛夫斯基（Eduardo Pavlovsky）

军官，致使军政府时期的许多迫害致死或失踪的案件都成了无法解决的悬案。针对这种情况，许多心怀正义的文艺工作者都在自己的文学艺术创作中引入相关主题，希望通过对这段历史时期的再现，来揭示政府和军方一直试图掩盖的真相，而《权威》正是这些作品中的一部。该剧在1985年公演后引起全社会对军政府时期大量被迫害者子女被诱拐或强行收养的情况的关注，并在1989年获得巴黎"拉丁美洲之家"颁发的"莫里哀奖"（Premio Molière）。

全剧一开始，一个悲伤的父亲出现在舞台上，向观众讲述自己的不幸遭遇。在一个普普通通的星期六下午，几个看起来很体面又有地位的人突然上门，带走了他的女儿阿德丽亚娜。他和妻子安娜·玛利亚的世界就此坍塌，妻子每天以泪洗面，在女儿的房间里久久徘徊，痛不欲生，而丈夫也寝食难安，无时不在忍受着痛苦的煎熬。孩子的离去所带来的失落和忧伤郁结于胸，让丈夫产生倾诉的渴望，可妻子糟糕的精神状态却让丈夫无处发泄胸中的忧愤。朋友蒂塔的到来，让他如抓住救命稻草一般将她当作倾诉的对象，向她讲述与阿德丽亚娜在一起时的往事。夫妻俩经常带着女儿一起出门散步，去公园游玩，为她组织同学聚会，给了女儿无微不至的关爱。对幸福过往的回忆与眼前的痛苦形成了鲜明的对比，让后者变得更为强烈。随着对过去时光的回溯，丈夫的叙述被引向多年前他们得到阿德丽亚娜的缘由。多年前的某个周末下午，身为医生的丈夫忽然被军方召至一处普通的民宅，在那里，他看到一个男人伤痕累累的尸体和一个被酷刑折磨得遍体鳞伤、难辨生死的女人，在他们旁边站着三个军人，明显就是打手和行刑者。丈夫在军人的要求下，检查了那个女人，确认她已经死去，军人们若无其事地离开，而就在医生也打算离开时，忽然听到隔壁房间里传来哭声，他走过去打开房门，看到里面有一个一岁多的小女孩正在哭泣。这让他欣喜若狂，如获至宝一般将她带回了家。结婚多年没有生育的夫妻俩收养了女孩，给她起名阿德丽亚娜，把她抚养长大，直到多年后的那个星期六，有人上门来带走她。直到这时，观众才明白，舞台上讲述自己痛苦的男人原来是军政府大迫害时期诸多"婴儿偷窃者"中的一员。在军政府时期，有大量被迫害者因死亡或失踪而无法监护自己的子女，这些未成年的孩子中的大部分都未经任何法律程序就被非法收养甚至贩卖。收养人中有些就是当时掌权的利益集团阵营中的成员及其帮凶，就像《权威》中的男主人公也曾以间接方式参与了迫害行为并从中获益。这些"偷窃者"在很多情况下自诩为那些可怜孩子的"拯救者"，故意淡化他们曾参与或支持迫害行为的身份标签，让人忽略他们的行为才是将孩子们拖入悲惨境地的原因。他们在犯下罪行的时刻，并没有想到日后会受到追查和问责。当这一切真的降临时，他们才蓦然惊觉，罪行就是罪行，他们的身上已经烙上岁月也无法抹去的印记。恰如舞台上那位丈夫的脸上、身上仍然会被沾染上受害者的鲜血，而那些痕迹是他们自认为的"善行"所无法消除的。

《权威》这部作品虽然创作于1985年，但作者认为它在21世纪的今天仍然具有一定的现实意义，因为直到现在，在阿根廷仍有许多幼儿时期遭遇诱拐和劫持的人们在寻找自己的亲人。除此之外，这部作品还在不断提醒人们回望那些不该忘记的历史，因为每当旧的独裁制度消亡后，新的独裁又会以这样那样的形式出现并影响着人们的思想和生活，而历史会时刻提醒人们警惕它们的出现，并认清它们的真实面目，在帕夫洛夫斯基看来，这才是一名戏剧工作者所应该担负的不可推卸的责任。

（卜珊）

奥克塔维奥·帕斯（Octavio Paz）

奥克塔维奥·帕斯（1914—1998），墨西哥诗人、散文家、批评家、1990年诺贝尔文学奖得主。生于墨西哥城，祖父是记者和作家，祖母是印第安人，父亲是记者、律师，曾任墨西哥大革命著名将领埃米利奥·萨帕塔（Emilio Zapata）驻纽约的代表。母亲是西班牙安达卢西亚的移民、虔诚的天主教徒。帕斯的童年就是在这样一个充满自由与宗教气氛的环境中度过的。

帕斯从5岁开始学习，受的是英国及法国式教育。14岁即入墨西哥大学文哲系及法律系学习，阅读了大量古典和现代主义诗人的作品，后来又接受了西班牙"1927年一代"和法国超现实主义诗风的影响。1931年开始文学创作，曾与人合办《栏杆》（*Barandal*）杂志。两年后又创办了《墨西哥谷地手册》（*Cuadernos del Valle de México*），介绍英、法、德等国的文学成就。1933年出版第一部诗集《野生的月亮》（*Luna silvestre*），当时他对哲学与政治兴趣很浓，曾阅读大量具有马克思主义倾向的作品。1937年在尤卡坦半岛创办一所中学，在那里他发现了荒漠、贫穷和伟大的玛雅文化，诗集《在石与花之间》（*Entre la piedra y la flor*）就是那时创作的。同年他去西班牙参加了反法西斯作家代表大会，结识了当时西班牙及拉丁美洲诗坛上最杰出的诗人——巴勃罗·聂鲁达、比森特·维多夫罗、安东尼奥·马查多、路易斯·塞尔努达等。《在你清晰的影子下及其他西班牙的诗》（*Bajo tu clara sombra y otros poemas sobre España*）就是在那里出版的。西班牙内战以后，大批共和国战士流亡墨西哥，帕斯积极投入援救西班牙流亡者的工作，并创办了《车间》（*Taller*，1938—1941）和《浪子》（*El hijo pródigo*, 1943）杂志。此后，在对待斯大林和社会主义现实主义的态度上，帕斯与聂鲁达产生了分歧，直到1968年两人才重归于好。如果说1937年是帕斯文学创作甚至人生道路上的里程碑，那么1944年对他同样意义非凡。那年帕斯获"古根海姆奖学金"，赴美国考察研究。在考察期间他认识到"可怕的美国文明"，另一方面结识了艾略特、庞德等著名美国作家，并创作了散文集《孤独的迷宫》（*El laberinto de la soledad*，1950）。1945年帕斯开始外交工作，先后在墨西哥驻法国、瑞士、日本、印度大使馆任职。在法国他积极参加超现实主义和存在主义活动，结识了萨特、加缪等人。1953年至1959年回国从事文学创作，1960年重返巴黎和新德里，直到1968年为抗议本国政府镇压学生运动而愤然辞去驻印度大使职务。从此帕斯便完全致力于文学创作、学术研究和在英美大学的讲学活动，他的许多杂文集，尤其是关于文艺理论的作品，都是在这些讲座的基础上加工完成的。

帕斯的诗歌既有深刻的民族性又有广泛的世界性；既有炽热的激情又有冷静的思考；他将古印第安传说和现代西方文明，还有东方宗教和玄学思想熔为一炉；将叙事、抒情、明志、咏史、感时、议政等各种素材有机结合在一起，开创了自己独特的风格，后人把他归为后先锋派诗人。帕斯的主要诗作有《太阳石》（*Piedra de sol*，1957）、《假释的自由》（*Libertad bajo palabra*，1958）、《火蝾螈》（*Salamandra*，1962）、《可视唱片》（*Discos visuales*，1968）、《东山坡》

（*Ladera este*，1969）、《回归》（*Vuelta*，1976）、《向心之树》（*Árbol adentro*，1987）等。其中《太阳石》是他的代表作，曾轰动国际诗坛。

帕斯的散文和文论作品有《弓与琴》（*El arco y la lira*，1956）、《榆树上的梨》（*Las peras del olmo*，1957）、《交流电》（*Corriente alterna*，1967）、《连接与分解》（*Conjunción y disyunción*，1969）、《拾遗》（*Posdata*，1970）、《淤泥之子》（*Los hijos del limo*，1974）、《仁慈的妖魔》（*El ogro filantrópico*，1979）、《索尔·胡安娜·伊内斯·德·拉克鲁斯或信仰的陷阱》（*Sor Juana Inés de la Cruz o las trampas de la fe*，1982）、《人在自己的世纪中》（*Hombre de su siglo*，1984）、《另一个声音：诗歌与世纪末》（*La otra voz: poesía y fin de siglo*，1990）、《印度之光》（*Vislumbres de la India*，1995）等。

除了创作之外，帕斯还翻译了大量作品。在《翻译与消遣》（*Versiones y diversiones*，1973）中，他翻译了我国唐宋诗人李白、王维、苏轼等名家的作品。帕斯还于1985年出版了访谈录《批评的激情》（*Pasión crítica: conversaciones con Octavio Paz*）。帕斯是一位百科全书式的作家，不仅文学创作硕果累累，对电影、音乐、美术、人类学等也颇有研究。

帕斯的诗歌与散文具有融合欧美，贯通东西，博采众长、独树一帜的特点，为此他曾在国内外多次获奖，其中主要奖项有：比利时"国际诗歌大奖"（Premio Internacional de Poesía，1963）、西班牙"批评奖"（1977）、墨西哥"国家文学奖"（Premio Nacional de Letras，1977）、西班牙"塞万提斯奖"（1981）、"阿方索·雷耶斯国际大奖"（1986）、"智者阿方索十世大十字勋章"（1988）等。1990年由于"他的作品充满激情，视野开阔，渗透着感悟的智慧并体现了完美的人道主义"①，而获得诺贝尔文学奖。

1998年奥克塔维奥·帕斯逝世的时候，另一位拉美诺贝尔文学奖得主加西亚·马尔克斯表示："对帕斯的荣誉来说，任何表彰都是肤浅的。他的死是一个美、思考和分析的涌流无法修补的断路。这一涌流贯穿了整个20世纪，而且会波及今后很长的时间。"②马里奥·巴尔加斯·略萨说："我认为当代文化一个最高大的形象和帕斯一起消失了。作为诗人、散文家、思想家和正义的觉悟，他留下了一条很深的痕迹，它使自己的崇敬者和反对者都深深为他的思想、他的美学意象以及他用智慧和激情所捍卫的价值观念而折服。"③

中译本：《奥克塔维奥·帕斯诗选》，朱景冬等译，河北教育出版社，2003年；《帕斯选集》（上、下卷），赵振江等编译，作家出版社，2006年；《印度札记》，蔡悯生译，南京大学出版社，2010年；《太阳石》，赵振江译，北京燕山出版社，2014年；《孤独的迷宫》，赵振江、王秋石等译，北京燕山出版社，2014年；《弓与琴》，赵振江等译，北京燕山出版社，2014年；《批评的激情》，赵振江等译，北京燕山出版社，2015年；《泥淖之子：现代诗歌从浪漫主义到先锋派（扩充版）》（*Children of the Mire: Modern Poetry from Romanticism to the Avant-Garde*），陈东飚译，广西人民出版社，2018年。

（曹廷）

《印度之光》（*Vislumbres de la India*）

《印度之光》（1995）是墨西哥诗人、评论家、散文家奥克塔维

---

① https://www.reporteindigo.com/piensa/octavio-paz [2018-06-03]
② Cevallos, Diego. "Mexico: García Márquez y Vargas Llosa despiden a Octavio Paz", *Inter Press Service Agencia de Noticias*, 20 de abril de 1998. http://www.ipsnoticias.net/1998/04/mexico-garcia-marquez-y-vargas-llosa-despiden-a-octavio-paz/ [2018-06-03]
③ "Octavio Paz: Biografía", http://www.americas-fr.com/es/literatura/paz.html [2018-06-03]

奥·帕斯晚年最后一部散文集（同时具有半自传性），也是继《双重火焰》（*La llama doble*，1993）之后第一部单一主题的散文集。

在《印度之光》中帕斯不仅对自己在这个东方国家的旅居经历（他曾两次在印度工作，其驻印度大使的职位使他能够近距离接触印度的上流社会和知名人士）及之后的造访进行梳理和重述，而且概括了印度的文化、艺术、政治和哲学给他留下的烙印（帕斯尽力去理解印度人的思维和文化模式），其目的是"回答印度给所有访问过它的人所提的问题"。《印度之光》向读者展示的是诗人个体经历过的印度（散文集的开篇和结束章节是自传性的），也是被诗人分析过其国情、宗教和历史复杂性的印度。《印度之光》见证了帕斯敏锐的分析能力（涉及印度的历史、文化、宗教、政治、社会、饮食），他将印度与欧洲、中国、伊斯兰世界，甚至哥伦布时代进行比较，最后一种对比尤其显著：印度具有与外来文化（甚至入侵者文化）对话、吸收外来因素而不放弃自我身份的能力；相反，阿兹特克和玛雅文明在数个世纪的自我封闭、对外部世界无从了解的情况下，与外来文明发生第一次碰撞就失败了。

帕斯尤其看重印度文化的多面性和包容性，他认为这是一个充满反差的世界：禁欲主义与色情主义、和平主义与暴力冲突、形而上与具体化。"印度生活在极端化之间，它拥抱极端，它植根于大地，被一个无形的彼岸所吸引。"

该书对西方读者来说也意味着一种挑战：通过向西方呈现一个与其截然不同的东方大国的现实，扩大了西方读者的视野，促使他们深入探讨东西方世界观之间的鸿沟。帕斯在书中没有表现出西方人的文化优越感，对西方社会的弊端倒是一针见血。如他指出，当代人是电视的奴隶，而电视已经变成了"百姓的鸦片"；西方"对变化的崇拜，对进步作为自然法则的信仰……已经开始崩溃"。在尽可能客观地比较不同文化的差异时，帕斯也毫不掩饰其对印度文化的热爱。在《印度之光》清晰、透彻的散文中,与印度的对话也构成了与人性的对话,与我们自身的对话。

《印度之光》于2003年再版。

(王军)

克里斯蒂娜·佩里·罗西（Cristina Peri Rossi）

　　克里斯蒂娜·佩里·罗西（Cristina Peri Rossi，1941—　），乌拉圭小说家、诗人。出生于乌拉圭首都蒙得维的亚一个意大利移民家庭，父亲是纺织工人，母亲是教师。因父亲早逝，她从小同母亲和舅舅一起生活，通过阅读舅舅的私人藏书踏入文学世界。1960年，在完成大学预科的学习后，她进入本地一所师范学校，一边学习比较文学，一边开始在预科学校授课。1965年，在继续教学工作的同时，她开始为左翼刊物《前进》（*Marcha*）撰稿。1972年，乌拉圭国内形势日益紧张，面对风雨飘摇的局势和逼近个人的威胁，佩里·罗西忍痛决定离开乌拉圭。1972年10月4日，她秘密前往港口，乘船离开蒙得维的亚，抵达佛朗哥统治下的西班牙。1974年因乌拉圭军政府撤回其证件不得不流亡法国，次年方才返回西班牙并取得西班牙国籍。此后，佩里·罗西长居巴塞罗那，先后在多家报刊、电台、出版社与高等院校工作，同时继续进行文学创作。

　　克里斯蒂娜·佩里·罗西是一位相当多产的作家，至今已出版数十部作品，且涉猎体裁广泛，在诗歌、散文、短篇小说、长篇小说方面均有耕耘。她的第一部作品——短篇小说集《活着》（*Viviendo*）出版于

1963 年。1968 年，出版第二部短篇小说集《废弃的博物馆》（*Los museos abandonados*），获阿尔卡出版社（Editorial Arca）颁发的"青年奖"（Premio de los Jóvenes）。1969年，她的第一部长篇小说——以同一屋檐下的大家庭的故事影射乌拉圭时局的《我堂兄们的书》（*El libro de mis primos*）获《前进》杂志颁发的小说奖。此后，直至流亡西班牙前，佩里·罗西陆续创作了《恐慌迹象》（*Indicios pánicos*，1970）、《欧嗨》[①]（*Evohé*，1971）、《一次海难的描述》（*Descripción de un naufragio*，1974）等小说及诗歌作品。抵达西班牙两年后，她又先后出版了《离散》（*Diáspora*，1976）、《普通语言学》（*Lingüística general*，1979）、《野蛮的巴别》（*Babel bárbara*，1990）、《流亡状态》（*Estado de exilio*，2003）等诗集，《疯人船》（*La nave de los locos*，1984）、《爱的孤独者》（*Solitario de amor*，1988）等中长篇小说，《恐龙的下午》（*La tarde del dinosaurio*，1976）、《孩子们的反叛》（*La rebelión de los niños*，1980）、《被禁止的激情》（*Una pasión prohibida*，1986）等短篇小说集，《情色幻想》（*Fantasías eróticas*，1991）、《当吸烟曾是一种愉悦》（*Cuando fumar era un placer*，2003）等散文集，以及有关科塔萨尔的传记《胡里奥·科塔萨尔》（*Julio Cortázar*，2000）和纪念文集《胡里奥·科塔萨尔与克里斯》（*Julio Cortázar y Cris*，2014）等。至今，佩里·罗西仍笔耕不辍，最新出版的一部作品为自传小说《不屈的女人》（*La insumisa*，2020）。

佩里·罗西的语言风格曾被乌拉圭作家、学者、评论家安赫尔·拉马（Ángel Rama）形容为"同代人中最为巴洛克、最为抒情，同时又最具分析性的"[②]。西语文学学者、评论家雨果·维拉尼（Hugo Verani）则认

[①] Evohé 为古希腊酒神信徒呼唤酒神的叫喊，参见罗念生《酒神的伴侣》中译，见《罗念生全集·第三卷·欧里庇得斯悲剧六种》，罗念生译，上海：上海人民出版社，2007 年，第 358 页。

[②] Rama, Ángel. "La generación crítica (1939-1969)", *Uruguay Hoy*, edited by Luis Carlos Benvuto, Siglo Veintiuno Argentina, 1971, p. 397.

克里斯蒂娜·佩里·罗西（Cristina Peri Rossi）

为，佩里·罗西"巴洛克式的写作特质"体现在"语言带来的快感、以非推进式的语段填满话语的愉悦，这些语段遏制了叙事冲动，改换了它们所依赖的语言核心"；她的作品中"句法结构的膨胀，语言自由而富有想象力的展开，连环枚举的增生，这些都为词语注入一种缠绕的、自我指涉的节奏，将读者置于词语的中心"[①]。佩里·罗西的巴洛克风格在作品中主要体现为体裁的溶解、逻辑的破除、主线的偏离、语言的增生，这与她的语言观密不可分——她反对将语言作为权力规训的工具来使用，她不认为文本内或文本外存在唯一的权威。在写作中，她以体裁的混杂和碎片的拼贴抵抗提纯的倾向，在同部作品中融合诸多体裁；以叙述的偏离反对单一线性的时间观，通过联想、加注等方式令叙述不断增生、分岔、溢出原本的轨道；以互文网络的多重中心取代文本内外的单一权威，通过引用、引喻、戏仿等形式不断与其他作家对话；以剥离实用性的语言游戏颠覆对语言的功利使用，通过列词汇表、重新定义、创造新词、词语变形等方式质疑意义的唯一性以及语言作为表意系统与交流手段的有效性与必要性，转而将语言变为非功利的、纯粹为了愉悦的存在。

就创作主题而言，佩里·罗西的作品突出对性别性向、女性身体与情欲、反独裁及流亡等主题的关注，同时深耕幻想文学这一在拉普拉塔河流域有着深远传统的文学类型。而这些主题与文学类型又共同融汇于"越界"这一特质中：在她的作品中，不同的性别与身份、不同的时空与地点、人们眼中彼此分隔的幻想与真实，随时可以互换、交融，成见和威权所强加的界限不断被僭越，辟出一片自由的空间。

佩里·罗西的写作有着鲜明的女性主义尤其是后现代女性主义色彩：她的代表作《疯人船》揭示了父权社会中明显或隐蔽的种种性别规范，以对"出格"女性角色的塑造对抗性别暴力，反叛陈规偏见，甚至进一步质疑二元的性别区分和本质主义的性别观念；而在诗集《欧啸》《野蛮的巴

---

① Verani, Hugo J. "Una experiencia de límites: la narrativa de Cristina Peri Rossi", *Revista iberoamericana*, Vol. 48, No. 118, 1982, p. 313.

别》和散文集《情色幻想》等作品中,她挑战男性主宰的情色书写传统——只将女性呈现为欲望客体的传统视角,而将女性设置为欲望的主体,以大胆的笔触描绘女性的身体和爱欲。

同时,佩里·罗西的写作又与拉丁美洲独裁与反独裁、左翼革命兴起与破灭的背景紧密相连,有着高度的政治性。佩里·罗西早期的作品,如《活着》《恐慌迹象》《我堂兄们的书》等,偏重于呼吁政治革命。它们或是反映当时愈发沉重的政治氛围,或是表现衰朽的旧制度(常以传统家庭为象征)与反叛的新生力量(常以青年人为化身,如《我堂兄们的书》中加入游击队的费德里科和继承其遗产的奥利维里奥)之间的斗争。此后,她的观念发生转变,认为单纯强调政治革命并不够,因为"在左翼党派内部,仍存在结构化的权力关系","尽管他们提出了一种不同的权力架构,但两个性别之间仍存在着权力等级关系"。① 佩里·罗西本人在 2005 年鲁门(Lumen)出版社出版的《诗歌汇编》(*Poesía reunida*)前言中也回顾了自己创作关注点的变化:"……1985 年,乌拉圭独裁政府倒台之后,我的诗歌比以往更关注另一种有待完成的革命:女性的革命与性的革命。" ② 在她的作品中,对政治革命的期许延伸为对性与性别革命的追求,对独裁的抨击扩展为对父权制的反思与揭露,政治革命、性别解放和语言革新等多个议题齐头并进,融合交织。

自写作初期起,佩里·罗西在乌拉圭文学界就已广受关注和赞誉。1984 年出版的长篇小说《疯人船》则为佩里·罗西赢得了更多的国际关注,以这部作品的出版为界,许多英美的文学评论家和西语文学研究者开始将目光投向她的作品。如果说先前佩里·罗西的受众仍主要限于西语国家,如西班牙和乌拉圭,那么《疯人船》则标志着她开始获得国际性的文学声誉。如今,克里斯蒂娜·佩里·罗西已成为国际知名度最高的拉美女作家之一。在获得巴塞罗那城市奖(Premio Ciudad de Barcelona)、罗意

---

① Boullosa, Carmen et al. "Cristina Peri Rossi", *Bomb*, No. 106, 2009, p. 82.

② "Prólogo", *Poesía reunida*, Lumen, 2005, pp. 11-19.

克里斯蒂娜·佩里·罗西（Cristina Peri Rossi）

威基金会国际诗歌奖（Premio Internacional de Poesía Fundación Loewe）、何塞·多诺索伊比利亚美洲文学奖等多个文学奖项后，佩里·罗西于2021年被授予塞万提斯文学奖。评委会表示，授予佩里·罗西这一奖项是为了"承认她身上所体现的当代伟大文学志趣的发展历程，承认一位能将文学才能运用于多个体裁的女作家的重要地位"，并称赞其写作"是持之以恒的探索与批评实践，从不回避以语言表达对当代对话中的重要话题——如女性处境和性别问题——所肩负的义务"，同时亦认为她构成了"伊比利亚美洲和西班牙之间的桥梁"，"永远提醒着我们20世纪里发生的流亡与政治悲剧"。①

佩里·罗西的作品已被翻成十余种语言，中译本有：《科塔萨尔：我们共同的国度》，黄韵颐译，漓江出版社，2023年；《乌拉圭女作家克里斯蒂娜·佩里·罗西小辑》，黄韵颐、李洋洋译，《世界文学》2023年第3期。

《疯人船》（*La nave de los locos*）

《疯人船》是克里斯蒂娜·佩里·罗西的小说代表作。该小说以主角埃奎斯（Equis，与西班牙语中的"X"谐音）的漫游及其旅途中与各式各样"怪人"的邂逅为线索，没有传统意义上的情节主线，不受特定体裁或时空的束缚，呈现枝蔓横生、错综复杂的结构。主角埃奎斯是一个永恒的异乡人和流亡者，一个未知的"X"，读者不知道他的故乡是何处，也不知道他最终的目的地是哪里，只能在流动的叙述中跟随他和他的同伴穿梭于一个又一个有名或无名、虚构或实在的地点之间：直布罗陀海峡、雷

---

① Martín Rodrigo, Inés. "Cristina Peri Rossi gana el premio Cervantes 2021", *ABC Cultura*, 10 Nov. 2021. https://www.abc.es/cultura/libros/abci-escritora-cristina-peri-rossi-gana-premio-cervantes-2021-202111101833_noticia.html [2021-11-24]

克斯电影院、水泥工厂、公共汽车、热带小岛、"上帝之村"、"大肚脐市"、阿尔比恩出版社、伦敦……

《疯人船》并没有采取传统的章节划分，而是由诸多表面不甚相关的叙事碎片拼贴而成。从目录即可看出碎片的排布并不遵循线性逻辑，其主角、时空、主题、体裁都在不断变换："埃奎斯：旅行，第二部分"（Equis: El viaje, II）、"创世挂毯，第一部分"（El tapiz de la creación, I）、"旅行，第十五：遗失的天堂"（El viaje, XV: El paraíso perdido）、"第十六：莫里斯，一次向世界肚脐的旅行"（XVI: Morris, un viaje al ombligo del mundo）。叙述中往往并无时间状语，因此读者难以判断叙事碎片的先后关系。小说的结构与贯穿小说的维罗纳大教堂创世挂毯的核心意象彼此呼应，构成一种镜像关系。对创世挂毯各部分的描述以原挂毯中的辐线为界划分为若干无题碎片，穿插于叙事碎片之间，挂毯的割裂与小说结构的破碎互相照映。在这种碎片的拼贴与集合中，确凿的意义与固定的中心消失了，取而代之的是万花筒般纯粹的审美愉悦。与此同时，《疯人船》在体裁上也呈现出混杂的特征。虽然这部作品整体上被视为小说，但文本内部实际上包含各式各样的体裁，诗歌、书信、笔记、广告、新闻报道、航海日志、调查问卷、歌词等诸多体裁都以断片的形式内嵌在叙述中。这种拼贴溶解了各种文学体裁间的边界，增强了整部作品多样与混杂的形式特征。反复出现的对创世挂毯的描述则以写画的方式将图像引入文字之中，跨越文学与造型艺术的边界。

在《疯人船》中，佩里·罗西集中探讨了她作品中的几个常见主题：流亡、性别暴力与性别解放、社会对"正常"和"非正常"的强制划分以及对后者的压迫。"疯人船"这一标题及核心象征同时有着三层指向：流亡、社会对他者的排斥与暴力，以及既定界限之外形成共同体的可能。

小说开篇即出现一艘船，这艘船满载包括主人公埃奎斯在内的流亡者穿过大洋。鉴于佩里·罗西本人当初即是乘轮船从乌拉圭流亡到西班牙，这艘船既是永恒漂泊的象征，同时也可以是20世纪拉丁美洲的流亡这一具

克里斯蒂娜·佩里·罗西（Cristina Peri Rossi）

体历史现象的缩影。其后出现的第二艘船是一幅虚构画作中的疯人船，佩里·罗西从这幅画出发，假托一位虚构的疯人船水手阿尔特米乌斯·古德龙（Artemius Gudröm）之口讲述了一则与疯人船有关的逸闻：阿尔特米乌斯因欠债入狱，选择到疯人船上做水手换取减刑。他的任务是偕其他划船的犯人一同将载满疯人的船只驶到大洋中央，然后偷偷驾小艇离开，将疯人们抛弃在海上。在1583年的一次航行中，他遇到一个被他命名为格劳克斯·托兰德（Glaucus Torrender）的不寻常的疯人，并与对方发展出了短暂的友谊。格劳克斯"极度聪慧，清醒，敏锐，富有观察力"[①]，甚至能够帮助阿尔特米乌斯指挥船只、分配口粮。唯一为他贴上"疯癫"标签的是他"有害的失眠症"[②]：他日夜不眠，时刻警醒地照看着船只。故事的结局是悲剧性的：阿尔特米乌斯不敢冒着激怒其他犯人的风险将格劳克斯带下船，最终还是与同伴一起跳下船只游回岸上，格劳克斯跟着跳了下来，并立即溺死在了海中。借这个故事，作家向读者传达了这样的观点："正常"与"疯癫"之间的界限并非自然形成，而是由权威话语强加，而这一强加的界限又导致了对他者的排斥与暴力。

小说中的角色也大多是像格劳克斯一样被主流社会视为古怪危险的"疯人"：一度被关进水泥工厂强制劳作，随后迅速离开他曾居住的城市，与埃奎斯一同漂泊的维钦托利（Vercingétorix）；抗拒社交，在山中离群索居的收藏家莫里斯（Morris）；厌倦既是官僚又是大家长的父亲，常常离家与莫里斯和埃奎斯待在一起的追求自由的少女格拉西艾拉（Graciela）；登月归来，对月亮念念不忘，无法回到平庸的日常生活中的前宇航员戈登（Gordon）；成天与公园里的鸭子做伴，最后与母亲和莫里斯一同出发去非洲看长颈鹿，研究鳞翅目的早慧男孩珀西瓦尔（Percival）；前往伦敦堕胎，过程中意识到女性被压迫的处境，决心彻底离开男性中心的异性恋关系的露西娅（Lucía）……但与格劳克斯遭遇的命

---

① Peri Rossi, Cristina. *La nave de los locos,* Barcelona: Seix Barral, 1984, p. 50.
② Ibid., p. 51.

运不同，他们在与彼此的邂逅中互相理解，互相共情。当"正常人"在小说中选择移开视线，"疯人"却选择了"看"，选择将目光投向彼此，投向位于社会边缘的其他人。这样的目光穿越年龄、性别以及一切身份标签的阻碍，成为沟通的桥梁与友谊的奠基石，也成为见证与共情的媒介。格拉西艾拉作了一系列关于女性受压迫的历史的调查，最终前往非洲撰写有关割礼的报告，决心用双眼见证远方发生的暴力。而埃奎斯向老妇人、妓女和堕胎的女人——原本就属于被压迫的性别，又因其年龄、职业或经历愈发被社会排斥的三类女性——都投以同情的目光。

小说的题目字面义是"疯人们的船"，"疯人"以复数表示。如果说"疯人"（el loco）代表着边缘人、系统之外的流亡者、因越界而被排斥的对象，那么"疯人们"（los locos）的复数形式则暗示他们在边缘处，在界限之外形成共同体的可能。佩里·罗西在《疯人船》中揭露了种种现代社会中的压迫与暴力，但同时也提出了一个创造"疯人们"的乌托邦的可能。在小说近结尾处，莫里斯和珀西瓦尔及其母亲埃娃（Eva）组成了新的非传统家庭，格拉西艾拉前往非洲调查女性在仪式中遭受的暴力，而埃奎斯放弃了自己作为男性的特权，给予他所爱的露西娅平等的共情、尊重与钦慕。在"疯人船"上，最终形成了一种理想的共谋关系，"一片和平、真诚、和谐的小小领土"①。

佩里·罗西认为写作是一种认同和解放的方式，一种知识的形式。作家的这一观点在《疯人船》中得到了极好的诠释：通过讲述"疯人们"的故事，作家畅想出一个能够诞生在现实世界的缝隙之中、边缘之外的理想世界，在那里，人们能够从旧的压迫秩序中得到解放，建立起彼此认同、和谐共存的共同体，一个包容、共情、多元的新空间。

（黄韵颐）

---

① Peri Rossi, Cristina. *La nave de los locos,* Barcelona: Seix Barral, 1984, p. 31.

里卡多·皮格利亚(Ricardo Piglia)

里卡多·皮格利亚（1941—2017），阿根廷著名小说家、文学评论家，被认为是当代拉丁美洲文坛最具国际影响力的作家之一。皮格利亚出生于阿根廷阿德罗格市（Adrogué），曾在国立拉普拉塔大学（Universidad Nacional del la Plata）学习历史，之后前往首都布宜诺斯艾利斯从事编辑工作。在翁加尼亚独裁时期，他离开阿根廷，流亡至美国。在美国居住期间，皮格利亚曾在多所大学担任教职，其中最为著名的是哈佛大学和普林斯顿大学。2010年，他以教授身份在普林斯顿大学退休，随后于2011年返回阿根廷。2017年1月6日，皮格利亚因病去世，享年75岁。

里卡多·皮格利亚集创作者与评论家的双重身份于一身。他的作品以长篇小说为主，同时还出版过许多重要的文学批评集、短篇小说集和自传作品。他的第一部长篇小说作品是《人工呼吸》（*Respiración artificial*，1980），该小说一经问世便获得了国际评论界的大量好评，并且很快成为拉美后现代写作的代表性作品。1992年，他又发表了另一部重要的长篇小说作品《缺席的城市》（*La ciudad ausente*，

1992），后被改编成歌剧。1997年，他凭借第三部长篇作品《烈焰焚币》（*Plata quemada*，1997）获得了"阿根廷行星奖"（Premio Planeta Argentina），三年后该小说被阿根廷电影导演马塞洛·皮聂罗（Marcelo Piñeyro）改编为同名电影。2010年从普林斯顿大学退休后，皮格利亚发表了长篇小说《夜间目标》（*Blanco nocturno*）。凭借这部小说，他一举拿下2010年度西班牙"批评奖"、2011年度"罗慕洛·加列戈斯国际小说奖"以及2012年"美洲之家奖"等多项重要文学奖项。2013年，他发表了生前最后一部长篇小说作品《艾达之路》（*El camino de Ida*），该小说主要是基于他在普林斯顿大学讲学期间的经历以及当时美国著名的"大学炸弹客"事件写成。2015年他被授予"福门托文学奖"（Premio Formentor de las Letras），以表彰他的整体文学创作。除了长篇小说以外，皮格利亚也发表了多部短篇小说集，其中包括：《入侵》（*La invasión*，1967，2006）、《假名》（*Nombre falso*，1975，2002）、《无期徒刑》（*Prisión perpetua*，1988）、《道德故事集》（*Cuentos morales*，1995）、《钢琴家》（*El pianista*，2003）和遗作《科洛塞警长的案件》（*Los casos del comisario Croce*，2018）。

在小说创作之外，皮格利亚还出版了多部优秀的文学批评作品，其中主要包括《批评与虚构》（*Crítica y ficción*，1986）、《简短形式》[*Formas breves*，1999，"胡安·马奇基金会批评奖"（Premio Juan March a la crítica）2001]、《马塞多尼奥·费尔南德斯的小说辞典》（*Diccionario de la novela de Macedonio Fernández*，2000）、《最后的读者》（*El último lector*，2005）、《阴谋论》（*Teoría del complot*，2007）、《最初形式》（*La forma inicial*，2015）、与作家胡安·何塞·塞尔的对话录《致一篇未来的故事》（*Por un relato futuro*，2015）、课堂讲义集《三位先锋：塞尔、普伊格、沃尔什》（*Las tres vanguardias. Saer, Puig, Walsh*，2016）、《北美作家》

（*Escritores norteamericanos*，2016）、对奥内蒂的作品及法国新小说进行点评的遗作《散文的理论》（*Teoría de la prosa*，2019）等。

除了小说创作和文学批评，皮格利亚还在生命的最后几年中与助手一起整理并陆续出版了三卷本的日记集《埃米利奥·伦西日记集》（*Los diarios de Emilio Renzi*）：《求学年代（1957—1967）》[*Los años de formación*（1957—1967），2015）、《幸福年代（1968—1975）》[*Los años felices*（1968—1975），2016）、《生命中的一天（1976—1982）》[*Un día en la vida*（1976—1982），2017]。这个人物其实是皮格利亚的化身，因为作家的全名就是里卡多·埃米利奥·皮格利亚·伦西（Ricardo Emilio Piglia Renzi）。三卷本的《埃米利奥·伦西日记集》主要集合了皮格利亚在超过半个世纪的时间里写下的日记，同时也包括一些与之相关的叙事及评论文章。这三部日记集记录了皮格利亚多年来的阅读和创作历程，是研究皮格利亚文学创作的重要资料。

里卡多·皮格利亚的创作最早开始于20世纪六七十年代，但他真正引起阿根廷国内及国际评论界的广泛关注则是在80年代初出版第一部长篇小说《人工呼吸》之后。皮格利亚的创作目的主要是为了理解阿根廷的国家历史与当代处境，他的作品总是体现出对阿根廷某种历史、文化"真相"的不断追寻。在这个意义上，他的作品主要与两种传统及思想体系进行对话。一方面，他的小说和评论作品与阿根廷文化及文学传统进行对话。在他的作品中，对阿根廷民族性和国家历史的质疑与重构是一个长久不变的主题。与同时代许多作家相似，他拒绝"再现式"的小说语言，同时也拒绝承认一种固定不变的历史"真相"。在重新审视阿根廷历史和文化的问题时，皮格利亚常常回溯到阿根廷文学传统中的其他文本，他的作品经常涉及对萨米恩托、博尔赫斯、罗贝托·阿尔特等阿根廷文学史上的重要作家作品的重新解读。另一方面，皮格利亚的作品又与西方20世纪后半叶各种批判理论进行对话，他的小说具有明显的后现代写作特征。从主题与写作理念上来看，皮格利亚的作品很明显受到了各类后现代理论的影响,但他的作品也并不是对西方理论的盲目移植,而是将其接纳到具体的阿根廷或拉美语境下进行讨论。对于阿根廷这样一个现代化并不完全的国家,全球化和后工业时代的来临究竟意味着什么,其当代处境的历史根源又是什么,这些是皮格利亚在作品中一直在尝试反映与探索的问题。①

在创作风格上,皮格利亚的写作契合了后现代语境下文学与国家、文学与历史之间的关系。他的作品总是尝试在"真实"已死的后现代社会中寻找某种阿根廷或拉美历史的"真相"。他的长篇作品最突出的一点是其侦探小说的写作框架,其创作可以被归在美洲"黑色小说"的写作传统中。作品一般围绕着一个谜团展开,而在谜团的背后往往隐藏着深刻的社会、文化、历史问题。皮格利亚的小说中经常会出现一个叫作埃米利奥·伦西的主人公,在阅读小说过程中,读者经常会跟随伦西的视角逐渐探索故事中的"真相",这种真相并非某种单纯的犯罪过程,而是一种社会历史层面上的"真相"。小说中的这种"真相"往往不会被完全揭示,这也促使读者不断对故事以及其背后的社会历史问题进行不断的质疑与探索。

中译本:《关于短篇小说写作技巧的论述》,涂远洲译,收录在《匆匆半生路——拉丁美洲最新短篇小说集》,中央编译出版社,2015年;《艾达之路》,赵德明译,中央编译出版社,2016年;《人工呼吸》,楼宇译,中央编译出版社,2019年;《缺席的城市》,韩璐译,四川文艺出版社,2022年。

《夜间目标》(*Blanco noctruno*)

《夜间目标》(2010)是里卡多·皮格利亚发表的倒数第二部长篇

---

① Garabano, Sandra. *Reescribiendo la nación: La narrativa de Ricardo Piglia*. Juárez: Universidad Autónoma de Ciudad Juárez, 2003, pp. 19-23.

作品，凭借这部小说，皮格利亚获得了包括"罗慕洛·加列戈斯国际小说奖"在内的许多重要文学奖项。

小说分为两个部分，在第一部分中，读者主要跟随负责调查命案的警长克罗西的视角对命案进行调查。死者是一个叫作托尼·杜兰的黑白混血种人，他出生在波多黎各，后来在美国本土生活。就在他被谋杀的三个月前，他带着一个装满美元的皮箱来到了故事中的小镇。关于托尼来到这里的确切原因，人们的说法各异。有的人认为他是来找一对曾经在美国与他有过三人恋情的双胞胎姐妹，也有人认为他这个美国佬跑到一个阿根廷的小镇子里是为了做些地下交易。一开始，案件的最大嫌疑人是托尼在小镇里的好友，日本移民二代吉雄先生，但警长很快就认为吉雄并非真凶。就在警长准备深入调查时，一个名叫古埃托的税务局官员却突然出现，他要求警长以吉雄为凶手迅速结案。不久后，镇上一个外号"奇诺人"的赛马骑手畏罪自杀，死前他留下字条承认自己才是真凶。警长认为在托尼死亡的背后隐藏着更加复杂的背景，而这一切似乎与小镇上最显赫的贝拉多纳家族以及小镇郊外的一所废弃工厂有关。就在警长准备继续调查时，他被强制退休，并被带去了一家精神病院"休养"几天。与此同时，皮格利亚小说中的常驻人物埃米利奥·伦西也出场了，这一次他作为首都一家报社的记者来到小镇进行报道。

小说的第二部分主要围绕小镇郊外的废弃工厂以及贝拉多纳家族史展开。贝拉多纳家是外来移民，其祖辈是小镇的创建者，在血腥的"印第安战争"（la guerra contra el indio，又称la conquista del desierto）结束时来到这里修建铁路并创建了小镇。贝拉多纳家的小儿子卢卡·贝拉多纳是一个介于疯子与天才科学家之间的角色，他继承了祖父在机械方面的天赋，曾经与哥哥卢西奥·贝拉多纳一同创建郊外的这所工厂，在那里设计和生产着新型汽车。当时那家工厂生产的汽车十分先进，镇子里的许多人都在工厂里上班。然而，由于当年美元汇率的上涨以及阿根廷比索的贬值，卢卡和卢西奥的工厂在一夜之间负债累累，濒临倒闭。这之后，父亲老贝拉多纳说服卢西奥寻找投资人并成立新的董事会，而向父亲和哥哥做出这个提议的正是当年贝拉多纳家的律师——如今的税务局官员古埃托。古埃托其实早就与资本势力勾结，企图趁此机会吞并工厂，并将其改建成一个购物中心。面临困境的卢卡决定抵抗到底，他通过抵押贷款将工厂保留了下来。从那以后，他每日把自己关在废弃的厂房里，想与企图吞并工厂的资本势力对抗到底。此时，死者托尼来到小镇的缘由也被揭晓，他其实是老贝拉多纳在国外找到的一个帮手，帮忙将其存在国外的一笔秘密存款带回阿根廷并交给卢卡，帮助他还清贷款。现在，卢卡只需要向法院证明这笔钱确实是他的家族的财产，便有机会还清贷款，保住工厂。然而，法院开庭后，出于某种原因，税务官员古埃托与法官勾结，诱使卢卡不得不与其达成协议，即他可以用这笔钱还清贷款并保住工厂，但必须指认原本无罪的吉雄先生为杀死托尼的凶手。在小说的最后，已经离开了小镇的伦西收到消息：卢卡在工厂里漫步思考时发生意外去世了，而他生前一直活在陷害无辜的吉雄的阴影里，其坚持的梦想似乎也注定无法实现。

《夜间目标》是一部分量颇重的作品，其文学及社会批判内涵应该放在阿根廷当代历史的语境下进行解读。小说故事的时间被巧妙地设置在了1972年，这一年正是庇隆回国第二次执政的前夕。这一年里，阿根廷社会长期的动荡使得许多民众对庇隆的回归抱有渺茫的期望，他们认为庇隆对于民族工业的支持及其保护主义的政策能够解决阿根廷社会的问题。然而事实上，庇隆的二次执政以他的突然去世告终，而外国资本也在同一时期大举进入阿根廷社会。在之后的军政府独裁以及梅内姆政府时期，新自由主义以及跨国资本运作开始正式取代庇隆时期的国有化政策和贸易保护主义。然而，这种对于自由市场的追崇以及对外国资本的依赖直接导致了阿根廷在20世纪末的一系列政治经济危机。如果考虑到《夜间目标》的出版时间，即2010年，这一宏观的社会历史背景则显得更加突出：当时的阿根廷总统克里斯蒂娜刚刚颁布了一个富有争议的经济改革政策，以此应对新一轮的通胀及债务危机。[1]

从创作风格的角度来看，《夜间目标》契合了皮格利亚经常提及的"妄想型虚构"概念。作品以侦探小说式的叙事框架，呈现了一种作为"真相"调查的书写风格。小说通过第三人称有限人物叙事视角的运用，将全知叙述者隐藏在"侦探"人物身后，同时利用多层叙述结构与叙事声音的转换，营造了一种强烈的悬疑色彩，进而向读者呈现了一种"妄想式"的阅读体验。此外，这种强烈的悬疑气氛也与小说的标题产生了共鸣。《夜间目标》的西班牙语标题原为 *Blanco nocturno*，这是一个富有歧义的双关语，它既可以直译成"黑夜的白"，也可以按小说英文版译者的译法翻译成"夜间目标"，因为在西班牙语中"blanco"除了"白"，也有"目标""靶子"的意思。这个充满歧义的标题既可以从小说的叙事风格角度进行理解，同时它也与小说中具体的人物与情节相契合。

在上述社会历史语境与小说创作理念之下，《夜间目标》可以看作是皮格利亚对阿根廷当代历史（尤其是新自由主义政策的历史）的一次"妄想式"书写。通过这种"妄想式"的小说书写，皮格利亚企图在《夜间目标》中还原历史的纵深，他将阿根廷现代化过程中的这个重要历史节点投射在一个充满希望与失望、谋杀与死亡、现代与传统的生动故事里。小说中，小镇郊外的工厂与贝拉多纳家族史是故事的真正核心，围绕着这一核心，小说非常精妙地描绘了1972年小镇上的多种可能与变数。在这样的故事背景下，小说还描绘了大量生动又富有典型意义的人物。在阅读这本小说时，读者也变成了一种"妄想式读者"，一个"不断怀疑、质疑、寻找线索的读者"，读者对于故事"真相"的追寻，在某种意义上也变成了对于国家历史真相的不断"追寻"。

(赵浩儒)

---

[1] Caballero, Juan. "Ricardo Piglia's *Blanco nocturno* (2010): A Paranoid History of Neoliberalism", *Polifonía*, Vol. 3, No. 1, 1901, pp. 120-131.

埃莱娜·波尼亚托夫斯卡
（Elena Poniatowska）

埃莱娜·波尼亚托夫斯卡（1932— ），墨西哥当代著名女作家兼新闻工作者。1932年5月19日生于法国巴黎，出身贵族，母亲为1910年大革命后出逃法国的墨西哥大地主后裔，父亲则是流亡的波兰王位继承人。二战爆发后，1942年波尼亚托夫斯卡随同母亲逃离欧洲，回墨西哥定居。

高中毕业后，波尼亚托夫斯卡没有继续学业，而是投身新闻事业，在墨西哥《至上报》（*Excelsior*）当上了记者，同时为多家报刊撰稿，并参与创办报纸《工作日》（*Jornada*）。她曾拍摄过关于墨西哥著名女诗人索尔·胡安娜·伊内斯·德·拉克鲁斯等文化名人的电影短片，还是国家电影中心和"21世纪出版社"的合伙创始人。她多年的记者生涯留下了访谈集《交叉的话语》（*Palabras cruzadas*，1961）、《星期天7》（*Domingo 7*，1982），散文报道集《一切从星期天开始》（*Todo empezó el domingo*，1963）、《沉默强大》（*Fuerte es el silencio*，

埃莱娜·波尼亚托夫斯卡（Elena Poniatowska）

1980）、《最后一个蠢人》（*El último guajolote*, 1982）、《哎！生活，你不配我》（*¡Ay vida, no me mereces!*, 1985）。1979年她成为首位获得墨西哥"全国新闻奖"（Premio Nacional de Periodismo）的女性记者。

多年来波尼亚托夫斯卡一直坚持将新闻工作和文学创作相结合。她的文学创作关心社会现实，关注民众生活，支持学生和工人运动，尤其关注地位卑微的女性的苦难生活。她甚至曾不顾个人安危，深入游击队区进行采访。她不畏强权，撰写了报告文学《三文化广场之夜》（*La noche de Tlatelolco*, 1970），反映1968年10月2号在三文化广场爆发的学生民主运动以及墨西哥政府对其的血腥镇压。《乌有，无人》(*Nada, nadie*, 1987）则记录了1985年墨西哥城发生的强烈地震。见证性小说《我的赫苏斯，直至见不到你为止》(*Hasta no verte Jesús mío*, 1969）从不幸者的角度回顾了墨西哥20世纪的历史。《加比·布列马》（*Gaby Brimmer*, 1979）则塑造了一个脑瘫女孩的形象。总体而言，在纪实性作品中，波尼亚托夫斯卡擅长对底层人群的证言式记录，为身处社会边缘的弱势群体发出呼喊，人道主义是其作品的重心所在。

波尼亚托夫斯卡同时也是一位非常多产的小说家。她早期的主要作品有小说《利鲁斯·吉库斯》（*Lilus Kikus*, 1954），虚构的书信集《亲爱的迭戈，齐耶拉拥抱你》(*Querido Diego, te abraza Quiela*, 1978），短篇小说集《你来自黑夜》(*De noche vienes*, 1979）、《大地之家》（*La casa en la tierra*, 1980）等。80年代后期她出版了《百合花》（*La flor de lis*, 1988）、《亲爱的蒂娜，蒂娜·莫多狄的生平》(*Tinísima, Vida de Tina Modotti*, 1992）、《火车先通过》(*El tren pasa primero*, 2004）和《用呼喊和低语表达的爱情》(*Amor en gritos y susurros*, 2005）。她的许多作品已被译成世界多种文字出版。

2001年，波尼亚托夫斯卡凭借《天空的皮肤》（*La piel del cielo*）获第四届西班牙"丰泉小说奖"，中译本入选2002年"21世纪年度最佳外国小说"。2004年,由于其在文化事业上的突出贡献,法国政府向她颁发了法兰西荣誉军团勋章。2007年,波尼亚托夫斯卡的小说《火车先通过》获得了委内瑞拉的"罗慕洛·加列戈斯国际小说奖"。2008年,墨西哥文化部设立了以波尼亚托夫斯卡的名字命名的长篇小说奖,奖金为50万墨西哥比索,由墨西哥文化部从拉丁美洲各国出版社推荐的长篇小说中挑选和评定获奖者。2013年11月,西班牙文化部部长宣布将本年度的"塞万提斯奖"颁发给波尼亚托夫斯卡,以表彰她"在不同体裁上的辉煌文学生涯、独特的叙事风格、对新闻事业的模范性贡献、出类拔萃的作品及其对当代历史的坚定承诺"[①],使之成为该项文学大奖自创建以来第四位获奖女性。

波尼亚托夫斯卡还擅长写传记文学。2011年,她的一部以墨西哥超现实主义女画家莱奥诺拉·卡林顿(Leonora Carrington)生平为素材的小说《莱奥诺拉》(*Leonora*)摘得西班牙"简明丛书奖"。《宇宙或虚无》(*El Universo o nada*, 2013)则是一本关于其丈夫、天体物理学家吉列尔莫·阿罗(Guillermo Haro)的传记作品。2016年10月,波尼亚托夫斯卡出版散文集《桀骜不驯的女人们》(*Las indómitas*),挖掘那些被官方历史遗忘的、不平凡的墨西哥妇女,如参加过墨西哥大革命的女战士何塞菲娜·博尔凯斯(Josefina Bórquez,即《我的赫苏斯,直至见不到你为止》里的女主人公),墨西哥芭蕾舞的先驱之一、墨西哥大革命的记录者内耶·坎波贝约(Nellie Campobello),女作家、外交官罗莎里奥·卡斯特亚诺斯(Rosario Castellanos),作家、女权主义者何塞菲娜·维森斯(Josefina Vicens),社会活动家、墨西哥第一位女总统候选人罗莎里奥·伊巴拉·德佩德拉(Rosario Ibarra de Pedra)等。

---

① "Elena Poniatowska wins prestigious Cervantes Prize for Literature", *Global Times*, 2013-12-20.

埃莱娜·波尼亚托夫斯卡（Elena Poniatowska）

在其新作《波兰情人》（*El amante polaco*, 2019）中，波尼亚托夫斯卡追溯到18世纪她家族的亲属、波兰末代国王斯坦尼斯瓦夫·波尼亚托夫斯卡（Stanislaw Poniatowski，1732—1798）的一段爱情故事。

中译本：《洗衣妇》（*Las lavanderas*）、《错号的希望》（*Esperanza número equivocado*），钱琦译，收录于《温柔的激情》，河北教育出版社，1995年；《天空的皮肤》，张广森译，人民文学出版社，2002年；《亲爱的迭戈，齐耶拉拥抱你》，轩乐译，人民文学出版社，2020年。

《天空的皮肤》（*La piel del cielo*）

《天空的皮肤》在数百部参赛作品中脱颖而出，获得了2001年西班牙"丰泉小说奖"，并一度蝉联西班牙及拉丁美洲的畅销小说榜单，好评如潮。据悉，该书的创作灵感来自作者的丈夫——墨西哥著名天文学家吉列尔莫·哈罗（Guillermo Haro）。

小说的主人公洛伦索出生在1920年前后，母亲是一位普通农妇，父亲则来自没落的墨西哥上层阶级，其家族田产在革命期间已被没收，只能勉强维持排场。作为私生子，洛伦索从小和他的弟弟妹妹们与母亲一起在庄园里生活、劳作、学习，只有在周末才会接受父亲的探望。在母亲意外过世后，孩子们搬到了父亲家中，与塔娜姑妈一起居住，却始终得不到真正的关爱，缺乏家庭的温暖。

洛伦索性格倔强，求知欲强烈，他在学校迅速展露天赋，结交了一群贵族子弟，和他们一起探索知识，并学会了抽烟、喝酒、跳舞、逛妓院。中学毕业后，他一边攻读法律一边兼职做记者，并成为塔娜姑妈的牌友露西娅女士的地下情人，直到露西娅被人谋杀才结束这段畸恋。此后，由于妹妹莱蒂西娅被家庭教师诱奸致孕，为了掩人耳目，洛伦索决定带着她在外租房居住，并为此放弃了学业，开始在律师事务所上班。莱蒂西娅产女后很快又和其他男人好上了，再次怀孕并搬了出去，这一切让洛伦索对女性产生了憎恶的心理。在父亲的死讯传来后，洛伦索彻底厌倦了律师的工作，辞职后无所事事的他和原先的朋友们逐渐疏远。机缘巧合之下，他加入了政治行动联盟，投身于左派运动中，随后离开了墨城，去墨西哥各地派发《战斗》小报。

在一次讲座中，洛伦索认识了极左派人士埃罗，并受邀成为其助手，在夜间到他家屋顶上用蔡司望远镜观察星空并拍摄胶片。从此洛伦索的生活轨迹发生了改变，星空成为他的精神家园，他废寝忘食地开展起研究。最后，在美国政府的支持下，他们从美国引进了施密特望远镜，并在托南钦特拉建立起墨西哥第一所现代化的天文台。随后，洛伦索受邀赴美深造。

在哈佛期间，他和女大学生莎莉一起生活了两年，然而因为价值观的分歧，洛伦索在学成后独自归国。凭借他对事业的无私投入和真情奉献，其科研业绩日益突出。不幸的是，由于揭发埃罗在观测结果上弄虚作假，洛伦索被迫离开了托南钦特拉，并被推荐去南非主持一所天文台。在离开墨西哥前夕，在朋友的仗义执言下，洛伦索意外地获得了塔库瓦乔天文台台长一职。尽管最初他在那里备受冷遇，最终还是凭借自身的执着和付出，声名鹊起，成为国际知名的杰出天文学家。然而，墨西哥社会精神麻木、腐败成风的现实环境使洛伦索不得不将自己的才智和精力消耗在应付官僚主义和处理人际关系等事务中，难以融入正常的社会生活，在追逐爱情的道路上饱受挫折。最终洛伦索爱上了相伴多年的工作伙伴浮士妲，并在确认了自己的心意后跑到生病的浮士妲家中，不顾一切地强奸了她。当他激动地计划着要和她生儿育女，努力去拥有普通人的生活的时候，最终听到的却是浮士妲带着行囊永远地离开了天文台的消息。

《天空的皮肤》是一部充满魅力的长篇小说。作者通过对洛伦索这

埃莱娜·波尼亚托夫斯卡（Elena Poniatowska）

一天才天文学家一生经历的描述，详尽记录了墨西哥20世纪的社会生活、政治背景及经济状况，生动描绘了当地的风土人情，并向我们全面展示了墨西哥的社会特性及国民性格。在写作上，波尼亚托夫斯卡运用了大量方言土语，行文充满了鲜活的力量。同时，得益于其天文学家妻子的独特身份，本书的另一大特色则是其所描述的天文知识非常专业，并从侧面印证了在一个发展中国家推广科学研究之路充满了艰难险阻。

2001年，《天空的皮肤》被人民文学出版社评为"21世纪年度最佳外国小说"。

（徐泉）

埃娜·露西娅·波特拉（Ena Lucía Portela）

埃娜·露西娅·波特拉（1972— ），是古巴新生代作家中高产且获奖较多的女作家，2010年波哥大国际书展评选出的39位年龄小于39岁的拉美优秀小说家之一。她以短篇小说开始文学之路，迄今已出版4部长篇小说。

波特拉毕业于哈瓦那大学语言与古典文学系，她的第一篇短篇小说《闭室与名字，一个快乐的故事》（*La urna y el nombre, un cuento jovial*）被收录在致力于研究古巴短篇小说的萨尔瓦多·雷东内特编著的古巴新生代短篇小说选集《后来者居上》（*Los últimos serán los primeros*，1993）中，彼时波特拉刚满20岁。1997年，她的第一部长篇小说《鸟：毛笔与墨汁》（*El pájaro: pincel y tinta china*）获得古巴作家艺术家联盟设立的"西里洛·比利亚维德小说奖"（Premio Cirilo Villaverde），两年后该小说先后在古巴和西班牙出版。1999年，她出版了短篇小说《石间的怪女人》（*Una extraña entre las piedras*），并完成了《老人、凶手与我》（*El viejo, el asesino y yo*），后者获得"胡安·鲁尔福短篇小说奖"，翌年出版。

埃娜·露西娅·波特拉（Ena Lucía Portela）

2001年波特拉出版了第二部长篇小说《漫游者的影子》（*La sombra de caminante*），是对尼采的《人性的，太人性的》中《漫游者和他的影子》的互文映照。故事叙述者名为"我们的英雄"，可在加夫列拉和洛伦索这两个身份之间切换。叙述者因为谋杀而受到心理折磨，之后经历了空间、情绪和心理的一系列变化而最终自杀。这是一本关于文学本身、存在和心理认知的小说。

2002年波特拉的第三部长篇小说《一面墙上百只瓶》（*Cien botellas en una pared*）面世，后在许多国家翻译出版，获得评论界和读者的好评。

2006年短篇小说集《某种重疾》（*Alguna enfermedad muy grave*）出版。2008年真人影射小说（Roman à clef, novel with a key）《朱娜与丹尼尔》（*Djuna y Daniel*）问世，在多国出版，并获得古巴该年度十大好书批评奖。

波特拉的写作深受美国女作家朱娜·巴恩斯（Djuna Barnes，1892—1982）的影响。《石间的怪女人》叙述者是一个名叫朱娜、居住在纽约的古巴女同性恋者和作家，她回忆了与两位恋人交往的故事。而《朱娜与丹尼尔》以真实与虚构交织的方式讲述了朱娜·巴恩斯20世纪20年代生活在巴黎时与当时知识界名流们交往的故事。

波特拉的作品形式上属于巴洛克风格，以文学和书写本身为主题，解构传统的体制价值，去中心化，聚焦古巴陷入经济困难"特殊时期"的20世纪90年代，尤为关注和揭露边缘社会群体的秘密，探讨同性恋等禁忌话题，在写作中进行大量的引用并做文化类的注解，语言极为精致。

《一面墙上百只瓶》（*Cien botellas en una pared*）

《一面墙上百只瓶》是埃娜·露西娅·波特拉2002年出版的长篇小

说，获当年"哈恩小说奖"。小说讲述了古巴"特殊时期"女主人公塞塔与其情人之间不太正常的交往，以及与好友琳达·罗斯的友谊。

故事发生的空间是20世纪90年代的古巴哈瓦那，彼时苏联已解体，对其经济上深度依赖的古巴陷入极度困难的"特殊时期"，成为贫困的孤岛，基本物资匮乏，生活条件日益恶化，面对苦难许多古巴人辗转反侧，难以入眠。故事叙述者塞塔也难以入睡，但她更多的是因为饥饿而非恐惧，她肥硕的体型难以忍受饥饿的折磨。虽然没有工作、没有食物，甚至没有地方耕种粮食，但她仍积极面对生活，热心帮助周围的邻居并照顾动物。困难时期的古巴人民纷纷养动物，以便大而食之。怀有此念，塞塔养了一头猪，但她一颗爱动物的心让她舍不得把小猪丢在脏兮兮的猪圈，于是每天给它洗澡，让它睡在床上，并给它取名字。食之果腹的打算落了空，小猪变成了她的好朋友。

塞塔的情感经历丰富，不只有一个情人，甚至为了生计出卖肉体。塞塔最为迷恋的情人是莫伊塞斯，这位嫌弃、嫉恨女性的法官经常殴打塞塔，几乎把她杀死。但塞塔对莫伊塞斯的性爱需求极大，总是担心情人突然消失，弃她而去。后来塞塔欣喜地发现她怀了莫伊塞斯的孩子，但同时她担心莫伊塞斯知道后会打她，逼她堕胎。

一个下午，莫伊塞斯从塞塔家的三楼窗户坠落，塞塔站在窗户看着，描述当时的场景，发现地上躺着两具尸体，因为莫伊塞斯坠落时压死了一个路过的人。他的死亡或许是自行坠落，也可能是被人推下去的，但小说并没有明确说明死亡原因。

小说反映了"特殊时期"的古巴社会形势和当时的社会问题：男女地位悬殊、家庭暴力、贫穷、吸毒、酗酒、卖淫等，塞塔代表着一部分古巴女性展现了古巴人嬉笑面对苦难的特征。虽然生活艰难，塞塔苦中作乐，泰然处之，因饥饿而彻夜难眠时，她竟然改写《一百只瓶子》的歌词来嘲讽自己的体重；养猪却把猪当成好朋友；当好朋友琳达提议阉割莫伊塞斯时，她竟然想到用剃须来代替这个惩罚。塞塔把严肃问题嘲

埃娜·露西娅·波特拉（Ena Lucía Portela）

讽化、嬉笑化的做法符合许多古巴人乐天派的特征，这或许也是作者波特拉处理这一主题的方式，以减缓读者阅读的压抑感。

除了反映古巴社会现实，波特拉还打破了现实与虚构的界限，运用了后现代风格的元小说手法。小说开篇，塞塔就自述一直渴望成为一名职业作家，而她的好友琳达·罗斯正在埋头创作第三部小说，而小说的题目恰恰就是《一面墙上百只瓶》，而且也是讲述造成两起死亡的凶杀。随后书中对侦探小说和推理小说进行了大量的评价，并对这部作品本身的写作不停反思，作家的创作思路和理念也得以呈现。

这部小说已在多国翻译出版，受到读者和评论界的好评。

（路燕萍）

帕特里西奥·普隆（Patricio Pron）

帕特里西奥·普隆（1975— ），阿根廷作家、文学家、博客写手。2010年，他被《格兰塔》评选为22位"最佳西班牙语青年小说家"之一。

普隆出生于阿根廷的罗萨里奥，成年后的生活轨迹则将他带到了远离家乡的众多城市，他曾旅居德国多年，如今定居巴塞罗那，因此，在他的作品中多有发生在阿根廷以外的故事。比如，2000—2001年间，他作为阿根廷罗萨里奥《首都报》（*La Capital*）的特派记者游历中欧、巴尔干半岛、北非、土耳其等国家和地区。这次"周游列国"的经验为他提供了素材，他或选择某个富于异国情调的国度为故事发生地，或以国外的人、事、物作为故事的中心人物和事件，写下了短篇小说集《神奇夜航》（*El vuelo magnífico de la noche*，2001）中的多篇故事。

普隆这一特色的最大例证便是他的文学创作中德国元素的不断重现。普隆的教育背景和文学创作与德国和德国的历史、文化有着持续、深远的联系。他曾于2002—2007年间在德国哥廷根大学担任助理，并于2007年获得哥廷根大学罗曼语言文学专业博士学位。在他的长篇小说中，《春天之始》（*El comienzo de la primavera*，2008）、《我父母之灵继续在雨中飞升》（*El espíritu de mis padres sigue subiendo en la lluvia*，2011）、《别为住在这些街上的任何人掉泪》（*No derrames tus lágrimas por nadie que viva en estas calles*，2016）都与德国现代历史息息相关；短篇小说集《世上若无贱人》（*El mundo sin las personas que lo afean y lo arruinan*，2010）的故事背景亦多为德国。

另一方面，祖国阿根廷的一切也是普隆文学世界中的重要文化元素。普隆在德国留学时，便与同在哥廷根人学教授西班牙语和拉丁美洲文学的德国学者伯克哈德·波尔（Burkhard Pohl）合作整理、编辑[1]了一部阿根廷当代短篇小说选集《毁灭之地，来自阿根廷的新故事集》[2]（*Zerfurchtes Land. Neue Erzählungen aus Argentinien*，2002），选集收录了包括塞萨尔·阿伊拉、里卡多·皮格利亚以及普隆本人在内的多位阿根廷当代作家的短篇精品；普隆的博士论文研究对象是阿根廷漫画家、作家、戏剧家劳尔·达蒙特·博塔纳（Raúl Damonte Botana，1939—1987，外号"Copi"），他的早期写作便受到了这位作家讽刺、荒诞文风的影响。在普隆的写作中对于阿根廷的国家历史记忆亦时有涉及。比如，关于英国与阿根廷之间的马岛之争，他于2007年著有长篇小说《臭狗屎》（*Una puta mierda*，2007），7年后他将该小说进行扩写、深化，再度推出《我们在梦游》（*Nosotros caminamos en sueños*，2014）。故事并没有着力表现"战争的荒诞"这个老生常谈的主题，在路易斯·恩里克·佛雷罗（Luis Enrique Forero）看来，这样的荒诞行为竟然能附上一层民族主义的光环，用家国大义来为野蛮正名，这才是

---

[1] 该合集为小说的德文译本，根据德国亚马逊页面的书籍资料，普隆与波尔仅为整理者、编纂者，译者另有其人。

[2] 该中文译名转译自该书网络通行的西文译名：*Tierra devastada. Nuevos relatos desde Argentina*（最初来源已不可考）。德文原书名直译为"带有犁沟的土地，来自阿根廷的新故事集"。

真正的荒唐之处，这样的立意将小说主题提升至新的高度。除此以外，普隆在2018年推出的全新短篇小说集《冗余之物劈死人》（*Lo que está y no se usa nos fulminará*，2018）也将故事背景定在了阿根廷，作者自言，这是一本回归祖国的书。

当然，正如巴勃罗·布雷西亚（Pablo Brescia）所说，"普隆的素材库并不仅仅以阿根廷或德国为基础；它其实是建立在整个事物和文字世界的基础上的，是建立在他自己的世界和这个世界周遭的事物之上的"①。普隆曾在自己的博客文章《某种"蠢蠢"的文学》（*Una cierta literatura "chabona"*，发表于2013年3月1日）中谈及博尔赫斯赋予阿根廷作家们的自由空间："自由支配整个西方传统，从中选择我们的参照、我们的话题和我们的方式。"②这种打破国界的文学实践和理念也是普隆本人所坚持的。

普隆的其他文学作品包括：短篇小说集《无耻之徒》（*Hombres infames*，1999）、《把一切带回家：1990—2010年短篇小说合集》（*Trayéndolo todo de regreso a casa. Relatos 1990—2010*，2011）、《室内植物的内部生活》（*La vida interior de las plantas de interior*，2013），长篇小说《死法》（*Formas de morir*，1998）、《死去的泳者》（*Nadadores muertos*，2001），儿童小说《海底漫步，悬于高空》（*Caminando bajo el mar, colgando del amplio cielo*，2017）和随笔集《被删除的书》（*El libro tachado*，2014）。

从事文学写作多年，普隆屡有获奖：他曾凭短篇小说《这是现实主义》（*Es el realismo*）获得2004年"胡安·鲁尔福国际短篇小说奖"（Premio Internacional Juan Rulfo de Relato）；长篇小说《死去

---

① Corral, Will H., De Castro, Juan E., and Birns, Nicholas. *The Contemporary Spanish-American Novel: Bolaño and After*, New York: Bloomsbury, 2013, p. 389.

② http://historico.prodavinci.com/2013/01/13/artes/una-cierta-literatura-chabona-por-patricio-pron/ [2020-04-16]

帕特里西奥·普隆（Patricio Pron）

的泳者》则为他赢得了"曼努埃尔·穆斯托小说奖"（Premio Manuel Musto de Novela）；2008年的长篇小说《春天之始》助他斩获当年"哈恩小说奖"，并入围2009年度"何塞·曼努埃尔·拉腊基金会小说奖"；《冗余之物劈死人》入围第五届"里维拉·德尔·杜埃罗短篇小说国际奖"；2015年的《别为住在这些街上的任何人掉泪》则令他入围2016年度西班牙"批评奖"。2019年他凭借《明天我们将有别的名字》（*Mañana tendremos otros nombres*）获得了西班牙"丰泉小说奖"。

除文学创作之外，普隆还是多家重量级报刊的撰稿人，其中包括西班牙《国家报》的文学增刊《巴别塔》（*Babelia*）和墨西哥文学杂志《自由文学》等，并常年保持稳定的个人文学博客更新，撰写书评。

中译本：《父亲的灵魂在雨中飘升》，林志都译，时报文化出版社，2015年。

《春天之始》（*El comienzo de la primavera*）

2008年，帕特里西奥·普隆发表《春天之始》，小说斩获当年"哈恩小说奖"，并入围2009年度"何塞·曼努埃尔·拉腊基金会小说奖"，这是普隆最有名的长篇小说之一。在小说中，年轻的阿根廷大学老师马丁内斯一心要翻译年迈的德国哲学教授霍伦巴赫（Hollenbach）的一部哲学著作。因为得不到霍伦巴赫的首肯，马丁内斯便远赴德国，准备向教授当面恳求。谁知这场德国之旅却成为一场横跨德国的历史大角逐，从第一次世界大战到希特勒上台，从大肆屠杀犹太人到二战战败，从柏林墙的修建到它的倒塌，小说从阿根廷人马丁内斯的视角出发，以多人称叙事展开了德国的现代历史版图，勾勒出20世纪德国一次次陷入的道德困境。

这部小说的两位主要人物马丁内斯和霍伦巴赫皆为大学教授、高知人群,这场由一场学术翻译探讨所引发的历史大角逐充满了悬疑之风,这令普隆的这部小说被认为是如今十分风行的高知悬疑亚文学中的杰出作品。高深难测的大学环境、严肃板正的教授身份与光怪陆离的悬疑情节、跌宕起伏的侦探小说桥段相碰撞,高知悬疑因此成为欧美文学中受人欢迎的一种亚文学,早有传统。美国作家丹·布朗的"学术界007"兰登教授系列小说、意大利作家翁贝托·埃科的《傅科摆》等作品都是其中的现象级杰作;在西语文学界,墨西哥作家豪尔赫·博尔皮的《寻找克林索尔》(*En busca de Klingsor*,1999)、阿根廷作家吉列尔莫·马丁内斯(Guillermo Martínez)的《牛津迷案》(*Los crímenes de Oxford*,2003)[①]也是这一类型文学的代表作品。

普隆的《春天之始》也选择了这一引人入胜的叙事外壳,但他的创作有其特色。一方面,他将抽丝剥茧的侦探工作与字斟句酌的翻译工作画上了等号——侦探所进行的实地调查以查明历史真相为目的,而翻译所从事的文本调查工作则以理解作者原意为目标。翻译这一工作本身所隐含的跨语言、跨文化特质在谈及一国历史时自然为其投注了一种外国视角,来自外界的审视与映照的意味不言自明,在无论题材和风格都日趋国际化的欧美文学界,在一天比一天更似一个地球村的当今世界,这种类比和对照别有意趣。另一方面,也更为重要的是,他用侦探悬疑作为外壳,以历史探究为线索,包裹住一部隐含沉重历史、人性话题的"双线国家史",讲述的却是他无比熟悉和深爱的阿根廷与德国所存在的当下现实问题。这种隔离外壳与内核的文学类型、跨越大洋的地理距离、模糊古今的时间距离的双线手法,令这一部本可以简单归类为"学院派小说"(campus novel)的小说有了讲古为论今的历史和现实意义。

瓜达卢佩·内特尔(Guadalupe Nettel)在谈到这部小说时曾说,

[①] 这部小说于2003年首次出版于阿根廷时题为《难以察觉的罪行》(*Crímenes imperceptibles*),后于西班牙出版时更名为《牛津迷案》。

帕特里西奥·普隆（Patricio Pron）

在过去30年里，拉美文学的主题里先后有两种倾向：一种倾向是"热衷于将与本国本民族刚刚过去的历史和政治问题相关的种种令人不快、令人痛苦的问题搬到台面上来"[①]，直言不讳地揭露独裁的种种恐怖之处，这实际上是拉丁美洲20世纪文学由来已久的传统；一种则是"从20世纪的欧洲历史，尤其是二战期间及战后的欧洲历史中汲取灵感"[②]。而普隆的这部小说则在这两种倾向之间找到了一个汇聚点。

在《春天之始》中以德国为代表的欧洲现代史与1975年以来的阿根廷国家史相互重叠，彼此映照。然而在这里，步入新世纪的作家所关注的并非既成的、现实的历史事实，而是在文本中展开了一场对于历史、记忆等概念的探讨。在这场对于历史的拷问中，历史是所谈论的中心话题，然而，这个话题显然并未"成为历史"。变异的兔子还在某所大学的实验基地里持续繁殖，孩子在美丽的冰湖之上滑冰时能闻见一股恶臭从湖底泛上来，这些充满冲击力的画面都显示出，正如曾经的独裁统治在当今的阿根廷社会中仍留有残痕，在德国，纳粹并不是过去，它还在时刻影响着当前现实。这一部历史题材的小说映照着当下的德国社会和阿根廷社会。

另一方面，这段历史"仍然鲜活"的另一层含义在于，"如果一个现时的人物太过年轻，无法为当时的种种行径负起责任，几乎可以肯定的是，他的父母、岳父母和邻居并非如此：他们可能曾是告密者，或是刽子手"[③]（费尔南德斯·德·卡斯特罗语）。如今受人敬仰的哲学教授在当年也可能为虎作伥，满手鲜血。因此，这部小说也是对于集体罪

[①] Nettel, Guadalupe. "El comienzo de la primavera, de Patricio Pron", *Letras Libres*, 31 de marzo de 2009. https://www.letraslibres.com/mexico-espana/libros/el-comienzo-la-primavera-patricio-pron [2020-04-16]

[②] Ibid.

[③] Fernández de Castro, Javier. "El comienzo de la primavera", *El Boomeran(g)*, 20 de noviembre de 2008. http://www.elboomeran.com/blog-post/189/5463/javier-fernandez-de-castro/el-comienzo-de-la-primavera/ [2020-04-16]

恶感与个人罪责的剖析和探究：如果你的至爱亲朋曾经是纳粹或是独裁者的帮凶，你将如何面对这个问题？普隆曾说，《春天之始》这部小说源自他初到德国时的见闻感受。他发现，他认识的许多人都深陷于那种因为纳粹行为而产生的集体罪恶感中无法自拔，因此不敢去真正地查清楚他们的父辈或是祖辈个人是否负有罪责。同样，阿根廷人对于本国历史也抱有类似的态度：阿根廷国内曾经的大量杀戮与失踪恍如昨日，那种罪恶感和难堪的沉默在阿根廷也随处可见。（内特尔语）这种罪恶感如何排解？这种沉默如何打破？这也许是无解的难题，正如书中哲学教授霍伦巴赫的女儿在小说结尾所说："过去是唯一无法示人、无法启齿的事情，我们只能拖拽着过去前行。"

在这一部以高知悬疑为叙事外壳的"双线国家史"中，历史事实本身实际上并非中心，如何看待历史、如何应对过去才是作者想探讨的问题，这种独特的视角令这部历史回顾小说有了超越历史和现实的人性意义。

（莫娅妮）

露西娅·普恩佐（Lucía Puenzo）

露西娅·普恩佐（1976—　），阿根廷作家、电影导演、编剧。2010年，她被《格兰塔》评选为22位"最佳西班牙语青年小说家"之一。

普恩佐的父亲是阿根廷著名电影导演路易斯·普恩佐（Luis Puenzo，1946—　）[①]，她从小在片场长大，与电影结下不解之缘；其伴侣塞尔希奥·毕兹奥（Sergio Bizzio，1956—　）亦是身兼作家、电影人、音乐人、剧作家等多重身份的跨界艺术家。同样，毕业于布宜诺斯艾利斯国立电影实验与制作学校（Escuela Nacional de Experimentación y Realización Cinematográfica）电影剧本专业的露西娅·普恩佐，其艺术生涯最大的特点也是文学创作与影视创作两条道路的并行发展。

2007年，普恩佐执导的第一部电影长片《双性传奇》（*XXY*），便是根据毕兹奥的短篇小说《犬儒主义》（*Cinismo*）改编而成。电影上

---

① 路易斯·普恩佐凭借《官方历史》（*La historia oficial*，1986）成为第一位获得"奥斯卡最佳外语片奖"的阿根廷导演。

映后大获成功，获得二十多项国际、国内重量级电影大奖。2004年，普恩佐出版小说处女作《鱼孩》（*El niño Pez*，2004），从此以后她的文学创作与电影制作两条工作路线更加紧密地交织在一起，互为养分。2009年，普恩佐将《鱼孩》搬上了大荧幕。2011年，普恩佐的小说《瓦科尔达》（*Wakolda*）出版，两年后普恩佐将这部小说也改编成了电影，再次成为众多电影节获奖热门。普恩佐执导的法语电影《蓝胡子》（*Barbe Bleue*，2016）仍然以文学作品为根基——这部电影改编自比利时女作家艾梅丽·诺冬（Amélie Nothomb，1966— ）2012年出版的同名小说。而普恩佐的小说《隐形人》（*Los invisibles*，2018）则反过来脱胎于她制作于2008年的同名短片，这是普恩佐影视创作对于其文学创作的第一次反向影响。

从《鱼孩》与《瓦科尔达》的小说和电影版本来看，即使是讲述同样的故事，普恩佐的文学创作和影视创作亦有着不一样的风格：她的小说作品具有更加先锋、自由的语言风格和叙述方式，而电影作品风格则更加传统，更为"主流"。普恩佐自言："要改编成电影，我必须摆脱一切文学元素。"[1]以《鱼孩》为例，小说原著的故事是以女主人公之一拉拉（Lala）的狗为叙述者，从狗的视角看待人类家庭的黑暗秘密和人类社会的粗粝不公，自然会凸显出其中的荒诞之感，偶尔亦会蹦出带有黑色幽默的片段；而脱去这一层叙事声音的电影则更加厚重，更加暗黑。

普恩佐的电影作品常常以文学作品为基础进行创作，除此以外，文学和电影对于她的双重影响还体现在她的小说作品中影视创作这一行当的频繁出现。细数普恩佐历年来的文学创作，几乎每一部作品中都能找到影视行业的痕迹。比如，《鱼孩》女主人公之一艾琳（Ailín）

---

[1] Lucchini, Laura. " Lucía Puenzo y su *El niño pez* convencen a los escépticos", *El País*, 8 de febrero de 2009. https://elpais.com/diario/2009/02/08/cultura/1234047603_850215.html [2020-04-16]

露西娅·普恩佐（Lucía Puenzo）

的父亲、《9分钟》（*Nueve minutos*，2005）中的布巴（Buba）都是影视行业从业人员。除此以外，普恩佐还通过影视这一行业的特殊性来讲述故事，展现出特有的叙事视角。在她的另外两部长篇小说中，《哈辛塔·皮奇玛维达的诅咒》（*La maldición de Jacinta Pichimahuida*，2007）①以参与拍摄《哈辛塔·皮奇玛维达》这部儿童剧目的小演员们的今昔变化，探讨了父母与儿女之间、人物与作者之间存在的权力关系，也探讨了电视对于孩子的成长所带来的沉重影响，这也许是阿根廷文学史上绝无仅有的聚焦"童星"的严肃小说。而在同样选取儿童视角的《龙虾之怒》（*La furia de la langosta*，2009）中，蒂诺（Tino）和玛雅（Maia）两小无猜，感情甚笃，然而，玛雅的父亲所拍摄的电视节目将蒂诺位高权重的父亲赶下了权力的宝座，进而逼得他自杀身亡——成人世界的尔虞我诈、钩心斗角将天真无邪的儿童世界毁于一旦。

谈及阿根廷文坛中将影视与文学熔于一炉之人，最为有名的莫过于曼努埃尔·普伊格（1932—1990）。实际上，无论是阿根廷国内，还是整个拉丁美洲，涉足影视界几乎是文人们的一个传统，影视与文学创作并重的当代跨界艺术家也不在少数。仅阿根廷国内，埃德加多·克萨林斯基（Edgardo Cozarinsky，1939— ）、贡萨洛·卡特罗（Gonzalo Castro，1972— ）和毕兹奥都是其中的佼佼者。这些作家—电影人为影像赋予了更具人文内涵的文学性，为文字寻求更具画面感的冲击力，成就了一种独具特色的艺术风格。而普恩佐，作为这一群体中不可多得的女性成员，贡献出另一种看世界的女性视角和声音，也颇具特点。

露西娅·普恩佐的文学创作，除去以上提及的六部长篇小说以外，还有一部短篇小说集《在胶囊旅馆里》（*En el hotel cápsula*，2017）。截止到2013年，普恩佐的所有小说作品都在西班牙再版。

---

① 哈辛塔·皮奇玛维达（Jacinta Pichimahuida）是阿根廷20世纪60—80年代一部电视剧中的虚构人物，由阿贝尔·圣克鲁兹（Abel Santa Cruz，1911—1995）担任编剧，普恩佐的小说中也出现了圣克鲁兹这一真实人物。

《瓦科尔达》（*Wakolda*）

阿根廷女作家露西娅·普恩佐的长篇小说《瓦科尔达》出版于2011年，讲述了一段充满悬疑、暗黑的故事。一个陌生的德国男子在途中偶遇赶往巴厘罗切（Bariloche）的一家人，小女孩莉莉丝引起了男子的注意。这名男子自称医生，正在研制一种能改善基因的生长激素。在交往中，他与莉莉丝一家渐渐熟悉起来，而他真正的目的则是将莉莉丝以及尚在妈妈腹中的一对双胞胎当作对比研究的对象，为其塑造完美基因和肉体的纳粹计划而助力。而后摩萨德特工追踪而至，医生原来竟是纳粹余孽约瑟夫·门格勒（Josef Mengele，1911—1979）。门格勒再次逃脱，而他的实验在莉莉丝和双胞胎婴儿身上极有可能已造成了不可逆转的影响。

在《瓦科尔达》中，普恩佐精心塑造了两个具有多重象征意义的对立人物——纳粹医生门格勒和小女孩莉莉丝，以此为意象隐晦地展现自己的多种想法。

门格勒是这部虚构作品中的历史真实人物。二战结束以后，许多纳粹战争罪犯四散逃逸，纳粹医生约瑟夫·门格勒便是其中之一。门格勒因在奥斯威辛集中营对孩童、婴儿和孕妇等进行惨无人道的人体试验而赢得"死亡天使"的恶名。战败后，他辗转藏匿于南美洲各国，阿根廷便是其中一站。《瓦科尔达》选取1959年到1960年之间短短几个月，门格勒生平中的短暂空白期，半虚构出这位"死亡天使"来到阿根廷小城巴厘罗切的一段过往。普恩佐在小说中将这一历史时期的阿根廷所面临的多方国际、国内问题——展现出来，营造出一个相对真实的历史环境：以色列情报机构摩萨德于20世纪50年代开始对逃逸的纳粹余孽展开全球追捕，纳粹战犯纷纷逃逸至偏安世界一隅的南美洲，阿根廷便是其中许多人所选择的目的地；20世纪中叶的阿根廷，德语教育颇受推崇，小说中的许多人物都表现出对于德国文化的广泛接受和热爱之情。普恩

露西娅·普恩佐（Lucía Puenzo）

佐将影响全球历史进程的大事件浓缩到了阿根廷的小小城镇之中，种种政治势力和社会思想都汇聚于此，巴厘罗切成为世界的缩影。而门格勒这个个人魅力十足却毫无天良人性的"死亡天使"形象则是对还原这一历史时期的文学助力。在普恩佐笔下，这位手上沾满无数妇孺鲜血的恶魔，外表看来却极具魅力，令小说中的许多人，尤其是女性，拜倒在他面前，对他言听计从。在这部小说里，从对于这一人物的诸多描写中，我们依稀可以看出，作者透过门格勒想要展现的纳粹特色：泯灭人性，却颇具蛊惑人心的魅力——为什么那么疯狂的元首及其麾下的纳粹分子能够在一夕之间一呼百应，席卷欧洲，险些毁掉整个世界？这部小说对于门格勒的精心塑造也许便是普恩佐从女性视角给出的一种解释。

小女孩莉莉丝则是全然的虚构人物，然而，她所代表的是千千万万真实存在的、在二战中受到迫害的孩童。在《瓦科尔达》中，普恩佐再次展现了"受到成人伤害的孩子"这一形象。孩子在普恩佐以往几乎所有小说中都作为重要人物出现，普恩佐热衷于从孩童的视角进行叙事，展现成人世界的荒诞不经，也常常通过描绘受到成人伤害的孩子、遭到成人法则破坏的童真世界来反映成人世界的种种龌龊和黑暗。而这一次，在《瓦科尔达》中，对于儿童的迫害更加令人发指，儿童、婴儿，乃至未出生的胎儿都成为纳粹医生门格勒冰冷实验里的牺牲品。在普恩佐笔下，毫无自卫能力、沦为牺牲品的孩子们无一例外地迸发出一股生命力和韧性，他们都在故事的最后幸存下来，凭着自己的倔强与伤害斗争，不曾认输。到了《瓦科尔达》里，受害者小女孩莉莉丝与施害者纳粹医生门格勒之间的关系更为错综复杂，两人之间病态的彼此吸引令这场成人对幼童身体和精神的迫害有了一丝难以定义的暧昧之感——受害者在这里对于施害者似乎有了反控制之力，两者在这场博弈中的权力关系不再是一方受害、一方施害的单一关系。

普恩佐在小女孩莉莉丝这个人物身上赋予了多重内涵。从"莉莉丝"（Lilith）这个名字开始，我们便可看出这个女孩所代表的超出儿童世界的复杂含义。"Lilith"这个名字来自希伯来语,曾出现在犹太民间故事和美索不达米亚神话中,莉莉丝美貌非凡,曾是亚当的第一任妻子,因坚持自我主张而离开伊甸园①,后沦落成为撒旦的情人,她的名字从此与"黑暗""僭越""欲望"等词汇紧密地联系在一起,困于八九岁幼童身体内的12岁少女之魂正是性觉醒之际,"当小女孩变得挑逗,变得诱人,他(门格勒)必须倾尽全力控制自己的下流本能"②。在这里,"撒旦的情人"莉莉丝和"死亡天使"门格勒是彼此吸引的。《瓦科尔达》仿佛是在"重写纳博科夫的《洛丽塔》:门格勒迷恋莉莉丝,这个小女孩有生长困难,却准备好跟随她的迫害者一同游戏"③。

莉莉丝与门格勒又是彼此排斥的。莉莉丝虽然金发蓝眼,皮肤白皙,具有"理想的雅利安人种"的外貌特色,但她却生长迟缓,12岁的年纪却矮小瘦弱如八九岁的幼童。她生理上的缺陷与门格勒所追求的"完美身体"背道而驰,因此便成为门格勒眼中的最佳改造标本。莉莉丝生长在印第安人与白人混居的阿根廷,她的洋娃娃名叫"瓦科尔达"(Wakolda)④,瓦科尔达是一个马普切(mapuche)洋娃娃,由莉莉丝的父亲亲手制成。普恩佐认为,这个娃娃几乎是莉莉丝的化身/第二自我;混血、不完美、富有魅力、恍若着魔。这个洋娃娃和莉莉丝所代表

---

① 从现代女性主义角度来看莉莉丝的传说,这位被视为离经叛道的恶女子,不同于依托男子而生的夏娃,追求性自由、性解放,实在是一位超越时代的独立女性。她对于自身肉体控制权的渴望和拒不放手也与下文暗合,特此作注。

② Uribe Díaz, Sebastián. "Sebastián Uribe reseña la novela *Wakolda* de Lucía Puenzo(Argentina)", *El Roommate*, 29 de mayo de 2017. https://elroommate.com/2017/05/29/sebastian-uribe-resena-la-novela-wakolda-de-lucia-puenzo-argentina/ [2020-04-16]

③ Quintín, "Lucía Puenzo, solidez en el exceso", *El País*, 7 de septiembre de 2013. https://elpais.com/cultura/2013/09/03/actualidad/1378227323_540985.html [2020-04-16]

④ "Wakolda"是"Guacolda"的变体,相传是曾奋起反抗西班牙征服者的马普切酋长劳塔罗(Lautaro)的妻子,该人物的真实性有待查证,曾出现于征服时期西班牙士兵诗人阿隆索·德·埃尔西利亚·祖尼加(Alonso de Ercilla y Zúñiga)的史诗《阿劳卡纳》(*La Araucana*,1569,1578,1589)之中。

露西娅·普恩佐（Lucía Puenzo）

的血统、文化融合的概念与门格勒试图工业化量产的、完美的雅利安洋娃娃"赫利兹卡"（Herlitzka）所体现出的追求血统纯洁的理念——纳粹的信条——大相径庭。

值得一提的是，两种洋娃娃的对比——倾注情感的手工绘制品无可避免地带有瑕疵，冰冷无感的工业化制品完美却毫无个性——也从另一个侧面反映出了两种观念对于个人身体控制权的争夺。对于身体——无论是人造身体还是人类身体——的控制权是权力关系的另一种体现。而这种控制，以"追求完美"为口号，到今时今日，依然存在，千人一面的美颜正在磨灭个性与自由。

普恩佐以莉莉丝与门格勒两个人物为意象，代表互为两极、互斥互吸的两种思想和观念，这是巴塔哥尼亚地区互相矛盾、彼此共生的文化交融或文化冲突的另类表现。普恩佐塑造了两个意象性十分鲜明的形象，涵盖了多种社会、历史、社会问题，她的目光是深远而广阔的。然而，她对于一切事物的真实看法却隐匿在层层意象当中，从不言明，一切深意落入模棱两可的不确定之中，充满了含混感，这也算是其艺术创作的一个共同特点。

（莫娅妮）

塞尔希奥·拉米雷斯（Sergio Ramírez）

塞尔希奥·拉米雷斯（1942— ），尼加拉瓜当代作家、政治家、记者及律师。1993年被法国政府授予"艺术与文学骑士勋章"，2017年摘得"塞万提斯奖"（他是第一个获得该奖的中美洲作家），2018年加入西班牙国籍。

拉米雷斯1959年进入莱昂国立自治大学（Universidad Nacional Autónoma de León）学习法律，1964年获法律专业博士学位。大学期间曾经与他人共同创办文学杂志《窗口》（Ventana），并发起名为"窗口阵线"（Frente Ventana）的文学运动。1977年，拉米雷斯与其他多位尼加拉瓜知识分子、企业家、神职人员、民间团体领导人组成名为"十二人"（Los Doce）的政治组织，支持"桑地诺民族解放阵线"，反对独裁者阿纳斯塔西奥·索摩萨·德巴伊莱的统治。在1979年尼加拉瓜革命成功前后，他一直在民族复兴委员会（Junta de Reconstrucción Nacional）担任要职，并在1984—1990年期间出任尼加拉瓜副总统一职。

塞尔希奥·拉米雷斯（Sergio Ramírez）

塞尔希奥·拉米雷斯最早以短篇小说家的身份进入文坛。1960年发表第一个短篇小说《学生》（*El estudiante*），1963年出版第一部短篇小说集《故事》（*Cuentos*）。他的第二部短篇小说集《新故事》（*Nuevos cuentos*, 1969）一改前一部作品的传统风格，走上了抗议文学的道路，使用实验性的表达方式。此后，他陆续出版多部短篇小说集，如《关于杂乱的人群和滥用职权》（*De tropeles y tropelías*, 1972）、《查尔斯·阿特拉斯也死了》（*Charles Atlas también muere*, 1976）、《太阳密码》（*Clave de sol*, 1992）。

第一部长篇作品《光辉时刻》（*Tiempo de fulgor*）发表于1970年，作家以辩证的方法、阴郁的语调叙述了第一批定居莱昂的那些家族（他们自认为是西班牙中世纪著名武士熙德的后代）的乱伦、疯狂和悲剧事件。在小说中神话、历史和现实互相交融，拉米雷斯也成为尼加拉瓜第一个使用魔幻现实主义手法的作家。第二部长篇小说《你害怕血了吗？》（*¿Te dio miedo la sangre?*, 1977）不再是单纯的揭露，而是让小说为游击队和革命服务。《天谴》[*Castigo Divino*, 1988, 1990年"达希尔·哈米特奖"（Premio Dashie Hammett）]尽管描写的是一桩发生在1933年莱昂的真实侦探事件，但作家的笔触及爱情、性、政治阴谋和经济实力，反映了中美洲社会的方方面面。

作为一名专栏作家，拉米雷斯曾在多家报纸杂志上发表评论文章，如西班牙的《国家报》、墨西哥的《劳动报》等。此外，他还创建了中美洲大学出版社（Editorial Universitaria Centroamericana）和新尼加拉瓜出版社（Nueva Nicaragua），并曾在多所大学客座讲学。

1996年正式退出政坛之后，塞尔希奥·拉米雷斯开始专心进行文学创作。1998年，他凭借《玛格丽塔，大海很美》（*Margarita, está linda la mar*, 1998）获得西班牙"丰泉小说奖"，其作品开始受到国际评论界的广泛关注。此后，塞尔希奥·拉米雷斯出版了多部重要的长篇小说作品，其中包括：《面具舞会》（*Un baile de máscaras*, 1995）、《只有阴影》（*Sombras nada más*，2002）、《一千零一次死亡》（*Mil y una muertes*，2004）、《上天为我哭泣》（*El cielo llora por mí*，2009）、《逃亡的女人》（*La fugitiva*，2011）、《萨拉》（*Sara*，2015）、《已无人为我哭泣》（*Ya nadie llora por mí*，2017）。

此外，他也出版了多部短篇小说集，其中包括：《卡塔丽娜和卡塔丽娜》（*Catalina y Catalina*，2001）、《动物王国》（*El reino animal*，2006），短篇自选集《公共汽车》（*Ómnibus*，2008）、《完美游戏》（*Juego perfecto*，2008）、《原谅与遗忘》（*Perdón y olvido*，2009），儿童故事集《怀孕的长颈鹿》（*La jirafa embarazada*，2013），以及《与鲁文·达里奥同桌进餐》（*A la mesa con Rubén Darío*，2016）。除小说创作外，塞尔希奥·拉米雷斯也出版了多部散文集和回忆录，如《中美洲小说》（*La narrativa centroamericana*，1970）、《马里亚诺·菲亚诺斯，传记》（*Mariano Fiallos, biografía*，1971）、作家本人关于桑地诺革命的回忆录《再见，小伙子们》（*Adiós muchachos*，1999）。

从2012年起他倡议发起了名为"中美洲讲述"（Centroamérica cuenta）的文学艺术节，每年在尼加拉瓜举办，吸引了许多欧美和拉美作家、艺术家参加。2014年被授予由墨西哥政府于2012年设立的"卡洛斯·富恩特斯奖"（Premio Carlos Fuentes），以表彰他一生的文学创作。

中译本：《天谴》，刘习良、笋季英译，上海译文出版社，2017年；《一千零一次死亡》，许琦瑜译，四川人民出版社，2018年；《已无人为我哭泣》，李静译，人民文学出版社，2019年；《一五五号山丘》，于施洋、蔡潇洁译，《世界文学》，2016年第6期；《身穿礼服的赫尔曼》，朱景冬译，《世界文学》2016年第6期。

（赵浩儒）

塞尔希奥·拉米雷斯（Sergio Ramírez）

《玛格丽塔，大海很美》（*Margarita, está linda la mar*）

1998年，塞尔希奥·拉米雷斯出版了长篇小说《玛格丽塔，大海很美》，这部小说为他斩获当年西班牙"丰泉小说奖"和由美洲之家颁发的第一届"何塞·玛利亚·阿格拉斯国家小说奖"（2000）。

小说讲述了两个彼此交错相连、互相映照的故事。两个故事在时间上相隔半个世纪之久，却都发生在尼加拉瓜小城莱昂。第一个故事从1907年尼加拉瓜著名诗人鲁文·达里奥（1867—1916）衣锦还乡，莱昂城居民为他准备的盛大欢迎仪式开场。作家向我们展示了一个被剥离了"西语文学王子"（príncipe de las letras castellanas）光环的普通男人，故事直到达里奥去世以后他那颗为人觊觎的宝贵大脑近乎魔幻的归宿为止。第二个故事也是从一场盛大的欢迎仪式开始，但时间已经是近半个世纪后的1956年，莱昂城即将迎来独裁者阿纳斯塔西奥·索摩萨·加西亚（Anastasio Somoza García, 1896—1956）总统的来访。与此同时，一群人却秘密地聚集到一起，一边读着关于鲁文·达里奥生平的笔记，一边密谋着刺杀总统。这一部分故事以独裁者的死亡和刺杀者残骸同样近乎魔幻的归处作为结束。

作为尼加拉瓜作家和学者，塞尔希奥·拉米雷斯的作品历来都以尼加拉瓜作为中心话题。作为尼加拉瓜文学文化身份的绝对代表人物，达里奥是拉米雷斯作品时常会提到的人物形象。除了1998年出版的《玛格丽特，大海很美》，拉米雷斯还在另一部长篇小说《一千零一次死亡》中提到了鲁文·达里奥；另外，他有一部短篇小说集，书名便叫《与鲁文·达里奥同桌进餐》。拉米雷斯还曾把达里奥和尼加拉瓜民族英雄奥古斯托·尼古拉斯·卡尔德隆·桑地诺（Augusto Nicolás Calderón Sandino, 1895—1934）以及"桑地诺民族解放阵线"所发起的革命运动联系到一起。

小说的标题取自鲁文·达里奥的名诗《致玛格丽塔·德巴伊莱》

（*A Margarita Debayle*）的第一句。而拉米雷斯在小说中也确实顺势沿袭了鲁文·达里奥的诗性语言，这部作品里"满是巴洛克风格的词句、不怎么常见的用词和尼加拉瓜方言"①。玛格达莱娜·佩科夫斯卡–阿尔瓦雷斯（Magdalena Perkowska-Álvarez）认为，这部小说是一场现代主义语言的后现代狂欢，拉米雷斯在这部小说里对这位伟大的尼加拉瓜诗人形象进行了一场戏仿式的重写和以致敬为目的的重现——他对这位神话般的国民偶像进行了一场彻底的去神话化操作（desmitificación）。

塞尔希奥·拉米雷斯认为，作为被供上神坛的国民偶像，达里奥的真实面貌是不为人所知晓或理解的，他的大众形象不仅是被民众的无知或无意识臆想出来的，甚至是为权力机制有意识地伪造出来的。拉米雷斯曾在他的文集《巴尔干与火山》（*Balcanes y volcanes*，1975）中写道："资产阶级谋杀了桑地诺，还为自己谋得了永恒的赦免。他们为什么不能伪造一个达里奥……"②秉持这一信念的拉米雷斯，在十多年后写出了《玛格丽塔，大海很美》，试图呈现出自己眼里的相对完整、真实的达里奥形象。

在这场去神话化的文学实践中③，拉米雷斯致力于从不同层面将达里奥还原成一个有血有肉的普通人。他用琐碎的生活细节来环绕这个人物，在拉米雷斯笔下，达里奥穷困潦倒，问题多多，生活拮据，被迫卖文为生，而不是传说中"为艺术而艺术"、不食人间烟火的存在；他长

---

① Aguilar, Rubén. "Margarita, está linda la mar", *Animal Político*, 4 de abril de 2014. https://www. animalpolitico. com/lo-que-quiso-decir/margarita-esta-linda-la-mar/?amp [2020-04-16]

② Ramírez, Sergio. *Balcanes y volcanes y otros ensayos y trabajos*, Managua: Nueva América, 1985, p. 220.

③ 此处关于"去神话化"的主要观点取自布莱恩·T. 钱德勒（Brian T. Chandler）的文章"La repolitización del autor en *Margarita, está linda la mar* de Sergio Ramírez", https://sites.google.com/a/georgiasouthern.edu/https-sites-google-com-a-georgiasouthern-edu-the-coastal-review/volume-4-issue-spring-summer-2013/la-repolitizacion-del-autor-en-margarita-esta-linda-la-mar-de-sergio-ramirez [2020-04-16]

塞尔希奥·拉米雷斯（Sergio Ramírez）

期酗酒，健康状况堪忧，患肝硬化去世时不到50岁；他的婚姻生活不幸福，与另一位有夫之妇保持着婚外情的关系，而这段关系也饱受流言蜚语的影响。然而，拉米雷斯的目的当然并不是将达里奥塑造成一个毫无亮点、近乎滑稽丑陋的普通人形象，他对于达里奥的这种世俗化、日常化的描绘，让这位诗人高高在上的"神"性形象沾染了人间烟火，有了"人"性。

另一方面，"堕入凡尘"的诗人被作家放入彼时彼地的尼加拉瓜社会环境中，他的境遇因此有了普遍性、社会性。酗酒、穷困、出轨，这似乎是艺术家们的生活特权，而达里奥的诗歌风格也令他有一种仿佛"超凡脱俗"，不受历史时代、社会环境影响的纯粹性。然而，在拉米雷斯笔下，我们看到达里奥也受到当时尼加拉瓜历史状况的束缚和影响：他的捉襟见肘不只是因为他酗酒过度无法创作，他接受了大使的工作，然而贫穷的国家却付不起薪水。（布莱恩·T.钱德勒语）国家的贫困尚且真实地压在天之骄子的肩膀上，遑论普通民众。拉米雷斯用达里奥的形象来"尖锐地揭露尼加拉瓜自殖民地时期以来所一直面临的种种问题，以此抗击令尼加拉瓜陷入重重压榨、令人民无法获得自由的种种权力形式"①。

拉米雷斯认为达里奥的文化偶像地位虽然被人传颂，但他是一个被人想当然的虚拟形象，而不是一个被人真正理解的真实个体。在《玛格丽特，大海很美》中，拉米雷斯带领读者重新审视达里奥其人其作，细看神话是怎样炼成的，检视尼加拉瓜现代历史叙事和集体记忆的真实性，探讨被塑造的过去与被忽视的现在之间所存在的权力关联。

我们对于过去的理解（和讲述）总是要经过现在利益的过滤，对于达里奥其人其作的传统记载和评价总是避开其个人生活的丑陋面，掩藏其悲剧性，将他作品中所塑造的诗性自我与诗人本人相混淆、相等同，

---

① Vargas Vargas, José Ángel. "Mitificación y desmitificación en *Margarita, está linda la mar*", *Káñina*, 27.2（2003），p. 36.

将他从自身所处的真实的政治、社会环境中剥离出来。而拉米雷斯在这部小说中将达里奥本人的生活和其诗歌作品的所谓纯粹性、艺术性分离开来，突出了诗人与尼加拉瓜的反独裁斗争之间的文化、历史、政治联系（布莱恩·T.钱德勒语），即达里奥其人所蕴含的现实性、政治性。

值得强调的是，拉米雷斯的目的并不是引导读者接受自己眼中的达里奥的形象，这无异于用新的神话代替旧的神话，陷入另一种不真实；他想要的是带领读者去重新审视这位诗人和那一段国家历史，展现一种新的解读可能性。作者不是为了逼真详实地记录过去而写作，而是为了将过去是如何被知晓/讲述/再现的这一过程呈现于人前，让读者看到所谓的神话都是一种有意识、有利益倾向的权力建构。毕竟在经历了后现代主义洗礼的新历史主义概念下，历史是可以建构的，可以解读的，是无法全面、彻底被了解的，任何讲述都是包含某种（或显性或隐性的）观点和视角在内的。历史的唯一真实是不存在的，任何历史叙事都是由现实的需求与历史事件本身的碰撞而生。（布莱恩·T.钱德勒语）读者需要做的是真正进入小说中达里奥的大脑——这是其精神遗产的象征——所最终栖身的那个反叛世俗、黑暗孤寂的角落，去真切地审视他的作品和人生，独立得出自己的看法。对达里奥如此，对历史也是如此。

（莫娅妮）

维克托·乌戈·拉斯孔·班达
（Víctor Hugo Rascón Banda）

维克托·乌戈·拉斯孔·班达（1948—2008），1948年出生于墨西哥北部奇瓦瓦州（Chihuahua）的乌鲁阿奇克（Uruáchic），在这个矿区小镇度过童年和青年时代后，他没有遵循家族传统去从事矿山工作，而是进入法律专业领域，成为著名的律师，并在从事法律工作的同时积极开展文学创作，最终成为墨西哥当代剧坛享有盛誉的剧作家。

在早年离家求学的过程中，拉斯孔·班达并没有完全脱离他所熟悉的生活环境，他经常回到家乡，去了解生活在那里的塔拉乌马拉部族（Tarahumaras）印第安人的生活，结识来自德国、法国、西班牙移民家庭的朋友，在他们当中寻找那些与命运和社会不公进行顽强抗争的范例。这些点滴的积累日后都被他当作取之不竭的创作源泉，成为其作品丰富而生动的素材。

1979年，拉斯孔·班达创作了自己的戏剧处女作《临界的声音》（Voces en el umbral）。这部在当时充满创新色彩的作品以作者家乡的矿区生活为背景,塑造了分别来自德国移民家庭和塔拉乌马拉部族的两个女性形象,以她们截然不同的视角来反映墨西哥北部矿区从繁盛走向衰败的过程。同样创作于1979年的《非法移民》(*Los ilegales*)是拉斯孔·班达戏剧创作中第一部被搬上舞台的作品,正是凭借着这部作品,他成功地进入戏剧创作领域,跻身于优秀剧作家的行列,并赢得了公众和评论界的高度赞赏。

在长达三十年的创作生涯中,拉斯孔·班达创作了三十多部戏剧作品,其中大多数都以墨西哥当代社会所发生的真实事件为基础,有一些还在舞台上再现了法庭审判的场景。从这一点可以看出,作者将自己从事律师工作的经验和知识也作为一个重要因素引入文学创作领域。这些作品因对社会生活的真实反映和深刻分析而被评论界纳入"社会戏剧""政治戏剧"或"承诺戏剧"的范畴,《走私》(*Contrabando*,1991)、《从天而降的女人》(*La mujer que cayó del cielo*,1999)、《女人味》(*Sazón de mujer*,2001)和《阿帕切人》(*Apaches*,2003)等被公认为其中最优秀的代表作品。通过这些作品,拉斯孔·班达向人们展示了生活在社会底层的走私犯、妓女、少数族裔等人群的生活。在那样一个充满激情和悲剧色彩的"地下世界"里,这些角色通过对主流社会规则的抗争,努力改变自己注定被边缘化的命运,创造实现愿望的机遇。拉斯孔·班达以娴熟的技巧在作品中精心营造了一个特色鲜明的小社会,将人性的多样性以及人与社会环境间的各种复杂关系崭露无遗。由于这些作品所反映的社会背景、人物命运及其语言、行为方式都与普通百姓大众的生活息息相关,因而受到了公众的广泛欢迎,多次被出版或被搬上舞台,成为墨西哥当代戏剧的经典作品。

除了这些主要以墨西哥北部矿区为背景的被称为"山地剧"的作品外,拉斯孔·班达还创作了一批描绘城市生活的作品,例如,被著名导演胡利奥·卡斯蒂略(Julio Castillo)搬上舞台的《白刃》(*Armas blancas*,1982)在上演后获得了极大成功,至今仍被公认为墨西哥大

维克托·乌戈·拉斯孔·班达（Víctor Hugo Rascón Banda）

学戏剧的典范之作。在《经理》（*Los ejecutivos*，1996）中，作者通过自己对金融领域的深入了解，揭露了墨西哥国家银行系统存在的问题，对少数处心积虑设计圈套来损害大众利益的银行业者进行了无情的批判。

由于其在戏剧创作领域所取得的杰出成就，拉斯孔·班达曾多次获得国内外的戏剧奖项，其中有"拉蒙·洛佩斯·贝拉尔德国际诗歌奖"（1979）、"我们的美洲戏剧奖"（Premio de Teatro "Nuestra América"，1981）、"胡安·鲁伊斯·德·阿拉尔孔奖"（1993）、"鲁道夫·乌西格利奖"（1993）等。墨西哥国立艺术学院和国家文化艺术委员会还曾专门向他颁发"哈维尔·比亚乌鲁蒂亚勋章"，以表彰他在墨西哥当代戏剧艺术发展事业中所做出的突出贡献。墨西哥金塔纳鲁州独白剧创作比赛、新莱昂州戏剧创作奖等颇具规模的戏剧赛事奖项也都以"拉斯孔·班达"冠名，来表达对这位著名剧作家的敬意。

除了在戏剧创作领域取得巨大成功外，拉斯孔·班达在小说、电影剧本创作方面都有所涉足并取得不俗成绩，而对墨西哥政治文化生活的积极参与也为他赢得极大声誉。作为墨西哥作家协会（Sociedad General de Escritores de México）的主席，他努力推动与知识产权相关的各项法规的出台，为墨西哥文学艺术创作者权利的维护和保障做出了不可磨灭的贡献。除了作家协会主席的工作，拉斯孔·班达还担任了国家文化艺术委员会和电影科学艺术学院顾问、国际作家及作曲家联合会副主席等职务，并成为墨西哥语言科学院院士。

2008年7月31日，在与白血病顽强斗争了14年后，维克托·乌戈·拉斯孔·班达在墨西哥城去世。遵照他的遗愿，其遗体被送回家乡，安葬在奇瓦瓦的土地上。

《银行》（*La banca*）

《银行》是维克托·乌戈·拉斯孔·班达创作于1989年的作品，也被后世评论家划入其"超写实主义"风格的作品行列。从20世纪七八十年代起，戏剧实验运动的兴起让许多剧作家在创作时转向对新表达、新方式的探索，现实主义创作因被看作守旧的代表而日渐式微。但在这种情况下，拉斯孔·班达仍然坚持现实主义的创作方向，甚至逆向而动，更进一步将其发展为"超级现实主义"，让"第四堵墙"回归舞台，在舞台上重现逼真的生活事件，让观众感觉舞台上呈现的就是现实而非虚构。这样的意图在《银行》中就表现得较为明显，在这出以银行抢劫为主要事件的作品中，作者在情节和时空设置上都努力遵循着与现实同步的节奏。

一天早上的8点31分，在某家银行发生了抢劫，三名银行女职员被劫匪关进一间办公室。在办公室门被关上的那一刻，舞台上就被划分成"画内"和"画外"两个表演空间。随着三个女职员之间谈话的进行，观众一边关注着她们的焦虑情绪，一边担心着歹徒会随时闯进来行凶，不知不觉中形成共情所带来的紧张和压力。三位女职员因为在银行中的地位和经历不同，面对这样的突发事件就成了三种立场的代表。安赫莱斯担任副经理一职，将银行的财产看作她自己的一般，坚定地捍卫银行的利益，并在与另外两位同事的谈话中站在银行的立场上，为银行针对员工实施的各种规定和政策进行辩解。与之相对立的是劳拉，这位25岁的新职员只是一名初级柜员，对银行的政策表达了不满，认为银行的所作所为不过是在盘剥员工、欺压穷人。在这两种立场之间摇摆不定的是已在银行工作了10年的丽塔，她似乎对银行的工作很是满意，认为"银行的工作环境还是挺好的"，"在这里我们可以享受车贷和房贷"；但听了劳拉历数的理由，她又决定如果抢劫中她能大难不死就一定要去辞职。三个人都在为自己支持的立场寻找理由，据理力争。这时，劫匪因

维克托·乌戈·拉斯孔·班达（Víctor Hugo Rascón Banda）

为需要打开银行金库，进来带走了身为主管柜员、掌握金库开关方法的丽塔，办公室里只留下了安赫莱斯和劳拉两个人。在两人的谈话中，安赫莱斯发现了令她震惊而胆寒的真相，原来劳拉也是此次抢劫的共犯，充当了劫匪的"内应"。惊骇之下，安赫莱斯斥责劳拉，质问她为什么背叛银行。这一愚蠢的行径让安赫莱斯付出沉重的代价，劳拉随后命令进来的劫匪杀死了安赫莱斯，而自己仍然留下来冒充劫案的受害者。

这部独幕剧与拉斯孔·班达的另一部作品《经理》都以银行作为事件发生的时空背景，这与作者本人曾经的银行从业经历有着密不可分的关系。但与《经理》着重剖析银行系统存在问题的目的不同，《银行》要讨论的，是拉斯孔·班达在他几乎所有作品中都会涉及的"命运"主题。作者似乎是想告诉我们，每个人身上发生的事情都是偶发性事件和必然性事件的结合，前者是自然的、无法被人所左右的，而后者则多是人为创造的机会或错误造成的。《银行》当然也表达了一种不言而喻的批评态度，通过主人公的话语暗示银行系统作为资本社会的重要运作环节如何倾轧贫穷阶层的民众，但更重要的是，作者对银行系统的批评还在于它已变成了决定许多人个体命运的要素。劳拉看着每天从手头流过但无法拥有的千万财富渐起贪念，勾结劫匪实施抢劫，甚至不惜杀人灭口。安赫莱斯因为维护银行利益的执念而送了命。丽塔虽然在情感上不像安赫莱斯那样对银行一味维护，但与银行之间真金白银的借贷让她无法脱离银行去做别的人生选择。三个立场不同的人被银行以不同的方式牵制，被迫将一部分命运交由银行来决定。

这种不能掌控命运的无力感在拉斯孔·班达戏剧作品的很多人物身上都可以看到，是作者在关注毒品、边缘人危机等重大社会问题之外，想向人们揭示的墨西哥现代社会人群中普遍存在的问题。尽管在他的作品中并没有给出解决问题的答案，但对他来说，用一种追求真实的态度来向习惯于漠视一切的人们证明问题的存在就已经具有一定的意义了。

（卜珊）

安德烈斯·雷西亚·克里诺
（Andrés Ressia Colino）

安德烈斯·雷西亚·克里诺（1977—　），乌拉圭小说家。2010年，他被《格兰塔》评选为22位"最佳西班牙语青年小说家"之一，也是其中唯一的乌拉圭作家。

在入选《格兰塔》"最佳西班牙语青年小说家"名单的作家群体之中，安德烈斯·雷西亚·克里诺显得与众不同：其他作家或是"科班出身"，毕业于文哲系；或是常年从事与写作相关的工作，如编辑、记者、文学批评等；或是专职从事文学创作。而雷西亚·克里诺在大学时代主修生物学，毕业后曾担任过相关专业的教师，如今在乌拉圭一家制药实验室担任质检工作——他所学专业与所从事的职业都与文学创作没有丝毫关系。

雷西亚·克里诺于2005年在杂志《品芭》（Pimba!）上发表第一篇短篇小说，正式开始进入文学创作领域，时年28岁；两年后，年满30岁的雷西亚·克里诺才发表了他的长篇小说处女作，与其他作家相比，可

安德烈斯·雷西亚·克里诺（Andrés Ressia Colino）

谓大器晚成。有记者曾在访谈中提问作者是否认为自己在文学创作上比正常的起步要晚，对此，雷西亚·克里诺大方承认，他从小就爱阅读，但是写作并不是他的主要活动。作为文学创作属于"半路出家"的作家，他认为，鉴于乌拉圭国内的文学创作现状，自己的情况对于其他乌拉圭人而言可能是一种激励，而且比起文学科班训练，比起华丽优美的行文，个人独特的内心表达更为重要。

而来自乌拉圭的"半路"作家雷西亚·克里诺确实以独特的视角向我们展现了乌拉圭的特有现实。迄今为止，作家出版了两部长篇小说，分别是《帕尔坎特》（*Palcante*，2007）和《生育》（*Parir*，2009）。其中，《帕尔坎特》获得乌拉圭文化教育部的竞赛基金（Fondos Concursales del Ministerio de Educación y Cultura）资助后得以出版，而第二部小说《生育》在正式出版以前便获得了蒙得维的亚市文化局颁发的2008年度"市政小说奖"（Premio Municipal de Narrativa）。

雷西亚·克里诺的长篇小说处女作《帕尔坎特》是一部带有未来主义科幻色彩但聚焦现实的作品。故事讲的是2049年的蒙得维的亚，一群科学家决定考察21世纪初蒙得维的亚市郊棚户区的生存现实，他们翻阅各类历史文献，试图还原当时的社会状况，在现实与未来交错的时间碎片中，21世纪初贫困、脏乱的蒙得维的亚棚户区生活图景便慢慢浮现。而《生育》则聚焦如今的蒙得维的亚的一个普通街区——"南方街区"（Barrio Sur），塑造了一群身陷贫困、沉溺毒品与酒精，却仍然对生活抱有执着信念的人物群像。

雷西亚·克里诺在他的两部小说中都聚焦于乌拉圭中下阶层的生存状态，尤其是这一阶层的青少年迷茫而错乱的生活。他描绘出一个逐渐城市化、逐渐向城市中心聚拢的蒙得维的亚的现实，却又勾勒出一个虽然脏乱贫困却不掩生机的城郊周边生活的状态。雷西亚·克里诺笔下所呈现的乌拉圭中下阶层聚居的地区是贫穷的、脏乱的，在国内政治形势和糟糕的经济状态下，中下阶层遭到了沉重的打击。然而他们仍然保有半个世纪以后的社会学家们认为值得研究和保留的宝贵人性和价值观,虽然身处逆境,但仍然没有放弃基本的善恶是非观念(何塞·加布列尔·拉戈斯语),雷西亚·克里诺用写实得近乎残酷的笔调描绘出一个充斥着犯罪、苟合、压迫、腐败的世界,却又留给它一丝残留美好的狭小空间:《帕尔坎特》里两个少年磕磕绊绊的友情之路、《生育》里初为人母的女性努力的抗争,都是作者对于乌拉圭这个"一潭死水的国家"[①]的一点美好希冀。

自2009年出版《生育》之后,雷西亚·克里诺已超过10年未推出新的长篇小说。2010年,作家入选《格兰塔》"最佳西班牙语青年小说家"名单时,该杂志收录了他的一篇题为《美满生活场景》(*Escenas de una vida confortable*)的短篇小说,据称这是雷西亚·克里诺下一部长篇小说的节选,然而,时至今日,这部作品仍未见出版。

《生育》(*Parir*)

2009年,乌拉圭青年作家安德烈斯·雷西亚·克里诺出版个人第二部长篇小说《生育》,这部作品在出版前获得了蒙得维的亚市文化局颁发的2008年度"市政小说奖"。

小说以两位青少年主人公贡萨洛和亚历杭德罗的视角切入,向读者展现了21世纪初乌拉圭首都蒙得维的亚一个名叫"南方街区"的普通街区里充满暴力与堕落,却又不失希望的复杂生活形态,塑造了一组各不相同的乌拉圭中下阶层人物群像,恍如一幅描摹乌拉圭城市街区日常生活形态的浮世绘。

雷西亚·克里诺对于这一幅乌拉圭"街区图景"的描摹是不避其弊

---

① Conteris, Hiber. "Parir", *Estuario Editora*, julio de 2019. http://estuarioeditora.com/libros/parir/ [2020-04-16]

安德烈斯·雷西亚·克里诺（Andrés Ressia Colino）

端的，他的笔调真实而直白，既没有将这种生活理想化，也没有刻意加大戏剧性冲突的夸张成分，几乎有些像我们每一个人都在接触的真实生活——我们在这里可以看到，生活在同一街区但身处不同社会阶层的人群彼此总是没来由地互相看不顺眼；少男、少女在艰难、迷茫的环境下认识自我，踏入成人世界；初为人母的女性对抗社会偏见和苛责，努力扮演好自己的角色……这一切仿佛与我们自身的生活别无二致。然而，雷西亚·克里诺笔下的街区生活与我们又有着很大的不同：在这里，街头日常生活被暴力、犯罪、毒品交易所浸润，每个普通人的生活都仿佛离不开暴力、毒品、酒精和性。在这样的环境下，一切日常都有了不一样的悲喜剧的意味：在这个世界里，推动人物、情节发展的关键元素是毒品和酒精的存在。人们在这里从小打小闹地吸食大麻、寻求刺激，到不知怎么就演变成了走上街头贩毒，一次次尝鲜式的小罪最后竟成了绑架重案。而酒精的存在推动着书中人物不断沉溺性爱，动物性的性行为带来动物性的性后果——大量的意外怀孕，或是催生各自挣扎的年轻母亲，或是留下无人收留的弃婴，作者对于这一现象的独特思考视角也是小说标题"生育"的来由。（费尔南德兹·德·帕耶哈语）

值得注意的是，这种日常生活的暴力乱象、集体堕落并不像某些以暴力为主题的拉丁美洲小说一样以地处边缘的法外之地为故事背景，也没有选择游走于法律灰色地带的边缘人物作为故事主角。"南方街区"是位于蒙得维的亚市中心的一个中等偏下层的普通街区，小说里一切故事的见证者和参与者是两个来自普通家庭的普通少年，他们所见证和体验的是一个普通路人或是隔壁邻居这样的普通人物的堕落。（安赫莱斯·布兰科语）在这样的环境与人物设计中，暴力和贫穷成为日常场景的一部分，仿佛是稀松平常的自然组成部分，而人们的生活日常便是想尽办法在物资匮乏和暴力犯罪的环境下加以抵抗，继续生活。这幅平实中透出残酷的社会图景是自同为乌拉圭作家的马里奥·贝内德蒂（Mario Benedetti，1920—2009）、胡安·卡洛斯·奥内蒂以来鲜有人注意到的乌拉圭社会的模样。当然，在迥然不同的关注焦点、写作风格和创作意图等因素影响下，他们所呈现的形态是完全相异的，对照阅读，别有意趣。

在雷西亚·克里诺的两部长篇小说中，社会阶层的生活现实、阶层之间的冲突与融合、城市空间的互相渗透与重叠都是作者所关注的重点问题。在《帕尔坎特》中，来自不同社会阶层的两个少年对生活有着不同的观点和希冀，他们的相遇推动着彼此不断刷新自己的世界观和人生观。托尔斯滕·埃尔比兹曼（Thorsten Erbismann）认为，在小说中，生活在市中心的中上阶层人士不懂得珍惜人生，在市郊贫民棚户区生活的中下阶层也许日子过得朝不保夕，反倒生活得更有意义；而作为城市空间，代表中上阶层聚居的市中心与代表中下阶层聚居的市郊也逐渐融合为一个整体，互相影响。《生育》也聚焦于生活在城市普通街区中的中下阶层居民的生活，在这里没有惊世骇俗的英雄或反派，也没有跌宕起伏的冒险剧情，只有战战兢兢、汲汲营营却仍不免失足堕落的普通人群，组成一幅市井中下阶层众生相。而结局的反转令这一部描摹社会创伤的作品并没有显出想象中的悲观情绪来，反而是不失希望的。

何塞·加布列尔·拉戈斯（José Gabriel Lagos）认为，这部作品街区图景与人物群像的刻画方式类似于西班牙作家卡米洛·何塞·塞拉的名作《蜂房》（*La colmena*，1951）中所展现的那种社会现实主义风格：大量对话构成的故事场景，围绕不同人物穿插进行的琐碎事件，同时出场、行动的众多人物。唯一不同的是，在雷西亚·克里诺的小说《生育》中，所描摹的人物大多是青少年。在这个年纪，他们已经逐渐迈入成人的生活与世界，却还没有完全被这个世界的游戏规则所驯服，他们的初生之气与世界的冷硬环境形成了一种鲜明的对比。

（莫娅妮）

奥古斯托·罗亚·巴斯托斯
（Augusto Roa Bastos）

奥古斯托·罗亚·巴斯托斯（1917—2005），巴拉圭小说家、记者、电影编剧，拉美20世纪文学杰出代表之一，先后获得1988年巴西"纪念拉美文学奖"（Premio de Letras del Memorial de América Latina）、1989年西班牙"塞万提斯奖"（他是第一位获得该奖项的巴拉圭作家）、1990年巴拉圭"国家荣誉勋章"（Orden Nacional del Mérito）和1997年法国荣誉骑士勋章。

1925年罗亚·巴斯托斯曾进入首都一所军校学习，参与了1932—1935年巴拉圭与玻利维亚之间的查科战争（Guerra de Chaco）。之后又参加了反对莫里尼格（Morinigo）独裁统治（1940—1948）的运动，1947年内战爆发后不得不流亡阿根廷（他的大部分作品都是在该国创作的），1976年因阿根廷建立军事独裁政府而移居法国，在图卢兹大学担任文学教授。

罗亚·巴斯托斯虽然是从诗歌起步，但成就最大的是他的小说。巴拉圭无数的历史和政治问题、漫长的流亡生涯（他在国外生活了四十多年）对罗亚·巴斯托斯的创作产生了深重的影响。1953年他的第一部短篇小说集《叶丛雷声》（*El trueno entre las hojas*）问世，所收录的17个短篇作品描写的是为了生存而奋斗的巴拉圭底层人（尤其是农民）的痛苦，涉及该国经济的不稳定、政治暴力和政府镇压等社会问题。除此之外，他后来的小说主题还有流亡和独裁。

罗亚·巴斯托斯的小说处女作《人子》（*Hijo de hombre*，1960）获当年洛萨达出版社（Editorial Losada）的"小说国际竞赛奖"（Concurso Internacional de Novelas），是一首叙述巴拉圭民众苦难的史诗。其时间跨度很广：从巴拉圭独立以来第一位独裁者何塞·加斯帕尔·罗德里格斯·德·弗朗西亚（José Pascual Rodríguez de Francia）的独裁统治（1814—1840），到查科战争之后的岁月。作品分为相对独立的9章，涉及一系列二元主题（自由与压迫、善与恶、正义与非正义、英雄主义与背叛）。单数章节是男主人公米格尔·维拉（其生平与作家本人十分相似）的日记和回忆录，这位作家、知识分子的道德暧昧和优柔寡断导致他无法完全投身民众的斗争；复数章节描写那些充满英雄主义和牺牲精神的个体人物，与主人公形成强烈的反差。1991年作家本人将该书改编成电影。

罗亚·巴斯托斯的代表作《我，至高无上者》（*Yo el Supremo*，1974）被归入拉美独裁小说的行列（与加西亚·马尔克斯的《族长的秋天》、卡彭铁尔的《方法的根源》同年问世），不仅中立、客观地塑造了一位典型的独裁者形象（其原型依旧是何塞·加斯帕尔·罗德里格斯·德·弗朗西亚），而且叙事结构复杂，语言丰富，史料扎实，成为罗亚·巴斯托斯一生创作的分水岭。该作品不光涉及独裁这一话题（作者认为拉美的专制主义是一个没有穷尽的恶性循环），还谈到权力与话语的关系。在小说的结尾，独裁者与他的狗"苏丹"对话时，末日来临的他不再关心权力的丧失，而是话语能力的丧失。该书当时在阿根廷被列为禁书，20世纪90年代初被搬上舞台。2017年恰逢作家100周年诞辰

奥古斯托·罗亚·巴斯托斯（Augusto Roa Bastos）

之际，西班牙皇家语言学院与罗亚·巴斯托斯基金会等机构合作，推出了《我，至高无上者》的纪念版。

作为编剧，罗亚·巴斯托斯把自己的短篇小说《部长的女儿》（*La hija del ministro*）改编成电影《叶丛雷声》（1958）。还著有关于哥伦布及其发现新大陆的历史小说《舰队司令的不眠之夜》（*La vigilia del Almirante*, 1992）、《检察官》（*El fiscal*, 1993）、《逆生活》（*Contravida*, 1994)，短篇小说集《荒地》（*El baldío*, 1967）、《焦木》（*Madera quemada*, 1967）、《莫里恩西亚》（*Moriencia*, 1969）、《在场》（*Cuerpo presente*, 1971）、《个人选集》（*Antología personal*, 1980）、《讲个故事》（*Contar un cuento y otros relatos*, 1984）。

中译本：《人子》，吕晨译，外国文学出版社，1984年（外语教学与研究出版社，2021年）。

《猫头鹰夫人》（*Madama Sui*）

《猫头鹰夫人》（1995）是巴拉圭著名作家罗亚·巴斯托斯晚期的一部小说，获当年巴拉圭"国家文学奖"（Premio Nacional de Literatura）。

在这部作品中，罗亚·巴斯托斯选择了一位真实的女性人物作为小说的主人公。她是一个日本女人和当地白人的混血后代，20世纪六七十年代曾生活在巴拉圭。这个13岁便沦为孤儿、没受过良好教育的乡下姑娘（本名叫"拉戈里玛"，西语的意思是"眼泪"），小时候与伙伴猎获了一只猫头鹰（据说这会给人带来厄运，小说的结尾似乎证实了这种迷信说法），于是被同学们冠以"猫头鹰"的外号。后来她蜕变成拥有出众美貌并当选"巴拉圭小姐"的交际花，这时一个怪异的独裁者——其原型为巴拉圭独裁者阿尔弗雷多·斯特罗斯纳（Alfredo

Strossner）——看上了她，并把她纳为自己众多情妇中的一员，人称"猫头鹰夫人"。可惜这一切并没有改变拉戈里玛的命运，她只活到20岁，一生短暂而动荡。作为权力和腐败的牺牲品，猫头鹰夫人的经历见证了20世纪这个南美国家最漫长、最残酷的独裁统治。

在《猫头鹰夫人》中，魔幻现实主义手法与巴拉圭独裁统治的可怕现实融为一体，小说所呈现的场景暗无天日：拷打、贫困、落后、受贿、腐败……作者试图揭露绝对权力与人类、丑恶与纯真之间不平等的斗争。面对独裁者绝对权力所体现的丑恶，野性的天真和纯粹的爱情奋起反抗，猫头鹰夫人的生活就是在这一背景下展开的。作为艾娃·庇隆（Eva Perón）的崇拜者，她关心穷人，为他们建造学校。猫头鹰夫人不希望"以任何代价获取幸福，更不要说以其他人的幸福为代价"，同时她对生活充满悲观和绝望，在她看来，"我们所有人都是一种叫作生活的最常见疾病的组成部分"（"Todos formamos parte de la enfermedad general, llamada vida"）。

猫头鹰夫人用纤细、优美的字体在20本作业簿上留下其自传的梗概，她的形象长久保留在巴拉圭人的集体记忆里。她对一位遭受政府迫害的游击队员所怀有的爱情、她与前纳粹女子弗里内的同性恋关系，体现了最纯粹的爱情与无节制的声色之间的冲突和对立。罗亚·巴斯托斯对该作品的评价是："这个故事取自真实事件，人物也是真实确凿的"；"从一个女人的角度，以女性的敏感和世界观、女性特有的风格和语言"[1]来刻画独裁者的形象以及权力的影响范畴。

罗亚·巴斯托斯在小说中采用了不同的叙事视角，时空常常跳跃；尽管主人公的结局很早就知道了，但情节一直保持张力；证词、书信、叙述、经历、散文段落互相对照；各种次要人物穿插其间，为读者提供了巴拉圭社会的众生相。

（王军）

---

[1] https://elpais.com/diario/1996/04/12/cultura/829260001_850215.html [2019-08-23]

贡萨洛·罗哈斯（Gonzalo Rojas）

贡萨洛·罗哈斯（1916—2011），智利诗人，生于智利阿劳科海岸的小城勒布（Lebu）。父亲早逝，童年时即表现出对词语的强烈兴趣。少年时在康赛普西翁(Concepción)和伊基克求学，大量古希腊、拉丁文学和波德莱尔、兰波、叶赛宁诗歌的阅读构成了他最初的文学启蒙。1937年，进入智利大学学习法律，次年转学文学，并加入了当地受比森特·维多夫罗启发的超现实主义小组"曼德拉草"（Mandrágora），成为活跃的一员。1942年，罗哈斯厌倦了圣地亚哥僵化的文化生活，与他的第一个爱人玛利亚·麦肯齐盖尔搬到了北部的阿塔卡马沙漠居住。后又辗转于圣地亚哥和瓦尔帕莱索之间，以教授文学为生。

1946年，罗哈斯以"赫拉克里托"为笔名，提交手稿《人类的苦难》（*La miseria del hombre*）参加智利作家协会举办的竞赛，获得一等奖。评论界敏锐地捕捉到了这位特异诗人的痕迹。罗哈斯回忆说："这是一本描写混乱的书，描写一个昏暗而又漫长的少年时代的激流汹涌，就像我的少年时代一样，一心要存在，存在，更长久地存在。"①
在这部诗集中他已经明确要抵御智利诗歌火山般的影响，如加夫列拉·米斯特拉尔、巴勃罗·聂鲁达和比森特·维多夫罗。

第一本诗集出版18年后，罗哈斯才出版了第二部——《抗拒死亡》（*Contra la muerte*，1964）。此间他在康赛普西翁大学教书，曾出访欧洲，亲自接触超现实主义代表安德烈·布勒东（André Breton）和本雅明·佩雷特（Benjamin Péret），致力于联结智利和拉美知识分子的文化活动。1955年创办康赛普西翁大学国际暑期作家班，1958年组织并主持了首次智利作家聚会，1959年应中国作协邀请，访问了中国十余个城市，与毛泽东主席会面讨论文学。1960年召集第一次拉美作家大会，1962年在第八届国际暑期作家班期间，罗哈斯提出了两个思考题："拉丁美洲的形象"和"当前人类的形象"。30年后墨西哥作家富恩特斯在谈到拉丁美洲"文学爆炸"时说："我完全认同何塞·多诺索的看法：一切都从康赛普西翁的暑期班开始，当时贡萨洛·罗哈斯，伟大的智利诗人，使我们作家和批评家聚在了一起。"②

1971年，萨尔瓦多·阿连德任命罗哈斯为智利驻华大使馆文化参赞，后来罗哈斯又担任驻古巴大使馆文化参赞和商务参赞。1973年9月11号皮诺切特政变后，罗哈斯先后流亡到民主德国和委内瑞拉。1977年，在委内瑞拉出版诗集《黑暗》（*Oscuro*），1979年在西班牙出版《迁徙》（*Transtierro*），1981年在墨西哥出版《关于闪电》（*Del relámpago*）。流亡期间罗哈斯的诗作得到广泛的传播，被译成英文、德文、希腊文等多种文字。军政府统治期间，由于他在智利找不到工作，遂接受美国大学的邀请去讲学，后在杨百翰大学任驻校作家。1994年，诗人回国。流亡期间，智利一家出版社出版了他的《诗50首》（*50*

---

① 贡萨洛·罗哈斯：《太阳是唯一的种子——贡萨洛·罗哈斯诗选》，赵振江译，北京：商务印书馆，2017年，第217页。

② 同上书，第203页。

贡萨洛·罗哈斯（Gonzalo Rojas）

poemas，1982）和《光启者》（*El alumbrado*，1986）。

罗哈斯的诗学是一种深奥晦涩的智性诗学，旁征博引，夹杂外文词汇，并带有明显的超现实主义色彩。爱、自由、女人是他笔下频频出现的话题。在师承上，罗哈斯曾坦言"要体面地继承（拉丁美洲伟大诗人）的遗产"[①]，他向巴列霍学到了牺牲和诗歌的调子，向维多夫罗学到了坦然，向聂鲁达学到呼吸的韵律，从博尔赫斯那里则学到了严谨和失眠。句法的断裂或切口让读者始终处在措手不及的惊奇中，罗哈斯的诗好像一棵枝蔓无限蔓延的树，没有根也没有树冠，有的只是无穷无尽、漫无日的地沿着枝条游荡，永远没有终点。对句法、节奏的关注让罗哈斯的诗充满表现生命运动的能量。他说："节奏是我诗歌最大的轴……我的写作不是从音节的条条框框出发，而是追求一种节奏，一切都将我置于同心圆、旋转和移动中，置于音节的舒张、紧缩、放纵和精准中。这一切我都是在自由自在地对星星的阅读中学到的……"[②]

罗哈斯的其他诗集还有：《遗嘱事宜》（*Materia de testamento*，1988）、《悠闲的读者》（*Lector desocupado*，1990）、《天空集》（*Antología de aire*，1991）、《相同事物的变形》（*Metamorfosis de lo mismo*，2000）、《和奥维德的对话》（*Diálogo con Ovidio*，2000）、《神圣的休闲》（*Ocio sagrado*，2002）、《贡萨洛·罗哈斯的声音》（*La voz de Gonzalo Rojas*，2004）、《返老还童》（*La reniñez*，2004）等。

罗哈斯一生获奖无数：1992年，首届"索菲亚王后伊比利亚美洲诗歌奖"；1997年，"何塞·埃尔南德斯奖"（Premio José

[①] Rojas, Gonzalo. "De donde viene uno", *Ibero-amerikanisches Archiv*, Neue Folge, Vol. 15, No. 1, Taller Literario con Gonzalo Rojas 4-5 de noviembre de 1988 Berlín（1989）, Frankfurt: Iberoamericana Editorial Vervuert, p. 11.

[②] 贡萨洛·罗哈斯：《太阳是唯一的种子——贡萨洛·罗哈斯诗选》，赵振江译，北京：商务印书馆，2017年，第213—214页。

Hernández）；1998年，墨西哥"奥克塔维奥·帕斯诗歌与散文奖"；2004年，"塞万提斯奖"；2009年，"米斯特拉尔荣誉勋章"。他还曾被提名为诺贝尔文学奖候选人。2011年，因脑血管疾病与世长辞。2013年墨西哥经济文化出版社推出了一卷包括罗哈斯全部诗作的诗集。

中译本：2017年，为纪念诗人一百周年诞辰，赵振江教授受智利驻华大使馆和贡萨洛·罗哈斯基金会所托，译出诗人的首部诗选中译本《太阳是唯一的种子——贡萨洛·罗哈斯诗选》（商务印书馆）。

《遗嘱事宜》（*Materia de testamento*）

《遗嘱事宜》是诗人贡萨洛·罗哈斯的诗集，由马德里伊贝利翁出版社（Editorial Hiperión）于1988年出版。诗集名字源自同名诗《遗嘱事宜》（«Materia de testamento»）。同罗哈斯的其他诗集一样，《遗嘱事宜》收录了诗人从前创作的诗歌，在主题、技法和风格上也呈现出延续性。正如评论家所说，"贡萨洛·罗哈斯的诗就像不断生成的自我选本"[1]。罗哈斯自己也认为："我的诗歌创作，从一本诗集到下一部诗集间获得发展和释放，我始终在同一本简洁而深刻的诗集里来回摇摆。"[2]

在《遗嘱事宜》这首诗中，诗人用简练、节制的语调和丰富肆恣的

---

[1] Sobejano, Gonzalo. "Gonzalo Rojas: alumbramiento", en Enrique Giordano (ed.) *Poesía y poética de Gonzalo Rojas*, Instituto Profesional del Pacífico, Monografías del Maitén, Santiago, 1987, p. 63. 转引自 De Medrano, Luis Sáinz, "'Materia de testamento' como etopeya", *Chasqui*, Vol. 22, No.1（May, 1993）, p. 48。

[2] O'Hara, Edgar. "Gonzalo Rojas en el Torréon del Renegado"（entrevista）, en Enrique Giordano (ed.) *Poesía y poética de Gonzalo Rojas*, Santiago: Instituto Profesional del Pacífico, Monografias del Maitén, 1987, p. 107. 转引自 De Medrano, Luis Sáinz, "'Materia de testamento' como etopeya", *Chasqui*, Vol. 22, No.1（May, 1993）, p. 48.

贡萨洛·罗哈斯（Gonzalo Rojas）

想象为他的遗产归属作了分配。诗人运用放肆的夸张，一一列举各种出人意表的"遗产"："给父亲……整个海洋"；"给我的5个姐姐，群星的复活"；"给阿波利奈尔……通往无限的钥匙"。同时也分配一些具体而微小的事物："给胡安·罗哈斯，一条在漩涡中钓到的鱼"；"给康赛普西翁，一面破碎的镜子"；"给瓦尔帕莱索，那滴眼泪"。诗人在抽象和具象之间摇摆，思绪和想象在无限的时空内纵横："给华尔街，1美元50美分"；"给混沌的统计数字，厌恶。给死神，一个大大的耶稣蒙难的铜像"。诗歌是诗人通过一张看似任性的遗嘱清单对人生的透视，诗人生命中重要的人物、地点和他关注的社会事件一一浮现出来。

神性的事物、爱欲和社会见证始终是诗人创作的三个轴心。在这部诗集中，诗人还在《煤炭》（«Carbón»）中追念父亲作为一个底层煤炭工人的身份；在《别抄袭庞德》（«No le copien a Pound»）中希望人们不要片面地评价和掠夺庞德的诗艺，"请无畏地从词语跳向星星"；在《克维多的枕头》（«Almohada de Quevedo»）、《致巴列霍》（«Por Vallejo»）、《阿莱夫，阿莱夫》（«Aleph, Aleph»）等几首诗中向几位文学导师致敬；在《克德馨，克德索》（«Qedeshím, Qedeshóth»）中对腓尼基神庙里的侍女进行情欲的幻想。

在语言上，诗集延续了罗哈斯的标志性特色，即句法上突如其来的断裂和对重音落在倒数第三个音节的词（palabras esdrújulas）的偏爱。罗哈斯曾说："我的诗学游戏是一种伟大的试探，口吃；是一种伟大的结巴和闪烁。"诗人的法文译者法比耶纳·布拉迪（Fabienne Bradu）认为，重音落在倒数第三个音节的词是"内在地包含运动的词，它想比其他词跑得更快，它提前爆发，让人们以为，相比那些及时死去的词，它们以更快的速度跑到了终点"，同时这样的词也可以理解为"更快地爆发以延迟死亡"①。句法和用词上的独具匠心让罗哈斯的诗具有了生命颤抖的动感。

（张乙晶）

---

① 贡萨洛·罗哈斯：《太阳是唯一的种子——贡萨洛·罗哈斯诗选》，赵振江译，北京：商务印书馆，2017年，第213页。

圣地亚哥·龙卡略洛
（Santiago Roncagliolo）

圣地亚哥·龙卡略洛（1975— ），秘鲁小说家、剧作家、编剧、译者、记者。幼年时曾随父母流亡墨西哥，少年时回到祖国。对于在国外度过的童年时光，龙卡略洛这样回忆："我生长在一个流亡者家庭。我的小伙伴是来自智利、阿根廷、中美洲或是乌拉圭的其他小流亡者。我们穿着'桑地诺民族解放阵线'的T恤去上学。我们玩人民战争游戏。最重要的是，虽然大人们的谈话都挺复杂，我们还是明白总有一天我们要闹一场革命的，不管那是什么意思。我回到秘鲁的时候还是个孩子。那很令人困惑，因为原来已经在闹革命了。'光明道路'（Sendero Luminoso）在闹革命，而那跟我们听说过的天花乱坠的革命一点都不一样。"[1]他在当时就感受到了恐惧，而恐惧也成为其文学创作中挥之不去的主题。

---

[1] Roncagliolo, Santiago. "Un abril sin primavera-a propósito de *Abril rojo*", *Pie de Página*, No. 12, agosto de 2007. http://www.piedepagina.com/numero12/html/santiago_roncagliolo.html [2020-04-16]

龙卡略洛的文学创作从戏剧和儿童文学起步。他出版了剧本《你的朋友永远不会伤害你》(*Tus amigos nunca te harían daño*, 1999)和多部儿童短篇故事：《卢格尔, 陷入爱河的龙》(*Rugor, el dragón enamorado*, 1999)、《莫斯塔克之战》(*La guerra de Mostark*, 2000)、《马迪亚斯和奇人异事》(*Matías y los imposibles*, 2006)和《大逃亡》(*El gran escape*, 2013)。龙卡略洛还曾获得由西班牙SM出版社颁发的2013年度"蒸汽船儿童文学奖"(Premio de Literatura Infantil El Barco de Vapor)。

龙卡略洛早年梦想着像文学前辈加西亚·马尔克斯和巴尔加斯·略萨等人一样，在欧洲崭露头角，于是2000年只身前往马德里，并最终梦想成真。如今，龙卡略洛长居巴塞罗那，为西班牙《国家报》和多家拉丁美洲媒体撰写专栏。除此之外，龙卡略洛也担任电视剧编剧和政治顾问，还曾翻译过如让·热内(Jean Genet)和安德烈·纪德(André Gide)等法国作家的作品，但其最主要的文学贡献则集中在叙事文学方面。

龙卡略洛的叙事文学作品多以真实的历史事件或人物经历为基础改编，如其根据20世纪拉丁美洲真实历史人物和事件而改编的非虚构类文学三部曲：《第四剑》(*La cuarta espada*, 2007)、《淑女回忆录》(*Memorias de una dama*, 2009)和《乌拉圭情人》(*El amante uruguayo*, 2012)。其中，《第四剑》聚焦秘鲁恐怖主义组织"光明道路"及其首领阿比迈尔·古斯曼(Abimael Guzmán)；《淑女回忆录》因其中一条故事线基于多米尼加共和国上流贵妇内利亚·巴尔莱塔·德·卡特斯(Nelia Barletta de Cates)的自传材料而遭到其后人的抗议，出版社最终停止了该书的发行；《乌拉圭情人》则讲述了乌拉圭作家恩里克·阿莫里(Enrique Amorim)和西班牙著名诗人费德里科·加西亚·洛尔卡之间一段神秘的爱情故事。

2007年，龙卡略洛入选"波哥大39人团"；2010年，龙卡略洛又被

圣地亚哥·龙卡略洛（Santiago Roncagliolo）

《格兰塔》评选为22位"最佳西班牙语青年小说家"之一。新作《别针之夜》（*La noche de los alfileres*，2016）以作家少年时代的利马为舞台，描写了4个年轻人的成长经历，性欲、友情、同伴、暴力是他们生活不可缺少的要素，其共同的斗争是反对令人窒息的权威（如学校里刻板的女老师）。

龙卡略洛其他文学作品还包括：长篇小说《鳄鱼王子》（*El príncipe de los caimanes*，2002）、《羞耻》（*Pudor*，2004）、《红色四月》（*Abril rojo*，2006）、《与生命如此靠近》（*Tan cerca de la vida*，2010）、《奥斯卡和女人们》（*Óscar y las mujeres*，2013）、《最高处罚》（*La pena máxima*，2014）；短篇小说集《成长是一门可悲的职业》（*Crecer es un oficio triste*，2003）；以及其他文类数种：《纳粹艺术》（*El arte nazi*，2004）、《时差》（*Jet lag*，2007）和《我的第一次》（*Mi primera vez*，2012）。

中译本：《红色四月》，叶蓓蕾译，山东文艺出版社，2014年。

《红色四月》（*Abril rojo*）

《红色四月》是龙卡略洛于2006年出版的长篇小说，讲述检察官费利克斯·查卡尔塔纳·萨尔迪瓦尔在2000年圣周庆典期间深入调查一宗疑似"光明道路"恐怖袭击的案件时，意外发现藤森政府治下所谓反恐战争血腥内幕的真实故事。小说斩获当年的"丰泉小说奖"，被译成十多种语言，令龙卡略洛成为炙手可热的文坛新星。

在《红色四月》中，作者将故事场景设置于秘鲁小城阿亚库乔（Ayacucho，意为"亡者的角落"），而小说对于"死亡"这一人性母题也进行了多方位的展现和多层次的挖掘。小说以发生于2000年的几起疑似恐怖袭击的连环凶杀案作为串联，构建起一个疑窦丛生、扣人心弦的经典悬疑小说叙事结构，而其中凶杀现场的血腥和暴戾也是当代拉美文坛暴力文学的一种特色。热闹的圣周庆典背后的血腥谋杀案使得死亡的恐怖与庆典的欢闹时时成为映照。另一方面，随着情节的推进，庆典背后所隐含的宗教狂热又似乎为这一系列谋杀案提供了更加深远的文化和宗教动机，赋予了"死亡"这一概念某种超脱尘世、形而上的哲学意义，尤其是将其与印第安土著部落螺旋往复、永恒轮回的时间观相结合，"土地在收获之后死去，随后会为了播种而复生"。生的轮回通过死来实现，在小说中，被扭曲的文化信仰成为恐怖主义和践踏人命的动力源泉，为情节的悬疑提供了更加深层次的文化、心理基础。

作为一部杰出的黑色小说，《红色四月》完美地营造出一种令人窒息的恐怖、高压氛围，龙卡略洛将恐惧这一种情绪渗透到小说中每个场景、每位人物的言行举止中：神出鬼没的连环杀手步步紧逼，令人不寒而栗，暴戾的杀戮现场甚至令恐惧之情蔓延至书外；政府军人对事关恐怖主义的过往谈之色变，避之不及；印第安人对白人统治的漠然仇视与天主教宗教人士对于印第安民族的莫名畏惧形成鲜明对比；出于多年社会动荡后明哲保身的目的，普通民众对关乎其切身利益的国家大事漠不关心，无心置喙；主人公对于童年往事更是恐惧到失忆的地步……

然而，作者对于恐惧这一普遍情绪的多方渲染并不是单纯出于为恐怖而恐怖的类型小说的创作目的。在龙卡略洛笔下，2000年的秘鲁正值藤森政府自导自演大选闹剧之时，遭受着"光明道路"与政府军之战的种种后遗症，小说因此带有极其强烈的政治批判色彩。犀利的笔触令许多评论家都将其与早年同样擅长书写政治批判的巴尔加斯·略萨相提并论。华金·马尔科指出，《红色四月》的主人公查卡尔塔纳·萨尔迪瓦尔仿佛是巴尔加斯·略萨笔下潘达莱昂上尉的一个分身。的确，相隔三十余年的两位不合时宜之士同样寄身官僚机构，同样面对腐败显示出一派天真，同样对规章制度有着令人扼腕的执着，用他们的螳臂当车来抛出秘鲁现当代史上一个重大的社会、政治话题——军队、政府、官僚

圣地亚哥·龙卡略洛（Santiago Roncagliolo）

机构的腐败。比起巴尔加斯·略萨"用结构来说话"的碎片化叙事，龙卡略洛采用了线性叙事，着重营造癫狂、神秘的悬疑氛围。但是两部作品都选择用公文报告穿插其中的方式来展现官僚机构的行事特色，为小说增添黑色幽默，也以此来反讽两幕政治闹剧的荒诞之处。

当然，三十余年过去了，龙卡略洛所处的秘鲁现实与当年巴尔加斯·略萨所面对的秘鲁现实有了很大的变化，小说中所批判的具体政治现实也因此有了不一样的内涵：自相残杀的战争之殇同时侵蚀了敌我双方的将士，当初的反恐怖主义战争变成了某种双方同样嗜血杀戮的不义之战，教堂的焚尸炉分外凸显出教会与秘鲁政府合作、掩盖政府军大规模屠杀的事实。龙卡略洛将官方历史中仿佛黑白分明的两大阵营平等地放置在人性天平上进行拷问，这样的文本向我们展现出秘鲁的政治现实，也向我们透露出文本之外作者与其文学先辈截然不同的政治态度：如果说以巴尔加斯·略萨为代表的一代文人创作政治批判小说的目的是革命性的，是为了以文学改变世界、干预现实，他们对于政治活动的积极作用是抱有希望的，那么，龙卡略洛则对政治这一问题本身抱持质疑态度。在其笔下，这场战争早已无关正义邪恶，陷入其中的双方都将陷入癫狂，坠入混沌，成为囿于欲望、追求权力的原始生物，如最终强奸埃迪特的查卡尔塔纳，如为自保而犯下连环杀人案的政府军高官。

《红色四月》以黑色小说常见的悬疑、惊悚外壳包裹住内里秘鲁文学（乃至整个拉丁美洲文学）中暴力、政治批判传统的新思路，成为秘鲁当代文学中的瑰宝。2014年，龙卡略洛再次以检察官查卡尔塔纳为主人公，推出了长篇小说《最高处罚》，这是有关检察官其人其事的一部前传，这一次查卡尔塔纳将在1978年全民收看阿根廷世界杯的秘鲁街巷中揭露跨国独裁政权的彼此勾结，再次颠覆官方叙事。

（莫娅妮）

胡安·何塞·赛尔（Juan José Saer）

胡安·何塞·赛尔（1937—2005），阿根廷作家，出生于阿根廷圣菲省（Santa Fe）赛罗迪诺镇（Serodino）。这位叙利亚移民的后代曾任记者、圣菲电影学院（Instituto de Cine de Santa Fe）教师，1968年移居法国，在雷恩（Rennes）大学任文学教授。2005年因肺癌于巴黎逝世，享年67岁。赛尔被认为是20世纪西班牙语文学及拉美文学最优秀的作家之一，阿根廷学者马丁·可汗（Martín Kohan）评价其为"博尔赫斯后阿根廷最重要的作家"[1]，贝亚特里斯·萨尔罗则将其奉为"20世纪后半叶最杰出的阿根廷作家"[2]。

赛尔一生共发表二十多部作品，包括小说、故事集、散文和诗歌等。其作品被翻译成英语、法语、德语、意大利语、瑞典语、希腊语、葡萄牙语、日语等数十种语言。评论界普遍认为其文学创作生涯可大

---

[1] 为纪念作家诞辰80周年，2017年在阿根廷圣菲省举办了"胡安·何塞·赛尔国际研讨会"，与会学者马丁·可汗对其做出如上评价。

[2] 同样是在2017年的"胡安·何塞·赛尔国际研讨会"上，贝亚特里斯·萨尔罗做出如上评价。

胡安·何塞·赛尔（Juan José Saer）

致分为三个阶段：最初的探索时期，这一阶段其小说的存在主义倾向明显；实验小说时期，在这一阶段赛尔发表了具有法国新小说特点的短篇小说集《伤疤》（*Cicatrices*，1969）、《更大的痛苦（1969—1975）》[*La mayor（1969-1975）*，1976]，以及小说《皇家柠檬树》（*El limonero real*，1974，2016年被搬上大银幕，同时也被改编成歌剧）和《无人、无事、从不》（*Nadie nada nunca*，1980）；成熟时期，代表作有小说《继子》（*El entenado*，1983）、《注解》（*Glosa*，1988）、《无岸的河》（*El río sin orillas*，1991）和侦探小说《侦查》（*La pesquisa*，1994）等。其中《注解》采用了与柏拉图的对话式作品《会饮篇》相似的结构，以两个朋友间关于一场他们都未参加的生日会的对话为背景。这部关于记忆、时间和死亡的小说被部分评论家认为是赛尔最杰出的作品之一，作家本人则称其是"最接近我理想的小说"①。

1988年，赛尔发表小说《时机》（*La ocasión*），该书荣获1987年度"纳达尔小说奖"。《时机》讲述了一段三角恋情，故事场景设置于19世纪的潘帕斯草原。在这部作品中，赛尔回归了现实主义的笔法，但并非如传统现实主义小说那般力求真实再现典型环境中的典型人物，而是糅合了实验派小说的特点，试图展现人物错综复杂的思想感情，表达其内心的需要，揭示其对人生现实的领悟。2004年，赛尔获得"康奈克斯文学白金奖"（Premio Konex de Platino）②。2007年，他的三部小说——《继子》《注解》和《大世界》（*La grande*，2005）入选"近25年来最优秀的100部西语小说"③。

---

① Abbate, Florencia. "El principio de incertidumbre: Entrevista a Juan José Saer", *Revista Ñ*, 1 de octubre de 2015.
② 康奈克斯基金会奖创立于1980年，是由阿根廷康奈克斯（Konex）基金会颁发的文化奖项，旨在表彰在文学、音乐、艺术上有杰出成就的阿根廷文化人士。
③ 2007年，来自拉丁美洲和西班牙的81位作家、编辑和文学评论家评选出了自1982年以来西班牙语文坛最优秀的100部小说，评选结果刊登在本活动发起者哥伦比亚《星期》杂志上。

尽管处于拉丁美洲文学爆炸鼎盛之时，魔幻现实主义文学在拉美及世界文坛如日中天，但胡安·何塞·赛尔并未随波逐流，而是发展出了自己独有的叙述风格。赛尔尊胡安·奥尔蒂斯（Juan L. Ortiz, 1896—1978）为导师，称其为阿根廷20世纪最伟大的诗人。受其诗作启发，风景常常成为赛尔作品中的重要叙事元素。在最后一部作品《大世界》中，赛尔选取了奥尔蒂斯的诗作为小说的序言。此外，和同时代的其他拉美作家一样，赛尔也深受美国意识流大师福克纳的影响，具体表现在长句的运用和一系列人物在多部作品中的穿插交替出现。与福克纳的"约克纳帕塔法世系"相对应，赛尔的文学模式是以阿根廷圣菲市及其郊区为核心而构建的，其笔下人物的生活轨迹大多围绕这一地理环境展开，而这也正是作家本人最熟悉的地区。

身处法国的赛尔虽未直接参与反独裁斗争，但一直关注祖国的政治形势，并始终支持其认为正义的事业，"我不认为自己是流亡作家，但我坚定反对阿根廷独裁统治。"①这位定居巴黎的阿根廷作家如是说。赛尔的政治立场和他的文学创作紧密相连，他曾说："尽管我的小说不属于军事题材，但我相信任何文学都不能同特定的道德伦理相脱离"，并表明其创作"不会背叛我的政治立场和文学理想"。他在文学作品中直接或间接地对当时的阿根廷社会现实进行了揭露，尤其在《无人、无事、从不》和《无法磨灭的事件》（*Lo imborrable*, 1993）中，更能明显感受到阿根廷军事独裁统治下整个社会压抑、恐怖的氛围。

除文学创作外，赛尔还曾编写过两部电影脚本，其中就有其故事集《棒与骨》（*Palo y hueso*, 1965）。此外，他的多部作品，如《伤疤》《无人、无事、从不》等都被改编成同名电影搬上银幕。《叙述的艺术》（*El arte de narrar*, 1977）收录了他从1960年起创作的诗歌，

---

① "El escritor argentino afincado en Francia Juan José Saer gana el Nadal con *La ocasión*, novela sobre un delirio", https://elpais.com/diario/1988/01/07/cultura/568508404_850215.html [2019-09-24]

《短篇小说全集》（*Cuentos completos*，2012）则收录了其创作的短篇小说。

近年来一批研究赛尔文学创作的新成果涌现出来：2015年弗洛伦西娅·阿巴特（Florencia Abbate）的《现时的浓厚》（*El espesor del presente*）、拉斐尔·阿尔塞（Rafael Arce）的《胡安·何塞·赛尔：小说的幸福》（*Juan José Saer: la felicidad de la novela*）问世。2016年赛尔的研究者马丁·普列托（Martín Prieto）推出对作家的采访录《比世界的形状更真实的一种形式：与胡安·何塞·赛尔的谈话录》（*Una forma más real que la del mundo. Conversaciones con Juan José Saer*），贝亚特里斯·萨尔罗也出版了研究专著《赛尔地区》（*Zona Saer*）。

《大世界》（*La grande*）

《大世界》（*La grande*，2005）是胡安·何塞·赛尔的遗作，去世后由塞伊斯·巴拉尔出版社出版。这本小说被认为是赛尔最杰出的作品之一，入选"近25年来最优秀的100部西语小说"。这是一部未完成的长篇小说，在生命最后的时光里，赛尔一直在写作此书，直至2005年6月11日在巴黎逝世。

小说共四百多页的篇幅，由7个章节构成，每一章则以连续的几天为时间单位，从1992年4月初的一个周二，即主人公归来之日，到下一个周一。小说情景设置于20世纪90年代的阿根廷，主人公古特雷斯30年前突然离开家乡圣菲，当58岁的他再次神秘归来时，结识了努拉，这位比他年纪恰巧小了一半的青年是一位有哲学抱负的酒商。古特雷斯意图邀请旧友们下周末去他家吃烤肉，于是向努拉订购红酒。全书由两人在雨中的一场漫步展开叙述，他们不紧不慢地沿着河岸边走边聊，与其说是对话，不如说更多的是古特雷斯的独白。他平静又略带轻蔑地谈着"他们"(ellos),即他住了几十载的欧洲国家的那些富人们。而努拉只是走在其身后听着,没有做出评论。伴随着这一场两公里的漫步和他们时断时续的谈话,书中其他人物的信息开始慢慢浮现。小说倒数第二章"周日。蜂鸟。"描述了朋友们在古特雷斯家里烤肉的场景(实际上,无论是朋友间的散步还是烤肉聚会,都是赛尔作品中常常出现的场景),并以暴风雨突来时他们在院子里看到的"幻像"(visión)所引发的讨论而告终。众人对那个在树上飘动的幻影给出了不同诠释,有的认为那是哈姆雷特的父亲,有的认为是雅典娜,还有人则断定那是小说中已故去人物的回归。颇具讽刺意味的是,最后他们发现那只是一个普通的超市塑料袋。在最后一章,赛尔只来得及留下一句开头,宣告秋天的到来。

作为赛尔篇幅最长的作品,全书情节非常简单,除了古特雷斯的突然回归和最后一个周日的朋友聚会,似乎没有其他重要情节。也正因如此,初读此书时,不熟悉其作品的读者往往会产生一种"平淡无奇"之感。小说围绕几个人物在一周时间内所遇、所见、所闻之事展开叙述,看似只是描写日常生活碎片,实则涉及了政治、艺术、婚外恋等各种社会现实元素。比如努拉在与他人的对话中,推测古特雷斯当年的离开可能与精确主义(precisionismo)文学运动有关,而这又牵涉到当时的阿根廷军事独裁统治。又比如小说中两个人物关于文学的谈话,其中一个问起什么是小说,而另一个看着河流的漩涡,不假思索地说,小说是"连续的分解运动"(movimiento continuo descompuesto)。而对小说的这一定义正是赛尔本人曾在其笔记本上写下的,作家借书中人物之口表达了自己对文学的一种看法。

小说的主线似乎在于厘清主人公30年前离奇消失的原因,而这一过程同时也是对书中每个人物的性格、观念的探索,对其过去和现在生活的审视,以及对其所处的社会大环境的再现。从此种意义上讲,《大世界》可看作是一部集体主人公小说,所有这些人物身上发生的故事都定

胡安·何塞·赛尔（Juan José Saer）

格在近代阿根廷历史的十字线上，当他们回首自己的人生轨迹时，也是在回顾过去几十年里阿根廷的历史事件、文化发展和社会现实。此外，赛尔文风的独特性还体现在他在叙述的轻重选择上，其他作家往往一笔带过的微不足道的细节，在他笔下却被拉长、放大。他用五十多页的篇幅描写两个朋友相遇这样一个简单的情节，而一个缝扣子的举动，也可以详细描述长达四页之久，给人一种电影慢镜头之感，从而带来一种不同的阅读体验。

《大世界》的另一个重要主题便是时间。小说在过去与现在之间游走，往事与现实相交织。在这部作品中我们能感受到哲学思辨意味，即生命的转瞬即逝和人生的不确定性，后者又体现在过去的不可挽回、当前的难以把握和未来的无法预见。古特雷斯回到故土，期待能寻回失去的岁月，却发现一切都已改变，包括他的家乡、曾经的爱人和朋友，以及他们每个人的人生。正如阿根廷文学评论家贝亚特里斯·萨尔罗所说，到最后，古特雷斯发现自己就是"一块格格不入的拼图碎片"[①]。

《大世界》是赛尔的告别之作，在某种意义上，也是一部集大成之作。赛尔笔下的地区和人物，以及他在整个文学创作生涯中所探索过的主题，都构成了这部小说的一部分。对熟知其作品的读者来说，《大世界》可看作是对其文学思想的回顾；而对新读者来说，这部小说也是一扇带领我们进入其广阔文学世界的大门。《大世界》填补了赛尔先前小说的一些空白和悬念，在这部小说中我们得知了《伤疤》中的赌徒艾斯卡兰德的下落、《无人、无事、从不》中加多和艾丽莎失踪的细节，以及《注解》中的古埃略在先锋文学领域的成就。而主人公古特雷斯本身也是赛尔第一本故事集中短篇故事《鳏夫的探戈》（*Tango del viudo*，1960）的主角。《大世界》的叙事空间则毫无意外地再次集中于圣菲与林孔（Rincón）之间的那个沿海地带，即赛尔笔下的地区（Zona）。

---

① Sarlo, Beatriz. "El tiempo inagotable", *La Nación*, 2 de octubre de 2005.

如果说马尔克斯创造了马孔多这样一个神奇天地又决定让它衰落直至消亡,赛尔则慷慨地让他笔下的人物和世界在时间的长河中得以延续,成为一个无尽的循环。因此,这部小说的关键词"回归"被赋予了一种双重意义:一方面,主人公的回归构成了小说的主要情节;另一方面,赛尔决定让其笔下的人物集体回归。

"周一。河的下游。下雨了,秋天来了;秋天来了,酿葡萄酒的季节也开始了。"当创作至小说最后一章伊始时,这位后博尔赫斯时期最重要的阿根廷作家永远离开了人世,留下的是他对时间、对记忆、对人生,以及对这个世界的思考和探索。

(傅子宸)

乌戈·萨尔塞多（Hugo Salcedo）

乌戈·萨尔塞多（1964—   ），1964年9月24日出生于哈里斯克州的古斯曼城，是墨西哥当代著名剧作家、戏剧教育家和研究者。

6岁时萨尔塞多随家人迁居瓜达拉哈拉，在那里接受教育，直到在瓜达拉哈拉大学获得文学学士学位。不久萨尔塞多前往西班牙，在巴塞罗那自治大学完成"戏剧理论与批评"的硕士课程学习，并在马德里康普顿斯大学凭借以《墨西哥儿童戏剧》（*El teatro para niños en México*）为题的论文获得文学博士学位。学习期间，他还曾受教于比森特·莱涅罗、埃米利奥·卡尔瓦伊多和乌戈·阿尔奎耶斯等人，这些大师级的剧作家对他日后的创作都产生了很大影响。后来，为了进行一项关于下加利福尼亚州蒂华纳（Tijuana）建城史方面的研究，他又前往该地，并最终在那里定居。在蒂华纳的生活为他后来的创作提供了大量素材，使萨尔塞多的创作带上了典型的"北地边境文学"的标签。

从20世纪80年代起，萨尔塞多开始从事戏剧创作，初出茅庐便引起戏剧评论界的注意，其作品也成为各戏剧比赛的焦点。1986年他凭借《圣胡安·德·迪奥斯》（*San Juan de Dios*）夺得墨西哥国立自治大学"出发点戏剧竞赛"（Concurso Punto de Partida de UNAM）的一等奖，次年又凭《二比一》（*Dos a uno*）再夺桂冠。1989年，萨尔塞多创作了《鸣禽之旅》（*El viaje de los cantores*），一经上演就引起了极大轰动（1990年出版），不仅让他再次获得了"出发点戏剧竞赛"的奖项，还为他赢得了西班牙"蒂尔索·德·莫利纳奖"。这部作品选取了相当敏感的非法移民问题作为主题，以1987年真实发生的一个移民惨剧为素材。18名偷渡者登上了一节闷罐车的车厢，藏匿在里面，梦想着能穿越边境到达他们梦想中的"天堂"——美国，但他们谁也没想到，他们踏上的是一次死亡之旅。在40度的高温下，闷罐车最终变成一座坟墓。只有米格尔·托雷多·罗德里格斯依赖锈蚀板壁上凿出的一个小孔呼吸而活了下来，但等待他的仍然是充满艰险的未来。这部作品所反映的是墨西哥千百万个家庭曾经的生活经历，在作者萨尔塞多的现实生活中也不乏类似的体验，他的两个姐姐就曾为了寻找更好的生活而远离家乡，移居国外，而她们的离去也让家人饱尝思念之苦。这种切身体验让萨尔塞多在创作这部作品时能够深入主人公的内心世界，表达其最真切的感受。不管是从写作技巧还是从表达内容来看，《鸣禽之旅》都是一部极具冲击力的作品，表达了以萨尔塞多为代表的新一代剧作家对于当代墨西哥社会政治环境的观点，以及他们对于被权力中心忽视的边缘人群生活状态的关注。凭借《鸣禽之旅》一举成名后，萨尔塞多仍然继续自己的戏剧创作，又创作了《南风吹过的荒原在燃烧》（*Arde el desierto con los vientos que vienen del sur*, 1990）和《林荫大道》（*Bulevar*, 1995）等作品。

　　根据评论家阿尔曼多·帕尔提达（Armando Partida）的观点，萨尔塞多是一位很难被贴上标签的作家，只有对他作品的戏剧结构有了非常深入的认识，才能理解他的创作原则和时空操控的目的。萨尔塞多的戏剧语言也非常有特色，他非常善于利用角色对话来制造戏剧冲

乌戈·萨尔塞多（Hugo Salcedo）

突，对墨西哥北方边境地区方言的熟练运用更是让作品带上了独有的个人特色。这种地域色彩在他1999年出版的《边地剧集》（*Teatro de Frontera*）的五部作品中表现得尤为明显。除了共同的地域性特点，五部短剧还各自表达了作者在20世纪90年代戏剧创作的风格元素。《芭芭拉·冈迪阿加》（*Bárbara Gangdiaga*）凸显了作者从前辈经典作品中汲取的营养，《北方之星》（*La estrella del norte*）表明了作者扎根于地方传统的立场，《欲望之树》（*El árbol del deseo*）传达了作者对魔幻现实主义影响的接受，《塞莱娜，得克萨斯—墨西哥女王》（*Selena, la reina del Tex-Mex*）专注于戏剧传达信息的时效性，而《公园里的谋杀》（*Asesinato en los parques*）则表达了作者探寻全新表达方法的进取心。除了这些短剧，萨尔塞多还创作了《牛仔法则》（*La ley del Ranchero*，2005）、《笼罩黄瓜地的星夜》（*Noche estrellada sobre el campo de pepinos*，2011）、《我们这些深爱他们的女人》（*Nosotras que los queremos tanto*，2011）等作品，大多数作品激发起公众对于墨西哥当代社会各种问题的关注。《子弹的音乐》（*Música de balas*）被授予2011年"国家戏剧奖"（Premio Nacional de Dramaturgia）。

在萨尔塞多的创作生涯中，儿童戏剧作品的写作也占有相当重要的地位。早在1990年，他就凭借《胡安内特与皮卡迪约》（*Juanete y Picadillo*）一剧获得墨西哥"国立艺术学院国家儿童戏剧奖"（Premio Nacional de Teatro para Niños del INBA）。《鲨鱼堂提布尔西奥》（*Don Tiburcio, el tiburón*，2002）、《如果你听一只青蛙呱呱叫》（*Si escuchas una rana croar*）也受到广大少年儿童观众的欢迎。

除了戏剧文学创作，萨尔塞多将戏剧研究和戏剧教育也作为自己为之奉献一生的事业。他目前在墨西哥城伊比利亚美洲大学任教，并曾应邀前往新莱昂自治大学、法国戴高乐大学、厄瓜多尔中央大学、韩国首尔大学、美国威斯康星大学等多所高校讲学。同时，他还积极组织戏剧写作课程和工作坊，致力于对戏剧文学创作人才的培养。其撰写的《拉开的幕布》（*Telón abierto*）等著作也集中展示了他多年来对墨西哥乃至拉美戏剧发展状况的研究成果。

鉴于萨尔塞多在戏剧的创作、推广和研究领域所做出的巨大贡献，他已被选为"墨西哥全国艺术创造者体系"（Sistema Nacional de Creadores de Arte）和"墨西哥全国科学技术委员会研究专家体系"（Sistema Nacional de Investigadores del Consejo Nacional de Ciencia y Tecnología de México）的成员，在为推动墨西哥戏剧事业发展的道路上，继续发挥着重要的作用。

《牛仔法则》（*La ley del Ranchero*）

《牛仔法则》是乌戈·萨尔塞多创作于2005年的一部剧作，延续了他关注社会边缘人群，反映疾苦并解决问题的一贯主张，也是他涉足非主流的"酷儿"（queer）①戏剧的一次尝试。

《牛仔法则》是一部独角戏，场景设置于墨西哥北部某个城市一家名为"牛仔"（El Ranchero）的酒吧门外，由一个名叫基德（Kid）的年轻人向观众们述说他自己以及与他相关的人们的故事。基德从小生活在一个偏远的村庄，随着年龄的增长，他渐渐无法忍受乡村的平静生活。在让同村的一位姑娘怀孕后，不想承担责任的基德逃离了家乡，来到他日夜向往的城市，以求获取更好的生活。在对城市生活有了最初的了解之后，一家名叫"牛仔"的同性恋酒吧却让他开始进入城市中那个被隐藏在"地下"的、不为人知的世界。这个对基德来说完全陌生的世

---

① "酷儿"来自英语"queer"一词，本义是"古怪的，与通常标准不同的"。在20世纪，由于这个词的词源及社会环境因素的影响，"queer"成为对同性恋者的带有贬损意味的称呼，但从20世纪80年代起，这个词在同性恋群体中被广泛使用，其指涉对象也变为那些对性爱表达方式所持立场与传统标准不同的人，许多同性恋者、变性者、双性恋者都接受了"酷儿"这个称呼。

乌戈·萨尔塞多（Hugo Salcedo）

界里充斥着男性之间的情色交易和强权倾轧，不时出现偷盗、欺骗甚至凶杀以及之后波澜不惊的逍遥法外。基德在开场时还是一副乡下少年的打扮，但随着叙述的进行，他开始脱下乡土味十足的外衣，换上衬衣、牛仔裤、靴子和卷檐帽，手持一条绳索，像一个真正的牛仔一样展示起自己熟练的抛投套索的技艺，似乎在宣示着自己对这个"秘密"世界的加入。通过他对酒吧中遇到的人们品头论足的评论，观众们也可以逐渐深入这个由边缘人群构成的世界内部，去认识这些在主流的社会文化传统面前必须隐藏真实自我、被迫压抑欲望的人们，去了解他们的所思所想，以及他们经历过的恐惧、痛苦和忧伤。基德的独白描述了三对同性恋伴侣的情感纠葛，其中不仅充斥着令人疯狂的激情，还夹杂着他们在出卖肉体、欺骗和凶杀的犯罪深渊里沉陷和挣扎的绝望。基德在对这个世界的描述过程中也经历着认同和排斥这两种态度的纠结，这个世界里有让他感到新奇、令他着迷的神秘，但同时又有令他深感恐惧、望而却步的黑暗。最终，基德还是决定离开"牛仔"酒吧，离开这座城市，回到家乡去和那位怀着他孩子的姑娘结婚，回归传统、平静的生活。

在《牛仔法则》这部作品中，萨尔塞多将被当代社会刻意忽视的一群人的生存现状在舞台上表现出来，以这样的方式来对这个在面对问题时宁愿将头转开假装不见的社会进行谴责。在舞台上基德的描述中，出入"牛仔"酒吧的人们都被排斥在社会主流评价体系之外，但他们每个人都有着鲜活的生命，有着跟普通人一样的问题和需求。一家旅馆里一位青年人被杀害的案件，让一个牛仔、两名男妓、一个实为易装癖的"陪酒女"的人生经历发生了交集，让他们在这偶然构建的关系中彼此纠缠，吐露心声。在基德的描述里，他们都有血有肉，每个人都有着鲜明的个人特色，但他们这些同属"酷儿"群体的人都不得不将自己最隐秘的情感需求隐藏在阳光照不到的角落里，忍受社会对这一群体的鄙视和压迫。

萨尔塞多的《牛仔法则》触及了当代社会最敏感的痛处，将光鲜外衣下隐藏的痈疮暴露出来，提醒人们不再对问题视而不见，而是去认知、去了解，以求建立理解和沟通的平台，找到解决问题的渠道。

（卜珊）

鲁道夫·桑塔纳·萨拉斯
（Rodolfo Santana Salas）

鲁道夫·桑塔纳·萨拉斯（1944—2012），委内瑞拉当代著名剧作家。1944年10月25日出生于加拉加斯，在北部米兰达州的佩塔雷（Petare）和瓜雷纳斯（Guarenas）度过自己的童年和青少年时代。早年对古希腊、西班牙黄金世纪、英国古典剧作以及拉丁美洲戏剧作品的大量阅读激发了他对戏剧的热爱，并让他为自己确定了投身舞台艺术的人生方向。

1963年，年仅19岁的鲁道夫·桑塔纳被任命为佩塔雷文化之家剧院的导演。当时正值委内瑞拉大批农村人口为逃离乡村的贫困生活而大量涌入城市，佩塔雷的城市周边出现了许多以农村移民为主的贫民社区。年轻的鲁道夫·桑塔纳深入那些尘土飞扬、缺电短水的街区，组织起剧团，选择了西班牙黄金世纪的经典剧作排练上演，希望让那些生活在社会最底层的民众也能享受到戏剧艺术所带来的愉悦。然而，舞台上远离民众生活的表演却无法引起人们的共鸣，观众对演出的冷漠反应让他的热情受到了沉重的打击，但却也让他明白了戏剧是一种社会需求，必须与民众的现实生活密切相关，反映他们的苦乐，传达他们的愿望。这种经历让他对戏剧艺术有了全新的认识，并决定开始自己创作剧本。

从1963年至今，鲁道夫·桑塔纳已经创作了近百部作品，其中有不少被翻译成多种语言，在国外上演，成为委内瑞拉当代戏剧的代表作品，其中《红胡子》（*Barbarroja*）获1970年"国家戏剧奖"。鲁道夫·桑塔纳的作品风格多样，既有现实主义风格突出的社会剧，也有先锋意味十足的荒诞剧，作品涉及的题材范围也非常广泛，既有历史剧也有科幻剧，反映了不同历史时期、不同社会阶层人们的生活。在鲁道夫·桑塔纳的创作中，那些反映政治事件和背景的作品最为突出。这些作品以社会中的边缘人群为主要描画对象，所设置的戏剧环境中充斥着暴力色彩，在人物关系冲突的紧张氛围中又不乏黑色幽默的点缀。

《企业原谅一时的疯狂》（*La empresa perdona un momento de locura*，1976）是鲁道夫·桑塔纳此类作品中最出色的代表。该作品以一位工人在遭遇事故后的不幸经历为线索，通过他与代表企业的一位女职员之间的冲突来表现资本主义社会中的种种不公现象，对金钱所代表的强权和堕落进行了揭露。这部以社会批判为主要目的的作品公演后引起了很大反响，不仅在委内瑞拉成为评论界关注的焦点，在国际剧坛上也引起了人们的注意。该剧曾多次在乌拉圭、英国和德国上演，并被改编成电影搬上银幕，成为鲁道夫·桑塔纳影响最为广泛的作品之一。

创作于1980年的《危险公园中的相遇》（*Encuentro en el parque peligroso*）是鲁道夫·桑塔纳的另一部代表作。在这部作品中，作者尝试运用法国著名超现实主义运动理论家、戏剧家安托南·阿尔托关于"残酷戏剧"的理论，试图通过异乎寻常的台词、动作和舞台效果来构造一种高于语言的喜剧表达方式，用来颠覆理性思维和逻辑，震撼观众，让他们看清社会现实的真面目。整部作品只设计了一个场景和两个人物，这两个名叫佩德罗和安娜的角色在舞台上进行着仪式一般的表演，佩德罗的嘴里不断蹦出一个又一个单词，这些毫无逻辑关联的单词成为对各种残暴、恐惧和混乱现象的罗列，让观众逐渐构建起对这些概念的初步印象。随后，两个人之间的对话也一直围绕着各种犯罪和攻击行为，并配合一些动作和姿态，进行实际或象征性的诠释。通过这些手段作者营造了一种激烈、谵妄但同时又不乏诗意的氛围，反映了当今现实世界中人们之间那种自我疏远和难以沟通的关系。鲁道夫·桑塔纳所采用的这种非表演化的超现实主义技巧让人不由联想起尤内斯库"反戏剧""反逻辑"的创作主张，由此可以看出这位罗马尼亚裔法国剧作家的戏剧理念对鲁道夫·桑塔纳的创作所产生的影响。

鲁道夫·桑塔纳的另一部作品《迷失在敌对城市中的天使》（*Ángel perdido en la ciudad hostil*，1989）则如寓言一般为观众呈现了后现代社会中人们的生活状态。一位名叫哈法埃尔的天使来到一个不知名的城市，并运用自己的法力让城市中的各种罪恶消失无踪。那些原本深陷腐败罪恶之中的部长、议员、媒体大亨和军政高官们在天使的影响下对灵魂进行自省，并为了赎罪而开始将自己曾经的所作所为公之于世。但随后整个城市因其领导者种种罪行的曝光陷入震惊与恐惧之中，面临着崩溃的危机。两个名叫达涅尔和马赛多尼奥的人物去寻找天使，为了阻止他清除罪恶的行为甚至试图将他消灭。最后，天使哈法埃尔不得不逃离了那个充满敌意的城市，任其在罪恶中渐渐沉陷。剧中各色人物的设置都具有一定的象征意义，他们行走其间的那个城市实际上是对拉丁美洲特别是委内瑞拉社会的一种影射，而这种影射对人们认识现实、分析现实具有不同寻常的意义。这部作品公演后立刻引起极大反响，赢得了公众和评论界的广泛好评，并在2003年荣获"美洲之家奖"。

2012年10月21日，鲁道夫·桑塔纳在加拉加斯去世。在进入戏剧创作领域四十多年的时间里，他曾取得了诸多不凡成就，也在委内瑞拉戏剧艺术的发展进程中发挥了至关重要的作用。

《一个并不无聊的下午》（*Una tarde poco fastidiosa*）

《一个并不无聊的下午》创作于2001年，是鲁道夫·桑塔纳戏剧创作中并不常见的涉及青少年题材的作品。作品将三位中学生在一个下午筹划对家人、学校的老师同学实施谋杀的行为展示在舞台上，对一个充满暴力因素的社会对当代青少年产生不良影响、造成严重后果的现实问题暴露在观众面前。

全剧开场时，米格尔和哈维尔正在为鲁迪摄制疑似遗言的录像，三个人似乎做出了什么重大的决定，要在实施行动后离开这个人世。舞台灯光的变化不断将时空转换为此前的多个时刻，将最开始那一幕的前因渐渐展示。通过三个主要人物的对话，当今社会中存在的时刻威胁着青少年成长过程中心理健康乃至生命安全的负面因素和潜在危险逐渐被揭示出来。儿童色情网站源头难查，与之相关的犯罪活动组织严密，警方对其往往束手无策。时时发生的校园枪击案让孩子们在心理上受到极大震撼，枪击案中的杀手有很多都是在校的学生，包括将杀人原因归结为"讨厌星期一"的布伦达·斯潘塞（Brenda Spencer），在科伦贝恩高中造成数十人伤亡后自杀身亡的艾瑞克·哈里斯（Eric Harris）和迪伦·克莱伯德（Dylan Klebold），都还只是十几岁的青少年。米格尔、哈维尔和鲁迪虽然在用调侃的语气谈论这些事件，但观众可以深深体会到他们心中对于将这些青少年最终推向毁灭的家庭及社会环境的批判和愤慨。三位主人公对各自家庭生活的描述也让人看到对儿童和青少年缺乏保护和正确引导的成长环境已经成为越来越普遍的现象，正在引发越来越严重的社会问题。在剧中，三个男孩都可以轻易拿到来复枪、猎刀这样的武器，鲁迪从小一直生活在其父亲充满暴力色彩的教育控制下，成为一个外表乖巧、内心暴戾的男孩。在与朋友们的游戏、玩乐中，他模仿著名的纵欲杀手查尔斯·约瑟夫·惠特曼（Charles Joseph Whitman）从楼顶随意狙杀路人的举动，想象着杀人带来的快感。在向

鲁道夫·桑塔纳·萨拉斯（Rodolfo Santana Salas）

米格尔、哈维尔描述他计划杀死自己父母的场景时，各种血腥凶残的细节让人们为这名少年无辜外表下隐藏的冷血心惊不已。米格尔幼年时曾不幸成为著名的"施特劳斯夫妇性侵男童案"中的受害者，虽然罪犯最终伏法，父母家人也认为一句"你要把这一切忘掉"就可以让一切恢复正常，但米格尔自己明白事件留下的伤害已深深埋藏心底，永难磨灭。哈维尔的母亲罗莎则是所有"麻木"父母的代表，她对于孩子成长中出现的问题视若无睹、充耳不闻，对于孩子在青春期出现的心理需求毫无了解。甚至在最后当孩子们做"杀人预热练习"时用丝巾将她勒晕都没能让她意识到危险近在眼前，而只是以为自己酒喝多了，若无其事地去准备晚餐了。剧中还有一个情节对解释三个男孩如何一步步将杀人计划推向现实具有重要意义。三个男孩在此前一次去观赏瀑布的郊游中曾偶遇一名叫阿方索的逃犯，在他欲对哈维尔施暴时，三个男孩合力将他制服并最终将他杀死。三个孩子此次以暴制暴的经历似乎让他们找到去宣泄不满的渠道，也让他们下决心去惩戒他们认为给他们造成伤害的所有人，父母、老师、同学都可以成为他们杀戮的对象。在全剧最后，三个男孩在半开玩笑半认真地制订了屠杀计划后，换上一身黑衣，在外套下面藏匿了枪支和刀具，准备前往学校参加舞会。在强烈的灯光照射下，他们面无表情，但冷酷的内心已表露无遗，让观众看到了他们可能去毁灭世界继而自我毁灭的未来。

《一个并不无聊的下午》承载了巨大的社会批判功能，以非常直接而坦白的方式直指问题的核心，虽然其中不乏令人痛心、难以直视的情节，但作者认为，唯有以这样的方式，才能凸显问题的严重性，以警醒人们，唤起全社会对青少年成长问题的关注和重视。

（卜珊）

萨曼塔·施维伯林（Samanta Schweblin）

萨曼塔·施维伯林（1978— ），阿根廷小说家，出生于布宜诺斯艾利斯，曾旅居墨西哥、意大利、中国（2013年她入选上海市作家协会"上海写作计划"，驻市两个月）等国家，现定居柏林。

施维伯林著作不丰，从2002年发表第一部短篇小说集至今，共发表了三部短篇小说集和两部中篇小说，分别为短篇小说集《骚动的核心》（*El núcleo del disturbio*, 2002）、《吃鸟的女孩》（*Pájaros en la boca*, 2009）、《七座空房子》（*Siete casas vacías*, 2015）和中篇小说《营救距离》（*Distancia de rescate*, 2014，2015年"老虎胡安奖"）、《侦图机》（*Kentukis*, 2018）。然而，施维伯林的每一部作品都极其有分量，每一部皆是口碑之作，屡获大奖。例如，《骚动的核心》获得2001年度"国家艺术基金奖"（Fondo Nacional de las Artes）一等奖，其中的短篇故事《去往首都的快乐文明》（*Hacia la alegre civilización de la capital*）则单独获得"哈罗尔多·孔蒂奖"（Premio Haroldo Conti）；《吃鸟的女孩》被授予2008年度"美洲之家奖"；

萨曼塔·施维伯林（Samanta Schweblin）

《七座空屋》获"里维拉·德尔·杜埃罗短篇小说国际奖"，其中的短篇小说《没有运气的男人》（*Un hombre sin suerte*）则赢得2012年度"胡安·鲁尔福国际短篇小说奖"。她的作品被翻译成二十多种语言，其文学影响并未限于西语国家，《营救距离》的英文译本 *Fever Dream* 入围2017年"布克国际文学奖"，并获2018年美国"雪莉·杰克逊奖"（Shirley Jackson Award），施维伯林是第一位获得此奖的阿根廷人。施维伯林已成为阿根廷当代青年作家中的领军人物，2010年，她被《格兰塔》评选为22位"最佳西班牙语青年小说家"之一；2017年，又入选第二代"波哥大39人团"。

施维伯林是近年来作品中奇幻色彩最浓重的阿根廷作家之一，她的故事总是从日常一幕开始，或是在某一个不经意的时刻将现实维度扩展至奇幻世界，或是将一个普普通通的生活片段突然推入难以想象的极端境地。那一瞬间的转变、其中人性的疯狂，令人想起胡利奥·科塔萨尔、比奥伊·卡萨雷斯、奥拉西奥·基罗加等拉美文坛先锋人物。施维伯林对于奇幻元素和极端场景的运用亦有自身的特色，她总是从家庭关系入手，从日常的家庭生活场景中挖掘超乎寻常的元素。她自己曾说，她喜欢超乎寻常的、跳脱正常的、奇特少见的东西，有意思的是，她不需要走出家庭就能找到它，一切都在那儿了。她描写亲子关系、夫妻关系、兄弟关系、婆媳关系等，尤其是亲子关系和孩童世界，从日常生活抽离出潜在的危险因素、无形的恐怖氛围，甚至剥出奇幻的维度，在极端环境下拷问日常关系的真实属性。

也因此，恐怖是施维伯林小说的另一个特色。这里的恐怖一方面是来自其许多小说中对于悬疑氛围的营造，但更多的是来自其小说对于人性与人际关系中粗粝、丑陋一面的直白书写，她的直白和夸张之处使得她的许多小说读来令人如坐针毡：在她笔下，人为求生存杀狗，但转眼也会被狗群吞噬（《打狗记》）；一个美丽的小姑娘会以吞噬活鸟为生（《吃鸟的女孩》）；一个男孩梦想将人以头撞地，并将其幻想画成图画，反倒引起众人追捧（《以头撞地》）。但正如墨西哥女作家克里斯蒂娜·里维拉·加尔萨（Cristina Rivera Garza）所言，她总是更喜欢"令人不舒服的书"，小说就应该能够引起争议、激起反应，这是文学引发思考的必备条件。

除自身的文学创作以外，施维伯林还曾于2013年编辑出版了阿根廷女作家安娜·玛利亚·舒亚（Ana María Shua）的一部微型小说集《逆时》（*Contra el tiempo*）。

中译本：《吃鸟的女孩》，姚云青译，上海文艺出版社，2013年（人民文学出版社，2021年）；《营救距离》，姚云青译，人民文学出版社，2018年；《七座空屋》，姚云青译，北京日报出版社，2021年；《侦图机》，卜珊译，北京日报出版社，2021年；短篇小说《打狗记》，邹洋译，收录在《匆匆半生路——拉丁美洲最新短篇小说集》，中央编译出版社，2015年。

《营救距离》（*Distancia de rescate*）

阿根廷女作家萨曼塔·施维伯林的中篇小说处女作《营救距离》发表于2014年，于次年获得"老虎胡安奖"，并入围2017年的"布克国际文学奖"，再次为施维伯林赢得众多赞誉。秘鲁女导演克劳迪娅·略萨（Claudia Llosa）计划将这部作品搬上大银幕。小说讲述了来自城市的一对母女阿曼达和妮娜来到乡村遇见一对古怪的母子卡拉和大卫，随后遭遇一系列奇幻事件最终导致悲剧的故事。

小说篇幅很短，仅120多页，然而其叙事声音与结构却丰富多样，其中所涉及的主题和故事线也错综复杂，为小说的解读提供了众多可能的视角。在施维伯林笔下，这个故事构成了一种奇特的复调叙事结构：一方面，小说是由男孩大卫和年轻女子阿曼达在一家医院急诊处的一问

萨曼塔·施维伯林（Samanta Schweblin）

一答展开整个故事的，大卫对于"重要的事情"的不停追问迫使阿曼达在叙述故事时对不同情节不断地进行取舍；另一方面，整个故事的叙述构成了"中国套盒"式的层叠关系——阿曼达与大卫的第一人称问答、阿曼达对于卡拉和妮娜遭遇的第一人称描述和卡拉对于大卫遭遇的第一人称描述，叙事声音层层套叠，人物对于事件的不同理解令同一事件呈现出不同的形态。这样多层次的叙事声音设置令故事中的人物之间产生立场和视角的冲突，但更重要的是，它同时也令读者对于故事的真相直到最后还像人物本身一样如坠云里，更会令读者对作者借由这一文本所想表达的具体主题产生迥然相异的理解。这样的书写方式无疑可能使得小说由于线索太过纷乱而令读者难以准确把握作品主旨，令作者有炫技之嫌，也令一些评论家做出"形式大于内容"的评价，但从另一方面来看，这不失为一种促使读者参与创作的新尝试。

　　诚然，评论界对于这部小说究竟属于奇幻类恐怖小说还是生态文学作品莫衷一是。作家本人在访谈中则指出："《营救距离》中死去的动物、中毒或是天生畸形的孩子、数以百计的自然流产，……可以与书中略带奇幻或类似于恐怖小说的元素联系在一起，但这就是阿根廷农村的现实。"①看似奇幻，却是现实，这与加西亚·马尔克斯当年解释魔幻现实主义时的说法如出一辙，有此前人进行对照，施维伯林这部初读之下难以归类的小说所持的文学立场是不难理解的——暗黑奇幻的类型小说与生态文学的现实主题并非无法调和。

　　小说中魔幻元素背后透露出严肃的现实主义态度，以另一种姿态继承了魔幻现实主义先辈的文学主张。一方面，书中的魔幻，或者说奇幻元素显露出有别于前人创作的新特点：可以诱发灵魂转移的药草、可以施行移魂大法的巫女、仿佛受到诅咒的村庄，比之拉丁美洲魔幻作品，

---

① "'Distancia de rescate', la novela sobre la 'realidad oscura' del campo", autor anónimo, *Europa Press*, 10 de marzo de 2015. https://www.europapress.es/cultura/libros-00132/noticia-distancia-rescate-novela-realidad-oscura-campo-20150310143800.html [2020-04-16]

倒是更像暗黑的欧洲童话。另一方面，时移世易，施维伯林笔下的残酷现实不再与政治相关，而是展现进入现代化的农村田野受到对人体有毒害作用的杀虫剂侵袭，动物倒毙，儿童因此或是天生畸形或是中毒垂危，令一个又一个家庭遭遇悲剧，这是农业社会在工业化浪潮侵袭下土崩瓦解的另类展现。而孩子经由受到毒药侵害的食物而致病、致残、致死，这样的话题实在具有不逊于政治题材的尖锐性和普遍性，也更能引起不同国情下的读者的广泛共鸣。

与此同时，小说中还有另一个主题与之交织展开：亲子关系，或者说是双亲、孩子与潜在危险三者之间的动态关系，这也正是"营救距离"这一概念的真意。亲子关系是施维伯林小说中常常涉及的话题，其短篇小说集《吃鸟的女孩》中便有多篇故事以此为主题，其故事中的亲子关系总被置于一种无形危险的威胁之下。这里的危险并非来自可以抗拒的野蛮旷野、外部世界，危险潜伏在文明日常之中、生活内部，它来自一切因为未知而无从抵抗的事物之中，它不再独立为可以捉摸的外在"他者"，而往往与内在"自我"融为一体。而面对危险时，正如《营救距离》中孩童大卫与成年人阿曼达之间的问答所凸显的那样，成人与孩童的角色往往是倒置的：成年人（父母）无法完全担负起保护者的任务，孩子反倒是与危险有着更加错综复杂的关系。以大卫为例，一方面，他喝下中毒的河水，生命垂危，是外来危险的受害者；另一方面，他病危（移魂）前后的迥异，令母亲卡拉产生巨大的恐慌，他因此成为父母恐惧的来源，成为内部危险的化身；与此同时，作为对整个神秘事件的知情者，他最终得以令妮娜移魂到"离家近"的地方，是面对危险的抵抗者。

在通常情况下，谨守"营救距离"似乎是母亲面对孩子时的一种偏执——"我希望她能离我近一点"，"母亲们就这样"——但在这个故事里却成为一种保护孩子的执着表现，因为在这里危险是真实存在的，即使于事无补，母亲阿曼达为了挽救自己的孩子也决然付出了生命

萨曼塔·施维伯林（Samanta Schweblin）

的代价。从这个意义上来说，"营救距离"展现了身为父母为了孩子、面对孩子时油然而生、挥之不去的恐慌感和无力感：孩子是弱小的，世界是恶意的，命运是莫测的，如何才能有效地、始终地承担为人父母的职责？而父母对于孩童这一独立个体所必然存在的不理解和孩童成长过程中的种种不确定因素——他/她会变成什么样？他/她怎么变成了这样？——也令孩子本身时时成为父母恐惧的缘由。这或早或晚存在于每个父母心中无法言说的种种恐惧，在施维伯林笔下具现为无处不在的毒药和神秘莫测的移魂大法，无比魔幻的情节包裹着一颗无比现实的父母心。

（莫娅妮）

路易斯·塞普尔维达 (Luis Sepúlveda)

路易斯·塞普尔维达（1949—2020），智利小说家、记者、电影编剧和社会活动家，拉美"文学爆炸"之后的一位重要作家，智利文坛20世纪80年代的新小说代表之一，2020年因新冠感染去世。

1949年10月4日，塞普尔维达出生于智利的奥瓦耶（Ovalle）。13岁时在聆听了巴勃罗·聂鲁达的集会报告后，深受鼓舞，遂加入共青团，1968年被开除，后加入社会党派。他曾在智利国立大学攻读戏剧创作，并获得奖学金前往莫斯科学习戏剧，但不久被开除。由于坚决支持萨尔瓦多·阿连德总统（曾在其政府的文化部工作），在1973年智利军事政变后，曾受到皮诺切特政府的迫害而被监禁两年多，1977年开始流亡生活。他穿越了智利、阿根廷、巴西、巴拉圭、玻利维亚、秘鲁和厄瓜多尔，与亚马孙雨林的土著居民舒阿尔人一同生活了7个月。在厄瓜多尔他加入西蒙·玻利瓦尔国际纵队（Brigada Internacional Simón Bolívar），1979年初奔赴尼加拉瓜，参加桑地诺民族解放阵线的革命。1980年塞普尔维达定居德国汉堡，加入环保组织，作为绿色和平组织的

路易斯·塞普尔维达（Luis Sepúlveda）

记者，在1983—1988年间跑遍世界上的大洋大海，呼吁保护海洋生态。与此同时，他为西班牙和拉美的很多报纸杂志撰写文章。1996年移居西班牙阿斯图里亚斯的海港城市希洪（Gijón），在那儿组织并负责"伊比利亚美洲图书沙龙"（Salón del Libro Iberoamericano）。

塞普尔维达很早就开始文学创作，从17岁出版诗集伊始，从未停止创作，只是文学之路从诗歌转向了小说。由于他的社会承诺意识，他对环境保护、人类学和文化颇为关注，他的小说题材新颖多样：热带雨林的文明掠夺、智利南部的杀鲸场面、海洋石油污染、皮诺切特的独裁统治、捍卫智利马普切人的权利斗争等都通过他的笔墨描述而历历在目。塞普尔维达的作品体裁也不拘一格，有历险记、黑色小说、侦探小说、旅行游记、儿童故事。他构建的故事环境与现实世界相契合，紧扣社会现实和地理环境。作品构思大胆，题材独特，文风清新，语言洗练，没有过分的雕琢、艰涩的教条和饶舌的文字，让人读起来轻松顺畅。

他主要的作品如下：小说《读爱情故事的老人》（*Un viejo que leía novelas de amor*，1989）、《世界尽头的世界》（*Mundo del fin del mundo*，1989）、《斗牛士之名》（*Nombre de torero*，1994）、《伤感杀手的日记》（*Diario de un killer sentimental*，1998）、《热线》（*Hot line*，2002）、《曾经的我们之幻影》（*La sombra de lo que fuimos*，2009）、《忠犬逸事》（*Historia de un perro llamado Leal*，2015）、《历史的结局》（*El fin de la historia*，2016）、《白鲸的故事》（*Historia de una ballena blanca*，2019），作家游历南美南部以及远涉南极的旅行札记《南方快车》（*Patagonia Express*，1995）、《失落的南方》（*Últimas noticias del sur*，2011），短篇小说集《边缘故事集》（*Historias marginales*，2000），杂文集《皮诺切特的疯狂》（*La locura de Pinochet*，2002）、《阿拉丁神灯》（*La lámpara de Aladino*，2008），儿童文学《教海鸥飞翔的猫》（*Historia de una gaviota y del gato que le enseñó a volar*，1996）、《小米、小马和小

墨》(*Historia de Max, de Mix y de Mexn*, 2012)、《小蜗牛慢慢来》(*Historia de un caracol que descubrió la importancia de la lentitud*, 2013)。其中一些小说已被改编成电影。

《读爱情故事的老人》是他的成名作和代表作，已被翻译成60种语言。1999年智利导演米格尔·李丁（Miguel Littín）把这部小说搬上银幕，更名为《火地岛》（2001年澳大利亚导演洛夫·德·希尔再次拍摄了由该作改编的电影）。小说讲述了发生在厄瓜多尔亚马孙热带雨林里的故事。主人公安东尼奥·玻利瓦尔携妻远离家乡，定居于一个紧邻亚马孙雨林的偏远小镇。妻子去世后，孤独的玻利瓦尔与雨林深处的土著居民舒阿尔人逐渐相识，从他们身上学到了丛林的生存规则，了解了雨林的秘密，并学会尊重动物和维护当地的生态环境。与此同时，小说的主人公还是一位好奇的读者，在迟暮之年他选择阅读单纯而缠绵悱恻的、经历各种磨难而有情人终成眷属的爱情小说，以幸福而长久的爱情故事来抚慰自己那充满不幸的记忆。《读爱情故事的老人》是一部以环境保护为主题的小说，作家意在指出：所谓的文明贡献者其实是雨林的野蛮掠夺者，人类正在因为自身的无知和狂妄自大而盲目地摧毁这片珍贵的原始雨林，而那些被认为尚未进化的野蛮人却不愿意被现代文明改变，执着地坚守着一份纯净，为维护自身的生活方式而战。

《斗牛士之名》是一部侦探小说。在纳粹统治的黑暗日子里，德国的两名监狱看守者偷走了存放在监狱一个秘密角落里来历不明的金币，想远走他乡，去智利的火地岛过自由生活。但是其中一个没有成功逃出德国，遭受了种种严刑逼供，却一直没有供出同伴。50年后柏林墙倒了，虽然时过境迁，却仍有很多人在打探这些金币的下落。来自火地岛的信件暴露了那位携金潜逃的同伴的行踪，于是有"斗牛士之名"称号的胡安和弗兰克受命远赴火地岛追查金币的下落。在这个惊险刺激的追查过程中，也穿插着对爱情和欲望的描述，人物对命运、社会、政治的各种看法和观点为读者提供了比普通侦探小说更多的思考。

路易斯·塞普尔维达（Luis Sepúlveda）

《忠犬逸事》以一只德国牧羊犬的口吻，讲述它听从主人安排、追踪受伤印第安人时一路上的所感所想。它奔走在智利马普切人的土地上，追寻受伤的马普切人，同时也在追寻难以找回的过往。它回忆起小时候受伤，陷入冰天雪地无法动弹，一只美洲豹把它救起，带它到一户马普切人的家里，它与淳朴善良的人们和谐相处。现在它虽然被主人虐待、饥肠辘辘，虽然这份追捕的任务令它饱受心灵折磨，但它不能违背忠诚的义务，因为它的名字莱亚尔的意思正是"忠诚"。这部小说与作家其他小说一样，仍然围绕过往历史、环境保护、印第安人问题展开，反映了作家的社会承诺。

在当代世界文坛，塞普尔维达的作品正日益受到广泛关注。在欧洲，他是继加西亚·马尔克斯之后最受读者欢迎的拉美作家。塞普尔维达曾获得很多文学奖项，如1969年的"美洲之家奖"、1976年的"加夫列拉·米斯特拉尔文学竞赛奖"、1978年的"罗慕洛·加列戈斯国际小说奖"；1988年因《读爱情故事的老人》获得西班牙"老虎胡安奖"；2001年获得智利"批评奖"（Premio de la Crítica）；2009年因《曾经的我们之幻影》荣获"春天小说奖"。此外他还获得法国艺术与文学骑士勋章、意大利的多项文学奖项。

中译本：《读爱情故事的老人》，伍代什译，译林出版社，2002年（唐郗汝译，人民文学出版社，2011年）；《教海鸥飞翔的猫》，宋尽冬译，人民文学出版社，2011年；《失落的南方》，轩乐译，上海文艺出版社，2015年；《斗牛士之名》，张力译，人民文学出版社，2017年；《世界尽头的世界》（Mundo del fin del mundo），施杰、张力译，人民文学出版社，2017年；《边缘故事集》，施杰、李雪菲译，人民文学出版社，2017年；《小米、小马和小墨》，张礼骏译，人民文学出版社，2017年；《小蜗牛慢慢来》，姚云青译，人民文学出版社，2017年；《南方快车》，吴娴敏译，人民文学出版社，2020年。

《曾经的我们之幻影》（*La sombra de lo que fuimos*）

2009年路易斯·塞普尔维达出版了长篇小说《曾经的我们之幻影》，荣获埃斯帕萨出版集团举办的第十三届"春天小说奖"。

小说的主要情节如下：智利圣地亚哥阴雨绵绵，在人民街区的一个旧车库里，三个六十多岁的人一边回忆过往，一边在等待一个男子的出现。此三人——卡乔、洛洛和鲁乔都是被皮诺切特军政府打败的左翼人士，被迫流亡异国他乡35年后回到祖国，以前的同志佩德罗·诺拉斯科召唤他们，准备让他们执行一项刺杀行动。然而诺拉斯科在赶往车库的路上，被某户人家的夫妻吵架时妻子扔出窗外的光碟机砸中身亡，行动计划似乎要搁置。

凶手的丈夫科科在检查死者的物品时发现一把老式手枪和一个电话号码，于是他决定为死者做点事情，按着电话号码打过去，并去赴约。在旧车库里，经过一番口舌之后，三位老者发现这个不速之客与他们一样拥有同样的过去，于是四个人坐下来就着酒吃着烤鸡，回忆过去的点点滴滴。他们讲述20世纪六七十年代与智利共产党、军事政变相关的事件，讲述他们被迫流亡的悲惨经历，也谈起他们现如今的日常生活。闲谈中，他们发现他们四人不仅过往相似，现今生活中也有诸多共同点。原来，现在的他们是曾经的他们的幻影，但要有幻影，必须有光，而这光就是他们身上顽强不屈、乐观向上的精神。最后他们四人决定做最后一搏，他们将会赢得这次计划吗？

作家按照侦探小说的形式书写，设置了两位侦探：克雷斯波能力很强，能够无视警署的规章制度；助手阿德丽塔代表新一代人的观念，他们对凶手进行盘问，四处追寻死者的手枪。但侦探小说的套路并没有把两位侦探变为叙述的中心，焦点仍集中在死者和他的那把手枪上。塞普尔维达不仅深谙侦探小说制造悬念的写作技巧，让小说情节生动曲折，而且行文流畅，让读者欲罢不能，非要一口气读完。他用心的写作、有

路易斯·塞普尔维达（Luis Sepúlveda）

趣的对话经常让读者忍俊不禁，甚至哈哈大笑，却让人笑中带泪，引发深思。

这是一部讲述失败者历史的小说，旨在恢复那些在军事政变和独裁的黑暗时期被打败的革命人士的声音。作家在采访中说，历史上的优秀小说都是讲述失败者的故事，因为胜利者编撰他们自己的历史，而轮到作家来成为被遗忘者们的声音。作家明确表示这本书是献给那些曾经遭受独裁压迫、倒下去却又重新站起来、乐观向上的无数智利同胞们的，因为他认为一个健康的社会必须了解它自身的全部历史，只有这样才能以史为鉴、不重蹈覆辙。

当有读者问及在21世纪仍然以四五十年前的革命、独裁为创作主题是否有过时之嫌时，塞普尔维达表示，独裁从来不是过时的话题，一直有许多值得讲述的故事。他也很想写一部科幻小说，但现实一直都比幻想更有号召力。

（路燕萍）

安德烈斯·亚历杭德罗·西耶维金
（Andrés Alejandro Sieveking）

安德烈斯·亚历杭德罗·西耶维金（1934— ），智利著名剧作家、导演、演员。1934年9月7日出生于智利中部奥希金斯地区（O'Higgins）地区的伦戈城（Rengo）。创作过数量众多影响广泛的作品，被公认为智利当代剧坛最杰出的代表之一。

西耶维金早年在智利大学学习建筑时就创作了一部名为《与影子相遇》（*Encuentro con las sombras*，1956）的作品，这部在当时根本没有引起任何反响的作品在舞台对话和人物塑造方面都存在着很多不足，但却显示了年轻的西耶维金在戏剧节奏和情节设置等方面的过人才能，也使他对自己的戏剧创作能力有了一定的了解，促使他转而学习戏剧。1959年从智利大学戏剧学院（Instituto del Teatro de la Universidad de Chile）毕业后，西耶维金作为演员参加了智利国家剧院（Teatro Nacional Chileno）、天主教大学剧团（Teatro de la Universidad Católica）和巡回剧团（Teatro Itinerante）等著名戏剧团体的演出活动，还作为创建成员之一参与了"天使剧团"（Teatro del Ángel）的

安德烈斯·亚历杭德罗·西耶维金（Andrés Alejandro Sieveking）

组建。他曾与维克托·利迪奥·哈拉·马丁内斯（Víctor Lidio Jara Martínez，1932—1973）等著名戏剧导演合作，策划并完成了一系列戏剧和音乐方面的作品，其中，与哈拉共同制作的音乐专辑《居民》（La Población）获得极大成功，特别是其中名为《拉维多利亚的埃尔明达》（Herminda de la Victoria）的作品更是因为对社会问题的深入揭示而成为当时最脍炙人口的歌曲。

在戏剧创作方面，西耶维金同样显示了自己不同凡响的才能。他创作的《貌似幸福》（Parecido a la felicidad，1959）获得了1959年度智利"圣地亚哥城市戏剧奖"（Premio Municipal de Teatro de Santiago），这让他剧作家的身份初步得到剧坛的普遍认可。随后，他又陆续创作了《明朗日子的晚祷钟》（Ánimas de día claro，1962）、《狂欢》（La remolienda，1964）、《曼努埃尔·莱奥尼达斯·多奈雷和五个为他哭泣的女人》（Manuel Leonidas Donaire y las cinco mujeres que lloraban por él，1964）、《三只忧伤的老虎》（Tres tristes tigres，1967，1968年被拍成同名电影）、《一切都将要、已经、正在离开》（Todo se irá, se fue, se va，1968）、《薄翅螳螂》（La mantis religiosa，1971）和《战斗之床》（Cama de batalla，1973）。

1973年智利发生的军事政变中，西耶维金的挚友和合作伙伴哈拉被政变分子残忍杀害，悲愤难抑的西耶维金决定离开智利移居哥斯达黎加，在那里度过了11年的流亡生活。他在圣何塞组建剧团，将其同样命名为"天使剧团"，以表达自己继续从事戏剧活动的热情和决心。在组织各种演剧活动的同时，他还坚持进行戏剧创作，完成了《沮丧的小动物》（Pequeños animales abatidos，1974）和《小手紧握的圣母》（La virgen de la manita cerrada，1974）等作品。《沮丧的小动物》还获得了1974年度的"美洲之家奖"，成为拉美戏剧舞台上的经典之作。1984年回国后，西耶维金重又活跃在智利的戏剧舞台上，先后创作出《洛拉大妈》（La comadre Lola，1985）、《直达心灵》（Directo al corazón，1988）、《天真的鸽子》（*Ingenuas palomas*，1989）、《收租人》（*El señor de los pasajes*，1997）、《聚会已经结束》（*La fiesta terminó*，2005）和《全体乘客都应下车》（*Todo pasajero debe descender*，2012）等作品。

纵观西耶维金的创作历程，可以发现，对现实的敏锐洞察力让他能够迅速捕捉到周边社会环境的变化以及这些变化给普通民众生活带来的影响，并将这一切反映到自己的作品中，呈现在舞台上。因此，西耶维金的创作一直坚持现实主义的路线，不管是从现实批判还是从心理分析的角度，不管是借鉴象征派的技巧还是风俗派的手法，他都一如既往地试图为读者和观众探寻一条通向人们内心世界的途径，关注处于不同社会阶层的普通大众所遇到的问题，了解他们所经历的痛苦和快乐，通过自己的作品向社会传达他们的愿望和心声。这些努力让西耶维金得以创作出一部又一部切实反映社会问题的作品，也让他成为智利当代戏剧发展中举足轻重的人物。

回到智利后，西耶维金还逐渐开始涉足电视制作和小说创作等领域。1984年他进入智利国家电视台，担任编剧和演员的工作。他的作品《天真的鸽子》被改编播出后获得巨大成功，成为1989年度智利最受欢迎的节目之一。1994年，他出版了小说处女作《凯蒂小姐》（*La Señorita Kitty*，1994），开始了在一个全新领域中的创作历程。

目前，西耶维金仍继续从事戏剧及电视剧本的创作，同时担当戏剧及电视剧的编导工作并参与表演。除此之外，他还担任智利艺术学院（Academia Chilena de Bellas Artes）副院长一职，承担一定的戏剧艺术教学工作，在智利戏剧文化的发展事业中继续发挥着重要的作用。鉴于其所取得的成就和做出的贡献，亚历杭德罗·西耶维金在2017年获得了"智利国家视听及表演艺术奖"。

安德烈斯·亚历杭德罗·西耶维金（Andrés Alejandro Sieveking）

《收租人》（*El señor de los pasajes*）

《收租人》是亚历杭德罗·西耶维金1997年创作的作品。与他创作的大多数作品一样，西耶维金这一次仍然将目光集中在圣地亚哥城中处于社会中下层的草根小民，以小人物的群像来反映处于20世纪90年代末期的智利社会普遍存在的迷惘和不安的情绪。

作品以一位名叫安塞尔莫的收租人作为串联戏剧情节发展的关键人物，全剧发展的线索都围绕着他在收租日这一天去自己分散在城里的各处房产向租户收取租金的行为展开。随着安塞尔莫的行进路线，一个个人物渐次上场，他们的生活也如浮世绘一般一幅幅展现在观众眼前。他们中的大多数都租用安塞尔莫的房产来经营各种买卖，有理发店、电影院、饭馆、珠宝店、服装店，各行各业，不一而足。在收租日这一天，租户们都怀着不同的心情迎接房东安塞尔莫的到来，在向他交出早就准备好的支票时，有的无伤大雅地跟他调调情，有的愁容满面地抱怨生意难做，有的寻找话题跟他攀谈多年前的风流韵事。舞台上通过对灯光和背景的调度和变更使得场景不断转换，每个场景中发生的事情都成为观众了解圣地亚哥城市生活中市井百态的窗口，展示那些租户们在一个金钱至上的社会里苦苦挣扎的无奈、孤独和希图获取财富和地位的欲望。

除了对这些租户们的生活状态进行展示，作者的情节设计重心还放在了主人公安塞尔莫的身上。在全局开场时，安塞尔莫就路遇了一位金发红衣的神秘女子，向他微笑，称呼他的名字向他打招呼，而他却丝毫想不起来这女人是谁。这次偶遇似乎在向观众暗示安塞尔莫多年来对心灵和感情进行封闭的一种状态。随着安塞尔莫一家一家收租的进展，他的生活过往也通过他与租户们的谈话渐渐展示出来。安塞尔莫在所有人眼里都是精明能干的强者，敏锐的投资眼光和善作决断的魄力让他迅速积累了财富，成为富裕阶层中的一员。在追求财富的道路上，他曾与很多女人交往，但对她们中的大多数他都只是逢场作戏而已，即使与好几个不同的女人都有了孩子，他也不愿意被一份稳定的感情所束缚，依然我行我素，生活在日益增长的财富带来的满足感中。可就在收租日这一天，他从未养育过的一对双胞胎儿子突然出现在他面前，让他大感意外。双生子陪着安塞尔莫继续去收租，一路向他述说两人成长的不易。老二抓住机会靠唱歌获取了财富，还频频在电视上露面，成了名人，而老大却因要照顾生病的母亲而未能闯出什么名堂。此次两人前来以老二投资失败，财富损失殆尽为借口，打算从家底殷实的生父口袋里弄些钱花。对双生子怀有愧疚的安塞尔莫给两人开了支票，并创造机会让老二结识了自己的情人艾尔米尼亚的漂亮侄女维罗妮卡。老大一直为自己不能像老二那样自由生活而感到不满，此番利用谎言从父亲手中拿到钱后决定离开束缚自己的家庭出走纽约。服装店老板娘艾尔米尼亚虽然是安塞尔莫房产的租户，但却与他私下交往多年，对他已产生深厚的感情。当她觉察到安塞尔莫对自己年轻的侄女怀有贪恋之情，又亲眼看到这个男人与其他女人早已生儿育女，她在落寞中对自己多年的情感寄托彻底绝望。于是她试图将和安塞尔莫多年来照过的所有照片都浇上汽油烧掉，但却点燃了服装店里大量的尼龙材质的服装，整个服装店被付之一炬，她自己也葬身火海。正在收租的安塞尔莫得知了艾尔米尼亚的死讯后精神崩溃，并在混乱中丢失了支票簿，他这才蓦然发现，他一生所追求的金钱对于他的人生来说已经毫无意义。

西耶维金在《收租人》这部作品中通过对安塞尔莫这个核心人物以及其他次要人物的生活经历的展示，凸显了在一味追求经济利益的当代智利社会环境中民众中普遍存在的失败感和无力感，在一定程度上也体现了知识分子对于改善社会环境的前景所持有的相对悲观的情绪。

（卜珊）

安东尼奥·斯卡尔梅达
（Antonio Skármeta）

　　安东尼奥·斯卡尔梅达（1940—　　），智利作家、电影编剧。出生于智利安托法卡斯塔城，在智利大学学习哲学专业，承袭了西班牙哲学家何塞·奥尔特加-加塞特的衣钵，并深受萨特、加缪和马丁·海德格尔存在主义哲学的影响。1964年斯卡尔梅达前往美国哥伦比亚大学攻读文学硕士学位，以胡利奥·科塔萨尔为研究对象，两年后顺利获得文学硕士学位。此外，他还学习戏剧，经常欣赏戏剧演出、电影和音乐会，有着深厚的艺术评论功底。斯卡尔梅达成绩优异、学识广博、涉猎甚广，从事文学评论、戏剧创作、电影评论、英文笔译和电影编剧等多种工作。同时他在文学创作上著作颇丰，获奖无数，广受国内外文坛的认可。2014年荣获智利"国家文学奖"，2015年当选智利语言学院的院士。

　　斯卡尔梅达的文学创作活动从短篇小说开始。1967年他出版了第一部短篇小说集《热情》（*El entusiasmo*），这是拉美文学爆炸后与众不同的作品，作者运用世界主义的视角，展示了城市年轻人的行为方式和说话特点，运用电视和电影画面、大众而现代化的语言，传达了一种敏锐的平民化气息。第二部短篇小说集《屋顶上的裸体人》（*Desnudo en el tejado*，1969）保持了前一部作品的风格，获得古巴"美洲之家奖"。

短篇故事集《任意球》（*Tiro libre*）和短篇小说选集《圣克里斯托瓦尔山的自行车选手》（*El ciclista del San Cristóbal*）于1973年出版，恰逢智利政治历史上的关键时期。这一年皮诺切特发动军事政变，斯卡尔梅达因支持阿连德并曾在其政府负责文化工作而被迫逃亡阿根廷，之后移居联邦德国，直到1989年才结束长达16年的流亡生活，回到智利。2000年5月至2003年2月，斯卡尔梅达被智利政府任命为驻德国大使，这次以外交官身份居住在德国与之前的政治避难生活完全不同，作家也不禁感慨万千。

流亡期间，斯卡尔梅达创作了多部长篇小说。1975年出版的首部长篇小说《我梦见白雪在燃烧》（*Soñé que la nieve ardía*）把日常生活与智利政坛的风云变化结合在一起，讲述了一位省城的足球运动员来到智利首都，渴望能在足坛扬名立万，收获爱情，但是政局动荡的圣地亚哥城不能实现他的愿望。正当他沮丧不已的时候，他与同住在旅馆的一群思想激进的年轻工人有了接触，工人们向他介绍了1970—1973年阿连德政府的一系列事件，宣传了人民团结阵线的"自由、民主、多元的社会主义"纲领，这为他失意的生活开启了另一扇大门。

1980年问世的《什么也没有发生》（*No pasó nada*）是一部中篇小说，14岁的智利少年鲁乔以第一人称的方式娓娓讲述了他和家人流亡联邦德国的故事，细腻地描述了他难以适应陌生环境的心情。少年稚嫩的内心表达、充满柔情的语言让读者更加深刻地体会到主人公颠沛流离的痛苦。1996年这部小说荣获意大利"薄伽丘国际文学奖"（Premio Internacional de Literatura Bocaccio）。

安东尼奥·斯卡尔梅达（Antonio Skármeta）

之后，斯卡尔梅达尝试着把大量真实的事件和人物纳入虚构小说中，让真实与虚构巧妙地结合，借助文学创作来更加真实地再现历史。长篇小说《叛乱》（*La insurrección*，1982）就是这样一部作品，它艺术地再现了尼加拉瓜"桑地诺民族解放阵线"反对独裁者索摩萨家族的真实斗争，作者对游击队员、士兵、学生、邮差、神父、失业者生活的细致描述指引读者身临其境地体会尼加拉瓜人民遭受独裁统治的痛苦和必将反抗的决心。

80年代初，斯卡尔梅达完成了《热烈的耐心》（*Ardiente paciencia*）的电影剧本和戏剧剧本，1983年指导拍摄了同名电影，并于1985年写成小说。这是作家最著名、最易读且最浪漫的一部作品。主人公马里奥·希梅内斯是一位身份卑微的邮差，专门负责帮诗人聂鲁达送信，因为爱上同村的一位少女而向诗人学习写情诗，由此与诗人结下了一段特殊的友谊。在阿连德政府统治和倒台时期，政治斗争纷繁复杂，生活在这一时期的邮差是许多无辜受害者中的一员，但是小说对诗歌、爱情、团结和死亡的讴歌谱写了一段令人感动的情感乐章。1994年意大利导演迈克尔·雷德福（Michael Radford）把这部小说改编成电影《邮差》，获得巨大成功。此后小说再版时就更名为《聂鲁达的邮差》（*El cartero de Neruda*）。

1989年作家出版了《爱情的速度》（*La velocidad del amor*），又名《比赛用球》（*Match ball*）。主人公雷蒙是个医生，一直过着循规蹈矩的生活，除了出诊，就是周末与岳父打打网球。在他年满52岁时，遇到了一位15岁漂亮而天资聪颖的网球新星，两人很快坠入情网，但这段年龄差距悬殊的爱情受到威胁，冲动的医生犯下故意杀人罪而锒铛入狱。小说以第一人称的叙事方式展开，文字优美、幽默生动。

《诗人的婚礼》（*La boda del poeta*，1999）发生在奥匈帝国时期。奥地利富裕的银行家赫罗尼莫·弗兰克放弃原有的生活，到亚德里亚海的一个小岛定居，买下一家大商店做老板。他很快爱上了年轻貌美的阿里亚·艾玛儿，并订下了婚约。岛上所有居民都预测婚礼将会隆重浪漫，但是这对新人却没有如愿与大家分享喜悦。赫罗尼莫为商店原老板夫妻的悲惨故事伤心不已，阿里亚则因岛上另一位青年的热烈追求而不安，两人心事重重，而且这时岛上突然爆发了政治动荡，一场盛大的婚礼不欢而散。岛上的居民开始了流亡的生活。这部情节生动、内容丰富、感情复杂、让人回味无穷的小说一经出版就广受好评，作家因此荣获智利2000年度"阿尔塔索尔奖"，法国著名的"美第奇国际文学大奖"（Prix Médicis）和2001年度意大利"格林扎纳·卡佛国际小说奖"（Premio de Grizane Cavour）。2001年《诗人的婚礼》续集《长号女孩》（La chica del trombón）面世，讲述了阿里亚·艾玛儿的孙女长号女孩的成长历程，情节曲折生动，语言优美流畅。

2003年斯卡尔梅达再次重磅出击，匿名发表了长篇小说《为爱而偷》（El baile de la Victoria），一举夺得当年西班牙"行星奖"；翌年，荣获智利"圣地亚哥城市文学奖"。2006年因《为爱而偷》和其他作品的"文化和艺术价值"，斯卡尔梅达荣膺意大利"埃尼奥·弗拉伊阿诺国际文学奖"（Premio Internazionale de Literatura Ennio Flaiano）的特别大奖。《为爱而偷》讲述了一位20岁左右的年轻人和一位年近半百的小偷一起出狱后准备开始新的生活，而这时一位缺乏家庭温暖、具有舞蹈天赋、年轻貌美、敏感的姑娘维多利亚闯进了他们的世界，从而展开了一段缠绵的爱情故事。作者鲜明地刻画了主人公的性格特点，并且精心控制叙述节奏，在小说结尾处高潮迭起，让人拍案叫绝。2009年，西班牙著名导演费尔南多·特鲁埃瓦把这部作品拍成同名电影。

2010年，斯卡尔梅达出版小说《电影之父》（Un padre de película），这个简短却精彩的故事阐释了爱与责任感的主题，2017年巴西影片《我生命中的电影》就是以该小说为基础改编而成的。2011年《彩虹的岁月》（Los días del arco iris）出版，荣获该年度行星出版社与美洲之家联合颁发的"伊比利亚美洲奖"，故事发生在20世纪80年代智利

安东尼奥·斯卡尔梅达（Antonio Skármeta）

的军人独裁时期，首都的一对父子和师生们坚强度过沉默年代，不放弃梦想和希望，努力让灰色的城市恢复多彩的面貌，成为充满音乐的美好之家。

2012年斯卡尔梅达的一篇未发表的剧作《人民公决》（*El plebiscito*）被改编成著名的电影《智利说不》（*No*，2012）。

目前，斯卡尔梅达的作品已经被翻译成德语、法语、意大利语、英语、葡萄牙语、中文等多国语言。

中译本：《叛乱》，李红琴、刘佳民译，云南人民出版社，1993年；《邮差》，李红琴译，重庆出版社，2007年；《为爱而偷》，尉迟秀译，重庆出版社，2012年。

《为爱而偷》（*El baile de la Victoria*）

《为爱而偷》是智利作家安东尼奥·斯卡尔梅达2003年出版的长篇小说，荣获该年度西班牙"行星奖"，翌年荣获智利"圣地亚哥城市文学奖"。

智利的皮诺切特军事独裁统治结束之后，民选总统下令大赦没有犯下血案的囚犯，其中就有20岁左右的安赫尔·圣地亚哥（Ángel Santiago）和年近半百的贝尔加拉·格雷（Vergara Grey）。安赫尔因为被诬陷偷了一匹马而被判5年徒刑，而贝尔加拉是一个保险柜盗窃犯，深爱妻子，但妻子贪慕钱财，于是他不得不一次次铤而走险。落入大牢之后，妻子带着孩子改嫁富商。出狱之后安赫尔心心念念地想刺杀监狱看守（因为后者纵容其他囚犯对安赫尔实施性暴力），贝尔加拉想重新找回妻儿。但现实冷酷无情，他俩找工作四处碰壁，贝尔加拉的妻儿拒绝与他重聚，儿子更是表示要更名改姓。而与此同时，监狱看守害怕安赫尔找他报仇，于是允许罪犯里戈维托·马林（Rigoberto Marín）偷偷出狱，去追杀安赫尔。

年轻而充满幻想的安赫尔拿出狱友送给他的一张抢劫草图，多次邀请贝尔加拉与他一起行动，以期彻底摆脱出狱后孤独穷苦的艰难生活。这时年轻貌美的姑娘维多利亚闯入两个男人的世界。维多利亚的父亲被皮诺切特政府杀害，母亲难以承受这一打击去世，因此维多利亚一直渴望拥有温暖的亲情和别人的关爱。她家庭贫困，但爱好跳舞，且极具天赋，梦想着有一天能在圣地亚哥城的大剧院里一展舞姿。安赫尔深深地爱上了维多利亚，而维多利亚对贝尔加拉表现出一种特别的感情，这或许是她下意识地在找寻失去的父爱，因此爱情、亲情、友情等复杂的情感交织在一起，让三个人的生活变得紧张而又激烈。

作家安东尼奥·斯卡尔梅达曾表示这本小说讲述的是"爱情和友谊，两个男人和一个女人拼尽全力去保证忠于自己情感"。小说故事情节简单，但作家的叙述技巧精湛，精心控制叙述节奏，文字功底深厚，精妙而细致的描写引人入胜，让读者被深深吸引、欲罢不能，小说结尾处更是高潮迭起，让人拍案叫绝。

在紧张生动的情节铺叙过程中，在富有圣地亚哥城特色的俚语俗语的人物对话中，斯卡尔梅达带领读者与三位故事主人公一起徜徉在圣地亚哥城的大街小巷，展现了圣地亚哥人民经历了皮诺切特统治之后的生活和精神面貌。字里行间，可以读出作者对圣地亚哥城和人民的深厚感情。

2009年，西班牙著名导演费尔南多·特鲁埃瓦把这部作品拍成同名电影，同年代表西班牙参加奥斯卡最佳外语片奖竞赛。作者本人表示非常欣赏、尊敬这位导演，特鲁埃瓦把他的作品搬上大银幕，他感到非常幸福。

（路燕萍）

安德烈斯·费利佩·索拉诺
（Andrés Felipe Solano）

安德烈斯·费利佩·索拉诺（1977—　），哥伦比亚小说家、记者。2010年，他被《格兰塔》评选为22位"最佳西班牙语青年小说家"之一，也是唯一获得这一殊荣的哥伦比亚作家。

索拉诺曾在安第斯大学（Universidad de los Andes）学习文学，此后曾为多家杂志社担任新闻编辑工作。2007年，厌倦了当前生活与工作、寻求新突破的索拉诺接受了一项潜入工厂进行卧底调查的任务。作家改名换姓，只身前往哥伦比亚麦德林的一家纺织厂做纺织工人，他领着最低水平的薪水，在一个充斥着暴力的下等街区租住房屋，就这样干了6个月。一年后，他凭借根据这次亲身经历和见闻写成的纪实性报告在来自29个国家选送的370份新闻报道中脱颖而出，入围2008年的伊比利亚美洲新新闻基金会（Fundación Nuevo Periodismo Iberoamericano）所颁发的"新新闻奖"（Premio Nuevo Periodismo），索拉诺由此为自己的职业生涯打开了新的局面。这部纪实性报告经过重新编辑、润色、补充，于2016年出版，题为《最低工资——生无活路》（*Salario*

Mínimo-Vivir con nada，2016）。

不久以后，索拉诺迎来了生活与工作上的另一次转机：他获得了一个前往韩国进行为期六个月访问的机会。他在韩国认识了日后的妻子李秀晶（Soojeong Yi），并最终于2013年开始定居韩国首尔。旅居国外不仅给他的生活带来了新的文化冲击和人生体验，也在他的写作中留下了重要的影响。他认为："整体来说，旅行能帮助我们去除偏见，解锁在这世界上生活的新方式，我猜，这一切都会体现在我所写的内容中。"①而韩国，作为作家的第二故乡，自然成为他书写中的重要内容。作家于2015年出版了非虚构类的笔记体散文作品《韩国：软绳上的笔记》（*Corea: apuntes desde la cuerda floja*，2015），这部作品分为春、夏、秋、冬四个季节，以第一人称讲述索拉诺初到韩国第一年的心情与见闻，也展现了他逐渐了解、适应、爱上韩国文化的一次心灵之旅，这部作品于2016年为索拉诺赢得了"哥伦比亚小说图书馆奖"（Premio Biblioteca de Narrativa Colombiana）。一年以后，作家的第三部长篇小说《霓虹之墓》（*Cementerios de neón*，2016）出版，讲述一个来到哥伦比亚做跆拳道老师的韩国人和一个参加过朝鲜战争的哥伦比亚老兵之间的故事，深刻挖掘了哥伦比亚与韩国这两个看似风马牛不相及的国家在无人知晓的过去曾经有过的一段历史。如今的索拉诺仍然身兼记者和作家两种身份，仍然致力于哥伦比亚与韩国、拉丁美洲与亚洲之间的文化、文学交流事业，他曾访问日本、马来西亚等亚洲国家，并曾于2016年年底访问过中国。

至今为止，索拉诺共创作长篇小说三部。他的第一部长篇小说《救救我，乔·路易斯》（*Sálvame, Joe Louis*）出版于2007年，正是他厌倦

---

① Restrepo, Juana and Pinzón, Camila. "'El objetivo del escritor es traicionar a su propio yo': Andrés Felipe Solano", *El Espectador*, 6 de enero 2016. https://www.elespectador.com/noticias/cultura/el-objetivo-del-escritor-traicionar-su-propio-yo-andres-articulo-609274 [2020-04-16]

安德烈斯·费利佩·索拉诺（Andrés Felipe Solano）

自身生活与工作、决心寻找新的突破口的这一年，而这部小说主人公的生活和心情可以说是当时索拉诺的真实写照。乔·路易斯（Joe Louis，1914—1981）是20世纪三四十年代美国著名黑人拳击手，被认为是最伟大的重量级拳击冠军之一，是第一位在美国被奉为国民英雄的黑人，在当时的美国黑人群体享有极高的声誉。据说，20世纪30年代美国南部有一个黑人死刑犯，在被关入毒气室行刑的绝望时刻，他喊出了一句"救救我，乔·路易斯"，索拉诺的小说便由此而来。小说中的主人公——居住在波哥大的哥伦比亚青年波利斯·曼里克（Boris Manrique）所过的生活，他所身处的充满无聊、空虚、令人窒息的世界，就像20世纪的那间毒气室一样（卡米洛·德尔·巴略·拉坦齐奥语），而曼里克甚至喊不出一句真正意义上的求救之语。曼里克的颓废生活似乎是毫无指望的，他终日酗酒、赌博，失眠熬夜看电视，他的工作是在一家三流杂志社充当摄影师，而这个毫无人生经验的大男生偶尔还需化身为精通情感问题的女博士，回答女读者们千奇百怪的情感问题；在个人生活上，他与一位大他10岁的已婚妇女有染，而这段感情也看不到任何出路。米格尔·席尔瓦（Miguel Silva）认为，曼里克是一位反英雄，他观察、体验空虚的生活，却没有进一步的行动。小说中的人物都恍似孤岛，彼此没有交集，直到117岁高龄的科内利奥·苏比萨雷塔（Cornelio Zubizarreta）去世的消息开始令年仅22岁的曼里克惧怕自己也会如现在一样空虚、无聊地活得这么长久，生活才开始有了改变——曾经的宅男曼里克跟随声名狼藉的同事桑托斯·布斯塔曼特（Santos Bustamante）踏上了一场追求新闻真相、探索文学本质的荒诞旅程。

索拉诺表示，《救救我，乔·路易斯》是自传式作品，同为记者和编辑的他在书中描绘出一个杂志社编辑部的工作环境与一个工作不得志的青年摄影师的形象；作家本人的生活和工作在当时陷入瓶颈，不知何去何从，这种抑郁与迷茫之情也在小说主人公曼里克身上有所体现；而这个故事本身也是脱胎于他曾编辑过的一篇新闻报道。这种以个人生活或职业见闻为基础进行文学创作的特色一直贯穿索拉诺后期的文学创作：他的第二部长篇小说《奎尔沃兄弟》（*Los hermanos Cuervo*，2013）也有其自我生活的部分投射其中。他的第三部小说《霓虹之墓》中的主人公与作者本人的生活轨迹毫无关联，这也是作者第一次用全能视角的第三人称来进行叙事（费尔南多·萨拉曼卡语），然而，这部小说的两位主人公的原型也来源于索拉诺早年曾经亲自采访过的一位哥伦比亚老兵；而小说以韩国与哥伦比亚为故事背景，在书中，本应被拉丁美洲人视为异域风情的韩国文化背景被索拉诺笔下的人物视作等闲生活日常，这种视角当然与小说人物久居韩国的设定相一致，也与索拉诺本人多年定居韩国、对韩国文化十分熟悉的个人经历分不开。

作为记者，索拉诺的文章遍见于《纽约时报》、《无界之言》（*Words Without Borders*）、《今日世界文学》（*World Literature Today*）、《阿尔卡迪亚》（*Arcadia*）和《格兰塔》等多种国际性报刊之上。

《霓虹之墓》（*Cementerios de neón*）

2016年，安德烈斯·费利佩·索拉诺发表长篇小说《霓虹之墓》，这是作者的第三部长篇小说，也是其第二部与韩国、韩国文化相关的作品，第一部作品是出版于前一年的非虚构类笔记体散文《韩国：软绳上的笔记》。关于这两部都与韩国相关的作品之间的关联，作者说："如果我们在谈论的是一张唱片的话，那么，《韩国：软绳上的笔记》会是B面，而《霓虹之墓》就是A面。"①可以说，作者在《韩国：软绳上的

---

① Solano, Andrés Felipe. "Misión en Corea", *El Tiempo*, 31 de marzo de 2017. https://www.eltiempo.com/ lecturas-dominicales/andres-solano-habla-de-su-nueva-novela-cementerios-de-neon-47953 [2020-04-16]

安德烈斯·费利佩·索拉诺（Andrés Felipe Solano）

笔记》中对韩国生活中日常元素和文化特色的描写为《霓虹之墓》中那些一笔带过、不加解释的韩国元素做了必要的注解。丹尼尔·F认为，要看懂小说中提到的那些韩国习俗，最好能先看看他的前作《韩国：软绳上的笔记》。[1]

这部小说讲述生活在韩国的哥伦比亚年轻人萨尔加多突然接到叔叔阿古斯丁·萨尔加多的求助。外号"上尉"的叔叔五十多年前曾在参与朝鲜战争的哥伦比亚军团中担任上尉，是家中的传奇。"上尉"请求侄子帮助自己寻找老同学弗拉基米尔·布斯托斯（Vladimir Bustos）。布斯托斯敲诈从前的跆拳道老师穆恩（Moon）先生，如今失踪了。萨尔加多答应了叔叔的请求，叔侄二人便踏上了寻人之旅，而这一场抽丝剥茧、顺藤摸瓜的旅行不仅揭开了哥伦比亚与韩国的国家历史上久被遗忘的一页，也展现出了战后人与人之间错综复杂的关系和寻找自我的艰难过程。

当我们谈到哥伦比亚和韩国时，我们常常会认为这是风马牛不相及的两个国家，无论在地理、历史、政治、文化等方面，两国没有丝毫相似之处，也从无瓜葛。鲜少有人知道或是仍然记得，在20世纪50年代初的朝鲜战争中，哥伦比亚作为唯一派兵参战的拉丁美洲国家[2]，向朝鲜半岛派出了5100名士兵，支持韩国。索拉诺对这段已被遗忘的国家历史倍感兴趣。参与了朝鲜战争的哥伦比亚老兵阿古斯丁·萨尔加多与朝鲜战争之后远赴哥伦比亚充当间谍（甚至双面间谍）的穆恩先生正是这场博弈中的普通人、战争牺牲品的代表。索拉诺从大时代下的小人物入手，"用闲谈逸事般的口吻讲述了一段国内（指哥伦比亚）鲜有人知的历史，从新的视角看待战争幸存者们的生活和这段过往在那些曾经为他

---

[1] F., Daniel. "Cementerios de neón - Andrés Solano", https://cosimoenlosarboles.wordpress.com/2017/08/13/cementerios-de-neon/ [2020-04-16]

[2] 当时波多黎各也曾派兵，但是该国军队是作为美国军团的一部分参战的。

人而战的哥伦比亚年轻人的生活所留下的种种影响"①。

谈论战争、谈论幸存者,许多文学作品的基调总是庄严而沉重的,比如众多的西班牙内战题材小说便大多如此,而深受美国黑色幽默作家库尔特·冯古内特及其著作《第五号屠宰场》(Slaughterhouse-Five, 1969)影响的索拉诺则反其道而行之。索拉诺曾经采访过一位名为达尼洛·奥尔蒂斯(Danilo Ortiz)的朝鲜战争老兵,奥尔蒂斯向他展示自己的战时日记,字里行间透出一股浓重的庄严感和英雄主义情怀;作家曾经查阅过韩国文人对于这场战争的种种描写和记载,他们的基调也都是庄严肃穆的。而索拉诺决心打破这种对于战争庄严、肃穆的敬畏之情,而用一种讽刺、嘲弄的口吻去加以描摹——他用充满矛盾的叙事手法来表现这场战争,或者说用这种手法来质疑任何一场战争。在小说中,与战争相关的一切都似乎是模棱两可、难以断言的:"上尉"军功彪炳,军中声誉应该很高,但是他曾经被俘,被敌军洗脑的传闻使得他的立场令人将信将疑;穆恩先生表面上在哥伦比亚教授跆拳道,他究竟是不是间谍一直难有定论……索拉诺在前一页留下一个话头,在下一页又将之否决,将对于那段有关战争的过去蒙在一片迷雾之中,真相如何,留给读者去评说,以此质疑战争本身的荒诞无理。

德尔·巴列·拉坦齐奥认为,这部小说中的叔侄俩这场追寻间谍机密的旅程同时也是人物挖掘内心、寻找自我的旅程。有评论家认为,这部小说写的是执着于追寻他人脚步的人们内心的孤独感。而索拉诺自己说:"我在这部小说中探索的是战后的人际关系:当人们脱下军装、放下武器以后,战争如何在他们的生活里再次插上一杠。"②由此看来,

---

① Uscátegui, Juliana. "Cementerios de neón y los muertos que regresan a la vida", *Revista Diners*, 10 de marzo de 2017. https://revistadiners.com.co/cultura/libros/43548_cementerios-neon-muertos-regresan-la-vida/ [2020-04-16]

② Salamanca, Fernando. "Las claves de Andrés Felipe Solano para escribir una novela como *Cementerios de Neón*", *Cartel Urbano*, 2017. http://cartelurbano.com/arte/las-claves-de-andres-felipe-solano-para-escribir-una-novela-como-cementerios-de-neon [2020-04-16]

安德烈斯·费利佩·索拉诺（Andrés Felipe Solano）

这部小说并不仅仅是一部有关战争、间谍的黑色小说，它也从一种新的角度诠释"追寻"这一主题：它描述人们如何摆脱战争的余威重新定义彼此的情感与关系，如何摆脱他人的影响寻找内心的真实自我。

（莫娅妮）

豪尔赫·特耶尔（Jorge Teillier）

豪尔赫·特耶尔（1935—1996），智利"50年一代"诗人、"家园诗派"的提出者。1935年6月24日生于智利阿劳卡尼亚大区（Región de La Araucanía）劳塔罗市（Comuna de Lautaro）。特耶尔的祖父母是迁居智利的法国人，因而他不但在智利南部的田野间度过童年，切身体会了马普切人的传统文化，也从智利和法国历史与文学中得到了更广阔的视野。他先后从挪威的克努特·汉姆生（Knut Hamsun）、法国的儒勒·凡尔纳等作家的冒险小说，以及西语美洲现代主义诗人比森特·维多夫罗的诗作中汲取营养，又承续了豪尔赫·曼里克（Jorge Manrique）、维庸、里尔克等传统至现代的西方文学源流，尤其受到荷尔德林和特拉克尔诗歌理念的深刻影响。诗人曾回忆称自己12岁开始写诗，但直到16岁才写出真正的诗歌——为他人而写的诗。

1953年特耶尔开始在智利大学教育学院学习历史学，其间结识了许多后来成为智利"50年一代"和"80年一代"的诗人，如恩里克·林恩、罗兰多·卡尔德纳斯（Rolando Cárdenas）、布劳略·阿雷纳斯

豪尔赫·特耶尔（Jorge Teillier）

（Braulio Arenas）等。此间，特耶尔的诗学观点也愈发成熟：1956年出版的第一部诗集《致天使与燕子》（*Para ángeles y gorriones*）收录了他自中学阶段以来的创作，智利最有影响力的批评家埃尔南·迪亚斯·阿列塔（Hernán Díaz Arrieta，1891—1984）称其作品质朴而不乏深度。特耶尔的早期作品已契合他多年后开始倡导的诗歌理论，因而他也被评价为智利文学史上为数不多的在出版第一部诗集时风格就已趋成熟的诗人。

1965年，在《家园派诗人》（«Los poetas de los lares»）一文[①]中特耶尔正式提出了"家园诗派"的理念，并列举了属于这一流派的诗人，如埃弗拉因·巴尔克罗（Efraín Barquero）、阿尔贝托·鲁比奥、罗兰多·卡尔德纳斯、阿方索·卡尔德隆（Alfonso Calderón）等。他提出，这些诗人身上有一种"诗意的疾病"，即对一个"黄金时代"的怀念：现代城市远离了自然，将人从土地和真实的世界中剥离开了，而个体的自我被粉碎和遗失。所以诗人们要回到现实中去，这份现实保留在童年的记忆中、日渐荒凉的田野间和代代相传的习俗与传统文化中。但这种回归并不意味着拒绝城市的现实与大众，"家园诗歌"旨在保留人文与家园的记忆，保留一个"失落的乐园"，同时使用平凡的日常词语，通过质朴易懂的诗歌将这一世界开放给更多的人，以求改变人们的现实生活。

特耶尔的诗歌常常描写智利南部的现实，但大多带有古老、神秘而忧郁的色彩，常常出现老旧而荒颓的农村。诗人苍凉的视角透过房屋、树木和土地回望背后时间的流逝："今夜我睡在老天花板下，/老鼠从上边跑过，一如从前，/我心里的孩子在梦中重生，/重新呼吸着栎木家具的味道，/满怀恐惧地望向窗户/因为知道没有星星复苏。"（《老天花板下》）"这里的一切/似乎在别处真正存在。/年轻人无法回家/因

---

① Teillier, Jorge. "Los poetas de los lares. Nueva visión de la realidad de la poesía chilena", *Boletín de la Universidad de Chile*, mayo de 1965.

为没有父亲等待/而爱无床安眠。"(《天空的语言》)但书写正是唤回记忆的尝试："我睁开眼，不愿看着梦中的树枯死"(《老天花板下》)，"沉默不能再作为我的语言"(《最后的岛屿》)。特耶尔相信："无论距离多远、感到多孤独，只要你能自觉并真正完成自己的工作，那未相识的朋友总会找到你。"诗人正是为了这些"未相识的朋友"写作。

特耶尔出版的诗集还有：《天空与叶子齐落》(*El cielo cae con las hojas*, 1958)、《记忆之树》(*El árbol de la memoria*, 1961)、《夜晚的火车及其他诗作》(*Los trenes de la noche y otros poemas*, 1964)、《秘密的诗》(*Poemas secretos*, 1965)、《外乡人纪事》(*Crónica del forastero*, 1968)、《死亡与奇迹》(*Muertes y maravillas*, 1971)、《献给一座幽灵村庄》(*Para un pueblo fantasma*, 1978)、《磨坊与无花果树》(*El molino y la higuera*, 1993)等。他的作品被译为法语、意大利语、瑞典语、俄语、波兰语、德语和葡萄牙语，他还出版了两册西英双语合集：《为与死者交谈》(*In Order to Talk with the Dead*)和《来自永无之国》(*From the Country of Nevermore*)。

他的诗作先后获得1958年"智利作家协会落叶松奖"(Premio Alerce de la Sociedad de Escritores de Chile)、1960年"加夫列拉·米斯特拉尔文学竞赛奖"一等奖、1961年"圣地亚哥城市文学奖"、1993年"爱德华多·安吉塔奖"(Premio Eduardo Anguita)及1994年智利"国家图书与阅读委员会大奖"等。同时，他还是知名译者，译有谢尔盖·叶赛宁的《无赖汉的忏悔》等，也是许多报纸和杂志的撰稿人。为了介绍更多被正典遗忘的智利诗人，他于1962年出版了《罗密欧·穆尔加：少年诗人》(*Romeo Murga: Poeta adolescente*)一书，并在1963年与豪尔赫·维莱兹(Jorge Vélez)一同创办了杂志《俄耳甫斯》(*Orfeo*)。

豪尔赫·特耶尔（Jorge Teillier）

1996年4月22日，特耶尔因肝硬化在比尼亚德尔马去世。

《磨坊与无花果树》（*El molino y la higuera*）

《磨坊与无花果树》是智利诗人豪尔赫·特耶尔于1993年出版的诗集，收录了诗人晚年尤其是居住在因赫尼奥镇的磨坊（El Molino de Ingenio）时创作的27首诗作，包括《致乔治·特拉克尔》（«A George Trakl»）、《孤独房里孤独的人》（«Un hombre solo cn una casa sola»）、《当我还非诗人》（«Cuando yo no era poeta»）、《小镇漆黑》（«Black out in one whistle stop»）、《在世界之外的任何地方》（«En cualquier lugar fuera del mundo»）等。

学者莱昂尼达斯·莫拉莱斯认为，特耶尔的写作并非线性的，而是循环的，《磨坊与无花果树》正好回环对应了诗人第一本诗集《致天使与燕子》。如果说诗人的第一部诗集更专注于个人经验，那么《磨坊与无花果树》更倾向于唤起失去文化空间依托的群体的感受："但他只专注看着熄灭的壁炉/只想喝杯能给他讲个老故事的酒……一个故事，就像他在祖屋里听到的那样/他已经不记得的故事，就像不记得自己还活着。"（《孤独的房子里孤独的人》）

《磨坊与无花果树》仍秉承特耶尔"家园诗人"的诗歌理念，在诗集中，两个虚幻与现实的时刻——童年的闪回和回忆的浮现不断出现。前者是记忆中原初时间的快乐，而后者是知晓一切已成过往的苦痛。在两极中特耶尔的诗歌变得更加丰满，诗歌的主体成为生活在现代城市中的流亡者，像鬼魂一样一次次重返童年，重返乡村，只为找到当下已不复存在的东西："我不知道我将孤身步入50岁/因此在等待早饭的时候我看到你"（《今天我是孤独的心俱乐部成员》）；"他们不记得周日我们读过洛佩斯·梅利诺/和罗梅罗·穆尔加/泥泞的街道上有一辆废弃的汽车。/我又来到车站。/黑板上已经擦掉了所有的路线"(《小镇漆黑》)。

而在书写和寻找中,"诗人获得的内在自由使他超越作为思想动物的历史条件,与任何时代的诗人成为兄弟"①。《磨坊与无花果树》的诗作中,诗人引用或转述其他诗人的句子,如埃利塞奥·迭戈、特拉克尔、叶赛宁、勒内·夏尔等。特耶尔对其他诗人的唤回同样创造了一个"所有注定消失的都在这里存在"的世界。特耶尔的诗歌就是一种乡愁,人们借此寻找失落的遗迹。而诗人就像手艺人,要靠自己的作品在虚幻的入侵之下保护濒危的真实事物。

据诗人弗朗西斯科·贝哈尔(Francisco Véjar)回忆,特耶尔第一次在聚会上朗读其中的作品时,诗集的初定名称是《西部乡愁》(*Nostalgias del Far West*),以致敬美国西部地区——"戏剧里与现实中的枪声一并响起的冷酷世界"②。但诗集在出版前数易标题,最后从诗人安静午后的记忆中抽取了两个元素:从他晚年居住地的窗户看出去,能看到昔日制糖厂的磨坊,以及磨坊旁总是在圣胡安日繁花盛开的无花果树。无花果树开花的日期同样是诗人回忆中的重要时间,因为那是他的生日,以及马普切人庆祝新年的日子。于是诗人再次回到他偏爱的童年与记忆的世界中:"我从河边的屋子走出来/邮递员给我送来1935年的报纸……明天与明天将是同一天。"(《在世界之外的任何地方》)

(龚若晴)

---

① Teillier, Jorge. "Los poetas de los lares. Nueva visión de la realidad de la poesía chilena", *Boletín de la Universidad de Chile*, mayo de 1965.

② Véjar, Francisco. "Un testimonio poético sobre Jorge Teillier", *El Siglo*, 13 de agosto, 1993, p. 9.

阿图罗·乌斯拉尔·彼特里
（Arturo Uslar Pietri）

阿图罗·乌斯拉尔·彼特里（1906—2001），委内瑞拉著名小说家、剧作家、散文家、诗人、记者、律师、政治家、社会活动家。

乌斯拉尔·彼特里出生于委内瑞拉一个富豪家庭，父亲拥有德裔血统，母亲的家庭亦为委内瑞拉名门望族。他年少时便展现出文学兴趣和天赋，1923年进入委内瑞拉中央大学政治学院攻读法律。大学期间乌斯拉尔·彼特里参加学生活动，开始涉足政治、法律活动。1929年，他获得该校政治学博士学位，同年取得律师资格。

从学生时代开始，乌斯拉尔·彼特里的社会活动便十分活跃，毕业后，他也积极地投身于委内瑞拉的政治活动。1939年，他出任教育部长，创立了委内瑞拉民主党（Partido Democrático Venezolano，PDV）；1944年开始出任国会议员；1945年被任命为内政部长；同年10月，政变爆发，乌斯拉尔·彼特里流亡美国5年，其间他教授文学并潜心从事文学创作和文学研究；1950年归国后，他开始投身新闻工作，并在委内瑞拉中央大学讲授文学。1958年,他当选参议员;1963年更是参与了总统竞选,但惜败于劳尔·莱奥尼·奥特罗(Raúl Leoni Otero, 1905—1972);几年后乌斯拉尔·彼特里渐渐淡出政坛。1969—1974年间他出任《国民报》报社社长;1974年前往巴黎,出任委内瑞拉常驻联合国世界教科文组织大使;1979年归国以后,他专心致力于写作和教育事业。2001年乌斯拉尔·彼特里逝世,享年94岁。

乌斯拉尔·彼特里的文学创作开始得非常早:1923年,年仅17岁的他便发表了自己第一篇短篇小说《沙漠的沉默》(*El silencio del desierto*)。大学期间,乌斯拉尔·彼特里在《大学》(*La Universidad*)杂志上不断发表短篇小说,逐渐接触到新的作家群体,接受新的思想和文学潮流。他的名字从一开始便与先锋派文学有着千丝万缕的联系,作家著有两部短剧《钥匙》(*La llave*, 1918)、《前进》(*El ultreja*, 1927)[①]。委内瑞拉剧作家何塞·加布列尔·努涅斯(José Gabriel Núñez)认为,乌斯拉尔·彼特里的这两部短剧与本国作家罗慕洛·加列戈斯(1884—1969)的剧作《引擎》(*El motor*, 1910)共同开启了委内瑞拉戏剧先锋派实验的大门。

1928年,乌斯拉尔·彼特里出版短篇小说集《大盗巴拉巴和其他故事》(*Barrabás y otros relatos*, 1928),展现了委内瑞拉新一代作家群与旧的文学传统(主要指风俗主义,costumbrismo)决裂,寻求全新的现代派、先锋派文学风格的诉求。同年,《活塞》(*Válvula*)杂志推出创刊号(也是唯一的一期),乌斯拉尔·彼特里在其中发表了四篇文章,包含一篇社论《我们是》(«Somos»)和《形式与先锋》(«Forma y Vanguardia»),这两篇文章被认为是先锋派文学运动的纲领之作。

当然,令乌斯拉尔·彼特里在拉丁美洲文学发展史上留下最深刻印

---

① 作者在剧本开头明言,"ultreja"一词来源于公元7世纪的一部拉丁语赞美诗(antífona),意为"更远处"(y más allá)。这一单词(或写作"ultreia""ultreya")来自拉丁语,是西班牙圣地亚哥朝圣之路的中世纪朝圣者之间的问候语,意即"前进""往前走"。

阿图罗·乌斯拉尔·彼特里（Arturo Uslar Pietri）

记的莫过于他对于"魔幻现实主义"这一文学风格的理论贡献和创作实践。完成博士学业后不久，作家接受外交职务，前往巴黎，他在这里接触到法国的先锋派文学和超现实主义风格，结识了与他志同道合的古巴作家阿莱霍·卡彭铁尔（1904—1980）和危地马拉作家米格尔·安赫尔·阿斯图里亚斯（Miguel Angel Asturias，1899—1974），三位作家从不同的角度出发，挖掘拉丁美洲文学的崭新生命力，为提炼其最鲜明的特征"魔幻现实主义"做出了自己的贡献。乌斯拉尔·彼特里在《委内瑞拉的文学与人》（*Letras y hombres de Venezuela*，1948）中的一篇文章《委内瑞拉短篇小说》（«El cuento venezolano»）里写道："渐渐占据主导地位并长久地留下其轨迹的（做法）是将人视为现实主义语境下的神秘存在。一种对现实诗意的揣测或是诗意的否定。既然没有其他叫法，可以称之为一种魔幻现实主义。"[①]乌斯拉尔·彼特里虽然并未从理论高度深刻阐述这一表达手法，但他是将"魔幻现实主义"这一概念引入拉丁美洲文学领域的第一人，他对于"魔幻现实主义"的"神秘"之说，与卡彭铁尔在其小说《人间王国》（*El reino de este mundo*，1949）序言中所详细阐述的"神奇的现实"（lo real maravilloso）这一概念共同构成了拉丁美洲新小说中"魔幻现实主义"这一创作手法的理论基础和根源。不仅如此，乌斯拉尔·彼特里早在20世纪二三十年代便开始大量创作带有浓重魔幻现实主义色彩的短篇小说，其中《雨》（*La lluvia*）、《鬼火》（*Luz espectral*）、《鹿》（*El ciervo*）都是这一风格最具代表性的短篇小说杰作[②]。可以说，乌斯拉尔·彼特里在魔幻现实主义的文学理论和实践方面功不可没。作家为20世纪拉丁美洲文学创作和文学研究所做出的卓越贡献为其赢得了西班牙1990年"阿斯图里亚斯亲王文学奖"和墨西哥1998年度"阿方索·雷耶

[①] Bravo, Víctor. *Magias y maravillas en el continente literario*, Venezuela: Ediciones de la Casa de Bello, 1991, pp. 14-15.

[②] 朱景冬、孙成敖：《拉丁美洲小说史》，天津：百花文艺出版社，2004年，第366页。

斯国际大奖"。

在文学创作领域,乌斯拉尔·彼特里著作颇丰,作品包括长篇小说、短篇小说、散文、游记、诗歌、戏剧。其中,长篇小说7部,包括:《红色长矛》(*Las lanzas coloradas*,1931);《黄金城之路》(*El camino de El Dorado*,1947),1950年"阿里斯帝德斯·罗哈斯小说奖"(Premio Arístides Rojas por Novela);《地理画像》(*Un retrato en la geografía*,1962);《假面具的季节》(*Estación de máscaras*,1964);《亡者葬礼》(*Oficio de difuntos*,1976);《鲁滨孙之岛》(*La isla de Robinson*,1981),1981年"委内瑞拉作家协会奖"(Premio Asociación de Escritores de Venezuela)和1982年"国家文学奖";《时间之旅》(*La visita en el tiempo*,1990),1991年"罗慕洛·加列戈斯国际小说奖"。多年来,他的长篇小说被多次再版,受到评论界、学术界、读者的持续关注。

他的长篇小说绝大部分为历史题材,墨西哥著名作家卡洛斯·富恩特斯认为他是"拉丁美洲现代历史小说的奠基人"[1]。他的作品多以委内瑞拉或者拉丁美洲历史上的真实人物为主人公,以真实的历史事件为故事线索,如《红色长矛》中的西班牙将军何塞·托马斯·博维斯(José Tomás Boves,1782—1814)便确有其人,小说也是以西蒙·玻利瓦尔(1783—1830)发动的委内瑞拉独立运动初期为时代背景。这部小说可以说是乌斯拉尔·彼特里最为人所熟知的叙事作品,在出版第二年便被翻译成法文和德文,长久以来已被多次再版。秘鲁—西班牙著名作家巴尔加斯·略萨认为,这部小说的叙事方式是之后主宰拉丁美洲文学的小说新形式中的一种,"打开了一扇大门,全世界将由此最终认识到拉丁美洲小说的价值"[2]。《黄金城之路》则是揭露西班牙殖民者对

---

[1] Straka, Tomás(ed.). *Arturo Uslar Pietri: humanismo y americanismo. Memorias de las VII Jornadas de Historia y Religión*, Caracas: Konrad, Adenauer, Stiftung, 2008, p. 20.

[2] "La mágica realidad de Uslar Pietri", autor anónimo, *La Prensa*, 4 de marzo de 2001. http://www.laprensa.com.ar/ 168706-La-magica-realidad-de-Uslar-Pietri.note.aspx [2020-04-16]

阿图罗·乌斯拉尔·彼特里（Arturo Uslar Pietri）

于拉美大陆的无情掠夺和对土著居民的残酷欺压。

《地理画像》和《假面具的季节》都旨在描摹独裁者戈麦斯去世以后的委内瑞拉政治形势，作者本拟将写成一部题为《命运的迷宫》（*El laberinto de Fortuna*）的三部曲，但最终未能完成，仅得这两部作品。《亡者葬礼》中的独裁者阿帕里西奥·佩莱斯（Aparicio Peláez）以委内瑞拉独裁者胡安·比森特·戈麦斯（Juan Vicente Gómez，1857—1935）为原型；"作者对待历史人物的态度是现实主义的，他力求客观地、如实地反映佩莱斯（即戈麦斯）的一生……艺术地再现了20世纪初到30年代这一历史时期委内瑞拉的现状"[1]（屠孟超语）。

《鲁滨孙之岛》则描摹了委内瑞拉历史上的另一位重要人物：西蒙·罗德里格斯（Simón Rodríguez，1769—1854），他曾是西蒙·玻利瓦尔和安德烈斯·贝略的导师。彼特里的最后一部作品《时间之旅》则是作者第一次接触"非美洲"的历史题材，选取了16世纪西班牙的历史人物胡安·德·奥地利（Juan de Austria，1547—1578）。

对"真实"的人而非"客观"事件的现实主义关注是乌斯拉尔·彼特里所有历史题材小说的创作特色。作为知识分子、作家和政治家，乌斯拉尔·彼特里毕生崇尚人文主义，而他的这种精神并没有停留在抽象的理论层面，他不只关注人作为"世界的人"（ser universal）的抽象概念……同时也关注具体的、个体的人的存在，在他的长篇小说创作中，这种对人的关注便表现为作家对于人物内心世界的深刻挖掘和塑造人物形象时所秉持的现实、客观的态度——他笔下的历史人物，即使是英雄人物，也并不完美，而是有着普通人的闪光点和阴暗面，作者的描写始终秉持不美化现实、不避讳丑恶的现实态度。

在短篇叙事作品方面，作家有多篇著名的短篇小说最初都是独立发表的，之后才被收入合集之中，如获得了《精英》（*Élite*）杂志1935年

---

[1] 乌斯拉尔·彼特里：《独裁者的葬礼》，屠孟超译，昆明：云南人民出版社，1991年，第5页。

度短篇小说竞赛大奖的《雨》、夺得《国民报》1949年度短篇小说年度竞赛大奖的《鼓之舞》(*El baile del tambor*)。作家还著有多部短篇小说集：除了《大盗巴拉巴和其他故事》以外，还包括《网》(*Red*, 1936)、《脚步与过客》(*Pasos y pasajeros*, 1966)、《30个男人和他们的暗影》(*Treinta hombres y sus sombras*, 1949)、《雨和其他故事》(*La lluvia y otros cuentos*, 1967)、《他人与其他故事》(*El prójimo y otros cuentos*, 1978)、《胜者》(*Los ganadores*, 1980)。

多年来，乌斯拉尔·彼特里的短篇小说曾多次再版、重印、重新编辑出版，不可尽数，《讲述之时》(*Tiempo de contar*, 合集, 1954)、《30故事集》(*Treinta cuentos*, 合集, 1969)、《苍蝇、树与人》(*Moscas, árboles y hombres*, 1973)、《短篇小说之路》(*Camino de cuentos*, 1975)、《40故事集》(*Cuarenta cuentos*, 1990)等都是各大出版社曾经重新编辑出版的故事合集名。在委内瑞拉以外的西语国家，乌斯拉尔·彼特里的短篇小说亦时有重新编辑出版。如1969年，马德里《西方杂志》出版社编辑出版了题为《14个委内瑞拉故事》(*Catorce cuentos venezolanos*, 1969)的短篇小说合集；1978年，巴塞罗那布鲁格拉出版社(Bruguera)再版了《大盗巴拉巴和其他故事》；1987年布宜诺斯艾利斯阿亚库乔图书馆出版社(Biblioteca Ayacucho)编辑出版了题为《红色长矛和故事选》(*Las lanzas coloradas y cuentos selectos*, 1987)的小说合集；1992年，蒙达多利出版社推出了《魔幻现实故事集》(*Los cuentos de la realidad mágica*, 1992)。2006年，泡沫之页出版社(Páginas de Espuma)出版了乌斯拉尔·彼特里的《短篇小说全集》(*Cuentos Completos*, 2006)。

2002年，委内瑞拉导演路易斯·曼索(Luis Manzo)将乌斯拉尔·彼特里的一部短篇小说搬上了大银幕，取名为《大天使的羽毛》(*La pluma del Arcangel*, 2002)。

阿图罗·乌斯拉尔·彼特里（Arturo Uslar Pietri）

此外，乌斯拉尔·彼特里著有游记一部：《彩色气球》（*El globo de colores*，1975），诗集两部：《玛挪亚：1932—1972》（*Manoa: 1932-1972*，1973）、《我逐渐成为的人》（*El hombre que voy siendo*，1986），五部长剧：《安特罗·阿尔班之日》（*El día de Antero Albán*，1957年上演）、《无形的上帝》（*El Dios invisible*，1957年上演）、《楚奥·吉尔和纺织女》（*Chúo Gil y las tejedoras*，1959年上演）、《米兰达逃亡记》（*La fuga de Miranda*，1959年上演）、《忒拜战纪》（*La Tebaida*，1982年上演）和两部儿童剧：《朝圣者和摩尔人》（*Peregrinos y moritos*，1951）、《机灵鬼佩德罗·利玛莱斯》（*La viveza de Pedro Rimales*，1978年上演）。

乌斯拉尔·彼特里一生发表在报刊等媒体上的评论文章无数，所涉及题材十分广泛，从文学、政治、文化、历史等多方面展现其跨越多领域的关注广度和批评深度，可以说，这一体裁的创作完美地体现了乌斯拉尔·彼特里作为作家、学者、政治家、记者、影视制作人等多重身份的兼容统一。作家一生出版文集四十余部，无法一一列举，在此仅做简单分类。

在文学研究领域，乌斯拉尔·彼特里出版过著作《委内瑞拉的文学与人》《拉丁美洲小说简史》（*Breve historia de la novela hispanoamericana*，1955）、《两个世界的幽灵》（*Fantasmas de dos mundos*，1979）等，在拉丁美洲文学理论研究和文学史整理方面都做出了巨大贡献。

作为政治敏锐度极高的记者，在乌斯拉尔·彼特里的文集中，政论、时评性文章所占比重巨大。作为政治家和社会活动家，作家出版过与影响委内瑞拉国运的多种要素相关的多部著作，如与石油相关的《生死攸关的石油》（*Petróleo de vida o muerte*，1966）和《石油中的委内瑞拉》（*Venezuela en el petróleo*，1984），与教育相关的《为委内瑞拉而教》（*Educar para Venezuela*，1981），面向学生群体而作的

《委内瑞拉经济概要》(*Sumario de economía venezolana para alivio de estudiantes*,1945)等;或是从历史、社会全局的高度俯视委内瑞拉社会的著作,如《从一个委内瑞拉到另一个委内瑞拉》(*De una a otra Venezuela*,1949)、《委内瑞拉大地》(*Tierra venezolana*,1953)、《委内瑞拉的毁与立》(*Del hacer y deshacer de Venezuela*,1962)、《肥牛和瘦牛》(*Las vacas gordas y las vacas flacas*,1968)和《委内瑞拉五百年》(*Medio milenio de Venezuela*,1986)等。其文集中有着眼整个拉丁美洲现实的作品,如《云》(*Las nubes*,1951)、《另一个美洲》(*La otra América*,1974)、《新世界的创立》(*La creación del Nuevo Mundo*,1990)、《拉丁美洲的名字与身份》(*El nombre y la identidad de América Latina*,1994)、《拉丁美洲存在吗?》(*¿Existe la América Latina?*,1996),也有关注拉丁美洲重要历史人物的专著,如《委内瑞拉人贝略》(*Bello el venezolano*,1986)和《今日玻利瓦尔》(*Bolívar hoy*,1990)。除此以外,其文集中也包括了其电视访谈节目和演讲稿的出版物,如其两个访谈节目的相关同名书籍《人类价值观:电视访谈录》三卷本(*Valores humanos. Charlas por televisión*,1955—1958)、《谈谈委内瑞拉》(*Cuéntame a Venezuela*,1981)和演讲稿《共同之语:国会演讲》[*La palabra compartida. Discursos en el Parlamento(1959-1963)*,1964]等。乌斯拉尔·彼特里自言,《人类价值观》是他留下的最宝贵财富。"我认为自己是在公共传播普及事业上花费最多时间的知识分子。'人类价值观'播了30年,说说容易,但是得一年年地坚持。这是一项前所未有的奇迹。"[1]

一生不辍的新闻报道工作为乌斯拉尔·彼特里赢得了众多与新闻

---

[1] Cañizález, Andrés. "Literatura-Venezuela: Murió Uslar Pietri, voz crítica del siglo XX", *Inter Press Service IPS*, 27 de febrero de 2001. http://www.ipsnoticias.net/2001/02/literatura-venezuela-murio-uslar-pietri-voz-critica-de-siglo-xx/ [2020-04-16]

阿图罗·乌斯拉尔·彼特里（Arturo Uslar Pietri）

报道和评论相关的奖项：揭露委内瑞拉社会、政治问题的文集《云》为其赢得了1954年度"全国文学奖"，作家还曾获得1971年"全国新闻奖"（Premio Nacional de Periodismo）、1972年"美洲新闻协会梅根塔勒奖"（Premio Mergenthaler de la Sociedad Interamericana de Prensa）、1973年"米格尔·德·塞万提斯拉丁美洲新闻奖"（Premio Hispanomaericano de Prensa Miguel de Cervantes）等众多大奖。

中译本：《独裁者的葬礼》，屠孟超译，云南人民出版社，1991年。

《时间之旅》（*La visita en el tiempo*）

1990年，委内瑞拉著名作家阿图罗·乌斯拉尔·彼特里发表了长篇小说《时间之旅》，这是作家第七部，也是最后一部长篇小说，获得了1991年度"罗慕洛·加列戈斯国际小说奖"。2007年，哥伦比亚杂志《星期》（*Semana*）评选"25年来百佳西语小说"，这部小说位列其中。

在《时间之旅》里出现的是乌斯拉尔·彼特里惯常创作的历史题材，讲述16世纪西班牙历史上一位重要人物胡安·德·奥地利的故事。胡安是西班牙国王卡洛斯一世，即神圣罗马帝国皇帝查理五世（Carlos I de España y V del Sacro Imperio Romano Germánico，1500—1558）的私生子，费利佩二世（又译"腓力二世"，Felipe II，1527—1598）同父异母的兄弟。而他所处的时代正是西班牙历史上的黄金世纪，他的父兄是西班牙历史上举足轻重，但又彼此迥异的国王，这两位国王对于宗教和外族文化的不同看法和态度令16世纪西班牙的国家发展轨迹产生巨大转折，费利佩二世去世以后，西班牙的全盛状态开始瓦解，曾经的"日不落帝国"走向没落。

常年关注委内瑞拉和拉丁美洲文学、文化、历史轨迹的乌斯拉尔·彼特里在他的最后一部小说中第一次选择了与美洲无关的时代和人物，他选择了西班牙历史上最错综复杂的辉煌一刻和不知是幸或不幸而生在帝王家的胡安·德·奥地利作为描摹的对象。西班牙的16世纪不仅是这个国家在文学、艺术、国力等各个方面的黄金世纪，不仅是西班牙国家历史上的辉煌顶峰，也是西班牙这个南欧半岛小国与世界历史最接近、最同步的时期（阿莱克希斯·马尔克斯·罗德里格斯语）：16世纪的两位西班牙国王，也就是卡洛斯一世和他的儿子费利佩二世，他们实际上操控着整个欧洲、美洲，以及亚洲和非洲的部分地区，可以说，世界的大部分区域都在全盛的西班牙帝国统治下，而这正是作家所选取的历史时刻——小国统摄世界的瞬间。作为历史小说，如此特殊的历史时期和国家状态本应是作家浓墨重彩刻意描绘的全景画卷，但是，作者却将视角继续缩小，着意放在了胡安·德·奥地利这一个人物身上，用历史事实与文学虚构相结合的手法，塑造出一个崭新的文学形象，写出了一部不一样的历史小说。

历史上的胡安·德·奥地利出身高贵，年少英俊，是西班牙历史上最具浪漫主义色彩的少年英雄之一；他悲天悯人，当他执行费利佩二世的摩尔人驱逐令时，看着举家流亡的外族人，胡安曾哀叹这是"世间最大的不幸"；他战功彪炳，曾经在著名的勒班陀战役（Batalla de Lepanto, 1571）中领军击败土耳其军队，延缓了奥斯曼帝国在地中海的扩张，深刻地影响了16世纪欧洲史的发展轨迹，这也是乌斯拉尔·彼特里这部小说主要撷取的历史事件；他还在低地国家（即弗兰德斯Flandes）短时间地遏制住了武装起义的势头，这是费利佩二世执政时期爆发的"80年战争"（Guerra de los Ochenta Años）的重要开端。乌斯拉尔·彼特里在小说中描绘了胡安名留青史的种种"外在行为"，但是作家真正的创作核心却落在了人物的"内在行为"之上，也就是他的个人心理，从中提炼出颇具现代性、文学性的人性拷问。（桑托斯·多明

阿图罗·乌斯拉尔·彼特里（Arturo Uslar Pietri）

戈斯语）

  胡安·德·奥地利或许出身高贵，或许风流倜傥，历史文献里讲述着他的赫赫战功，但是，我们也可以看到他的人生是全然身不由己的，十一二岁的他被父亲临终前的一纸文书承认了皇室身份，从单纯快乐的普通人生活被拉入了风云诡谲的宫廷斗争之中；青年时代纵使他军功赫赫，对他终是有所忌惮的兄长对他鲜少夸赞，纵使他悲天悯人，却无法对他人的命运、历史的走向有所干预；到最后，他落得个感染风寒、郁结于心、客死他乡的下场。乌斯拉尔·彼特里将胡安·德·奥地利的无可奈何与内心挣扎提炼为其对于自身身份的迷茫与探索、对于个人存在的拷问和求索。

  胡安·德·奥地利在被承认为皇室成员之前并不叫胡安·德·奥地利，这是他父亲卡洛斯一世赐给他的名字，从前的他名叫赫罗明（Jeromín）。在小说中，名字的改变成为胡安本人身份前后割裂的一种标志："从那以后，从乌斯特（Yuste，卡洛斯一世退位后在此地的修道院隐居直至去世）回来以后，大家看他的样子、对他说话的样子就不一样了，好像他不再是他自己了……""他现在是什么？他是谁？在这以前他是谁？是他以前被骗了还是他们现在正在骗他？他曾经相信的自己并不是真的，他从现在开始将要成为的人他又无法想象……在此之前的一切都是一场幻梦吗？还是如今即将开始的一切才是梦？如果以前的生活是一场谎言，而现在的生活是一场幻梦，那随之而来的梦醒会是多么可怕。"两个不同的名字，两个迥异的身份，两种毫无共性的生活，这种内部存在的割裂，使得年轻的胡安在面对外部世界的风云变幻尚能游刃有余地采取行动的同时，却无法坦然而清醒地面对自己内心世界的茫然无措，他试图找到自己的身份，找到立于人世的心理基础。然而，直到小说结束，"他轻飘飘的脚步声无人听闻。每一步都是窒息般的千辛万苦。他视线模糊。一切看起来都那么孤寂、平静，毫不设防，周遭空气沉静,不见回声"。他也只能"发出一声痛苦的呼号:'是我!是我……我……我'"。

"我是谁?"这是现代文学和哲学的终极课题之一,在乌斯拉尔·彼特里的笔下,16世纪的一个少年对于个人的身份和存在所做出的无望探寻令他不仅成为盛世帝国阴暗面这种外部因素的一个象征,也成为这个人物作为独立的人格所自然包含的那种对于自我和存在的诉求和探索,这是20世纪以来现代性诉求的一种表现,甚至可以说是20世纪拉丁美洲文学所追求的终极目标——建构自我身份。但更重要的,这也是深受文艺复兴人文主义精神所影响的西班牙黄金世纪文学遗泽所影响的产物。胡安在小说中面临重重困境——自我身份被剥夺、在意识梦幻与现实之间不断摇摆,这都令人想起西班牙黄金世纪剧作家佩德罗·卡尔德隆·德·拉巴尔卡的著名戏剧《人生如梦》,主人公波兰王子塞西斯蒙多(Segismundo)也是被剥夺了身份,分不清现实与幻梦。但与大团圆结局的戏剧不同,小说主人公胡安到最后也没有与自我和解。另一方面,他生命中无法消解的时代困局和人生绝境与莎士比亚笔下的哈姆雷特也何其相似——生不逢时的优秀青年,同时也是内心矛盾、思维混乱的人。而与纠结于"生存还是死亡"(即作为还是不作为)、将内心的犹疑反映到行为上来的哈姆雷特不同,胡安充满了"行动"(actuar)的意愿,表面的光鲜荣耀与内心的荒芜空寂更突显出这一人物的悲剧色彩。同为文艺复兴所推崇的人文主义精神感召下所创作的、以挖掘人物内心世界为核心、以外部世界剧情发展为辅的作品,三位人物之间所存在的共同性和相异性也为我们提供了一个有趣的互文解读视角,让读者对于乌斯拉尔·彼特里所秉持的关注人的人文主义态度更有体会。

(莫娅妮)

佐艾·巴尔德斯（Zoé Valdés）

佐艾·巴尔德斯（1959— ），古巴女诗人、小说家、编剧。1959年5月2日出生于哈瓦那，曾就读于哈瓦那恩里克·何塞·瓦洛纳中学（Instituto Superior Pedagógico Enrique José Varona），后退学。出于对文学的热爱，她选择到哈瓦那大学的语言文学院学习，但未能完成学业。后在巴黎法语联盟（Alliance française）学习过法语，也半途而废。1984—1987年曾任联合国教科文组织古巴代表团文献专家，1987—1988年在古巴驻法国大使馆文化处就职，1993年被授予法国艺术与文学勋章（现定居巴黎）。2001年获得"迈阿密城三把钥匙"（Tres Llaves de la Ciudad de Miami）。

巴尔德斯首先开始的是诗歌创作，很快就显现出了这方面的才华。1982年，诗集《为了活着的回答》（*Respuestas para vivir*）获得了墨西哥"罗克·达尔顿和海默·苏亚雷斯·克迈因奖"（Premio Roque Daltón y Jaime Suárez Quemain）。1986年，她的诗集《一切皆归暗影》（*Todo para una sombra*）在巴塞罗那获得了"卡洛斯·奥迪兹诗歌奖"（Premio Carlos Ortíz）。

在巴黎期间，巴尔德斯开始从事电影编剧的工作。回国后1990—1994年担任杂志《古巴电影》（*Cine Cubano*）副主编，并为古巴电影艺术工业学院（Instituto Cubano de Artes e Industria Cinematográficos）创作剧本。1990年前往美国，筹备所写剧本《平行生活》（*Vidas paralelas*）的拍摄工作，这部电影后来在委内瑞拉由导演帕斯托·维加（Pastor Vega）拍摄完成。

1994年，佐艾·巴尔德斯随丈夫、女儿移居巴黎。美国曾因其流亡身份而拒发签证，此事让佐艾·巴尔德为自身际遇深感无奈与惆怅。为了避免类似的困扰，她决定加入西班牙国籍（1996年获得该国国籍）。她曾表示自己的生活就是不停地在警察局及出入境管理局之间奔波，结果倒酝酿了她文学作品的灵感，小说创作由此成为佐艾·巴尔德斯流亡心路历程的寄托，自传性和对故土的思念成为其小说的特征之一。

佐艾·巴尔德斯为众多报刊撰稿，包括美国的艺术杂志《ARS杂志》（*ARS Magazine*），法国的《世界报》（*Le Monde*）、《解放报》（*Libération*）、《新观察家周刊》（*Le Nouvel Observateur*）、《美术》（*Beaux Arts*）、《摇滚怪客周刊》（*Les Inrockuptibles*）、《Elle》（*Elle*）、《时装》（*Vogue*），西班牙的《国家报》、《世界报》、《经济学家》（*El economista*）等。

她的诗歌作品还有：《吸烟车厢》（*Vagón para fumadores*，1996）、《哈瓦那诗集》（*Los poemas de la Habana*，1997）、《囚禁猞猁的绳索》（*Cuerdas para el lince*，1999）、《等待之短吻》（*Breve beso de la espera*，2002）、《目光的解剖》（*Anatomía de la mirada*，2009）。佐艾·巴尔德斯诗歌的特点是情色主义和感官的描述，对个人的欲望和时间的流逝也多有表达。

她的小说作品有：《高贵血统》（*Sangre azul*，1993）；《日常的虚无》（*La nada cotidiana*，1995），被翻译成法语、德语、英语、

佐艾·巴尔德斯（Zoé Valdés）

芬兰语、意大利语、希腊语、葡萄牙语等多种语言；《大使的女儿》（*La hija del embajador*，1995），1996年"胡安·马奇基金会短篇小说奖"；《天使的愤怒》（*Ira de ángeles*，1996）；《我把整个生命给了你》（*Te di la vida entera*），入围1996年"行星奖"决赛圈；《"乡愁"咖啡馆》（*Café Nostalgia*，1997）；《我亲爱的初恋男友》（*Querido primer novio*，1999）；《父亲的大脚》（*El pie de mi padre*，2000）；《迈阿密奇迹》（*Milagro en Miami*，2001）；历史小说《女海盗》（*Lobas de mar*，2003），获当年"费尔南多·拉腊小说奖"；《瞬间之永恒》（*La eternidad del instante*，2004），获当年"古塔城市小说国际奖"；《同生活起舞》（*Bailar con la vida*，2006）；《捕星女猎手》（*La cazadora de astros*，2007）；小说体散文《菲德尔神话》（*La ficción Fidel*，2008）；《日常的一切》（*El todo cotidiano*，2010）；《哭泣的女人》（*La mujer que llora*，2013）重塑毕加索的情人朵拉·玛尔（Dora Maar）的生平与三段情感故事，获当年"阿索林奖"（Premio Azorín），2016年推出英语版《哭泣的女人》（*The Weeping Woman*）；《哈瓦那，我的爱人》（*La Habana, mon amour*，2015）；《颠倒的黑夜——两则古巴故事》（*La noche al revés. Dos historias cubanas*，2016）；《其身之地》（法语）（*Et la terre de leur corps*，2017）。另有故事集《美之贩卖者》（*Traficantes de belleza*，1998）、《哈瓦那秘事》（*Los misterios de la Habana*，2004）和童话《月亮的耳环》（*Los aretes de la luna*，1999）、《咖啡种植园的月亮》（*Luna en el cafetal*，2003）。

佐艾·巴尔德斯所写的剧本有《平行生活》、《失衡》（*Desequilibrio*）、《热恋的女子》（*Amorosa*）和《预言》（*Profecía*）。她还同导演里卡多·维加共同执导了纪录片《女神奥逊的抚摸》（*Caricias de Oshún*，2000）。1998年，她曾任第五十一届戛纳电影节评委。

《"乡愁"咖啡馆》(*Café Nostalgia*)

《"乡愁"咖啡馆》(1997)是古巴作家佐艾·巴尔德斯最知名的小说之一,具有强烈的自传色彩,其主题是对祖国的思念,并试图反映流亡在外的古巴年轻人所遭受的痛苦。他们与祖国断了联系,使得他们形同无根之木。这一困境集中体现在了女主人公玛瑟拉(Marcela)身上,这个人物在作者之前的几部作品中就出现过。

《"乡愁"咖啡馆》延续佐艾·巴尔德斯小说的一贯特点,以女性为主角,由一位古巴女子玛瑟拉自述流亡生涯的始末。玛瑟拉和比自己大几十岁的法国男人结婚,离开了古巴,在巴黎生活。通过自己的奋斗,她在自己爱好的摄影领域大有斩获,成了业界的名人。后来她又成了社会名流的化妆师,同样也是炙手可热。事业上的成功并不能消弭她内心深处的乡愁,身处繁华的大都市,她却沉浸在对过去的回忆当中不能自拔。所爱之人萨姆埃尔(Samuel)离开后,她便用回忆来塞满这种情感的空虚;而回忆,是流亡在外的古巴人唯一的慰藉。过去的气味、味道、声音、触觉和画面在脑中浮现,混杂着因欲望而生的情事。她记忆中的古巴,人们被剥夺了梦想,只能靠友情才能苟活下去;她的家人们形同陌路,纯粹靠着血缘关系在维系。所有这些过去的人物、场景和物件,都通过她的感官,完好如初、鲜活地呈现出来。玛瑟拉阅读普鲁斯特的作品,心中涌起那些几乎被遗忘的对祖国的满满乡愁。渐渐地,当下的愁绪被对过去的回忆所消解。故国已渐行渐远,身处异国他乡,反倒更能看清它的没落和它被所谓的理想吞噬而停滞不前。而巴黎只不过是栖身之地,并不是包容之所,外来的人们需要不断调整自己来适应它。

玛瑟拉的生活陷入了无休止的回忆,她试图通过回忆中的种种,找到自己在这个世界上真正的栖身之所。不过一切均是徒然。她所能找到的只是跨越时空、回忆里的点滴:最初的酒精和音乐之夜,第一次性体

佐艾·巴尔德斯（Zoé Valdés）

验，第一次违心所犯的错。我们在《"乡愁"咖啡馆》里所看到的是人类的一种处境，是一种陷入怀旧情绪的生活，是一种永恒的回忆。对她来说，这种乡愁是一种惩罚，直到一个古老的预言实现，她才得以最终摆脱这种情绪，重启快乐之门。

玛瑟拉事业上的成就，让她无法安生。她总是尝试逃离名声，躲到自己内心最为重要的庇护所。在她看来，她身边的同胞也无非是客居各个大都市的流亡者，她守护着他们共同的记忆。她明白，这种对祖国的乡愁正在逐渐被人们遗忘。

《"乡愁"咖啡馆》是一部乡愁之书，它讲的是居住在欧美大陆的古巴流亡者对故国岛屿的思念以及他们内心永远无法得到的平静。正如作者在书中所说："诸位古巴同胞们，你们太过于依赖家庭、母亲和老朋友了。""我们永远无法去除古巴在我们心中的分量。即便我们住在巴黎、纽约、墨西哥城、布宜诺斯艾利斯、基多、迈阿密，我们也无法摆脱这种分量。"

这部作品重复了作者小说中一贯的主题和叙事风格：对卡斯特罗政权的批评和对情爱的讴歌混合在一起。小说的文字属于巴洛克风格，辞藻堪称华丽。性爱成为小说人物行为的基本驱动力，他们没有道德的约束，放纵自我。同时，书中时有情色场景的描写。

（贾永生）

布兰卡·瓦雷拉（Blanca Varela）

布兰卡·瓦雷拉（1926—2009），秘鲁当代最重要的女诗人。1926年生于利马。1943年入利马圣马可大学，大学期间开始诗歌创作。1949年移居巴黎，结识萨特、波伏瓦、亨利·米肖等人，接受了存在主义、超现实主义等思潮的影响。后旅居佛罗伦萨、华盛顿，与秘鲁画家费尔南多·德·希斯洛（Fernando de Szyszlo，1925—2017）结婚。2009年在利马去世。

1959年出版处女作《有此一港》（*Este puerto existe*），由墨西哥著名诗人帕斯作序，颇多溢美之词。帕斯称："她的诗不解释，不讨论，也不是窃窃私语。那是一种符号，一种直面世界、对抗世界又朝向世界的符咒，一枚被盐、爱、时间与孤独的火焰所蚀刻的黑石。同时也是一种对自身意识的探索。"[1]此后她虽然不断有作品问世，如《白昼之光》（*Luz de día*，1963）、《华尔兹及其他虚假的坦白》（*Valses y otras falsas confesiones*，1972）、《乡野歌谣》（*Canto villano*，

---

[1] Paz, Octavio. "Más allá del dolor y del placer, Prólogo a la primera edición de *Ese puerto existe*（1959）", https://www.lainsignia.org/2007/noviembre/cul_003.htm [2018-07-19]

1978）等，但很长时间内瓦雷拉的诗歌只在小圈子内流传，诗人自己似乎也更愿将诗歌写作限于个人内心世界的层面。意识与梦境、理性与感性、谎言与真实、想象与记忆、爱情与孤独是她诗歌写作历程中时常显现的主题。瓦雷拉情诗中的"你"往往难以确定其所指，但总带有苦痛的调子。瓦雷拉的诗歌体现了多种传统的水乳交融，既有19世纪以降的浪漫主义、象征主义的余音，以及超现实主义先锋诗潮的回响，包括她的同胞、秘鲁超现实主义诗人埃米利奥·阿道弗·威斯特法伦（Emilio Adolfo Westphalen）、塞萨尔·莫罗（César Moro）等人的影响，也不乏由巴列霍肇始，以日常语言入诗，简洁而炽烈的文体印记。

另外瓦雷拉还著有《泥质书》（*El libro de barro*，1993）、《基础练习》（*Ejercicios materiales*，1993）、《仿佛虚无中的神》（*Como Dios en la nada*，1999）、《假键盘》（*El falso teclado*，2000，2016）等诗集，其中在马德里出版的《展翅于一切终结之处》（*Donde todo termina abre las alas*，2001）收录了她1949—2000年间的诗作。

瓦雷拉先后获得"奥克塔维奥·帕斯诗歌与散文奖"（2001）、"费德里科·加西亚·洛尔卡诗歌奖"（2006）、"索菲亚王后伊比利亚美洲诗歌奖"（2007）。

（范晔）

《展翅于一切终结之处》（*Donde todo termina abre las alas*）

《展翅于一切终结之处》是布兰卡·瓦雷拉2001年出版于西班牙的一部诗歌全集。由文学评论家阿道弗·卡斯塔尼翁（Adolfo Castañón，1952— ）作序，诗人安东尼奥·加莫内达（Antonio Gamoneda，1931— ）作跋，收录了诗人1949—2000年所创作的诗歌，包括直到

2016年才单独成书出版的《假键盘》。

诗集从瓦雷拉移居巴黎后的作品开始。这一时期，诗人在帕斯的引荐下结识了诸多诗人、画家，她的诗歌创作也深受欧洲绘画与雕塑艺术影响，作品中可见罗马尼亚雕塑家康斯坦丁·布朗库西式的线条与流动、法国画家让·杜布菲式的原始与野性。卡斯塔尼翁在序言中评价她的诗歌"就像一条地下河，磨出岩洞和通道，缓慢生出古老而优雅的钟乳石"；并且这风景同样需要读者去开启："瓦雷拉的诗歌中蕴藏着惊吓与和解，是需要在反复阅读中才能体会的紧张与放松。读者必须足够熟练到能闭上眼睛，循着灵动的迷宫，全身心浸入其中。诗歌不再单纯是物件，而是一种行为，一种持续的运动，需要阅读与智慧完成再创造。"

瓦雷拉的诗歌力求精准流畅，以沉默的留白突显内容的力量，正如帕斯在她的处女作《有此一港》的序言中所言："她知道在合适的地方停下"①。从1972年的诗集《华尔兹及其他虚假的坦白》开始，诗人不再使用表示停顿或结束的标点符号，不再大写句首字母，到90年代甚至诗作标题也与内容合一，或者已经不存在标题。在脱去读者所习惯的诗歌形式后，瓦雷拉的作品成为单纯由词语的力量搭建的一幅幅缓慢展开的图景："这是梦境你孤身一人/别无他人/光不存在/你是那狗你是那吠叫的花/你的舌头甜蜜地削尖/你四条腿的黑色舌头"（《家族秘密》，«Secreto de familia»）。

瓦雷拉一直用这样锋利紧实的词语打磨自己独特的宇宙。她的诗歌是用眼睛书写的，是长久凝望的产物。诗人观察自我，而自我之上又反射出他者，于是人物、双重身份、面具出现；她审判自我，在诗中展现出更复杂的人性。她的诗歌"是一种对话，是声音与阴影、角色与死亡之间的相遇："或赤裸的莫扎特/像莽撞而自由的女孩/同自己的影子/

---

① Valle, Gustavo. "Donde todo termina abre las alas, de Blanca Varela", *Letras Libres*, 31de octubre, 2001.

同一切的影子/同虚假花园的微笑中消融的死亡/玩捉迷藏"（《嬉戏》，«Divertimento»）。现实被切分，互相背离，自相冲突。诗人竭力寻找诗歌产生的"灵魂之地"。爱是诗人寻找答案的一种方式，但爱本质上又是游动的，没有固定的居所："爱/时间不停修正的风景"（《胜利》，«Victoria»）。由此产生的是缺席和空白，灵魂无从倚靠而陷入空虚，因而瓦雷拉的诗歌中充满对自己的气愤和近乎破碎的信心，但又在讽刺中满怀近乎荒谬的希望："上帝在那里，因为我以自己的模样和特征信仰他"（《泥质书》）。诗人透过百叶窗的缝隙观察着，在她的内心与外部世界、在历史与未来中掌握着一种复杂的平衡。这种光与暗、希望与现实的交错赋予她的诗歌独特之处，"就像光天化日下的神秘玄妙，或夜晚黑暗中的透明澄亮"。

（龚若晴）

马里奥·巴尔加斯·略萨
（Mario Vargas Llosa）

马里奥·巴尔加斯·略萨（1936—　），秘鲁/西班牙双国籍小说家。1936年出生于秘鲁南部的阿雷基帕。因父母婚姻变故，随母亲和外祖父在玻利维亚的科恰班巴度过童年的大部分时光。1950年至1951年间被父亲送入利马的军事学校莱昂西奥·布拉多，在该校接受了残酷的军事训练。1953年进入利马圣马尔克斯大学学习法律与文学。1958年获奖学金赴西班牙学习，但因1960年奖学金中断，巴尔加斯·略萨转往法国巴黎，在工作之余开始创作其第一部长篇小说《城市与狗》（*La ciudad y los perros*，1963）。1971年获马德里康普顿斯大学博士学位。曾在剑桥大学、哥伦比亚大学、哈佛大学等学校任职，并拥有耶鲁大学、哈佛大学、牛津大学、巴黎大学等众多学府颁授的名誉博士头衔。另外，巴尔加斯·略萨一生与政治联系紧密，1990年参与秘鲁总统大选，最终在第二轮投票中竞选落败。

巴尔加斯·略萨著作颇丰，创作涉猎领域众多，其中尤以小说成就最为突出。《城市与狗》获1962年"简明丛书奖"和1963年西

马里奥·巴尔加斯·略萨（Mario Vargas Llosa）

班牙文学"批评奖"。1966年发表《绿房子》（*La casa verde*），获"罗慕洛·加列戈斯国际小说奖"。其后陆续出版《酒吧长谈》（*Conversación en La Catedral*, 1969）、《潘达雷昂上尉与劳军女郎》（*Pantaleón y las visitadoras*, 1973）、《胡利娅姨妈与作家》（*La tía Julia y el escribidor*, 1977）、《世界末日之战》（*La guerra del fin del mundo*, 1981）、《利图马在安第斯山》（*Lituma en los Andes*, 1993）、《公羊的节日》（*La fiesta del Chivo*, 2000）、《天堂在另外那个街角》（*El paraíso en la otra esquina*, 2003）、《坏女孩的恶作剧》（*Travesuras de la niña mala*, 2006）等作品，其中多部作品被改编为电影。他本人先后被授予1986年"阿里图里亚斯亲王文学奖"、1994年"塞万提斯奖"，并因"对权力结构制图般的描绘和对个人反抗的精致描写"[①]获2010年诺贝尔文学奖。1994年和2022年分别当选西班牙皇家学院院士、法兰西学术院院士。

巴尔加斯·略萨是拉美"文学爆炸"的代表作家之一，其创作受到福克纳、塞万提斯、博尔赫斯、加西亚·马尔克斯等作家的影响。其众多作品立足秘鲁社会，具有强烈的社会批判色彩。在漫长的写作生涯中，他也不断拓展小说题材，表现出对世界上其他地区问题以及人类整体命运的关注。巴尔加斯·略萨认为，小说介于真实与谎言之间，语言可创造出一个与外部现实相似的自为世界，但这个世界却具有其自身的规则与"真实性"，是对现实的再创造与"修正"。巴尔加斯·略萨作品的最大特色在于其小说结构与叙述形式的实验性与创新性。他擅长在作品中运用复杂炫目的结构技巧，如多线索叙事、立体交叉结构、时空交错、场景叠加、大幅度视点切换等，打破传统的线性叙事模式，创造出一个包罗万象的虚构世界，从而实现对社会和人类生活经验的多维度整体性复现。其作品自20世纪80年代初引入中国后，对中国作家产生重

[①] 赵德明：《巴尔加斯·略萨作品的艺术世界》，《解放军艺术学院学报》，2011年第1期，第53页。

要影响。

巴尔加斯·略萨的早期作品大多与政治和社会问题相关。成名作《城市与狗》被认为是拉美"文学爆炸"的里程碑式作品之一,也为作者奠定了国际地位。小说立足作者年少时的亲身经历,通过描绘军校中的百态,将虚拟的学校构建成一个"微缩社会",折射出当时秘鲁社会的主要矛盾,如教会和军队的支配地位、暴力横行、种族歧视和社会分层等。同时,作品又通过多个时空场景的并置与多重叙事视角构建出一种立体性小说结构,对多种叙事技巧的成熟运用使其一经发表即获得评论界的广泛关注。该书因对官僚机制下的权力丑行做出尖锐刻画,曾在秘鲁引起争议,被列为禁书公开焚毁。

《绿房子》通过描写秘鲁丛林地带一个名叫"绿房子"的妓院四十年来的兴衰浮沉,将不同社会阶层中形形色色的人物联结起来,演绎出一部繁复的秘鲁北部地区社会生活史。小说共有五条叙事线索,而每一条线索又被分割为多个碎片,按照一定的时间与逻辑被镶嵌到小说的叙述经纬中,反映出作者强大的叙述能力。1969年巴尔加斯·略萨发表《酒吧长谈》,该小说以20世纪50年代秘鲁奥德利亚将军的独裁为创作背景,表达了作者反对独裁政治的核心思想。

《潘达雷昂上尉与劳军女郎》标志着巴尔加斯·略萨作品风格的转变。该小说讲述了潘达雷昂上尉受陆军总部的命令组建亚马孙地区劳军女郎服务队的故事,采用"中国套盒"的结构,以荒诞的情节安排、生动的人物形象和诙谐的语言营造出一种悲喜交织的艺术效果,使作者远离了一贯探讨的严肃题材。

他的第一部历史题材小说《世界末日之战》以19世纪巴西反抗军与政府军斗争的历史为背景,根据卡奴杜斯起义从开始到灭亡的过程进行创作。尽管作品依然存在大量虚构情节,但对某个真实历史事件的详细书写使之有别于早期作品。作者通过对一场人为灾难的大胆描写,对人性的疯狂与残忍进行了探讨。

马里奥·巴尔加斯·略萨（Mario Vargas Llosa）

另一部历史题材的长篇小说《公羊的节日》通过一个家庭的遭遇再现了多米尼加共和国前独裁者拉斐尔·莱昂尼达斯·特鲁希略(Rafael Leónidas Trujillo，1891—1961）对人民长达三十多年的专制统治。小说由三条互相穿插的叙述线索所构成，将真实的历史事件和许多虚构元素结合起来，反映了作者的创作初衷。正如巴尔加斯·略萨所说："这是一部小说，不是一本历史书，因此我有很多的自由……在作品中，我尊重基本事实，但是我对很多因素作了修改和变形，以便使这段历史更让人信服，但是我并没夸张。"[1]

同时，巴尔加斯·略萨还创作了一批关注个体的作品。在这些小说中，他不再以宏大的历史事件和社会状况作为写作素材，而是着眼于或虚构、或真实存在过的个人，尽管作品中不乏对时代背景的描述。《胡利娅姨妈与作家》主要取材于作者与姨妈胡利娅之间恋爱和结婚的个人经历，带有自传色彩。全书共有20章，单数各章讲述的是少年马里奥的生活，双数章节是电台广播剧里惊涛骇浪的故事。单数和双数章节的结合点是一个人——佩德罗·卡马乔，他是一个为电台写广播剧的作家，也参与广播剧的制作。单数与双数各章之间有着密切的内在联系，二者构成了一个完整的艺术品。

巴尔加斯·略萨其后发表的小说《继母颂》（*Elogio de la madrastra*，1988）与《情爱笔记》（*Los cuadernos de don Rigoberto*，1997）延续了他在情爱题材方面的创作。作者在其中讲述了一段带有乱伦色彩的三角恋情，对性爱进行了大胆探讨。《天堂在另外那个街角》则讲述了法国著名画家保罗·高更和他的外祖母弗洛拉·特里斯坦的故事，两人虽性情与经历不同，但有着相同的奋斗目标——寻找自我、寻找人类失落的天堂。巴尔加斯·略萨将小说中的人物作为自己的"代言人"，在其中寄托了自己对理想的追求。

---

[1] 归溢：《拉美文坛常青树巴尔加斯·略萨——浅谈略萨近半个世纪的小说创作》，《文景》，2009年第11期。

巴尔加斯·略萨的新作《艰难的时代》（*Tiempos recios*，2019）获2020年"弗朗西斯科·翁布拉尔奖"（Premio Francisco Umbral）。书名出自大德兰《生平之书》（*Libro de la vida*）里的一句话："在艰难的时代需要上帝的忠实朋友来支撑那些弱者"（"En tiempos recios son menester amigos fuertes de Dios para sustentar a los flacos"）。故事以发生在1954年的那场推翻危地马拉第二任民选总统哈戈伯·阿尔本（Jacobo Árbenz，1913—1971）的军事政变为历史背景。阿尔本上台后希望进行农业改革，达到社会公平，结果触动了美国联合果品公司在危地马拉的垄断地位。于是该公司向艾森豪威尔政府施压，让美国中央情报局支持危地马拉保守派军人卡洛斯·卡斯蒂略·阿尔玛斯（Carlos Castillo Armas）发动政变，谎称阿尔本与苏联有瓜葛。《艰难的时代》与《公羊的节日》一样，关注拉美与美国之间的权力游戏问题，揭露在冷战最残酷的岁月横行于整个拉美的美帝国主义的暴行。在小说中，作者深入历史研究，纪实与虚构事件并存，私人生活与公共生活交替出现，真实人物与虚构人物互相交织。

此外，巴尔加斯·略萨还与多家媒体长期合作，撰写时事评论与政治杂文。他在戏剧创作上也有所建树，著有剧本《印加王的逃遁》（*La huida del Inca*，1952）、《塔克纳小姐》（*La señorita de Tacna*，1981）、《琼卡》（*La Chunga*，1986）、《阳台上的疯子》（*El loco de los balcones*，1993）等。在文学创作理论方面，著有探讨小说创作技法的随笔集《给青年小说家的信》（*Cartas a un joven novelista*，1997）以及文学评论集《谎言中的真实》（*La verdad de las mentiras*，1990）。在该文集中作者预言，在21世纪文学的弑神作用依然是不可替代的。1993年，巴尔加斯·略萨发表回忆录《水中鱼》（*El pez en el agua*），其中既包含作者的生平和文学创作与政治活动的心路历程，也使读者们能够一窥秘鲁的历史与现实、党派斗争、竞选内幕。

巴尔加斯·略萨的作品已在全球范围内被翻译成多种语言，目前国

马里奥·巴尔加斯·略萨（Mario Vargas Llosa）

内也已发行其多部作品的中文版：《城市与狗》，赵绍天译，外国文学出版社，1981年（赵德明译，时代文艺出版社，1996年；赵德明译，上海译文出版社，2009年；赵德明译，上海文艺出版社，2016年；赵德明译，人民文学出版社，2017年）；《绿房子》，孙家孟、马林春译，外国文学出版社，1983年（孙家孟译，时代文艺出版社，1996年；孙家孟译，云南人民出版社，1996年；孙家孟译，人民文学出版社，2009年；孙家孟译，上海文艺出版社，2014年）；《世界末日之战》，赵德明、段玉然、赵振江译，江苏人民出版社，1983年（时代文艺出版社，1996年；人民文学出版社，2011年；上海文艺出版社，2015年）；《潘达雷昂上尉与劳军女郎》，孙家孟译，北京十月文艺出版社，1986年（人民文学出版社，2009年）；《潘达雷昂上尉和劳军女郎》，孙家孟译，上海文艺出版社，2015年；《狂人玛伊塔》，孟宪臣、王成家译，云南人民出版社，1988年；《狂人玛依塔》，孟宪臣、王成家译，时代文艺出版社，1996年；《酒吧长谈》，孙家孟译，云南人民出版社，1993年（时代文艺出版社，1996年；人民文学出版社，2011年；上海文艺出版社，2015年）；《胡利娅姨妈与作家》，赵德明、李德明、蒋宗曹等译，云南人民出版社，1993年（时代文艺出版社，1996年；赵德明等译，人民文学出版社，2009年）；《胡利娅姨妈和作家》，赵德明、李德明、蒋宗曹等译，上海文艺出版社，2015年；《谎言中的真实》，赵德明译，云南人民出版社，1997年；《情爱笔记》，赵德明译，百花文艺出版社，1999年；《中国套盒——致一位青年小说家》，赵德明译，百花文艺出版社，2000年；《给青年小说家的信》，赵德明译，上海译文出版社，2004年（上海文艺出版社，2016年；人民文学出版社，2017年）；《天堂在另外那个街角》，赵德明译，上海译文出版社，2009年；《坏女孩的恶作剧》，尹承东、杜雪峰译，人民文学出版社，2010年；《公羊的节日》，赵德明译，上海译文出版社，2009年（上海文艺出版社，2016年；人民文学出版社，2017年）；《利图马在安第斯山》，李德明译，上海文艺出版社，2016年（人民文学出版社，2017年）；《水中鱼》，赵德明译，时代文艺出版社，1996年；《水中鱼——巴尔加斯·略萨回忆录》，赵德明译，华东师范大学出版社，2016年；《水中鱼：略萨回忆录》，赵德明译，人民文学出版社，2018年；《卑微的英雄》，莫娅妮译，人民文学出版社，2017年；《凯尔特人之梦》，孙家孟译，上海文艺出版社，2016年（人民文学出版社，2017年）；《首领们》，尹承东译，人民文学出版社，2018年；《五个街角》，侯健译，人民文学出版社，2018年；《普林斯顿文学课》，侯健译，人民文学出版社，2020年。

《公羊的节日》（*La fiesta del Chivo*）

《公羊的节日》是巴尔加斯·略萨于2000年发表的一部长篇小说，也是其代表作之一。

作品的故事背景位于20世纪的多米尼加，是一部历史题材小说，巴尔加斯·略萨称其创作灵感来源于一本历史人物传记。作家围绕多米尼加共和国独裁者拉斐尔·莱昂尼达斯·特鲁希略被刺杀这一中心事件，叙述了一系列后续事件，回顾了三十多年独裁统治间政府对人民的压迫，并着重反思了知识分子在高压政治下的表现和反应。虽然小说中的人物与历史人物重合，但这并不意味着小说叙述的就是真实的历史，小说中的"元首"特鲁希略也并不能和历史上真实的特鲁希略画等号。在和中国记者进行的一次访谈中，当被问到是否会受历史学家指责"虚构历史"时，巴尔加斯·略萨给出的回答是："文学是一回事，历史是另一回事……尽管我会做很多的工作，但我这样做不是为了忠于历史，而是为了让自己熟悉这些人物所生活的世界，这样就能更加轻松地进行创作，哪怕历史学家们不肯给予我想象历史的自由。"① 由此可看出，"忠于历史"

---

① http://mp.163.com/v2/article/detail/BUT63DUJ05188A7O.html [2019-07-12]

马里奥·巴尔加斯·略萨（Mario Vargas Llosa）

并不是巴尔加斯·略萨在创作作品时所追求的目标，而是将历史情节与虚构情节相交织，从而成就一个指涉社会现实又不为地域主义和特定时代视角所局限的文学世界，通过文学实现对现实的批判。

小说名字《公羊的节日》中的"公羊"指涉的是独裁者特鲁希略，这既表达了对其残酷暴政的讽刺与批判，又包含了一种性暗示，与小说中肆意蹂躏强暴女性的人物形象相呼应。"节日"指1961年5月30日，即特鲁希略被暗杀的日子，象征着独裁统治的结束，因此"公羊的节日"成为人民的节日。巴尔加斯·略萨在小说开头引用多米尼加"默朗格"舞曲《他们杀死了公羊》的歌词，将特鲁希略比作在狂欢中被人杀死的公羊：

> 人民
> 以极大的热情
> 庆祝
> 公羊的节日
> 5月30号

作品在结构上一共由三条主线构成。第一条主线讲述乌拉妮娅在35年后重返祖国，与父亲卡布拉尔相见，并揭开了一个尘封已久的秘密：在乌拉妮娅14岁那年，其父为了讨元首欢心，不得不将爱女献给暴君。第二条主线集中在特鲁希略生前的最后一天，通过对人物的心理描写，展示了集团内部不为人知之事，中间夹杂着对往事的回忆与评论，时间跨越特鲁希略的一生。第三条主线描写的是刺杀小组成员在准备和等待阶段的对话和复杂的心理活动，并叙述了刺杀后国家政治过渡的一系列状况。这三条线索看似彼此独立，实则相互交织，其中的人物相互牵引，不同叙事视角中对同一人物的不同观点交叠、碰撞，从而构建了小说的立体完整的结构。

对权力结构的分析是该书的一大主题。作者没有将独裁者特鲁希略

的人格和行为简单化和脸谱化，而是用大量篇幅描写多米尼加面对外来压力和内部战乱时的困难处境，并对普通民众的生活与心理状态进行剖析，对培育和繁殖独裁统治的土壤进行反思。作品中独裁者和民众的关系，表现为一种父亲与儿子的关系：一方面，独裁者利用暴力工具对民众进行镇压，使其产生一种恐惧与臣服的心理；另一方面，他又对民众施以小恩小惠，营造出一种人为的依赖关系与虚假的"亲情"，使民众对其产生感激之情，因而被民众冠以"大恩人""大救星""新国家之父"等称号。就这样，特鲁希略通过政治宣传对民众实行"愚民教育"，成功实现了对人民在精神上的压迫与奴役，从而进一步巩固了自己的专制独裁。同时，作品又将权力与性相联系。全书对特鲁希略荒淫无度的生活进行细节性的描写，描写他虽年事已高，却性欲不减，以玩弄属下的妻眷为乐。这种对属下妻子的肆意占有实为一种"最高权力"的宣示，而小说最后讲述的元首对少女乌拉妮娅性征服上的失败不仅象征着他个人生命的凋零，也象征着权力的衰颓，这也是全书最大的高潮与悬念之所在。

（毛源源）

胡安·加布里埃尔·巴斯克斯
(Juan Gabriel Vásquez)

　　胡安·加布里埃尔·巴斯克斯（1973—　），哥伦比亚当代小说家、专栏作家及文学翻译家。巴斯克斯出生于哥伦比亚首都波哥大，曾在国立罗萨里奥大学（Universidad Nacional de Rosario）学习法律专业。毕业后他前往巴黎并在索邦大学获得了拉丁美洲文学专业博士学位。随后，他前往比利时生活，一年后又搬到巴塞罗那并在那里一直居住到2012年。这之后，他返回哥伦比亚，至今一直居住在波哥大。2017年被授予西班牙"天主教女王伊莎贝尔大十字勋章"。

　　巴斯克斯的创作以长篇小说为主，到目前为止，他已经出版了五部正式的长篇小说。其中《坠物之声》（*El ruido de las cosas al caer*，2011）赢得2014年"都柏林国际IMPAC文学奖"（Premio Literario Internacional IMPAC de Dublín），成为第一位获得该奖项的南美作家。随后他又凭借《名誉》（*Las reputaciones*，2013）获得"西班牙皇家语言学院文学奖"（Premio Real Academia Española）。2018年《废墟的形状》（*La forma de las ruinas*，2015）获葡萄牙"波沃阿俱乐部文学奖"（Premio literario Casino da Póvoa），并入围2019年布克国际文学奖。

其他两部长篇小说分别为《告密者》（*Los informantes*，2004）和《科斯塔瓜纳秘史》（*Historia secreta de Costaguana*，2007）。除此之外，他在二十多岁时还创作过两部早期作品《人》（*Persona*，1997）和《诉求者阿丽娜》（*Alina suplicante*，1999），但他本人对这两部小说并不满意，因此拒绝将其算作自己的正式作品。

除长篇小说以外，巴斯克斯的创作也包括短篇小说集《万圣节情人》（*Los amantes de Todos los Santos*，2001）、《献给火灾的歌曲》(*Canciones para el incendio*，2019)，传记作品《约瑟夫·康拉德：一个不属于任何地方的人》（*Joseph Conrad: el hombre de ninguna parte*，2004）以及文学评论集《变形的艺术》（*El arte de la distorsión*，2009）。此外，他目前还是哥伦比亚《观察家》的专栏作家，并且翻译过约翰·赫西、E. M. 福斯特以及维克多·雨果的作品。

巴斯克斯曾经旅居海外多年，但他的长篇小说描写的对象却始终是哥伦比亚的历史与当代社会。关于在海外的生活经历，他曾经表示希望以这种方式与哥伦比亚保持一定的距离；近几年他选择回到哥伦比亚生活，则是因为在他看来，如今的哥伦比亚已经与他记忆中的大不一样，因此身处故乡的他反而可以以一个异乡人或审视者的角度观察自己的国家。①除了以客观的角度审视哥伦比亚的社会与历史，巴斯克斯也尝试着与本国甚至拉美的小说传统拉开一定的距离。与许多当代的哥伦比亚小说家一样，巴斯克斯需要面对的是一个已经被认可多年的小说创作传统，而这个传统就是加西亚·马尔克斯以及魔幻现实主义的写作手法。关于这一点，他并不赞同西方评论界以及读者为哥伦比亚小说以及拉美

---

① http://cle.ens-lyon.fr/espagnol/litterature/entretiens-et-textes-inedits/entretiens/entrevista-a-juan-gabriel-vasquez [2018-07-22]

胡安·加布里埃尔·巴斯克斯（Juan Gabriel Vásquez）

大陆贴上"魔幻"的标签。在他看来，《百年孤独》所代表的魔幻现实主义小说其实只是对拉美历史的一种变形的描述，真正应该引起关注的则是其中涉及的拉美历史政治中真实存在的暴力与残酷。①因此在自己的作品中，他尝试避开魔幻现实主义的创作元素，选择了一种更加简洁、尖锐、清晰的小说语言。他将小说的关注重点植根于哥伦比亚真实的历史事件与人物，作品常常涉及二战时期哥伦比亚犹太人与纳粹的往事、哥伦比亚社会长期以来的毒品问题等，同时也常常涉及记忆、创伤与历史等主题。此外，由于具有欧洲的教育背景以及长期旅居海外的经历，他的写作风格也更偏重于欧美的文学传统，他自己也曾经在采访中肯定了这一点。不过，尽管如此，他依然将文学创作扎根于本国以及拉美本土，并且曾表示自己创作小说的初衷，就是为了理解哥伦比亚。这一切都使他成为当今哥伦比亚文坛极具代表性的小说家之一。诺贝尔文学奖得主马里奥·巴尔加斯·略萨也曾称赞他的创作为"近年来拉丁美洲文学最具原创性的声音"②。

中译本：《告密者》，谷佳维译，人民文学出版社，2012年；《名誉》，欧阳石晓译，上海文艺出版社，2016年（人民文学出版社，2019年）。

《名誉》（*Las reputaciones*）

《名誉》发表于2013年，这部作品是胡安·加布里埃尔·巴斯克斯回到波哥大以后创作的第一部小说，一年后他便凭借该小说获得了"西班牙皇家语言学院文学奖"。

小说的主人公名叫哈维尔·马亚里诺，是一个极具社会影响力的讽

---

① https://www.ecured.cu/Juan_Gabriel_Vásquez [2018-07-22]

② https://www.radionacional.co/noticia/juan-gabriel-vasquez/la-literatura-azadon-una-pala-entrar-misterio-de-la-existencia-juan [2018-07-22]

刺漫画家。在多年的职业生涯中，他被民众当作意见领袖和社会的良心。他只凭自己笔下的漫画就可以影响一个政客的前途，或者推翻一场错误的审判，甚至废除一项不公的法律。多年来，他的敌人对他既憎恨又畏惧，就连政府权威都忌惮他。可以说，马亚里诺的职业生涯算得上是具有传奇色彩，就连他自己也对此确信不疑。小说一开始，老年的马亚里诺正要去参加政府专门为他举行的一场颁奖典礼，典礼的目的是表彰他多年来的成就。然而，一切都随着一个女人的来访而改变了。这个女人名叫萨曼达·雷阿尔，她假装一名记者来到主人公的住处，但随后却表示自己其实很久以前就曾经见过主人公。这之后她与主人公共同回忆了多年前发生的一件事情。在回忆的过程中，哈维尔·马亚里诺首先回想起了自己曾经深爱的前妻和女儿，他意识到了多年来自己婚姻与家庭生活的失败。随后他的回忆来到了他与萨曼达·雷阿尔的生活产生交集的时候。28年前，由于决定与妻子分居，他独自一人搬到了郊外居住。为了纪念这次搬家，他决定请一些朋友到新家聚会，她的女儿当时也带着一个小伙伴来参加了这次聚会，而这个小伙伴正是7岁的萨曼达·雷阿尔。当时的马亚里诺的事业如日中天，他的政治讽刺漫画在国内的影响力巨大，许多政客甚至并不是因为政绩，而是由于被他画到漫画中才被人熟知。在聚会的当天，一个曾被他讽刺过的保守派议员阿道夫·奎亚尔不请自来地找到了他，并恳求他不要再在漫画中对其进行讽刺和攻击。这位保守派议员坚称自己并不像马亚里诺在漫画中讽刺的那样思想保守落后，然而漫画家并没有理会他的请求。随后，马亚里诺发现女儿和她的小伙伴萨曼达·雷阿尔偷喝了聚会上的酒后醉倒了，于是便将她们安排在楼上的房间中休息。不久后萨曼达·雷阿尔的父亲来接她，上楼后却发出了一声尖叫。马亚里诺迅速地跑上楼去，发现萨曼达·雷阿尔的身体挪动了位置，裙子则似乎被掀起来了，与此同时那位保守派议员奎亚尔则正从楼上下来，随后迅速地离开了房子。第二天，马亚里诺便在报纸上发表了一幅抨击奎亚尔猥亵少女的讽刺漫画。随后,这幅漫画的影响进一步扩大,奎亚尔的仕途从此一落千丈,遭人唾弃,并最终自杀。在听完马亚里诺的回忆后,萨曼达·雷阿尔表示她已经记不起那一天到底发生了什么,她恳求阿道夫·奎亚尔想办法证明他所讲的事情。马亚里诺也开始对自己的回忆产生了怀疑,于是想联系那个保守派议员的遗孀,希望能向她求证此事。然而,在小说的最后,他们却在是否要去求证事实真相的问题上陷入了两难:如果对方告知他们猥亵少女的事情确有发生,那么这很可能会对萨曼达·雷阿尔的心理造成打击;如果对方说自己的丈夫其实并没有猥亵少女,那么马亚里诺多年来讽刺漫画家的职业生涯以及此时获得的声誉将被打上一个巨大的问号。

总的来说,《名誉》涉及两个方面的主题。一方面,小说将视角对准了"公众意见领袖"这一角色,着重探讨当今社会中一个人的公共形象与声誉的问题。主人公哈维尔·马亚里诺的原型实际上是哥伦比亚历史上著名的讽刺漫画家里卡多·伦东(Ricardo Rendón)。在小说中,主人公仅凭自己的画笔就可以左右一个人的生活,政客与其他公众人物的名誉被他牢牢地掌控在手中。一开始,马亚里诺坚信自己的职业生涯是成功的,也确信自己是民众的意见领袖,认为人们都需要他的意见来做出判断。应该说,在当今社会,人们常常认为一个人的公共形象和名誉与他本人的真实身份是对等的,所以作为一个长期在报纸上刻画和控制他人的公众形象和名誉的讽刺漫画家,马亚里诺实际上拥有着巨大的权力。然而这种权力的使用本身就是一个严肃的道德与责任问题。因此,在他意识到自己有可能错误地攻击了一个人时,开始对自己的整个职业生涯以及自己"公众意见领袖"的身份产生了质疑。更为讽刺的是,在面对萨曼达·雷阿尔的事情时,这个操控他人名誉的漫画家也开始担心自己本身的公众形象和名誉毁于一旦。与许多民众一样,主人公似乎也已经将自己的真实身份与公众形象相混淆,而他失败的家庭生活则已经被选择性地遗忘了。事实上,作者本人也长期为报纸撰写社评义章，与主人公的身份相似，这也是他对这一主题感兴趣的原因之一。尽管在采访中，作者曾表示自己并不相信如今的社评人或讽刺漫画家可以有故事中那样巨大的权力与力量，但是人们对于公众形象与名誉的态度，以及"公众意见领袖"这一角色本身的意义，无疑都是值得反思的。①

另一方面，这本小说还涉及作者其他作品中经常出现的一个重要主题，即记忆与遗忘。小说中，主人公马亚里诺要面对一个重要的问题，即记忆的脆弱性。作者曾经在一次采访中表示，他并不是将记忆与遗忘当作某种抽象的、形而上的主题，而是更愿意关注记忆和遗忘给人带来的实实在在的影响。在他看来，因为记忆是脆弱的、易变的，所以人的过去也在不断的变化之中，而对一段记忆的重塑不仅可以改变人对过去的认识，也可以影响人的现在。在以往的作品中，作者关注的主要是一个国家的集体记忆，而这一次他则将重点放在个人的记忆上，但二者的本质是相通的。作者认为人应该与自己的遗忘作斗争，同时作为当代的公民，人们也要努力不让任何权威控制或篡改自己的历史记忆。②在这一点上，文学与艺术创作正是这样一种重塑记忆、拒绝遗忘的方式，正是因此，作者才将记忆与遗忘视作一个重要的创作主题。

总之，《名誉》是巴斯克斯一部较有代表性的作品。它延续了作者对于当代哥伦比亚现实问题的关注，在创作风格和主题上都与西方及中国读者对于哥伦比亚小说的传统印象有所不同。可以说，《名誉》以及作者胡安·加布里埃尔·巴斯克斯的创作是我们把握当代哥伦比亚小说创作新动向的重要依据。

（赵浩儒）

---

① http://letraurbana.com/articulos/escribir-una-novela-es-abandonar-las-certezas-conversando-con-juan-gabriel-vasquez [2018-07-22]

② https://www.eltiempo.com/archivo/documento/CMS-12751786 [2018-07-22]

胡安·比略罗·鲁伊斯（Juan Villoro Ruiz）

胡安·比略罗·鲁伊斯（1956—　），墨西哥作家、记者，1956年出生在墨西哥城，父亲是西班牙裔墨西哥哲学家路易斯·比略罗（Luis Villoro，1922—2014）。

比略罗自幼在德语学校接受教育，对德语语言和文学有深入的了解。1977—1981年他负责制作教育电台的节目《月亮的黑暗面》（El lado oscuro de la luna），以广播剧编剧的身份开始了文学创作之路。1981—1984年他担任墨西哥驻民主德国东柏林大使馆的文化专员。1995—1998年担任文化副刊《工作日周报》（La Jornada Semanal）主编。他先后在慕尼黑歌德学院、墨西哥国家文化和艺术基金会、墨西哥国家艺术创作者系统、塞万提斯学院慈善会等机构工作，同时与多家报纸和杂志保持合作，撰写涉及文化、体育、摇滚、电影等各类主题的专栏文章，1998年法国世界杯期间，他在《工作日》报上开辟《上帝是圆的》足球专栏。此外，他还开办了许多创作工作坊，并在马德里自治大学、耶鲁大学、普林斯顿大学等多所大学任教。

比略罗创作体裁多样，有长篇小说、短篇小说、文学散文、报刊评论、纪实文学、儿童文学、戏剧剧本和电影剧本。此外，他还翻译德语文学作品，1988年因翻译德国作家格奥尔格·克里斯托夫·利希滕贝格的《格言集》而荣获"夸特莫克·蒙特苏马翻译奖"（Premio Cuauhtémoc Moctezuma de traducción）。

1980年他出版了第一本书《漫游之夜》（*La noche navegable*），收录了11篇短篇小说，讲述了年轻人在世界上寻找自己定位的故事；1985年他出版了故事集《游泳池》（*Albercas*），行文中想象与现实交织，向胡安·卡洛斯·奥内蒂、博尔赫斯、科塔萨尔等作家致敬；1992年出版《熟睡中的寝室》（*La alcoba dormida*），收录了7篇已发表和3篇未发表的短篇小说，是折射作家深夜自省的一面镜子；1999年《房屋失去》（*La casa pierde*）汇集了10个骄傲而孤独的失败者的故事，荣获墨西哥"哈维尔·比亚乌鲁蒂亚奖"；《罪人》（*Los culpables*, 2007)收录了6个短篇小说和1个中篇小说，所有的主人公都是墨西哥人，都是背叛者或自我感觉有罪之人。

比略罗认为自己是"思想的记录者"，一直致力于创作非虚构的叙事文学。1986年，他出版了"想象的纪实文学"《流逝的时间》（*El tiempo transcurrido*），以1968年墨西哥特拉特洛尔科广场大屠杀为开端，到1985年墨西哥城大地震结束，用不同的普通人的故事写就18个文学纪实故事，反映墨西哥的社会现实。1989年他完成《疾风中的棕榈树——尤卡坦游记》（*Palmeras de la brisa rápida: un viaje a Yucatán*），这是他深入了解母亲和外祖母生活的尤卡坦半岛的文化和传统的旅行，是寻根之旅，从此他成为坚定的土著文化捍卫者。1995年，他出版了足球纪实报告《部落11人：关于摇滚、足球、艺术等的报道》（*Los once de la tribu:crónicas de rock, fútbol, arte y más...*）；2005年比略罗将游记中的一些意外收获和感悟收录在《意外的探险》（*Safari accidental*）中；2006年他的足球专栏文章结集成册出版：《上帝是圆的》（*Dios es redondo*），获得第三届"巴斯克斯·蒙塔尔万国际新闻奖"的体育新闻奖（Premio Internacional de Periodismo Vázquez Montalbán en la categoría de periodismo deportivo）。2014年出版的《分裂的足球》（*Balón dividido*）谈到了足球明星，诸如皮克、梅西、瓜迪奥拉、C罗等，作家把足球与文学、历史、心理学结合起来，对足球产业进行深入的剖析。

2000年出版的《私人物品》（*Efectos personales*）和2007年的《关于那些》（*De eso se trata*）是两部文学散文集，作家旨在以不那么学术、比较亲切的文字让文学更加靠近读者，书中他谈到了《洛丽塔》《佩德罗·巴拉莫》，谈到蒙特罗索、巴列-因克兰等作家，以激起读者的阅读热情。2017年作家出版散文集《愿望的用途》（*La utilidad del deseo*），汇集了他近15年来的阅读笔记，被作家称为"便携图书馆"。散文集《横向眩晕》（*El vértigo horizontal*, 2019）是他献给家乡墨西哥城的，标题出自阿根廷作家胡安·何塞·赛尔。最新作品为《世界的形象》（*La figura del mundo*, 2023）。

在儿童文学方面，比略罗创作颇丰并得到广泛认可：1985年发表第一部儿童故事集《秘密糖果》（*Las golosinas secretas*, 1985）；《西伯尔老师和神奇的电吉他》（*El profesor Zíper y la fabulosa guitarra eléctrica*, 1992）被认为是墨西哥最好的童书；1998年出版的《吸血高速路》（*Autopista sanguijuela*)讲述了姐弟俩为了坐车去与父母团聚，在高速公路上经历的冒险故事；《西伯尔老师的螺旋茶》（*El té de tornillo del profesor Zíper*, 2000）讲述了少年艾利克斯准备前往时间静止的不死者之岛营救兄弟，向智慧的西伯尔老师寻求帮助的幻想历险故事；《疯狂爱书人》（*El libro salvaje*, 2008）也是一部幻想历险故事，13岁的胡安以第一人称讲述了他在舅舅家遭遇到的许多奇怪事情。

1991年，他的首部长篇小说《氩气的喷射》（*El disparo de argón*）出版（2006年再版），主题是墨西哥的人体器官非法交易。主人公苏亚雷斯医生建了一家眼科诊所，这家诊所位于人口稠密的墨西哥城的一个普通街区里，但也是一个特殊、神秘的地方（暗地里从事人体器官的非法移植），连医生的学生也需要医生的指引才能找到诊所。在这个国家，重要的不是治愈眼睛，而是出售它。2004年长篇小说《目击者》（*El testigo*）荣获阿纳格拉玛出版社的"埃拉尔德小说奖"，作品描写的是墨西哥政坛大党"革命制度党"（PRI）大选失败后一个移民欧洲的墨西哥知识分子的回国之行，向读者展示了墨西哥的政治动荡。《礁石》（*Arrecife*, 2012）是一部关于友谊、爱情、救赎和环境保护的小说，前摇滚歌手来到加勒比海边，在珊瑚礁石上修建金字塔，享受恐惧的快感，直到一位潜水员的意外死亡他才陷入反思。

时隔九年之后，比略罗以1982年墨西哥国家电影资料馆的火灾为故事素材创作了长篇小说《承诺的土地》（*La tierra de la gran promesa*, 2021），题目取自被大火吞噬的九千部影片中的一部同名波兰电影。小说主人公迭戈·冈萨雷斯是一名移居巴塞罗那的墨西哥文献学家，他多方探寻墨西哥近些年来许多历史事件的真相，揭露墨西哥当下的有组织犯罪和腐败。作家认为这部小说是当代墨西哥的一个隐喻，反思了艺术如何影响现实，而现实又如何让艺术失真。

在比略罗的笔下，墨西哥不再是满足他人异域风情需求而创作出来的矫揉造作、虚假的有民族特色的国度，而是一个充满强烈对比、多种文化混杂的地方，作家借用笔下人物的敏锐观察、批判的目光去揭示墨西哥的社会问题，因而墨西哥和目击者的目光构成了作家许多创作的主题。他先后获得智利"何塞·多诺索伊比利亚美洲文学奖"（2012）、墨西哥"何塞·埃米利奥·帕切科优秀文学奖"（Premio Excelencia en las Letras José Emilio Pacheco，2015），2019年被西班牙出版商行业协会授予"西语书籍国际书展最佳作家奖"。

中译本：短篇小说《马里亚奇歌手》，杨晓译，收录在《匆匆半生路——拉丁美洲最新短篇小说集》，中央编译出版社，2015年；《疯狂爱书人》，肖涵予译，天天出版社，2019年。

胡安·比略罗·鲁伊斯（Juan Villoro Ruiz）

《目击者》（*El testigo*）

《目击者》是墨西哥作家胡安·比略罗·鲁伊斯2004年出版的长篇小说，荣获该年度"埃拉尔德小说奖"。

小说主人公胡利奥·巴尔迪维索（Julio Valdivieso）已经在欧洲生活20年，在那里求学，后在大学任教，与意大利老师的女儿结婚，工作生活皆很稳定。小说开篇，他决定利用学术年假的时间，接受诗人之家的邀请，返回墨西哥，仔细研究墨西哥著名诗人拉蒙·洛佩斯·贝拉尔德（1988—1921）。恰巧诗人洛佩斯·贝拉尔德与胡利奥的故乡是同一个地方，接受邀请回到自己出生成长的国度是胡利奥的一趟回归之旅，让他对过世的亲人、过去的记忆有一个交代。但是胡利奥很快就发现，洛佩斯·贝拉尔德已不仅仅是一位诗人，他被2000年墨西哥总统大选树立为国家文化领域的标杆，有人计划把他封为圣人，有人则希望保持他彻底的世俗、不信教的身份。

随着胡利奥对诗人了解的加深，他逐渐陷入错综复杂的麻烦之中。首先他不可自拔地陷入个人的回忆中，许多过去的人和事纷至沓来：曾经爱得天崩地裂而最终没在一起的情人涅维斯、他远远仰望的智利女人奥尔佳、文学坊里的同事，以及边远家乡小镇上的家人都让他背负起挥之不去的怀旧的阴影。其次，所有个人的记忆与国家、社会的记忆交织在一起，胡利奥叔叔家的庄园成为诗人的档案馆，同时电视台在那里拍摄墨西哥大革命期间反对宗教改革派的电视剧，此外那里还是贩毒分子运货的必经之地。

胡利奥在个人生活、学术和政治上都不是一个立场坚定、诚实的人；他与过去的恋人涅维斯之间有许多误会，多年后仍沉浸在回忆之中；他的毕业论文是剽窃他人之作；最后当档案馆烧起来时，他放弃了一切与另一个女人去荒漠地带生活。

小说以诗人洛佩斯·贝拉尔德的生平经历、胡利奥的回忆以及他回到墨西哥的所见所闻串联出墨西哥20世纪的社会发展历史。胡利奥就像一位见证者，翻阅墨西哥的不同时期，穿梭于墨西哥的社会，从墨西哥城大都市到边陲小镇，从上层社会到底层生活，他以一个旁观者的视角展现了他所见到的腐败、暴力和毒品买卖等一切社会现实。

这是一部回归小说，有点类似于阿莱霍·卡彭铁尔的《消失的脚步》和胡安·鲁尔福的《佩德罗·巴拉莫》，叙述者胡利奥自从踏上巴黎至墨西哥城的归途开始，就一直在寻找他的自我，最终他在过去的阴影中找到了。当他来到位于荒漠之中的边陲小镇洛斯科米诺斯时，他发现这片沙漠具有异乎寻常的向心力，呈现在他眼前的不是毫无生气的过去，而是一个现实的、非常紧张的过去，墨西哥历史的残骸仍存在那里。当胡利奥与多年未见的亲戚乡邻打招呼时，心中把自己比作《佩德罗·巴拉莫》中的胡安·普雷西亚，而小镇也似乎变成了科马拉。因此胡利奥得出结论："那是未来：一场向后的旅行，向着祖国搞错道路的那个岔点的旅行。"

正如作者比略罗所说，这是他最具雄心、结构最繁复、查阅资料最多的一次创作，小说反映了作家对2000年墨西哥总统大选、革命制度党失去政权之后未来局势的担忧。而作者在小说扉页引用希腊诗人康斯坦丁·卡瓦菲斯的诗作《伊萨卡岛》："当你启程前往伊萨卡/但愿你的道路漫长/充满奇迹，充满发现……抵达那里是你此行的目的/但路上不要过于仓促。"这表明了作者的态度，不管是个人的旅途还是一个国家的命运旅途，充满奇迹和发现的过程才是最为重要的。

（路燕萍）

伊达·比塔莱(Ida Vitale)

伊达·比塔莱(1923—　),乌拉圭诗人、翻译家、文学批评家,"本质主义"诗歌(poesía esencialista)的代表,与马里奥·贝内德蒂、胡安·卡洛斯·奥内蒂同属乌拉圭"45年一代",是这代人里唯一还在世的作家。

比塔莱是第四代意大利移民,1923年11月2日生于乌拉圭首都蒙得维的亚一个书香家庭。她在采访中曾回忆,童年时代家中有很多意大利语文学书籍,且每天早晨都能收到四份订阅的报纸,包含各种文化版面,诗歌也是其中之一。因此,比塔莱从童年时代起就广泛接触各种文学作品,如焦苏埃·卡尔杜奇(Giosuè Carducci)、亚历桑德罗·曼佐尼(Alessandro Manzoni)、加布里埃尔·邓南遮(Gabriele D'Annunzio)、加夫列拉·米斯特拉尔等,大量的阅读为她之后的创作和翻译打下了坚实的基础。

从人文专业毕业后,比塔莱一直在大学里任教职,并与《前进》(*Marcha*)、《时代》等诸多杂志、报纸保持合作关系,担任编辑或撰稿人。1973年，乌拉圭发生军事政变，比塔莱与同是诗人的丈夫恩里克·菲罗（Enrique Fierro，1941—2016）流亡墨西哥。[1]在墨西哥期间，比塔莱结识了奥克塔维奥·帕斯，为后者创办的杂志《回归》担任顾问，并在著名的墨西哥学院担任文学教师。这一阶段恰好是墨西哥文学氛围浓厚的时期，西班牙语国家许多创作者都汇聚在此。比塔莱接触了众多诗人、作家，1982年成为周刊《一加一》（*Uno-Más-Uno*）的联合创办者之一，并在墨西哥开始了自己的翻译生涯。1984年乌拉圭独裁时代结束后，比塔莱回到祖国，并担任一份周刊的文化主编。1989年由于丈夫工作的缘故，她迁居美国得克萨斯州奥斯汀市，一直到2016年丈夫去世后才回到乌拉圭。

比塔莱是"本质主义"的代表诗人之一，继承了拉丁美洲先锋诗歌的传统，重视对语言的打磨和独特感受力的呈现。她曾表示自己喜爱米斯特拉尔的抒情诗，且在创作上深受导师何塞·贝尔加明（José Bergamín，1895—1983）和诗人胡安·拉蒙·希梅内斯的影响。她的作品以短诗为主，追求精练准确和音乐之美。她细致地观察自然世界，并把感受和情感浓缩到简洁而精准的词语之中，且往往不乏独到的智慧。她的创作就是一个不断重读、质疑并修改的过程，因而既富有文字美感，又简单易懂。她认为诗歌应该属于所有人，而非专业而隐晦的作品。在晚年的采访中，她表示对于诗歌已成为一种小众的文学类型感到惋惜。

比塔莱已出版的诗集主要有《这份记忆之光》（*La luz de esta memoria*，1949）、《各自在自己的夜中》（*Cada uno en su noche*，1960）、《行走的法官》（*Oidor andante*，1972）、《秋天挽歌》（*Elegías en otoño*，1982）、《想象的花园》（*Jardines imaginarios*，1996）、《缩小无尽》（*Reducción del infinito*，2002）、《植物

---

[1] 比塔莱的第一任丈夫为拉美最负盛名的文学评论家之一安赫尔·拉马（1926—1983）。

与动物》（*Plantas y animales*，2003）等。另有个人诗选《信徒》（*Fieles*，1982）和《生存》（*Sobrevida*，2016）等。

作为研究者和批评家，比塔莱出版了关于安东尼奥·马查多（1875—1939）、曼努埃尔·班德拉（Manuel Bandeira，1886—1968）、豪尔赫·德·利马（Jorge de Lima，1893—1953）等诗人作品的评论与散文，且重新发掘了乌拉圭历史上两位女诗人的价值：德尔米拉·阿古斯蒂尼（Delmira Agustini，1886—1914）和玛利亚·欧亨尼娅·巴斯·费雷伊拉（María Eugenia Vaz Ferreira，1875—1924）。作为翻译家，她翻译了作家西蒙娜·波伏瓦（Simone de Beauvoir）、本雅明·佩雷特、加斯东·巴什拉（Gaston Bachelard）、路易吉·皮兰德娄（Luigi Pirandello）等人的作品。

不过，西班牙语世界对比塔莱作品价值的肯定颇晚。进入21世纪她陆续获得"奥克塔维奥·帕斯诗歌与散文奖"（2009）、"阿方索·雷耶斯国际大奖"（2014）、"索菲亚王后伊比利亚美洲诗歌奖"（2015）、"费德里科·加西亚·洛尔卡国际诗歌奖"（2016）和"塞万提斯奖"（2018）。塞万提斯奖评委表示："比塔莱的诗歌通俗易懂又充满智慧，融会贯通而独具魅力，透彻与深刻并行，是当今西班牙语诗歌中极为出色又广受赞誉的创作之一。"

《诗刊》2020年8月号上半月刊《国际诗坛》栏目刊登了比塔莱的几首诗作（范童心译）：《余烬》（«Residua»）、《变》（«Cambios»）、《这个世界》（«Este mundo»）、《蝴蝶》（«Mariposa»）、《水滴》（«Gotas»）、《忏悔》（«Penitencia»）、《夏天》（«Verano»）、《八月，桑塔罗莎》（«Agosto, Santa Rosa»）、《画》（«Cuadro»）、《天空的背面》（«En el dorso del cielo»）、《五月》（«Mayo»）。

《生存》（*Sobrevida*）

《生存》是乌拉圭"45年一代"女诗人伊达·比塔莱2016年出版于西班牙格拉纳达埃斯杜胡拉出版社①的一本诗歌选集，由诗人米内尔娃·玛格丽塔·比利亚雷亚尔（Minerva Margarita Villarreal）选编并作序[《伊达·比塔莱：流亡与和解之间》（*Ida Vitale: entre el exilio y la conciliación*）]由作家杰西卡·涅托（Jessica Nieto）作跋[《坚持的词语》（*La insistida palabra*）]。

全书选编了伊达·比塔莱整个创作生涯的作品，并根据主题分为七个章节：第一部分为"自己的节日"（Fiesta propia），收录了以章节同题诗为首的16首作品，关注词语、写作与生活的关系："是的，歌唱是快乐，/如同早晨因一切恢复生机/而欢欣的空气……逐渐伸展，命名/事物、事件/拥抱中的燃烧的黑莓/仇恨、夜里的梦/置于额头上的丝绸/如同一声哭泣……"第二部分为"有人曾照料一座花园"（Alguien cuidó un jardín），收录了关于自然的13首诗，树木、花草、鸟类是诗中常见的意象。这座花园正是她诗歌与生命的象征，需要以词语和音乐照料："有人照料一座花园/创造让眼睛观看的/风景/乐谱"。第三部分"炭火"（Brasas）收录了22首诗，主要是诗人对光明和希望的探求。第四部分"敌对的空气"（Aire enemigo）中的11首诗展现出诗人的乡愁与力量。第五部分"苹果树与柏树"（Manzano con ciprese）收录了20首诗。在这部分的诗歌中，诗人面对生命和死亡表现出一种平和与开放的态度，并循着时间的脚步回忆生命中值得赞美的微小事物。第六部分"风中的家"（Casa en el viento）收录了17首关于希望和怀旧的作品："家歌唱/它夜晚独自起舞吗？"最后一部分"你留在这里"(Aquí te quedas）收录了4首诗，将读者从深渊中唤回并抚平一切伤痛。

---

① 出版社名的原文（Esdrújula）意为"重音落在倒数第三个音节上"的发音规则或单词。

正如它的书名所言,该选集收录的作品大部分都是关于诗人对生命与死亡、生活与世界的理解。光与影、希望与悲伤贯穿于她的创作中:"伊达·比塔莱的视角是忧伤的,她忧伤是因为无路可走。生命是一场旅途,而票价正是整个人生。但同时她也充满了希望,因为她已参与生命的过程,并且通过词语建立了与世界的纽带。"[1]

"她以词语命名,以词语进入不可言说的夜晚",她试图通过词语治愈创伤、对抗寒冷,因此也对词语保持着尊重和谨慎:"期待的词语/本身就令人惊异/特定意义的承诺……一个小小的错误/让它们回归装饰性。/它无法描述的精确/将我们擦去"(《词语》,«La palabra»)。在比塔莱的诗歌中,词语的感受力和精确性永远是放在第一位的。她充分考虑词语的重音、语调、韵律和修辞,要求每一个词说出的东西都比本身的意思更多。

正是词语和写作改变了诗人行走于世的方式。因此即便意识到人生短暂性所带来的永恒痛苦,诗人最后依然选择了平和的接受:"并非死亡的沼泽/并非冰冷的猎鹰/或翻倒的墓志铭/而是一份甜蜜的礼物/晚安的亲吻/好孩子的光/亲切的灯。"(《寂静》,«El silencio»)

(龚若晴)

---

[1] http://www.esdrujula.es/wp-content/uploads/2016/03/Ficha-Tecnica-Sobrevida.pdf [2023-08-21]

豪尔赫·博尔皮（Jorge Volpi）

豪尔赫·博尔皮（1968— ），墨西哥著名作家。出生于墨西哥城，获得墨西哥国立自治大学法学学士学位和墨西哥文学硕士学位，之后在西班牙萨拉曼卡大学取得西班牙语语言文学博士学位。曾担任墨西哥驻法国文化专员、墨西哥国家电视台22频道负责人，现为墨西哥国立自治大学文化传播协调中心的主任。2009年他荣获"何塞·多诺索伊比利亚美洲文学奖"和法国艺术与文学勋章，2016年获得"天主教伊莎贝尔女王勋章"。

博尔皮属于墨西哥"爆裂的一代"（Generación del crack），他的文字经常给人冷峻、中立的感觉，这与他不追求形式而探究深层思考有关。他的文学宗旨是创作一种理念小说，引发成熟、智慧、不安现状的读者进行深度思考。由于博尔皮对科学以及与之关联紧密的世界、政治和现代思想有着极大的兴趣，他的小说总是以此为主题，并且在创作前会秉承科学研究的严谨态度，深入研究资料并进行实地调查。

博尔皮12岁开始写作，最初是模仿爱伦·坡的风格写一些侦探小说。之后他的兴趣转向历史、哲学和科学类书籍，怀疑论让他走上了尼采的思想道路，研究科学理论和量子物理学。1991年博尔皮发表了关于墨西哥诗人豪尔赫·库埃斯塔（1903—1942）的散文《豪尔赫·库埃斯塔的师长风范》（*El magisterio de Jorge Cuesta*），并荣获"《回归》散文奖"（Premio Vuelta de Ensayo）。博尔皮对库埃斯塔的研究并未就此结束，1993年他根据对这位自杀身亡的诗人生平的研究，创作了元小说《尽管一片死寂》（*A pesar del oscuro silencio*，1993）。在这个文学的镜子游戏中，一位名叫豪尔赫的文学研究者调查豪尔赫·库埃斯塔的生平，他如此投入以至于开始亲自体会自杀诗人的经历，尝试着过诗人的生活，最后失去自控而变得疯狂，坠入生命的挫折中。此外，博尔皮的博士论文也是以豪尔赫·库埃斯塔为研究对象的。

1991年博尔皮还出版了第一部短篇小说集《为长笛、双簧管、大提琴和竖琴创作的奏鸣曲式乐章，Op.1》（*Pieza en forma de sonata, para flauta, oboe, cello y arpa, Op.1*），作者在作品中描写乐手们都怀有实现完美演绎的魔念，从而批评了音乐对演奏家造成心理疾病的现象。

1994年，博尔皮在墨西哥总检察院工作，近距离接触到各级政府官员。当时在恰帕斯州发生的由萨帕塔民族解放军领导的起义让他直接体会到墨西哥政坛的腐败、金融危机和社会的紧张局势，从而酝酿出长篇小说《坟场的安宁》（*La paz de los sepulcros*，1995）。作品虚构了一位政府官员被暗杀的情节，但就在初稿写成不满一个月，一位墨西哥官员真的被杀。这说明在那个动荡时期，现实远比虚构更具冲击力。另一部长篇小说《忧郁的性格》（*El temperamento melancólico*，1996）讲述了一位德国电影导演在生命即将走到尽头时，找来9位非专业演员来完成他的代表作，这意味着对他电影事业的最后审判。1994年，他还创作了中篇小说《愤怒的日子》（*Días de ira*，1994），被收入《关于邪恶的三个笼统概念》（*Tres bosquejos del mal*）之中。

2014年他出版了长篇小说《欺骗备忘录》（*Memorial del engaño*），主要人物（J. Volpi）与作家同名，曾是纽约的天才投资人。

2008年次贷危机爆发后,他被指控挪用巨额公款。2013年书中虚构的人物博尔皮给文学中介公司寄了一份题为《欺骗备忘录》的自传,以第一人称的叙事角度,记录了一群金融专家、投资巨鳄和政客如何在地产泡沫中酝酿了人类历史上一场惨烈的经济灾难,揭露了他们的恬不知耻。在这部著作里,作家沿袭了一贯的风格,模糊了虚构与真实的界限,书中的博尔皮拥有跟作家一样的姓名,却有着不一样的经历,书中的博尔皮写的自传与真实的博尔皮的小说同名。作家构建了一个巨大的隐喻,营造了一个巨大的骗局。作家本人解释说:"1993年在我的第一部长篇小说《尽管一片死寂》中,主角人物已经使用我的名字,20年后我把自己的姓氏也给了小说的主角。""当今时代的标志就是及尽一切之能事的欺骗,而我做的是同样的事情。"于是他效仿《堂吉诃德》创作了这部"当代流浪汉小说,其间黄金世纪的乞丐们成为当今具有工商管理硕士学位的经济专家"[①]。

1996年博尔皮前往西班牙萨拉曼卡大学攻读文学博士学位。在欧洲留学的岁月里,他阅读了大量的旧报刊,收集了许多关于墨西哥的历史资料,在此基础上他先后出版了两部杂文集:《想象与权力,1968年知识分子历史》(*La imaginación y el poder, Una historia intelectual de 1968*, 1998) 和《战争与话语,1994年知识分子历史》(*La guerra y las palabras, Una historia intelectual de 1994*, 2008)。前者是作家浏览墨西哥知识分子于1968年每个月发表在报纸杂志上的各种宣言和文章之后,对当年墨西哥文化界的思想进行的一次历史梳理,反思了强权者与知识分子之间的仇恨和迷恋的关系。后者再现了1994年墨西哥恰帕斯州起义的历史,收集了知识分子对总统萨利纳斯以及萨帕塔民族解放军领袖"副司令马科斯"的分析评价。

2008年他出版《传染的谎言:杂文集》(*Mentiras contagiosas:*

---

① Geli, Carles. "En los tiempos de la Gran Mentira", *El País*, 2014-04-09, https://elpais.com/cultura/2014/04/08/actualidad/1396986878_587423.html [2021-07-07]

Ensayos），获当年"马萨特兰文学奖"。作家把自《堂吉诃德》以来的许多小说作品放到显微镜下来进行分析，解构虚构与事实的关系，找出这些像病毒一般可以感染愈来愈多读者的虚构作品的本质和适应潮流的强大能力。2009年出版的杂文集《玻利瓦尔的失眠：对21世纪拉美不合时宜的四个思考》（*El insomnio de Bolívar. Cuatro consideraciones intempestivas sobre América Latina en el siglo XXI*）分析了拉丁美洲的历史与现状，指出未来可能的发展道路。该书获得德巴特出版社——美洲之家联合颁发的第二届"伊比利亚美洲奖"（Premio iberoamericano Debate-Casa de América）。2011年，博尔皮继续围绕虚构与事实的关系写就了杂文集《读脑：头脑与虚构艺术》（*Leer la mente. El cerebro y el arte de la ficción*），以证明虚构也是一种事实，是探求事物本质的强大工具。

长篇小说在作家的创作中占据重要地位。《治愈你难受的皮肤》（*Sanar tu piel amarga*，1997）讲述了三个人寻找真爱却陷入嫉妒、猜忌、误会等纠缠之中的故事。在《末世游戏》（*El juego del Apocalipsis*，2000）中作家探究世界末日的含义，得出了"世界唯一可能的末日是内心"的结论。世纪交替之时博尔皮创作了"20世纪三部曲"（Trilogía del siglo XX），分别是《追寻克林索尔》（*En busca de klingsor*，1999）、《疯狂的尽头》（*El fin de la locura*，2003）和《将不是地球》（*No será la Tierra*，2006），分别探究了科学与邪恶的关系、知识分子与权力的关系，以及普通大众面对历史大变革的心理变化。《被摧毁的花园》（*El jardín devastado*，2008）是博尔皮最具自传色彩的作品，他运用回忆、虚构和警句相互交织的片段化写作手法，反映了一位墨西哥知识分子如何反思美国入侵伊拉克，关注伊拉克妇女遭遇的痛苦，叩问"难道只有自己的痛苦才是痛苦吗？"

2009年博尔皮回归到邪恶、罪孽这类题材，写就《黑暗森林》（*Oscuro bosque oscuro*，2010）。这本诗歌形式的小说讲述1945年德国招募500名普通民众加入警察预备队，前去教堂集体灭杀被蔑称为"昆虫"的犹太人的恐怖故事，让每一位读者在阅读过程中也变成了这一恐怖事件的参与者。2012年出版的《阴影编织者》（*La tejedora de sombras*）以克里斯蒂娜·摩根为主角，讲述她如何面对当时男性作为主角的世界，1925年她与默里·亨利前往瑞士听荣格的讲座，她成为荣格的试验对象，受其影响，她余生都一直在追求绝对的真爱，执念于幻想而心怀不安。该书获得2012年"行星—美洲之家伊比利亚美洲小说奖"。

2018年，他的长篇小说《一部犯罪小说》（*Una novela criminal*）荣获第二十一届"丰泉小说奖"。作家以2005年两位法国人在墨西哥遭遇绑架、关押而造成墨西哥与法国外交关系紧张的真实案例为蓝本，抽丝剥茧，探寻真相，揭开了警察腐败的面具。

此外，2001年博尔皮主编了墨西哥青年作家短篇小说集《亡灵节》（*Día de muertos*）。自2004年开始，他在文化副刊《寓言集》（*Confabulario*）上开设题为《中世纪编年史》（*Crónicas Medioevales*）的专栏，用时空跨越的手法，虚构了一位生活在公元5004年的历史学家，他根据那时的考古挖掘资料，通过书信向一位夫人介绍发生在2004年的故事。最新作品为短篇小说集《愤怒者》（*Enrabiados*，2023）。

中译本：《追寻克林索尔》，王莹、宋尽冬译，译林出版社，2004年。

"20世纪三部曲"（Trilogía del siglo XX）

"20世纪三部曲"是墨西哥著名作家豪尔赫·博尔皮在世纪之交创作的三部小说，分别为《追寻克林索尔》《疯狂的尽头》和《将不是地球》。

豪尔赫·博尔皮（Jorge Volpi）

1999年，《追寻克林索尔》由塞伊斯·巴拉尔出版社出版，引起巨大反响，荣获西班牙"简明丛书奖"和意大利"格林扎纳·卡佛文学奖之两大洋奖"（Prix Grinzane Cavour Deux Océans），作品先后被翻译成19种语言，这标志着博尔皮踏入了世界文坛。故事发生在希特勒时期的德国，一位美国科学家被派往德国，任务是找出科学家海森伯与德国军方试验之间的联系人，但仅仅知道这位联系人化名为克林索尔。克林索尔是瓦格纳歌剧《帕西法尔》（Parsifal）中与帕西法尔交战的那位巫师的名字，与这部三幕歌剧的结构一样，博尔皮的小说也是一个前奏加三幕的形式。书中提到的心理学家威廉·赖西和科学家海森伯是真实人物，后者帮助希特勒进行核试验也是事实。作家不仅仔细参阅了二战时期的大量文献，而且亲赴德国去认识书中提及的所有地方，在很多细节上都尊重史实。但小说巧妙的结构以及作家虚构的一些人物和事件更加深刻地揭示了科学与邪恶之间的关系，指出在纳粹主义者的心里，邪恶逐渐复活并慢慢渗透到人类心灵的阴暗处。

2001年博尔皮被任命为墨西哥文化中心巴黎分中心主任，任期两年。在此期间，他收集了1968年法国社会革命的历史资料，研读了20世纪下半叶重要思想家如米歇尔·福柯、雅克·拉康、罗兰·巴特、路易斯·阿尔都塞等人的理论，他们的思想构成了60年代年轻人建立新的更自由、更公正的社会的理论基础，而博尔皮认为这是追求乌托邦梦想的最后一次集体疯狂。在此基础上，作家写就了三部曲的第二部《疯狂的尽头》，讲述墨西哥心理学家阿尼拔·克维多的一段生活经历。小说的时间从1968年他在巴黎的生活到1988年墨西哥大选中新自由派领袖萨利纳斯上台为止。克维多是现代版的堂吉诃德，通过深入剖析他的生活和心灵，博尔皮再次探究了知识分子与权力的关系，真实地描绘了当代世界，指出知识分子与权力的纠结关系永远都是不透明的。

2006年博尔皮完成了三部曲的第三部《将不是地球》，深入冷战后历史人物和普通人物的内心深处，讲述了三位不同辈分的妇女在20世纪

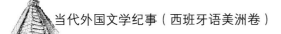

所经历的不同的内心变化,展现在男女日益平等的社会中妇女如何应对生活的挑战以及如何参与重大事件。相对于前两部小说,三部曲的完结之作是一部悲观的黑色小说,作家自己解释说,20世纪的评价并不是非常乐观的,正如21世纪初也同样不容乐观。

(路燕萍)

埃贡·沃尔夫(Egon Wolff)

埃贡·沃尔夫(1926—2016),智利著名作家、剧作家,"50年一代"的主要代表之一。这位出生在智利首都圣地亚哥的德裔作家早年曾学习化学专业并从事化学工程师的职业。但作为一名戏剧爱好者,沃尔夫从未放弃对戏剧创作的学习和实践,还曾专门赴美国耶鲁大学攻读戏剧课程。

同20世纪五六十年代的很多智利剧作家一样,沃尔夫的戏剧创作道路始于当时的大学生戏剧运动。以智利大学实验剧团(Teatro Experimental de la Universidad de Chile)和天主教大学排练剧团(Teatro de Ensayo de la Universidad Católica)为代表的大学生戏剧运动从40年代起就开始推广各种戏剧文化活动,到五六十年代已经形成一定规模,在演出剧目的数量和质量上都已成为当时智利戏剧界不可忽视的力量。正是大学生戏剧运动的兴起,给沃尔夫提供了施展戏剧创作才能的机会。他为智利大学和天主教大学剧团创作的《猫头鹰宅邸》(*Mansión de lechuzas*,1957)、《恐惧的门徒》(*Discípulos del miedo*,1957)属于"心理现实主义"。这些作品的显著意图是展示智利中产阶级面对现代化发展对传统生活方式的粗暴介入而产生的不安定感。他所塑造的人物对金钱的迷恋和保持自己的世界不受污染的妄想导致他们各自家庭的毁灭或与现实发生激烈的冲突。1979—1991年沃尔夫在天主教大学戏剧学校的任教,更是将戏剧的创作、实践经验与教学活动结合起来,逐渐成为智利戏剧界举足轻重的人物。

沃尔夫的创作因其鲜明的社会批判角度而被贴上"新社会现实主义"的标签。他的作品多反映社会环境影响下个体成员之间所发生的各种冲突,具体表现为阶级矛盾、代沟、某些社会特定群体内部的道德沦丧以及缺乏活力的传统因素对个体存在的消极影响。例如,他的成名作《褴褛夫妻》(*Parejas de trapo*,1959)就反映了达官显贵的傲慢无礼,同时表现出中产阶级投机分子为获取更高的社会地位而不惜违背道德准则甚至法律的卑劣行径。《少女妈妈》(*Niñamadre*,1961)则表现了人类不论在多么艰难的生存环境下仍试图实现自我的能力。《入侵者》(*Los invasores*,1963)因其独特的先锋派特征而给人们留下深刻的印象。剧本描述的是一群乞丐对一所上流社会住宅的入侵,荒诞的表演、夸张的人物造型以及带有梦幻色彩的舞台设计让观众无法确定这到底是现实生活中的真实事件还是一场噩梦。但作品的批判指向却是异常清晰的,貌似荒唐的情节将冷漠无情而又唯利是图的上层社会(企业家卢卡斯一家代表的是资产阶级的价值观、自私和担忧)与那些沦为牺牲品的底层民众(齐纳和其他乞丐体现了"新人类"的理想,他们要推动建立一个没有阶级差别、真正公平的世界)之间的巨大差异揭露出来,让观众在震惊之余对各种社会不公现象的根源进行思考。《纸花》(*Flores de papel*,1968)可以被理解成对萨尔瓦多·阿连德(Salvador Allende)上台执政的悲观预感,沃尔夫在此重复的是同一个社会问题,但更加抽象化。女主人公埃娃来自上流资产阶级家庭,试图在外号叫"狗鳕"的男主人公身上寻找人性的温暖和真诚。但后者却是个缺乏才华的庸人,甘愿陷入世俗的贫困和唾弃中,只希图在毁灭一切的过程

埃贡·沃尔夫（Egon Wolff）

中找到自己存在的意义。

进入70年代，智利的社会环境发生了一定的变化，但沃尔夫仍然坚持揭露和批判的立场。本着在舞台上反映社会问题的宗旨，他创作出一批优秀的作品，如《幼儿园》（*Kindergarten*，1977）、《海市蜃楼》（*Espejismos*，1978）、《屋顶平台的杨树》（*Álamos en la azotea*，1981）、《蓝色信封》（*El sobre azul*，1978）、《美杜莎之筏》（*La balsa de la Medusa*，1984）、《跟我谈谈劳拉》（*Háblame de Laura*，1986）、《赴宴请柬》（*Invitación a comer*，1993）、《疤痕》（*Cicatrices*，1994）、《明暗》（*Claroscuro*，1995）、《交叉路口》（*Encrucijada*，2000）和《在紧闭的门后》（*Tras una puerta cerrada*，2000），其中有些作品被翻译成多种文字，被搬上欧洲、美国和日本的戏剧舞台。沃尔夫本人也因其作品给社会带来的深远影响而多次获得国内外各种戏剧奖项，曾获"美洲之家奖"（1970）及"圣地亚哥市政府戏剧奖"。由于在戏剧创作方面所取得的卓越成就和重大贡献，埃贡·沃尔夫还在1983年当选为智利语言学院院士，并在2013年获得"智利国家视听及表演艺术奖"。

2016年11月2日，埃贡·沃尔夫在智利圣地亚哥与世长辞。终其一生，他都在通过自己在戏剧文化活动中的辛勤工作努力推动着智利戏剧的不断发展，并因此被誉为智利剧坛的丰碑。

《在紧闭的门后》（*Tras una puerta cerrada*）

《在紧闭的门后》创作于2000年，是埃贡·沃尔夫晚期作品的代表。

全剧开场时，独居于一间公寓中的老人豪尔赫在窗边看到在楼下车行洗车的年轻人罗德里格，便示意年轻人上楼来，邀请他与自己一起享受美味的糕点，一老一少两个人之间的故事由此展开。从他们的对话中可以看出，豪尔赫对罗德里格的一切情况似乎都很清楚，对他那挣扎在社会底层、经济困窘的家庭也了如指掌。年轻人在最初的惊讶过后，仍忍不住向老人倾诉自己对贫穷遭际的不满以及对财富和地位的渴望。于是豪尔赫开始了他慷慨的给予。先是昂贵的皮衣，然后是可以让罗德里格谋生并带心仪姑娘出去兜风的汽车，最后是一次又一次动辄十几万的现金支票。罗德里格不明白豪尔赫为何要对自己这样一个无名小卒豪掷千金，在疑惧中数次想拒绝老人的慷慨，但每一次却又都让了步，进一步去接受更大的馈赠。这一方面是缘于豪尔赫的坚持和劝说，另一方面则是因为罗德里格自己心中被燃起的欲望已让他越来越难以抗拒。尽管他在豪尔赫为他设定的情感与金钱交易的考验中选择了坚持爱情，但豪尔赫做出的"对财富的追求终归取代对爱情的坚持"这样的断言让他惴惴不安，老人对他未来之路的明晰描述更让他焦虑。于是罗德里格开始去追查豪尔赫的过去，了解到这位巨富在追求财富的过程中如何失去了爱情、友情和亲情，在身体日渐衰老的晚年孑然一身，除了花不完的钱财之外别无长物。罗德里格找到豪尔赫多年未见的女儿，带她来见老人，已经越来越衰弱的豪尔赫激烈地抗拒，但罗德里格仍然坚持打开门让他女儿进来，全剧就在豪尔赫的女儿进门前的那一刻戛然而止。

从表面看，豪尔赫和罗德里格之间的对话和行为展示了衰老与年轻、富裕与贫穷、给予与接受这些不同的交流层面，代表着垂垂老矣和健康青春的两种力量之间的碰撞。但作者更深层次的意图已超越戏剧时空设定的界限之外，成为一个与时间相关的镜像游戏。在这个游戏中，舞台上的两个人物代表了西方源自古希腊文化的两种时间概念。对古希腊人来说，存在着"克罗诺"（Cronos）和"艾雍"（Aión）两种时间，前者是时钟计算并标示的时间，属于"过去"与"现在"；而后者则是欲望和快乐的时间，只听从个人感受的支配，与时钟无关。老人豪尔赫的世界由克罗诺时间主宰，形成如海绵一样的记忆空间，面对现实

埃贡·沃尔夫（Egon Wolff）

生活的孤独和痛苦，豪尔赫只能在这海绵的孔隙里寻找深藏其中的关于过去的回忆，沉陷在过往生活的迷宫中。他向罗德里格一次又一次提出充满诱惑力的馈赠建议，其实也是他一次又一次回顾自己在面对诱惑时曾做过的选择，为自己曾经犯过的错误感到悔恨。与之形成鲜明对比的是罗德里格，他的生活是"艾雍"时间的化身，只与生命和爱情、与日常的活计和积累财富的欲望相关。时间的流逝对于正处于鼎盛年华的罗德里格来说根本不存在，他的青春韶华似乎没有尽头，可以任由他去享受，允许他伸出手去接受带给他幸福感的一件件馈赠：钱、汽车和昂贵的皮夹克。在舞台上，罗德里格从全剧开始时穿着连身工装裤，到结尾时身着体面的三件套套装，一直在沿着"加法"的生活轨迹行进。而豪尔赫则在以"减法"模式渐渐走向衰亡，通过对往昔的回忆一层层揭掉曾用来掩饰的面具，剥去让他倍感束缚的"外套"，准备以无牵无挂的姿态去往"彼岸"。但是在那里静静等待他的并不是另一个轮回，而是精神和肉体的彻底消亡。

  这个由两个人物表演支撑的舞台上充满了带有象征意味的语言和动作符号，将观众引向一个共同的认识——豪尔赫和罗德里格实际上是一个人物。豪尔赫在楼上通过窗口观察在楼下干活的罗德里格，恰如看到生活在另一个过往时空中的自己，两个人只是彼此的镜像。他们中的一个以青春为名义，在各种诱惑下肆意抛洒欲望，另一个则在为曾经被欲望误导的人生感叹、愧疚。而他们共处的那间藏在紧闭大门背后的公寓，便是两个时空、两个人生阶段的联结点，也是一个可以让人停下来思考的庇护所。正如豪尔赫所说："要想看看会不会有什么东西、什么人、什么特别的事儿在某一天为你卸下你曾犯下的所有错误的重担，除了待在一间公寓里，你别无他法。"他心里明白，那件未知的、特别的事儿就等在紧闭的大门外，而他在生命日益衰竭的时候，只能怀着抗拒而又期待的矛盾心情等着门被打开的那一天。那一天将是他面对未来的时刻，而对于一个已经到达尾声的生命而言，未来留给他的只能是死亡。在全剧的最后，罗德里格不顾豪尔赫的激烈反对，要打开房门，让等在门外的女人进来，就在打开门的罗德里格身后，一道影子移向前，投射在打开的大门上。不管是对豪尔赫还是对罗德里格来说，他们都要在人生的终点与这终极解决方案相遇，并最终被它的阴影完全笼罩。

（卜珊）

卡洛斯·尤西米托·德尔·巴列
（Carlos Yushimito del Valle）

卡洛斯·尤西米托·德尔·巴列（1977— ）[①]，日裔秘鲁短篇小说家。尤西米托毕业于秘鲁圣马科斯国立大学（Universidad Nacional de San Marcos），曾于2002年获得由该大学颁发的"卡洛斯·爱德华多·萨瓦莱塔短篇小说奖"（Premio Carlos Eduardo Zavaleta de Cuento），两年后，尤西米托出版了其第一部短篇小说集《魔法师》（El mago，2004）。在利马做过几年编辑工作以后，尤西米托于2008年前往美国维拉诺瓦大学（Villanova University）攻读文学硕士学位，之后在布朗大学获得博士学位。2006年，尤西米托出版第二部短篇小说集《孤岛成群》（Las islas），得到秘鲁主流报刊评论的一致认可。他的短篇小说广泛见于秘鲁国内外各类短篇小说合集之中。他不断接到来

[①] 卡洛斯·尤西米托·德尔·巴列的祖父吉光英介（Eisuke Yoshimitsu）于20世纪20年代从日本移民至秘鲁，娶了一位秘鲁女性为妻，并将自己的姓氏"Yoshimitsu"改成了"Yushimito"，而"Yushimito"在日文中并没有约定俗成的翻译，因此本文根据其罗马字母发音译成"尤西米托"。

自拉丁美洲、西班牙、美国各地的各类书展和大学讲座、圆桌论坛等文学、文化活动的邀请。

迄今为止尤西米托出版的其他短篇小说集还有《玛杜蕾拉知道》（*Madureira sabe*，2007）、《X》（*Equis*，2009）和《树林自有门》（*Los bosques tienen sus propias puertas*，2013）。他曾推出两部短篇小说作品合集：一部为《给迟到的孩子上课》（*Lecciones para un niño que llega tarde*，2011），这部作品集被引进至西班牙，从此尤西米托的作品在西班牙也有了读者；另一部为《根茎》（*Rizoma*，2015）。

尤西米托已出版的叙事文学作品全部为短篇小说，他曾说短篇小说是描绘日常精神分裂的最佳手段。2010年，尤西米托被《格兰塔》评选为22位"最佳西班牙语青年小说家"之一。这一期《格兰塔》杂志收录了尤西米托一篇题为《有翼生物》（*Criaturas aladas*）的短篇小说，据称这是尤西米托长篇小说处女作的节选，然而，时至今日这部据说题为《有翼生物的脆弱》（*La fragilidad de las criaturas aladas*）的作品仍未见出版。

尤西米托的短篇小说常常缺少明显的时间标志，也极少涉及政治、社会内容。尤西米托自称不怎么把他的故事确定在明显可考的历史时间、地理空间中，因为他觉得模糊的东西更令人舒服。不仅如此，他的后期作品也时常打破现实与虚构的界限，甚至体现出科幻文学的某些元素。罗德里戈·品托（Rodrigo Pinto）在评论尤西米托作品集《给迟到的孩子上课》时曾提到，在这部故事集中，有几篇故事的主人公是孩子，幻想的元素便显得无比自然。而在《根茎》中，这种幻想褪去童真，带上了人文关怀、哲学思考的意味。

另一方面，尤西米托的短篇小说常常将故事场景设定在秘鲁以外的国度和地区，尤其是巴西。他的前两部作品集《魔法师》和《孤岛成群》中的大多数故事都将故事背景设定在作家本人从未涉足的巴西，尤西米托承认："这都归功于我所看的文学作品和电影。我很喜欢巴西

卡洛斯·尤西米托·德尔·巴列（Carlos Yushimito del Valle）

文学。"①而作为日裔秘鲁作家，尤西米托的短篇小说中却从未出现过以日本为背景的故事，只有少数几部以日本人或是日裔为主人公的作品，显示出他的特殊种族渊源。瑞贝卡·里格尔·鹤见（Rebecca Riger Tsurumi）认为，他的家庭不像日本家庭，更像是秘鲁家庭。他们（长辈们）没有给他留下包括语言、宗教、建筑、文学或是艺术在内的任何日本文化传统。"一位常年居住在普罗维登斯、主要书写巴西故事的日裔秘鲁作家"②，这是众多评论家、读者贴在尤西米托身上的独特标签。"异国"似乎是深入尤西米托骨髓里的特征，他被认为是"流浪一代""无根一代"的杰出代表，然而，尤西米托却并不认为自己是一个富有异国情调的作家。他曾说，在西班牙、智利和阿根廷，人们问的第一个问题总是会提到他的祖籍，但这对于他来说从来就不是一种冲击，因为在秘鲁，东方混血是很常见的。他不认为自己是什么类型的典型代表，代表不了世界主义的拉丁美洲人，也代表不了异国风物。他认为，文本自身才是重点所在。

除此以外，尤西米托还著有两部儿童文学作品：《洗衣妇》（*La lavandera*，2013）、《没有帐篷的马戏团》（*Un circo sin carpa*，2016），一部散文集《旁注：关于反向阅读这种平庸之术的浅见简记》（*Marginalia. Breve repertorio de pensamientos prematuros sobre el arte poco notable de leer al revés*，2015）。

除去文学创作，尤西米托先后在美国多所大学任教，他曾教授基础西班牙语，也曾开设创意写作课，科目丰富，不一而足；除此以外，尤西米托已撰写并发表的学术文章不计其数。

---

① Fowks, Jacqueline. "Carlos Yushimito: 'La circulación de ideas en las ferias es reducida. En Facebook un debate puede funcionar'", *El País*, 14 de enero de 2014. https://elpais.com/cultura/2014/01/11/ actualidad/ 1389480431 _134418.html [2020-04-16]

② Masoliver Ródenas, Juan Antonio. "Buscar una familia", *La Vanguardia*, 24 de agosto de 2011 [2020-04-16]

《孤岛成群》（*Las islas*）

2006年，日裔秘鲁作家卡洛斯·尤西米托·德尔·巴列发表了个人第二部短篇小说集《孤岛成群》，一经出版便受到广泛关注和认可；2017年，西班牙塞伊斯·巴拉尔出版社推出了这部作品集的再版。

《孤岛成群》共包括八部短篇小说：《献给齐克·皮雷斯·杜阿尔特的巴萨诺瓦爵士乐》（*Bossa Nova para Chico Pires Duarte*）、《塞尔茨》（*Seltz*）、《乌贼墨》（*Tinta de pulpo*）、《孤岛》（*La isla*）、《下一盏灯熄灭》（*Apaga la próxima luz*）、《红色十字》（*Una equis roja*）、《文身男》（*Tatuado*）、《魔法师》（*El mago*）。其中，《献给齐克·皮雷斯·杜阿尔特的巴萨诺瓦爵士乐》和《魔法师》曾收录于其处女作短篇小说集《魔法师》中，而《红色十字》则入围"吉诃德国家短篇小说竞赛"（Concurso Nacional de cuento El Quijote），其他五篇故事都是第一次发表。

这是一部与众不同的短篇小说集。首先，作为一位从未踏足过巴西领土的秘鲁作家，尤西米托作品中的所有短篇小说却都以里约热内卢城郊圣克莱门特区的贫民窟为故事背景。在里约热内卢城郊贫民窟这个处于文明世界边缘的微观世界里，暴力犯罪、报复和死亡都是家常便饭，短篇小说中展现出许多独属于巴西、独属于里约热内卢的文化元素，如著名街区的景致、无处不在的桑巴音乐，带有写实、日常的地域色彩，能达成这样的真实感归功于尤西米托广泛接触的巴西文学与电影作品。他曾明言，这部作品集是对巴西和其作家、文化的致敬。《商业报》（*El Comercio*）曾撰文评论《孤岛成群》，称尤西米托的故事背景是"一个梦想中的、传说中的、文字里的巴西，一个超越了时间的巴西"①。其次，许多故事中出现了，或者说重复出现了许多奇特得超乎

---

① http://www.duomoediciones.com/es/catalogo-editorial/lecciones-para-un-nio-que-llega-tarde-612.htm [2020-04-16]

卡洛斯·尤西米托·德尔·巴列（Carlos Yushimito del Valle）

寻常的人物，超越常理的情节被无声地融入日常之中，被一种恍如寓言、犹如幻梦的语言娓娓道来，展现出契诃夫式的内心冲突和卡夫卡式的对怪异元素的视若等闲。《孤岛成群》的这些特色都令其成为一部令人瞩目的新人新作，然而，正如书中一篇短篇小说中所描绘的"乌贼墨"一样，这些令人侧目、话题性十足的表面现象只是障目之叶，尤西米托的创作目的并不在此。

这部作品集中作为唯一故事背景的巴西，作为作者从未涉足过的想象中的国度，具有特别的象征意义。与其说作品中所描绘的巴西是真实的、极具地域特色的，倒不如说是作者所创造的一种意象，是一个想象体。卡丽娜·马林认为，书中的巴西是一个指向他处的地方：巴西就像是秘鲁的镜像，里面倒映出秘鲁的边缘人物和暴力。巴西就像是拉丁美洲的一个"巨大隐喻"。作者本人在一次访谈中表示："我感兴趣的是（从巴西的一个贫民窟出发）这些故事能被视为拉丁美洲这个整体的一部分来解读……（小说里的）人物也可以是秘鲁人或者厄瓜多尔人。写秘鲁对我来说可能有些难，我与秘鲁的现实太过接近了。谈巴西则给了我一些自由空间。"[①]可以说，以"巴西"这个看似随机的国家想象体为桥梁，尤西米托指向的是辐射整个拉丁美洲的广阔空间。

另一方面，作品标题中的"孤岛"这一意象在这部作品集中也有多层象征含义。

首先，"孤岛"具有文学层面的象征含义。如果说每一篇短篇小说都是一座四面环水的孤岛，而一部长篇小说则仿佛一片大陆，尤西米托有意识地选择短篇小说这样片段式的表现形式。"一部短篇小说集则仿佛是许多交错的生命片段奇异地、神秘地汇聚、叠加……尤西米托选

---

① Ángeles, Francisco. "La realidad de Brasil es la realidad de Latinoamérica", *Libros Peruanos*, 4 de septiembre de 2006. http://www.librosperuanos.com/autores/articulo/00000001195/La-realidad-de-Brasil-es-la-realidad-de-Latinoamerica [2020-04-16]

择了在故事与故事之间（埋设）地下通道……连通器"①（何塞·多奈雷·赫夫肯语）短篇小说中明言的故事恍如探出水面的小岛，而水面以下则是仅可意会的盘根错节、绵亘不绝，人物跨越文本地出现、消失、再现、交汇，毫无隐讳地证明，看似独立的短篇小说其实彼此勾连，它们之间的关系网络足以将之串成一部真正的长篇小说——"孤岛"亦可连成群，而尤西米托选择了不这样做。这种"化整为零""聚零为整"的文学表现形式仿佛是尤西米托的文学前辈——同为秘鲁作家的马里奥·巴尔加斯·略萨曾经津津乐道的"连通器"②的另类升级版本，这既是对秘鲁文学传统的传承和发展，也是对于短篇小说这一文学体裁的表现力、文学性的重新探讨、重新审视。

其次，"孤岛"也可以被视为小说中所展现的"贫民窟"世界的一种隐喻。弗朗西斯科·安赫莱斯认为，这里的一个个贫民窟仿佛一座座"孤岛"，是"自封一隅的封闭小世界，同时却又与其他的小世界彼此勾连"③。谈及这一空间意象，尤西米托提到："公元11世纪的凯尔特传说中有一座消失在大海之中的小岛，小岛名叫'巴西'（Brasil）……我对这个故事很感兴趣，发现不为人知的陌生国度……（从这个意义上来说）所有的拉丁美洲国家也可以被视为一座座'孤岛'，因为我们是遥远的，因为这些被发现的梦想中的国度在某种程度上来说都是被想象出来的。"④正如作者从未涉足、光凭想象便描绘得十分地道的巴西，正如被外界不由分说便贴上标签的作者本人，正如早

---

① http://digoestabocaesmia.blogspot.com/2006/07/las-islas-de-carlos-yushimito.html [2020-04-16]

② "连通器"（或译"连通管"）是巴尔加斯·略萨在《给青年小说家的信》一书中所总结的几种文学创作手法之一。

③ Ángeles, Francisco. "La realidad de Brasil es la realidad de Latinoamérica", *Libros Peruanos*, 4 de septiembre de 2006. http://www.librosperuanos.com/autores/articulo/00000001195/La-realidad-de-Brasil-es-la-realidad-de-Latinoamerica [2020-04-16]

④ Ibid.

卡洛斯·尤西米托·德尔·巴列(Carlos Yushimito del Valle)已存在千万年却被称为"新大陆"的拉丁美洲,他们与外界相距遥远,罕为人知,只能任凭他人臆想揣测。如若有一天"孤岛"成群,他们能够与他人、与彼此紧密相连,也许现实世界与文学书写又将是另一番景象。

(莫娅妮)

亚历杭德罗·桑布拉·因凡塔斯
（Alejandro Zambra Infantas）

亚历杭德罗·桑布拉·因凡塔斯（1975— ），智利诗人、作家、文学批评家，智利当代文学代表作家之一。1975年生于智利首都圣地亚哥，后搬家至小镇迈普，执教于迭戈·波尔塔雷斯大学。在智利大学本科学习期间，桑布拉开始了半工半读的生活。在迈普的童年生活和大学时期的打工经历，成为桑布拉文学创作的重要灵感。2010年，他被列入《格兰塔》评选的22位"最佳西班牙语青年小说家"名单。桑布拉也是"波哥大39人团"的成员之一。

桑布拉被诸多评论家称为继罗伯托·波拉尼奥后智利文坛最出色的青年作家，在奥古斯托·皮诺切特独裁下成长的"子辈一代"文学代表。虽然桑布拉涉猎文体众多，但读者在桑布拉的作品中（尤其是虚构作品）很容易察觉出一种奇妙的连贯性，在作者那标志性的、漫不经心的语气下，被作者诗人的本能所引领：人物多有相似之处，主人公多为失意的中青年男性，热衷于阅读，以写作为生或者间歇性地进行文学创作，不渴望婚姻却执着于爱情，但爱情多以失败告终；充满大量

亚历杭德罗·桑布拉·因凡塔斯（Alejandro Zambra Infantas）

的心理描写，跳跃、破碎且烦琐，延续了前辈智利女作家玛利亚·路易莎·邦巴尔以及乌拉圭作家费里斯贝尔托·埃尔南德斯（Felisberto Hernánedez）的叙事风格（桑布拉在采访中多次提到，这两位作家对其创作影响颇深）；语言简约、平实、缓和，没有细致入微的传统现实主义描写和符合逻辑的清晰剧情铺垫，正相反，桑布拉推崇适当的缺失、间断和缄默，因为在记忆中不断寻找过去的历程充满了一个个难以填补的空白。

桑布拉发表的首部作品为诗歌集《无用的海湾》（*Bahía inútil: poemas 1996—1998*，1998），第二部诗集《移动》（*Mudanza*）发表于2003年。他的第一部小说《盆景》（*Bonsái*，2006）于2007年获得智利"批评奖"和智利"国家图书与阅读委员会大奖"，并被智利导演克里斯蒂安·希梅内斯（Cristián Jiménez）于2011年改编成电影。这部作品短小如盆景，但和桑布拉其他的小说一样如锤击般有力。它讲述了一位研读文学的年轻学生胡利奥原本简单的生活，如何因疯狂的性爱与阅读、一段结束于死亡的爱情和一份虚虚实实的小说抄写工作变得愈发复杂。（2008年推出英文版）

第二部小说《树的私密生活》（*La vida privada de los árboles*，2007）的主人公同样是胡利奥。小说情节中穿插着胡利奥的回忆和为继女讲述的睡前故事，而妻子的无故失踪映射了独裁时期的国家恐怖。第三部小说、桑布拉的代表作《回家的路》（*Formas de volver a casa*，2011）以儿童的视角开篇，童年的真实记忆和文学虚构交织。孩童的天真因独裁之后父辈一代对于过去的暴行集体失声而转化为成年后的主人公寻找真相时在文字中展现的孤独与哀伤。

桑布拉最新一部小说《智利诗人》（*Poeta chileno*）于2020年4月面世，这是崇敬尼卡诺尔·帕拉和恩里克·林恩的桑布拉通过写作小说向诗歌艺术致敬，也是对久负盛名的智利诗歌创作在当今社会的价值和意义的反思。这部以文学和家庭为主线的作品的主人公名为贡萨洛，事业上，他是一位怀揣文豪梦但颇为失败的蹩脚诗人（poetastro）；生活中，他是好食猫粮、同样痴迷于诗歌的年轻人文森特的继父（padrastro），两人和贡萨洛的旧爱、文森特的生母卡拉共同被困在非同寻常的家庭（familiastra）关系中。虽然作家刻意模糊了《智利诗人》叙事的社会背景细节，但小说批判和讽刺了权力与金钱对当今智利的操控，尤其是知识分子，特别是伪诗人群体对两者的膜拜。智利报纸《第三方》的书评中写道："在反对权力的示威面前，因权力而遭受苦难的人物们选择了反叛，选择了改变自身命运。正因如此，小说中各种故事层出不穷，总是处于一种动态行进的过程中。"[1]

作者大学期间的生活经历都在短篇小说集《我的文档》（*Mis documentos*，2013）中留下了影子。在其中的部分短篇小说里，作者把曾经的生活经历包裹在第一人称叙事者的外表下，像写日记般娓娓道来。《长途电话》（*Larga distancia*）中的故事基于作者当夜间接线员的那段日子。《卡米洛》（*Camilo*）是关于足球和流亡者之子寻找父亲的故事。《我曾很会抽烟》（*Yo fumaba muy bien*）是一个关于抽烟与戒烟的记录、副作用以及周期性自杀性头痛的故事。《多项选择》（*Facsímil: libro de ejercicios*，2014）是一本由90个模仿考试多选题组成的、文体模糊的小册子。

散文集《不读》（*No leer*，2010）集中了桑布拉多年为文学文化杂志和媒体写作的专栏批评。在他看来，以聂鲁达为代表的某些20世纪西语美洲文学经典人物的作品过于"老套"，并讨论了如何通过"刻意不去阅读"这些作家作品来开展文学实验，突破桎梏。在《不读》中，桑布拉也列出对他阅读和写作影响颇深，起始于诗歌但成名于小说的作家名单，包括卡夫卡、波拉尼奥、J. M. 库切、墨西哥女作家何塞

---

[1] Rematal N., Pablo. "Zambra y su declaración de amor entrañable a la poesía", *La Tercera*, 28 de marzo de 2020. https://www.latercera.com/culto/2020/03/28/alejandro-zambra-poeta-chileno/ [2016-11-30]

菲娜·比森斯（Josefina Vicens）等。在这部随笔集中，桑布拉谈到如何通过阅读他们的作品，继而共享孤寂与忧沉；而在被遗忘笼罩的独裁后智利社会，沉郁也成为桑布拉文学创作，尤其是小说创作的主旨。（2018年该书在西班牙再版）

桑布拉的文集《自由话题》（*Tema libre*，2019）内容庞杂，包括作者的讲座、散文和小说，表达了他对话语的反思和对文学创作的捍卫。他还有一部待出版的作品暂名为《私人墓地》（*Cementerios personales*），这部关于私人藏书馆、半随笔半虚构的作品由桑布拉旅居纽约时完成。当时他获得了纽约公共图书馆多萝西和刘易斯·B. 卡尔曼中心（NYPL Dorothy and Lewis B. Cullman Center）2015—2016年度文学创作助学金。最新出版的《儿童文学》（*Literatura infantil*，2023）主题涉及童年和父子关系。

桑布拉还出版了中篇小说《幻想》（*Fantasía*，2016）。他的作品已被译成包括英语、法语、德语、日语等在内的近二十种语言。

中译本：《盆栽》，袁仲实译，人民文学出版社，2016年；《回家的路》，童亚星译，上海文艺出版社，2013年（人民文学出版社，2016年）；《我的文档》，童亚星译，人民文学出版社，2016年；《多项选择》，童亚星译，人民文学出版社，2019年。

（郑楠）

《回家的路》（*Formas de volver a casa*）

《回家的路》是亚历杭德罗·桑布拉·因凡塔斯出版于2011年的长篇小说，获"阿尔塔索尔奖""图书和阅读全国委员会奖"，入围2012年度"美洲奖"（Premio de Las Américas）和"美第奇国际文学大奖"。小说分为四个部分："配角""父辈的故事""晚辈的故事"

和"我们都好",用"书中书"的元小说手法讲述了智利皮诺切特独裁统治时期的一段极其个人化又极富集体性的童年回忆。书中双数章节讲述"我"在2010年前后的生活;单数章节则是"我"所创作的小说,第一章是小说主角的童年回忆,以1985年智利大地震为故事背景,第三章则来到2010年大地震前后,已经成年的小说主角与童年回忆中的人们再次相遇,掀开多年前尘封的秘密。

《回家的路》具有桑布拉许多叙事作品的共同特点。

首先,不容忽视的元文学元素。与前两部中长篇小说《盆栽》《树的私密生活》一样,《回家的路》中也表露出极强的元文学元素:无论是谈论文学作品的阅读体验,还是探讨文学作品的创作过程,抑或是主人公身为作家的设定,都体现出了桑布拉将元文学元素以多种形式渗透进叙事中的写作特色。

其次,小说主人公与作者本人之间强烈的自我指涉性。在这部长篇小说中,这一点不仅像桑布拉以前的作品中那样仅仅体现在主人公作家身份与作者的重合上,还体现在"我"与桑布拉本人的家庭情况、生活经历和现状之间存在着的诸多相似之处,让读者能够直观地察觉到桑布拉与小说中那位通过回忆童年往事来对独裁时代进行反思的"我"身份上有很大程度的重叠。桑布拉一直是一位善于书写自我的作家,其作品对于"自我"的描摹和指涉是桑布拉所有文学创作的共同特点之一,这一特点在《回家的路》中体现得淋漓尽致。

最后,也是最重要的一点:"记忆书写"。其首部中篇小说《盆栽》中满是胡利奥对去世女友埃米莉亚的追忆;《树的私密生活》中的胡利安则在等待维罗妮卡回家的时刻回忆了妻子在他人生中留下的种种印记;短篇小说集《我的文档》中也不乏以回忆过往为主题的短篇故事;而《回家的路》则将故事叙事的中心放在了"我"的童年上,对于父辈历史的追忆成了小说的核心内容。

但是,除了这些共同特点,《回家的路》又加入了一些全新的

亚历杭德罗·桑布拉·因凡塔斯（Alejandro Zambra Infantas）

特色。

首先，在对于童年记忆的书写中，由于选择了1985年这个对于智利历史书写相对特殊的阶段，虽然《回家的路》依旧是从桑布拉过往作品中所常常谈论的个人情感经历和家庭话题出发，但其中融入了更加深刻、广阔的社会、政治、历史元素。1985年不仅是智利大地震的一年，也是皮诺切特独裁统治时期，桑布拉在这部小说中触及了智利国民集体记忆、智利民族身份建构的一个重要阶段，但他始终将这一系列构成智利集体记忆的、国家级别的重要事件（不仅是独裁统治，也包括两次大地震）置于他所讲述的个人回忆片段的背景当中。他选择了一个与重大历史事件没有任何交集的主人公加以描摹，没有对故事中蕴含的社会、政治、历史因素多加笔墨，而是将个人记忆置于集体记忆之上，用个人生活的叙述来代替国家民族层面的身份书写，通过这种类似"移焦"的书写模式，桑布拉将宏观的国家图景微观化，将连贯的历史长流碎片化。

桑布拉选择这种移焦式的历史记忆书写模式源于以其自身/"我"为代表的这一代智利人对于那一段国家历史的缺席感和错失感。20世纪七八十年代出生的人没有机会有意识地亲历影响智利国家命运的重大时刻，正如小说中所言："1973年那场声势浩大的政变的中心，在我眼里也无非是一个球场。"而小说作为历史的文本，"是属于父辈的"，"他们似乎注定难逃厄运，一无所知的我们则被庇护于阴云之下……这个国家土崩瓦解时，我们还在牙牙学语……"父辈们是历史的亲历者，是"小说"的书写者，是主角；而以桑布拉为代表的子辈们则是历史的聆听者，是"小说"的阅读者，是配角。这种面对宏大历史的自我定位可以说是桑布拉提出"子辈文学"（如小说中的"晚辈的故事"）的基本出发点，它在当代智利（乃至整个拉丁美洲）青年作家历史书写中也确实有其普遍意义。

《回家的路》也不可避免地触及历史亲历者们（即前文提到的父辈

们）的生活经历，在这群人当中，桑布拉依然选择了一群另一意义上的错失者和旁观者——"未流亡者"，即独裁统治的默许者。20世纪80年代的智利进入了一个相对稳定、有秩序的历史时期，政变、动乱、内战、杀戮都已成为不可提起的历史，而这个时代虽说是独裁时期，但是似乎并没有那么可怕，尤其是对小说中"我"的父母这一类因"置身事外"而得以过着小康生活的独裁后中产阶级而言，"皮诺切特的确是个独裁者，也杀过一些人，但至少，那是个有秩序的年代"。而"我"只能"好像在背教科书"一般指责"置身事外其实就是支持独裁"。这种有意识、有选择地对历史发展袖手旁观是一种更加可悲、可怖的选择，但错失时代的"我"的事后指责只能是"空洞无力"的。

　　桑布拉选取拉丁美洲反独裁小说中极少涉及的"错失者"群体的独裁统治经验来加以描摹，用极其个人的视角来书写影响到整个国家、整个世代的集体性创伤。在这里，"迷失"成为独裁下成长的"子辈一代"的情感与认知标签，而"回家"则成为这一代人寻求自我、建构身份的隐喻。

（莫娅妮）

劳尔·苏里达（Raúl Zurita）

  劳尔·苏里达（1950—　），智利诗人，被评论家称为"大师们的衣钵传人"，也是当代拉丁美洲最离经叛道的诗人之一。1950年生于智利圣地亚哥。他最早的文学体验来自意大利裔的外祖母，后者在诗人幼年时常为他朗读《神曲》。苏里达曾在瓦尔帕莱索的弗朗西斯科·德·圣玛利亚大学（Universidad de Francisco de Santa María）学习，获工程师学位。1973年智利军事政变后，曾一度被捕受刑，这段经历成为诗人一生中难以平复的创伤经历。在这一时期诞生了"艺术行动联盟"（CADA：Colectivo de Acciones de Arte），苏里达是该团体最激进的成员，以自己的身体为表达手段，有时达到自残的地步。1982年6月，他的15句诗以飞机拖曳出的长达8公里的烟雾"书写"在纽约的天空中："我的上帝是饥饿/我的上帝是雪/我的上帝是不/我的上帝是幻灭……/我的上帝是伤口/我的上帝是贫民窟/我的上帝是天堂/我对上帝的爱。"实况照片收录于诗集《前天堂》（*Anteparaíso*，1982）。这一场景后被智利作家罗伯托·波拉尼奥写入小说《遥远的星辰》

（1996）。

苏里达的诗歌中，与智利地理相关的意象有很高的出现频率。他曾将诗句"别痛苦也别害怕"（ni pena ni miedo）如纳斯卡线条般在阿塔卡马沙漠中用挖掘机"写出"，也曾将《与智利对话》（*Diálogo con Chile*）一诗中的句子刻在智利北方的悬崖上。此外，浓重的宗教色彩亦能从许多诗集的题目中可见一斑：如《炼狱》（*Purgatorio*，1979）、《前天堂》、《新生》（*La vida nueva*，1994）、《拿撒勒人耶稣犹太之王》（*INRI*，2003）等。在《前天堂》中能窥见但丁《神曲》的遗泽，也不难聆听到玛雅基切史诗《波波尔乌》（*Popol Vuh*）以及聂鲁达《漫歌》（*Canto general*）的回响。

诗人从1994年后积极参与政治生活，曾任智利驻罗马文化专员。支持里卡多·拉戈斯（Ricardo Lagos）竞选总统成功后，出版了《战斗诗》（*Poemas militantes*，2003）。2011年出版混合了诗歌、小说、历史的自传性作品——七百页的巨著《苏里达》（*Zurita*）。

他的诗作还有：《天堂已空》（*El paraíso está vacío*，1984）、《献给消失之爱的颂歌》（*Canto a su amor desaparecido*，1985）、《智利之爱》（*El amor de Chile*，1987）、《死去的诸国》（*Los países muertos*，2006）、《情诗》（*Poemas de amor*，2007）、《水城》（*Las ciudades de agua*，2008）、《纪念》（*In Memoriam*，2008）、《你的生命破碎》（*Tu vida rompiéndose*，2015）。另著有小说《最洁白的一日》（*El día más blanco*，1999）。

苏里达先后获得"巴勃罗·聂鲁达青年诗歌奖"（Premio Pablo Neruda de Poesía Joven，1988）、智利"国家文学奖"（2000）、智利"安德烈斯·萨贝拉国际文学成就奖"（Premio al Mérito Literario Internacional Filzic "Andrés Sabella"，2015）、"巴勃罗·聂鲁达伊比利亚美洲诗歌奖"（2016）、"何塞·多诺索伊比利亚美洲文学奖"（2017）、"索菲亚王后伊比利亚美洲诗歌奖"（2020）。他的作品已被译为英、德、意、俄、中、希腊等十多种语言。

中译本：《渴望自由》，赵德明译，云南人民出版社，2001年；《大海》，梁小曼译，香港中文大学出版社，2014年。

《INRI》

《INRI》是智利诗人劳尔·苏里达于2003年在圣地亚哥出版的一部重要诗集，次年由著名的取景器出版社在西班牙出版，2006年获古巴美洲之家颁发的"何塞·莱萨马·利马诗歌奖"（Premio de Poesía José Lezama Lima）。

INRI一词是拉丁文 *Iesus Nazarenus Rex Iudaeorum*（"拿撒勒人耶稣犹太之王"）的缩写，当年被罗马士兵写在牌子上，安在被钉十字架的耶稣头部上方，意在羞辱与嘲弄，日后成为受难与被遗弃的象征。诗人借用这一典故重新揭开拉美历史的黑暗一页：1974—1978年间，智利皮诺切特独裁军政府曾将成百上千的政治犯从飞机上抛入太平洋和火山口来毁尸灭迹。

> ……令人惊异的肉饵
> 自天而降如同群星，
> 如同果实落在牧场。
> 有无尽的宇宙在鱼群的胃里……

而这"肉饵"正是人身，每一个所谓的"肉饵"都是与一截铁轨绑定的袋装人体：

> 人群雨落以诡异姿势降下
> 如同一场奇异收成中的奇异果实。

这就是诗人苏里达笔下令人惊骇的南美版末日启示录、20世纪的基督受难图。长诗分为三个部分，每个部分都以一句《圣经》经文起始。第一部分援用《路加福音》第19章40节："我告诉你们：这些人如果不作声，石头都会呼喊起来！"从而引出贯穿全诗的倾听与呼喊的主题。诗中频频出现"听见天空""听见鱼群在吞噬……"等表达，将视觉性的意象与听觉联系，这种看似通感的手法实际是在凸显残酷的事实，并与受难者认同——因为他们都被铁钩挖出眼睛，无法看见，只能倾听："他们被挖去了眼睛，你知道吗？他们都被从眼窝里挖去眼睛。"

第二部分起始处援引《圣经》所记载的耶稣受难后的情景："又因那坟墓近，他们就把耶稣安放在那里。"（《约翰福音》19：42）诗歌的流速在此暂时平缓，抒情主人公的口吻也变得相对温和，透露出一线新生的希望："或许一切尚未丧失……"

第三部分篇首的引文短促有力，是耶稣复活后对门徒所说的话："愿你们平安。"（《马太福音》28：9）弃尸的荒漠变成花朵的海洋，从太平洋到安第斯山，整个智利似乎变成鲜花盛开的大墓地，而每一朵野花都是受难者的脸庞。祖国的风景成为铭刻牺牲者的备忘录，其中每一个人都不可替代，不容遗忘。诗人自始至终都在呼唤他们的名字："……雪片般的名字都会被记住，鲍丽娜，米雷娅，伊莎贝尔；可曾见到苏珊娜？可曾见到布鲁诺？"诗人还像在此前的诗作中常做的那样，多次让自己的名字并列其中："因为一切死去的花朵，苏里达，都爱我们。"诗歌最后终于让空洞的眼窝重获视觉，让沉寂的声音重被听见。

（范晔）